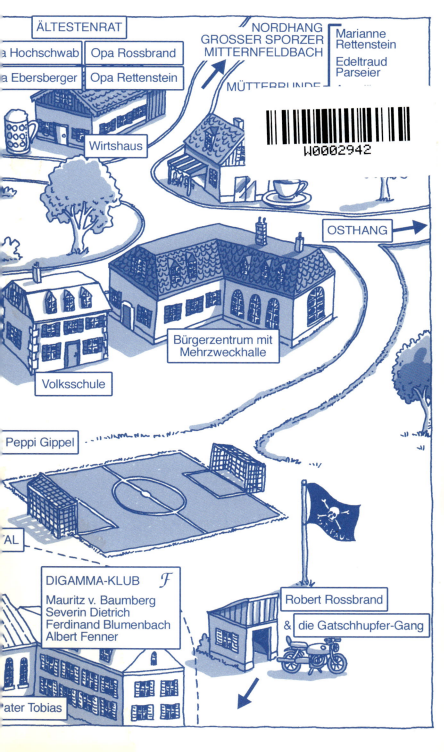

**BLASMUSIKPOP**

Vea Kaiser

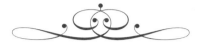

# **BLASMUSIKPOP**

oder
Wie die Wissenschaft
in die Berge kam

Roman

Kiepenheuer
& Witsch

Verlag Kiepenheuer & Witsch, FSC-N001512

4. Auflage 2012

© 2012, Verlag Kiepenheuer & Witsch, Köln
© Vea Kaiser
Alle Rechte vorbehalten. Kein Teil des Werkes darf in
irgendeiner Form (durch Fotografie, Mikrofilm oder ein anderes Verfahren)
ohne schriftliche Genehmigung des Verlages reproduziert oder unter
Verwendung elektronischer Systeme verarbeitet, vervielfältigt
oder verbreitet werden.
Umschlaggestaltung: Barbara Thoben, Köln
Umschlagmotiv: © plainpicture / Erdmenger –
aus der plainpicture Kollektion Rauschen
Foto der Autorin: © www.pertramer.at
Vor- und Nachsatz: Oliver Wetterauer
Gesetzt aus der DTL Albertina ST
Satz: Pinkuin Satz und Datentechnik, Berlin
Druck und Bindung: GGP Media GmbH, Pößneck
ISBN 978-3-462-04464-5

*Für meinen Opa Hermann,
danke für all die Unterstützung.*

*Und für Porcospino*

*It is not down in any map;*
*true places never are.*

(Herman Melville, Moby-Dick)

## [Prolog, Notizbuch I]

[1.1.] Am Anfang war ein Berg, und viele stritten darüber, ob diese 1221 Meter überhaupt ein Berg seien oder nur ein Ausläufer des Großen Sporzer Gletschers. Wie ich, der Historiograph Johannes A. Irrwein, Nachfolger des Herodot von Halikarnassos, Enkel von Doktor Johannes Gerlitzen, mit eigenen Augen festgestellt habe, sind der grimmige Gletscher und der sanfte Angerberg, wie er von seinen Besiedlern genannt wurde, eng verbunden. Fast scheint, als beschützte der Große Sporzer seinen kleinen Bruder, indem er und die anderen Viertausender der Sporzer Alpen ihn derart einkreisen, daß man von nirgendwo seine Existenz erahnen kann. [1.2.] Weiters muß man feststellen, daß der Angerberg kein Berg im klassischen Sinne ist; er ist keineswegs beständig ansteigend oder in ein Gipfelkreuz mündend. Zwar steigt der Angerberg vom Lenker Tal aus steil an, doch ab dem tausendsten Meter flacht er ab, ehe er auf 1221 m in ein waagerechtes Plateau mündet, so, als wäre der letzte Schliff des Schöpfers am Angerberg ein Hieb mit einer dorfplatzgroßen Bratpfanne gewesen. [1.3.] Auf diesem Plateau nun befindet sich ein Dorf mit dem Namen St. Peter am Anger, bewohnt von einer eigentümlichen Menschenspezies, die der Gegenstand meiner wissenschaftlichen Untersuchungen ist. Meinem Vorbild Herodot folgend, nenne ich dieses Volk Bergbarbaren – doch soll bedacht werden, daß das Wort Barbare aus dem Altgriechischen stammt (βάρβαρος) und nicht abwertend gemeint ist wie im modernen Sprachgebrauch, sondern bloß eine Sammelbezeichnung für jene Völker darstellt, die fremd, eigentümlich und des Griechischen (sowie der aus Hellas übernommenen Zivilisation) unkundig sind. Dies trifft auch auf die Bergbarbaren zu, die in einem höchst einzigartigen Idiom zu sprechen pflegen, wie ich selbst gehört habe. [1.4.] Jene Bergbarbaren aus St. Peter haben im Laufe der Jahrhunderte Sitten und Gebräuche entwickelt, die der zivilisierte Leser erfahren soll, und vor allem möchte ich skizzieren, wieso sie so sind, wie sie sind, woher sie stammen und wie es kam, daß sie gegen die Zivilisierten Krieg führten.

# Der Wurm und das Schneehuhn

Alle Holzfäller schworen, sie hätten jenen Stammrutsch, der Johannes Gerlitzen zu Sommerbeginn 1959 die Schulter ausrenkte und den rechten Arm brach, nicht kommen sehen. Zu Johannes' Glück waren es nur fünf gefällte Fichten – Äste und Zweige waren bereits abgeschlagen –, die so schwer auf dem feuchten Waldweg lasteten, dass dieser abrutschte. Es war später Vormittag, die Holzfäller tranken ihr zweites Bier, aßen Äpfel und reichten die Schnapsflasche im Kreis. Eine Stunde wollten sie noch arbeiten, bevor die Mittagshitze in den Fichtenwald am Nordhang des Sporzer Alpenhauptkamms kroch. Johannes hatte sich abgesondert, er kletterte etwas weiter südlich durch das Unterholz, suchte nach dem richtigen Material, um eine Marienstatue zu schnitzen, die bei ihm bestellt worden war. Erst als die Vögel aufflogen und die Erschütterung Hasen aus ihren Sassen schreckte, bemerkten die Männer das Unglück. Einen Wimpernschlag später polterten die Stämme mit markerschütterndem Donnern abwärts, rissen Jungbäume um wie Kartenhäuser und kamen mit ungebremster Wucht auf Johannes zu. Dieser reagierte schnell, versuchte zu flüchten, doch als der letzte Stamm direkt auf ihn zuhielt, konnte er nur noch zur Seite springen – und sprang nicht weit genug. Die anderen Holzfäller dachten, jetzt sei er hin, und ihre Herzen machten vor Erleichterung einen Satz, als Johannes Gerlitzen aus dem Unterholz auftauchte und in einem Atemzug Teufel und Dreifaltigkeit verfluchte.

Elisabeth Gerlitzen fluchte gleichermaßen, als Franz Patscherkofel und Leopold Kaunergrat ihren Ehemann in die Küche brachten, der ein Taschentuch zwischen den Zähnen stecken hatte und auf zwanzig Meter nach Schnaps stank – drei Viertel der Flasche hatten ihm die Holzfäller zur Schmerzbetäubung eingeflößt.

»Kruzifixn sacra, es depperten Mannsbülder könnts a nia aufpassn, und immer de Sauferei! Hiazn schleichts enk owi ins Tal und holts ma den Doktor auffi!«, polterte sie, doch Johannes spuckte das Taschentuch aus und keuchte unter Schmerzen:

»Wegn so aner Klanigkeit brauchts do net den Hochg'schissenen holn, bluatet jo net amoi, hol liaba nu a Flaschn Schnaps.«

In St. Peter am Anger gab es oft Verletzte, wenn die Männer in den Wald gingen. 1959 konnte jeder mit einer Axt umgehen, aber niemand war professioneller Holzfäller. Alle fällten, was sie an Holz brauchten, Franz Patscherkofel hatte Stützbalken benötigt, Leopold Kaunergrat Brennholz für den Winter, und Johannes Gerlitzen war als Berufsschnitzer immer auf der Suche nach gutem Holz. Unfälle waren sie gewohnt, und den Doktor aus dem Tal konnte niemand leiden, da er sich für den Geschmack der Dorfbewohner viel zu unverständlich ausdrückte und unangemessen herablassend verhielt. Nur wenn es sich um lebensbedrohliche Notfälle handelte, wurde der Doktor gerufen, aber da der Weg ins Tal weit und beschwerlich war, kam er im Ernstfall meist zu spät. Dass Johannes' Schulter ausgekugelt war, konnten sogar die Holzfäller diagnostizieren, und so hielt Franz Patscherkofel Johannes fest, damit sich dieser nicht bewegen konnte, während Leopold Kaunergrat ihm die Schulter einrenkte. Kurz darauf war die Schnapsflasche leer. Schließlich riefen die Männer noch Johannes' Nachbarn herbei, den Tischler Karl Ötsch, um den gebrochenen Arm mit einer Holzmanschette ruhig zu stellen.

»G'hupft wia g'hatscht, ob da Ötsch oder da Doktor«, sagte

Johannes und biss auf Elisabeths zusammengefaltetes Kopftuch, während der Nachbar den oberen Teil der Schiene mit Kurznägeln zusammenklopfte.

»G'hupft wia g'sprunga hoaßt des«, antwortete dieser und grinste, dass man seine halbverfaulten Zähne sah, auf denen der Raucherbelag wie Schimmel wucherte. Daraufhin brachen sie in Streit über diese Redewendung aus, und kaum dass die Schiene fixiert war, riss Johannes mit seiner gesunden Hand an den verfilzten Haaren des Nachbarn, während dieser versuchte, Johannes' Ohr abzudrehen. Erst als Elisabeth einen Kübel Brunnenwasser über ihnen ausgoss, ließen sie voneinander ab. Seit sie Kinder waren, ging das so, und Elisabeth hatte, da sie unmittelbar neben den Ötschs wohnten, immer einen Kübel kaltes Wasser parat. Am Gartenzaun standen fünf davon.

Das ganze Dorf hatte Schlimmes befürchtet, als Johannes und Elisabeth ein Haus neben Karl Ötsch bauten, aber Johannes hatte diesen Grund von seinem Großvater vererbt bekommen, und sich zu prügeln war 1959 nichts Verbotenes. Soweit sich die älteren Frauen des Dorfes erinnern konnten, hatten sich Johannes Gerlitzen und Karl Ötsch bereits das Holzspielzeug über die Köpfe gezogen, als sie noch in Windeln steckten. Die meisten Dorfbewohner glaubten, der Grund ihrer ständigen Auseinandersetzungen sei, dass sie so verschieden waren. Johannes war ein ruhiger und nachdenklicher Mensch, der lieber zuerst überlegte, bevor er vorschnell etwas sagte, während Karl Ötsch seine Meinung herausposaunte, ohne dass ihn jemand gefragt hätte – gern so laut, dass er bis ins Angertal gehört wurde. Neben dem hellhäutigen, groß gewachsenen Johannes sah Karl Ötsch aus wie ein Gegenentwurf, klein, rundlich, pausbäckig und mit dunkler Haut und rabenschwarzem Haar. Egal worum es ging, Karl und Johannes waren sich uneinig, und keiner von beiden war je bereit, dem anderen ohne Schmerzen recht zu geben.

Anfangs störten sich weder Johannes noch Elisabeth daran, dass er wegen der Verletzung seinem Beruf als Schnitzer nicht nachgehen konnte, und auch Johannes' Kunden hatten Verständnis, dass sich ihre bestellten Statuen, Ornamente oder Weihnachtskrippen etwas verzögern würden. Johannes und Elisabeth hatten erst im April geheiratet, alle 420 Bewohner hatten drei Tage lang gefeiert. Die Blasmusik hatte gespielt, im alten Feuerwehrwagen hatte man das Brautpaar von der Kirche ins Wirtshaus gebracht, ein Aufmarsch wie bei den Prozessionen zu Hochfesten. Dreizehn Jahre hatten die Dorfbewohner auf diese Hochzeit gewartet, da die beiden seit der Volksschule so gut wie verlobt waren. Schon lange bevor Johannes bei Elisabeth fensterln gewesen war, hatten die alten Frauen auf der Kirchenstiege überlegt, wie schön die Kinder der beiden sein würden. Johannes war etwas größer als die meisten Männer im Dorf und athletisch gebaut. Man konnte ahnen, dass er niemals den St.-Petri-Bierbauch ansetzen würde, der ab dreißig bei fast allen über der Hose hing. Er war feingliedrig, hatte starke Wangenknochen, doch das Beeindruckendste an ihm waren die Haare, die so blond waren, dass sie in der Dunkelheit leuchteten. Elisabeths Haare wiederum leuchteten im Sonnenlicht. Auch sie war blond, aber mit einem rötlichen Einschlag, der ihren locker gebundenen Zopf zum Funkeln brachte. Sie hatte eine gesunde Gesichtsfarbe, und was Johannes am meisten an ihr liebte, war, wie schnell sich ihre Wangen tiefrot färbten, wenn sie lachte. Elisabeth war das manchmal unangenehm, da sie meinte, wie ein Schulmädchen auszusehen. Johannes küsste dann eilig ihre Nasenspitze oder ihr Ohrläppchen, woraufhin sie noch roter wurde und verschmitzt kicherte.

In den 50ern waren Flitterwochen in St. Peter am Anger noch nicht erfunden, aber dank Johannes' Verletzung kam das junge Liebespaar nun zum Feiern seiner Ehe. Die beiden genossen mehrmals täglich die Freiheit, sich nicht wie in ihrer

Jugend in Heustadeln, Holzschupfen und Selchkammern verrenken zu müssen. Bis ihnen übel wurde. Mit Johannes fing es an, er hatte ständig Bauchschmerzen, die zu schweren Verdauungsbeschwerden führten. Bald darauf hustete Elisabeth morgens alle Mahlzeiten des Vortages ins Plumpsklo hinterm Haus. Auf der Kirchenstiege meinten die einen, Elisabeth würde schlecht kochen, während die anderen am Springbrunnen erzählten, Johannes würde Elisabeth und sich zu viel Schnaps genehmigen. Erst als der ziegengesichtige Doktor aus Lenk im Tal seine zweimonatliche Sprechstunde im Versammlungssaal des Gemeinderats abhielt, wurde das Rätsel gelöst. Beiden Eheleuten lag etwas im Bauch: Elisabeth war schwanger, Johannes hatte einen Bandwurm.

Elisabeths Freude war grenzenlos. Zwei Stunden später hatte sie sich bereits den alten Schaukelstuhl vom Dachboden holen lassen, wippte selig darin und strickte Babysocken. Johannes hingegen war mulmig zumute. Er konnte sich kaum freuen, bald Vater zu werden, denn ständig grübelte er, was der Wurm wohl trieb. Schlief er, oder schwamm er herum? Hatte der Wurm überhaupt Augen, und vor allem: Wie war der Wurm in seinen Bauch gekommen? Der Doktor hatte auf Johannes' Fragen in einem Latein geantwortet, das nicht einmal der Pfarrer verstanden hätte. Der Doktor war nämlich beleidigt, dass Johannes seinen gebrochenen Arm lieber vom Dorftischler hatte behandeln lassen als von einem Spezialisten, und in seinem Ärger hatte er Johannes angekündigt, dass es mindestens ein halbes Jahr dauern würde, bis er ihm ein Anti-Wurm-Medikament aus der Hauptstadt besorgen könne.

Da ihm auch die Volksschullehrerin nichts über im Menschen lebende Würmer erzählen konnte, schlich Johannes, verunsichert von den kuriosen Ideen der Leute im Wirtshaus, drei Tage lang um das Gemeindeamt. Er war sich sicher, dass die Theorien der St. Petrianer Blödsinn waren – das hätte er ja gemerkt, wenn sich so ein großer Wurm von hinten angeschlichen hätte. Am dritten Tag wagte er schließlich, die Gemeindeamtstür zu öffnen. Er ging durch das Eingangszimmer am Postamt und am Aufenthaltsraum der Gendarmen vorbei bis in die Dorfbibliothek. Seit ihn der Pfarrer zu Schulzeiten zur Strafe fürs Stanniolkugelwerfen hierhergeschickt hatte, um sich einen Katechismus auszuborgen und der Klasse daraus zu referieren, war er nicht mehr hier gewesen. Die Bibliothek war von den Benediktinermönchen aus Lenk angelegt worden, viele Jahre lang hatten sie die Bücher auf Generationen von Mauleseln auf den Angerberg transportiert. Nachdem sich das Dorf jedoch vom Kloster losgesagt und die Mönche, die von ihnen Steuern verlangten, mit Mistgabeln die Talstraße hinuntergejagt hatte, war die Bibliothek von niemandem mehr gepflegt worden, bis vor einigen Jahren gescheckte Nagekäfer eingezogen waren, woraufhin man zwei Drittel aller Bücher verbrannt hatte. In St. Peter am Anger hielt sich hartnäckig der Volksglaube, das Klopfen der Nagekäfer würde Tod und Verderben ankündigen. Dabei rief das Männchen nicht den Teufel, sondern das Weibchen zum Liebesspiel.

Die Gemeindesekretärin, die neben ihrer Hauptbeschäftigung auch das Amt des Postfräuleins, der Gendarmerieaushilfe und der Bibliothekarin bestritt, half Johannes bei der Suche. Bis sie in den verbliebenen, ungeordneten Beständen etwas Brauchbares fanden, dauerte es eine Weile. Oftmals tauchten hinter den Büchern mumifizierte Nagekäfer oder kinderfaustgroße Spinnen auf, und Johannes zuckte bei jedem Kreischer seiner Helferin zusammen, doch kurz bevor er einen Hörsturz bekam, wischte sie den Staub von einem Buch, für das er ihr jahrzehntelang dankbar sein würde. *Karl Franz Anton von Schreiber: Nachricht von einer beträchtlichen Sammlung thierischer Eingeweidewürmer und Einladung zu einer literarischen Verbindung.* Es war 1811 verfasst worden, aber für den Schnitzer Johannes Gerlitzen genau die richtige Lektüre. Es handelte sich nicht um ein komplexes naturwissenschaftliches Werk, sondern um eine Chronik, einen Bericht über die Entdeckungen der Wurmforscher im k. k. Hof-Naturalienkabinett in der Hauptstadt. Als diese Männer sich an die Arbeit gemacht hatten, war kaum etwas über Würmer bekannt gewesen. Und somit begannen die Aufzeichnungen Schreibers günstigerweise auf der Höhe von Johannes' Wissensstand. Der Schnitzer verbrachte den Tag in der Bibliothek und wanderte am wackeligen Lesetischchen dem einfallenden Sonnenlicht hinterher. Auf dem Nachhauseweg fühlte er sich bereits ein bisschen weniger abstoßend: In der Hauptstadt hatte vor 150 Jahren fast jeder einen Wurm gehabt, der Kaiser Franz hatte aus Sorge um seine Untertanen sogar befohlen, dass *alle Naturforscher, welche an jenem Gegenstand Interesse nehmen, mit dem k. k. Naturaliencabinet in Verbindung treten und durch Mittheilung ihrer schon gemachten und künftigen Beobachtungen und Entdeckungen zur Vervollkommnung und kräftigeren Wirkungsfähigkeit der hiesigen Anstalt, zur Vervollständigung unserer Sammlung und auf diese Weise zur Bereicherung und Vervollkommnung der k. k. Erforschung der im Menschen lebenden Parasiten – zum Wohle aller Völker – beyzutragen.*

Sogar Wettstreite um die richtige Behandlung der wurmbefallenen Patienten hatte es unter den Ärzten gegeben. Johannes musste zugeben, dass es ihn bei manchen Schilderungen Schreibers ziemlich geschaudert hatte. *Als der Kranke mit einer Art Heroismus die Medikamente zu sich nahm, sprang er plötzlich aus dem Bette, um sich auf den Leibstuhl zu setzen. Er erblaßte, zitterte und bebte, ein kalter Todesschweiß bedeckte den ganzen Körper. Beinahe hätte Doktor Bremser triumphiert, allein seine langsame Behandlungsweise strafte seine Freude durch einen etwa in acht Tagen erfolgten Abortus bei der von ihm behandelten Frau, bei welcher er nichts weniger als eine Schwangerschaft vermutet hätte.*

1959 wurde der Herbst von einer wochenlangen Schlechtwetterfront eingeleitet. Der Wind blies ein Tiefdruckgebiet in das Angertal, das sich an den Sporzer Alpen anstaute wie ein zusammengedrückter Wattebausch, bis die Wolken am Großen Sporzer zu kleben schienen. Johannes ging nun öfter in die Bibliothek. Die universelle Gemeindeamtsbedienstete hatte ihm zwar empfohlen, die Bücher auszuleihen, aber täglich von 8:30 bis 18:00 Uhr an seinem Platz zu sitzen und sich durch die Erforschung der Helminthen zu lesen, so als wäre man selbst am Sezieren, Analysieren, Klassifizieren und Präparieren beteiligt, fühlte sich für ihn wie Arbeit an. Schnitzen war mit dem lädierten Arm noch nicht möglich, und überhaupt hatte Johannes den Eindruck, alles, was er zurzeit Nützliches tun könne, sei lesen. Der Nachbar Ötsch von links hatte währenddessen im Lästern über Johannes' Leselust eine neue Leidenschaft gefunden, doch Johannes hatte Elisabeth versprochen, sich bis zur Geburt des Kindes auf keine Prügelei mehr einzulassen. Nachdem der Regen eingesetzt hatte, machten sich jedoch auch Johannes' Wirtshausfreunde über seine Präsenz in der Bibliothek lustig.

»Lasst di dei Frau nimmer zuwi und wüllst hiazn a Pfaff werdn?«, grölten der vorlaute Großbauer Anton Rettenstein, der dicke Bürgermeistersohn Friedrich Ebersberger, der Lebensmittelgreißler Wilhelm Hochschwab und der sonst so freundliche Briefträger Gerhard Rossbrand, obwohl der St.-Petri-Pfarrer gar nichts für Bücher übrighatte. Er nutzte Lektüre lediglich als Strafe für Sünder und widmete sich außerhalb der Messzeiten der Renovierung des Kirchturmes. Johannes beachtete all die Häme nicht. Wegen des starken Regens hatten die Männer nichts anderes zu tun, als vom Bett ins Wirtshaus zu stolpern. Sogar die Gendarmen tranken mittags ihr erstes Bier, da zur Regenzeit ohnehin nie etwas passierte, und wenn, dann im Wirtshaus.

St. Peter am Anger war ein kleines Dorf, das vor allem von einer Einnahmequelle lebte – den weltweit einzigartigen Adlitzbeerenbaumbeständen. Nirgendwo auf der Welt gab es derart viele und hohe Adlitzbeerenbäume, deren Ertrag genug einbrachte, um ein ganzes Dorf zu erhalten. Die St. Petrianer hatten gar keine Verwendung für all ihre Beeren, doch im Rest der Welt waren sie ein gefragtes, teures Gut zur Herstellung spezieller Medikamente. Obwohl jeder Bewohner neben der Adlitzbeerenwirtschaft noch einen anderen Beruf ausübte, halfen zur Erntezeit alle zusammen. Und wenn die Ernte wie jetzt wegen Regens unterbrochen war, wurde im Wirtshaus auf besseres Wetter gewartet. Denn es war ein heiliges Gesetz, dass während der Adlitzbeerenernte niemand einer anderen Beschäftigung nachging.

Johannes jedoch hatte eine Aufgabe, die ihm weder sein gebrochener Arm noch der Regen nehmen konnten – er las sich durch die Welt der Würmer. Bald war er von den Wesen fasziniert. Er fand es außerordentlich, wie so ein kleines Staubkorn im Wasser von einem Krebs gefressen wurde, den dann ein Fisch verspeiste, der wiederum von einem Fuchs, einem Hund oder einem Menschen gegessen wurde, bis sich das Staubkorn im Darm des letzten Gliedes zu einem richtigen Lebewesen entwickeln konnte. Er staunte über den Überlebenswillen, den solch ein Tier haben musste, wenn es all diese Stadien in Kauf nahm, genau wissend, dass es nur mit viel Glück dort hinkommen würde, wo es hingehörte.

Elisabeth fand diese Überlegungen ekelerregend. Wenn Johannes zu erzählen ansetzte, drohte sie, sich zu übergeben, und das wollte er dem Kind nicht antun. Zu gern hätte er ihr, seiner Frau und besten Freundin, mehr von seinem neuen Wissen erzählt. Etwas Besonderes zu können, war in St. Peter normal, aber etwas Außergewöhnliches zu wissen, unterschied ihn vom Rest des Dorfes. Tagtäglich – nicht nur, wenn er ihr von Würmern erzählen wollte – wunderte sich Johannes, wie anders Elisabeth seit ihrer Schwangerschaft geworden war. Häufig klagte sie, wie anstrengend es sei, schwanger zu sein, dass sie so leiden müsse, dass ihr alles wehtue. Johannes verstand sie nicht. Was war nur mit der Elisabeth passiert, die sich beim Aufstauen des Mitternfeldbaches einen Nagel durch die Sohle getreten hatte und vollkommen unbeeindruckt durch den Ostwald und über zwei Äcker nach Hause marschiert war? Johannes wühlte daraufhin wieder in der Bibliothek. Er las, dass eine Schwangerschaft das größte Glück für eine Frau sei, der schönste Zustand in ihrem Leben, woraufhin er sich schwertat, Elisabeth weiterhin ernst zu nehmen, und vor ihren Klagen immer häufiger flüchtete. Was Elisabeth niemals zugegeben hätte: Sie war eifersüchtig auf Johannes, dessen Bauch mit Wurm mehr Aufmerksamkeit erregte als der ihrige mit Kind. Sonntags umzingelten sie die Dorfkinder, sobald sie aus der Kirche kamen, wollten jedoch niemals die Tritte des Babys fühlen, sondern immer nur mit dem Ohr auf Johannes' Bauch hören, was der Wurm machte. Ständig brachten irgendwelche Tanten der Handelskollegen von Heiligenstatuen und Großmütter von Cousins aus der Blasmusikkapelle diverse Kräutersude oder Wurmöle. Keines davon vermochte den Wurm zu beseitigen, vielmehr bescherten sie Johannes Würgeanfälle und schnellen Gang. Nur Elisabeth wurden keine Hausmittel gebracht.

Als sich die Sturmfront ausgeregnet hatte und ein pittoresker Altweibersommer die Waldhänge golden färbte, kamen Bergsteiger ins Dorf. In den letzten Jahren waren sie ausgeblieben, und die St. Petrianer hatten schon befürchtet, dass sie irgendwann zurückkommen würden, doch hätten sie niemals gedacht, es gäbe Bergsteiger, die verrückt genug seien, im Herbst zu kommen – Altweibersommer hin oder her. Wie immer, wenn die Wahnsinnigen heranrückten, klappten die Fensterläden zu, wurden die Wäscheberge ins Haus geholt und die Kinder heimgerufen, noch bevor der Tross das Ortsschild passiert hatte.

»Wos sand des bloß für Männer, wann de si net amoi rasiern könna«, flüsterten sich die letzten St. Petrianer am Dorfbrunnen zu, bevor sie davonstoben. Einige Anrainer lugten zwischen den Vorhängen hervor, aber bis auf den Wirt, der ihnen dreifache Preise berechnete, ging man den Bergsteigern aus dem Weg. Die Männer verkrochen sich in Wäldern und Werkstätten, der Pfarrer sperrte die Kirche zu. Seit Jahrzehnten fragten sich die St. Petrianer, welche Kopfverletzungen diese Fremden erlitten hatten, dass sie auf Teufel komm raus über die Nordwand, die man im Volksmund auch Mordwand nannte, auf den Großen Sporzer gelangen wollten. Die Dorfbewohner mochten es gar nicht, wenn Fremde aus dem Flachland in ihrer Nähe waren, und so fühlte sich niemand bemüßigt, ihnen Ratschläge oder gar Hilfe für die Besteigung anzubieten. Wenn einer den Weg nicht kannte, hatte er dort, wo er hinwollte, nichts verloren. Die Bergsteiger ließen jedoch nicht locker und versuchten, den Großen Sporzer zu erklimmen. Sechs Tage später aber mussten sie aufgrund des Wintereinbruches aufgeben, und einer der Bergsteiger kam ohne linken Daumen zurück. Er war zwar nicht abgefroren, sondern bei einem Unfall mit Sicherungsseil und Eispickel abgetrennt worden, doch in seiner Trauer um den zehnten Finger gab der Bergsteiger den unhilfsbereiten St. Petrianern die Schuld und stürmte die Volksschule. Damals wurden alle Kinder des Dorfes in einer Klasse unterrichtet, und er stellte sich trotz kreischender Proteste der Volksschullehrerin hinter das Pult, um den Kindern zu erklären, dass es keinen Gott gebe. Und erst recht kein Christkind. Er sprach wirr und schnell, keines der Kinder konnte danach wiedergeben, was er gesagt hatte, aber der Daumenstummel hatte seine Wirkung getan – die Kinder zweifelten. Die Abendmesse war daraufhin voll, die Frauen beteten und klagten, die Männer überlegten beim anschließenden Wirtshausbesuch, welche Knochen sie dem Bergsteiger zuerst brechen sollten, bevor sie ihn am Fahnenmast pfählen würden, denn er hatte den Kindern nicht nur die Chance, in den Himmel zu kommen, genommen,

sondern die Eltern der wichtigsten prügelfreien Erziehungsmethode beraubt: *Wennst net brav bist, kummts' Christkinderl net.* Johannes Gerlitzen schüttelte den Kopf. Es ging ihm auf die Nerven, dass alle suderten, klagten, fluchten, aber keiner etwas unternahm, also holte er das Hochzeitskleid seiner verstorbenen Mutter vom Dachboden, borgte sich die Perücke des ehemaligen Schullehrers und huschte zur Schlafengehzeit durch die Vor- und Hintergärten der Familien mit schulpflichtigen Kindern. Am nächsten Tag beteten die Kinder das Vaterunser vor Schulbeginn mit der größten Inbrunst in der Geschichte von St. Peter. Sogar der Pfarrer konnte sich bereits in der Morgenmesse über zwei Handvoll Ministranten freuen. Nur der älteste Sohn des Nachbarn von links, Karli Ötsch, war skeptisch geblieben. Da er letztes Jahr schlimm gewesen war, war das Christkind nicht zu ihm gekommen, und er verstand nicht, warum es, ausgerechnet einen Tag nachdem er den Pferdeschwanz seiner kleinen Schwester Irmi angezündet hatte, nun doch kam. Als Johannes also durch den Garten der Ötschs lief, eilte Karli mit Zahnpasta vor dem Mund und Spielzeuggewehr im Anschlag aus dem Haus und schrie:
»I mach des Monster tot!«, woraufhin Johannes das Hochzeitskleid raffte, schneller lief und sich in seiner Meinung bestätigt sah, dass der kleine Karli seinem Vater nachgeriet.

Abgesehen davon avancierte Johannes innerhalb einer Nacht zum Helden des Dorfes. Elisabeth wusste gar nicht, wohin mit all dem Speck, den Marmeladen, gedörrten Früchten, der Butter, der Milch, dem Käse mit und ohne Löcher, die sie an den folgenden Tagen auf der Schwelle fand. Schlagartig verzieh das Dorf Johannes sein komisches Verhalten. Obwohl die Stammtischrunde rund um Gerhard Rossbrand, Friedrich Ebersberger, Wilhelm Hochschwab und Anton Rettenstein Tausende Bemerkungen über Johannes im Brautkleid auf der Zunge hatte, schluckten sie eine jede hinunter. Johannes hatte Großes für die Dorfgemeinschaft geleistet, und unter diesem

Umstand sah man ihm gerne nach, dass er sich zuvor verschlossen gezeigt und den anderen den Rücken gekehrt hatte, indem er allein in der Bibliothek herumgesessen war, anstatt sich für das Dorf nützlich zu machen. Und auch Elisabeth wurde nach der Christkindlsache wieder anschmiegsam. Vor allem, als der Doktor bei seinem letzten Besuch vor Weihnachten ankündigte, es würde bald so weit sein. Elisabeth musste sich auf die Geburt vorbereiten, und Johannes würde im neuen Jahr seine Wurmtabletten bekommen. Dieses Mal beschwerte er sich nicht, dass es so lange dauerte, bis er sein Medikament erhielt, denn er dachte nur noch daran, wie es sein würde, endlich sein Kind in den Armen zu halten. Außerdem hatte er schon so viel Zeit mit seinem Wurm verbracht, dass es auf die paar Wochen mehr auch nicht ankam.

Das Weihnachtsfest verbrachten die Gerlitzens zu Hause, hörten sich auf dem Balkon die Turmbläser an, und Johannes spielte das Weihnachtsevangelium mit selbst geschnitzten Krippenfiguren nach – Maria und Josef hatte er die Züge von Elisabeth und sich verpasst. Elisabeth war bereits zu schwanger, um zur Mitternachtsmette bergauf bis in die Kirche zu gehen. Noch vor dem Dreikönigstag war es schließlich so weit. Die Hebamme Trogkofel, deren Wurmtinktur Johannes solch ein Erbrechen beschert hatte, dass er befürchtet hatte, der Wurm käme vorne raus, verbannte ihn nach draußen, ehe er den Wunsch äußern konnte, bei seiner Frau zu bleiben. Vierzehn Stunden lang saß er auf der Holzbank vor dem Haus und spülte sich mit einer Dopplerflasche Adlitzbeerenschnaps die Schreie seiner Frau aus den Ohren. Als seine Haare gefroren waren und seine Haut so von der Kälte ausgetrocknet, dass sie wie von einem weißen Netz überzogen schien, tat das Kind seinen ersten Schrei. Johannes stürzte ins Haus, rannte die Holztreppen empor, klopfte nicht, wartete nicht und hebelte beim stürmischen Öffnen der Tür selbige beinahe aus. Im Türrahmen jedoch erstarrte er. Das kleine Mädchen lag nackt in den Armen der Hebamme, war noch über und über von den Spuren der Geburt bedeckt und hatte dennoch einen unübersehbar schwarzen füllien Lockenkopf, wie er weder in der Familie der rotblonden Elisabeth noch bei den weißblonden Gerlitzens jemals vorgekommen war. Solch schwarzes wuscheliges Haar hatte nur der Nachbar Ötsch von links.

Johannes Gerlitzen gewöhnte sich schnell daran, in der Bibliothek zu schlafen. Mit einer Matratze im Südeck, wo es am wenigsten feucht wurde, war es sogar einigermaßen gemütlich. Seit ihm die Gemeindesekretärin eine Schreibtischlampe dazugestellt hatte, konnte er bis tief in die Nacht lesen. Das Lesen war hilfreich, um jene Gedanken zu vertreiben, die ihn nachts derart belasteten, als säße ein gewichtiger Alb auf seiner Brust, der ihn zu erdrücken versuchte.

Kaum hatte das Gerücht von der Geburt die Kirchenstiege erreicht, empfanden die Dorfbewohner Mitleid, meinten, man müsse ihm seine Ruh' lassen, doch als Johannes Gerlitzen der Sonntagsmesse zweimal hintereinander ferngeblieben war, wurden die St. Petrianer unruhig. All jene, die von ihren Häusern Ausblick auf das Gemeindeamt hatten, beobachteten den Bibliotheksraum, um den Nachbarn in den Hangsiedlungen am nächsten Tag zu erzählen, wann Johannes das Licht ausgemacht hatte und zu welchen unchristlichen Zeiten es wieder angegangen war.

»Hiazn is a verruckt wordn«, murmelte die Stammtischrunde, wenn sie zur Sperrstunde vom Wirt nach Hause geschickt wurde und nebenan im Gemeindeamt der Gerlitzen unverändert seine Nase in ein Buch steckte, aber keiner von ihnen ging hinein, um mit Johannes zu sprechen. Anton, Friedrich, Wilhelm, Gerhard, Johannes und Karl waren seit der Volksschule eine Burschengruppe gewesen und hatten viele Abende zusammen im Wirtshaus verbracht, seit sie alt genug dafür waren – auch wenn Johannes Gerlitzen und Karl Ötsch meist prügelnd unter dem Tisch geendet waren. Nun durfte Karl das Haus nur noch unter Aufsicht seiner Frau verlassen, und Johannes verließ das Gemeindeamt überhaupt nicht mehr. In St. Peter am Anger sprachen Männer nicht über Gefühle, Enttäuschung ertrug man stoisch, also ließen sie Johannes, wo er war, und tranken abends zu viert.

Als sich Johannes Gerlitzen jedoch am Aschermittwoch nicht einmal das Aschenkreuz abholte, redeten die Dorfbewohner so lange auf den Altbürgermeister ein, bis dieser seine Hosenträger stramm zog, den Ältestenrat zusammentrommelte und ins Gemeindeamt marschierte. In St. Peter am Anger gab es kein gewichtigeres Wort als das der Versammlung der vier bis sechs mächtigsten Pensionisten. Wenn diese etwas befahlen, gehorchte man – nur Johannes Gerlitzen ignorierte ihre Autorität. Die fünf Ältesten fanden ihn in der Teeküche des Gemeindeamts, wo sich Johannes Butter auf ein halbes Weckerl schmierte, der Käse war bereits aufgeschnitten.

»Geh Hannes, woaßt eh, wia des so is«, sagte der Altbürgermeister, der als guter Freund von Johannes' verstorbenem Vater die Rede führte. Er rieb sich währenddessen die Hände gegen den Innenstoff seines Festtagsjankers, als müsste er sie säubern.

»De anen ham s'Glück im Leben, de andern ziehn d'Oarschkartn. Owa da herin wirst jo nu deppert.«

Der Bürgermeister ging im schmalen Raum auf und ab, war sich mit seinem Wanst selbst im Weg, seine vier Begleiter blieben im Halbkreis vor dem Eingang stehen und warfen dem Schnitzer zornige Blicke zu. Johannes beachtete sie nicht. Er belegte sein Brot und schnitt einen Paradeiser auf.

»Jessasmaria, Hannes, i versteh scho, dass'd grad g'nug hast vo da Wölt, owa woaßt eh, an Guckguck gibt's in de bestn

Gärtn. Denk do a bisserl anan Friedn im Dorf! Du lebst jo net allanig da!«

Johannes zeigte keine Reaktion und salzte seine Jause. Die fünf Alten sahen einander ratlos an, bis der Altbauer Rettenstein seinen Kopf schüttelte und damit bedeutete, dass es wohl sinnlos sei, die wertvolle Zeit des Ältestenrates an Johannes Gerlitzen zu verschwenden. Daraufhin stampfte der Bürgermeister auf den Fußboden und schrie:

»Jessasmariaundjosefna, du bist owa a a sturer Hund, du depperter!«, bevor sie geschlossen hinauspolterten und die Tür hinter sich ins Schloss knallten.

Während sich Elisabeth von der Geburt erholte, erwartete sie jedes Mal, wenn sich die Tür öffnete, Johannes würde zurückkommen – aber es waren stets nur ihre Freundinnen oder ältere Frauen aus dem Dorf, die ihr Essen und Hausmittel brachten. Alle standen ihr bei, doch auf Johannes wartete sie vergeblich. Nach einigen Wochen bat Elisabeth schließlich die Hebamme Trogkofel, ein paar Stunden auf ihr kleines Mädchen zu schauen. Sie zog sich ihr Sonntagskleid an, holte das Amulett ihrer Großmutter aus der Kommode, kämmte ihr langes Haar mit etwas Wachs, bis es glänzte, und ging bei Einbruch der Dämmerung Richtung Dorfplatz. Vor dem Gemeindeamt blieb sie stehen und blickte durch das Fenster in die erleuchtete Bibliothek. Sie hatte nicht damit gerechnet, dass es ihr solch einen Stich versetzen würde, Johannes zu sehen. Kurz blieb ihr die Luft weg, und sie musste sich abstützen. Elisabeth schaute zu Boden, schloss die Augen, dachte daran, wie sehr sie Johannes liebte, und richtete ihren Blick schließlich wieder auf den Mann, der hinter dem Fenster im Licht einer Schreibtischlampe saß und las. In St. Peter am Anger gab es zur damaligen Zeit vier Straßenlaternen, und unter einer stand Elisabeth. Sie wartete, dass Johannes seinen Kopf hob und sie vor dem Fenster stehen sah. Doch wie lange sie auch wartete, ihr Mann schaute nicht aus seinem Buch auf. Schließlich war Elisabeth so durchgefroren, dass sie es nicht mehr aushielt und nach Hause ging. Auf dem Weg weinte sie, bis die Hunde in den Höfen entlang der Straße zu jaulen begannen.

Die kleine Ilse schlummerte fest, als die Hebamme sie in die Arme ihrer Mutter legte, um sich den Mantel anzuziehen. Bevor die Hebamme das Haus verließ, sagte sie zu Elisabeth:

»I find, de Klane hat de hochn Wangenknochn vom Johannes.«

Daraufhin sah Elisabeth ihrer Tochter ins Gesicht und nickte eifrig.

Der Tag, an dem der Doktor die lang erwarteten Medikamente brachte, begann damit, dass Johannes auf seinem Morgenspaziergang ein Schneehuhn entdeckte, dessen weißes Kleid mit braunen Federn durchsetzt war. Am Kopf hatte die Verfärbung begonnen, und zum ersten Mal seit Langem lächelte Johannes: Der Frühling stand bevor. Wenn Johannes früher Schneehühner entdeckt hatte, hatte er versucht, sie zu fangen, denn Schneehuhnfleisch galt in St. Peter am Anger als besondere Delikatesse. Doch in diesem Moment war Johannes nicht nach Jagen zumute, obwohl das Schneehuhn nur einen halben Meter vor ihm stand und durch die Futtersuche abgelenkt war. Und plötzlich wurde Johannes klar, dass ihm nicht nur die Schneehuhnjagd egal war, sondern sein ganzes bisheriges Leben. Er wollte nicht länger in St. Peter bleiben, Bäume fällen, Statuen schnitzen, im Wirtshaus sitzen oder Schneehühner braten, er wollte erforschen, ob Schneehühner Würmer hatten.

Kurz vor Einsetzen der Schneeschmelze kamen die Krämpfe. Sechzehn Stunden lang wand sich sein Darm, zwei Stunden länger als Elisabeth in den Wehen gelegen hat, dachte Johannes und schämte sich noch im selben Moment für diesen Gedanken. Als tags darauf der gewaschene Bandwurm vor ihm lag, ganze 14,8 Meter lang und in etwa so breit wie Elisabeths Ringfinger, glühte Johannes vor Stolz, als hätte er die Erstbesteigung des Großen Sporzer vollbracht.

Mit weit offenen Mündern beobachtete die Stammtischrunde – Anton Rettenstein verkutzte sich an seinem Bier –, als Johannes Gerlitzen im Wirtshaus erschien, um den Wirt um ein leeres Marmeladenglas und etwas Spiritus zu bitten. Sobald die Schneeschmelze die Wege ins Tal befreit hatte, suchte Johannes drei Paar frische Unterwäsche zusammen und schlug Schreibers Berichte sowie den präparierten Bandwurm in jeweils eines seiner Hemden ein.

An einem Dienstagmorgen bog Johannes Gerlitzen auf die Angertalstraße und machte sich auf den vierstündigen Fußweg hinaus in die Welt. Als Erster kam ihm der Briefträger Gerhard Rossbrand entgegen, danach die Volksschullehrerin, schließlich einige Bauern, und alle fragten sie ihn, wohin er so zielstrebig ginge. Ohne stehenzubleiben, antwortete er jedes Mal:

»I geh in d' Hauptstadt und werd Doktor.«

Dem Briefträger fielen ein paar Briefe zu Boden, die Volksschullehrerin lachte lauthals auf, die Bauern schüttelten die Köpfe und waren sich einig, dass er nun endgültig verrückt geworden war. Noch nie war jemand aus St. Peter am Anger weggegangen, schon gar nicht in die Hauptstadt, schon gar nicht, um Doktor zu werden. Sogar die Murmeltierfamilie, die sich am Schutthang kurz nach der Dorfgrenze angesiedelt hatte, stellte sich mit emporragenden Schwänzen auf die Hinterläufe und blickte ihm nach, bis er außer Sichtweite war.

Elisabeth erfuhr von seinem Abschied durch einen Brief, den er auf der Schwelle des gemeinsam gebauten Hauses zurückgelassen hatte:

*Elisabeth, ich geh fort. Vielleicht komm ich zurück, wenn ich ein Doktor bin. Erzähl dem Kind, daß ich der Vater bin. Du weißt eh, der Nachbar is ein Sautrottel. Und bleib im Haus wohnen, ich brauchs nimmer, und falls ich zurückkomm, weiß ich wenigstens, wo ich dich finden kann. Machs gut, ich bin dir nicht bös. Mal schaun, was sich der Herrgott für uns überlegt hat.*

Johannes Gerlitzen (nach der Schneeschmelze 1960)

## [Die Völkerwanderung, Notizbuch I]

[1.5.] Was ich im folgenden über die Urzeit der Ureinwohner berichte, habe ich aus vielen Mythen und Erzählungen recherchiert, und manches erscheint mir nicht ganz glaubhaft, doch bin ich als Geschichtsschreiber verpflichtet zu verkünden, was ich herausfand. Es heißt, wer die Ureinwohner jenes Bergbarbarendorfes namens St. Peter am Anger waren und woher sie kamen, hätten diese im Moment der Dorfgründung bereits vergessen. Ihre Sprache sei aufgrund der langen Wanderschaft zu einem unregelmäßigen Mischmasch aller Alpendialekte geworden, und da sie sich oft verirrt hätten, durch Zeitlöcher gepurzelt seien, den Eingang zur Hölle gefunden hätten, vor Lindwürmern geflüchtet und jahrelang von einer Sintflut in einem Hochtal festgehalten worden seien, wo sie nichts als hellgelbe Beeren und dunkelblaue Blätter gegessen hätten, hätten sie sogar vergessen, wieso sie eigentlich aufgebrochen seien.
[1.6.] Nun meinen die Geschichten, daß ihr Gott, zu dem sie ein irischer Missionar bekehrt habe, fünf Engel und sechsundzwanzig Heilige habe abkommandieren müssen, um sie zu ihrem Bestimmungsort zu führen.
[1.7.] Auf den Angerberg seien sie letztlich nicht durch das Tal im Süden, sondern über die Gletscherkette im Norden gekommen. Als nach dieser Reise durch Eis und mannshohen Schnee nur noch vier Männer all ihre Zehen gehabt hätten, hätten sie beschlossen, am Angerberg zu bleiben, und dessen Vorzüge erkannt: Aus dem Inneren der den Angerberg beschützenden 4000er Bergkette sprudelten klare Quellen, da diese Gletscher von Steinläusen ausgehöhlt waren, was sich, wie ich bestätigen kann, auch 1500 Jahre später noch so verhält. An diesen Felswänden blieben die meisten Unwetter hängen, es gab genug Holz, und aufgrund der geschützten Hanglange gediehen sogar eßbare Früchte, die sonst nur in tieferen Lagen wuchsen. Und Wildschweine gab es mehr, als man braten konnte!

## Etwas passiert, ohne dass was passiert

Oft betrachtete Elisabeth Gerlitzen ihre Hände. Als sie klein war, hatte die Mutter sie wegen ihrer rauen, aufgesprungenen Handflächen gerügt. Fast täglich wurde sie ermahnt, nicht wie ein Bursch auf Bäume zu klettern und Steinschleudern zu schnitzen – Blasen an den Handballen, aufgescheuerte Handrücken und Schnittwunden seien einem Mädchen nicht angemessen. Sieben Jahre nachdem ihr Ehemann Johannes Gerlitzen das Dorf verlassen hatte, sahen ihre Hände wieder aus wie zu ihrer Mädchenzeit. Da, wo Johannes einen Spielplatz für die Kinder hatte bauen wollen, stand nun der Hühnerstall, gezimmert aus Brettern und Leisten, die Johannes vor seinem Fortgehen für eine Schaukel zurechtgeschnitten hatte. Zwei Dutzend Hühner scharrten in der Erde, Gras wuchs an dieser Stelle schon seit Jahren nicht mehr. Im Laufstall nebenan meckerten die Ziegen – Elisabeth hasste die Viecher, sie ertrug den intensiven Gestank nur, indem sie sich das Kopftuch vor die Nase band. Doch ihre Tochter Ilse brauchte Milch und Käse. Elisabeth hatte einen grünen Daumen, sie zog mehr Gemüse und Obst, als die beiden essen konnten. Elisabeth verkochte viele Früchte zu Marmelade, legte Gemüse ein, und im Keller gor sie ein großes Fass Sauerkraut. Der Lebensmittelgreißler nahm ihr ihre Erzeugnisse zu einem mehr als großzügigen Satz ab – Herr Hochschwab senior war der Taufonkel vom Nachbarn links und fühlte sich im Gegensatz zu seinem Neffen, der der eigentliche Urheber des Schlamassels war, immerhin ein bisschen verantwortlich. Der Nachbar Karl Ötsch hatte nie ein Wort zu alldem verloren. Er tat so, als hätte es Johannes Gerlitzen nie gegeben, und manche der Wirtshausbrüder bedauerten, nie wieder Schimpftiraden von Karl Ötsch gegen Johannes Gerlitzen oder von Johannes gegen Karl zu hören. Gerhard Rossbrand, der als Briefträger die meiste Zeit für dumme Scherze hatte, versuchte oft, Karl Ötsch aus der Reserve zu locken:

»Glaubst, dass da Gerlitzen wirkli a Doktor wird? So a hochg'schissener?« Oder: »Na Karl, wenn da Gerlitzen Doktor wird, hast endli wen, der wos da deine schiachen Zähnd reißt!«

Aber Karl reagierte nicht. Höchstens ein Schulterzucken brachte er zustande, doch ansonsten war er verstummt, hielt sich bei den Dorfversammlungen zurück, sagte Ja und Amen zu allem und ward nie wieder am Gartenzaun der Gerlitzens gesehen. Elisabeth und Ilse mied er. Er hatte schon fünf Kinder, und Irmgard Ötsch, seine Ehefrau, war die erste und einzige militante Feministin von St. Peter – lange bevor der Begriff Feminismus im Dorf bekannt wurde. Ihr Anspruch auf Gleichberechtigung ging so weit, dass sie nach Ilses Geburt ihren Nudelwalker nie mehr aus der Hand legte. Sogar ins Bett nahm sie ihn mit, und der Schlüsselbeinbruch sowie das taubeneigroße Hämatom im Gesicht von Karl Ötsch machten allen im Dorf klar, dass man ihn bei seiner nächsten Verfehlung aus dem Dorfbrunnen würde fischen müssen – mit dem Gesicht nach unten.

Bereits einige Wochen, nachdem Johannes Gerlitzen das Dorf verlassen hatte, sprach so gut wie niemand mehr über die Sache. St. Peter am Anger war zu klein, um sich Gedanken darüber zu machen, wer nun tatsächlich der Vater von welchem Kind war. Irgendwie waren ohnehin alle miteinander verwandt, und so gaben die St. Petrianer Johannes die Schuld an Elisabeths Unglück und machten ihm viele Vorwürfe, seine Frau und seine Tochter wegen einer hirnrissigen Spinnerei mit Würmern verlassen zu haben. Das gesamte Dorf fühlte sich nun verantwortlich für Ilse, die älteren Frauen nähten ihr Kleider, Elisabeths Freundinnen holten sie zu sich, wenn die Mutter arbeiten musste oder etwas Ruhe brauchte.

Karl Ötschs einziges Angebot an Elisabeth war, ihr das Haus abzukaufen. Es sei viel zu groß für die beiden Frauen, meinte er, zwei seiner Kinder könnten später darin wohnen, wenn diese Familien gegründet hätten. Elisabeth dachte über das Angebot keine fünf Minuten nach, sondern schlug es aus, wann immer der Nachbar es unterbreitete. Johannes und sie hatten das Haus mit ihren eigenen Händen erbaut: viel Holz und vier Schlafzimmer für ihre drei gewünschten Kinder. Außerdem hatte Johannes nach der Schneeschmelze geschrieben, er wolle wissen, wo sie zu finden sei, und Elisabeth glaubte im Gegensatz zum Rest des Dorfes fest daran, dass er zurückkommen würde. Es war ihr egal, wenn ihr die alten Frauen auf der Kirchenstiege die Schulter tätschelten und meinten, Johannes sei in dieser gefährlichen Welt da draußen sicherlich schon gestorben. Sie ignorierte ihre Freundinnen, die ihr zuflüsterten, dass er wahrscheinlich eine neue Frau habe, sie wisse doch, wie schamlos die Frauen im Rest der Welt seien.

Der junge Gemeinderat Arber forderte sie, obwohl sie ihn um einen Kopf überragte, bei jedem Fest zum Tanz auf, wollte sie ständig auf ein Krügerl einladen, bot ihr auf dem Nachhauseweg einige Mal an, sie zu heiraten, ein Vater für die kleine Ilse zu sein. Elisabeth wies ihn ab, genauso wie den Bürgermeistersohn Friedrich Ebersberger, der sie zwar nicht heiraten wollte, aber der festen Überzeugung war, sie bräuchte mal wieder einen Mann in ihrem Bett – bis sie ihm nach dem Sonnwendfeuer 1964 einen so heftigen linken Haken verpasste, dass er einen Eckzahn verlor.

Elisabeth betete jeden Abend, dass Johannes zurückkäme.

Seit er weggegangen war, schlief sie in seiner Betthälfte, während dort, wo sie selbst früher gelegen hatte, nun Ilse schlief. Sie hatte ihrer Tochter nie angewöhnt, in ihrem eigenen Zimmer zu schlafen, ihr nur gesagt, wenn der Vater wiederkäme, müsse sie ins Kinderzimmer, aber Ilse glaubte genauso wenig daran wie der Rest des Dorfes. Sie wusste schließlich, was die anderen Kinder in der Volksschule erzählten. Das Leben in St. Peter am Anger ging weiter, als hätte es Johannes Gerlitzen nie gegeben. Auch seine Freunde aus der Stammtischrunde dachten irgendwann nicht mehr an ihn und hörten nach drei Jahren auf, Witze über Bandwürmer zu machen. Nach und nach gründeten sie Familien, neue Häuser wurden gebaut, weitere Bäume gefällt, und da niemand mehr über die Vergangenheit sprach, hatten bald alle vergessen, warum Johannes weggegangen war. Nur auf der Kirchenstiege machte man ihm weiterhin jeden Sonntag Vorwürfe, dass er seine Frau und seine Tochter alleingelassen hatte.

Um das große Haus zu erhalten, reichten Elisabeths Einkünfte nicht aus. Daher half sie im Sommer verschiedenen Bauern bei der Ernte und verrichtete Arbeiten, die sonst nur die Männer machten, bis im Spätsommer 1967 jenes Unglück geschah, bei dem eigentlich nichts passierte. Die Feldarbeiter waren in Eile, das Heu einzubringen, da wie so oft im Spätsommer dichte schwarze Gewitterwolken am Großen Sporzer hingen und es nur eine Frage von Stunden war, bis es losregnete. Wenn ein solcher Regen einsetzte, konnte er Tage dauern, da Wolken über St. Peter nicht weiterziehen konnten – einmal ins Tal gepresst, waren die Sporzer Alpen für sie wie eine Sackgasse. Elisabeth fuhr den Traktor von Leopold Kaunergrat. Sie war eine gute Fahrerin, die einzige Frau, die sich traute, den fünfhunderter Fendt mit Anhänger über die abfallenden Hänge zu steuern, doch als sie ausstieg, um das rostige Scharnier der Anhängerklappe zu fixieren, machte sich der Traktor selbstständig. Er rollte langsam unter Elisabeths Händen davon, woraufhin sie aufschrie und ihm nachhechtete. Auf dem offenen Feld drehten sich alle um und erschraken, doch Elisabeth holte zur Fahrerkabine auf, sprang hinein und brachte den Traktor nach einigen Metern zum Stehen. Grölend jubelten ihr die Männer zu.

»Super Madl!«, schrien sie, beeindruckt von ihrem schnellen Reflex, von der waghalsigen Akrobatik, mit der sie aufsprang, von der Leichtigkeit, mit der sie die Situation entschärfte. Das Feld befand sich nördlich einiger Bauernhöfe und fiel talwärts steil ab – niemand wollte sich ausmalen, was passiert wäre, wenn Elisabeth den Traktor nicht zum Stehen gebracht hätte und er mit hohem Tempo in einen der Höfe gerast wäre.

Am Abend erzählten die Männer im Wirtshaus einem jeden, der nicht dabei gewesen war, von der mutigen Heldentat der Elisabeth Gerlitzen. Sie prosteten sich auf ihr Wohl zu und schwelgten in Kindheitserinnerungen, wie die Lisl immer schon das kühnste Mädl der Volksschule gewesen war. Sie erinnerten sich an die glorreiche Zeit der *Bande*, als die Burschen in ihrem Rabaukenverein den Bach aufgestaut und Baumhäuser gebaut hatten. Elisabeth war als einziges Mädchen dabei gewesen, denn nur sie hatte sich getraut, als Mitgliedschaftsmutprobe von einer Nacktschnecke abzubeißen. Dieses Aufnahmeritual hatte sie bravouröser bestanden als die Bandenführer, die selbst ausgespuckt oder gespien hatten – nur Elisabeth hatte auf dem glitschig-weichen Hinterteil herumgekaut und völlig unbeeindruckt festgestellt: »Voi salzig!«

Elisabeth saß an jenem Abend nicht am Stammtisch des Wirtshaus Mandling, sie lag im Bett und zitterte, zitterte wie seit dem Moment, als sie den Traktor quergestellt und den Motor abgeschaltet hatte. Ilse, das hübsche siebeneinhalbjährige Mädchen mit Elisabeths großen, grünen Augen und

einem nicht zu bändigenden schwarzen Wuschelkopf, lag neben ihr, streichelte den Kopf der Mutter und flüsterte ihr zu: »Is jo guat Mama, is jo nix passiert.«
Doch das Zittern hörte nicht mehr auf.

Nach einigen Tagen wurde es zwar weniger und war nur zu merken, wenn Elisabeth ihre Hände ganz still auf eine Fläche legte, aber nach einem halben Jahr begann es wieder stärker zu werden, sodass die Teller laut klapperten, wenn Elisabeth abwusch, und sie es bald nicht mal mehr schaffte, ein Marmeladenglas zu öffnen. Ein Jahr später rutschten ihr immer öfter Gegenstände aus der Hand, Geschirrtücher, die Gießkanne, ein fertiger Kuchen, den sie aus dem Backrohr holen wollte. Nach anderthalb Jahren schaffte sie es kaum noch, einen Reißverschluss zu schließen oder sich die Schuhe zuzubinden, und fast zwei Jahre später war das Zittern so schlimm, dass ihr Körper kaum noch zur Ruhe kam und sie bereits morgens einen Muskelkater hatte, als wäre sie die ganze Nacht um ihr Leben gelaufen.

Der ziegengesichtige Arzt aus Lenk wusste auch nicht so recht, was man noch tun könne, und als sie kaum mehr schlucken, essen, trinken konnte, rief er auf ihre Bitten hin Freunde in der Stadt an, Ärzte, Universitätsbeamte, die Sekretärin der medizinischen Fakultät, ob irgendjemand von einem Holzschnitzer gehört habe, der in die Hauptstadt gegangen sei, um Arzt zu werden. Die meisten lachten ihn aus: ein Schnitzer aus den Alpen?

Der Zufall wollte es, dass der ziegengesichtige Arzt auf Johannes Gerlitzens Spur kam. Zu Ostern 1969 kam der Sohn des Arztes, der ebenfalls Medizin studierte, um in die Fußstapfen seines Vaters zu treten, während der Feiertage nach Hause und hatte sein Lehrbuch über Parasitologie dabei, dessen Inhalt demnächst abgeprüft werden würde. Der Vater erzählte beim Abendessen von jenem Schnitzer oben bei den Bergbauern, der seinerzeit einen Bandwurm gehabt habe und von dem Tier so krankhaft besessen gewesen sei, dass er sich in den Kopf gesetzt habe, parasitär im Menschen lebende Würmer zu erforschen. Ohne Schulabschluss! Amüsiert nahm er das Lehrbuch zur Hand, blätterte darin, bis ihm vor Schreck eine Erbse in die Luftröhre rutschte und der Sohn seine Grundkenntnisse in Erster Hilfe anwenden musste. Ein der vierten Auflage angehängtes Zusatzkapitel über die Finnen des Schweinebandwurmes in den Lungen von Kleinkindern war von einem gewissen Doktor Johannes Gerlitzen verfasst worden. Der Arzt wollte gern an einen Zufall glauben, doch er war wissenschaftlich genug gebildet, um solche Zufälle nicht für möglich zu halten.

Es hatte einige Zeit gedauert, die Alpen zu durchqueren. Johannes Gerlitzen hatte sich von Arbeit zu Arbeit gefragt, ein Monat Hilfsarbeiter hier, ein Monat Hilfsarbeiter dort, und Schritt für Schritt hatte er sich von den Sporzer Alpen entfernt. Egal welcher Tätigkeit er nachgegangen war, ob er beim Staudammbau ausgeholfen oder eine kurze Anstellung bei der Bahn gefunden hatte, am meisten interessiert hatte er sich für die Ärzte, die auf jeder Großbaustelle die Arbeiter betreuten. In seiner Freizeit nach Schichtende hatte er die Krankenlager aufgesucht und gefragt, ob er ein bisschen zusehen und sich nützlich machen dürfe. Mit der Zeit hatte er sich angewöhnt, bei keiner Verletzung wegzuschauen, egal, ob sich einer geschnitten oder einem anderen ein Steinschlag das halbe Gesicht zertrümmert hatte. Bevor er sich sein erstes Wachstuchheft kaufte, hatte er, wann immer er ein Buch in die Hand bekommen hatte, die letzten Leerseiten herausgelöst und in kleiner gedrungener Schrift notiert, was er gesehen hatte, um nichts zu vergessen. Er fand Gefallen am Schreiben und begann auch bald, seine eigenen Gedanken festzuhalten. Nur über Elisabeth schrieb er kein einziges Wort. Wenn er abends in den Arbeiterbaracken übernachtete und der Wind durch die notdürftig zusammengenagelten Latten pfiff, dass sogar den Mäusen die Zähne klapperten, kämpfte Johannes mit den Tränen und klammerte sich eisern an seinen Entschluss. Er hatte entschieden, das Dorf zu verlassen, seinen Traum zu verwirklichen und Arzt zu werden. Vorher, so hatte er sich geschworen, würde er keinen Fuß mehr nach St. Peter setzen, egal, wie sehr es ihn dorthin zurückzog. Und während das Schnarchen der anderen Arbeiter das Rauschen der Winde rundherum übertönte, betete Johannes Gerlitzen nicht zum Vater, zum Sohn oder zu den Heiligen, so wie man es in St. Peter am Anger tat, wenn man Hilfe brauchte, sondern er erinnerte sich an die medizinischen Beschreibungen in jenem Wurmbuch, das er aus der Dorfbibliothek mitgenommen hatte. Bis er einschlief, stellte er sich vor, selbst Wurmkrankheiten zu erforschen und anschließend darüber zu schreiben – Nacht für Nacht.

Nach einem Dreivierteljahr der Wanderschaft erreichte Johannes Gerlitzen das Flachland, und nachdem er sich noch etwas Geld auf einer Baustelle verdient hatte, stand er am Neujahrstag des Jahres 1961 zu Sonnenaufgang auf und fuhr per Anhalter die letzten Kilometer bis in die Hauptstadt. Je weiter seine Mitfahrgelegenheit in die Stadt hineinfuhr, desto größer wurden Johannes' Augen. Schon wenige Meter nach der Stadtgrenze hatte er mehr Häuser und Menschen gesehen als in seinem bisherigen Leben. Erst als der Fahrer des Wagens scherzte, Johannes solle sich nicht die Nase an der Fensterscheibe platt drücken, erwachte er aus seinem Staunen und lächelte.

Bei der Tante eines Kollegen vom Bau, den er auf seiner Reise kennengelernt hatte, bezog er schließlich ein Untermietszimmer, das kaum groß genug war, um eine Matratze darin unterzubringen, und kein fließend Wasser hatte. Man hatte knapp Platz für eine kleine Kommode, einen Stuhl und den Holzofen. Wenigstens gab es auf dem Gang eine Toilette mit

Wasserspülung, die ihn zutiefst beeindruckte. In St. Peter am Anger wusste man damals noch nicht, dass es Alternativen zu den Plumpsklos gab, die im Winter für zahlreiche Harnwegsentzündungen sorgten und im Sommer voller schweinsaugengroßer Fleischfliegen waren.

Bald entschied sich Johannes, einen Teil seiner Ersparnisse in ein ordentliches Hemd zu investieren, und an seinem zwanzigsten Geburtstag, am Dienstag in der vierten Februarwoche 1961, marschierte er so früh ins Tröpferlbad, dass noch alle Straßenlampen schienen. Im Anschluss suchte er frisch gestriegelt das k.k. Hof-Naturalienkabinett auf. Nach zwei Weltkriegen und einer untergegangenen Monarchie war es zwar in *Naturhistorisches Museum* umbenannt worden, doch das Fehlen des Adelstitels tat der Bewunderung des Johannes Gerlitzen keinen Abbruch. Kaum dass er den ausgestopften Hund des Museumsgründers Franz Stephan von Lothringen an der majestätischen Eingangstreppe betrachtet hatte, war er froh, so früh aufgestanden zu sein. Er blieb, bis ihn der Saalwächter nach Hause schickte, und hatte dennoch das Gefühl, nicht lange genug dort gewesen zu sein. Endlich sah Johannes Gerlitzen all die anderen Würmer, die nicht in seinem Darm gewesen waren und von denen er nur gelesen hatte: Bandwürmer, Fadenwürmer, Saugwürmer der Lunge, Saugwürmer der Leber, Schweinelungen gespickt mit Finnen und unzählige mehr. Es gab sogar Mikroskope, an die sich der Besucher unter den Argusaugen des Saalwächters setzen konnte, um die Körper von Würmern vergrößert zu bestaunen. Wie fein die Glieder waren! Wie stark ausgeprägt die Fangzähne! Johannes lief es kalt den Rücken herunter bei dem Gedanken, dass sich solche Zähne einst in der Innenwand seines Dünndarms verkeilt hatten. Die meiste Zeit verbrachte er im Saal der wirbellosen Weichtiere, aber er spazierte auch durch die anderen Säle des Obergeschosses. Die Steine und Mineralien im Parterre sparte er aus – inmitten der Vielfalt der Welt hatte er das Gefühl, in St. Peter sein Leben lang genug Steine gesehen zu haben. Manchmal bekam er Atemnot und musste sich setzen. All die Eindrücke überwältigten ihn, und er war überfordert von der Frage, wie er den Rest der Welt bisher hatte ignorieren können. Wie war es möglich, auf diesem gewaltigen Erdball zu leben, und nichts anderes zu kennen als den Ort, in dem man geboren und aufgewachsen war? Johannes Gerlitzen setzte sich auf einen Schemel und atmete tief ein. Im Naturhistorischen Museum roch es intensiv nach Alaun, Aluminiumgerbstoff und Borsäure. Die Saalwächter mussten aus diesem Grund nach einem Arbeitstag zwanzig Minuten mit sehr viel Seife duschen, doch für Johannes Gerlitzen war dies der Duft der Freiheit.

Einige Wochen später hatte sich seine Euphorie jedoch wieder gelegt, denn er hatte es sich etwas einfacher vorgestellt, ein Medizinstudium zu beginnen. Auf der Universität hatte sich Johannes erklären lassen, dass er eine Studienzulassungsprüfung benötige, aber der Blick in die Anforderungsliste dieser Prüfung ließ ihn verzweifeln. Es war ihm schier unbegreiflich, warum er, wenn er Arzt werden wollte, seitenlange mathematische Aufgaben lösen oder lateinische Texte übersetzen können musste. Aus seiner monatelangen Lektüre im Gemeindeamt von St. Peter wusste er zwar, dass in der Medizin alles mit lateinischen Wörtern ausgedrückt wurde, doch er war zugleich davon überzeugt, dass es reichen müsse, diese einzelnen Wörter zu kennen, ohne lesen zu können, was irgendwelche Kaiser geschrieben hatten, die lange vor Jesu Geburt gestorben waren. Und so verfluchte Johannes Gerlitzen jene Menschen, die sich die Studienzulassungsprüfung ausgedacht hatten und begann, wie früher Statuen zu schnitzen. Sein einziger Lichtblick war, dass die Menschen in der Stadt das Fünffache für seine Statuen bezahlten, als er in den Alpen erhalten hatte.

An Sonntagen ging er ab und zu ins Wirtshaus, gönnte sich ein Stück Fleisch und trank eine Limonade – dem Alkohol hatte er seit der Geburt der kleinen Ilse abgeschworen. An jenem Sonntag im Juli 1961, an dem sich sein Leben schließlich für immer verändern sollte, hatte Johannes gerade ein Surschnitzel mit Erdäpfelsalat gegessen und war überaus niedergeschlagen, weil er mittlerweile seit einem halben Jahr in der Stadt lebte, ohne seinem Traum von der Medizin auch nur einen Schritt näher gekommen zu sein. Johannes erkannte den Mann wieder, der plötzlich hinter ihm stand und ihn fragte, ob er nicht derjenige sei, dem er die kniehohe Marienstatue abgekauft habe, und ob er Karten spielen könne? Man spiele im Hinterzimmer und benötige noch einen Mitspieler. Zuerst zögerte Johannes, denn Karten spielen erinnerte ihn an die vielen Abende im St.-Petri-Wirtshaus, doch er hatte an jenem Sonntag nach der Messe sieben Statuen verkauft, und so meinte er, sich etwas Unterhaltung gönnen zu dürfen. Johannes gewann haushoch, und die Männer waren so beeindruckt von all seinen Kniffen und Tricks, dass sie ihn von nun an jeden Sonntag einluden, mit ihnen zu spielen. In St. Peter am Anger spielten die Männer seit Generationen jeden Abend Karten, und Johannes war bis zu jenem Moment, als ihn einer seiner Mitspieler fragte, was er dafür haben wolle, ihm seine Tricks beizubringen, nicht bewusst, dass die St.-Petri-Männer dadurch über ganz besonderes Wissen verfügten. Eigentlich antwortete Johannes nur zum Spaß, er benötige eine bestandene Studienberechtigungsprüfung, allerdings nahm ihn der Mitspieler ernst und antwortete, dass er jemanden kenne, der jemanden kenne, der ihm noch einen Gefallen schulde, und der wiederum kenne jemanden, der beim Studienberechtigungsamt arbeite. Drei Wochen später hatte Johannes ein Zeugnis in der Hand, das ihm die allgemeine Hochschulreife der Alpenrepublik attestierte. In St. Peter am Anger kannte jeder jeden, was in der Stadt unmöglich war, und Johannes verstand, um hier zu überleben, musste man nicht alle kennen, sondern es ging bloß darum, jemanden zu kennen, der jemanden kannte, der jemand anderen kannte, der wiederum das Gesuchte konnte.

Als sich Johannes schließlich in der langen Schlange einreihte, die vor der jungen Universitätsbeamtin auf die Immatrikulation wartete, pochte sein Herz, und der Schweiß rann ihm unter dem guten Hemd den Rücken hinab. Während er sich Zentimeter um Zentimeter auf dem polierten Marmorboden unter den großen Gewölben des ehrwürdigen Gebäudes fortbewegte, fürchtete er, die Beamtin würde sofort bemerken, dass er keineswegs zum Studium berechtigt war, doch die junge Frau, deren Frisur ihn an ein Schlagoberstürmchen erinnerte, lächelte ihn kurz an, notierte seine Daten in einem Formular, ließ ihn selbiges unterschreiben, füllte einen orangefarbenen Ausweis aus, klebte sein mitgebrachtes schwarzweißes Bild auf die freie Fläche, drückte einen Stempel darauf, und als sich Johannes Gerlitzen höflich von ihr verabschiedete, war er Medizinstudent.

Anfangs studierte Johannes sehr langsam. Er musste etliches nachlernen, doch sitzen und lesen hatte er bereits in St. Peter geübt. Er war nie faul gewesen, und in der Medizin brauchte man kaum Vorwissen, wie er erfreut feststellte, sondern nur das Talent, verbissen auswendig zu lernen. Und sobald es um das Praktische ging, bemerkte niemand mehr, dass er als einer der wenigen nicht aus der Stadt kam. Im Gegensatz zu den meisten seiner Kollegen konnte Johannes das Skalpell von Beginn an halten, ohne zu zittern. Mehr als einmal wurde er von den Professoren für seine ruhige Hand und seine präzisen Schnitte gelobt. Johannes staunte, um wie viel einfacher das Sezieren einer Lunge war, als die feinen Gesichtszüge einer Statue zu schnitzen. Und wie sanft glitt eine Knochensäge durch ein Bein, im Vergleich zu einer Zackensäge durch einen Baumstamm. Viel hatte Johannes Gerlitzen nicht mit den anderen Studenten zu tun. Eisern verbrachte er die meiste Zeit in der Nationalbibliothek. Alle Leseplätze waren mit Leselampen ausgestattet, und es gab nichts, was man nicht nachschlagen konnte. Wenn er heimkam, schnitzte er bis spät in die Nacht Statuen, um Geld zu verdienen, und für sich selbst schnitzte er eine Nachbildung der Mundhöhle mit Zähnen, da dieser Teil des Körpers ihm beim Lernen die meisten Schwierigkeiten bescherte. Wann immer es nämlich um Zahnkrankheiten ging, musste er an seinen Nachbarn in St. Peter denken, Karl Ötsch, der die schlechtesten Zähne des Dorfes hatte. Manchmal verfiel er über dem Lehrbuch in Trance, dachte darüber nach, wie Elisabeth diesen Mundgeruch hatte ignorieren können, und dann erschienen vor seinen Augen jene grausamen Bilder, wegen derer er aus St. Peter geflüchtet war.

Nach einigen Semestern legte sich die Anfangseuphorie. Was ihn begeistert hatte, langweilte ihn, und nachdem er den theoretischen Teil seines Studiums abgeschlossen hatte, hatte er viel Zeit nachzudenken.

Je dialektfreier Johannes' Hochsprache wurde, desto fremder kam es ihm vor, sich in Tramways fortzubewegen, überall nur fremde Menschen zu sehen – und dann erst dieses flache Land! Johannes ertappte sich dabei, Angst vor dem endlosen Horizont zu verspüren, der die Hauptstadt umgab wie ein alles verzehrendes Loch. Ging er durch die Häuserschluchten, vermisste er den Überblick, kam sich verloren und fremd vor. Stieg er auf einen Aussichtspunkt, wurde er von der Angst befallen, von der endlosen Weite ringsum verschluckt zu werden. Er sehnte sich nach den Sporzer Alpen, die, egal wo man sich im Angertal bewegte, den Horizont begrenzten, der Weite einen Riegel vorschoben und sich wie ein schützender Vater vor einen stellten, so als wollten sie die Gefahren der

Welt von einem fernhalten. Und obwohl er versuchte, dagegen anzukämpfen, sehnte er sich nach Elisabeth und nach der kleinen Ilse. Je länger er weg war, desto mehr schmerzte ihn, das Kind nie im Arm gehalten und ihm nie ins Gesicht geblickt zu haben.

*[Die Ordensbrüder, Notizbuch I]*

*[1.8.] Wie genau sich das Weitere zugetragen hat, konnte ich trotz intensiver Recherchen nicht eindeutig klären. Was ich mit Sicherheit bestätigen kann, ist, daß wenige Jahrzehnte, nachdem sich die Bergbarbaren auf ihrem Berg niedergelassen hatten, einer der Alpenfürsten ein Kloster in jenem Tal im Süden des Angerberges errichtete, wo sich die Siedlung Lenk auch heute noch befindet. [1.9.] Ich vermute, daß der Fürst dies tat, da es damals in Mode war, Klöster zu stiften. Die Aristokraten erhofften sich wohl zum einen, daß das monastische Volk für ihre Seelen betete, zum anderen erwarteten sie eine Stärkung ihrer Machtposition durch die Errichtung eines geistlichen Zentrums. [2.0.] Weiter nun deuten meine Recherchen darauf hin, daß es den Herrschern nach einigen Jahren lästig wurde, für Leben und Unterhalt der Mönche aufzukommen, und so erlaubten sie, daß das Kloster in Lenk selbst einen Zehent von den Dörfern und Siedlungen rundum eintrieb. Ich kann berichten, daß es den Staatsfürsten der heutigen Zeit ebenso leidig ist, für das Beten zu zahlen. [2.1.] Die Ordensbrüder, die in jenem Benediktinerkloster zu Lenk lebten, schienen jedenfalls am Einheben von Gütern und Geldern Gefallen gefunden zu haben. Sie bauten ihre Räumlichkeiten aus, schafften sich Vieh an und hatten immer neue Ideen, die Abgaben der Bauern zu verprassen. Ich möchte an dieser Stelle darauf hinweisen, daß Mönche zwar dem Dienste am Guten verpflichtet sind, doch daß dies nicht bedeutet, daß sie immer gut sind. [2.2.] Getrieben von der Geldgier, überlegten sie also, wie man die Klosterkammern noch weiter füllen könnte, und so erinnerten sie sich schließlich an Geschichten von den Auseinandersetzungen zwischen den Talbewohnern und gewissen Stämmen, die abgeschieden in den Bergen lebten, und beschlossen, jene Dörfer, von denen man lange nichts mehr gehört hatte, zu suchen, zu finden und zu einer abgabenpflichtigen Pfarre des Klosters zu machen. Dies war, soweit ich das rekonstruieren konnte, der erste Beschluß, mit welchem die Welt versuchte, St. Peter zu einem ihrer zivilisierten Teile zu machen.*

# Alois' Weltraummission

1969 gab es nicht mehr viele Löcher in der Fernsehsignalabdeckungskarte der Alpenrepublik, doch eines erstreckte sich großräumig über den Sporzer Alpen. Ohne Fernsehbildschirme wusste man in St. Peter am Anger zwar trotzdem von der Mondlandung – nachdem das wöchentlich erscheinende und auch in St. Peter gelesene Lokalblatt *Angertaler Anzeiger* auf einer Doppelseite darüber berichtet hatte –, aber für Menschen auf dem Mond konnte sich bis auf den zwölfjährigen Alois Irrwein niemand begeistern. Alois, der einzige Sohn der St.-Petri-Zimmermannsfamilie, war von einer Faszination für Geschwindigkeit und abenteuerliche Unternehmungen beseelt – seine Wangen glänzten ständig rot, als wäre er gerade einen Hang hinuntergedüst, als hätte er einen reißenden Fluss durchschwommen oder ein Fort in Steilhängen erbaut. Die Vorstellung einer Reise zum Mond stellte für ihn alles davor Gewesene in den Schatten. Noch nie hatte er von etwas Schnellerem, Gefährlicherem, Spannenderem gehört, und so kletterte er jede Nacht auf das Dach der Werkstatt seines Vaters, legte sich auf die warmen Schindeln und überlegte, wie er es bis zum Mond schaffen könnte.

Eines Abends blieb sogar die Stammtischrunde Ebersberger, Hochschwab, Rossbrand, Rettenstein nach einer langen Diskussion über die Schwerkraft vor der Wirtshaustür stehen, um in den Himmel zu schauen. Sie legten die Köpfe in den Nacken, steckten die Hände in die Hosentaschen und suchten die weiße Oberfläche des Vollmondes nach einem Pünktchen ab, das darauf spazieren ging. Als sie keines entdeckten, spuckte Toni Rettenstein ins Gras:

»So a Bledsinn.«

Und damit war die Sache vom Tisch.

Am nächsten Tag sprach man auch nach der Morgenmesse über die Mondlandung, da der Pfarrer in seiner Predigt lange darauf eingegangen war, dass der Mensch seinen Platz auf der Erde habe. Nur durch edle Werke im Dienste Jesu Christi dürfe er nach dem Himmel streben, doch vor seinem Tod sei ihm das Reich des Herrn verwehrt. Eine schwere Sünde sei es, wenn der Körper sich von der Erde abhebe, hatte der Geistliche mit geballter Faust gepredigt, dabei hatte der Pfarrer von St. Peter in den letzten Jahren selbst begonnen, die Erde zu verlassen. Seine Füße standen zwar noch auf dem Boden, aber sein Geist schwebte oft in Sphären, in denen die Bewohner von Himmel und Hölle lebendig geworden waren. Überall sah er Dämonen lauern und Engel frohlocken.

»I bin scho g'spannt, wia de wieder vom Mond owa kumman wolln«, sagte Erna Hohenzoller, die kräuterkundige Käsebäuerin vom Osthang, »i glaub jo, da Herrgott daschlagt de nu mit'm Blitz.«

Alle, die auf der Kirchenstiege bei ihr standen, gaben ihr recht. Ein paar Tage nach dem großen Schritt für die Menschheit war man sich in St. Peter einig, keinen Schritt vorangekommen zu sein. Nur der junge Alois war von der Mondlandung so gebannt, dass er kein anderes Thema mehr kannte, bis ihm die Erwachsenen untersagten, *de ganze Zeit über de depperte Mondlandung zum Sprechen.* Im Sommer 1969 gab es nämlich ein anderes Ereignis, das vielfach bedeutsamer als die Mondlandung eingestuft wurde. Ein schlichter Brief erreichte in der letzten Juliwoche den angehenden Bürgermeister Friedrich Ebersberger jun., in welchem Doktor Johannes Gerlitzen seine Rückkehr ankündigte und den Freund aus früheren

Tagen darum bat, die nötigen Vorbereitungen in St. Peter zu treffen. Dieser Brief war bald so zerfleddert, mit Flecken versaut und abgegriffen, dass man die Schrift kaum noch lesen konnte. Jeder wollte ihn in der Hand halten, keiner konnte glauben, dass der Gerlitzen am Leben war. Nur Alois Irrwein beteiligte sich nicht an der kollektiven Nervosität. Er konnte sich nicht an den Schnitzer erinnern, und anders als die meisten Kinder interessierte er sich nicht für die von den Eltern erzählte Geschichte von Johannes Gerlitzen, der wegen eines Wurms in seinem Bauch weggegangen war. Während sich das Dorf rausputzte und auf die Rückkehr des einzigen je an die Stadt verlorenen Bewohners vorbereitete, zog sich Alois Irrwein in die Wälder zwischen Angerberg und Großem Sporzer zurück, wo er bereits vor fünf Jahren seine erste Baumhausfestung gebaut hatte. Dort hatte er Ruhe vor der allgemeinen Aufregung, die vom Dorfältesten bis zu den Schulkindern alle befallen hatte, und er begann, emsig Vorbereitungen zu treffen, um selbst auf den Mond zu fliegen.

Johannes Gerlitzen kehrte an einem Samstag zurück. Im Nachhinein konnte man nicht mehr sagen, ob er pünktlich zu Mittag eingetroffen war oder die Kirchturmglocken zur Feier seiner Rückkehr geläutet hatten. Der Kleintransporter, der sein Hab und Gut den Angerberg hinaufkutschierte, wurde ab der Dorfgrenze von zwei Handvoll Kindern begleitet. Der Fahrer hatte Mühe, keines zu überfahren. Vor dem Haus der Gerlitzens wartete das halbe Dorf; die früheren Wirtshausfreunde mit Frauen und Kindern, alle, die mit ihm aufgewachsen waren, und von den Älteren diejenigen, die noch lebten. Der Pfarrer hatte seine Konzelebrationsstola wie einen Schal um den Hals gewickelt, damit sie ihm im Laufschritt nicht hinabfiel, und hektisch drängten sich der kurzatmige Altbürgermeister und sein Sohn Friedrich, der ihn stützen musste, in die erste Reihe. Nur Ilse schloss das Schlafzimmerfenster, um Elisabeth nicht aufzuwecken. Die ganze Nacht war es ihrer Mutter vor Aufregung so schlecht gegangen, dass sie aufrecht zitternd im Bett gesessen hatte. Im Gemüsegarten kamen währenddessen die frei laufenden Hühner zusammen, als wollten auch sie einen Blick auf den Zurückgekehrten werfen. Kaum stieg Johannes aus dem Transporter, gefror dem Dorf jedoch das Lächeln. Man hatte sich vorgestellt, der Gerlitzen, den man von klein auf kannte, würde genauso, wie er weggegangen war, wieder zurückkommen. Etwas gealtert vielleicht – aber immer noch der Gerlitzen. Nun stieg jedoch ein anderer aus dem Auto, bei dem man nur mit Mühe erkennen konnte, dass er in St. Peter geboren war. Lang und sehnig sah er ohne die Muskeln eines Holzarbeiters aus, seine Wirbelsäule schien wie von einem Besen gestützt, wodurch er noch größer wirkte. Und dazu trug er das Haar länger als die alten Frauen unter ihren Kopftüchern, wenngleich das seinige nicht onduliert, sondern eng am Kopf gekämmt war. Doch was alle zum Staunen brachte: Sein Haar war innerhalb der neunjährigen Abwesenheit schneeweiß geworden. Der Bürgermeister sagte ein paar Worte, Johannes sagte ein paar Worte, und alle erschraken, dass die St.-Petri-Färbung seiner Sprache ausradiert war. Schließlich waren alle erleichtert, als man aufhörte zu reden und sich daran machte, den Transporter zu entladen und Johannes' Sachen ins Haus zu bringen.

»Vorsicht mit den Kisten mit gelbem Band darauf, das sind die Forschungsgeräte, die sind zerbrechlich!«, wiederholte dieser mehrmals, wobei die Helfer seine Kisten ohnehin mit Samthandschuhen anpackten, und die, die danebenstanden und zuschauten, wie Kaninchen in Lauerstellung den Hals eingezogen hatten. Niemandem war geheuer, was da vor sich ging, und vor allem, welch übler Zauber den lieben Johannes in solch einen fremden Menschen verwandelt hatte. Ilse hatte zwar keine Maßstäbe, um Johannes Gerlitzens Auftritt zu beurteilen, aber sie bemerkte die erschrocken nach oben schnellenden Augenbrauen. Von den Reaktionen der Dorfbewohner verunsichert, verkroch sie sich, kaum dass sie Johannes' Absätze die Schwelle überschreiten hörte, in den Schlupfwinkeln des Hauses. Und als man nach ihr suchte, um sie ihrem Vater vorzustellen, rannte sie in die weiten Wälder zwischen Angerberg und Großem Sporzer.

Johannes setzte sich an die Kante des Ehebettes, faltete seine Hände im Schoß und wartete, bis Elisabeth aufwachte. Auch wenn sie schlief, zuckte die Bettdecke. In ihren Augenwinkeln klebte Sand, der Fäden zwischen ihren Lidern zog, als sie diese aufschlug.

»Du bist ...«, setzte sie an, doch sie war zu schwach, um den Satz zu beenden. Sie war sogar zu schwach, um Tränen zu vergießen. Weil Johannes wusste, was sie sagen wollte, legte er seine Hand auf ihre Wange und küsste ihre Stirn. Elisabeths Gesicht war von der Krankheit gezeichnet, ihre Mimik ausdruckslos.

»Ich hab ja gesagt, ich komm zurück und kümmere mich um die Ilse und dich.« Johannes holte Pulsmessgerät und einige Fläschchen aus seinem Arztkoffer. Er benetzte sein Stofftaschentuch, säuberte Elisabeths Augen, kühlte ihr die Stirn und begann, ihre Arme zu massieren, zuerst den rechten, dann den linken, und die Beine – bis sie etwas weniger zitterte. Schließlich legte er sich neben sie, umfasste ihren Körper und roch den Duft hinter ihren Ohrläppchen, der noch immer derselbe war. Während ihm stumm Tränen über die Wange rannen, flüsterte er ihr ins Ohr:

»Entschuldige, dass ich dich alleingelassen hab. Aber jetzt bin ich wieder da und kümmere mich um euch.«

Nachdem Johannes das Haus drei Mal abgeschritten war, ohne Ilse zu finden, holte er ein Tapetenmesser aus seiner früheren Werkstatt im Keller, um die mitgebrachten Kisten zu öffnen.

Das Messer war wie alle anderen Werkzeuge von einer feinen Rostschicht überzogen.

Johannes beschloss, die Ordination fürs Erste im Obergeschoss des Hauses einzurichten, bis ihm der Bürgermeistersohn das per Brief versprochene Arzthaus gebaut hätte. Man konnte das Obergeschoss vom Eingangsbereich aus erreichen, ohne die Wohnräume zu durchqueren. Das Schlafzimmer wollte er ins Wohnzimmer verlegen, da es für Elisabeth so einfacher sein würde, das Haus zu verlassen. Johannes begann, Kiste um Kiste die Stiegen hinaufzutragen und zu öffnen, bis er merkte, dass zwei der Kisten bereits offen waren und drei weitere fehlten. Er ging in den Hof, wo die Helfer größere unverpackte Gegenstände ausgeladen hatten. Neben der Schreibtischlampe auf der Sitzbank fehlte ein Korb mit Petri-Schalen, und von der Tischzentrifuge, die er auf dem Absatz neben der Haustür abgestellt hatte, war der Ersatz-Winkelrotor verschwunden, in welchen die Probefläschchen für die Schleuderung eingespannt werden konnten. Nur einzelne in der Sommerdürre abgefallene Blätter des nebenan gedeihenden Rhododendron lagen noch darauf.

»Seltsam«, brummte Johannes und kratzte sich am Kopf, bevor er all seine mitgebrachte Habe ins Wohnzimmer trug, um mit der Inventurliste abzugleichen, was fehlte.

»Und des wird mei Antrieb.« Stolz betrachtete Alois Irrwein das Grundgestell des Raumschiffes. Ilse saß auf einem umgestürzten Baum, an der Stelle mit dem wenigsten Moos, und ließ die Füße über dem Waldboden baumeln. Die schönen Strümpfe, die sie sich wegen der Rückkehr des Vaters hatte anziehen müssen, waren voller Löcher, nachdem sie Alois einige Stunden lang geholfen hatte. Nicht dass er Hilfe nötig gehabt hätte. Er war in einer Zimmermannswerkstatt groß geworden und hatte handwerkliches Geschick im Blut. Ilse ließ er trotzdem mitarbeiten. Ganz verweint war sie in den Wald gelaufen gekommen. Alois verstand nicht viel vom Trösten, er hatte ihr einfach einen Hammer in die Hand gedrückt:

»Wennst magst, kannst de Stützlattn an da Radachsn annageln.«

Alois hatte entschieden, mithilfe von viel Anlauf über eine Rampe ins Weltall zu fliegen. Senkrecht in den Himmel zu starten, so wie es das Titelblatt des *Angertaler Anzeiger* beim amerikanischen Mondflug gezeigt hatte, konnte er sich nicht vorstellen. Als Startrampe hatte er eines der ausgetrockneten Flussbetten in den Wäldern des Großen Sporzer auserkoren, in denen zur Schneeschmelze das Wasser vom Gletscher talwärts strömte, um den gemächlichen Mitternfeldbach für wenige Wochen in einen reißenden Strom zu verwandeln. Alois' Startrampen-Flussbett mündete nicht direkt in den Mitternfeldbach, sondern endete an einem Felsvorsprung, über den sich zur Schneeschmelze ein tosender Wasserfall ergoss. Die Dorfbewohner nannten ihn den Weißen Sturz, weil das helle Kalkgestein das Wasser zum Scheinen brachte. Doch im Sommer war der Weiße Sturz genauso trocken wie das restliche Flussbett und für Alois Irrwein die ideale Abflugschanze in den Himmel und noch viel weiter. Dass, sollte er abstürzen, unter ihm der Mitternfeldbach lauerte und sich hinter diesem eine zum Dorfplatz hin ansteigende Kuhweide erstreckte, schien ihn nicht zu bekümmern. Es waren Ferien, und Alois hatte den ganzen Tag Zeit, sich seinem Plan zu widmen. Zudem wurde er jede Nacht vom glänzenden Himmel über St. Peter angespornt: In der Klarheit der Alpennächte war er voller Sterne, die zum Greifen nah schienen.

Als Raumschiff sollte eine Art Seifenkiste dienen, wobei Alois noch etwas unsicher war, wie er das Cockpit versiegeln sollte. Er hatte gehört, im Weltall gebe es keine Luft.

»So a Seifnkistn wia de, mit derer i vor zwoa Joahr in Lenk s'Rennen g'wonnen hab«, erklärte er Ilse, die sich nicht mehr an besagtes Seifenkistenrennen erinnern konnte, jedoch eifrig mit dem Kopf nickte. Sie war froh, bei dem dreckigen Buben Unterschlupf gefunden zu haben, jetzt, da plötzlich ein fremder Mann in ihrem Haus war, der alles veränderte. Obwohl Ilse Gerlitzen zuvor noch nie mehr als zwei Worte mit dem wilden, drei Jahre älteren Alois Irrwein gewechselt hatte, benahmen sie sich plötzlich, als wären sie beste Freunde.

Seit er auf seiner Wanderschaft Dinge notiert hatte, um sie nicht zu vergessen, war Johannes Gerlitzen ein eifriger Aufschreiber geworden, der fast alles festhielt, was ihn beschäftigte. Mittlerweile weniger, weil es ihm half, sich zu erinnern, sondern weil er gemerkt hatte, dass die Dinge einfacher wurden, wenn man sie zu Papier brachte, als könnte man durch Aufschreiben die Welt ordnen. An seinem ersten Abend in St. Peter benutzte Johannes Gerlitzen das erste Mal ein neues Notizbuch, wenngleich das vorherige noch nicht vollgeschrieben war. Doch es fühlte sich an, als begänne nun ein neuer Lebensabschnitt, der eines neuen Buches wert wäre: *St. Peter am Anger hat etwas mehr als vierhundert Einwohner, liegt isoliert vom Rest der Welt auf einem Berg, versteckt inmitten der Alpen, und ausgerechnet hier gibt es einen der seltenen Fälle von schwerem Morbus Parkinson bei einer Patientin, die ihr fünfunddreißigstes Lebensjahr noch nicht überschritten hat und das vierzigste wohl kaum erreichen wird. Spätestens dieser Umstand zeigt, daß auch ein Dorf fernab der Zivilisation einen Arzt nötig hat.*

Wenn er ein medizinisches Thema abgehandelt hatte, zog er mit einem Lineal einen Strich darunter, drehte das Heft um 180 Grad und merkte, wie er es gewohnt war, die persönlichen Kommentare mit spitzem Bleistift auf dem Rest der Seite an: *Rätselhaft ist, was mit einem Viertel meiner medizinischen Ausrüstung geschah, das wie vom Erdboden verschluckt ist, seit sie ausgeladen wurde. Dies Rätsel muß ich demnächst lösen, um meine Ordination baldmöglichst in Betrieb nehmen zu können. Nicht nur für die Gesundheit, sondern auch für die Geister der Menschen halte ich die dauerhafte An-*

*wesenheit eines Arztes für unabkömmlich. Immerhin gibt es hier außerdem einen der altersbedingten Verwirrung verfallenen Priester, der, als wäre er noch im 14. Jahrhundert, von dem Aussatz als Gottes Strafe spricht. Dem muß etwas entgegengehalten werden, denn es kann nicht sein, daß im Jahr 1969 Menschen zu irgendwelchen Heiligen beten, um sich vor der Grippe zu schützen!*

An seinem vierten Abend in St. Peter überwand sich Johannes Gerlitzen auf Elisabeths Drängen hin, ins Wirtshaus zu gehen. Elisabeth war überzeugt, ließe sich Johannes beim Mandling sehen, würden die St. Petrianer ihre Berührungsängste verlieren, doch als er die Stufen hinunter in das schlecht beleuchtete Souterrain-Lokal ging und sich alle Augen auf ihn richteten, war er sich nicht so sicher, am richtigen Ort zu sein. Einst war das Wirtshaus sein zweites Wohnzimmer gewesen, und dennoch fragte er sich nun, wie er sich in dieser Wolke aus Zigarettenrauch und tief in die Holztische eingetrocknetem Bier jemals hatte wohlfühlen können. Er wollte schon umdrehen, als ihn die Stammtischrunde zu sich rief.

»Na, wir ham owa net glaubt, dass wir di nu amoi bei uns sehn«, schrie ihm Friedrich Ebersberger zu, der das Bürgermeisteramt seines Vaters gemeinsam mit dessen Autorität und Fettleibigkeit übernommen hatte. Anton Rettenstein, Wilhelm Hochschwab und Gerhard Rossbrand hoben ihre Bierkrüge, und jetzt konnte Johannes nicht mehr anders, als sich zu ihnen zu setzen. Natürlich sprachen sie nicht über die schwierigen Kapitel der Vergangenheit, denn in St. Peter am Anger sprach man nicht über Dinge, die man nicht ändern konnte. Die Freunde von früher erzählten ihm, was in seiner Abwesenheit geschehen war: Anton hatte noch zwei Kinder bekommen und den Stall vergrößert, Gerhard hatte zwei Söhne gezeugt, Friedrich einen Sohn und eine Tochter sowie das Bürgermeisteramt bekommen, und Wilhelm Hochschwab hatte sein Vermögen vergrößert und war stolz, wie ordentlich seine Tochter Edeltraud trotz ihrer sieben Jahre bereits mit der Puppenküche wirtschaften konnte – allesamt saßen sie nach wie vor jeden Abend am Stammtisch des Wirtshauses und diskutierten die Belange des Dorfes. Johannes hörte ihnen aufmerksam zu und wartete darauf, etwas zu hören, das er nicht erwartet hatte, doch er wurde enttäuscht. In St. Peter am Anger war bei den meisten ab dem Kindergarten ausgemacht, wer wen heiraten würde, die Söhne bekamen die Namen der Väter, die Töchter die Namen der Großmütter, der Bauernhof wurde an den erstgeborenen Sohn weitergegeben, und die größte Neuerung war, dass der Gemeinderat beschlossen hatte, die Straßen asphaltieren zu lassen. Als ihn seine Saufkumpanen und Kartenspielfreunde früherer Zeiten fragten, was er die letzten neun Jahre getrieben habe, antwortete Johannes nur lakonisch:

»Ich bin in die Stadt gegangen und Arzt geworden.«

Johannes ahnte, dass sie Näheres gar nicht hören wollten und erst recht nicht verstünden. In St. Peter erörterte man keine Details. Niemand hatte ihm erzählt, wie es denn genau zustande gekommen war, dass ausgerechnet der junge hübsche Gemeinderat Arber eine der hässlichen Hohenzoller-Töchter geheiratet oder die Familie Sonnblick ihren Hof aufgegeben hatte – im Dorf galt das ungeschriebene Gesetz, dass Dinge nun mal so waren, wie sie waren.

»S'is halt so«, sagte man, wenn man ein Thema als abgeschlossen betrachtete.

Johannes verabschiedete sich wenig später, der Rauch setzte seinen Lungen zu, und ging einen weiten Umweg durch das Dorf, bis er zu Hause ankam. *S'is halt so*, dachte er auf seiner Runde über den Dorfplatz, durch die Siedlungsgebiete und mit Blick auf die wenigen erleuchteten Bauernhöfe auf den auslaufenden Hängen talwärts. Bevor er die Haustür aufschloss, setzte er sich auf die Holzbank vor dem Haus und erinnerte sich an jene kalte Jännernacht vor fast zehn Jahren, als er hier das letzte Mal gesessen hatte. Er blickte in den sternenübersäten Himmel, suchte seine liebsten Sternbilder und dachte an Ilse.

»S'is halt so«, flüsterte er in die Stille, und dabei rann ihm eine Träne über die Wange – er hatte gar nicht realisiert, wie sehr ihm dieser klare Himmel, der zum Greifen nah und strahlend hell flimmerte, von keiner künstlichen Beleuchtung getrübt, gefehlt hatte. Johannes Gerlitzen beschloss, nach Hause zu kommen. Er war ein Bürger des Dorfes, er war Arzt, er war Ehemann, er war Vater. *S'is halt so.*

Als Johannes Gerlitzen drei Wochen später beim Lenker Apotheker eine Bestellung für den Ersatz des verschwunden Laborbedarfs aufgegeben hatte und die Ordination bereits seit mehreren Tagen geöffnet war, ließ sich Ilse endlich häufiger blicken – doch sie sprach kein Wort. Egal was Johannes sie fragte und auf welche Weise er versuchte, sie aus der Reserve zu locken, kein Ton kam über ihre Lippen. Und somit wusste Johannes auch nicht, wo sie den Tag verbrachte, wenn sie in der Früh aus dem Haus lief und spätabends zurückkam, dreckig von Kopf bis Fuß. Johannes konnte nachts nicht durchschlafen, und beim Wandeln durch das Haus hörte er jede Nacht, wie Ilse in ihrem Zimmer weinte. Er konnte sich vorstellen, dass es für das Kind schlimm sein musste, plötzlich nicht mehr im Bett der Mutter schlafen zu dürfen, wo sie fast zehn Jahre lang übernachtet hatte, und so beschloss er, sie nicht zu überfordern, ihr Zeit zu geben und sich derweil dem Planen eines Laboratoriums zur weiteren Erforschung entroper Parasiten zu widmen. Das Laboratorium wollte er in der Vorratskammer einrichten, in der Elisabeth früher ihre Marmeladen und andere Erzeugnisse gelagert hatte. Ihm schwebte vor, die Bretterbude bis zur kalten Jahreszeit winterfest zu machen, einen elektrischen Heizkörper zu installieren und die Wände verkacheln zu lassen, um für die nötige Sterilität zu sorgen. Über dem Schreibtisch sollten zwei Leuchtstoffröhren grelles weißes Licht spenden, das optimal für das Sezieren und Untersuchen von Gewebeproben sein würde.

Bevor gegen Ende der Ferienzeit die Ernte alle freien Hände auf dem Feld nötig machte, waren die Kinder Sommer für Sommer in den Wäldern, den Auen und rund um den Mitternfeldbach am Werk. Jede Generation baute ihre eigenen Baumhäuser, Lagerstätten, Hütten und versuchte, bessere Stellen und neuere Techniken zu finden, um den Mitternfeldbach so weit aufzustauen, dass man von den Aubäumen hineinspringen konnte. Nachdem sich die Aufregung über den ersten Arzt in der Geschichte von St. Peter gelegt hatte, wandte sich die Jugend auch im Sommer 1969 einer geheimen Bastelarbeit in den Sporzer Wäldern zu und ließ sich von Alois' Faszination für einen Mondflug anstecken. Alois hatte neben Ilse bald zwei Dutzend weitere Helfer. Schnell war das ausgetrocknete Flussbett des Schmelzwasserbaches vom Geröll befreit, und die stärkeren Buben zogen Spurrinnen, damit das Raumschiff wirklich bis zum Vorsprung rollte und nicht an einem der Waldbäume zerschellte. Doch verglichen mit den Gefahren hinter der Rampe waren die Bäume das geringere Übel. Einigen Kindern wurde mulmig zumute, blickten sie die sieben Meter bis zum Mitternfeldbach hinab. Der Mitternfeldbach grenzte den Großen Sporzer vom Angerberg ab, und auf der anderen Uferseite erstreckten sich die Weiden des abfallenden Angerberges, der sogenannte Nordhang, dem nur das Hintertor des Wirtshausgartens zugewandt war. Die Kinder fragten sich, wie Alois jemals weit genug fliegen sollte. Das Raumschiff war derweil noch eine Seifenkiste mit Flügeln aus Sonnenschirmstoff, den sie nachts dem Wirt entwendet hatten. Der Antrieb fehlte, wie Alois Irrwein jeden Tag bedauerte, denn Richard Patscherkofel, der beim Automechaniker lernte, hatte die Aufgabe, den Motor von Karli Ötschs altem

Gatschhupfer – einem geländetauglichen Moped mit Gangschaltung – zu einem leistungsstarken Raumschiffantrieb umzubauen. Zu Alois' Ärger war Richard jedoch mit Gertrude Millstädt zusammengekommen und verbrachte seine Zeit mit ihr im Maisfeld, wo er Abend für Abend probierte, wie weit er seine Hand unter ihrem Rock hochschieben konnte, bevor sie böse wurde. Alois hatte dafür überhaupt kein Verständnis, für ihn waren Mädchen allenfalls verbündete Mitarbeiter bei der Weltraummission – wieso Gertrudes Rock interessanter als ein Raumschiffmotor sein sollte, war ihm schleierhaft. Aber Alois verzieh seinem Freund, denn auch mit der Abdichtung des Cockpits war er noch nicht zum Durchbruch gekommen. Da es nicht so aussah, als ob sie das Problem von Antrieb und Cockpit vor Herbstbeginn lösen würden, beschlossen die Buben am Samstag vor Ende der Sommerferien, dass es trotzdem Zeit für eine Testfahrt war. Nach all der Arbeit wollten die Kinder endlich etwas Abenteuerliches sehen, und Alois juckte es nach etwas Action. Der Pilot war natürlich Alois Irrwein selbst. Einerseits stand ihm als Urheber und Oberhaupt der St.-Petri-Mondmission das Privileg der ersten Fahrt zu, andererseits war er der einzige Bursche im Dorf, der genügend Mut besaß. Alois raffte alle Polster zusammen, die er zu Hause finden konnte, und staffierte sich aus. Georg Ötsch hatte seinem älteren Bruder den Puch-Helm abgeluchst, und vermummt wie ein richtiger Astronaut setzte sich Alois Irrwein am großen Tag in das Gefährt. In der Welt der St.-Petri-Kinder passierte in den Sommerferien noch weniger als im Rest des Jahres – aus Aufregung vor dem Ereignis machte Alois' Cousin Ludwig Millstädt sogar das Bett nass. Es wurden Wetten abgeschlossen, wo Alois landen würde. Reinhard Rossbrand spekulierte auf den Kirchturm, Angelika Ötsch vermutete, er könnte es bis in den Heustadl schaffen, wo im Sommer das Futterheu getrocknet wurde, die Bürgermeistertochter Marianne Ebersberger war davon überzeugt, er würde auf dem Friedhof landen. In welchem Gesundheitszustand, ließ sie unbeantwortet. Ilse Gerlitzen war die Einzige, die Alois nicht energisch anfeuerte, als er das Raketenfahrzeug bestieg. Vielmehr schloss sie die Augen, während Reinhard Rossbrand und Markus Kaunergrat die Hände an die Bremsblöcke legten und diese unter den Reifen hervorzogen, nachdem der Chor der zuschauenden Kinder den Countdown gezählt hatte. Alle hatten vor den Erwachsenen dichtgehalten, und umso verwunderter waren die älteren St. Petrianer, die im Garten des Wirtshauses mit Blick auf den auslaufenden Hang des Großen Sporzer diesseits des Mitternfeldbaches zu Mittag aßen, als plötzlich jenseits des Baches ein Gefährt über das ausgetrocknete Flussbett auf den Weißen Fall zuraste, dem Abgrund jedoch nicht auswich, sondern darüber hinausfuhr und plötzlich zu fliegen begann. Alois Irrwein tat einen lauten Schrei des Glücks, als die Seifenkiste hochstieg. Er hatte nicht damit gerechnet, dass die Sonnenschirme so gut als Flügel funktionieren würden und in jenem Moment eine starke thermische Alpenströmung sein Gefährt ergreifen und über den Nordhang, wo alle Kühe ängstlich die Köpfe hoben, bis auf den Dorfplatz tragen würde. Sämtliche für ihn zuständige Schutzengel mussten an diesem Tag ihren Dienst getan haben, denn wie durch ein Wunder stürzte Alois in keines der Häuser rund um den Dorfplatz, sondern landete auf der Kreuzung von Dorfplatzstraße und Hauptstraße, wo letztere hinunter ins Tal führte. Seine wilde Fahrt war allerdings noch nicht zu Ende. Mit einem Rums gelandet, ging es nun bergab. Alois zog den Kopf zwischen die Schultern, ganz geheuer war ihm das nicht, denn die Rakete hatte keine Bremsen. Energisch zog und riss er am Steuerrad, um nicht mit den Bäumen entlang der Straße zu kollidieren, doch als ihm Herr Rettenstein in seinem Heu-Traktor entgegenkam, hatte Alois keine andere Wahl, als die Straße zu verlassen. Und so steuerte er das Gefährt in die nächste Abzweigung – in die Einfahrt der Gerlitzens. Diese wurde jedoch von Elisabeths früherer Vorratskammer begrenzt, in der sich das Labor im Aufbau befand, nachdem alle Marmeladen und Einmachgerichte an die Nachbarschaft verschenkt worden waren. An der gartenzugewandten Seite war begonnen worden, Isoliermaterial anzubringen. Alois lenkte quer, aber der Schuss ließ ihn längsseits mitten in die Holzbretter driften, und mit einem lauten Krach, als ginge die Erde unter, schlitterte Alois durch die Laborwand. Glücklicherweise hielt sich zu jener Zeit niemand dort auf. Von dem Weltuntergangslärm aufgeschreckt kamen alle, die in der Nähe waren, sofort herangeeilt. Einer der Ersten an der Unglücksstelle war Johannes Gerlitzen, der in der Küche Tee für Elisabeth gekocht hatte. Als Arzt war er vor allem besorgt, jemand könne sich verletzt haben, doch als Alois Irrwein pumperlgesund aus dem Schutt kletterte und mit erhobenem Daumen und frechem Grinsen der Traube herangeeilter Menschen bedeutete, dass er wohlauf war und sich für einen ziemlich guten Piloten hielt, schlug Johannes' Sorge in Zorn um. Dieser verrohte Rabauke hatte nicht nur sein Laboratorium zur Hälfte zerstört, sondern offensichtlich auch den gesamten abgängigen Forscherbedarf entwendet, um sein Raumschiff zu konstruieren. Schläuche für Lösungen, Petri-Schalen, sogar der Ersatzwinkelrotor waren plötzlich wieder aufgetaucht – jedoch in Einzelteile zersprungen und von der Wucht des Aufpralls in den Überresten der Laborwand stecken geblieben. Als Ilse herangeeilt kam und dem Bruchpiloten um den Hals fiel, platzte Johannes endgültig der Kragen, und er packte Alois Irrwein am Schlawittchen, zog ihn in seine Ordination und hielt ihm eine zweistündige Standpredigt über die Verdorbenheit seines Verhaltens, die Sünde, teuren Laborbedarf zu stehlen, und die Torheit zu glauben, er käme mit solch einer Konstruktion von St. Peter bis zum Mond.

In sein Patientenjournal notierte er: *Man könnte meinen, der*

*Knabe Alois Irrwein wäre stumpfsinnig. Stellt man ihn ob seiner Untaten zur Rede, sitzt er da, sieht einen unter seinem borstigen Haar, das den Eindruck macht, als wäre es mit einer stumpfen Schere geschnitten worden, an, als wäre er sich keiner Schuld bewußt. Stellt man ihm Fragen, zuckt er frech mit den Schultern oder gibt nichtssagende einsilbige Antworten – vollkommen schwachsinniges Verhalten. Gegen eine nachweisliche Unterbemitteltheit spricht jedoch, daß er große organisatorische Raffinesse besitzt, Unheil anzurichten. Ganz zu schweigen von seiner sozial-manipulativen Kompetenz, bis anhin brave Kinder zum Unfug zu verführen.*

Elisabeth, die umso sanfter wurde, je stärker sie von Lähmungen und Zitteranfällen geschwächt wurde, versuchte Johannes davon zu überzeugen, dass die Kollision zwischen Alois Irrwein und der Forschung auch Positives mit sich gebracht hatte. Zum einen baute der Zimmermannmeister Irrwein persönlich die zerstörte Wand wieder auf und übernahm kostenlos weitere Arbeiten, die zur Winterfestigkeit des Laboratoriums notwendig waren, zum anderen veranlasste das Schuldgefühl Ilse nun, mit Johannes zu sprechen. Bis auf ihre Sturheit und den schwarzen Lockenschopf war sie ihrer Mutter überaus ähnlich. Wenn sie miteinander zu Abend aßen und Ilse über die Ereignisse des Tages plapperte, verlor sich Johannes in der Erinnerung an seine eigene Jugend – und vor allem an die junge Elisabeth. Ilse war ihr wie ein schwarzhaariges Spiegelbild.

Dennoch ließ Johannes Gerlitzen seit diesem Vorfall keine Gelegenheit aus, sich über den jungen Alois aufzuregen. Er brauchte ihn nur vorüberspazieren sehen, schon kniff er die Augen zusammen und sagte in spitzem, anklagendem Ton:

»Der heckt schon wieder was aus.«

Obwohl Elisabeth die Antwort kannte, fragte sie immer wieder, woran er das festmachen würde.

»Diese Augen«, antwortete Johannes daraufhin, »man sieht

an ihrem Glänzen die unheilvollen Ideen eines zukünftigen Terroristen!«

Oft rappelte sich Elisabeth daraufhin im Bett auf, um ihren Worten mehr Nachdruck zu verleihen:

»Geh, Hannes, du woarst jo selbst nia anderst.«

Doch auch darauf hatte er eine Antwort, die zugleich sein Hauptargument dafür war, Alois Irrwein auf jedem seiner Schritte zu misstrauen:

»Vielleicht. Ich war wahrscheinlich ein Strizzi, aber ich war zu keinem Zeitpunkt eine Gefährdung für die Jugend von St. Peter. Der kleine Irrwein jedoch, der gefährdet die Gesundheit unserer Kinder!«

Elisabeth antwortete darauf nicht mehr, sondern hustete stark. Ihr Zustand hatte sich in den letzten Monaten stetig verschlimmert, und Johannes fürchtete, dass sie nicht mehr lange durchhalten würde.

*[Der Frauenraub, Notizbuch I]*

*[2.3.] Die Bergbarbaren behaupten, es seien die Zivilisierten gewesen, die die Urheber ihres Konfliktes wurden. Ich jedenfalls kann sagen, wie so oft in der Geschichte stand auch am Anfang dieses Zwistes eine Frau. Es wird nämlich berichtet, daß einst Handelsmänner der Zivilisierten durch Zufall in jene Bergbarbarensiedlung gekommen seien, als sie eine direkte Route durch die Sporzer Alpen gesucht hätten, um auf die Nordseite der Gletscher zu gelangen. [2.4.] Nun hätten sie dort ihre Waren feilgeboten und nach Beendigung ihrer Geschäftstätigkeit nicht nur ihr unverkauftes Gut mit sich genommen, sondern auch die Tochter des Dorfvorstehers. Kaum war ihr Fehlen bemerkt worden, machten sich einige der jungen Bergbarbaren ins Tal auf, um die Tochter des dortigen Regenten zu rauben, denn sie waren der Meinung, daß so ein Diebstahl nicht ungesühnt bleiben dürfe. Auf den geglückten Raub hin empörten sich die Zivilisierten und raubten eine weitere Bergbarbarin – die Bergbarbaren wiederum raubten eine der Zivilisierten, und dies gegenseitige Rauben setzte sich einige Jahre fort, was ich als überaus stupides Verhalten bezeichnen möchte. Schließlich aber hätten sich die Zivilisierten dermaßen empört, daß sie ein Heer zusammensammelten und gegen die Bergbarbaren ausrückten. Diese aber waren auf den steilen Hängen des Angerbergs kundiger und besiegten die Zivilisierten, die auf flachem Grund ihre Häuser hatten. [2.5.] Dies war der Beginn einer großen Feindschaft, da die Bergbarbaren ihnen den Angriff niemals verziehen und die Zivilisierten tiefen Zorn über die Niederlage empfanden. Die Zivilisierten jedoch sagen anderes über die Ursache der Auseinandersetzung. Die Tochter des Dorfvorstehers, so meinen sie, sei nämlich freiwillig mit den Händlern mitgegangen, da sie mit einem Stallknecht des Vaters verkehrt habe, und als sie bemerkte, schwanger zu sein, die Scham vor ihren Eltern und den Bergbarbaren habe verbergen wollen. Die Zivilisierten nämlich behaupten, daß eine Frau, die nicht geraubt werden will, sich auch nicht rauben läßt. Ich enthalte mich eines Kommentars darüber.*

# Im Mai

Nach Johannes' Rückkehr besserte sich Elisabeths Zustand für kurze Zeit, doch ihre Krankheit war unheilbar, was Johannes vor Ilse nie verhehlte. Und eines Morgens zu Ostern 1973 lag Elisabeth ganz kalt in ihrem Bett, nachdem ihr Körper nicht genug Kraft gehabt hatte, einen Herzanfall zu überstehen. Ilse war tapfer, und in seinem Schmerz war Johannes sehr stolz auf sie. Noch nie war ihm so bitter bewusst gewesen, dass es für manche Krankheiten keine Heilung gab.

In den letzten Monaten, als Ilse und Johannes eine leise Ahnung bekamen, dass Elisabeth sie bald verlassen würde, hatten die beiden sehr viel Rücksicht auf sie genommen, ihr zuliebe nicht gestritten, und wenn, dann nur sehr leise. Nun jedoch gerieten sie regelmäßig aneinander, und als Ilse im Frühjahr 1974 in die Pubertät kam, herrschte Krieg im Hause Gerlitzen. Bilderrahmen fielen von den Wänden und Gegenstände gingen zu Bruch, wenn Ilse ihrer Wut Luft machte. Selbst wenn sie sich über das Wetter unterhielten, konnte daraus ein Streit werden, und da Johannes der jungen Ilse rhetorisch überlegen war, endeten ihre Streitereien meist damit, dass Ilse vor Wut irgendetwas kaputt machte. Am meisten geriet sie in Rage, wenn Johannes Gerlitzen ignorierte, dass sie recht hatte, und sie stattdessen ermahnte, Hochsprache zu sprechen:

»Schön sprechen, Ilse, sonst kann ich dich nicht ernst nehmen.« Seit Jahren versuchte er, ihr den Dialekt abzugewöhnen, doch Ilse war nicht sonderlich sprachbegabt.

*In der Pubertät sind die Gefühle junger Menschen stärker als während aller anderen Lebensphasen,* notierte Johannes Gerlitzen in sein Patientenjournal. *Gefühle werden unbedingt erlebt, im Moment eines emotionalen Rausches wird der Pubertierende irrational, sieht weder Vergangenheit noch Gegenwart, wird vollends ergriffen von der Intensität seiner Wallungen, denen er ungeschützt ausgeliefert ist. Erstaunlich ist die Schwankungsbreite: Im einen Moment zum Himmel hoch jauchzend, im nächsten Moment zu Tode betrübt. Die Natur tut gut daran, diese Phase nur drei, vier Jahre andauern zu lassen. In solchen Gemütszuständen ist normal funktionierendes Leben in einer Gesellschaft nämlich unmöglich.*

Ein weiterer Jugendlicher, dessen Gefühle im Winter 1973/1974 unbedingt erwacht waren, war Alois Irrwein. Mittlerweile hatte er sämtliche Pläne für einen Mondflug aufgegeben und begonnen, das Zimmermannshandwerk der Familie zu erlernen. Der Geschwindigkeit, dem Reiz und dem Abenteuer hatte er jedoch nicht abgeschworen. Alois war seit Kurzem im Besitz eines Mopedführerscheins, und Johannes wartete täglich darauf, dass er sich den Hals brach.

Jene Gefühle, die in Alois erwachten, galten der jungen Ilse, die er nicht mehr nur als Komplizin auf dem Weg zum Mond betrachtete. Von einem Tag auf den anderen hatte er ihren kleinen Busen entdeckt, die runden Hüften und sah plötzlich ein hübsches, reizendes Mädchen in ihr. Vor allem mochte er ihr Temperament. Wenn er abends fensterln ging und von Johannes Gerlitzen entdeckt wurde, lief er zwar davon, versteckte sich aber nahe dem Haus, um mitanzuhören, wie Ilses Stimme in die Höhe schnellte, wenn sie ihren Vater anbrüllte, er solle sich nicht in ihr Leben einmischen, er sei nie da gewesen, als sie ihn gebraucht habe, und er habe somit kein Recht, ihr vorzuschreiben, was sie tun dürfe und was nicht. Besonders geschmeichelt fühlte er sich, wenn er hörte, wie Ilse ihn verteidigte. Johannes kenne Alois gar nicht, er wisse gar nicht, was Alois für ein lieber Kerl sei, Alois habe im Gegensatz zu Johannes Humor und Weiteres – bis irgendetwas zu Bruch ging. Das Einzige, was Alois an Johannes Gerlitzen schätzte, war, dass dieser Ilse niemals eine Ohrfeige geben würde, wie es andere St.-Petri-Väter taten, wenn die Töchter ungehorsam waren.

*Eine Tragödie ist es für pubertierende Kinder, wenn sich ihnen in jener ohnehin schon schwierigen Lebensphase ein Anlaß zur Gefühlsregung bietet,* notierte Johannes Gerlitzen weiter. *Ilse ist ein von Grund auf wütendes Mädchen. Ich vermute, diese Wut entstand bereits im frühkindlichen Alter – Wut auf den fehlenden Vater, einerseits aus Solidarität mit der Mutter, andererseits aus empfundener Zurückweisung der eigenen Person. Nun kommt die Wut über den Tod der Mutter hinzu, die sich in Ablehnung des Vaters als erziehende Figur äußert, und der unterschwellige Vorwurf an den Vater, am Tod der Mutter Schuld zu tragen. Ilse ist im Grunde ihres Herzens von derselben Anmut wie ihre Mutter, doch die Wut treibt sie in die Revolte, veranlaßt sie, sich mit all ihren Möglichkeiten gegen den Vater aufzulehnen. Und nur um den Vater zu ärgern, bandelt sie sogar mit dem Dorfrabauken Irrwein an!*

Als wütete eine schlimme Epidemie, war das Haus von Doktor Johannes Gerlitzen im Sommer 1974 voller Menschen. Niemand war krank, noch wollte sich jemand behandeln lassen, und dennoch drängte halb St. Peter zu Ordinationszeiten zu den Gerlitzens. Der Doktor hatte nämlich von seinem letzten Ausflug in die Stadt einen Fernseher mitgebracht, der in der Stube im Obergeschoss seinen Platz bekommen hatte. Der Raum war ursprünglich als Kinderzimmer gedacht gewesen und als Aufenthaltsraum viel zu klein, vor allem, wenn sich mehr als zwei Dutzend Menschen dort auf den Zehen standen. Niemand beschwerte sich jedoch über den Platzmangel, vielmehr stützten sie sich aufeinander ab, die Kleineren drängten in die erste Reihe, einige standen auf dem Tisch und den Sesseln in der Ecke, um einen Blick auf den quadratischen Kasten zu erhaschen, der auf einer alten Kommode stand. Ilse war die Heldin des Tages, da sie als Einzige wusste, wie man das Gerät bediente.

»Spült's da imma desselbe?«, fragte Anton Rettenstein, der seine Töchter zu Hause gelassen und nur seinen Sohn mitgenommen hatte. Erst wenn diese sondiert hatten, durften die Töchter wieder zu den Gerlitzens.

»Wia lang rennt'n des?« Der Automechaniker Patscherkofel hatte bereits die Stromversorgung und alle technischen Details des Fernsehers, die, ohne das Gehäuse aufzuschrauben, sichtbar waren, geprüft. Was die Wunderkiste zeigte, schien ihn nicht annähernd so zu interessieren wie deren Funktionsweise.

»Wos hat'n da Doktor für des Klump zahlt?«, fragte Frau Hochschwab, die Frau des Greißlers, und schluckte, nachdem sie errechnet hatte, wie viele Einkäufe diese Kiste wert war.

»I woaß net, wos des bringa soll. Da wird ma jo deppert, imma so ins Kastl schaun«, sagte der Altbürgermeister, der sich einen Sitzplatz in der ersten Reihe ergattert hatte, um seinen dicken Wanst auf die Oberschenkel zu betten.

»Des is jo ollas deppert«, meckerte Annemarie Rossbrand, die mit ihrem vierten Kind, einem Buben, schwanger war. In St. Peter pflegten die Frauen den Ehering an einer Schnur über den Bauch zu halten: Wenn er sich bewegte, bedeutete dies, das Kind war gesund. Pendelte er noch dazu von einer Seite auf die andere, glaubte man, es würde ein Mädl werden, drehte er sich wie bei Annemarie Rossbrand im Kreis, stickte man blaue Buchstaben in das Geburtspolster.

»Des is mir do wurscht, ob si de Ami mit denan Russn bekriagn, Hauptsach, uns geht's guat.«

Dieser Zusammenfassung der St.-Petri-Philosophie stimmten alle zu. Dennoch wandte keiner seine Augen von dem schlecht übertragenen, von Schneestürmen durchzogenen Bild ab, bis Doktor Johannes Gerlitzen mit dem Stethoskop um den Hals die Tür zur Stube öffnete und den Nachrichtensprecher übertönte:

»Was ist denn hier los? Ich hab gedacht, ihr wolltets euch behandeln lassen, und jetzt sitz ich allein in der Ordination, oder wie?«

Betreten wanderten alle Augen zu Boden. Schließlich opferte sich Annemarie Rossbrand:

»Geh woart, Johannes, i wollt, dass'd da mein Bauch anschaust. Ob eh ollas mit'm Butzerl passt.«

Sie hatte Mühe, ihren hochschwangeren Körper an den vielen St. Petrianern vorbei aus dem Zimmer zu manövrieren, um Johannes in die Ordination zu folgen.

Der Fernseher vereinfachte Johannes' und Ilses Beziehung merklich. Meistens waren die beiden nach der Abendjause in Streit geraten, wenn sie versuchten, Konversation über den Tag zu betreiben, doch nun setzten sie sich vor den Fernseher und verbrachten viele Abende ohne Streit. Während Johannes Bildungsfernsehen bevorzugte, liebte Ilse Programme wie *Dick und Doof*. Johannes fand diese Sendung unerträglich, Ilse hingegen konnte sich schieflachen über die beiden. Ein besonderer Streitfall war Hardys brennendes Hinterteil.

»So ein Blödsinn!«, rief Johannes.

»Uar supa!«, kierte Ilse unter wildem Glucksen und musste sich an der Tischplatte festhalten, um nicht vor Lachen vom Sessel zu fallen. Gemeinsam sahen sie täglich *Zeit im Bild* und im Anschluss den Abendfilm. Um halb zehn schickte Johannes Ilse ins Bett und widmete sich im Arbeitszimmer seinem Patientenjournal sowie kleineren administrativen Arbeiten. Meist war er zu Beginn von *Zeit im Bild II* mit dem Tagwerk fertig, sah sich die Abendnachrichten bei einem Glas Tee an, trank den letzten Schluck, während zu Programmende die Bundeshymne vor wehender Fahne gespielt wurde, und begab sich danach bis spätnachts in sein Labor zu seinen Studien über das Leben der entropen Parasiten des Menschen. Johannes Gerlitzen hatte mit den meisten Bauern Abkommen geschlossen, dass diese ihm die Gedärme ihrer toten Tiere zur Untersuchung überließen. Ebenso ließ er sich von den Jägern Füchse und andere Kleintiere bringen, selten streifte er selbst zu den Teichen im hinteren Sporzer Tal, um sich ein paar Fische für seine Forschung zu fangen, und besonders freute er sich über kontaminierte Stuhlproben, da diese unverletzte Larven und vollständige Bandwurmglieder beinhalten konnten. In der Nacht arbeitete er am liebsten. St. Peter war so still, als wäre er allein auf der Welt. Keine Autos waren zu hören, nur das Rauschen des Mitternfeldbaches drang bei offenem Fenster in sein Laboratorium. Das Rascheln des Waldes war bei Wind zu hören – je nachdem, wie kräftig eine Brise wehte, klang es, als würden die Bäume flüstern, manchmal sangen sie sogar, während Johannes Gerlitzen seinen Beitrag zum Weltwissen leistete. Vor allem aber konnte er hören, ob Alois nachts das Dorf unsicher machte und Steinchen gegen Ilses Fenster warf.

Die gemeinsame Lieblingssendung von Johannes und Ilse Gerlitzen war *Vom Leben der wilden Tiere*. Johannes konnte viel kommentieren, die Erzählungen des Moderators mit seinem eigenen Wissen aus der Welt anreichern; Ilse hasste Tiere im realen Leben, schließlich sah sie deren aufgeschlitzte Bäuche, wann immer sie das Labor betrat. Aber für exotische Tiere, die im Fernseher eingesperrt waren und nicht zerschnitten wurden, konnte sie sich begeistern.

Nachdem das neue Schuljahr begonnen hatte, sah Johannes die Serie oft allein an. Ilse hatte die Pflichtschule beendet und besuchte nun eine berufsbildende Schule im Tal, um nach dreijähriger allgemeiner Ausbildung eine Lehre als Kindergärtnerin zu machen. Große Streitereien hatte es aufgrund ihrer Schulwahl gegeben. Johannes hatte sie in eine Maturaschule schicken wollen, sodass ihr ein späteres Studium möglich gewesen wäre. Doch 1974 war die Gymnasiumslandschaft der Alpen in einer tristen Situation. Die paar Gymnasien, die sich in den umliegenden Tälern befanden, waren Klosterschulen, die von Mönchen betrieben und nur für Buben zugänglich waren – so auch das Gymnasium in Lenk im Tal, zu dessen Benediktinerkloster St. Peter am Anger einst gehört hatte. Und Ilse hatte sich mit Händen und Füßen geweigert, in ein Internat zu gehen, was Johannes' größter Wunsch gewesen war, da sie so vor Alois in Sicherheit gewesen wäre. Johannes beobachtete die beiden nicht nur mit Argusaugen, er quetschte außerdem Informationen aus all ihren Freundinnen, die während einer schweren Grippeepidemie nach Schulanfang in die Ordination kamen. Beim Anblick der übergroßen Spritzen in seiner Hand und nach Erwähnung von wochenlang zu schluckendem, Brechreiz verursachendem Hustensaft wurden sie stets gesprächsbereit. Die Erzählungen von Ilses Freundinnen beruhigten Johannes Gerlitzen. Alois bemühe sich heftig um sie, aber Ilse halte ihn für einen Kindskopf – und sei am ältesten Rossbrandsohn Reinhard interessiert, dem schönsten Burschen in ihrem Alter und bei allen für seinen Humor beliebt. Sein Vater Gerhard war einer von Johannes' besten Freunden gewesen, als er noch Holz gefällt und im Wirtshaus Karten gespielt hatte. Johannes wusste, dass die Rossbrands eine anständige Familie waren, auch wenn sie seit Generationen ein unendliches Reservoir an unanständigen Witzen vom Vater an den Sohn weitergaben. Dafür waren sie wenigstens kreativ, Gerhard hatte seinerzeit fast an die hundert Bandwurmwitze erfunden. Zudem waren sie sehr musikalisch, und die Söhne waren allesamt hochgeschossen und kerngesund, sogar der jüngste Sohn, den Annemarie Rossbrand als Nachzügler erst vor wenigen Wochen entbunden hatte.

Nach einiger Zeit stellte Johannes freudig fest, dass sich Reinhard Rossbrand immer häufiger in der Südsiedlung herumtrieb. Der große, schlanke Reinhard war schwer zu übersehen, wenn er in seinem schlendernden Gang zwischen den Gärten auftauchte und den kleinen Feldweg zwischen den Grundstücken der Ötschs und der Gerlitzens einschlug, der in die Gärten beider Familien führte. Seit sich Ilse von Alois ab- und Reinhard zugewandt hatte, respektierte Johannes ihr Privatleben. Entdeckte er, dass Reinhard im Anmarsch war, begab er sich in sein Laboratorium und widmete sich mit voller Konzentration der Wurmforschung. Erst vor Kurzem hatte er einen helminthischen Kongress im nördlichen Nachbarland besucht, der sich mit den neuen Zielen und Aufgaben der Parasitenforschung in der Zeit der kleiner werdenden Welt beschäftigt hatte. Außerhalb von St. Peter am Anger hatte man im letzten Jahrzehnt das Reisen entdeckt. Immer mehr Menschen überschritten Grenzen, und, was für die Wurmforschung wichtig war, immer mehr Reisen führten die Durchschnittsbevölkerung in exotische Länder. Gespannt hatte Johannes dem Diavortrag eines Kollegen gelauscht, der in der Hauptstadt der im Norden liegenden Flachlandrepublik einen Patienten behandelt hatte, unter dessen Kopfhaut sich während einer Südamerikareise eine Dasselfliegen-Larve eingenistet hatte. Der Patient hatte zuerst gedacht, er hätte einen schmerzhaften Abszess unter seinem Haar, doch als sich die Beule zu bewegen begann, hatten die Ärzte jene Stelle kahl rasiert, woraufhin die daumennagelgroße Larve subkutan gut sichtbar geworden war. Ein weiteres Dia hatte das Loch in jener Beule gezeigt, durch welches die Larve Sauerstoff erhalten hatte, dann eine Fotografie von der Entfernung der abgestorbenen Larve mit einer Pinzette, nachdem der Arzt ihre Sauerstoffzufuhr für eine Nacht mit Vaseline verstopft hatte. Johannes hatte über die zu Protokoll gegebene Schilderung des Patienten gestaunt, der deutlich gespürt haben wollte, wie die Made um ihr Überleben kämpfte. Johannes, der in den letzten Jahren in St. Peter die Forschung zugunsten des Ordinierens etwas vernachlässigt hatte, wurde von neuem Eifer erfasst. Es gab Tage, da begab er sich vor Sonnenaufgang ins Labor und kam erst spät nach Mitternacht heraus. Er bemerkte weder, wie er an Gewicht verlor, noch, wie sich die Jahreszeiten veränderten, wie der Schnee fiel und wieder schmolz, noch, dass Ilse plötzlich tieftraurig war. Als er sie eines Abends weinend im Bad antraf, dachte er, dies hinge mit dem sich im Frühjahr 1975 zum zweiten Mal jährenden Todestag von Elisabeth zusammen, doch als er nachts aus dem Labor zurückkam und sich Ilse in der Küche einen drei Jahre alten Weihnachtsmann in den Mund stopfte und die Schokolade ohne Kauen runterwürgte, kam ihm ihr Verhalten seltsam vor. Nach Elisabeths Tod hatte sie tagelang nicht gegessen und an Appetitlosigkeit gelitten. Darauf angesprochen, sagte sie nur:

»Des verstehst du net.«

Und als diese Phase nicht aufhörte und sich Johannes, immer zuerst ans Medizinische denkend, Sorgen machte, sie sei von Reinhard schwanger, kam ihm das verstauchte Handgelenk von Marianne Ebersberger, Ilses bester Freundin, sehr gelegen. Marianne war ausgerutscht und auf die Hand gestürzt. Drehte sie die Hand nach außen, tat es etwas weh, es gab jedoch kein Hämatom, keine Schwellungen oder sonstige Hinweise auf eine gröbere Verletzung – als Tochter des Bürgermeisters war sie trotzdem sofort zum Arzt geschickt geworden. Noch vor der Untersuchung fragte Johannes nach Ilse, doch Marianne antwortete ausweichend. Da drückte er auf die einzige kleine schmerzende Stelle und flüsterte leise, aber hörbar:

»Schwierig – aufschneiden? Oder drei bis vier Spritzen?«
Und schon plapperte Marianne los:
»Da Rossbrand Reini hat de Ilse sitzn lassn und is hiazn mit da Angelika Ötsch zammen.« Daraufhin bekam sie eine Salbe, etwas Süßes und durfte nach Hause gehen.

*Die ohnehin schon enorme Gefühlsgravität, in der sich ein pubertierendes Kind befindet, wird noch um einiges schlimmer, sobald es in Interaktion mit dem anderen Geschlecht tritt. Eine jede Liebe ist die große, eine jede Enttäuschung der Weltuntergang. Glücklicherweise hat die Natur auch hier ein Selbstreglement, indem die Pubertät endlich ist*, notierte Johannes daraufhin und versuchte auf verschiedene Arten, zu Ilse durchzudringen, doch sie zeigte sich unnahbar. Er wollte nur das Beste für seine Tochter und dachte, dies wäre, sie in Ruhe zu lassen, bis die Pubertät abgeklungen wäre – aber der Frühling kam ihm in die Quere. Mädchen und Buben, die einander noch im Herbst beschimpft hatten, liefen händchenhaltend durch das Dorf, und Ilse musste jeden Tag schmerzlich mitansehen, wie Reinhard Rossbrand die nebenan wohnende Angelika zu Spaziergängen abholte. Währenddessen spürte Alois Irrwein, dass seine Stunde geschlagen hatte. Doch anstatt wieder fensterln zu gehen, änderte er seine Taktik und verhielt sich, als wollte er plötzlich nichts mehr von Ilse wissen. In jenen Frühlingstagen, in denen die Hormone die Burschen verrückt machten, begehrte Alois Ilse in Wahrheit heftiger denn je. Als er sie nach der Kirche in ihrem Dirndl sah, nach der kalten Jahreszeit das erste Mal ohne Strickweste über dem Dekolleté, staunte er, wie ihr Busen unter den Winterpullovern gewachsen war. Dennoch bemühte er sich, ihr gegenüber gleichgültig zu wirken. Alois wusste, dass der Kosmos auf seiner Seite war. Mitte April waren fast alle Burschen bereits vergeben. Ilse, die wegen des Intermezzos mit Reinhard Rossbrand wertvolle Zeit im Wettkampf der Partnersuche verloren hatte, begann den Gruppendruck zu spüren, als einziges Mädchen in ihrem

Jahrgang noch keinen Freund zu haben. Und in St. Peter am Anger war die Zahl der hübschen Burschen begrenzt. Sogar ihre beste Freundin Marianne Ebersberger hatte kaum noch Zeit für sie, ständig traf sie Toni, den ältesten Rettensteinsohn. Die vergebenen Mädchen durften ins Wirtshaus gehen, da sie nun einen Bursch hatten, der sie mitnahm. Nur Ilse saß abends zu Hause und ärgerte sich, Alois verschmäht zu haben, den sie umso interessanter fand, je mehr er sie zurückwies.

Der Höhepunkt des Frühlings waren die letzten drei Apriltage oder besser gesagt deren Nächte. In St. Peter am Anger gab es einen Brauch, der auch in anderen Kleindörfern der Alpen weit verbreitet war: das Maibaumaufstellen. Rechtzeitig zum letzten Vollmond vor Monatsende führten die Bauern Waldbegehungen durch. Jedes Jahr war es ein langer Entscheidungsprozess, welcher Nadelbaum groß und schön genug war, um als Maibaum den Dorfplatz zu zieren. Dieser wurde schließlich bei Mondhöchststand gefällt und bis zum Aufstellen in der letzten Aprilwoche im Wirtschaftshof des Gemeindeamtes zum Trocknen unter die Pergola gelegt, wo normalerweise der Schneepflug und andere Gemeindearbeitsfahrzeuge standen. 1975 fiel der erste Mai auf einen Donnerstag, und da der Sonntag davor ein beinah sommerlicher, pittoresker Tag war, wurde unmittelbar nach dem Gottesdienst der Baum aufgestellt. Die Frauen hatten den Baum tags zuvor mit bunten Bändern geschmückt und einen großen Kranz aus Tannenreisig geflochten, den man um den Wipfel hängte. Eine Prozession mit Blasmusik und allen Dorfbewohnern in Festtagstracht – außer Johannes Gerlitzen, der das Auge eines Fuchses zerschnitt, in welchem sich Spulwurmlarven eingenistet hatten – begleitete den Baum vom Gemeindeamt auf den Dorfplatz, wo er mit Hilfe von Leitern und Stangen aufgestellt wurde. Den letzten Schliff verlieh ihm eine Spruchtafel auf Augenhöhe, die der Bürgermeister annageln durfte: *Mein Dorf, das die Tradition in Ehren hält / hat mich mit vereinten Kräften aufgestellt. / Betrachte mich genau und denke daran, / daß einer allein nichts erreichen kann.*

Danach gab es einen Frühschoppen, mit Bierkrügen wurde bis Sonnenuntergang den Aufstellern zugeprostet, und bei Einbruch der Dämmerung begann die Wache. Der Tradition folgend, versuchten die jungen Männer der benachbarten Dörfer vom Tag des Aufstellens an bis zum ersten Mai, einander die Maibäume zu stehlen. Unmittelbare Nachbarn hatten die St. Petrianer nicht. Nördlich wurde das Dorf von den Sporzer Alpen begrenzt, deren Hauptkamm aus Gletschergipfeln so unwirtlich war, dass keines der Dörfer rundum je Anspruch auf dieses Bergmassiv gestellt hatte. Westlich erhoben sich Berge, die noch von Urwald überwuchert waren und weit im Osten, fast außerhalb des Tales, lag ein Dorf namens Strotzing, mit dem die St. Petrianer seit dem Mittelalter keinen Kontakt pflegten. Der einzige Ort, dessen Gemeindegrenze direkt mit St. Peter zusammentraf, war Lenk im Angertal. Lenk hatte trotz seiner bescheidenen Einwohnerzahl den Rang einer Stadt, allerdings wusste die gesamte Alpenrepublik, dass dies nur so war, damit es in den Landkarten der Hochalpen wenigstens einen roten Punkt gab, der auf Kultur und Zivilisation hindeutete. St. Peters Lieblingsfeinde waren nicht die Lenker – den Kleinstädtern gingen die Bergbewohner aus St. Peter bevorzugt aus dem Weg –, sondern die Bewohner von St. Michael am Weiler. Der Weiler lag dem Angerberg gegenüber, war fast gleich hoch, als wäre er an der Stadt Lenk gespiegelt worden. Die Jugend beider Dörfer hatte in jenen Nächten vor dem ersten Mai viel damit zu tun, den eigenen Baum zu beschützen und den Baum des anderen Dorfes zu stehlen. Die Tradition verlangte, dass ein gestohlener Maibaum durch Naturalien wie Bier, Schnaps oder Schinken ausgelöst werden musste, und wenn das bestohlene Dorf dem nicht nachkam, wurde der gestohlene Baum auf dem eigenen Dorfplatz aufgestellt und mit zahlreichen Tafeln versehen, die darauf hinwiesen, dass die Nachbarn Mist aßen, mit ihren Schafen verkehrten oder so dicke Hintern hatten, dass sie ihre Häuser nicht verlassen konnten. Woher dieser Brauch kam und was er zu bedeuten hatte, wusste niemand, aber er bot eine gute Gelegenheit, Feindschaften zu pflegen. In den Nächten der Wache hatten die frisch verliebten Paare zudem die Chance, sich im Schutz der Dunkelheit und ohne elterliche Überwachung näherzukommen. Alois Irrwein, der Anführer der Räubergruppe, beschloss, dass es in dieser Saison Zeit für seinen Superplan war, den er schon seit zwei Jahren ankündigte. Obwohl sämtliche Raumfahrtspläne aufgegeben worden waren, hatte Alois die Materialien seiner erfolglosen Mission aufbewahrt. Von der Seifenkiste, die nie ein Raumschiff geworden war, bis zu diversen Laborgegenständen, die er Johannes Gerlitzen entwendet und nie verwendet hatte, hatte er alle Überreste in einem der Abstellräume der Zimmermannswerkstatt gehortet. Nun war es an der Zeit, ihnen neues Leben einzuhauchen.

In St. Michael, das in den Augen der St. Petrianer immer einen Tag hinterherhinkte, wurde der Maibaum erst am Montag aufgestellt. Den ganzen Tag bastelte und schraubte Alois, um gegen drei Uhr, vor der Morgendämmerung, mit seinen Gefährten nach St. Michael aufzubrechen. Fritz Ebersberger, der Bürgermeistersohn, der trotz seiner neunzehn Jahre bereits die gleiche Leibesfülle wie sein Vater und Großvater hatte und daher im Sitzen am nützlichsten war, fuhr das Auto. Drei weitere Burschen saßen ihm zur Seite, während Alois und seine Spezialeinheit Georg Ötsch, Markus Kaunergrat und Toni Rettenstein im Holzanhänger hockten, den sie sich vom Tischler Ötsch ausgeborgt hatten. St. Michael am Weiler lag nicht wie St. Peter gleichmäßig um einen Dorfplatz gebaut, sondern die Häuser verstreuten sich großräumig am Weilerberg. Dieser Berg war steiler und schloss im Gegensatz zum Angerberg nicht mit einem Plateau, sondern mit einem Gipfel ab. Die St. Michaeler waren darauf sehr stolz – sie meinten auf einem richtigen Berg zu wohnen –, doch die St. Petrianer ignorierten ihre Prahlerei, sie hatten eindeutig die bessere Bodenbeschaffenheit und nicht so viel abschüssiges Feld. Der Dorfplatz war wie der Rest von St. Michael talwärts geneigt. Der Maibaum stand direkt neben der Kirche, rundherum lagerten St. Michaels Bewacher. Wie Alois vorhergesehen hatte, waren sie um diese Uhrzeit eingeschlafen. In früheren Jahren hätten sie die Situation ausgenutzt und versucht, den Maibaum neben den Schlafenden zu Fall zu bringen, um im Trubel der Überraschung abzuhauen – das hatte allerdings seit 1934 nicht mehr funktioniert, sondern Jahr für Jahr mit gebrochenen Nasen und melanzanifarbenen Blumenkohlohren geendet. Dieses Jahr hatte Alois geplant, die Gunst der Verwirrung zu nutzen, auch wenn das bedeutete, die Seifenkiste zu opfern. Richard Patscherkofel, der damals damit beauftragt gewesen war, den Motor eines alten Gatschhupfers zu einem Raketenantrieb umzubauen, war damit nie weiter gekommen, als das Gasventil zu überbrücken, sodass der Motor, einmal eingeschaltet, ständig beschleunigte. Die St.-Petri-Burschen parkten ihren Wagen in sicherer Entfernung, schlichen mit der Seifenkiste abseits des Dorfplatzes auf ein höher gelegenes Plätzchen und starteten den Motor, der furchtbaren Lärm machte. Kaum heulte er auf, schreckten die Bewacher aus dem Schlaf, schreiend, nervös schauend, wo sich die Eindringlinge versteckten. In diesem Moment ließen die St.-Petri-Burschen die Seifenkiste losrasen. Sie bretterte bergab an der Kirche und ganz nah an den Bewachern vorbei, aber nicht nah genug, als dass diese hätten sehen können, dass die Passagiere drei Strohpuppen mit Helmen waren. Wie es Alois vorausgesehen hatte, sprangen die St. Michaeler auf ihre Gatschhupfer, um die Seifenkiste einzufangen. Und während die St. Michaeler die Seifenkiste jagten, konnten Alois und seine Freunde in aller Ruhe den Maibaum stürzen. Sie verteilten sich entlang des Stammes, hoben ihn gemeinsam an, und mit Alois an der Spitze verschwanden sie im Gänsemarsch in der sicheren Dunkelheit des Waldes, wo Fritz Ebersberger beim Holzanhänger auf sie wartete. Ohne Worte, aber mit stolzem Grinsen im Gesicht packten die Burschen die Schnapsflaschen aus und fuhren langsam und leise mit ihrer Beute davon.

Bereits am nächsten Tag war Alois Irrwein der Held St. Peters. 1934 war es der damals schlanke Altbürgermeister Friedrich Ebersberger sen. gewesen, der die letzte erfolgreiche Entwendung des St. Michaeler Maibaumes angeleitet hatte, indem er den St. Michaeler Maibaumbewachern eine Kiste Adlitzbeerenschnaps als Freundschaftsgeschenk hatte zukommen lassen, woraufhin in der Nacht alle so tief geschlafen hatten, dass sie nicht einmal mitbekommen hätten, wenn man ihnen die Frauen geraubt hätte. Der Ruhm, den Ebersberger durch diesen Diebstahl erlangte, hatte die Bürgermeisterherrschaft der Familie begründet, die nun bereits in der zweiten Generation andauerte. Alois strebte zwar kein Bürgermeisteramt an, doch er badete in öffentlichem Ansehen. Es war für den Rabauken eine neue Erfahrung, gelobt anstatt getadelt zu werden. Und, was ihm am wichtigsten war: Er konnte sehen, wie Ilse dahinschmolz. Sie ärgerte sich zutiefst, ihr Glück bei Reinhard versucht zu haben, der Angelika Ötsch zum Maibeginn eine Kette Knutschflecken geschenkt hatte. Ilse biss sich vor Wut stündlich in die Faust und grämte sich, ihre Chance bei Alois verspielt zu haben, denn sie vermutete, dass Alois viel dunklere Knutschflecken saugen könne als Reinhard.

Johannes Gerlitzen war der Einzige, der Alois nicht die

Schulter tätschelte. Er schrieb in diesen Tagen an einem Artikel über die Entfernung von Spulwürmern, um den ihn ein Ärztemagazin gebeten hatte. Johannes war unlängst von einem Kollegen im Lenker Krankenhaus zu Hilfe geholt worden, da man dort einen Patienten in Behandlung hatte, dessen Darm so voller Spulwürmer war, dass alle verabreichten Antihelminthika keine Wirkung gezeigt hatten. Johannes hatte daraufhin einen invasiven Eingriff in Form einer Darmspiegelung durchgeführt. Dabei hatte er die Würmer mit einem Greifarm am Kopf des Endoskops erfasst und durch den After entnommen, was in Fachkreisen großes Aufsehen erregt hatte. Er war derart vertieft in die Abfassung seines Berichts, dass ihm entging, wie Alois Irrwein an Ilses Fenster zurückkehrte und seine Bemühungen umgehend erhört wurden.

Johannes Gerlitzen erfuhr als Letzter im Dorf von der Liebe seiner Tochter zu Alois Irrwein. Ein weiterer Brauch zu Frühjahrsbeginn war das Maistrichziehen. In der Nacht vom 30. April auf den 1. Mai zog die Dorfjugend eine weiße Linie aus Kalk, gemischt mit Benzin, vom Haus eines Mädchens zum Haus eines Burschen, die ineinander verliebt waren, sich aber noch nicht öffentlich dazu bekannt hatten. 1975 gab es in der Dorfjugend keine Sekunde lang Diskussionen, wem man die Ehre eines Maistriches erweisen solle.

Johannes Gerlitzen entdeckte das weiße Herz vor seinem Haus, in dessen Mitte mit einer Gießkanne I.G. gegossen war, erst am späten Vormittag, als er beim Schreiben seines Aufsatzes stockte und etwas im Garten spazieren wollte. Wie angewurzelt stand er in der Einfahrt und erinnerte sich an seine Jugend. Elisabeth und er hatten im Jahr 1954 einen Maistrich bekommen, und es war allseits bekannt, wie das geendet hatte. Johannes schlug die Hände über dem Kopf zusammen. Obwohl er sich von der Religion abgewandt hatte, sandte er ein Stoßgebet zum Himmel, es möge nicht das eingetreten sein, was er befürchtete, und folgte der weißen Kalkspur. Maistriche wurden aus dem Auto heraus gezogen. Man brauchte einen Fahrer, zwei Leute, die den Kofferraum offen hielten, und jemanden, der flach auf dem Kofferraumboden lag und je nach Technik entweder einen Pinsel oder einen Kübel mit kleinem Loch über den Weg hielt. St. Peter am Anger war ein kleines Dorf, und die Maistriche liefen traditionell über den Dorfplatz, auch wenn es zwischen den verbundenen Häusern kürzere Wege gab. Als Johannes Gerlitzen im Stechschritt dem Strich folgte, war am Dorfplatz der Maitanz im Gange. Rund um den Maibaum wurde gegessen, getrunken, getanzt und gesungen, nur der Dorfarzt steuerte zielstrebig der weißen Linie hinterher, sah nicht nach rechts, sah nicht nach links, reagierte nicht, als man ihm zurief.

»Bin i froh, dass i nua Buam hab!«, sagte Gerhard Rossbrand und verursachte lautes Gelächter bei seinen Freunden, mit denen er rund um einen Heurigentisch saß.

Johannes Gerlitzen war ein ruhiger Mensch, doch als ihn der Strich vor das Haus der Irrweins führte, wo das gleiche Herz, das I.G. umrundet hatte, nun A.I. umrundete, entglitt ihm ein Schrei der Wut, bevor er zurück auf den Dorfplatz stürmte, fest entschlossen, Alois Irrwein eine Abreibung zu verpassen. Er schnaubte, hatte zu Schlitzen verengte Augen und bebte vor Wut, als er das Fest erreichte.

»Wo ist der Hallodri, der elendige?«, schrie Johannes Gerlitzen, und alle waren so erschrocken über den Gefühlsausbruch des sonst so stillen Arztes, dass sich niemand traute, auf seine Frage zu antworten. Was aber auch nicht notwendig war, denn Alois Irrwein war gut exponiert: Er versuchte just in diesem Moment, auf den Maibaum zu klettern. Die Tradition des Maifestes sicherte nämlich demjenigen, der den Maibaum mit bloßen Händen erkletterte, das Anrecht, ihn Ende Mai mit nach Hause nehmen zu dürfen. Und Alois Irrwein hatte viele Ideen, welche Schandtaten er mit einem zwanzig Meter hohen Baum anstellen könnte. Er war beflügelt von seinem erfolgreichen Maianfang, immerhin hatte er binnen vier Tagen den Maibaum der Erzfeinde gestohlen und die Frau seines Herzens erobert, und so war er bereits siebzehn Meter hochgeklettert – als Johannes Gerlitzen unten erschien und an dem Baum rüttelte.

»Komm runter, du Halunke, dann bekommst du, was du schon lange verdienst!«

Verblüfft sah Alois nach unten. Das Sonnenlicht blendete ihn. Johannes erkannte er zwar nicht, aber er bemerkte das Skalpell, von der Sonne beschienen, mit dem der Arzt herumfuchtelte. Und so klammerte sich Alois fest wie ein Affe. Die St. Petrianer liefen erschrocken zusammen.

»Tua des weg!«

»Geh, Hannes, spinnst?«, riefen sie ihm zu, doch Johannes Gerlitzen schien wild überzeugt und band seine Schuhe auf.

»Wenn du nicht runterkommst, dann komm ich rauf!«, schrie er, der noch immer den Dorfrekord im Maibaumkraxeln hielt. Als Schnitzer, der ständig auf der Suche nach dem idealen Holz war, war er darin geübt gewesen, Bäume zu erklimmen, und hatte insgesamt drei Maibäume erklettert, den ersten bereits im Alter von vierzehn Jahren. Das Skalpell klemmte er sich am Griff zwischen die Zähne und sprang mit einem Satz an den Stamm. Er musste sich erst wieder daran gewöhnen, Holz zu spüren. Seine weichen, gepflegten Handflächen schmerzten beim ersten Klimmzug nach oben. Nichtsdestotrotz war Johannes wild entschlossen, diesen Burschen unschädlich zu machen, und er würde damit nicht nur seiner Familie, sondern dem gesamten Dorf einen großen Gefallen tun, davon war er überzeugt. Währenddessen standen die St. Petrianer mit etwas Sicherheitsabstand rund um den Baum, keiner rührte sich, keiner sagte einen Ton, sogar die

Blasmusik hatte aufgehört zu spielen. Was sie lähmte, war die Überraschung, plötzlich den alten Johannes wiederzuhaben. Nicht der Doktor Gerlitzen kletterte den Maibaum hoch, sondern der Holzschnitzer Johannes. Sogar Karl Ötsch, Johannes' Nachbar von links, der sich seit Johannes' Rückkehr so weit wie möglich von Johannes fernhielt, kam näher und staunte, dass jemand anderer als er selbst Johannes zum Ausrasten gebracht hatte. Das Klettern wurde immer leichter, Johannes dachte, dass man es wie das Fahrradfahren nie verlernte, und so kam er Alois Zug um Zug näher. Ängstlich sah dieser auf seinen Verfolger und überlegte, was er tun sollte. Nach unten springen konnte er nicht, da würde er sich mindestens die Beine brechen, und dann hätte der Arzt erst recht leichtes Spiel – weiter oben aber wurde die Luft dünn. Doch der Himmel kam ihm zu Hilfe. Pfarrer Cochlea, ein charismatischer Vierzigjähriger, der nach dem Ableben des vorherigen Pfarrers mitsamt seiner Köchin und deren seltsamen Sohn nach St. Peter versetzt worden war, eilte herbei und brachte Johannes Gerlitzen zur Vernunft:

»Herr Doktor, ein so ungebührliches Benehmen hätte ich von Ihnen niemals erwartet«, rief er, woraufhin Johannes mit den Klimmzügen innehielt, kurz auf Alois' Hosenboden über sich starrte und schließlich den Rückzug antrat. Es war die höfliche Anrede mit Titel, die Johannes von seinem Vorhaben abbrachte. Zudem schätzte er Pfarrer Cochlea sehr, der im Gegensatz zu seinem Vorgänger aufgeklärt war und die Gabe des rationalen Denkens besaß, eine Seltenheit in St. Peter. In die Kirche ging er deshalb zwar nicht, aber er traf den Pfarrer gelegentlich zu einem Spaziergang, einer Abendjause, etwas geistigem Austausch.

Nun gingen sie gemeinsam in den Pfarrhof, der Pfarrer bat seine Köchin, Tee zu kochen, und so saßen sie beisammen, bis sich Johannes wieder beruhigt hatte.

»Denen, die man liebt, muss man zugestehen, selbst zu

lieben«, sagte der Pfarrer, während Johannes den Kopf in die Hände stützte und betete, der Frühling möge bald enden. So rebellisch Ilse war, er hielt sie für klug genug, Alois fallen zu lassen, sobald sie wieder Kontrolle über sich erlangt hatte.

[Das Kolomaniwunder, Notizbuch I]

[2.6.] Viele Male versuchten die Mönche, den Angerberg zu erklimmen, doch erst als ein begabter Bergbezwinger vom Ruf Gottes in das Kloster geführt wurde, gelangten sie unter seiner Anleitung dorthin, wo sie neue Untertanen zu unterwerfen begehrten. Koloman war sein Name, und ich habe recherchiert, daß er, am Angerberg angekommen, vor Stolz über seine Tat nicht gemeinsam mit seinen Begleitern ins Dorf einzog, sondern diese bat, im Wald zu warten. [2.7.] Allein triumphieren wollend, ging er in die Bergbarbarensiedlung und predigte laut von seinem Gott, der ihn geschickt habe, die Bewohner zu bekehren. Den Bergbarbaren jedoch war sein Sprechen unheimlich. Danebst empfanden sie große Irritation aufgrund seines Auftretens, und so kamen sie überein, daß jener Koloman ein Feind sein müsse. Schnell erschlugen sie ihn und hängten ihn an einem dürren Holunderstrauch auf, denn zu jener Zeit war es Sitte bei den Barbaren verschiedener Stämme, Missetäter unbestattet zu lassen, was sich, wie ich berichten kann, heutzutage nicht mehr so verhält. [2.8.] Kolomans Begleiter verfielen daraufhin in großes Jammern und beteten zu ihrem Gott, bis sie einen Einfall hatten, wie sie seinen Tod nutzen konnten. Nachdem nun die Sonne untergegangen war, schlichen zwei der Mönche zu dem im Wind baumelnden Leichnam und balsamierten ihn mit Salböl ein, das sie bei sich trugen. Wie ich herausgefunden habe, wiederholten die Mönche diese Prozedur sechs Nächte lang und verließen erst am siebten Tage ihr Versteck, um den Bergbarbaren zu predigen, daß es ein Zeichen des Himmels sei, daß dieser Leichnam nicht verwese und daß die Bergbarbaren einen Heiligen getötet hätten und nur dann vor dem Zorn ihres Gottes sicher wären, wenn sie sich dem Kloster unterwürfen. [2.9.] Vor einem Gott, der die Toten lebendig aussehen ließ, hatten die Bergbarbaren große Furcht, und so fielen sie auf die Knie und zahlten bereitwillig noch am selben Tag den ersten Teil der abzugebenden Opfergaben. Natürlich wird die Geschichte des Koloman von den offiziellen Chroniken anders dargestellt, doch der gelehrige Leser möge selbst entscheiden, welche Variante er für glaubhafter befindet.

# Blanker Wahnsinn in Weiß

Während Ilse zur Frau heranwuchs, versuchte Johannes Gerlitzen zu verdrängen, dass sie womöglich einen Sexualtrieb hätte. Intensiv widmete er sich seiner Helminthenforschung und wartete darauf, dass sie sich endlich von Alois trennte. Alois hatte bereits kurz nach der Maibaumaktion seinen Respekt im Dorf wieder verspielt, indem er das Ausrüstungshaus des Fußballvereins in Brand gesetzt hatte, als er nach einem verlorenen Spiel im Rausch versucht hatte, Fußbälle mit Krachern in die Luft zu sprengen. Was Johannes jedoch nicht bedachte, war, dass Ilse gerade Alois' rebellische und wilde Natur liebte. Johannes sehnte sich nach Harmonie, er hatte es satt, ständig mit dem wichtigsten Menschen in seinem Leben zu streiten. Ilse wiederum vermutete, ihr Vater sei so weit in der Welt der Würmer versunken, dass die einzige Möglichkeit zur Fortpflanzung, an die er dachte, eine war, die durch das Ausscheiden von Eiern geschah. Doch nach einiger Zeit wurde es Alois lästig, Ilse nur in Selchkammern, auf dem Forststand und in Heustadln zu treffen. Vor allem, nachdem ihnen eines Spätnachmittags im September 1981 die Kaunergrat'schen Zwillingsburschen die Kleider gestohlen hatten, woraufhin Alois in einem alten Erdäpfelsack durch das Dorf hatte huschen müssen, um Ilse etwas zum Anziehen zu besorgen. Als Alois eine Woche später Rötungen auf seinem Körper entdeckte, die scheußlich zu jucken begannen, und ihm das alte Kräuterweiblein Hohenzoller diagnostizierte, dass jener

Erdäpfelsack, über den das ganze Dorf gelacht hatte, voller Wanzen gewesen sei – weswegen das ganze Dorf noch mehr lachte –, fasste er den Entschluss, dass die Heimlichtuerei ein Ende haben musste. Johannes Gerlitzen vermerkte indessen in seinem Notizbuch:

*Es ist schon eigenartig, daß Ilse gegen eines der stärksten Naturgesetze, gegen die natürliche Selektion, immun zu sein scheint. Alois Irrwein ist weder schön noch klug, noch verfügt er über irgendeine andere Qualität, die ihn auszeichnet. Alles, was er besser als alle anderen kann, ist trinken, das Dorf terrorisieren und Unruhe stiften. Doch ich vertraue darauf, daß Ilse dieses bald selbst erkennen wird. Irgendwann später wird sie sich fortpflanzen wollen, und ich bin mir sicher, daß ihr die Natur dann zeigen wird, daß Alois ein gänzlich ungeeigneter Vater für ihre Nachkommen ist.*

An einem Freitag Ende September 1981, nachdem der Juckreiz aufgehört hatte und die vom Kratzen entstandenen Wunden einigermaßen abgeheilt waren, spazierte Alois Irrwein zum Haus der Gerlitzens, obwohl er wusste, dass Ilse beim Jungschargruppenleiterinnentreffen war. Alois klopfte gut eine halbe Stunde an die Tür, bis Johannes Gerlitzen ihm öffnete. Natürlich bat dieser ihn nicht herein, grüßte ihn auch nicht, doch Alois ließ sich nicht davon stören, sondern kam gleich zur Sache:

»Herr Doktor, derf i de Ilse heiratn?«

»Natürlich nicht!«, brüllte Johannes Gerlitzen so laut, dass man ihn bis zum Dorfplatz hörte, bevor er die Tür ins Schloss knallte. Alois Irrwein hatte sein Leben lang zu allem, was er tun wollte, ein Nein bekommen. Er war mit dem Nein besser vertraut als mit dem Ja, also lief er sofort zum Café Moni, wo die Jungschargruppenleiterinnen überlegten, welche christlichen Folklorelieder sie mit den Kindern für das Erntedankfest einstudieren sollten, und obwohl Männer bei solchen Treffen nicht erlaubt waren, stürmte er das kleine Hinterzimmer, fiel auf die Knie und zückte den Ring, den er von seinem bisschen Ersparten gekauft hatte. Inbrünstig und etwas außer Atem fragte er:

»Ilse, wüllst du mei Frau werdn?«

Der Ring war schlicht, Alois' Haar ungebürstet, vom Herlaufen schwitzte er, doch Ilse stürzte sich augenblicklich auf ihn, herzte ihn, küsste ihn und sagte laut Ja. Lange verweilte sie mit den Armen um seinen Hals und genoss die neidischen Blicke der Freundinnen in ihrem Rücken – auch wenn sie die Letzte gewesen war, die einen Freund gehabt hatte, Ilse war die Erste, die verlobt war.

Die Verlobung von Alois und Ilse setzte eine Kettenreaktion weiterer Verlobungen in Gange. Peter Parseier, der zwar aus dem Nachbardorf stammte, aber schon seit einigen Jahren in St. Peter am Anger lebte, weil ihn der Lebensmittlergreißler Hochschwab als Geschäftsführer angestellt hatte, erwies sich als der schlaueste junge Mann im heiratsfähigen Alter. Er fuhr bereits am Tag nach der Verlobung von Alois und Ilse ins Tal, kaufte einen Ring und kniete vor Edeltraud Hochschwab nieder, die sofort Ja sagte, denn der Ring war mit einem funkelnden Stein besetzt. Bisher hatte Edeltraud Hochschwab nie großes Interesse an dem Angestellten des Vaters gezeigt, obwohl Peter Parseier lange um sie geworben hatte. Peter war jedoch ein überaus kluger Bursche, und er hatte verstanden, dass Verlobung, Heiraten und Kinderkriegen bei den St.-Petri-Frauen ein Wettkampf war. Glücklich spazierte er durch die Lebensmittelgreißlerei, die bald seine eigene sein würde, während Edeltraud im Dorf herumlief, um allen ihren schönen Ring zu zeigen, der viel heller funkelte als der von Ilse. Reinhard Rossbrand und Toni Rettenstein, die besten Freunde, Saufkumpane und ewige Komplizen von Alois, verstanden nicht, dass plötzlich ein anderer Wind durchs Dorf wehte. Toni Rettenstein fuhr eines Tages mit seinem Vater zur Heuarbeit, als dieser plötzlich mitten auf dem Feld den Traktor abstellte und seinem Sohn befahl auszusteigen. Toni tat, was der Vater wollte – er vermutete, dass er etwas am Anhänger in Ordnung bringen sollte, doch Anton Rettenstein sah ihn vom Fahrerbock aus streng an, und sagte:

»So, und hiazn knie di nieda und frag, ob i di heiratn wüll.«

Toni blickte seinen Vater wie ein vom Fernlicht geblendetes Reh an, bis Anton Rettenstein seine Geduld verlor und schimpfte:

»Bist deppert, oder wos? Du übst hiazn, wia du da Ebersberger Mariann morgn an Heiratsantrag machst. De Weiber sand grod olle narrisch, oiso schau, dass'd z'recht kommst, sonst bleibst über, und de Mariann is a guate Partie, de bringt fünf Felder mit!«

Reinhard Rossbrand, der ebenso begriffsstutzig war, hatte nicht das Glück, dass ihm sein Vater auf die Sprünge half. Seine Freundin Angelika Ötsch ließ ihn nach Alois' und Ilses Verlobung nicht mehr näher als einen Meter an sich heran. Reinhard Rossbrand war wie sein Vater Briefträger und Witzbold, doch nach einer Woche ohne Körperkontakt mit Angelika gingen ihm die Witze aus, und nach zweieinhalb Wochen Abstinenz verursachte er das größte Chaos auf dem Postamt in der Geschichte von St. Peter am Anger, indem er gedankenverloren keinen einzigen Brief zu seinem eigentlichen Bestimmungsort trug. Als Angelika davon hörte, dass die unanständigen Heftchen des lüsternen Fritz Ebersberger der Pfarrersköchin Grete zugestellt worden waren, woraufhin diese in Ohnmacht gefallen war, erlöste sie Reinhard aus seiner Qual, denn sie wollte schließlich nicht, dass ihr zukünftiger Ehemann seinen Posten verlor.

»I lass di erst wieda zuwi, wennst mi g'fragt hast, ob i di heirat«, erklärte sie ihm streng, woraufhin Reinhard seine Briefträgertasche an Ort und Stelle zu Boden fallen ließ und zu Fuß ins Tal lief, um einen Ring zu kaufen. Der Juwelier im

Tal, der noch neu im Geschäft war, wunderte sich in diesen Herbstwochen über all die jungen Männer vom Angerberg, die ihm Verlobungsringe abnahmen wie Meterware – obwohl man sonst nur überaus selten Menschen aus St. Peter in Lenk im Angertal sah. Sein Vorgänger, der alte Juwelier, erklärte ihm schließlich, dass die Dorfbewohner seltsamerweise nur gehäuft im Geschäft auftauchten, worauf man sie zehn Jahre lang nicht mehr sehe, bis sie dann zum zehnten Hochzeitstag wiederkämen, die Ringe der Frauen weiter machen ließen und kleine Goldkettchen kauften, sodass die Frauen die Ringe der Männer um den Hals tragen könnten. In St. Peter am Anger galt es nämlich als unmännlich, den Ring über das zehnte Hochzeitsjahr hinaus selbst zu tragen.

Johannes Gerlitzen war der einzige Mann, der zweiundzwanzig Jahre nach seiner Hochzeit noch den Ehering trug. Nicht Ilse hatte ihm von ihrer Verlobung erzählt, die Nachricht war vielmehr vom Dorftratsch zu ihm getragen worden, kaum dass Ilse Ja gesagt hatte. Johannes sprach daraufhin vier Wochen lang kein Wort mit ihr. Jeden Tag suchte er Elisabeths Grab auf, brachte ihr frische Blumen, zündete eine Kerze an und vertraute dem Marmorgrabstein an, wie verzweifelt er war. Der Marmorgrabstein antwortete ihm jedoch nicht, genauso wie das Friedenslicht ihm nicht weiterhalf, also ging er nach einem Monat des Verzagens ins Wirtshaus, setzte sich an die Schank und bestellte einen Adlitzbeerenschnaps. Ausnahmslos alle waren überrascht, den Dorfdoktor plötzlich Alkohol bestellen zu sehen, besonders die Stammtischrunde. Anton Rettenstein, Wilhelm Hochschwab, Friedrich Ebersberger und Gerhard Rossbrand fragten ihn, ob er sich nicht zu ihnen setzen wolle. Johannes Gerlitzen drehte sich auf seinem Hocker um und betrachtete die vier, wie sie rund um den Stammtisch saßen. Plötzlich verstand er, dass ein Generationenwechsel stattfand, dass alle Kinder heiraten, Häuser bauen und selbst Kinder bekommen würden, genauso wie sie selbst es einst getan hatten. Als er seine vier ehemaligen Freunde so sitzen sah, war ihm klar, dass diese nun zum Ältestenrat wurden, während diejenigen, die zu seiner Jugend den Ton im Dorf angegeben hatten, verstarben. Johannes Gerlitzen ließ seinen Schnaps unberührt am Tresen stehen, nahm seinen Mantel und ging nach Hause, um in sein Notizbuch zu notieren:

*In anderen Teilen der Welt entwickeln sich die Dinge weiter, indem sie sich verändern. In St. Peter am Anger jedoch hat alles eine Kontinuität, und alles bleibt, wie es ist. Die Jugendlieben heiraten einander, der älteste Sohn übernimmt den Bauernhof der Eltern, seinen Erstgeborenen nennt er nach sich selbst, die älteste Tochter wird nach der Großmutter benannt, und nachdem die Ältesten gestorben sind, übernehmen die Kinder ihre Rollen im Dorf. Die Natur nimmt ihren Lauf, und alles bleibt, wie es immer war. Dieses Gesetz ist in St. Peter am Anger stärker als jeder Versuch, etwas dagegen zu unternehmen. Und manchmal muß sich der einzelne einfach fügen.*

Der Hochzeitsreigen des Jahres 1982 begann am 8. Mai 1982 mit der Hochzeit des Großbauernsohnes Toni Rettenstein mit Marianne Ebersberger, die, weil sie die Tochter des Bürgermeisters war, darauf bestand, als Erste zu heiraten. Ihr Vater musste intensiv beim Pfarrer intervenieren, denn eigentlich hatten Hilde Arber und Erich Wildstrubel diesen Termin bereits reserviert. Nachdem der Pfarrer Hilde und Erich abgesagt hatte, hatte Hilde eine Woche lang vor Zorn geweint, doch sie bekam ihre Rache, denn am 8. Mai 1982 goss es wie aus Kübeln. Am 15. Mai 1982 gaben Peter Parseier und Edeltraud Hochschwab einander das Jawort, und Edeltraud sollte es ihrem Vater, dem Lebensmittelgreißler und reichsten Mann des Dorfes, fünf Jahre lang übelnehmen, dass er bei ihrem Hochzeitsbankett gegeizt hatte. In seiner Sparsamkeit hatte Herr Hochschwab lediglich Würstel und Saft auf die Speisekarte setzen lassen. Am 22. Mai heirateten schließlich Hilde Arber und Erich Wildstrubel, und Hilde bekam nicht nur strahlenden Sonnenschein, sondern auch einen Sonnenbrand, da sie, um Marianne eins auszuwischen, das Festbankett kurzfristig ins Freie hatte verlegen lassen. Unvorteilhafterweise deckte der Schleier von Hilde Wildstrubel einen Teil der Stirn ab, und so erinnerte, noch lange nachdem der Sonnenbrand abgeklungen war, ein weißes Dreieck auf ihrer Stirn an die eigene Hochzeit. Am 29. Mai war das Pfingstwochenende, weswegen keine Hochzeiten stattfinden konnten und der Wirt das Wirtshaus geschlossen hielt, sodass seine Kellnerinnen ihre geschwollenen Knöchel kurieren konnten. Der 5. Juni war der Hochzeitstag der jungen Friseuse Angelika Ötsch und des Briefträgers Reinhard Rossbrand, wobei Letzterer jedoch nicht viel von seinem großen Tag mitbekam, nachdem ihn Angelikas drei Brüder am Vortag so abgefüllt hatten, dass ihm einer der Ministranten das Eheversprechen einflüstern und ihm ein anderer per Handzeichen signalisieren musste, wann er aufstehen, sich setzen, sich hinknien und Ja sagen musste. Für Aufsehen bei der Hochzeit von Automechaniker Richard Patscherkofel und der Kellnerin Gertrude Millstädt am 12. Juni sorgte wiederum die Braut selbst, die während der Predigt aufsprang und sich in der Sakristei ins Weihwasserbecken übergab. Sie behauptete zwar im Nachhinein, ihr Kleid sei zu eng gewesen, doch da in St. Peter am Anger alle Nachbarn waren, wusste man, dass die Braut am Vorabend zu viel getrunken hatte, nachdem man ihr wie allen anderen Bräuten einen großen Torbogen mit Reisig vor die Tür gestellt hatte, den sogenannten Schwellbogen.

Zähneknirschend und nach einer halben Flasche Kognak zum Frühstück führte Johannes Gerlitzen schließlich am 19. Juni 1982 seine Tochter Ilse zum Altar. Er weigerte sich beim anschließenden Bankett im Wirtshaus eine Rede zu halten, und nach dem Essen ging er nach Hause, um den restlichen

Kognak zu trinken. Ilse war darüber sehr traurig, vor allem da Alois den ganzen Tag lang keinen Tropfen Alkohol anrührte, um zu beweisen, dass er ein guter Ehemann sein wollte. Um Mitternacht wurde beim Kranzerltanz Ilses Brautschleier abgenommen, und die Dorffrauen setzten ihr, wie es die Tradition wollte, ein Kopftuch auf, das signalisierte, dass der Hochzeitstag vorbei und sie von jetzt an Hausfrau war, woraufhin Alois sich gleich vier Bier hintereinander genehmigte. Am 26. Juni fand die letzte Hochzeit statt, und nach der Sonntagsmesse des Folgetages begab sich der Pfarrer mit seiner Köchin für eine Woche auf Schweigexerzitien in eine abgeschiedene Berghütte, um sich vom intensivsten Trauungs-Marathon seiner Amtszeit zu erholen.

Nachdem aus Ilse Gerlitzen eine Ilse Irrwein geworden war, kühlte das Verhältnis zwischen Ilse und Johannes merklich ab. Johannes verbrachte nun mehr Zeit auf Reisen. Er reiste zu allen möglichen Wurmkongressen, und nicht immer, weil ihn das Thema interessierte, sondern meist bloß, um aus St. Peter herauszukommen. Ilse hingegen war ihm böse, dass er bei der Hochzeit kein einziges Wort mit Alois gewechselt, sondern ihn von der Kirchenbank aus mit bösen Blicken beobachtet hatte, und so lebte sie ihr Leben fortan als Ilse Irrwein und in der Meinung, ihren Vater nicht nötig zu haben. Bis sie feststellte, dass Alois' Familie noch furchtbarer war als ihre eigene. Da Alois und Ilse kein eigenes Haus, geschweige denn Baugrund hatten, waren sie vorübergehend im Obergeschoss von Alois' Eltern eingezogen, um Geld zu sparen und später selbst zu bauen. Das Haus war groß genug für zwei Familien, doch Alois' Mutter entpuppte sich als der agile Albtraum einer jeden Schwiegertochter. Kaum hatte Ilse ihre Koffer ausgeräumt, stand die neue Schwiegermutter im Rahmen der Schlafzimmertür und verlangte, dass Ilse augenblicklich den Rasen mähte. Alois war Einzelkind und trotz seiner turbulenten Jugend der ganze Stolz seiner Mutter. Aloisia Irrwein war keine böse Frau, Großzügigkeit und Toleranz waren ihr jedoch fremd. Sie war eine geborene Millstädt, und ihre Eltern hatten sich seinerzeit so sehr geliebt, dass sie vierzehn Kinder in die Welt gesetzt hatten. Doppelt so viele, als man damals in St. Peter am Anger ohne Entbehrung großziehen konnte. Aloisia Irrwein war die älteste Tochter der Familie, und drei Tage nach ihrem zwölften Geburtstag, der wie jeder andere Geburtstag aus Geldmangel nicht gefeiert worden war, starb die Mutter nach der Totgeburt des fünfzehnten Kindes. Wie es auf dem Land üblich war, musste Aloisia daraufhin die Erziehung der jüngeren Geschwister und das Kochen für die älteren Brüder übernehmen. Der Kampf ums Überleben hatte sie so verhärtet, dass sie für alles eine Gegenleistung verlangte. Liebe hielt sie für eine Torheit, die rationiert werden musste, damit man nicht zu viele Kinder bekam. Der alte Herr Irrwein hatte in jüngeren Jahren alle ehelichen Zusammenkünfte eines Jahres an zwei Händen abzählen können, in den Achtzigerjahren aber ließ sein Gedächtnis nach, und er vergaß, seine Frau in ihrer harschen Art zu bremsen, wie er es dem Dorf zuliebe zu tun gepflegt hatte.

Was Johannes Gerlitzen seiner Tochter Ilse nicht erzählt hatte, war, dass Aloisia Irrwein Johannes vor der Hochzeit aufgesucht und gefragt hatte, welche Gegenleistung die Familie Gerlitzen dafür erbringen würde, dass Ilse ihren einzigen Sohn heiraten durfte. Aloisia Irrwein hatte das Wort *Mitgift* nicht in den Mund genommen, aber beiden war sofort klar gewesen, was sie meinte – obwohl diese Tradition auch in St. Peter, wo alles dreißig Jahre später als im Rest der Welt geschah, nicht mehr praktiziert wurde. Dieses Gespräch fand während der Mittagspause der Ordination in der Küche statt. Aloisia Irrwein lugte während jedes Wortes auf das Service, das Elisabeth und Johannes zu ihrer Hochzeit bekommen hatten. Das hatte ihr schon damals gefallen, als Elisabeth es auf der Brautfeier ausgepackt hatte, und so beendete sie ihre Rede mit den Worten:

»So a schöns Service, hätt' gar net denkt, dass's des nu gibt.«

Daraufhin nahm Johannes eine Tasse aus der Anrichte, begutachtete sie, beobachtete, wie Frau Irrweins Augen beim Anblick der floralen Zierleisten rund um den Henkel leuchteten, woraufhin er die Tasse vor ihren Füßen auf dem Boden zerschmetterte.

»Verschwinde bloß und bete lieber, dass ich eure Kanalratte von einem Sohn nie auf dem Behandlungstisch liegen hab!«, brüllte er und jagte Aloisia Irrwein aus der Tür. Ihr Auge-um-Auge-Zahn-um-Zahn-Denken war so ausgeprägt, dass sie daraufhin beschloss, Ilse zu hassen, da der Doktor ihren lieben Alois verabscheute.

Anfangs waren es vor allem undankbare Arbeiten, die Ilse im Haus der Irrweins verrichten musste. Fenster putzen in der Zimmermannswerkstatt oder den Dachboden von Spinnweben säubern. Doch egal wie lang Ilse arbeitete oder wie sehr sie sich bemühte, die Schwiegermutter hatte etwas auszusetzen. Und wenn sie nörgelte, beschwerte sie sich niemals nur über das aktuelle Problem, sondern erniedrigte Ilse so gut sie konnte. Sie sagte nicht: »Du putzt net g'scheid.« Aloisia Irrwein sagte: »Du bist wirkli zu nix z'gebraucha. Bist du sogar z'bled, an Putzfetzn zum Halten? Kochn kannst net, deine Kuchn sand hoart wia Stoa, net amoi schwanger bist wordn!«

Dass ihr die Schwiegermutter vorwarf, den Putzfetzen nicht richtig halten zu können, prallte an Ilse ab wie Regentropfen an einem aufgespannten Schirm. Alois aß gern, was sie kochte, und über den Vorwurf, ihre Kuchen wären hart wie Stein, musste sie lachen. Wann immer die keifende Schwiegermutter ihr jedoch vorhielt, dass sie noch nicht schwanger geworden sei, kullerten die Tränen über ihre Wangen, lief sie ins Obergeschoss und warf sich für Stunden aufs Bett.

Als Ilse 1986, vier Jahre nach der Hochzeit, immer noch nicht guter Hoffnung war, tratschte nicht nur die Schwiegermutter, sondern auch der Rest des Dorfes. Für Ilse wurde die Situation immer unerträglicher, denn mittlerweile hatten alle anderen Frauen, die 1982 geheiratet hatten, Kinder. Martha Kaunergrat war sogar schon mit dem dritten schwanger. Zudem arbeitete Ilse als Kindergärtnerin und war jeden Tag von kleinen Kindern umgeben. Nichts wünschte sie sich sehnlicher, als selbst ein Kind zu haben, und so suchte Ilse eines Tages Johannes Gerlitzen am Ende des Ordinationsmittwochs auf. Sie wusste selbst nicht so recht, ob sie als Tochter oder als Patientin kam. Das war auch egal, denn bevor er sie untersuchen konnte, fiel sie ihm um den Hals, brach in Tränen aus und beichtete ihr Unglück, ihre Verzweiflung und ihren sehnlichen Wunsch, Kinder zu bekommen. *Die Elternschaft*, notierte Johannes Gerlitzen an jenem Abend in sein Patientenjournal, *ist schon eine seltsame Sache, denn sie scheint über jede Kränkung erhaben zu sein. Egal wie sehr sich Eltern und Kinder übereinander ärgern, am Ende verzeiht man sich alles – vor allem kann ein Vater seiner Tochter nicht böse sein, wenn er merkt, daß sie ihn braucht.*

1987 begann Johannes Gerlitzen, seiner Tochter Hormonpräparate zu verabreichen. 1989 konsultierte sie heimlich die kräuterkundigen alten Dorffrauen – was ihr Vater nicht erfahren durfte, denn er lag seit Jahren mit der alten Frau Hohenzoller im Streit, da er ihre Kräutersude und Wundertinkturen für gesundheitsgefährdend hielt.

In den Achtzigerjahren hatte sich der Generationenwechsel bis in die Politik fortgesetzt, und Fritz Ebersberger hatte seinen Vater Friedrich Ebersberger, der aus gesundheitlichen Gründen ausscheiden musste, vorzeitig im Bürgermeisteramt beerbt. Er ließ als erste Amtshandlung das Gemeindeamt neu bauen, da im alten etliche Stufen zu steigen waren, und Fritz Ebersberger seinen Vater an Leibesfülle um einiges übertraf.

Im Zuge der Neugestaltung des Dorfplatzes erinnerte Johannes Gerlitzen den jungen Bürgermeister daran, dass dessen Vater ihm bei seiner Rückkehr nach St. Peter im Jahr 1969 ein eigenes Arzthaus versprochen hatte, und im Jahr 1990 wurde dieses schließlich fertiggestellt. Ilses Glück war übergroß, als ihr der Vater bei einem Spaziergang zu Ostern ankündigte, Alois und ihr das Haus der Gerlitzens zu überschreiben, damit sie endlich ein eigenes Heim hätten. Johannes brauchte als alleinstehender Arzt kein derart großes Haus und das neu gebaute Arzthaus am hinteren Dorfplatzplateau war groß genug, dass der Doktor im Untergeschoss ordinieren und im Obergeschoss wohnen konnte. Alois und Ilse hingegen hatten die Hoffnung auf Nachwuchs noch nicht aufgegeben. Vor allem hatte Johannes eingeleuchtet, dass eine räumliche Trennung von Ilse und Alois' Mutter unbedingt notwendig war, um einen Mord zu verhindern. Am Tag des Umzugs bedankte sich Alois sogar in Hochsprache bei Johannes, doch der hörte ihm nicht richtig zu, sondern stellte nur fest, dass Alois erstaunlich viele graue Haare für sein Alter hatte und nun noch barbarischer aussah.

## [Ordnung eines Dorfes, Notizbuch I]

[3.0.] Nachdem das Lenker Kloster das Dorf unterworfen hatte, befahlen die Mönche den Bergbarbaren, an jenem Ort, wo sie den Koloman getötet hatten, eine Kirche zu errichten. Kaum waren die Grundfundamente gelegt, bestatteten sie den Koloman. Die Mönche begründeten dies damit, daß ein Heiliger nicht lang unbestattet bleiben dürfe, ich hingegen vermute, daß es ihnen schwierig wurde, den Zerfall der Leiche weiter hinauszuzögern. [3.1.] Nebst dem Kirchenbau zählten die Mönche die Bewohner, die Behausungen, das Vieh und die Felder. Wie ich berichtete, waren die Bergbarbaren bereits auf ihrer Wanderschaft von einem irischen Mönch zum Christentum bekehrt worden, doch sie hatten die Details dieser Religion – wie Monogamie – vergessen, also wurden sie ein zweites Mal getauft und Männer mit Frauen verheiratet. [3.2.] Weiters lehrten die Mönche, daß es nicht notwendig sei, dem Gott ein Tier zu opfern oder bei Vollmond nackt um die Kirche zu tanzen. Es gab jedoch auch heidnische Bräuche, die sie ihnen nicht auszutreiben vermochten, und so wurden diese christianisiert. Wie ich aus eigener Anschauung berichten kann, wird eines dieser Feste heute noch gefeiert – es trägt den Namen Sonnwendfeuer. [3.3.] Nun will ich noch kurz künden, wie es dazu kam, daß jenes Dorf den Namen St. Peter am Anger erhielt. Der Anger war in der Sprache der Bergbarbaren jenes Plateau auf dem Gipfel, um das sie ihre Hütten erbaut hatten und in dessen Mitte das Vieh weidete. Den heiligen Peter legten die Mönche den Bergbarbaren mithilfe einer Stelle des Matthäusevangeliums ans Herz, wo Jesus zu Petrus sagte: »Ich aber sage dir: Du bist Petrus, und auf diesen Felsen werde ich meine Kirche bauen, und die Mächte der Unterwelt werden sie nicht überwältigen.« Das gefiel den Bergbarbaren, denn auch sie wohnten auf einem Felsen, auf dem nun eine Kirche gebaut wurde, und der Kampf gegen den Teufel war ihnen ebenfalls sehr wichtig. Und so wurde, soweit ich das rekonstruieren kann, der unorganisierte Haufen der Bergbarbaren zu einem Dorf mit jenem Namen strukturiert, den es auch heute noch trägt.

# Ein neuer Bürger für St. Peter

Ob Hormonpräparate, Alpenkräuterwickel, Fruchtbarkeitstees oder der Umzug – eine dieser Maßnahmen musste geholfen haben, denn im Frühjahr 1992 war Ilse Irrwein, vormals Gerlitzen, schwanger. Ilse hatte so lange damit gekämpft, schwanger zu werden, dass sie ab dem ersten Tag des neunten Monats das Pressen trainierte und in ungeduldiger Erwartung eine jede Blähung für eine Wehe hielt. Johannes Gerlitzen, der sich seit dem ersten Ultraschall auf sein Großvaterdasein freute, war bald von Ilses Daueralarmzustand genervt. *Man sollte meinen, Frauen könnten zwischen den Vorgängen der Mutterschaft und der Verdauung unterscheiden,* notierte er in sein Patientenjournal und bat seine neue Ordinationsgehilfin Ingrid, Ilse nur dann in die Ordination zu lassen, wenn diese vor Wehen nicht mehr gerade gehen könne. Auch wenn Johannes Gerlitzen Ingrid mehrmals mit dem Rauswurf drohte, führte die resolute Mittvierzigerin die Ordination nach ihrem Geschmack und dachte nicht daran, Ilse am Betreten der Praxis zu hindern. Ingrid war eine der Hauptaktivistinnen des St.-Petri-Klatschvereins und hatte leidenschaftlich an den zehn Jahre lang andauernden Diskussionen über Ilses nicht eintretende Schwangerschaft teilgenommen. Wie jede St. Petrianerin hatte sie Mitleid mit Ilse, die erst so spät Mutter wurde und so viele Aktivitäten der Mütterrunde in den letzten Jahren verpasst hatte.

Am 9. Oktober 1992 ärgerte sich Johannes mehr noch als sonst über seine Arzthelferin.

Johannes liebte seine Tochter, und er führte es auf das viel zu warme Herbstwetter zurück, dass Ilse an diesem Tag unerträglich war. Es war Freitag, drei Tage nach dem errechneten Geburtstermin, und Ilse, von Ingrid vorgelassen, verlangte beinah kreischend, dass Johannes ihr wehenfördernde Medikamente verabreichte, um das Kind rechtzeitig vor der Sonntagsmesse auf die Welt zu holen. Johannes schüttelte den Kopf und zupfte verärgert an den Blättern der Topfplanze, die Ingrid, ohne ihn zu fragen, neben seinem Schreibtisch aufgestellt hatte. Er entsorgte täglich Injektionsreste zwischen den Hydrokulturperlen, in der Hoffnung, das Grünzeug zum Verenden zu bringen. Ilse ließ sich nicht abwimmeln. Sie war aufgebracht, da Angelika Rossbrand den Geburtstermin für ihr zweites Kind und Marianne Rettenstein den Geburtstermin für ihr drittes Kind jeweils nach ihr gehabt hätten – Angelika hatte jedoch schon vor einer Woche entbunden, und Marianne lag seit dem frühen Morgen in den Wehen. Für Johannes, der drei abgerissene Blätter in seiner Faust zerknüllte, hörten sich Ilses Schilderungen so an, als wäre Kinderkriegen ein Wettrennen. Er kniff die Augen hinter seiner Halbmondbrille zusammen und vermerkte Ilses Gewicht in ihrem gelben Mutter-Kind-Pass.

»Woaßt du, wia deppert des is, so hochschwanger zum Sein? I schau aus wia a Walfisch, meine Knie sand g'schwolln, mir passt ka G'wand mehr, und i hab seit ewig meine Füß nimmer g'sehn.« Demonstrativ klappte Johannes den Mutter-Kind-Pass zusammen und reichte ihn Ilse.

»Nur wegen einer Woche überfällig so starke Medikamente zu verschreiben, wäre medizinisch nicht zu rechtfertigen. Hab halt Geduld, du wirst doch dein Kind nicht jetzt schon bevormunden wollen? So und jetzt gehst nach Hause, sagst dem Alois, er soll dir ein Fußbad einlassen, dir die Knie massieren und deinen Bauch mit Hirschtalg einschmieren. Ein Kind kommt, wenn es kommen will. Ich hab jetzt noch andere Patienten, der kleine Parseier hat schon wieder ein Loch im Kopf.« Johannes stand auf, um Ilse versöhnlich mit einem Kuss auf die Stirn zu verabschieden, doch Ilse schnappte schnaubend ihre Handtasche und watschelte davon. Die Tür knallte ins Schloss, und Ingrid stand umgehend in der Praxis.

»Ollas in Ordnung, Herr Doktor?«, fragte sie, aber Johannes drehte ihr den Rücken zu und tat, als müsste er etwas Wichtiges aufschreiben. Die Arzthelferin blieb breitbeinig in der Tür stehen und verschränkte die Arme.

»Gehen'S bitte, Ingrid, und schicken'S mir den kleinen Parseier-Buben herein, bevor der verblutet.«

Die Arzthelferin schnitt eine Grimasse und schlenderte hinaus. Johannes Gerlitzen seufzte und streifte sich frische Latexhandschuhe über. Wahrscheinlich war sie so fähig, die Ordination in Ordnung zu halten, weil sie neugieriger war als jedes Waschweib und ihr nichts entging, überlegte er. Seit sie hier arbeitete, musste er sich um nichts anderes kümmern als um die Untersuchungen. Ohne diesen lästigen Papierkram hatte er viel mehr Zeit für seine Studien über die entropen Parasiten, aber in Momenten wie diesem fragte er sich, ob es das wert war.

Während Doktor Johannes Gerlitzen die Platzwunde des kleinen Engelbert Parseier mit Jod ausspülte, gründlich säuberte und schließlich nähte, beschlich ihn das schlechte Gewissen. Er hatte sehr wohl wehenfördernde Medikamente in der Apotheke im Hinterzimmer vorrätig. Aber Ilse war ein Sturkopf, und man musste ihr nicht immer ihren Willen lassen, immerhin wollte er das Beste für sie und das Kind. Johannes war in Gedanken versunken und merkte gar nicht, wie herzzerreißend der kleine Parseier weinte. Die Arzthelferin erschien ungerufen im Behandlungszimmer, gab dem Buben seinen fünften Schokoladenschlecker und streichelte seine Schulter. Was heulte das Kind überhaupt, fragte sich Johannes. Der kleine Parseier war alle drei Wochen wegen irgendeiner Platzwunde in der Ordination, würde der etwas mehr lesen, anstatt ständig irgendwelchen Bällen hinterherzulaufen, müsste er sich nicht ständig Wunden nähen und Löcher stopfen lassen. Als Johannes den Faden abschnitt, überlegte er, wie Ilses Kind wohl werden würde. Er hoffte inständig, es würde nicht allzu sehr nach seinem Vater geraten, doch die Chancen standen schlecht. Bei seinem letzten Besuch hatte er festgestellt, dass Alois eine große Abenteuerlandschaft im Garten aufgebaut hatte. Noch vor der Geburt standen zwei Rutschen, ein Klettergerüst, drei Schaukeln und zahllose andere Dinge bereit, um dem Kind Verletzungen zuzufügen. Ob der kleine Parseier wegen der Jodtinktur brüllte, war Johannes egal. Doch bei seinem eigenen Enkelkind wäre das wohl anders, fürchtete er. Es sei denn, das Kind hätte Alois' borstige Straßenköterhaare, dann könnte er sich vorstellen, er nähte Alois.

Seit mittlerweile drei Wochen marschierte Ilse täglich fünf Runden um das Haus. Der Garten der Irrweins umschloss das Haus an drei Seiten und mündete nördlich in die mit Schottersteinen bestreute Einfahrt. Auf der Westseite hatte sich Alois seine private Werkstatt eingerichtet. Die Werkstatt des Zimmermannsbetriebs, den er nach dem Tod seines Vaters selbstständig führte, befand sich auf dem Grundstück seiner Eltern. Im Süden sah Ilse die abschüssige Obstbaumwiese und östlich, neben der Dorfstraße, die in die Talstraße hinunter ins Angertal mündete, lag das kleine Vorgärtchen, wo schon ihre Mutter Gemüse und Gartenblumen angepflanzt hatte. In diesem Vorgärtchen stand auch ein großer Nussbaum, den Ilses Urgroßvater gesetzt hatte. Noch nie hatte Ilse dem Verfärben des Laubes mit so großer Ungeduld zugesehen. Sie war böse auf den Nussbaum, da dieser stetig goldener wurde, Tag für Tag Laub ließ, als wollte er sie verhöhnen. Innerhalb der letzten drei Wochen hatte er ihren täglichen Weg um das

Haus mit seinen Blättern gesäumt, und nun musste sie achtgeben, nicht auszurutschen. Als Ilse Irrwein eine Woche nach dem erfolglosen Gespräch mit ihrem Doktor Vater wieder im Garten stand und innehielt, um sich das Kreuz zu massieren, erschien Marianne Rettenstein am Horizont und winkte von Weitem. Auch ihre beiden Töchter winkten und stritten sogleich darum, wer den Kinderwagen mit der frischgeborenen Schwester schieben durfte. Ilse seufzte. Sie wollte nicht schon wieder hören:

»Na so lang wia dei Butzerl im Bauch is, wird's jo sicha a Riesenbutzerl!«

Marianne steuerte den Kinderwagen auf Ilse zu, Ilse drehte sich auf den Fersen um und ging, so schnell sie konnte, ins Haus. Kaum hatte sie sich in Sicherheit gebracht, entschied sie, sich wehenfördernde Mittel zu besorgen. Und wenn der Doktor Vater ihr nichts verschreiben wollte, dann musste sie sich eben an eine andere Quelle wenden. In der Mütterrunde hatte man ihr erzählt, Frau Hohenzoller, das Kräuterweiblein des Dorfes, hätte eine spezielle Tinktur aus Rizinusöl und Alpenstrauchwurzeln. Ilse beschloss, der Alten einen Besuch abzustatten. Erst vor zwei Nächten war eine große Stelle Bindegewebe ihres Bauches mit lautem Knall gerissen. Es war an der Zeit, diesem Kind zu zeigen, wie sehr es erwartet wurde.

Am 19. Oktober flackerte im Wohnzimmer der Irrweins nur das weißlich blaue Licht des Fernsehers, beschien Teile des Raumes und ließ den Rest in Dunkelheit versinken. Alois saß, den Rücken tief in der Wohnzimmercouch vergraben, ohne Hose und mit den Füßen auf dem Sofatisch, vis-à-vis des Fernsehers. Eine Bierdose balancierte auf seinem Kugelbauch, aus der er langsam und genüsslich trank. Das Bier schäumte, sodass das Prickeln der Kohlensäure auf seiner Zunge tanzte. Ilse schlief bereits, dennoch zuckte er zusammen, wenn er ein Geräusch hörte, und machte sich bereit, die Füße auf den

Boden zu stellen und die Bierdose hinter der Couch zu verbergen. Seit Ilse in freudiger Erwartung war, übte sie das Erziehen an ihrem Ehemann:

»Füß vom Tisch owi!« – »Glasln gibt's, damit man's verwendt!« – »Teller in den G'schirrspüler!« – »Ellbogen vom Tisch owi!« – »Rücken grad und solche Filme sicha net!«

Alois hoffte, nach der Geburt würden sich ihre Erziehungsgelüste auf das Kind konzentrieren, andererseits brachte ihm die Schwangerschaft den Vorteil, dass Ilse früh müde wurde. In den drei bis vier Stunden, die er nun für sich hatte, entspannte er sich in einem unbekannten Ausmaß, vor allem seit einer der beiden in St. Peter empfangbaren Fernsehsender spätabends brutale, handlungsreiche Filme zeigte. Besonders für das Genre des Science-Fiction-Films hatte Alois eine Vorliebe. Lief ein actionreicher Alienfilm im Fernsehen, dachte Alois nicht einmal daran, ins Wirtshaus zu gehen.

In dieser Nacht vom 19. auf den 20. Oktober 1992 beobachtete Alois den Kampf der Welten. Grüne faserige Aliens mit quadratischen Raumschiffen gegen weiße schleimige Aliens mit dreieckigen Raumschiffen. Dem Zimmermann tat das Herz weh, das waren ja unmögliche Konstruktionen, überlegte er und erklärte der Plastikpalme neben der Couch, dass diese Hollywoodproduzenten besser ihn gefragt hätten, wie man so ein Raumschiff baute, damit die Insassen nicht die ganze Zeit gebückt herumgehen mussten. Gerade ließ sich einer der Helden widerstandslos gefangen nehmen, und Alois dachte kopfschüttelnd, dass Ilse einen anständigeren Kinnhaken austeilen könnte. Alois hob die Bierdose, um auf seine eigene Schlagtechnik zu trinken – gegen ihn hätten solche Außerirdische keine Chance –, in diesem Moment ertönte ein lauter Schrei aus dem Obergeschoss:

»Loisl! Loisl! Es kummt!«

Alois erschrak, sprang auf, das Bier quoll über und die Dose kippte um, kaum dass er sie abgesetzt hatte. So schnell er konnte, rannte er nach oben. Ilse kniete im Ehebett, fest in einen Berg aus sämtlichen Polstern gekrallt, die im Schlafzimmer zu finden waren. Anhand der Selbstverständlichkeit, mit der sich Ilse in den Vierfüßlerstand begeben hatte, schloss Alois, sein Kind käme nun wirklich – dieser Anblick Ilses hatte etwas zutiefst Natürliches, Urweibliches. Alois war von einer plötzlichen Ehrfurcht gepackt, kniete sich am Bettrand nieder und ergriff ihre Hand:

»Ilse, tua pressn oder so was.«

»Loisl, schleich di und hol Hilfe!«, brüllte Ilse mit schmerzverzerrtem Gesicht. »Sofurt!«

Alois sprang wieder auf, doch kurz bevor er aus der Haustür war, erreichte ihn Ilses Schrei:

»Und hol d'Hebamm, net mein Vata!«

Ohne nachzufragen, rannte Alois durch das spätabendliche, großteils schlafende St. Peter. In den letzten Jahren war es auf dem Angerberg in Mode gekommen, ein Kind vom Arzt auf die Welt holen zu lassen und nicht allein auf das Werk der Hebamme zu vertrauen. Und auch in Alois' Augen war der Doktor – trotz aller Differenzen – unbestritten ein guter Arzt und vor allem seriöser als Frau Trogkofel. Schließlich war sie die Mutter von Schuarl Trogkofel, der zwei Klassen unter Alois zur Schule gegangen war. Als Alois durch St. Peter am Anger hetzte, fragte er sich, ob ihn der Herrgott strafen wollte. Er, der Anführer der legendären Maibaumräuberbande, auf deren Konto noch viel mehr Schabernack ging, konnte gar nicht so weit zählen, um all die Streiche und Scherze zu erinnern, die er Schuarl gespielt hatte. Schuarl war St. Peters erster Gemeindearbeiter, und er nahm seinen Beruf in Alois' Augen viel zu ernst. Wenn ein Baum ein Blatt verlor, war das für Schuarl ein Notfall, bei dem er die Warnlampe auf seinem Auto anknipste. Verlor ein Baum zwei Blätter, schaltete er sogar eine Sirene dazu. Da musste man ihm ja hin und wieder ein Schweinebaucherl verpassen, fand Alois. Doch zu Alois' großem Glück waren der Hebamme all die Kränkungen ihres geliebten Burlis nicht präsent, als ein verschwitzter Alois Irrwein spärlich bekleidet herbeigelaufen kam und sie um drei viertel zwölf aus dem Bett läutete. Schuarl, der nie von zu Hause ausziehen würde, war für einen Notfall ausgerückt – ein Ziegelstein des Volksschuldaches hatte gewackelt. Wäre er zu Hause gewesen, hätte er dem fiesen Alois sicherlich nicht die Tür geöffnet, aber Frau Trogkofel war zu schlaftrunken, um die Feindschaften ihres Sohnes zu bedenken, und so starrte sie Alois hinter ihren dicken Brillengläsern an, notdürftig in einen ausgewaschenen Frotteebademantel gewickelt.

»De Ilse kriegt s'Kind!«, haspelte Alois hektisch heraus, woraufhin die Hebamme ihre Notfalltasche packte, die griffbereit neben dem Keramikschirmständer in Hundeform stand. Sie drückte sie Alois in die Hand und verlangte nach seinem Auto.

»Oder glaubst, i geh z'Fuß?«

Für die Hebamme war es der größte Triumph in ihrer Geburtshelferinnenlaufbahn, sich hinter Ilse Irrwein, vormals Gerlitzen, zu setzen, ihren Rücken zu stützen, ihr Kommandos zu geben und Alois zum Kaffeekochen, Handtücherholen und Wasserheißmachen zu schicken. Frau Trogkofel hatte bereits Ilse Gerlitzen auf die Welt geholt, ohne dass Johannes Gerlitzen sich auch nur kurz im Zimmer hatte blicken lassen, doch kaum war er aus der Stadt zurückgekehrt, benahm er sich, als stünde er an der Spitze der Nahrungskette. Aus dem Schlafzimmer verbannt, ging Alois in den Keller, holte eine Flasche Schnaps, setzte sich auf die Holzbank vor dem Haus und begann zu beten, die Hebamme möge die Kränkungen ihres Sohnes nicht an seiner Frau und seinem Kind rächen. Insgeheim trank Alois nicht nur gegen seine Nervosität an, sondern auch gegen das ständige Verlangen, seinen Schwiegervater zu holen.

Der Morgen des 20. Oktober 1992 war herbstrauchig, nicht neblig, und Alois Irrwein saß wie festgewachsen auf der Holzbank vor dem Haus, die Dopplerflasche Adlitzbeere gut umklammert. Der Schnaps war selbst gebrannt, durchsichtiger als Quellwasser, die Flasche klar, und der Dichtungsverschluss, der an einer Metallspange um den Hals befestigt war, schlug gegen das Weißglas, wenn Alois anhob, um zu trinken. Im Schlafzimmer schrie Ilse Irrwein im Siebenminutentakt. Ilse war schon immer eine laute Frau gewesen, sie war nicht umsonst Solistin im Kirchenchor. Aber dass sie über solch ein Stimmorgan verfügte, hatte Alois in den zehn Jahren ihrer Ehe nicht bemerkt. Obwohl Ilse beschlossen hatte, dieses Kind ohne die Hilfe ihres Vaters auf die Welt zu bringen, wünschte sie sich gegen Mittag, als sie seit dreizehn Stunden in den Wehen lag, den Doktor herbei. Die Hebamme sagte zwar, alles sei in Ordnung, die erste Geburt dauere eben, doch in Ilses Unterbauch fühlte sich nichts in Ordnung an. Vielmehr hatte sie das Gefühl, ihr Kind wehrte sich mit Händen und Füßen, in diese Welt zu rutschen. Nach fünfzehn Stunden schmerzhaften Ziehens im Unterleib fragte sie sich sogar, ob ihr Vater recht gehabt hatte, ob es ein Fehler gewesen war, ihr Kind mit wehenfördernden Arzneien zur Geburt zu zwingen, ob sie sich nicht besser hätte gedulden sollen. Nach sechzehn Stunden Wehen schrie sie schließlich das erste Mal nach ihrem Vater. Die Hebamme tat, als hätte sie nichts gehört. Nach siebzehn Stunden verlangte sie: »Bitte, i brauch an Doktor, i brauch mein Papa«, aber die Hebamme gab nicht auf. Frau Trogkofel hatte zwar bemerkt, dass sie es mit dem widerwilligsten Ungeborenen St. Peters zu tun hatte. Aber diesen Triumph wollte sie Johannes Gerlitzen nicht gönnen.

»Da Herr Doktor kann a nix machn. Den brauchst net, Ilse, afoch nur atmen und pressn. Huch-huch«, redete sie Ilse zu.

Nach siebzehn Stunden fand Ilse ihre Sturheit wieder, nach achtzehn Stunden verfluchten beide Frauen Johannes

Gerlitzen, nach neunzehn Stunden verfluchte Ilse das männliche Geschlecht, und nach zwanzig Stunden fasste sie neuen Mut. Kurz vor der zweiundzwanzigsten Stunde, irgendwo zwischen Ohnmacht und dem unbedingten Willen, Mutter zu werden, erinnerte sie sich an ihre Entscheidung, die sie vor vielen Jahren getroffen hatte. Sie hatte sich gegen ein Internat fernab von St. Peter entschieden und das ruhige Leben in ihrer Heimat gewählt. Sie hatte beschlossen, ihre große Liebe Alois zu heiraten, in St. Peter einem gemütlichen Halbtagsberuf nachzugehen, hin und wieder in den umliegenden Sporzer Alpen wandern zu gehen, für die Dorffeste Kuchen zu backen, im Kirchenchor zu singen, mit ihren Freunden von Kindertagen an beisammen zu bleiben, und vor allem: eigene Kinder zu bekommen und jene Bilderbuchfamilie zu haben, die sie sich als kleines Mädchen ersehnt hatte, als sie allein mit ihrer Mutter im großen Bett geschlafen hatte. Mit der letzten Kraft, die sie aufbringen konnte, und unter den zitternden Händen der Hebamme, die sich bereits Sorgen machte, es gäbe ernsthafte Komplikationen, brachte Ilse Elisabeth Irrwein nach dreiundzwanzig Stunden und elf Minuten, kurz vor zehn Uhr abends, einen Sohn zur Welt. Auf seiner Holzbank registrierte Alois anhand der ausbleibenden Pressschreie seiner Ehefrau und den einsetzenden Brüllern eines Neugeborenen, dass er Vater geworden war. Die Hebamme hätte gar nicht erst das Fenster öffnen und herunterrufen müssen, Alois hatte die frohe Botschaft bereits vernommen. Trotzdem schrie sie:

»Es is a Bua, de Irrweins ham an Buam«, als wollte sie, dass ganz St. Peter diese Kunde aus ihrem Mund hörte. St. Peter am Anger, aber vor allem: Doktor Johannes Gerlitzen.

Im ersten Moment seines Vaterglücks dachte Alois Irrwein keine Sekunde mehr an seinen Schwiegervater, stattdessen wurde er sich eines Problems bewusst: Er war sternhagelvoll. Kaum hievte er sich von der Holzbank, um sein Kind zu begutachten, warf es ihn auf den Schotter. Doch Alois war ein harter Knabe, also brachte er sich, Hinterteil voran und mit gestreckten Knien, wieder auf die Beine. Er spuckte vier Kieselsteine aus, tastete, ob seine Zähne noch vollständig waren, und kam zu dem Schluss, dass er vielleicht etwas hätte essen sollen, anstatt das Warten mit Schnaps zu überbrücken. Zwischendurch war er zweimal eingeschlafen, auf dieser Holzbank hatte er schon ein paarmal übernachtet, wenn er betrunken aus dem Wirtshaus nach Hause gekommen war. Nun wackelte er auf die Haustür zu und verzichtete sicherheitshalber darauf, sich die vom Kieselstaub bedeckte Hose abzuklopfen – die Welt drehte sich zu schnell, wenn er die Augen Richtung Boden wandte. Stattdessen ließ er sich mit der aufschwingenden Tür in den Gang fallen, stützte sich am Kleiderständer ab, den er im Zuge der Kindersicherung mit zwei Winkeln und Keramikkleber in der Wand verankert hatte, und tastete sich von dort zum Treppengeländer vor, an dem er sich mit vorsichtigen Schritten hochhangelte. Oben angekommen, pochte Alois' Herz. Vor Alkohol und Freude taumelnd stürzte er los, ohne zu merken, dass er die Schlafzimmertür mit der Dachbodentür verwechselte und es nicht mehr schaffte auszuweichen, bevor die ausfahrbare Leiter herunterklappte. Der Leiterfuß erwischte seine rechte Wange. Genauso wenig wie ein Holzbrett schreit, wenn ihm mit dem Hammer eine Delle eingekerbt wird, gab der Zimmermann Alois Laut, als ihm die Holzleiter das Jochbein brach. Alois taumelte rückwärts in den Flur, stieß mit dem Hinterkopf an die Wand, das seit zehn Jahren dort hängende Hochzeitsfoto fiel vom Nagel, das Glas zerbrach. Seine rechte Gesichtshälfte schwoll an wie frischer Germteig, in der Kieferhöhle blutete er, durch die Nasenlöcher floss das Blut ab, und, was er erst am folgenden Tag bemerken würde: Seine Wange war unnatürlich eingefallen. Alois ließ sich niedersinken, lehnte sich an das Geländer der Treppe und legte den Kopf in den Nacken. Dank seiner Prügelerfahrung wusste er, dass es am besten war, das Blut eintrocknen zu lassen, also versuchte er, durch die Nase zu atmen. Nicht einmal, als ihm Peter Parseier vor acht Jahren mit feistem Kopfstoß die Nasenwurzel gebrochen hatte, nachdem Alois gestänkert hatte, Parseier spiele Fußball wie ein Mädchen, hatte er solche Schmerzen verspürt. Alois nahm es stoisch hin und lauschte dem Plärren seines Sohnes. Der Bub würde sicherlich mal der Held des Kindergartens werden, fantasierte er. Der Stärkste und Kräftigste, gegen den sich niemand durchsetzen könnte. Als wären die Promille mit dem Nasenblut ausgelaufen, raffte sich Alois schließlich auf und betrat das Schlafzimmer. Er hatte jegliches Zeitgefühl verloren, starrte nur gerührt auf seine Frau, halb sitzend, halb liegend, umgeben von zahlreichen Laken und Handtüchern, bereits gesäubert, mit einem erleichterten, aber überaus erschöpften Gesichtsausdruck und einem kleinen, krebsroten Bündel auf dem Arm, das wild schreiend die Augen zusammenkniff, fast so, als wäre es unglücklich, in der Welt angekommen zu sein. Die Hebamme, der der Schweiß im Dekolleté stand, räumte keuchend auf. Ilse versuchte, dem wild brüllenden Butzerl die Brust zu geben. Sie nahm ihren Mann nicht zur Kenntnis, sondern war ganz auf das Kind konzentriert. Vorsichtig setzte sich Alois an den Bettrand.

»Wia hoaßt'n da Klane hiazn?«, fragte er.

Ilse streichelte die Wange des Kindes, wiegte es auf ihren Armen.

»Johannes«, seufzte Ilse resignierend, als hätte sie nach dieser Anstrengung Frieden mit allen Problemen ihres Lebens geschlossen, »i möcht mein eigenen Johannes.«

Alois räusperte sich. Ilse blickte auf, und er sagte mit kräftiger Stimme und Betonung auf den Mittelbuchstaben:

»Johannes A. Irrwein, s'A. is scho wichtig!«

Kaum hatte er zu Ende gesprochen, verfinsterte sich Ilses Gesicht:

»Loisl, bist du ang'soffen?« Alois sah betreten beiseite,

hustete, und Ilse roch die Wolke aus Alkohol- und Blutdunst.

»Und wos is'n mit deim G'sicht passiert? Woarst du im Wirtshaus? Sag net, dass i mi dreiazwanzg Stund mit deim Bua abg'müht hab, d'schlimmsten Schmerzen in meim Leben, und du hast in der Zwischenzeit g'soffn und g'schlägert?«

Alois stockte.

»Na, oiso, so woar's net. I woar net im Wirtshaus.«

»Lüg mi net an«, keifte Ilse, »wia du ausschaust! Wer hat'n di so zuag'richtet?«

»De Leiter.«

»Welcher Leitner?«

»Na, i, oiso, da woar, und draußd, da Schnaps, i woar so nervös und de depperte Tür —«

Das Schreien des Neugeborenen übertönte Alois' Erklärungsversuche. Ilse versuchte, es zu beruhigen. Alois biss sich auf die Lippe und beugte sich vorwärts, um mit dem Zeigefinger die kleine Faust seines Kindes zu erhaschen, doch da er dazu eine Hand vom Bettrahmen lösen musste, verlor er das Gleichgewicht, und um nicht auf Ilse zu kippen, ließ er sich nach hinten fallen und stürzte auf den Schlafzimmerboden. Alois kapitulierte vor der Schwerkraft und blieb liegen.

»Vielleicht sollt ma hiazn do den Herrn Doktor holn«, sagte die Hebamme mit Blick auf Alois und dem Hintergedanken, dass sie es kaum erwarten konnte, Johannes Gerlitzens Gesicht zu sehen, wenn er erfuhr, dass sie, die Hebamme Trogkofel, seinen Enkel auf die Welt geholt hatte. Als sie jedoch die Nachbarskinder zum Dorfarzt schickte, war die Praxis geschlossen. Schuarl, der am Nachmittag in die Ordination gekommen war, weil er sich bei dem Versuch, den lockeren Dachziegel der Volksschule zu fixieren, den Daumennagel eingerissen hatte, hatte gepetzt. Johannes Gerlitzen hatte daraufhin die Ordination zugesperrt, seinen Kombi mit den wichtigsten Präparaten und Büchern beladen und war in die Stadt gefahren. Bücher kaufen, die Helminthenabteilung des

*Naturhistorischen Museums* aufsuchen, ein paar Kollegen treffen, Zigarren rauchen und was man sonst so in der Hauptstadt tat, wenn man auf der Flucht war und sich ablenken wollte. Wenn Ilse meinte, sie brauche ihn nicht, dachte Johannes Gerlitzen, der noch gar nicht wusste, dass sein Enkel nach ihm benannt worden war, dann sollte sie schauen, wie sie zurechtkäme. Diese Kränkung hatte das Fass zum Überlaufen gebracht. Doktor Johannes Gerlitzen trat einen Mülleimer auf der Ringstraße der Hauptstadt um und schwor sich, für dieses Kind nicht als Großvater zur Verfügung zu stehen. Er hatte genug von allen Irrweins dieser Welt.

In der Nacht von Allerheiligen auf Allerseelen setzte nach einer vierzigminütigen Ruhepause zwischen zwei und drei Uhr früh das Säuglingsweinen wieder ein. Als Johannes Gerlitzen in den Fünfzigern das Haus baute, hatte es noch kein Babyfon gegeben. Damals war es selbstverständlich gewesen, die Wände zwischen Kinderzimmer und Schlafzimmer der Eltern mit dünnen, geräuschdurchlässigen Ziegeln aufzuziehen. Ilse und Alois Irrwein wünschten in den ersten Nächten ihres Elterndaseins, sie würden in einem Neubau wohnen mit isolierten, schalldichten Wänden, wo ein Babyfon unabdinglich wäre, aber auch ausgeschaltet werden könnte. Ilse wälzte sich von der Seite auf den Bauch und drückte den Polster an ihre Ohren. Blind trat sie Richtung Alois, bis sie seine Kniekehle erwischte und er sich laut stöhnend wegdrehte.

»Bist deppert?«, murmelte Alois in seinen Zehntagebart, ohne die Augen aufzumachen.

»Herst Loisl, geh du amoi. I bin so fertig«, schnaubte Ilse in den Polster.

»Du bist de Muatter«, grunzte er.

»Geh schleich di endli rüber, der Bua dastickt jo nu vor Plärrn.«

Ilse verpasste ihm einen Tritt auf die Achillesferse. Alois

grummelte, rollte sich herum, versuchte, den Hieben zu entkommen, aber als er merkte, dass seine Frau tretend eingeschlafen war, wälzte er sich aus dem Bett. Vor Schlaftrunkenheit vergaß er, in seine Schlapfen zu schlüpfen, und tapste barfuß ins Kinderzimmer. In der Wiege wand sich der Kleine, als wollte er aus seiner Haut robben. Alois schob einen Stuhl heran und begann, den Wiegenkorb zu schaukeln. Das war dem Wurm lieber, als herumgetragen zu werden. Alois stützte seinen Ellbogen auf dem Knie ab und legte die linke Gesichtshälfte in seine Handfläche. Sein Kopf pochte, als zerplatzte er. Alois' rechte Kopfhälfte steckte in einem dicken Verband. Sein Jochbeinbruch hatte nach Klein-Johannes' Geburt mit einer Metallplatte fixiert werden müssen und wurde für den Heilungsprozess mit einem Schonverband ruhiggestellt. Das Schlimmste an der Verletzung war für Alois jedoch nicht der Schmerz, sondern der Krankenstand. Nicht einmal nachdem er sich bei einer Schlägerei zwei Rippen gebrochen hatte, hatte er so lange zu Hause bleiben müssen. Er konnte auf keiner Baustelle arbeiten, und in seiner eigenen Werkstatt hatten ihm die Gesellen den Zutritt verboten. Selbst das Wirtshaus bot keine Zuflucht, denn seit seinem alkoholgetränkten Auftritt an Ilses Wochenbett drohte sie ihm mit sofortiger Scheidung, rührte er in den nächsten Wochen nur einen Tropfen an. Und als wäre dies alles nicht schon schlimm genug, tönte das Plärren des Säuglings in jeder Ecke des Hauses. Natürlich platzte Alois vor Stolz, Vater eines gesunden Sohnes zu sein, doch nicht einmal fernsehen konnte er, sodass er sich jede Stunde ärgerte, im Krankenhaus auf einen ambulanten Eingriff bestanden zu haben. Hätte er sich nur einweisen lassen, fluchte er. Alois schaukelte und schaukelte, aber der Kleine wurde nicht ruhig. Er ließ den Blick durchs Kinderzimmer streifen. Fast alle Möbel hatte er selbst gezimmert. Alois hatte die Wartezeit, bis es endlich geklappt hatte, damit überbrückt, Holzarbeiten für sein Kind zu verfertigen. Er hatte ihm sogar ein abenteuerliches Klettergerüst im Garten gebaut, und allein die Wiege, in der sich der Kleine so unwohl zu fühlen schien, war eine Arbeit von fast zwei Jahren gewesen. Langsam beruhigte sich Johannes A. Irrwein. Aus dem energischen Plärren wurde ein angestrengtes Japsen, das in einem Keuchen auslief und schließlich in seufzendem Atmen eines Säuglings mündete. Alois stand auf und betrachtete seinen Sohn. Der Kleine war wunderschön, dachte er. Alois schob seine Hand unter das Köpfchen seines Buben. Erstaunlich klein war er, stellte der junge Vater fest. Das Köpfchen passte zweimal in seine Handfläche, und es blieb immer noch Platz. Alois' Daumen streichelte über die weißblonden Löckchen, die so hell waren, dass sie im Mondlicht leuchteten. Der Kleine stöhnte, und Alois zog die Hand zurück, um ihn nicht zu wecken.

»Seltsam«, flüsterte er in die Dunkelheit. Obwohl dies unmöglich war, meinte er eine frappierende Ähnlichkeit zwischen dem kleinen und dem großen Johannes zu erkennen. Behutsam schloss Alois die Kinderzimmertür und ging ins Bad. Auch wenn er das bisher aus Stolz und Eitelkeit verweigert hatte, meinte er, es wäre an der Zeit, die Schmerztabletten aufzumachen, die man ihm im Krankenhaus mitgegeben hatte.

[Pilger und Reliquien, Notizbuch I]

*[3.4.]* Drei Generationen nachdem die Mönche den ungeordneten Haufen der Bergbarbaren zu einem Dorf geordnet hatten, fand der Friede ein Ende. Ich möchte erinnern, daß bereits Herodot zeigt, wie ein Frevel an den Göttern niemals ungestraft bleibt. *[3.5.]* Trotz der Unwegsamkeit der Berge rund um die Sporzer Gletscher kamen, wie nun oft geschrieben steht, eines Tages Pilger in das kleine Dorf, die von jenem sogenannten Kolomaniwunder gehört hatten. Das den Bergbarbaren angelernte christliche Gastrecht sorgte dafür, daß sie keinen der Wallfahrer schlachteten, doch sie begannen, Tribut dafür zu verlangen, daß die Pilger in ihren Heustadln übernachten und in ihrer Kirche beten durften. *[3.6.]* Die Mönche waren von diesen Entwicklungen zutiefst beunruhigt, vor allem, so vermute ich, da sie selbst nicht davon profitierten. Und so beschlossen sie, den Koloman auszugraben und im Lenker Kloster zu bestatten. Den Dorfbewohnern erklärten sie, ihrem Abt seien fünfhundert Engel mit gewaltigen Trompeten erschienen, und diese hätten das Exhumieren befohlen, da für einen Heiligen wie Koloman eine einfache Dorfkirche zu minder sei und man ihm im Kloster eine prunkvolle Begräbnisstätte errichten müsse. *[3.7.]* Glücklich waren die Dorfbewohner darüber nicht, aber sie ließen die Mönche gewähren. Es geschah jedoch, daß dort, wo der Weg ins Tal durch Wälder führt, der Zug überfallen wurde. Frauen und Männer, junge und alte, Gläubige und Diebe rissen in wilder Raserei den Deckel des Sarges herab und versuchten, ein Stück des Heiligen zu ergattern. Die Mönche konnten die Meute nicht davon abbringen, das Gerippe zu zerfledern, und so eilten die Menschen mit einem Schlüsselbein in der einen Hand und einem Fingerknochen in der anderen davon. Ich vermute, daß kaum etwas von Koloman übriggelassen wurde. Damals waren nämlich sogar Zehennägel eines populären Heiligen von großem Wert. *[3.8.]* Die Dorfbewohner jedenfalls hörten mit seiner Verehrung nach diesem Vorfall auf. Sie waren, wie ich vermute, überaus erbost und vor allem zutiefst enttäuscht, daß der Leichnam inzwischen verwest war.

# Der Geschmack des Kugelschreibers

Kurz nachdem Marianne Rettenstein bekannt gegeben hatte, dass sie ein viertes Kind erwartete, wurde sie, wie es der St.-Petri-Mutter mit den meisten schulpflichtigen Kindern zustand, zur Vorsitzenden der Mütterrunde gewählt. Die Mütterrunde war eine der wichtigsten Institutionen in St. Peter am Anger und bestand aus allen St.-Petri-Müttern, deren Kinder noch nicht volljährig waren. Die Mütterrunde kümmerte sich um die Organisation von Buffets bei Dorffesten, die Dekoration der öffentlichen Gebäude, der Kirche und um alle weiteren sozialen Belange des Dorflebens, während der aus Männern bestehende Gemeinderat die infrastrukturellen und politischen Interessen des Dorfes wahrte. Vorsitzende der Mütterrunde zu sein war eine große Ehre, und Marianne Rettenstein nahm ihren Posten so ernst, dass sie mehr Ersatzkugelschreiber als Reservewindeln in der Wickeltasche hatte. Vor ihrer Hochzeit war sie eine Ebersberger gewesen. Egal ob Dorfleitung oder Kleinvereinsverwaltung: Führungspositionen wurden in dieser Familie mit viel Ernst wahrgenommen. Doch ihr Amt bescherte Marianne mehr schlaflose Nächte als die wachsenden Zähne ihrer jüngsten Töchter. Denn seit Ilse Irrwein Mitglied war und ihren anderthalbjährigen Sohn Johannes zu den Versammlungen mitbrachte, war der gewöhnlich reibungslose Ablauf nachhaltig gestört.

Mit Blick auf ihre frühere beste Freundin verkündete Marianne Rettenstein den vierten Tagesordnungspunkt der zweiten Mütterrundensitzung im Frühjahr 1994: *Änderung des Kuchenangebots bei Heimspielen des FC St. Peter am Anger*, und hakte die römische Vier auf ihrer To-do-Liste ab. Sabine Arber, die jüngste Mutter der Runde, räusperte sich und schlug mit zittrigen Händen ihr Haushaltsbuch auf.

»Ja oiso, wia i da Marianne scho g'sagt hab, fänd i's besser, wenn wir statt fünf Sortn Turtn und vier Blechkuchn nur vier Sortn Turtn und drei Blechkuchn, owa a nu Keks und Schaumrolln anbietn tätn.«

Sabine Arber stotterte plötzlich wieder wie zu Beginn ihrer Kindergartenzeit. Sie hatte wochenlang an ihrem Vorschlag getüftelt, nachdem sie beobachtet hatte, dass ein großer Teil der Mehlspeisekonsumenten am Fußballplatz, wo die Mütterrunde wie bei allen anderen öffentlichen Ereignissen im Dorf das Buffet organisierte, Kinder waren. Am Fußballplatz gab es so viel zu erleben, da fehlte den Jüngsten die Ruhe, einen Kuchen im Sitzen zu essen, und so patzten sie sich die Leibchen voll, was Sabine Arber auf die Idee der laufgeeigneten Süßspeisen gebracht hatte. Ihre Wangen glühten himbeerfarben, als die Versammlung applaudierte. Alle stimmten zu, dass die schlagobersverschmierte Kinderkleidung nach Fußballspielen ein großes Problem darstellte und dass Kekse wie Schaumrollen eine fabelhafte Idee seien, die bei den Kindern sicherlich gut ankäme. Zufrieden stellte Marianne Rettenstein durch Hochhalten ihres Kugelschreibers Ruhe her. Sie wollte die Abstimmung eröffnen, doch plötzlich versetzte lautes Kindergebrüll die Mütter in Alarmbereitschaft. Als die Frauen bemerkt hatten, dass es nicht das eigene Kind war, das weinte, sondern der kleine Johannes A. Irrwein, ging ein Raunen durch das Hinterzimmer des Café Moni, in dem die Mütterrunde seit Jahrzehnten unter strengem Ausschluss aller männlichen Dorfbewohner tagte. Ilse Irrwein war kurz davor, unter die Tischplatte zu gleiten. Marianne seufzte.

»Tschuldigts«, murmelte Ilse mehr in den Kragen ihres

Pullovers als zu den Anwesenden und eilte geduckt aus dem Zimmer.

»Guat, Pause, bis de Ilse wiedakummt.«

Marianne war bemüht, sich ihren Ärger über die abermalige Unterbrechung nicht anmerken zu lassen, dennoch klang die Gereiztheit in ihrer Stimme durch. Fast zwei Stunden dauerte die Sitzung bereits an, trotzdem waren sie erst bei Tagesordnungspunkt IV von XV. Seit Johannes' Geburt wurden die wichtigen Besprechungen der Mütterrunde ständig von seinem Bitzeln unterbrochen. Einige Mitglieder hatten an Marianne herangetragen, die Statuten der Mütterrunde zu ändern. Die Mütterrunde war eine gemeinnützige Interessengemeinschaft, deren Grundsatz die Rücksichtnahme auf die Pflichten einer Mutter war. Wenn man kleine Kinder betreuen musste, war es kaum möglich, engagiert in anderen Entscheidungsgremien des Dorfes mitzuwirken. Nirgendwo sonst wurden Sitzungen verschoben, wenn die Kinder krank waren, oder Abstimmungen vertagt, wenn die Kinder weinten. Anders in der Mütterrunde; hier wurden keine Entscheidungen getroffen, wenn ein Mitglied aufgrund von Kinderpflege nicht teilnehmen konnte. Marianne blickte auf die Uhr und in die Runde. Sie konnte die vorwurfsvollen Blicke der anderen Mütter gut verstehen. Noch nie hatte es ein Kind wie diesen Johannes gegeben.

Frau Moni, die Besitzerin des Café Moni, hatte in ihrem Café eine große Spielecke für die Sprösslinge eingerichtet und sponserte die Mütterrundentreffen, indem sie während der Sitzungen zwei Dorfmädchen als Babysitterinnen beschäftigte. Es gab Bausteine, Puppen, Verkleidungsgewand, Lego, Playmobil und weitere Spielsachen, die in den St.-Petri-Kinderzimmern nicht vorhanden waren. Im Hinterhof, den man vom Versammlungszimmer aus dank einer durchgehenden Fensterzeile überblicken konnte, befanden sich Sandkästen,

Schaukeln, Rutschen und im Sommer ein Planschbecken. Meist freuten sich die Kinder mehr auf die Mütterrundentreffen als die Mütter, nur der kleine Johannes A. Irrwein steigerte sich in Schreikrämpfe, setzte man ihn zu den anderen in die Sandkiste. Marianne sah auf die Uhr, einige Mütter lehnten mit den Ellenbogen auf der Tischplatte, klopften mit den Nägeln aufs Holz, zogen Schnuten oder starrten ins Narrenkasterl. Marianne wusste, wie wichtig die Teilnahme für Ilse war. Sie verstand, wie einsam sich Ilse während der Dekade ohne Kind gefühlt hatte. Andererseits musste sie als Vorsitzende auch die Beschlussfähigkeit des Vereins wahren. Marianne seufzte abermals, streichelte ihren gewölbten Bauch und freute sich auf die dreimonatige Karenzpause nach der vierten Geburt.

Im Hinterhof versuchte Ilse, ihren Sohn durch Grimassenschneiden zu beruhigen. Marianne Rettenstein, Angelika Rossbrand und eine Handvoll Frauen kamen aus dem Versammlungszimmer, holten sich krokusfarbene Gartenstühle unter der Pergola hervor, die noch von einer Frostschutzplane bedeckt waren, weil es zu früh im Jahr war, um länger draußen zu sitzen, und gesellten sich zu ihr.

»Tuat ma leid, owa da Klane hat scho wieda seine spinnaden fünf Minutn. Do schreit a afoch und hört net auf«, versuchte sie zu erklären und hutschte heftig an der Lenkstange des Kinderwagens.

»Vielleicht ziehst eam z'woarm an?«

Angelika Rossbrand streckte die Hand aus, um dem Kleinen das Häubchen abzunehmen. Johannes heulte auf wie eine Sirene, sodass sie den Arm erschrocken zurückriss.

»Na, des sicha net. Kaum zieh i eam s'Jackerl aus, verkühlt er si, lass i a nur des Fensta offn, und er hat ka Hauberl auf, kriegt er Ohrnentzündungen, dass's eam s'Schmalz nur so aussitreibt.«

Ilse wischte sich eine Locke aus der Stirn.

»Vielleicht fütterst eam falsch?«, sagte Edeltraud Parseier, die als Tochter des Lebensmittelgreißlers Hochschwab der Überzeugung war, über Ernährung besser als alle anderen Mütter Bescheid zu wissen. Johannes heulte lauter. Das hellblaue Strickjäckchen ließ ihn blass aussehen, und nicht einmal das Weinen vermochte es, etwas Röte auf seine Backen zu zaubern. Angelikas zweiter Sohn Robert spielte nur wenige Meter entfernt im Sand. Er war zwar nur ein paar Tage älter als Johannes, überragte ihn jedoch um einen drei Viertel Kopf.

»Hast scho amoi versucht, den Ausschlag auf seim Popscherl mit an Ringelblumenöl einz'schmiern?«, fragte Edeltraud Parseier weiter.

»Und wegen dera Appetitlosigkeit solltest eam an Schafgarbentee mit a bisserl am Kümmel machn, s'wirkt Wunder, wirst sehn.«

Hilde Wildstrubel nickte gutmütig, Marianne Rettenstein streichelte Ilses Schulter, und als wäre ein Damm gebrochen, sprudelten Hausrezepte gegen dieses und jenes aus den Müttern heraus. Ilse konnte kaum zuhören, geschweige denn sich merken, ob Leinsamen mit oder ohne Honig, und Wacholderbeeren im Tee oder getrocknet. Sie wollte die Freundinnen nicht unterbrechen, doch Ilse wusste, dass die Hausmittel wirkungslos waren. Außer Karottenbrei und Apfelmus verweigerte Johannes die meisten Speisen. Wenn sie Glück hatte, behielt er eine Banane bei sich. Rund um Ilse entbrannte eine Diskussion darüber, ob man Schafgarbentee fünf oder sechs Minuten ziehen lassen sollte, und währenddessen beruhigte sich das Kind. Als langweilten ihn die Frauen, sanken Johannes' Augenlider hinab. Ilse deutete auf den Kinderwagen, und mit gedämpften Stimmen über die heilende Wirkung von Roggenbrei diskutierend, ließen die Frauen Ilse wieder allein und gingen zurück in den Versammlungsraum.

Vor Kurzem hatten die Irrweins einen neuen Kinderwagen gekauft, dessen Sitzschale in die Welt anstatt zu den schiebenden Eltern blickte. Im Dorf war er der einzige Wagen solcher Bauart. Kinderwagen wurden für gewöhnlich unter Freundinnen weitergegeben oder am Pfarrflohmarkt verkauft, solange sie fahrbar waren. Doch aus jedem in St. Peter üblichen Modell mit Blick auf die Eltern hatte sich der kleine Johannes strampelnd entwunden. Es schien, als wollte er seine Umgebung nicht aus den Augen lassen.

Ilse hutschte und hutschte den Kinderwagen, aber zur Gänze schloss ihr Sohn seine Augen nicht. Ilse schrak schließlich aus ihren Gedanken an Ringelblüten und Roggenmehl auf, als Frau Moni sich neben sie auf einen der Stühle setzte, als wäre nun die Gartensaison eröffnet. Die Sonne stand weit oben und schien der Kaffeehausmatronin ins Gesicht. Frau Moni war die braunste Frau von ganz St. Peter am Anger, nicht jedoch weil sie sich so viel draußen aufhielt, sondern wegen des Solariums in ihrem Keller. Das Café war der einzige Ort im Dorf, an dem die Hausfrauen ihrem Alltag entfliehen und sich mit Karamellsirup im Caffè Latte mondän fühlen konnten, und lief daher so gut, dass es genug Geld für allerhand Spielereien abwarf, die im Dorf einzigartig waren. Frau Moni besaß sogar eine Trockenhaube, unter der sie an Regentagen ihre Malteserhündin Puppi II trocknete, die das Café bewachte und jeden Gast anbellte, seit Puppi I eines Nachts geglaubt hatte, im Kampf gegen einen ausgewachsenen Rotfuchs eine Chance zu haben.

»Trink des.«

Frau Moni reichte Ilse ein Schnapsglas. Ilse trank lieber Liköre, doch ohne zu zögern kippte sie das scharfe Zeug hinunter. Frau Moni sprach nie viel, auch mit ihren Gästen nicht. Sie pflegte ihre Besucher in Ruhe zu lassen, und wenn man etwas wollte, musste man zu ihr an die Schank kommen. Der Wirt Mandling, der nebenan den zweiten Gastronomiebetrieb des Dorfes führte, war das genaue Gegenteil. Kaum näherte sich der Inhalt eines Bierglases dem Boden, stand er am Tisch und fragte, was er als Nächstes bringen solle, und dennoch brachte das Wirtshaus nicht so viel Geld ein wie das Café. Frau Moni betrachtete den kleinen, mageren Johannes und schüttelte den Kopf.

»Geh mit deim Kind zum Doktor. Dei Vata tät si g'freun, und für dei Kind wär's s'Beste. Ilse, du woaßt jo selbst, dass des, wos de Gansln dazähln, so liab se sand, a nur Gegacker is. Wenn a Kind krank is, braucht's an Arzt, kan Haferbrei.«

Nach diesen Worten stand sie auf und ging zurück ins Café. Puppi II folgte ihr mit wild wedelndem Schwanz.

Johannes war endlich eingeschlafen, hing mit zur Seite gekipptem Kopf in den Gurten des Kinderwagens und döste friedlich. Von draußen sah Ilse in den Versammlungssaal, Marianne deutete mit hochgezogenen Augenbrauen auf ihre Armbanduhr. Ilse löste die Doppelradbremse des Kinderwagens und fuhr zum Haus ihres Vaters, ohne sich von den Freundinnen zu verabschieden.

Doktor Johannes Gerlitzen hätte niemals vermutet, dass er es der Kaffeehausmatronin Frau Moni zu verdanken hatte, dass Ilse im Frühjahr 1994 die weiße Flagge schwenkte und mit ihrem Sohn zum ersten Mal in seine Ordination kam. Die letzten anderthalb Jahre war sie immer zu einem Kinderarzt in Lenk im Angertal gefahren, denn nach ihrem Zwist rund um Klein-Johannes' Geburt hatten sich Vater und Tochter weder ausgesprochen noch versöhnt.

Johannes Gerlitzen kritisierte oft die seiner Meinung nach nicht vorhandene Hygiene im Café. Puppi war ihm ein Dorn im Auge, er hielt es für unvertretbar, dass die Malteserdame auf allen Bänken und Stühlen eines Gastronomiebetriebes ihr Mittagsschläfchen halten durfte, und er warnte Frau Moni wöchentlich vor diversen Wurm- und Lauserkrankungen, die dadurch im Dorf verbreitet werden könnten. Doch Johannes wusste nicht, dass Puppi sauberer als der Durchschnitt der

Kindergartenkinder war. Puppi wurde von Frau Moni regelmäßig mit Anti-Floh-Shampoos in verschiedenen, zur Jahreszeit passenden Duftrichtungen gewaschen, und es steckten sich nicht die Kinder bei Puppi mit Läusen an, sondern Puppi holte sich ihre Läuse bei den Kindern.

In der Ordination wollte Ilse Johannes Anweisungen geben, wie er den Kleinen zu halten habe, doch sie stellte fest, dass ihr Vater seinen Enkel ohne dessen Protest herumtragen, auf den Untersuchungstisch setzen und sogar entkleiden konnte. Nicht einmal Alois wusste, wie man Johannes das Leibchen auszog, ohne dass er zu weinen begann. Mit einer ihr unbekannten Selbstverständlichkeit ließ sich ihr Sohn das kalte Stethoskop an die Brust legen, mit dem Reflexhammer aufs Knie klopfen, mit der Diagnostikleuchte in die Augen blenden und sogar in Hals und Nase schauen. Zum Abschluss schnitt der Großvater noch eine Grimasse, und sein Enkel quietschte vergnügt. Erst als Johannes Gerlitzen eine Plastikschale öffnete, die von der Form her einem Mikrowellenfertiggericht glich, begann der kleine Johannes zu weinen. Ein Allergietest war niemandem angenehm. Ilse wurde nervös. Sie versuchte, ihrem Vater zu erklären, dass ihr Kind keine Allergien habe, doch der lächelte mild und fuhr mit der Prozedur fort. Die kleine Nadel, mit der er die Haut des Buben aufritzte, während Ingrid ihn festhielt, war dem Kind sehr zuwider, und als es zu laut schrie, pausierte der Arzt. Er schickte Ingrid um Spielsachen aus dem Wartezimmer, versuchte derweil, das Kind mit lustigen Gesichtsausdrücken, dem Stethoskop und dem Reflexhammer abzulenken, aber der Kleine wollte nicht aufhören, seinem Ärger über das Brennen Luft zu machen. Der Großvater wedelte mit allen Gegenständen, die er in der Umgebung fand, vor seinem Enkel herum, und als er schon aufgeben und nach Ingrid rufen wollte, die sich im Wartezimmer in eine Unterhaltung über die neue Frisur von Edeltraud Parseier hatte verwickeln lassen, wurde der Kleine plötzlich ruhig, denn er entdeckte des Doktors Rezeptblock mit angeklemmtem Kugelschreiber. Er umklammerte mit leuchtenden Augen seinen Fund, betapste das Papier, kostete den Stift und hatte im Handumdrehen herausgefunden, wie man die Mine des Kugelschreibers herausdrücken konnte. Vergnügt beobachtete er, wie der Stift Linien auf das karierte Papier zog. Ilse und Johannes stellten sich verwundert neben den Buben, legten die Köpfe schief, und als er sie bemerkte, blickte er auf – seine Lippen waren kugelschreiberblau, hellblaue Spucke rann ihm zu beiden Seiten aus den Mundwinkeln, und zufrieden wie Gott in Frankreich schmatzte er ein glückliches:

»Mhmmm!«

»Geh, Johannes, pfui!«, sagte Ilse entnervt und wollte ihm den Stift und den Block wegnehmen, doch der Doktor schritt dazwischen.

»Ilse, lass ihn die Welt entdecken!«

Johannes Gerlitzen wusste nicht, wieso, aber sein Herz machte einen Freudensprung. Es berührte ihn, wie innig der Kleine mit Kugelschreiber und Block spielte, und obwohl es kindliches Spiel war, das auch mit einem anderen Gegenstand hätte passieren können, war sich Doktor Johannes Gerlitzen in diesem Moment sicher, eine Neigung bei seinem Enkel entdeckt zu haben, die man unbedingt fördern musste. Zumal er Ilse am liebsten das Sorgerecht entzogen hätte, als der Test eine Allergie gegen Staub und Roggen anzeigte und Ilse daraufhin in einen Weinkrampf ausbrach.

»Wieso is da Johannes scho wieda des einzige Kind in St. Peter, wos anderst is wia de andern und a Allergie hat. Wieso muaß i immer de Oarschkartn ham? Wieso kann i net afoch a Lebn wie olle andern a führn?«

Ilse heulte und schluchzte, während der kleine Johannes vergnügt experimentierte, wie sich die Farbe des Stiftes veränderte, wenn er sich die Haut anmalte. Johannes Gerlitzen schüttelte den Kopf und hielt sich aus Freude über seinen Enkel zurück, Ilse zu rügen. Er wusste, dass die Mütterrunde Allergien als Zivilisationskrankheit betrachtete, gegen die man in St. Peter am Anger, wo das Leben natürlich und geordnet war, als gutes Kind immun zu sein hatte, und ärgerte sich, dass seine Tochter solch ein Herdentier geworden war.

Johannes Gerlitzen nahm den kleinen Johannes auf den Arm, woraufhin dieser vor Freude sein Gesicht an Johannes Gerlitzens Arztkittel abschnuddelte, sodass eine Schneckenspur aus blauer Spucke und Rotz auf der Schulter übrig blieb.

»Du wirst mein kleiner Nachwuchsforscher, und ich zeig dir die große Welt, damit du nicht mit den doofen St.-Petri-Kindern auf ihren gefährlichen Klettergerüsten spielen musst«, murmelte Johannes Gerlitzen und kitzelte den Buben am Bauch.

Der kleine Johannes quietschte vergnügt, als hätte er jedes Wort verstanden, und streckte seine Hände sofort wieder nach dem Rezeptblock aus. Ilse bekam davon nichts mit. Sie heulte so energisch, dass Ingrid sie mit der Schokolade beruhigen musste, die sie für die Kleinsten in ihrem Kittel trug.

[Die Entdeckung der Heiratspolitik, Notizbuch I]

[3.9.] Nachdem der heilige Koloman, in einzelne Teile zerlegt, seine Reise in die Welt angetreten hatte, beschlossen die Dorfbewohner, daß sie sich nicht von anderen organisieren lassen wollten, sondern es an der Zeit war, sich selbst zu organisieren und einen Anführer zu wählen, der von einem Ältestenrat gestützt wurde. [4.0.] Der erste, den sie wählten, war ein junger Mann namens Rettenstein. Er war stark an Kraft und reich an tapfrem Mut, doch seine Territorialwünsche waren dem Dorf nicht zuträglich. Rettenstein holte einen der alten Gründe für Feindschaft aus den schwarzen Tiefen der Vergangenheit hervor und zettelte kriegerische Auseinandersetzungen an, um mehr Äcker, mehr Tiere, mehr Getreide und somit mehr Macht zu erwerben. Diese Bestrebungen gab er weiter an seinen Sohn, dem dessen Sohn nachfolgte, der aber nur kurz herrschte, weil er während eines Kriegszuges von einem Wildschwein aufgespießt wurde. [4.1.] In der fünften Generation hatte die Herrschaft der Rettensteins dann ein Ende, als sie Kriegszüge gegen die Nachbarn verloren. Die Mönche jedoch verhinderten die Unterknechtung der Bergbarbaren, da ihnen daran gelegen war, daß niemand anderer als sie selbst von den Bergbarbaren Tribute eintrieb. [4.2.] Die Rettensteins wurden der Macht enthoben, doch wie ich beobachtet habe, ist ihre territoriale Erweiterungssucht seit dem Mittelalter nicht zum Erliegen gekommen. Ich habe mit eigenen Augen gesehen, wie der Drang nach Besitzerweiterung die männlichen Nachkommen dieser Sippe durchzieht und daß ihre Herzen die Form eines Grundbuches haben. [4.3.] Da sie von der Macht ausgeschlossen worden waren und diese nicht mehr zurückbekommen konnten, mußten sie andere Möglichkeiten finden, um ihre Besitzgelüste zu vergrößern, und so entdeckten sie, wie ich selbst nachgeforscht habe, das Heiraten. Einer jeden Eheschließung ging eine lange taktische Planung voraus, und auch heute noch kann ich bezeugen, daß die Familie Rettenstein das Heiraten für strategische Zwecke nutzt.

# Die Schlammzeit

Über den März 2001 schüttelten die St.-Petri-Bauern die Köpfe. Soweit man sich erinnern konnte, begann die Schneeschmelze im März und erstreckte sich bis weit in den April, worauf schließlich gegen Ende des Monats die Schlammzeit folgte. Die eine Hälfte der Bauern nannte diese ein- bis zweiwöchige Zeit der Überwässerung des Bodens *den letzten Atemzug des Winters*, die andere Hälfte meinte, sie wäre *das erste Lebenszeichen des Frühlings*, und Jahr für Jahr wurde während der Schlammzeit über die richtige Bezeichnung gestritten, und Jahr für Jahr passierten mindestens drei schlammzeitliche Nasenbeinbrüche im Wirtshaus Mandling. Die Schneeschmelze hatte 2001 jedoch viel zu früh, nämlich im Februar, eingesetzt und war außergewöhnlich schnell vonstattengegangen, was zu Überschwemmungen und Hochwasser geführt hatte, woraufhin der März bereits im Schlamm versank. Einigen Bauern kam sogar ein Wort über die Lippen, das in Fernsehen, Radio und den überregionalen Tageszeitungen kursierte, die hin und wieder bis nach St. Peter am Anger gelangten: *Klimawandel.* Und dieses sollte eines der wenigen Wörter bleiben, die trotz des dominanten St.-Petri-Dialekts von allen in Hochsprache artikuliert wurden. Man konnte mit diesem Wort so wenig anfangen, dass es nicht in die angestammte Ausdrucksweise integriert wurde, sondern auf ewig so verharren sollte, wie es ihnen der Nachrichtensprecher in die Köpfe gesetzt hatte.

Der achteinhalbjährige Drittklässler Johannes A. Irrwein

empfand diese lang andauernde Schlammzeit nicht als merkwürdig, sondern als lästig. Er konnte weder dem *Gatschketchen* noch der *Gatschballschlacht* etwas abgewinnen, was ihn als Zielscheibe umso begehrter machte. Die Grünfläche inmitten des Dorfplatzes war eine einzige Suhle, die kargen Bäume und Sträucher schienen dem Schlamm zu entwachsen, und wenn es regnete, breitete sich die Suppe über die gesamte Dorfplatzstraße aus. Wenn Johannes nach der Schule zu Doktor Opa ging, nahm er für gewöhnlich den Weg mitten über den Dorfplatz. Aber nicht heute. Er hatte zwar signalgelbe Gummistiefel an, die ihm bis über die Knie reichten, doch es war ihm unangenehm, sich dreckig zu machen. Das Arzthaus lag der Schule, vom Dorfplatz aus gesehen, diametral gegenüber. Es stand nicht mehr am Platz selbst, sondern am auslaufenden Hochplateau hinter dem Pfarrhof. Der Weg rundherum war viel länger als mitten hindurch und brachte Johannes unter dem Regenmantel ins Schwitzen. Seine Schultasche ließ ihn von Weitem aussehen wie eine Ameise, die sich mit einem Vielfachen ihres Körpergewichtes abmühte. Johannes fror, seine Hände waren weiß und rissig, und er konnte es kaum erwarten, endlich ins Warme zu kommen. Der Geruch von Desinfektionsmittel, Spiritus und alten Büchern in Doktor Opas Wohnung war an Tagen, an denen die Fenster geschlossen und die Heizung eingeschaltet waren, besonders intensiv.

Die Glocke oberhalb der Eingangstür bimmelte entsetzlich laut, als Johannes A. Irrwein die Tür öffnete. Im von Raufasertapeten gedämpften Eingangsbereich gab es eine Tür zur Gästetoilette, eine in den Wartebereich, eine ständig versperrte ins Behandlungszimmer sowie die Treppe in den zweiten Stock, zu den Privaträumen. Oftmals kamen Patienten außerhalb der Sprechzeiten, und damit der Doktor diese hörte, bevor sie hoch in seine Privaträume marschierten, hatte er dem Greißler dessen Kaufmannsglocke abgeluchst.

»Doktor Enkel?«, rief Doktor Johannes Gerlitzen vom Obergeschoss.

»Doktor Enkel meldet sich zum Forschungsdienst bei Doktor Opa!«, schrie Johannes zurück und mühte sich ab, seine schwere Schultasche die steilen Stufen hinaufzuhieven. Dienstags, mittwochs und donnerstags arbeitete Ilse ganztags im Kindergarten, und Großvater Gerlitzen hatte seine Ordinationszeiten so gelegt, dass er sich an diesen Tagen nachmittags seinem Enkel widmen konnte. Für den kleinen Johannes waren es die schönsten Tage der Woche. Doktor Opa und er erforschten die Welt, weswegen er die Schultasche stets vollgestopft zu ihm schleppte, wer weiß, welche Instrumente und Bücher er benötigte. In der Küchenzeile siedete Wasser, und Johannes' runde Aluminiumbrille beschlug, als er das Wohn-Koch-Ess-Zimmer betrat. Der Großvater suchte im Regal nach einem Dosenöffner, und Johannes, der damit beschäftigt gewesen war, seine Brille vom Kondenswasser zu befreien, bemerkte ihn erst, als er von ihm umarmt wurde.

»Na, wieso hat der Juniorforscher heute so lange nach Hause gebraucht?«

»Unpassierbarer Dorfplatz, Doktor Opa, alles voller Schlamm!«

»So, so, Klimawandel in St. Peter. Und ich dachte, dieser Ort wäre gegen jegliche Form des Wandels völlig immun.«

Johannes legte den Kopf schief, wollte darüber nachdenken, doch dann fiel ihm ein, dass er Grünzeug für Schlappi mitgebracht hatte, und prompt sauste er davon, um sein Kaninchen zu füttern, das sich auf die Hinterpfoten stellte, als er vor dem Käfig niederkniete und ihm frischen Löwenzahn und Karottenstängel durch die Gitterstäbe steckte. Schlappi war das vorletzte Geburtstagsgeschenk von Doktor Opa gewesen. Ein Studienobjekt für den Nachwuchsforscher, allerdings hatte Ilse nicht erlaubt, dass er das Tier zu Hause hielt. Ilse vertrat die Meinung der St.-Petri-Mütterrunde; essbare Tiere – zum

Beispiel Kuh, Schwein, Hase – und solche Tiere, die dazu da waren, andere Tiere zu essen – wie die Katze –, hatten im Haus nichts zu suchen. Ilse hatte gedroht, ihr Rezept für geschmorten Hasenbraten in Rosmarinsauce zu geschmortem Kaninchen in Rosmarinsauce abzuwandeln, also hatte Johannes Gerlitzen Schlappi, auf die Mütterrunde schimpfend, ins Ärztehaus übersiedelt.

»Schau, Schlappi, da kriegst a bissi a Karottn«, sagte Johannes und öffnete die Käfigtür, während sein Großvater aus dem Nebenzimmer rief:

»Schön sprechen, Johannes!«, woraufhin sich der Bub sofort korrigierte: »Hier, lieber Schlappi, etwas Karotte für dich.«

Johannes Gerlitzen lächelte zufrieden. Seit sein Enkel sprechen konnte, versuchte er, ihm den St.-Petri-Dialekt abzugewöhnen, denn Johannes Gerlitzen war der Meinung, Dialekt zu sprechen, würde die Kinder beim Erlernen von Lesen und Schreiben massiv behindern. Zudem wollte er, dass Johannes keinen Nachteil gegenüber den Schülern aus der Stadt hatte, wenn er später einmal aufs Gymnasium ging.

Ohne dass er aufgefordert werden musste, brachte der kleine Johannes Teller und Besteck nach dem Essen in die Abwasch. Im Bad stellte er sich neben Doktor Opa auf den Kinderschemel, um seine Arme bis zum Ellenbogen nass zu machen. Johannes Gerlitzen hatte seinem Enkel viele Male von der Wichtigkeit steriler Hände erzählt, und mittlerweile wusch sich der Bub mit der Genauigkeit eines Chirurgen. Außenrist, Handflächen, Handrücken, Ballen, vom Daumen aus alle Finger, die Nägel nicht vergessen, und hoch bis zur Mitte des Unterarms. Johannes Gerlitzen hatte sein Handtuch rechts, der Bub seines links, ebenso waren ihre Zahnputzbecher angeordnet, der des großen Johannes mit Haftcreme und Reinigung für seine Brücken, der des kleinen Johannes mit nach Himbeeren schmeckender Kinderpaste und Drachenbürste, hin und wieder durfte er beim Großvater schlafen, wenn seine Eltern tanzen gingen oder am nächsten Tag ein Feiertag war.

»Was erforschst du heute, Doktor Opa?«

Johannes setzte sich an seinen Kinderschreibtisch, den Doktor Opa aus der Stadt bestellt hatte – die Schreibfläche konnte aufgestellt werden, und die Füße waren höhenverstellbar, damit sein Rücken gerade blieb, wenn er wuchs. Johannes Gerlitzen wusste, wie wichtig es war, bei Kindern, die geistige Berufe ausüben würden, früh auf eine gute Haltung zu achten.

»Hundespulwürmer. Möchtest du assistieren?«

Der kleine Johannes schluckte, gab sich Mühe, so herzlich wie möglich zu lächeln, und kletterte in seinen Forscherkittel, während Johannes Gerlitzen die Objekte aus einem der Präparats-Kühlschränke im Keller holte. Ingrid war so nett gewesen, einen alten Arztkittel untenrum und an den Ärmeln zu kürzen. Sie hatte jedoch darauf verzichtet, ihn im Schulterbereich einzunähen, sodass sich rund um den Oberkörper des Kleinen der Stoff bauschte. Johannes Gerlitzen brachte fünf tote Mäuse, einige Mikroskop-Plättchen, die bereits mit Präparaten bestückt waren, und Reagenzgläser mit fünf bis zehn Zentimeter langen Würmern. Der kleine Johannes versuchte, freudig dreinzublicken, doch teilte er die Leidenschaft seines Großvaters für die Erforschung von Würmern, die in anderen Lebewesen hausten, nicht so sehr, wie es beiden lieb gewesen wäre. Doktor Opa hatte ihm schon oft die Geschichte von seinem eigenen Bandwurm erzählt, das Spiritusglas stand prominent auf seinem Schreibtisch in der Ordination, dennoch wurde dem Kleinen sogar unwohl zumute, wenn er einen Regenwurm entdeckte – und die gab es in der Schlammzeit zur Genüge.

»Schau mal, Johannes, heute untersuchen wir den Toxocara canis! Weißt du noch, welcher das ist?«

Johannes vermied aufgrund seines sensiblen Magens, genauer hinzusehen.

»Das ist der Spulwurm des Hundes. Ein ganz gefuchstes Biest. Der Toxocara canis legt seine Würmer im Freien ab, ein Hund nimmt sie dort auf, dann wandern sie durch den Körper und legen viele Eier, die direkt von einem Mutterhund an einen Welpen übertragen werden können, und so weiter. Der Spulwurm des Hundes ist vor allem für Kleinkinder sehr gefährlich, weil sie die Eier verschlucken können. Die Eier sind so klein, man kann sie mit freiem Auge gar nicht erkennen. Und das Schlimme ist, im Menschen kann sich der Wurm nicht entwickeln, er bleibt auf ewig eine Larve, und wenn diese Larve stirbt, kann sie zu grauslichen Entzündungen führen. Ganz gefährlich ist, wenn eine Larve ins Auge wandert. Sie kann dort eine Entzündung des inneren Auges hervorrufen, bis man blind wird.«

Der kleine Johannes schluckte, ihn fröstelte, und er dachte mit mulmigem Gefühl an seine letzte Augenentzündung zurück.

»Opa, ich hab doch letzten Monat auch so etwas gehabt. Hab ich einen Wurm im Auge?«

Johannes Gerlitzen lachte und knipste die Sezierlampe an.

»Aber nein, deine Brille war falsch eingestellt. Keine Sorge, du hast keinen Wurm im Auge und wirst nicht blind. Auf deine Augen pass ich immer besonders auf, die brauchst du ja zum Forschen, mein Assistent muss gute Augen haben!«

Johannes Gerlitzen zwinkerte ihm zu, bevor er sich den Stirngurt mit verschiedenen Vergrößerungsscheiben anlegte. Der Kleine lächelte, fasste all seinen Mut zusammen und schob seinen Kinderforschersessel näher zu seinem Großvater.

»Wenn du magst, kannst du die Mäuse aufschneiden. Wir müssen nämlich heute erforschen, ob Nagetiere Zwischenwirte für den Hundespulwurm sind. Das wurde bisher noch von niemandem untersucht, dabei ist der Toxocara canis eine für den Menschen nicht zu unterschätzende Gefahr! Neueste

Schätzungen sprechen davon, dass in westlichen Ländern fünfzehn Prozent der Hunde und fast hundert Prozent der Welpen befallen sind.«

Der kleine Johannes unterbrach die Vorbereitung seiner Schreibgeräte, sah seinen Großvater an, dachte an Schlappi und wie froh er war, nie den Hund bekommen zu haben, den er sich früher gewünscht hatte.

»Mhm, ich denke, ich mach weiter bei der Schlappi-Forschung.«

»Wie du magst«, sagte der Großvater und entfernte die Plastikkappe seines Skalpells.

Die schrille Türglocke sprang beinah aus der Fassung, so heftig wurde die Tür aufgerissen. Augenblicklich schreckten Großvater und Enkel aus ihrer Forschertrance auf.

»Nanu, schon dunkel?«

Doktor Gerlitzen hatte unter seiner Schreibtischleuchte gearbeitet und das Tageslicht nicht beachtet. Der kleine Johannes hatte untersucht, wie schnell Schlappi verschiedene Dinge essen konnte. Für einen Apfel brauchte er viermal so lange wie für eine Karotte und für ein Blatt Löwenzahn halb so lang wie für ein Blatt Eisbergsalat. Endivie und Bohnen verweigerte das Kaninchen. Großvater und Enkel sahen sich fragend an, als Ilse Irrwein die Tür zum Laboratorium aufriss.

»Spinnts es?«, fragte sie atemlos. Verängstigt sah der kleine Johannes, dass seine Mutter nur Gartenclogs trug. Kein gutes Zeichen, dachte er, Gartenclogs bedeuteten, Ilse war hastig aufgebrochen – wahrscheinlich, weil sie wütend war. Johannes linste auf die Digitaluhr auf Doktor Opas Arbeitstisch, es war zwanzig nach sieben, um sechs hätte er zu Hause sein sollen.

»Bitte reg dich nicht auf, ich hab mich um Johannes' Bildung gekümmert, bei euch zu Hause rennt ja um diese Uhrzeit sowieso nur der Fernseher.«

In den letzten Jahren stritten Vater und Tochter nur über ein Thema: Johannes' Erziehung. Ilse wollte, dass er an den Aktivitäten der anderen St.-Petri-Kinder teilnahm, Jungschar, Fußball, Kinderblasmusik, was Johannes Gerlitzen ablehnte. Die Jungscharräume im Pfarrhof empfand er als zu verstaubt angesichts von Johannes' Allergien, Fußball, meinte er, sei für Johannes nicht geeignet, da er in seiner körperlichen Entwicklung weit hinter den Kindern seines Alters zurücklag, und die Blasmusik fand er lächerlich.

Ilse ballte ihre Fäuste, dass die Nägel weiße Sicheln in ihre Handflächen drückten.

»Fein, wenn es des so wollts, dann bitte, schlaf do glei da! Owa ans sag i da, Johannes, wennst an Albtraum hast oder wieda glaubst, da is a Monster unter'm Opa seinem Bett, heut brauchst net anrufn. Heut kumm i sicherli net!«

Entschieden verschränkte sie die Arme vor der Brust, drehte sich ohne Verabschiedung um und polterte die Stiegen hinab. Der kleine Johannes strich sich erleichtert die Locken aus der Stirn, und Schlappi traute sich unter der Couch hervor. Das Kaninchen hatte Angst vor Ilse, als ob es um ihre Rosmarin-Kaninchenbraten-Pläne wüsste.

Im Laufe des Abends hatte starker Regen eingesetzt. Ilse blieb nach Verlassen des Hauses noch einige Minuten unter dem Dachvorsprung stehen und versuchte sich abzukühlen, ihr hochroter Kopf pochte. Obwohl der Kombi nur wenige Meter vom Haus entfernt stand, stieg sie durchnässt ein. Sie steckte den Schlüssel in die Zündung, ließ den Motor aber nicht an. Auf der Windschutzscheibe war der Regen gar nicht mehr als solcher auszumachen, eine einzige Wasserwand lief über die Scheibe, als ob sie unter einem Sturzbach geparkt hätte. Durch das Beifahrerfenster beobachtete Ilse, wie das grelle Halogenlicht der Küchenzeile anging und sich wenig später um Punkt 19:30 Uhr die Blautöne des Fernsehapparates dazugesellten. Sie wusste, die beiden sahen sich *Zeit im Bild* an, nicht wie Alois die Science-Fiction-Serie auf dem anderen Kanal. Ilse sah es vor sich, wie der kleine Johannes an seinem Gute-Nacht-Kakao nuckelte und mit dem großen Johannes Nachrichten schaute. Der große Johannes würde ihm bei den Internationalen Nachrichten zeigen, in welchen Ländern er auf seinen Wurmkongressen schon gewesen war. Bei den Politikberichten aus der Hauptstadt, wo er gelebt hatte, würde er ihm erzählen, wie schön es dort sei, welche Erlebnisse er dort gehabt hatte. Der Globus und der Stadtplan lagen nicht zufällig auf dem Sofatisch, Ilse wusste Bescheid. Als sie jung gewesen war, hatte er es nicht anders gemacht. Sie klammerte sich an das Lenkrad, immer noch ohne den Motor einzuschalten. Ihre Nägel bohrten sich in das abgewetzte Leder, während sie gegen aufwallende Weinkrämpfe kämpfte. Sie wusste nicht, wieso, aber in diesem Moment fühlte es sich an, als wäre der Johannes nicht ihr Kind, sondern das ihres Vaters und als wäre sie selbst nicht sein Kind.

Johannes Gerlitzen fuhr mit dem Zeigefinger die Buchrücken der Abteilung *Antike Literatur* entlang und suchte nach Herodots Historien. Nachdem sie vor drei Jahren die Lektüre von *Grimms Hausmärchen* beendet hatten, hatten der große und der kleine Johannes beschlossen, sich chronologisch durch die europäische Literatur zu arbeiten. Die Ilias hatte den Anfang gemacht, da hatte der Doktor jedoch zweimal die Ausgabe wechseln müssen, bis er eine Fassung gefunden hatte, die für den Kleinen einigermaßen verständlich war. Trotzdem hatten sie sich sehr schnell und vor allem kursorisch durch das erste Werk Homers gearbeitet. Seitenlange Kataloge von Schiffen und Helden waren für beide nicht sonderlich spannend. Die Odyssee hatten sie letztes Jahr genauer gelesen, speziell die handlungsreichen Kapitel acht, neun, zehn, als Odysseus den menschenfressenden Lästrygonen, dem einäugigen Kyklopen Polyphemos und der geheimnisvollen Zauberin Kirke begegnet. Das Kapitel mit der Fahrt in die Unterwelt hatte der große Johannes übersprungen. Beim Vorauslesen waren ihm bei diesem Abschnitt die Haare zu Berge gestanden, außerdem fand er damals, es wäre noch nicht an der Zeit, mit seinem Enkel über das Sterben zu sprechen. Sein Finger glitt weiter; Sophokles, Euripides – wenn sein Enkel nicht da war, las Johannes Gerlitzen Dramatiker. Das aber war zu harter Stoff für seinen Enkel, außerdem zum Vorlesen völlig ungeeignet. Und da, zwischen den Lyriksammelbänden, die Johannes Gerlitzen auf einem seiner Ausflüge in die Stadt gekauft, aber nie aufgeschlagen hatte, standen die Historien von Herodot.

Neben dem Kinderbett im Kabinett befand sich ein Lesesessel, und an den Wänden hingen Poster vom Periodensystem, auf denen die Elemente als lustige kleine Krümelwuschel dargestellt waren. Der Körper des Buben war bis zum Kinn unter der Daunendecke vergraben, die Brille hatte er bereits abgenommen und im Etui auf dem Nachttisch verstaut. Johannes Gerlitzen blätterte die Seiten um. Auch bei Herodot widmeten sie sich nur den spannenden Passagen. Das letzte Mal hatten sie die Geschichte des Perserkönigs Kyros gelesen, der als Bub ausgesetzt und von Rinderhirten erzogen worden war, durch einen Wink des Schicksals jedoch zurück an den Hof gefunden hatte. Johannes fand seine Randnotiz wieder: Er hatte vor der Geschichte des Harpagos aufgehört. Dieser war für Kyros' Schicksal verantwortlich, doch Johannes wollte den Fortgang der Geschichte nicht lesen – Harpagos wurde nämlich dadurch bestraft, dass man seinen Sohn abschlachtete und ihm als Mahlzeit vorsetzte.

»Also, kannst dich noch erinnern, wie wir letztens von Kyros als Kind gelesen haben?«

Der kleine Johannes nickte, die Augen weit aufgerissen. Sein Großvater hatte eine sanfte, tiefe Stimme und konnte spannend vorlesen.

»Jetzt drehen wir die Zeit ein bisschen nach vorn, bis Kyros ein erwachsener Mann ist. Kyros hat beschlossen, die Perser zum mächtigsten Volk der Welt zu machen. Er hat ein starkes Heer und den Willen zu herrschen. Nun zieht er durch die ganze damals bekannte Welt, um ein Volk nach dem anderen zu besiegen. Schließlich kommt Kyros nach Assyrien. *Im Lande Assyrien gibt es viele große Städte: Die berühmteste und wichtigste aber, wo sich auch die königliche Residenz befand, war Babylon. Babylon liegt in einer großen Ebene und hat eine Größe von hundertzwanzig Stadien auf jeder Seite,* also das sind circa viereinhalb Kilometer, vier Mal so groß wie St. Peter am Anger, auf jeder Seite!, *und der Gesamtumfang beträgt vierhundertachtzig Stadien,* das sind ungefähr achtzehn Kilometer, stell dir vor, so lang wie das ganze Angertal! *Um sie herum läuft ein tiefer, breiter, mit Wasser angefüllter Graben.*«

»Mit Krokodilen?«

»Mhm, das steht hier nicht, aber ich denke schon. *Und nach dem Graben kommt eine Mauer, die fünfzig königliche Ellen breit und zweihundert Ellen hoch ist. Die königliche Elle ist aber um drei Finger größer als die gewöhnliche Elle.* Das heißt, sie war in etwa fünfundzwanzig Meter breit und vierundneunzig Meter hoch.«

»Wie hoch ist unser Haus?«

»Also euer Haus ist circa acht Meter hoch, das heißt die Mauer war zwölf Mal so hoch wie euer Haus.«

»Wow«, hauchte Johannes und verkroch sich noch tiefer unter dem Federbett. Er mochte den Geruch von Doktor Opas Bettwäsche, die sauberer roch als jene zu Hause.

»*Auf solche Weise war die Mauer von Babylon gebaut worden; die Stadt besteht aber aus zwei Teilen, die ein Fluß, der mitten hindurchfließt und den Namen Euphrat hat, voneinander trennt. Derselbe kommt aus Armenien, ist groß, tief und reißend; er mündet dann ins Rote Meer ...*«

Je schläfriger der kleine Johannes wurde, umso plastischer erwachte Babylon vor seinen Augen. Bald verschwammen

Erzählung und Traum, sein Großvater las von den Tempeln und Schätzen, vom geheimnisvollen Grab der Königin mitten im Torbogen der Stadt, und Johannes fühlte sich, als stünde er zwischen den kleinen Babyloniern, die dunkle Haut hatten, das Haar genauso schwarz wie die Augen und die Zähne trotzdem strahlend weiß. Er roch all die exotischen Gewürze, die auf einer Welle von warmer Luft die Stadt durchfluteten. Seine Lider klappten immer wieder nach unten, versuchten, offen zu bleiben, sein Blick klammerte sich an die Umrisse von Doktor Opa, sein weißes Haar, die glatte Haut, die Halbmondbrille auf der Nase, das goldene Kettchen, an dem sie befestigt war. Doch bald siegte die Müdigkeit, und Johannes nahm das Bild von Doktor Opa mit nach Babylon. Er bewegte sich durch die Stadt, sah die Esel und bunten Früchte, während Doktor Opas Stimme seine Reise begleitete, auch noch lange nachdem Johannes Gerlitzen das Buch zugeklappt, dem Kind einen Kuss auf die Stirn gegeben und das Leselicht gelöscht hatte. Johannes Gerlitzen ging noch nicht ins Bett. Die Markerfarbe auf den sezierten Hundespulwurmgliedern war in der Zwischenzeit eingewirkt, und so konnten diese nun eingelegt werden.

Es war die ehemalige Greißlerglocke, die Johannes A. Irrwein zwei Stunden später aus dem Schlaf hochschnellen ließ. Der Regen klopfte an die Fenster, die Kirchturmglocke schlug drei viertel zwölf. Johannes A. Irrwein war sofort hellwach und tastete nach seiner Brille. Auch wenn es dunkel war, brauchte er das Gefühl der Klemme auf der Nase. Er schob die schwere Bettdecke von seinem Körper und tapste durch das stockfinstere Kabinett.

»Ich komm sofort mit«, hörte er Johannes Gerlitzen mit gedämpfter Stimme sagen, als er sein Ohr an die Tür legte. Kurz darauf liefen zwei Paar Füße die Treppe hinab, die Klingel heulte nochmals auf und verstummte sogleich wieder. Johannes verließ das Kabinett, als er durch das Schlüsselloch Licht brennen sah. Der Junge wusste, dass Ärzte einen Eid ableisten mussten, zu jeder Tages- und Nachtzeit für ihre Patienten da zu sein. Es konnte zum Beispiel sein, dass ein Baby auf die Welt kommen wollte. Doktor Johannes Gerlitzen war der Meinung, dass Babys besonders gern dann geboren werden wollten, wenn alle schliefen. Johannes war stolz auf seinen Doktor Opa, ging zur Küchenzeile, trank ein Glas Leitungswasser und erinnerte sich, dass Schlammzeit war. Als ihm letztes Jahr einer der schlimmen Buben einen Schlammkugelball in die Haare geworfen hatte, hatte Doktor Opa erzählt, der Bub sei deshalb so blöd, weil er einen tumben Vater habe. Doktor Opa hatte Johannes in der Badewanne den Schlamm aus den Haaren gewaschen und erzählt, wie er die Nacht davor aus dem Bett geholt worden war, weil der tumbe Vater von dem blöden Buben sich mit einem andern tumben Vater von einem andern blöden Buben wegen einer sinnlosen Diskussion über das Wesen der Schlammzeit geprügelt hätte, ob sie nun zum Winter oder zum Frühling gehöre. Der eine tumbe Vater hätte schließlich eine aufgeplatzte Augenbraue gehabt und der andere eine gebrochene Nase, zu einer Lösung wären sie jedoch nicht gekommen. Doktor Johannes Gerlitzen glaubte, der Schlamm machte die St.-Petri-Männer noch tumber, als sie ohnehin waren. Nachdem Johannes ausgetrunken hatte, ging er von Lichtschalter zu Lichtschalter, nur das Treppenlicht ließ er brennen, damit Doktor Opa nicht stolperte, wenn er nach Hause kam. Doch als er im Labor angekommen war und sich über den Schreibtisch beugte, um die Sezierlampe auszumachen, entdeckte er Doktor Opas Patientenjournal. Johannes wunderte sich, denn er wusste, dass sein Großvater nie ohne Journal aus dem Haus ging – der abgegriffene, mit Flecken übersäte Einband zeugte davon. Johannes ahnte, dass sich der Großvater furchtbar ärgern würde, sobald er dessen Fehlen bemerkte. Johannes blickte es unschlüssig an, überlegte, ob er es ihm bringen sollte, und dachte schließlich daran, dass er Doktor Opas Assistent war. Der kleine Johannes fühlte sich hellwach, meinte, ohnehin nicht schlafen zu können, bevor der Großvater wieder zurück war, also schlüpfte er in seinen Regenmantel, hüllte das Journal in ein Plastiksackerl, zog seine Gummistiefel an und nahm einen der vielen Schirme aus dem Ständer vor der Ordination, die die Patienten wie Gastgeschenke dort stehen gelassen hatten.

Doktor Johannes Gerlitzens Hosen waren klamm und durchnässt, als sie am Unfallort ankamen. Er war, vom jungen Herrn Rettenstein gedrängt, so schnell geeilt, dass er den Regenschirm nicht senkrecht über sich hatte halten können. Kaum hatte er sich einen Überblick verschafft, verstand er jedoch, warum Eile notwendig gewesen war. Der Nordhang war bereits so weit gerutscht, dass der Feldweg, der zwischen den Weiden hinunter zum Mitternfeldbach führte, kaum noch zu erkennen war. Johannes Gerlitzen erinnerte sich daran, dass bereits sein Großvater gesagt hatte, der Nordhang werde irgendwann abrutschen, doch er hatte nie gedacht, dass es tatsächlich passieren würde und dass dabei jemand zu Schaden kommen könnte. Im Licht der Scheinwerfer des großen und des kleinen Feuerwehrautos, die quer auf dem Ende der asphaltierten Dorfstraße parkten, glänzte der Unterboden eines umgestürzten Traktors. Karl Ötsch, sein früherer Nachbar von links, war darunter eingeklemmt. Seit Johannes Gerlitzen als Doktor aus der Stadt zurückgekehrt war, hatte er auf den Moment gewartet, an dem Karl Ötsch in seine Ordination kommen würde. In seinem Kopf hatte er alle Szenarien durchgespielt: dass sie sich prügelten, dass sie sich aussprachen, dass sie kühl miteinander umgingen und dass sie sich vielleicht sogar versöhnten, denn Johannes Gerlitzen hatte längst Frieden geschlossen. Seit er den kleinen Johannes in seinem Leben hatte, schien die Welt wunderbar und alles seinen Grund zu haben. Er hatte das Gefühl, alles war so geschehen, um für Johannes die besten Voraussetzungen zu schaffen. Wäre er nicht aus St. Peter weggegangen, hätte er dem Buben nur Schnitzen beibringen können, so jedoch konnte er dem klügsten Kind in der Geschichte von St. Peter helfen, später Großes zu erreichen. Auch wenn es ein schmerzhafter Weg gewesen war, Karl Ötsch hatte seinen Anteil. Bis auf seine Zähne war der frühere Nachbar immer kerngesund gewesen. Selbige waren ihm einer nach dem anderen ausgefallen, ein bis zwei pro Jahr, aber Karl Ötsch sagte stets, er äße lieber bis an sein Lebensende Suppe, bevor er Johannes' Hilfe erbitten würde. Hin und wieder hatten sich Karl und Johannes im Dorf gesehen, sich aber bis zum heutigen Tag gemieden.

Johannes wunderte sich nicht, dass ausgerechnet sein ehemaliger Nachbar von links den Leichtsinn begangen hatte, während der Schlammzeit das Holz heimzuholen. Während der Schneeschmelze hatte sich gezeigt, dass ein Teil des Kiefernwaldes wegen Schädlingsbefalls den Winter nicht überstanden hatte, und Karl Ötsch hatte ihn gefällt. Das Holz lagerte noch am Nordhang, und er hatte, sobald man befürchten musste, der Hang würde rutschen, beschlossen, das Holz zur Sicherheit einzubringen. Eine Mure hätte mit einem Schlag die Arbeit von Wochen zunichtegemacht, doch Karl Ötsch hatte unterschätzt, wie kurz der Hang davor stand, abzurutschen. Vor allem den Feldweg hatte er unterschätzt. Hinunter war er mit dem Traktor problemlos gekommen. Bergauf, mit dem Holzanhänger, war der Feldweg jedoch unter der Belastung weggebrochen und der Traktor umgestürzt. Johannes Gerlitzen hatte immer gewusst, dass sich der besserwisserische Nachbar einmal fatal irren würde, aber in diesem Moment wünschte er, es wäre unter anderen Umständen passiert.

Die Männer hinderten Johannes Gerlitzen daran, zu Karl Ötsch hinabzusteigen, solange der Traktor nicht gesichert war. Das Feuerwehrauto, das als einziges Fahrzeug stark genug war, einen solch großen Traktor zu sichern, konnte den Hang nicht befahren, da es bei einem kleinen Abrutsch sofort mitgerissen werden würde. Das Drahtseil der Winde war nicht lang genug, man hatte schon ein längeres Seil organisiert, jedoch musste erst die Winde damit bespannt werden. Zurzeit blieben alle Männer auf dem Asphalt, der Traktor war vorher erneut wenige Zentimeter gerutscht, es war nur eine Frage der Zeit, bis der Hang nachgeben würde. Johannes Gerlitzen stand im Regen und spürte, wie sein Herz raste. Er hatte in seiner Zeit als Dorfarzt von St. Peter vieles erlebt, lange schwere Krankheiten begleitet, Kindheitsfreunde sterben sehen, doch niemals hatte es im friedlichen St. Peter eine solch akute Situation gegeben. Noch nie hatte er einen Unfall erlebt, bei dem schnell gehandelt werden musste. Johannes atmete tief durch und riss einem der Feuerwehrmänner die Taschenlampe aus der Hand.

»Sand Se wahnsinnig, des is z'gfährli!«

»Da Hang könnt rutschn!«, schrien ihm die Feuerwehrmänner hinterher, aber Johannes Gerlitzen hatte seine Entscheidung getroffen. Er war nicht nur wegen seiner Familie aus der Stadt zurückgekehrt, er wollte für das ganze Dorf der Arzt sein, der im Notfall zur Stelle war, und nun wurde er gebraucht. Vorsichtig und zielsicher arbeitete er sich zu dem umgestürzten Traktor hinab.

Johannes A. Irrwein staunte nicht wenig, als er das Wirtshaus, wo er Doktor Opas Einsatz vermutet hatte, zwar offen und erleuchtet, aber menschenleer vorfand. Er ging zurück nach draußen und betrat den Wirtshausgarten. Vorsichtig tastete er sich die Wände entlang, hoffte, dass man von draußen sehen könnte, ob irgendwo in den Hinterräumen Licht brannte. Das Wirtshaus war eines der seltsamsten Gebäude in St. Peter. Es war tief in die Erde gebaut und unendlich verzweigt, viel zu groß für so ein kleines Dorf, und so erstreckte sich das Haupthaus weit in den Garten hinein, und es dauerte lange, bis Johannes es umrundet hatte. Kaum war er jedoch bei der Nordseite angelangt, hörte er vom Nordhang her Männerstimmen, die hektisch durcheinanderriefen. Johannes war verwirrt und überlegte, dass sie sich im Freien geprügelt haben mussten. Das hatte er einmal beim Mittagessen mit seinen Eltern erlebt, wie der Wirt zwei Männer nach draußen geschickt hatte, die sich beim Schnapskartenspielen in die Haare geraten waren. Er hatte sich im Wirtshausgarten schon öfter vor Klassenkameraden versteckt, deshalb wusste er, dass es hinter den Brombeersträuchern eine Tür zum Nordhang gab. Der Garten des Wirtshauses war dort um anderthalb Ebenen höher als die Straße. Es gab einen kleinen Trampelpfad vom Gartentor hinunter zur Straße, aber als Johannes dort angekommen war, nutzte er ihn nicht. Aufgrund der erhöhten Lage konnte er von der Stelle am Gartenzaun den Nordhang überblicken, doch was er sah, war keine Schlägerei. Er brauchte ein paar Augenblicke, um das umgestürzte Monster, das hilflos im Scheinwerferlicht beregnet wurde, als Traktor zu erkennen. Er erkannte allerdings sofort, wer der Mann war, der sich über den Hang tastete, vorsichtig und elegant, eindeutig, um zu helfen. Johannes war nicht verwundert, als er all die wichtigen Dorfmänner untätig auf der Straße stehen sah. Er hatte schon immer gewusst, dass sein Großvater der mutigste von ihnen war. Dennoch ärgerte er sich, dass all die anderen zu faul waren, um ihm wenigstens die Taschenlampe zu tragen oder den Arztkoffer abzunehmen. Johannes lächelte und legte die Hand an das Gartentor. Sein Doktor Opa hatte den Traktor erreicht und beugte sich über den Verletzten. Johannes würde hinunterlaufen und ein guter Assistent für den Doktor sein, damit er die Taschenlampe nicht mit den Zähnen halten musste – aber plötzlich bewegte sich das Bild. Johannes schloss die Lider und öffnete sie wieder, der Traktor bewegte sich ganz ohne Geräusch. Er sah, wie sein Doktor

Opa aufsprang, um sich blickte, er schaute genau in Johannes' Richtung, hatte er ihn gesehen? Sein Opa durfte jetzt nicht stehen bleiben, ein gewaltiges Schlammbrett löste sich, und binnen eines Herzschlages erreichte die braune Welle den Traktor. Das metallene Ungetüm bewegte sich, als wäre es so leicht wie eine Feder, als hätte es Rollen. Es glitt geräuschlos den Hang hinab und riss Doktor Johannes Gerlitzen und Karl Ötsch mit sich. Johannes wollte schreien, aber seine Stimme war verschwunden, er machte den Mund auf, und nichts kam. Er stand da, während die Schlammlawine seinen Opa mitnahm, ohne dass sich einer der Männer bewegte, niemand half ihm, niemand lief dem Traktor hinterher oder versuchte, den Rutsch aufzuhalten. Vor den Augen des kleinen Johannes dauerte dieser Moment eine Ewigkeit, dabei ging alles ganz schnell. Johannes bekam Panik, er brachte immer noch keinen Ton heraus, sein Herz pochte, als würde es bersten. Er drückte das Patientenjournal eng an seine Brust und lief davon, lief, so schnell er konnte. Vielleicht war das ein Traum, es musste ein Traum sein, ein Hang konnte doch nicht seinen Doktor Opa verschlucken, das war unmöglich, er würde sicher gleich aufwachen, er musste nur die Augen zumachen – plötzlich stürzte er mitten auf der Kirchenstiege, schlug mit dem Gesicht auf den Stein, seine Brille ging kaputt, ein Milchzahn brach ab, er begann zu weinen, aber seine Sorge galt nur dem Patientenjournal. Es war heil, Johannes richtete sich auf, lief, so schnell er konnte ins Arzthaus, schaltete alle Lichter ein, rief nach Doktor Opa. Das musste ein anderer Mann gewesen sein, sein Doktor Opa war klug, er würde sich nie in Gefahr begeben, er würde sich nie von einer Schlammlawine erwischen lassen. Er hatte Johannes versprochen, ewig zu leben, und wenn nicht ewig, dann zumindest bis auch er einen echten Doktortitel hatte und nicht nur beim Spielen Doktor Enkel war, das hatte er versprochen. Schließlich lief Johannes in das Schlafzimmer seines Großvaters, warf sich aufs Bett, drückte seine Nase tief in die Polster und weinte, wie er noch nie in seinem Leben geweint hatte, weinte, bis er keine Luft mehr bekam, weinte, bis sein ganzer Körper so wehtat wie sein Herz.

Ilse Irrwein schreckte aus dem Schlaf hoch. Sie wusste nicht mehr, was sie geträumt hatte, aber es musste furchtbar gewesen sein, denn das Herz schlug ihr bis zum Hals. Sie setzte sich im Bett auf und wartete, dass ihr Puls langsamer wurde, doch kaum hatte er sich ein bisschen beruhigt, hörte sie einen Knall und das Zerspringen von Glas. Ilse sah zu Alois, er schlief wie ein Stein, seltsamerweise ohne zu schnarchen. Ilse stieg aus dem Bett. Es war kalt, dennoch verzichtete sie darauf, ihren Morgenmantel oder Hausschlapfen anzuziehen. Sie wollte einfach nur wissen, woher das Geräusch kam. In völliger Dunkelheit ging sie nach unten. Ilse war in diesem Haus geboren, aufgewachsen und hatte einunddreißig ihrer vierzig Lebensjahre hier verbracht. Sie wusste blind, wo sie war und woher das Geräusch kam. Im Flur war ein Bild ihres Vaters von der Wand gefallen. Ilse sah zum Telefon. Sie überlegte, ob sie ihn anrufen sollte, ob sie fragen sollte, ob alles in Ordnung war. Es war halb eins, ihr Vater ging nie vor viertel zwei ins Bett, aber dann dachte sie, dass dies ein Zeichen der Schwäche wäre. Sie hatte ja angekündigt, heute nicht zur Verfügung zu stehen.

Am Nordhang hatte man Schaufeln und Hunde geholt und grub verzweifelt nach den beiden Verschütteten. Keiner der Männer ging, ehe der Tag anbrach. Man hatte sich geeinigt, Ilse Irrwein und Irmgard Ötsch erst Bescheid zu sagen, wenn man die Verschütteten geborgen hätte.

Ilse war sich sicher, wach gewesen zu sein, bevor es an ihrer Haustür geklopft hatte. Sie meinte, eine Vorahnung hätte sie bereits geweckt, bevor der Bürgermeister vor ihr stand, bis zu den Hüften voller Schlamm, im Gesicht eine tiefe Traurigkeit, inniges Bedauern und endlose Erschöpfung. Ilse ließ den

Bürgermeister vor der Tür stehen, lief barfuß zu ihrem Auto, die Schlüssel steckten Tag und Nacht, und fuhr, so schnell sie konnte, zum Arzthaus. Als sie sah, dass außer im Kabinett überall Licht brannte, atmete sie auf und hoffte, Johannes hätte alles verschlafen. Ilse fand ihn jedoch nicht in seinem Kinderbett, sondern in Johannes Gerlitzens Schlafzimmer. Er lag im Bett, auf dem Rücken, die Augen offen, den Regenmantel angezogen. Ilse legte sich zu ihm, streichelte mit ihrer Hand seine eiskalte Wange. Johannes drehte sich um und zeigte ihr den Rücken, Ilse rückte ihm nach, drückte ihn fest an sich, doch er rührte sich nicht. Das Tageslicht erhellte das Zimmer. Wortlos lagen sie nebeneinander, Ilse schluchzte, Johannes atmete flach, bis der Tag heller war als die Schlafzimmerlampe, die die Nacht hindurch gebrannt hatte. Johannes stand auf. Ilse wartete noch einen Moment, um Kraft zu sammeln, bis sie ihm nachging. Johannes hatte sich den großen Reisekoffer seines Großvaters geholt. Er hatte den Zeitungssammler unter dem Schreibtisch hervorgeschoben, wickelte diverse Geräte aus dem Laboratorium in alte Zeitungen und legte sie in den Koffer.

»Der Opa hat immer gesagt, ich bin sein Nachfolger. Er war der erste Doktor von St. Peter am Anger, und ich werd der zweite. Ich erbe seine Sachen.«

Ilse schnäuzte sich in die Falte ihres Pyjamas, alle ihre Taschentücher waren aufgebraucht.

»Wenn du magst, kannst du mir helfen und die Bücher einpacken.«

»Owa Johannes, wir ham net g'nug Platz für de ganzn Sachn vom Opa«, flüsterte Ilse vorsichtig.

»In meinem Zimmer ist genug Platz.«

Akribisch baute er das Mikroskop auseinander, und Ilse staunte über seine Fingerfertigkeit.

»Wenn der Papa mag, kann er auch helfen. Dann sind wir schneller fertig.«

Ilse zögerte.

»Und Mama, der Schlappi muss übrigens von jetzt an bei uns wohnen. Er ist alleine und hat niemanden, der ihn versteht und der sich um ihn kümmert. Er braucht mich, ist das o. k.?«, fragte Johannes mit der Abgeklärtheit eines Erwachsenen. Ilse stammelte.

»Owa natürli, sicha kann er des.«

Darauf eilte sie ins Bad, drehte das kalte Wasser auf und hielt ihren Kopf darunter, bis sie das Gefühl hatte, ihre Augen wären gefroren.

## [Der Wallfahrts-Kampf, Notizbuch II]

*[4.4.] Obwohl die St. Petrianer beschlossen hatten, den heiligen Koloman nicht mehr zu verehren, waren sie, wie ich in verschiedenen Dokumenten nachgelesen habe, durch ihre Zugehörigkeit zum Lenker Kloster verpflichtet, am Fronleichnamstag eine Wallfahrt dorthin abzuhalten. Ebenso ist dokumentiert, daß diese Verpflichtung ebenfalls für die anderen Barbarendörfer galt, die den Mönchen untertan waren – also auch für St. Michael am Weiler, das dem Angerberg gegenüberlag. [4.5.] Im vierundvierzigsten Jahr dieser Tradition geschah es jedoch, daß die beiden Barbarenvölker durch unseligen Zufall zur selben Zeit bei der Zufahrtsstraße zum Kloster ankamen, die St. Petrianer von Norden, die St. Michaeler von Süden. Nun dauerte es freilich nicht lange, bis zwischen den prozessierenden Zügen ein Streit darüber entbrannte, wer zuerst den Hügel hinaufschreiten dürfte, auf welchem sich das Kloster erhob. [4.6.] Das Folgende sagen sowohl die Geschichtskundigen der St. Michaeler wie der St. Petrianer: Beide Züge drangen zur Einbiegung, und als die vorne gehenden, kreuztragenden Ministranten einander gegenüberstanden, schlug der eine dem anderen das Kreuz auf den Schädel. Daraufhin schritten die Fahnenträger ein, unterstützt von den Wimpelträgern, worauf die Musikanten ihre Instrumente als Waffen verwendeten, die Frauen einander mit Brotkörben prügelten, die Mädchen sich an den Zöpfen zogen, die Buben und Männer ihre Fäuste ballten, und nicht zuletzt nutzten beide Pfarrer die Monstranz, in der sie das Allerheiligste führten, als Schlaggeräte. [4.7.] Welches Dorf begonnen hat, läßt sich nicht sagen. Und natürlich geben die Geschichtsschreiber der einen jeweils den anderen die Schuld. Was ich nicht auflösen kann. Ich glaube jedoch, es ist egal, wer zuerst zugeschlagen hat. Denn hätte nicht der eine zugeschlagen, hätte es der andere getan, und hätte es der andere nicht getan, hätte es der eine getan, denn so ist es immer bei derart tief verwurzelten Feindschaften.*

# Die große Schlacht

Als Ilse und Alois Irrwein mit der Traurigkeit ihres Sohnes nicht mehr umzugehen wussten, vertrauten sie auf den Sommer. Sie hofften, das schöne Wetter und die viele Freizeit könnten alles wiedergutmachen. Johannes glaubte nicht, dass es dieses Jahr einen Sommer geben würde. Wenn man trauerte, fragte er sich, musste dann nicht auch das Wetter trüb und regnerisch bleiben? Johannes wurde der Sonne böse, als sie Ende April die Oberherrschaft an sich riss und nicht mehr wich. Noch nie hatte es so eine frühe und lange Schlammzeit gegeben, noch nie war darauf ein so sommerlicher Frühling gefolgt. Johannes A. Irrwein konnte den letzten Schultag nicht mehr erwarten. Kaum waren die Zeugnisse verteilt, eilte er in sein Zimmer, zog die Vorhänge zu und beschloss, das Haus erst wieder zu verlassen, wenn die Sonne verschwunden war.

Mit kurzen Pausen, in denen sie ihre Fingerknöchel massierte, klopfte Ilse am Dienstag in der dritten Juliwoche acht Minuten lang an die Kinderzimmertür, bis sich etwas rührte. Dinge wurden zur Seite geschoben, Johannes flüsterte mit dem Kaninchen, und endlich drehte sich der Schlüssel. Er öffnete nur einen Spalt, Ilse wollte die Tür aufdrücken, doch Johannes stemmte sich von innen dagegen.

»Nein, du darfst nicht rein.«

Ilse seufzte angespannt, es war Ende Juli, und der Bub war nicht ein einziges Mal im Freien gewesen. Ilse mit ihrem aufbrausenden Temperament hätte am liebsten die Tür eingeschlagen, den Buben gepackt und an den Haaren hinausgeschleift, denn es quälte sie, dass ihr eigener Sohn kaum mehr mit ihr sprach. Hin und wieder phantasierte Johannes bei der Abendjause von irgendwelchen Experimenten, doch nie sagte er, was er fühlte, dachte und in seinem Zimmer tat. Ilse machte es wahnsinnig, nicht zu wissen, was in ihrem eigenen Haus vorging. Nicht einmal nachts konnte sie in sein Zimmer schleichen, denn er hielt die Tür ständig abgesperrt.

»Johannes, draußn is so schön, kumm aussi und geh a bisserl spüln.«

Er wollte die Tür zudrücken, aber Ilse blockierte den kleinen Spalt mit ihrem Schlapfen.

»Johannes, i mein's do nur guat! A a Forscher braucht a frische Luft. Oiso kumm, i hab de Angelika ang'rufen, de Mama vom Robert aus deiner Klasse. Da Robert und a paar andre Kinder ham den Bach aufg'staut, da gibt's hiazn a ganz tiafe Stelle, wo ma vo de Bäum einispringa kann, is des net supa?«

Johannes lugte sie durch den Türspalt verständnislos an. Schneller als Ilse schauen konnte, hatte er mit einem Tritt den Schlapfen aus der Tür befördert – gerade noch konnte sie ihre Finger wegziehen, bevor Johannes die Tür in den Rahmen knallte.

»Johannes, du hättst ma fast de Finger abg'schlagen!«, schrie sie, der Bub reagierte nicht.

Drinnen hörte sie das Geräusch von Johannes' Kinderschreibtischsessel, der über den Holzboden rollte. Alois hatte Gift und Galle gespuckt, als Ilse ihn gezwungen hatte, den Kinderschreibtischsessel aus ihres Vaters Wohnung in Johannes' Kinderzimmer zu bringen. Im alten Arzthaus, das nun zu einem Wohnhaus umgebaut werden sollte, da die nachfolgende Ärztin mehr Platz wollte und der Gemeinderat sowieso schon seit Längerem den Plan hatte, die Arztordination in das vor zwei Jahren fertiggestellte Bürgerzentrum zu integrieren, gab es nur Teppich-, PVC- und Fliesenböden. Der

Zimmermann Alois aber hatte letztes Jahr im Obergeschoss geölte Fichten verlegt. Diese Planken waren überaus anfällig für Scherrer und Dellen. Aus Angst, die Absätze könnten sich in das weiche Holz drücken, hatte er Ilse sogar verboten, vor dem Feuerwehrball ihre Stöckelschuhe vor dem Schlafzimmerspiegel zu begutachten. Und nun stand in Johannes' Zimmer ein Sessel mit harten Plastikrollen, die seinen neuen Boden zerscherrten wie eine Katze ihren Kratzbaum.

Ilse trauerte jeden Tag um ihren Vater, und dennoch wusste sie, dass sie keine Ahnung davon hatte, was der Tod seines geliebten Großvaters für Johannes bedeutete – doch es konnte nicht der richtige Weg sein, ihn in seinem Zimmer verschimmeln zu lassen. Ilse schlüpfte zurück in den zweiten Schlapfen und ging nach unten. Kinder brauchen Grenzen und Autoritäten, dachte sie und erinnerte sich an den Vortrag der Volksschullehrerin vor der Mütterrunde. Ilse seufzte und setzte sich auf die drittletzte Treppenstufe. Sie hatte sich genug mit dem Bub herumgeplagt, jetzt war Alois an der Reihe.

»Nein Papa, ich mag wirklich nicht.«

Johannes hatte Tränen in den Augen, Alois die Hände vor der Brust verschränkt und starrte auf das Fußballfeld.

»Geh, Johannes, schau, wia de andern Kinder Spaß ham.«

Johannes japste, als müsste er gleich weinen, und klammerte sich an die Bügelfalte von Alois' Hosenbein.

»Herst Johannes, hiazn reiß di zam, des is Fuaßball, des is lustig! Wia i so alt woar wia du, hab i jedn Tag Fuaßball g'spült, also hopp, schau, olle deine Freund aus da Schul sand da, schau, wia de lachn.«

In kleinen Schritten tapste Johannes rückwärts.

»Das sind nicht meine Freunde«, flüsterte er dem Boden zugewandt. Alois seufzte in einer Mischung aus Enerviertheit und Unverständnis.

»Papa, ich muss nach Hause, den Schlappi füttern.«

»Da Schlappi überlebt's, wenn er in zwoa Stund g'füttert wird. A dem Schlappi macht Umadumrennen Spaß.«

»Nein. Dem Schlappi macht Vorlesen Spaß.«

Der Kleinfeldplatz des FC St. Peter am Anger war bevölkert von zwei Dutzend Kindern der Jugendmannschaften in neongelben, hellgrünen und knallorange Trainingsleibchen. Vor Johannes' Augen wirbelten viermal so viele Bälle wie Kinder durch die Gegend, wurden durch Hütchen und Stangen gespielt und auf die Tore gefeuert. All die Bewegungen geschahen für ihn viel zu schnell, die leuchtenden Farben blendeten, er war immerhin seit drei Wochen nicht mehr ins Freie gegangen und hatte sich auf weitgehend unbewegte Bilder konzentriert; Bücher, kleine Experimente, Malen und Schreiben.

Ein Pfiff ertönte, viel lauter und stärker in die Länge gezogen als notwendig. Als Peter Parseier Jugendtrainer geworden war, hatte er sich im Ausrüstungskatalog des Allgemeinen Fußballverbandes eine sündhaft teure Silberpfeife bestellt, wie sie auch von den Schiedsrichtern bei der letzten Europameisterschaft verwendet worden war. Nicht einmal der Trainer der Kampfmannschaft hatte so ein besonderes Stück, sondern eine Pfeife aus gelbem Plastik. Die Kinder brachen die Trainingseinheit ab, Peter Parseier ordnete brüllend die nächste Übung an, und Johannes zuckte zusammen. Kaum hatte das Rudel mit Elfmeterschießen begonnen, visierte Parseier Alois und seinen Sohn an und joggte auf sie zu. Johannes krallte sich nun mit beiden Händen an Alois, der versuchte, ihn abzuschütteln, bevor Parseier sie erreichte.

»Irrwein.«

»Parseier.«

Sie begrüßten sich kühl und ohne Handschlag. Parseier war einer der wenigen St. Petrianer, die nicht hier geboren, sondern zugezogen waren. Er stammte aus einem Dorf im Angertal, keine vier Kilometer Luftlinie entfernt. Vor fast zwanzig Jahren hatte er Edeltraud Hochschwab geheiratet, die Tochter des reichsten Mannes im Dorf, und seit mehr als zwanzig Jahren war er mit Alois Irrwein verfeindet. Als Parseier ins Dorf gekommen war, hatte er viele ambitionierte Pläne mitgebracht, in St. Peter am Anger Tourismus einzuführen, die Traditionen zu vermarkten und in den Sporzer Alpen ein Skigebiet zu errichten. Die Wirtshausrunde rund um Alois hatte ihn ausgelacht und bereits das erste Mal, als er von seinen Träumen sprach, als verrückten Spinner bezeichnet. Da auch die ältere Stammtischrunde um Ebersberger, Rossbrand, Rettenstein und Hochschwab, die sonst die Meinungsmacher im Ort waren, Parseiers Pläne abgelehnt und ihn als einen Wahnsinnigen beschimpft hatte, war ihm nichts anderes übrig geblieben, als sich mithilfe von Ämtern Macht zu verschaffen. Er war Gemeinderat, Jugendfußballtrainer, Feuerwehrinspektor und, um sogar der Blasmusikkapelle anzugehören, obwohl er kein Instrument spielen konnte, hatte er freiwillig das Amt des Kassiers übernommen. Doch dass Alois ihn von allen Dorfbewohnern immer am meisten getriezt hatte, hatte er ihm nie verziehen.

»Na, dein Buam sieht man jo nia bei de Fuaßballtrainings. Was isn los? Der wird do wohl ka Woarmer sei«, hatte Parseier Alois vor einigen Monaten im Vorbeigehen auf der Kirchenstiege zugeflüstert. Alois hatte vor Wut gebebt, und hätte er nicht auf der Kirchenstiege gestanden, hätte er Parseier windelweich geschlagen. Parseiers Beleidigung klang in Alois' Ohren nach, als er nun am Fußballplatz stand und seinen Sohn zum Training abgab. Alois hatte sich gefreut, als ihm Ilse resigniert aufgetragen hatte, dafür zu sorgen, dass der Bub endlich sein Zimmer verließe und nicht die ganzen Ferien im Haus verbringe. Und er hatte keine Sekunde gezögert, seinen Sohn in ein Fußballgewand zu stecken und auf den Platz zu schleppen. Allerdings hatte er dafür eine Bisswunde in Kauf nehmen müssen, da sich Johannes quietschend geweigert hatte, Sportsachen anzuziehen. Laut Doktor Opa trugen richtige Männer Cordhosen und Hemden.

»Dei Bua wüll mitspüln?«

Johannes versteckte sich hinter Alois, weil er vor Parseiers eisblauen Augen Angst hatte.

»Mei Bua spült mit.«

Und mit diesen Worten griff Alois hinter sich und packte Johannes am Kragen.

»So Johannes, hiazn lauf mit'm Trainer und mach g'fälligst, wos a sagt.«

Johannes' Augen weiteten sich panisch, als Alois ihn über die Outlinie schubste. Peter Parseier pfiff in seine Trillerpfeife.

»Renn zur Bank und hol da a gelbs Leiberl!«, schrie er lauter als notwendig.

Alois' Hände verkrampften, auch wenn sein Sohn wie ein Reh im Fernlicht auf dem Fußballplatz stand, brauchte Parseier ihn nicht anzuschreien, doch dann besann er sich. Würde er Parseier angehen, würde der allen erzählen, Alois ließe seinen Sohn verweichlichen, und so stellte sich Alois breitbeinig an die Outlinie, zog den Gürtel hoch und wartete, bis Johannes mit hängendem Kopf davontrottete. Alois ging nicht nach Hause, sondern verfolgte das erste Fußballtraining seines Buben auf der Aussichtsterrasse vor dem Fußballhaus. Er trank vier Krügerl Bier in fünfzig Minuten, während er beobachtete, wie sein Sohn zehn Meter hinter Mitspielern und Ball lief. Peter Parseier hatte es natürlich besonders auf ihn abgesehen, pfiff ihn am häufigsten an, plärrte ihm Anweisungen hinterher, aber Johannes war von dem wilden Treiben rund um ihn so eingeschüchtert, dass er die blauen Blitze aus Parseiers Augen als das geringere Übel ansah. Das Trainingsleibchen roch seltsam, und ständig wurde er gestoßen und angerempelt, bis ihm seine Brille von der Nase rutschte. Nach dreißig Minuten schaffte Johannes es zwar, von allein in die richtige Richtung zu laufen, aber er bemühte sich eisern, dem Ball nicht zu nahe zu kommen. Sein Vater wartete bis zum bitteren Ende, genehmigte sich zum Schluss noch einen doppelten Schnaps und wankte beim Nachhausegehen wie eine angedribbelte Hindernisstange. Johannes merkte davon nichts. Nach seinem ersten Fußballtraining verspürte er Schmerzen in allen Muskelpartien. Er sehnte sich nach Doktor Opa und dachte, dass er ihn so gerne fragen würde, wie die einzelnen Muskeln hießen.

In diesen Tagen begann Johannes, das Patientenjournal seines Großvaters zu lesen. Es steckte immer noch im Plastiksackerl, mit dem Johannes versucht hatte, es in jener schrecklichen Nacht vor dem Regen zu schützen. Er fand in ihm sogar Bemerkungen zum Fußball. *Eigentlich ist es ein Wahnsinn, daß es Kulturen gibt, die unter körperlicher Ertüchtigung verstehen, ihre Körper zu ruinieren. In anderen Teilen der Welt betreiben die Menschen Wirbelsäulengymnastik, Muskelaufbauübungen, fahren gemächlich Fahrrad oder schwimmen in für den Kreislauf optimal temperierten Schwimmbecken. In St. Peter am Anger hingegen richten sie sich mit Fußball zugrunde, einer Sportart, die aus vielen schnellen Bewegungswechseln besteht, die den Körper durch Unstetigkeit zerstören. Sie spielen bei jeder Witterung. Die Plätze, auf denen sie sich ertüchtigen, bergen durch unebene Böden, enge Spielfeldabgrenzungen und schlecht gewartete Rasen große Verletzungsgefahr. Diese Sportart fordert den Kontakt heraus, Zweikämpfe, Kopfballduelle, Eckbälle, alles ohne Protektoren. Die Verletzungsgefahr steigt zusätzlich durch eine übermäßige emotionale Hingabe, die jeglicher rationaler Grundlage entbehrt, jedoch automatisch einzusetzen scheint, sobald diese runde Kugel vor den Augen eines männlichen St. Petrianer Wesens auftaucht.*

Alois erlaubte Johannes erst ab messbarem Fieber über 38,7°, das Fußballtraining auszulassen und nach Saisonbeginn ein Sonntagsspiel zu verpassen, stand außer Frage. Nicht dass Peter Parseier Johannes hätte spielen lassen. Parseier hätte zwar gerne das ganze Dorf mitansehen lassen, wie unbeholfen der kleine Irrwein versuchte, dem Ball nachzulaufen, aber einen Sieg wollte er dafür nicht gefährden. Und dass St. Peter

Jugendmeister wurde, war Parseier wichtiger, als Alois Irrwein bloßzustellen.

»Ich mag nicht. Auf der Bank sitzen ist so langweilig«, schnaubte Johannes und trödelte seinen Eltern hinterher. Er schlenkerte mit den Armen und vollführte allerlei Pirouetten, um den kurzen Weg von der Südsiedlung bis auf den Fußballplatz möglichst in die Länge zu ziehen.

»Johannes, geh weita, oder i schleif di an de Ohrwaschln zum Platz«, sagte Alois zornig, während Ilse zwei Bleche Kuchen auf den Händen balancierte und einen Korb Schaumrollen für das Mütterrundenbuffet in der Ellenbogenbeuge hängen hatte. Sie hatte bereits um fünf Uhr früh zu backen begonnen. Heute spielte der FC St. Peter am Anger gegen den FC St. Michael am Weiler, die Erzrivalen vom gegenüberliegenden Berg im Angertal. Ein Match, das nicht nur von den Männern auf dem Platz, sondern auch von den Frauen am Kuchenbuffet ausgetragen wurde.

Das Schlimmste am Auf-der-Bank-Sitzen war für Johannes, dass man keine Möglichkeit hatte, sich über aufkommende Gedanken auszutauschen oder diesen nachzuforschen. Zurzeit beschäftigte ihn die Frage, wieso der Ball wieder hinunterfiel, egal wie hart ihn der Tormann ausschoss. Unlängst hatte er den Trainer gefragt, der hatte nur mit der Trillerpfeife den anderen Kindern bedeutet weiterzulaufen und Johannes mit entnervtem Blick geantwortet:

»Ollas, was auffi geht, geht a wieda owi. Is halt so.«

»Ja, das weiß ich schon, aber wieso? Wieso fällt alles, was hinaufliegt, wieder runter?«

Darauf hatte der Trainer seine Silberpfeife in den Mund gesteckt und Johannes zurück auf seine Position gepfiffen.

»Weißt du, wieso der Ball immer runterfällt, obwohl man ihn nach oben schießt?«, hatte er einen anderen Buben gefragt, der wegen einer Verletzung auf der Reservebank saß.

»Wos soll'n da Ball sonst machn?«

»Na ja, immer weiter nach oben. Mich wunderts halt, dass er anscheinend irgendwann weit genug oben ist und dann wieder runterkommt. Ich möcht halt gern wissen, wieso das so ist.«

Der andere Bub hatte seine Augenbrauen verzogen, seine Zunge raushängen lassen und geantwortet:

»Sag amoi, wieso redst'n du eigentli so hochg'schissen?«

»Ich rede nicht hochgeschissen, ich rede wie Forscher reden.«

»Du bist owa ka Forscher. Du bist a St. Petriana, oiso red normal.«

Daraufhin wollte Johannes ihn anspucken, traute sich aber nicht und rannte nach Hause. Seit Johannes Gerlitzen gestorben war, meinte Johannes A. Irrwein, von immer mehr Leuten wegen seiner Hochsprache beleidigt zu werden. Er verstand vor allem nicht, was das Wort *hochgeschissen* mit der Art, sich auszudrücken, zu tun hatte.

Der Fußballplatz von St. Peter lag in einer Senkung des Angerberges, und nur fünf Meter hinter dem Klubhaus, fast unmittelbar nach der Schotterzubringerstraße, die den Dorfplatz mit dem sportlichen Zentrum verband, begann die Aulandschaft des Mitternfeldbaches. Die Senkung hatte den Vorteil, dass die Zuschauer wie in einem griechischen Theater an den Hängen Platz nehmen konnten, wo kleine Holzbänke in die Böschung hineingezimmert waren. Sah das ganze Dorf zu und kamen genügend Auswärtsgäste, um die Gästetribüne hinter dem Westtor zu füllen, wurde der Fußballplatz zu einem Hexenkessel, ohne Absperrung zum Zuschauerraum. Es gab zwar auf der talwärtigen Seite eine Wellblechbande mit den Werbungen der Sponsoren, doch diese wurde von den Dorfmädchen als Sitzgelegenheit verwendet. Der Nachteil an der Grubenlage des Fußballplatzes zeigte sich bei Regen. Wegen des nahe vorbeifließenden Baches war der Boden nicht sonderlich aufnahmefähig, und so wurde der Untergrund bei Starkregen oft zu weich, sodass Spiele unterbrochen oder abgesagt werden mussten. An diesem Sonntag, zwischen Mutter und Vater Richtung Fußballplatz eskortiert, blickte Johannes oft in den Himmel und hoffte, die Wolken würden platzen und er könnte so bald wie möglich wieder nach Hause.

»Na servas, da kummt a ganz a schöns G'witter uma«, bemerkte auch Ilse, kurz bevor sie den Platz erreicht hatten. Das aufgeregte Schreien der Kinder und die Gespräche der St. Petrianer waren schon lange zu hören. Noch schien die Sonne, aber von Osten zogen tiefgraue Ambosswolken ins Tal. In St. Peter regnete es selten, meist kamen wegen der hohen Alpengipfel rundherum die größeren Stürme gar nicht bis ins Tal, aber wenn der Wind in einer bestimmten Weise drehte, sobald er die Wolken bis zur ersten Gipfeltranche getrieben hatte, wurden sie ins Angertal hineingeschoben und blieben am Großen Sporzer und den Gletschern hinter dem Angerberg hängen, um sich auszuregnen. Diese Gewitter konnten Tage dauern. Bis auf Johannes betete das ganze Dorf zum heiligen Petrus, er möge die Wolken bis zum Abend fernhalten, denn das Spiel gegen St. Michael war das wichtigste der Saison. Zuerst würden die Jugendmannschaften, dann die Kampfmannschaften spielen, und abseits des Platzes konkurrierten die Frauen darum, welche Mütterrunde die besseren Mehlspeisen backen konnte. Johannes hatte seinen Trainingsanzug über den Dress mit der Nummer einundzwanzig gezogen. An allen Ecken und Enden war er ihm zu groß, obwohl als *small* etikettiert und die kleinste verfügbare Größe. Ilse hatte ihn an den Hemds- und Fußenden gekürzt, doch die Breite hatte sie nicht ändern können. Beim Anpfiff saß Günther Pflicker neben Johannes auf der Bank. Günther, der Sohn des Metzgers, war eine Klasse über ihm und übertraf Johannes in der Breite um das Zweifache. Was Johannes zu wenig hatte, hatte Günther zu viel. Günther Pflicker war für sein

Alter schon immer zu schwer gewesen, was auch Johannes Gerlitzen Jahr für Jahr in seinem Patientenjournal vermerkt hatte, doch nicht weil der Bub so dick war, sondern aufgrund der Muskeln und schwerer Knochen. Sogar von seiner Unterlippe hatte er zu viel, als würde ein unsichtbares Gewicht daran hängen, strebte sie gen Boden. Günther Pflicker saß auf der Bank, weil er Hindernisse nicht umdribbelte oder ihnen kreativ auswich, sondern sie niedermähte. Offiziell meinte Peter Parseier, Günther säße aus Rücksicht auf die gegnerische Mannschaft auf der Bank, aber der eigentliche Grund war, dass sich Günther nicht an die Regeln hielt. Parseier wäre es egal gewesen, ob Günther den St. Michaeler Kindern die Beine brach, aber dass er nicht stehen blieb, wenn der Schiedsrichter bereits abgepfiffen hatte, war für ihn als Trainer blamabel. Günther, dem der Trainingsanzug an allen Ecken und Enden am Körper spannte, und Johannes, der in seinem Trainingsanzug verloren aussah, gaben ein seltsames Paar ab. Johannes jedoch beachtete den hünenhaften Bub kaum, sondern fragte sich, wo der Trainer all die Bezeichnungen für den Schiedsrichter hernahm. Johannes hatte gar nicht gedacht, dass sein Trainer über solch ein großes Vokabular verfügte, und so fand er es fast ein bisschen schade, dass er meistens so leise sprach, dass man ihn kaum hörte.

»Sieht ma eh, für wen da dreiadzwangzste Mann heut spült.« – »Schiri, wos soll des?« – »Der is jo mehr Pfeifn, ois wos er sei Pfeifn benutzt.« – »Outwachler, hast Augenkrebs?« – »Unparteiischer, wos is mit du?«

Je weiter die Minutenuhr voranschritt, desto roter wurde Parseier im Gesicht. Seine Züge spannten sich wie Drahtseile, und in regelmäßigen Abständen schmetterte er sein Klemmbrett auf den Boden, bis es an der Kante in der Erde stecken blieb. Bald waren auch die zuschauenden Eltern außer Rand und Band. Noch vor der Halbzeit lag St. Peter 1:4 zurück, und Mütter wie Väter waren aufgesprungen, um ihren Kindern

Worte an die Köpfe zu werfen, die man nicht zu Kindern sagen sollte. Um den Druck auf die Kinder zu mindern, hatte der Allgemeine Fußballverband eigentlich die Wertungen für Mannschaften unter 14 Jahren verboten, doch den St. Petrianern wie den St. Michaelern war das egal. Hier ging es nicht um Fußball, sondern um die Dorfehre. Die Spielereltern sprangen auf und ab, schlugen ihre Hände zusammen, legten die Handflächen zur Schallverstärkung an den Mund, grölten sich die Seele aus den Leibern und wollten sich nicht mehr beruhigen.

Die Atmosphäre unterschied sich kaum von jener eines Boxkampfes, dadurch genährt, dass der Jugendtrainer von St. Michael Vorarbeit geleistet hatte. Er hatte seinen Neffen zu allen Spielen der St. Petrianer Jugendmannschaft der letzten Monate geschickt, um herauszufinden, wie es sein konnte, dass dieser *Bergbauernverein*, wie er ihn nannte, solch eine Siegesserie haben konnte. Allzu lange hatte der Neffe nicht tüfteln müssen, St. Peters größte Stärke war leicht zu erkennen. Ein Meter fünfzig groß, strohblonde freche Igelhaare, zehn Jahre alt und der Sohn eines ehemaligen Nationalteamspielers: Peppi Gippel. Der Vater Sepp Gippel, der sich nach Karriereende mit großzügigen Geschenken des St.-Petri-Gemeinderates zu einer Fußballerpension in St. Peter hatte überreden lassen, war im Angertal wohlbekannt. Sepp Gippel hatte St. Peter innert zweier Saisonen zwei Spielklassen nach oben geführt, obwohl er bereits Ende dreißig gewesen war und sein Wohlstandsbauch von seiner Liebe für die Küche des St.-Petri-Wirtes zeugte, wo er vertragsgemäß dreimal täglich warm verköstigt wurde. Aber dass dieser Sepp Gippel einen Sohn hatte, war den St. Michaelern neu. Der Neffe hatte berichtet, wie der kleine Peppi Gippel fünf Gegenspieler hintereinander ausdribbeln, ein Gurkerl nach dem anderen schieben und traumhafte Freistöße im Kreuzeck versenken konnte, während der ganze Fußballplatz munkelte:

»Der wird amoi nu vül bessa ois wia da Vata.«

Gegen solch ein Talent konnte der St. Michaeler Jugendtrainer nur eine Taktik fahren: Er ließ Peppi Gippel von fünf Spielern gleichzeitig decken. Wie eine Traube liefen sie um ihn herum und schirmten ihn ab. Natürlich zeugte es von Peppi Gippels exzeptionellem Talent, dass er trotz des fünffachen Personenschutzes ein Tor schießen konnte, doch ohne Peppi als Regisseur und Spielmacher liefen die anderen St.-Petri-Kinderfußballer herum wie ein aufgescheuchter Hühnerhaufen. Peter Parseier hatte ihnen beigebracht:

»Denkts net nach, versuchts net, irgendwos selba zum Machen, Ball an den Peppi, und der schiaßt s'Tor.«

Bisher hatte diese Taktik Erfolg gebracht, aber nun zeigte sich, wie wenig nachhaltig sie war. Als glaubten die St. Petrianer Nachwuchsfußballer, Peppis Manndecker seien körperlose Gespenster, spielten sie ihm jeden Ball zu. Manchmal schaffte er es sogar, sich von den fünf Bewachern zu lösen, aber dann kamen zwei weitere dazu, und gegen sieben Fußballer war sogar ein Peppi Gippel machtlos. St. Michael jubelte, St. Peter grölte, Sepp Gippel sprang wie Rumpelstilzchen auf der Tribüne herum, und Peter Parseier bebte vor Wut. Kurz nach Anpfiff der zweiten Halbzeit legte der St. Petrianer Goalie drei exzellente Paraden hin, allerdings merkte Parseier, dass sein Verein mehr Glück als Verstand hatte und es aufgrund des nach der Pause verstärkten Offensivspiels der Gegner nur wenige Augenblicke dauern würde, bis sie das nächste Gegentor bekamen. Also entschied sich Parseier für eine folgenschwere Taktikänderung.

»Geht scho, Burschen, ollas aufwärmen«, hieß Parseier den Ersatzspielern auf der Bank.

Günther Pflicker sauste los wie ein testosterongeladener Labrador, Johannes trottete ihm mäßig motiviert hinterher. Er dachte immer noch über die vielen Namen des Trainers für den Schiedsrichter nach und erinnerte sich, wie sehr die

St. Petrianer Fremdwörter hassten. Doktor Opa hatte ihm viele Fremdwörter aus dem Französischen beigebracht, die man durch die Nase aussprechen musste, was die Dorfbewohner zum Schnoferlziehen brachte. Und nun hörte er einen reichen Wortschatz, wie er laut Doktor Opa gar nicht existieren konnte. *Im Kopf der St. Petrianer, mein kleiner Johannes, ist nicht genügend Platz, um sich mehrere Bezeichnungen für ein Ding zu merken, es sei denn, es handelt sich um Unkraut.*

Gelangweilt sprang Johannes am Spielfeldrand auf und ab, ließ die Schultern kreisen und war so in Gedanken versunken, dass er gar nicht merkte, wie rund um ihn das Stadion kochte.

»Günther, los, eini«, schrie Parseier und wechselte ihn gegen einen Mittelfeldspieler aus. Doch bevor der Schiedsrichter den Fußballer auf das Spielfeld laufen ließ, nahm der Trainer den Buben mit den Schrankschultern beiseite, massierte ihm die Oberarme und flüsterte ihm ins Ohr:

»Günther, 'sei hoart, de Deppn hams net anderst verdient.«

Es dauerte keine drei Minuten, da ließen Peppis Bewacher von ihm ab, und er konnte die ersten Bälle nach vorne spielen. Günther Pflicker grätschte, schnitzte, fuhr mit ausgestreckten Ellbogen wie abgespreizten Füßen durch die Luft, und wann immer der Schiri wegsah, schlug er zu. Bald stand es 4:4, aber der Trainer von St. Michael hatte begriffen, mit welchen Bandagen ab jetzt gespielt wurde, und bald flogen neben dem Ball auch Blutstropfen, Haarbüschel und Milchzähne durch die Gegend. Die völlig enthemmten Eltern stachelten ihre Kinder weiter an, die Trainer drängten auf volle Härte, und das letzte Viertel des Spiels dehnte sich in die Länge, da ständig Spieler ausgewechselt werden mussten. Bei Jugendspielen sah der Allgemeine Fußballverband vor, dass die Trainer ein unbegrenztes Wechselkontingent hatten, was nicht dazu dienen sollte, alle Kinder zu verpulvern, sondern sie einzusetzen. Kurz vor Ende des Spieles war es dann so weit, dass Peter Parseier bis auf einen einzigen Reservespieler alle Kinder verbraucht hatte. Nur Johannes Irrwein lief noch seine Aufwärmrunden, hatte mittlerweile realisiert, in welche Bahnen das Spiel umgeschwenkt war, und bibberte käseweiß, dass sich nicht noch einer verletzte und er spielen musste. Panisch verfolgte Johannes die Uhr, bangte auf den Schlusspfiff, doch bevor dieser kam, wackelte Robert Rossbrand, Stürmer und Klassenclown, windschief vom Platz. Nach einem Kopfballduell floss ihm ein roter Sturzbach aus der Nase, aber Robert Rossbrand weinte nicht, sondern schien guter Dinge und blieb sogar seinem Ruf treu, auf fast jedes Wort einen unanständigen Reim sagen zu können. Bevor er Johannes abklatschte, flüsterte er ihm grinsend zu:

»Des bisserl Blut, des tuat scho gut, bei Mädls kommt des aus da —«, da pfiff der Schiedsrichter Johannes aufs Feld. Es waren noch acht Minuten zu spielen, fünf davon die berechtigte Verlängerungszeit, und Johannes drückte sich zaghaft auf dem Spielfeld herum, angestrengt bedacht, keinem, erst recht nicht dem Ball, zu nahe zu kommen. Aus Doktor Opas Patientenjournal kannte er die Bandbreite der irreparablen Verletzungen, die man sich bei einem Fußballspiel zuziehen konnte.

»Johannes renn! Da is da Ball!«, schrie ihm der Trainer wutentbrannt zu.

»Bua, Bua, lauf!«, brüllte Alois Irrwein, der zu viel Bier intus und jenes Leuchten im Gesicht hatte, das entstand, wenn er Lust hatte, sich zu prügeln. Johannes sah kurz zu seinem Vater, lief langsamer, und kaum widmete er sich wieder dem Geschehen auf dem Platz, kugelte der Ball frontal auf ihn zu. Johannes blickte um sich, er stand vollkommen frei im Mittelfeld. Im eigenen Strafraum hatte es eine Massenkarambolage gegeben, Peppi Gippel war mitsamt seinen Manndeckern zu Boden gegangen, der Schiedsrichter gab kein Foul, denn noch im Flug hatte Peppi einen Fallrückzieher gemacht und den

Ball zu Johannes gepasst, der vollkommen allein im Mittelfeld stand. Und plötzlich hörte er wieder seinen Vater, lauter und durchdringender als alle anderen Zuschauer:

»Bua, lauf, renn! Da is des Tor! Lauf!«

Johannes durchfuhr ein Rappel, und er rannte los. Von seinem Vater angefeuert, dribbelte er den Ball auf das gegnerische Tor zu. Nur ein einziger Fußballer, der benommen im Strafraum wankte, nachdem er zuvor einen von Günther Pflickers Ellbogen abbekommen hatte, trennte ihn noch von Tor und Tormann. Drei Minuten vor Schluss, Johannes gegen diesen einen Verteidiger. Nah am Sechzehner überlegte er, nach links oder rechts zu dribbeln, links oder rechts, während der andere Bub auf ihn zuwankte. Ganz St. Peter blickte auf Johannes.

»Lauf Bua! Des is mei Sohn!«, hörte er seinen Vater.

Er musste nur einen Haken schlagen und abziehen, der Tormann von St. Michael hatte ein ganz verschwollenes Gesicht, der sah kaum noch durch seine Lider, es würde ein Leichtes sein, das rettende 5:4 zu erzielen, zwei Minuten vor Schluss, in Johannes pulsierte das Adrenalin. Er konnte den Sieg beinah greifen, wurde beflügelt von den Schreien, erstmals feuerte ihn das Dorf an, hänselte ihn nicht, sondern stand hinter ihm, und da, Johannes schlug den Haken nach links, der Gegner streckte seinen Fuß rechts, daneben! Johannes hatte ihn ausgespielt, stand nun links der Elferauflage vor dem Tormann, links war sein starker Fuß. St. Peter jubelte, eine Traumchance, er musste nur noch durchziehen, er spielte sich den Ball vor, zog den Fuß zurück, setzte an – der Tormann stand zu weit links, um halten zu können, Johannes könnte ohne Probleme in die rechte Ecke treffen, doch plötzlich verlor er den Boden unter den Füßen. Ein lautes, krachendes Geräusch ertönte dort, wo Johannes seine Achillessehne hatte. Als ob eine Peitsche mit scharfem Knall durch die Luft fahren würde. Ein schneidender Ton, der nur den Bruchteil einer Sekunde dauerte, aber so durchdringend war, dass der Platz für einen kurzen Moment verstummte.

Aufgeheizt von der aggressiven Matchstimmung, benebelt von Pflickers Ellbogen, wütend, von einem hageren Lockenkopf ausgedribbelt worden zu sein, hatte der gegnerische Verteidiger die schlimmste Sache getan, die sich ein ehrenhafter Fußballspieler vorstellen konnte: Er war von hinten auf Johannes zugelaufen, hatte den Fuß ausgestreckt und ihm mit den Stollen in den Knöchel gegrätscht. Mit einem lauten, aus tiefster Seele stammenden Schmerzensschrei warf es Johannes der Länge nach zu Boden. Ein Empörungsruf gellte durch die Zuschauerreihen. Sowohl Peppi als auch Sepp Gippel schlossen aus Scham über diese unfußballerische Aktion die Augen.

Der Tormann schnappte den Ball, der Schiedsrichter pfiff ab und lief auf Johannes zu, der als kleines Häufchen Elend am Boden kauerte. Zusammengekrümmt umschloss er seine Beine, biss in ein von Fußballstollen aus dem Boden gehacktes Büscherl Gras und rang unter Tränen nach Luft. Noch vor dem Schiedsrichter kam Peppi Gippel bei ihm an, kniete sich neben ihn, drehte Johannes, der fest seinen Fuß umklammerte, der so knapp davor gewesen war, den Siegestreffer zu erzielen, auf den Rücken.

»Geht's da guat?«, fragte Peppi, aber Johannes antwortete nicht, kniff die Augen zusammen, schüttelte den Kopf, und nacheinander liefen der Schiedsrichter, die Spieler der Jugend- und Kampfmannschaft, Zeugwart, Platzwart, die Zuschauer und sogar der Grillmeister herbei. Wirr redeten alle aufeinander ein.

»Geh, steh auf Bua und rear net so, des woar jo nix!«

Der gegnerische Trainer wollte Johannes am Ellbogen hochziehen, Peter Parseier schlug ihm auf den Unterarm.

»Hast an Scherer? Des woar schwerste Körperverletzung!«

»Geh, des woar do nur a klane Gretschn.«

Parseiers Augen blitzten auf wie das Mündungsfeuer einer Schusswaffe.

»A klane Gretschn? A Blutgretschn!«

»Geh, du bist jo deppert.«

»Pass auf, sonst brich i dir dein schiarchn Zinken!«

»Des wüll i sehn, wia du mit deine Kasstrampler mir wos tun wüllst.«

Mühsam kämpfte sich der Schiedsrichter durch die streitende Menge zu dem Verletzten, und während er versuchte, Johannes' Gesundheitszustand zu eruieren, wurde aus der Diskussion der Trainer ein Massenstreit über die Schwere dieses Fouls. Jeder stritt mit seinem Nachbarn, und noch bevor Johannes von den älteren Burschen auf eine Trage gelegt und ins Klubhaus getragen werden konnte, eskalierte die Auseinandersetzung rund um Alois Irrwein, der seine Fäuste nicht mehr zurückhalten konnte.

»Niemand derf mein Bua so foulen!«, schrie er und drosch auf zwei St. Michaeler Väter ein, ohne zu wissen, ob sie mit dem Übeltäter überhaupt verwandt waren. Anfangs wollte man sie trennen, doch in der Hitze des Gefechts wurden die Schlichter in die Schlägerei verwickelt. Inzwischen war die schwarze Ambosswolke ins Tal gezogen, hatte sich über dem Angerberg aufgebläht und sorgte dafür, dass sich die Schläger innerhalb weniger Minuten in einer fußballplatzgroßen Schlammlacke suhlten. Bald ging es nicht mehr um Johannes A. Irrwein, bald ging es nicht mehr um Fußball. Als sämtliche St. Petrianer und St. Michaeler im prügelfähigen Alter übereinander herfielen, war es der ewige Kampf zweier rivalisierender Bergdörfer, der nach langer Zeit wieder einmal einen Anlass fand, sich so gewaltvoll zu entladen wie die große schwarze Gewitterwolke.

Während es für alle anderen St.-Petri-Mädchen und -Buben eine Katastrophe gewesen wäre, sich in den Sommerferien die

Achillessehne zu reißen und für zwei Monate einen Gips tragen zu müssen, war Johannes glücklich über seine Verletzung. Von nun an ließen ihn seine Eltern in Ruhe, und er konnte ungestört lesen, mit Schlappi experimentieren und Zeit in seinem Zimmer verbringen. Es gab schließlich so viele Bücher und Instrumente, die er aus Doktor Opas Wohnung gerettet hatte und noch erkunden und verstehen musste, wenngleich sich Johannes im Laufe der Zeit darüber klar wurde, dass ihn die Biologie anekelte. Nach und nach erlaubte er Ilse, einige der Wurmpräparate zu entsorgen. Die, die emotionalen Wert hatten, wickelte er in Zeitungspapier und verstaute sie auf dem Dachboden. Nur ein Präparat beließ er in seinem Zimmer, da es der größte Teil von Doktor Opa war, der geblieben war. Der Fischbandwurm, 14,8 Meter lang und so breit wie der Ringfinger seiner Großmutter. Er stellte ihn ins Hängeregal oberhalb des Schreibtisches, wo der Bandwurm friedlich in seinem Spiritus ruhen konnte.

[Die Mischung von Tag und Nacht, Notizbuch II]

[4.8.] Vier Jahrzehnte lang betrachteten nach jenem Wallfahrtsereignis die St. Petrianer die St. Michaeler als ihre größten Feinde, bis es zu kriegerischem Streit mit den östlich angesiedelten Strotzingern kam, wovon ich nun erzählen möchte. [4.9.] Es liegt jener Angerberg, auf die Länge hin gesehen, etwa in der Mitte des Angertales, nordwestlich von der Stadt Lenk. Weiter westlich gibt es auch heute noch nichts anderes als Berge, die einerseits bewaldet, andererseits so fest in der Hand von Eis, Schnee und unzerstörbarem Stein sind, daß nichts Lebendiges dort überleben kann. Im Osten jedoch siedeln die sogenannten Strotzinger, die aufgrund der schlechten Beschaffenheit ihres Bodens oft Streifzüge unternahmen, um Speise anderweitig einzutreiben, und von jeher ein aggressives Volk waren. [5.0.] Einst nahmen die Bauern der Strotzinger einen Teil der Weidefläche der St. Petrianer in Beschlag, da ihr Vieh die eigenen Weiden abgegrast hatte. Die St. Petrianer wollten sich das nicht gefallen lassen, und so kam es zu einer kriegerischen Auseinandersetzung, bei der oft die einen, dann die anderen die Oberhand behielten. [5.1.] Nach vier Jahren entzweiten sie sich gerade im Kampf auf gleichem Niveau, da geschah es, daß der Tag plötzlich Nacht wurde. Diesen Wechsel hatte der Benediktinermönch Thaloisius angeblich vorhergesagt und ebenso das Jahr, in dem es geschah, benannt. Die St. Petrianer und die Strotzinger, die sahen, daß es Nacht anstelle des Tages wurde, brachen die Schlacht ab und beeilten sich hierauf, daß wechselseitiger Frieden zwischen ihnen festgesetzt wurde. [5.2.] Die, die zusammentraten, verfestigten einen Eid und vereinbarten wechselseitige Heirat. So bestimmten sie, daß die Tochter aus dem Haus Kaunergrat, das damals sehr angesehen war, den zweiten Sohn des Bürgermeisters von Strotzing heiraten sollte. Denn ohne Zwang pflegen solche Verbindungen nicht andauernd zu sein. [5.3.] Solche Eide verfertigen die Barbaren auf folgende Weise, und zwar etwas anders als die Zivilisierten, die Schriftstücke unterzeichnen, nämlich beschneiden sich die Bergbarbaren die Haut entlang der obersten Schicht und lecken einander das Blut ab.

# Der schöne Mönch im Jaguar

Als der Dorfpfarrer von St. Peter am Anger den Hörschaden erlitt, der ihm für den Rest seines Lebens ein Hörgerät bescheren sollte, dachte er zunächst, der Herr im Himmel würde sich mit einem Wunder für seine gute Arbeit erkenntlich zeigen. Es geschah in der Fastenzeit 2002, am Montag vor dem Palmsonntag. Pfarrer Cochlea stand im Glockenturm, als ein Geräusch seinen Körper durchfuhr. Süß und hell blieb der Schall in seinem rechten Ohr hängen, der Geistliche stürzte an die kleinen Turmzinnen, von wo aus St. Peter in Gefahrenzeiten überwacht worden war. Er klammerte sich an die Mauern, suchte nach weißen Tauben, dem Geschwader der Engel, hell erleuchteten Flammenteppichen, der Teilung des Himmels, aber nichts dergleichen war zu entdecken. Stattdessen wandelte sich das Geräusch in Schmerz, während sich sein Kopf wattig, gar wie betäubt anfühlte.

»Herr Pfarrer, is de Glockn hiazn laut g'nug?«

Der Pfarrer steckte sich einen Finger zuerst ins linke, dann ins rechte Ohr und sah nach unten, wo kein Erzengel, sondern der Messdiener Egmont stand.

»Herr Pfarrer, wos is hiazn mit dera Glockn?«, schrie Egmont, doch seine Stimme erreichte nur das linke Ohr des Pfarrers, im rechten tönte ein Pfeifen in noch nie gehörten Höhen.

Vom Schwindel übermannt, ließ sich der Pfarrer zu Boden sinken, obwohl dieser von Fledermausdreck bedeckt war. Mit dem Rücken an der Sandsteinwand starrte der Pfarrer auf die hin- und herschwingende Gloriosa-Glocke und ahnte Übles. Er hatte den Glockenturm bestiegen, um die neue Schallverstärkeranlage mit den Augen zu begutachten, nicht mit den Ohren. Egmont jedoch hatte die Anweisung des Pfarrers falsch verstanden und, sobald der Geistliche den Turm erklommen hatte, den Schalter im Glöcknerzimmer umgelegt. Nun spürte der Pfarrer die Wirkung am eigenen Leib. Bereits seit fünfzehn Jahren gab es eine elektronische Läutanlage, die trotz Zeitschaltuhr um exakt vier Minuten zu spät die Stunde läutete. Per Knopfdruck konnte Egmont zusätzlich die Schiedsglocke beim Ableben eines Gemeindemitglieds, die Apostolica bei den Apostelfesten und bei Hochfeiern die Gloriosa, die pompöseste und lauteste Glocke, zum Erschallen bringen. Pfarrer Cochlea hatte in Zusammenarbeit mit der Mütterrunde zwei Flohmärkte, zwanzig Pfarrcafés und drei Pfarrfeste organisiert, um Geld für die Schallverstärkeranlage zu sammeln. Noch nie hatte er sich so sehr auf Ostern gefreut wie heuer. Nach der einwöchigen Schweigezeit der Glocken in der Karwoche sollte am Ostersamstag das Geläute lauter und voller ertönen als jemals zuvor und den opulenten Klang der Gloriosa bis nach St. Michael am Weiler tragen. Pfarrer Cochlea legte sein Gesicht in die Handflächen und massierte sich die Schläfen.

Während der Pfarrer auf Hilfe wartete, wurde ihm klar, dass er der österlichen Einweihung der Schallverstärkeranlage nicht beiwohnen würde. Er interpretierte es als Strafe seines Herrn dafür, dass er die himmlischen Glocken für seinen irdischen Wettstreit mit dem Pfarrer von St. Michael am Weiler missbrauchen wollte. Dennoch, als die Rettungskräfte ankamen, den stark schwindelnden und rechts tauben Geistlichen in die Ambulanz verfrachteten und mit Blaulicht abrauschten, konnte der Pfarrer nicht umhin, zu lächeln. Zumindest wusste er jetzt, wie gut die Schallverstärkeranlage funktionierte.

Die Gloriosa von St. Peter würde den St. Michaelern zeigen, wo Jesus auferstanden war.

Der Subprior des Benediktinerklosters in Lenk im Angertal saß in seinem Lederstuhl, die Ellbogen auf die Lehnen gestützt, die Fingerkuppen aneinandergelegt, und betrachtete das Ölgemälde des heiligen Sebastian vis-à-vis. Elf Pfeile durchbohrten dessen schief am Baumstamm angebundenen Leib, und der Geistliche blickte von Pfeil zu Pfeil, betete bei allen von links eingeschossenen ein Vaterunser und bei allen von rechts ein Ave-Maria. Vor zwei Stunden hatte ihn die hysterische Pfarrersköchin von St. Peter am Anger angerufen und ihm von einem schrecklichen Vorfall erzählt: Der Pfarrer des kleinen Bergdorfes war bei einem Unfall an den Ohren verletzt worden und musste für die nächsten drei Wochen stationär im Krankenhaus behandelt werden. Wie das geschehen war, hatte sie ihm vorenthalten, doch der Subprior ahnte, dass sie es ihm bewusst verschwieg. Die Mönche des Lenker Benediktinerklosters blickten oft sorgenvoll in Richtung der Sporzer Alpen, wo auf dem Angerberg jenes kleine Dorf saß, das zwar erzkatholisch war, der Kirche jedoch den Gehorsam verweigerte. Der Subprior war unschlüssig, ob er sich darüber freuen sollte, dass das Kloster durch den Krankenstand des Pfarrers nun die Möglichkeit hatte, die Zustände in St. Peter zu überprüfen – oder ob er sich Sorgen um denjenigen Mönchsbruder machen müsse, den er in die Berge sandte. Und so erwog der Subprior seine Möglichkeiten, ließ seinen Klosteruniversalschlüsselbund durch die Finger gleiten und betete bei jedem Schlüssel einen Psalm. Für den Subprior hatte der mächtige Schlüsselbund die Funktion einer Gebetskette und tat auch seine Wirkung, denn der Subprior hatte die plötzliche Eingebung, dass es am besten wäre, Pater Tobias nach St. Peter zu schicken.

Pater Tobias war ein so begabter Theologe, dass sein seelsorgerisches Talent bereits im Vatikan zur Kenntnis genommen worden war. War er an der Reihe, eine Messe zu lesen, mussten die Seitenschiffe bestuhlt werden, und etliche Gemeindemitglieder nahmen in Kauf, der Messe stehend beizuwohnen, nur um die Predigt aus seinem Mund zu vernehmen. Saß er im Beichtstuhl, wanden sich die Schlangen bis hinter den Marienaltar. Plötzlich spendeten die Lenker hohe Summen in den Klingelbeutel, ließen Kinder taufen, von denen man gar nicht gewusst hatte, dass es sie gab, und Paare, die seit Jahrzehnten ohne Trauschein zusammenlebten, baten ihn reuig, ihren Ehebund zu segnen.

Der Subprior konnte nicht umhin, an die Krönung der Schöpfung zu denken, als Pater Tobias das Zimmer betrat, mit Kreuzzeichen und Kniebeuge ein Begrüßungsgebet murmelte und sich auf dem Holzstuhl gegenüber dem Schreibtisch niederließ.

»Ich hoffe, du weißt, mein lieber Bruder Tobias, dass dort oben ein ganz eigentümliches Volk lebt. In ihrer Abgeschiedenheit hat es allerlei Sondertümlichkeiten entwickelt. Sei wachsam und bedacht!«

Der Subprior faltete seine Hände. Pater Tobias ließ seine wasserblauen Augen zu Boden gleiten und ging einen Moment in sich.

»Der Herr wird mich leiten.«

»Gelobt sei Jesus Christus.«

»In Ewigkeit, amen.«

Pater Tobias wollte sich zurückziehen, um sogleich seine Reisebibel und frische Unterwäsche einzupacken, doch der Subprior hielt ihn zurück, indem er mit dem Klosteruniversalschlüsselbund klimperte. Bedächtig montierte er einen der Dutzenden Schlüssel vom faustgroßen Ring herab.

»Um sicherzugehen, dass du auch alle verirrten Schafe erreichst, und weil man nie weiß, womit man rechnen muss, möchte ich dir unseren Klosterjaguar mitgeben. Wie du weißt, das Vermächtnis eines treuen Gemeindemitgliedes, den der Herr ins Paradies berufen hat.«

Der Subprior zwinkerte ihm zu.

»Fahre hin in Frieden und bringe die frohe Botschaft bis in die hinteren Berge!«

Pater Tobias nahm mit Verneigung den Schlüssel entgegen, und in diesem Moment tauchte die Sonne das Büro des Subpriors in strahlend helles Licht, als würde das Vorgehen auf himmlische Zustimmung stoßen. Mit dem Schlüssel in der Hand und einem spitzbübischen Lächeln auf den Lippen zog Pater Tobias von dannen.

Wahrscheinlich ging ein Großteil von Tobias' äußerlicher Schönheit von seiner inneren Tadellosigkeit aus. Eine Kombination, wie sie in der Welt so einzigartig war, dass der junge Tobias nichts anderes hatte werden können als Pater. Natürlich war er auch äußerst verantwortungsvoll, was den Straßenverkehr anbelangte, und so verzichtete er darauf, stracks in den Klosterjaguar zu springen und loszufahren. Um sich daran zu gewöhnen, die Handbremse auf der linken Seite zu haben und mit Automatik zu fahren, beschloss er, erst im Wirtschaftshof ein paar Runden zu drehen, bevor er sich auf die Straße wagte. Hätte er geahnt, dass die St. Peterianer ungeduldig auf ihn warteten, wäre er statt der vierzig Runden nur fünf oder sechs gefahren. Doch so ließ er sich das Vergnügen nicht entgehen, über den Schotter und zwischen den großen Linden hindurchzudüsen und das Bremsen mit der Handbremse aus voller Fahrt zu trainieren.

Währenddessen stand die Pfarrersköchin Grete mit einem Gesicht wie drei Tage Regenwetter auf der Kirchenstiege und blickte die Talstraße hinab. Sie hielt einen Rosenkranz in ihren Händen, vom Erdäpfelwasser so rau wie die unpolierten Holzperlen. Ihre Arme drückten den Wollstoff der olivfarbenen Strickjacke eng an das geblümte Kleid, als fröre sie im Sonnenschein des vorösterlichen Frühlingstages. Rund um Grete standen in kleinen Gruppen zusammengescharrt die Mitglieder der Mütterrunde. Die Männer waren des Wartens überdrüssig geworden und hatten sich im Kollektiv ins Wirtshaus begeben.

»I hab dem Subprior gestern am Telefon nu g'sagt, dass's voi wichtig is, dass da Ersatzpfarrer vor 15:00 Uhr da is.«

Grete sprach diesen Satz zum wiederholten Male, die Frauen rundherum beschwichtigten sie, alle wussten, dass es nicht Gretes Schuld war, dass der eigene Pfarrer krank war und der Ersatzpfarrer zu spät kam. Doch Grete war den Tränen nahe. Die gute Frau stand seit knapp dreißig Jahren im Dienst von Pfarrer Cochlea. Sie war ihm durch das ganze Land gefolgt, um ihn zu bekochen, seine Chorhemden zu waschen, Messgewänder zu bügeln, Kelche zu polieren und Bibeln zu kleben. All die Aufregung nun war für ihr Pfarrersköchinnenherz ein wenig zu viel. Auch der Messdiener Egmont war sichtlich nervös. Geschäftig wuselte er durch die Gegend, sein Gesicht missmutiger denn je.

Es war Mittwoch vor der Osterwoche. Auf dem Parkplatz der Pfarrkirche stand ein eierschalfarbener Bus aus den 60ern, die Fensterscheiben so verrußt, dass man weder hinein- noch hinausschauen konnte. Rundherum liefen die vier Dutzend St.-Petri-Kinder unter zwölf Jahren, sprangen auf und ab, spielten mit Bällen, lieferten sich Wasserpistolenschlachten, und einige der älteren Buben ärgerten den Busfahrer damit, dass sie das Fahrzeug an den Achsen zum Wackeln brachten. Jedes Jahr schickten die St. Petrianer ihren Nachwuchs vor den Kartagen für eine Woche auf Jungscharlager, um sich auf die Osterzeit zu besinnen. Organisiert wurde dieser Auszug der Jugend traditionell von den unverheirateten, kinderlosen Frauen des Dorfes unter fünfundzwanzig Jahren, die dies als große Ehre empfanden und sich zur Vorbereitung Freundschaftsbänder knüpften, die teilweise so dick waren, dass sie als Tragegurte für ihre Westerngitarren verwendet werden konnten. Die Kinder freuten sich auf ihren Ausflug, auf das Schlafen in Zelten, Wandern in der Natur, Basteln, Spielen und Singen christlicher Lagerfeuerlieder. Die Jüngeren waren so aufgeregt vor der Abfahrt, dass sie wild kreischten. Je länger sich ihre Abreise verzögerte, desto lauter wurden sie und desto öfter sahen die Mütter auf die Uhr. Waren die Kinder fort, begann für die Mütter von St. Peter der Urlaub. Da die Jungschar eine katholische Organisation in der direkten Tradition der Emmausjünger war, mussten Bus und Kinder aber noch vor der Abfahrt gesegnet werden. Zehn Minuten nach der geplanten Abfahrt um 15:00 Uhr erstieg Egmont schließlich den Kirchturm und blinzelte durch die Turmzinnen die Talstraße hinab, die Hand am Züngel der seit fünfzig Jahren nicht mehr benutzten Feuerglocke, um sie zu läuten, sobald er ein Lenker Kennzeichen entdeckte.

Johannes A. Irrwein war noch nie im Jungscharlager gewesen. Als Johannes Gerlitzen noch lebte, hatte dieser stets verhindert, dass der Kleine mitfuhr, hatte Allergien, Krankheiten, Keime etc. als Grund vorgeschützt. Letztes Jahr hatte die Lagerfahrt drei Wochen nach Johannes Gerlitzens Begräbnis stattgefunden, Ilse hatte das als zu früh empfunden, ihn mitzuschicken, aber nun war der Tod des Großvaters über ein Jahr her. Ilse war in Übereinstimmung mit dem Rest der Mütterrunde der Meinung, man müsse in die Zukunft blicken. Johannes war in der vierten und somit letzten Klasse der Volksschule. Im Herbst stand der Schulwechsel bevor. Ilse und Alois hatten das Familienkonto konsultiert; nachdem sie letzten Sommer die Heizung erneuert hatten, war nicht genügend Geld für ein Internat vorhanden, und das einzige Gymnasium im Tal war das katholische Privatgymnasium der Benediktiner, wo das Schulgeld mehr betrug als ein Monatseinkommen der Kindergärtnerin Ilse Irrwein. Gymnasien waren auch 2002 in den Alpen dünn gesäte Institutionen. Die meisten Gymnasien waren, wie das Lenker Gymnasium, an Klöster angeschlossene, katholische Privatschulen. In Ilses Jugend waren diese Schulen großteils Knabenschulen gewesen, doch seit der Jahrtausendwende wurden sie vermehrt koedukativ geführt. Öffentliche Gymnasien gab es nur in Städten, die zu weit entfernt waren, um jeden Tag zu pendeln.

»Neinneinneinnein!«, schrie Johannes und klammerte sich am Stiegengeländer fest, »ich will nicht in das blöde Lager, ich will aufs Gymnasium!«

Es war zehn nach drei, und seit Stunden versuchte Ilse Irrwein, ihren Sohn aus der Haustür zu bekommen. Sie hatte ihm schon vor anderthalb Monaten eröffnet, ihn mit den anderen Kindern ins Jungscharlager schicken zu wollen, aber Johannes hatte bis heute Morgen, als sie in sein Zimmer gekommen war und seine Tasche gepackt hatte, nicht wahrhaben wollen, dass seine Mutter es tatsächlich ernst meinte. Ganz St. Peter war es vollkommen unverständlich, wieso der Bub eine Schule besuchen wollte, in der man Latein lernen musste – das seltsamste und unnützeste Fach, das man sich im Dorf vorstellen konnte. Die Mütterrunde hatte diesen eigentümlichen Wunsch darauf zurückgeführt, dass Johannes keine Freunde hatte. Selbst wenn er mal auf eine Geburtstagsfeier eingeladen gewesen war, hatte er Bauchschmerzen simuliert oder bis zum Erbrechen geweint. Heute wollte ihm Ilse das Weinen nicht durchgehen lassen. Das Jungscharlager bot die perfekte Möglichkeit, Freunde zu finden und Anschluss an die Kinder seines Alters zu bekommen. In der Schule versteckte er sich hinter seinen Heften und Büchern, rechnete Fleißaufgaben oder schrieb meterweise Übungsaufsätze. Im Jungscharlager hingegen gab es keine Tische, geschweige denn Bücher, jedoch viel frische Luft, Ballspiele und

Gemeinschaftsaktivitäten. Die Mütterrunde hatte beteuert, dass Johannes dort Freunde finden, die anderen Kinder lieb gewinnen und sich nach dieser Woche riesig freuen würde, in die Hauptschule in Lenk im Angertal zu gehen, jene vierjährige Unterstufenschule, die alle St.-Petri-Kinder besuchten, bevor sie ein Jahr das Polytechnikum und schließlich eine Berufslehre absolvierten. Fünfzehn Minuten nach drei an diesem Abfahrtstag wurde Ilse nervös. Der Bus war zwar noch nicht vorbeigefahren, aber Johannes klammerte sich wie ein Affe ans Stiegengeländer.

»Ich fahr nicht mit!«

Ilses Haar war aus der großen Metallspange gerutscht. Sie zog an den Beinen ihres Sohnes, und ihre Wangen waren vor Zorn und Anstrengung gerötet.

»Du foahrst!«

Sie versuchte, Johannes' Finger mit Gewalt vom Geländer zu lösen. Kaum hatte sie seine Finger von einer Sprosse gelöst und seinen Bauch umfasst, um ihn ins Auto zu tragen, wo bereits die gepackte Tasche mit Schlafsack und Isomatte auf ihn wartete, griff er nach dem nächsten Treppenpfeiler. Vier Stufen hatte sie schon geschafft, sieben lagen noch vor ihr. Nervös schielte sie immer wieder auf die Küchenuhr, die mit etwas Verrenkung in ihrem Blickfeld lag. Jeden Moment könnte der Bus abfahren. Ilse liebte ihr Kind. Sie wollte sein Bestes und war sich sicher, Latein wäre das nicht. Was sollte er denn in den Alpen mit Lateinkenntnissen anstellen? Pfarrer werden? Ilse Irrwein wünschte sich, nachdem sie selbst nur ein Kind bekommen hatte, später viele Enkelkinder. Doch, wenn Johannes überhaupt nie mit anderen Menschen umgehen lernte, wie sollte er dann je eine Frau finden? Ilse raffte all ihre mütterliche Strenge zusammen, ließ Johannes' Beine los, stemmte ihre Hände in die Hüfte und sagte in ernstem, kühlen Ton, unterbrochen von Schnaufern der Anstrengung:

»Johannes i schwör's da, wenn du net mit ins Jungscharlaga foahrst, verbrenn i olle deine Bücher!«

Ilse streckte ihren Rücken durch, Johannes war so erschrocken, dass es ihm die Tränen verschlug. Still starrte er seiner Mutter in die Augen, pure Verzweiflung glänzte zwischen seinen hellblonden Wimpern. Ilse wandte sich ab und steckte ihre Haare fest.

»Zieh deine Schuch an.«

Sie griff nach dem Autoschlüssel und rief sich die Worte der Mütterrunde und aller anderen St. Petrianer ins Gedächtnis, konzentrierte sich, an nichts anderes zu denken, bis sie Johannes am Dorfplatz abgesetzt hatte. Mit hängendem Kopf und einem Zittern, das nur diejenigen haben, die sehr lange und ausführlich geweint haben, schleppte Johannes seinen Rucksack lieblos zum Bus. Der Motor lief, man hatte beschlossen, nicht länger auf den Ersatzpfarrer zu warten. Ilse begleitete ihn bis zur Einstiegstür, drückte ihm einen Kuss auf den Hinterkopf und streichelte seine Wange. Johannes war so resigniert, dass er nicht einmal mehr die Zärtlichkeiten seiner Mutter abwehrte. Er erklomm die ersten drei Stufen, drehte sich nochmals um und flüsterte:

»Aber ihr dürft nicht den Schlappi essen, wenn ich weg bin, versprochen?«

Zwischen Mutter und Sohn griff das Gummi der Bustür in die Einfriedung, und der Bus fuhr mit rasselndem Auspuff davon. Bis er nur noch als schwarzer Punkt auf dem Weg die Dorfstraße talwärts zu sehen war, blieb Ilse bewegungslos stehen. Auf der Kirchenstiege standen ihre Freundinnen, umarmten sie, tätschelten ihre Schultern und bestärkten sie darin, dass dies die richtige Entscheidung wäre. Und kaum war Ilse beruhigt, geiferten die Frauen:

»Owa wos is mit dem depperten Pfaff vo Mönch?«

»Jo, wia immer, de Quasteln aus'm Kloster sand nie do, wenn man's braucht.«

»Wir ham so a Glück, dass wir net zum Kloster g'hörn.«
»Ja wirkli, hoffentli wird da Pfarrer Cochlea bald wieda g'sund.«

Pater Tobias hatte langsam das Gefühl, den Jaguar unter Kontrolle zu haben, und da Pater Jeremias, einer der älteren Mönche, dem sein Nachmittagsschlaf heilig war, wütend in den Hof stapfte und das Wunder des Zwölfzylinders verfluchte, wendete Pater Tobias das Lenkrad Richtung St. Peter. Die Strecke war kurvenreich, grausam schnitten sich die Serpentinen in den Berg und stiegen in Winkeln über zwölf Prozent an. Gleitend, beseelt und im Radio ein *Te Deum* laut aufgedreht, fuhr Pater Tobias nach St. Peter.

Als der royalblaue Jaguar am Priesterparkplatz vor der Kirchenstiege hielt, während sich die Mütter darüber echauffierten, dass der Greißler nie genug Gelierzucker im Sortiment hatte, war Pater Tobias alles verziehen. Noch bevor der Rosenkranz am Rückspiegel wieder ruhig hing, stieg der junge Pater vom Sonnenlicht der Nachmittagssonne beschienen aus dem Auto, und mit einem sanften *Grüß Gott!* eroberte er die Herzen der St.-Petri-Frauen.

Mit vielem hatte der hübsche Pater gerechnet, aber was in den nächsten Tagen auf ihn zukam, hätte er sich in seinen kühnsten Albträumen nicht auszumalen gewagt. Oft überlegte er, ob der Jaguar schuld war, ob er besser mit einem der normalen Klosteraudis hätte fahren sollen, aber da er nicht genügend Zeit fand, länger über solche Dinge nachzudenken, fand er auch keine Antwort. Pater Tobias war es gewohnt, dass ihn die Frauen in den ersten fünf Kirchenbänken die ganze Messe hindurch anlächelten, aber es war neu für ihn, danach ständig zum Essen eingeladen zu werden. Wobei, wäre er lediglich eingeladen worden, hätte er ja ablehnen können. Aber kaum verließ er den Pfarrhof, stürzten sich die Frauen an seine Seite, nahmen ihn am Arm und zerrten ihn nach Hause – egal ob mit oder ohne Widerrede. Machte er seine Meditationsspaziergänge durch die schöne Natur oder vertrat er sich die Beine, um die Verdauung nach den üppigen Mahlen anzuregen, konnte es vorkommen, dass ein Auto neben ihm abbremste und er von Männern mit starkem Griff hineingezogen wurde. Beim ersten Mal hatte er gedacht, man würde ihm gleich ein schwarzes Sackerl über den Kopf stülpen und ihn auf einer Waldlichtung umbringen. Doch der Fahrer hatte sich zu ihm umgedreht und mit einem Satz auch gleich alle kommenden Entführungen erklärt:

»Mei Frau hat g'sagt, i soll Ihnen zum Essen abholn.«

Die St.-Petri-Männer drückten auf die Gaspedale ihrer Geländewägen und verfrachteten Pater Tobias an die reichlich gedeckten Küchentische ihrer Frauen. Manch eine wagte sogar, ihm beim Mittagessen das Bein mit dem Fuß zu streicheln, obwohl der grimmige Ehemann danebensaß und sein Schnitzel zerfleischte, als müsste das Schwein einen zweiten Tod sterben. Pater Tobias lebte von da an in Angst und mit schrecklichen Verdauungsbeschwerden.

Einen der schlimmsten Krampfanfälle im Unterbauch ereilte Pater Tobias am Palmsonntag im Wirtshaus, nachdem er am Samstag zuvor sieben Mal zum Essen genötigt worden war. Pfarrer Cochlea, der sich noch von den Barmherzigen Schwestern pflegen ließ, hatte einst durchgesetzt, dass das Wirtshaus sonntagnachmittags nach dem Frühschoppen geschlossen wurde, damit die St.-Petri-Männer wenigstens den Tag des Herrn im Kreis der Familie verbrachten. Pater Tobias jedoch war dafür verantwortlich, dass das Wirtshaus am Palmsonntag offen blieb, denn er war, kurz bevor der Wirt schließen wollte, auf die Toilette verschwunden und kam lange Zeit nicht wieder. Aus Respekt vor einem Geistlichen kontrollierte niemand, ob es dem jungen Mönch am stillen Örtchen gut ging, sondern der Wirt hielt so lange geöffnet, bis der Pater zurückkam.

An jenem Nachmittag saßen die vier Dorfeminenzen Ebersberger, Rettenstein, Rossbrand und Hochschwab am Stammtisch. Als Pater Tobias schließlich mit hochrotem Kopf und Schweißperlen auf der Stirn zurückkam, winkte ihn die Stammtischrunde zu sich und setzte ihm einen dreifachen Adlitzbeerenschnaps vor. Pater Tobias wusste nicht, dass man ihnen aufgrund ihrer Verdienste um St. Peter und vor allem wegen ihres Alters nicht widersprach.

»Meine lieben Herren, ich trinke nur Gottes gesegneten Messwein!«, sagte der Pater entschuldigend und wollte sich erheben, doch er erntete solch böse Blicke, dass er sich rasch wieder setzte. Vor allem Hochschwabs Augenbrauen machten ihm Angst, denn diese waren spitz zulaufend frisiert und so dicht, dass sie Schatten auf dessen Augenhöhlen warfen. Dann musste plötzlich Opa Ebersberger husten, und da sich dieser noch nicht von seiner letzten Lungenentzündung erholt hatte, klang das Husten so laut und röchelnd, dass Pater Tobias vor Schreck das Schnapsglas in einem Zug leerte.

»De Kuchl vo unsere Weiber is sensationell«, erklärte Opa Rettenstein daraufhin mit zufrieden gestimmtem Gesichtsausdruck, »owa ohne Schnaps haltet des niemand aus.« Nachdem sich das Brennen in seiner Gurgel gelegt hatte, spürte Pater Tobias, wie sich der Schnaps augenblicklich an die Arbeit machte, alles zu zerlegen, was seinen Magen seit Tagen überforderte.

Bevor er ging, um für Vergebung für diesen und alle folgenden Schnäpse zu beten, die er in den kommenden Wochen zu trinken beabsichtigte, gab ihm Opa Rossbrand noch den Rat:

»Und wenn's Schweinsbratn gibt, müssen Ihnen a paar Dörrzwetschgn zum Schnaps essn!«

Pater Tobias nickte dankbar, und beim Verlassen des Wirtshauses verstand er, warum man sich im Dorf erzählte, diese vier alten Haudegen seien die klügsten und wichtigsten Männer St. Peters.

Am Montag nach dem Palmsonntag saßen die Mütterrundenmitglieder am Stammtisch im Café Moni und überlegten, wie Pater Tobias es schaffte, dass sein Haar so honigfarben leuchtete.

»I glaub jo, er verwendt de ane blaue Spülung aus da Werbung, de was's bei uns nu net gibt.«

»Geh na. I glaub, de Haar sand afoch so.«

»Spinnst? So a Glanz is net normal. Der schaut aus wia so a Model aus'm Katalog.«

»Jo, owa der is a Pfarrer, der derf jo gar ka Spülung verwendn.«

»Wieso net? Glaubst leicht Pfarrern duschn mit Weihwasser?«

Die Frauen kicherten, stießen einander mit den Ellbogen in die Rippen, nur Ilse saß mit verschränkten Armen in der Ecke. Angelika Rossbrand winkte Frau Moni, noch eine Runde Kirschlikör aufzutragen, obwohl Ilse ihr erstes Glas noch nicht angerührt hatte. Es war halb zwei am Nachmittag, und ihre Freundinnen waren bereits beim Hochprozentigen angekommen. Mariannes Wangen waren gerötet, und sie war nicht die Einzige am Tisch, die lallte.

»Sagts amoi, hat wer vo enk was vo de Kinder g'hört? Da Johannes hat si seit gestern nimmer g'rührt«, fragte Ilse besorgt.

»Jo und?«, antwortete Edeltraud Parseier.

»Jo wos! I mach ma Sorgn!«

»Geh bitte, Ilse! Denen Kindern geht's guat! De ham scho ihrn Spaß, und wos wüllst'n? Übermorgen kommen's wieda hoam, dann hamma's wieda a ganzes Joahr am Hals, oiso genieß, dass dei Kind amoi weg is«, kicherte Angelika Rossbrand, als wäre sie wieder zwölf Jahre alt.

»Ilse, wos glaubst'n, wofür's de Jungscharlaga gibt? Damit

wir a amoi frei ham! Schick dein Mann ins Wirtshaus und genieß s'Lebn!«

Marianne erhob ihr Glas, Ilse sah sie verständnislos an – so hatte sie ihre Freundin das letzte Mal erlebt, als sie Teenager gewesen waren und am Feuerwehrheurigen auf den Tischen getanzt hatten. Vor Ilses Augen erhoben sich die Kirschliköre, schwebten aufeinander zu, schwappten zusammen, sodass die Schlagobershäubchen, die den warmen Schnaps garnierten, heiter tanzten. Die Frauen schäkerten weiter über Pater Tobias, wie wohl sein Hintern unter der Kutte aussähe, eher apfelförmig herausstehend oder massiv in die Oberschenkel ablaufend. Ilse griff ihre Handtasche und ging nach Hause. Das laute Lachen aus dem Café Moni verfolgte sie bis über den Dorfplatz und verstummte erst, als sie in die Südsiedlung eingebogen war.

Zu Hause schritt sie zielstrebig in Johannes' Zimmer. Das Bett hatte sie noch am Tag seiner Abreise gemacht, trotzdem schüttelte sie die Kopfpolster auf, lüftete, holte einen Staubwedel und fuhr die Regale und Buchrücken ab. Den Schreibtisch ließ sie unangetastet. Dort lagen aufgeschlagene Bücher, aus denen Johannes Dinge abgemalt hatte, bevor sie ihn in den Bus gesteckt hatte. Sie betrachtete eine Skizze für ein Kaninchenlabyrinth, *Für gelangweilte Schlappis* stand darauf, und zeigte einen Abenteuer-Parcours voller Brücken, Engstellen und einer Leckerli-Maschine. Hinter Ilse raschelte das Spreu, und sie wandte sich dem Käfig zu. Schlappi versteckte sich in seinem Holzhäuschen, nur die Mümmelnase war zu erkennen. Das Kaninchen misstraute Ilse zutiefst. Als würde es wissen, dass sie ihn eigentlich zu geschmortem Kaninchen in Rosmarinsauce hatte verarbeiten wollen – doch in diesem Moment dachte Ilse keineswegs an Kaninchenbraten, sondern empfand Mitleid mit dem Tier. Seit Johannes weg war, war das Tierchen in dem quaderförmigen Zimmerstall untergebracht, in einer Ecke die Hütte, in einer das Futter, in einer Wasser und Leckstein, in einer das Klo.

»Woaßt wos, Schlappi, du solltest amoi an d'frische Luft. Des macht dem Johannes sicherli a Freud, wenn a z'ruckkummt, und dir geht's guat.«

Daraufhin erhob sich Ilse, ging zu Alois in die Werkstatt und bat ihn, an der Stelle, wo der saftigste Klee und Löwenzahn wuchsen, einen Freiluftlaufstall für das Kaninchen zu bauen. Alois bedauerte diese Sinneswandlung seiner Frau, denn wenn sich Ilse um das Tier zu sorgen begann, schwanden seine Chancen, demnächst Kaninchenbraten zu essen zu bekommen. Doch da Osterwoche war und auf all seinen Baustellen die Arbeit ruhte, war Alois ganz froh, etwas zu tun zu haben.

Noch am selben Tag hämmerte er vier Pfeiler in den Garten, verband sie ebenerdig mit vier waagerechten Holzbrettern und spannte feinen Maschendrahtzaun zwischen den Pfeilern. Es dauerte kaum anderthalb Stunden, bis Alois die letzte Drahtmasche um den Nagel am äußersten Pfeiler gewickelt hatte und ein strampelnder, quiekender und sich zu Tode ängstigender Schlappi von Ilse Irrwein, deren Hände zum Schutz vor Schlappis Krallen in festen Gartenhandschuhen steckten, in den neuen Freiluftstall gesetzt wurde. Anfangs blieb das Kaninchen erstarrt auf der Stelle sitzen, bis es realisierte, dass es auf essbarem Untergrund saß. Schlappi verstand nicht, was vorging, war aber augenblicklich entzückt von all den leckeren Kräutern, die ihn umgaben, stellte sich auf seine Hinterpfoten und blickte über die Holzlatten, die den Maschendrahtzaun zum Boden hin verstärkten. Vor ihm wurde das Angertal von der untergehenden Sonne gestreichelt. Und welch ein Anblick war das für ein ansonsten nur an Johannes' Zimmer und Balkon gewohntes Kaninchen – Futter, so weit seine Kaninchenaugen schauen konnten. Futter mit Blüten, Futter mit Blättern, Futter mit knackigen Stängeln,

Futter mit langen Dolden, Futter mit Samen, Futter in Kaninchenzahnhöhe, Futter, das größer war als er selbst. Schlappi wähnte sich im Paradies und stürzte sich gierig auf ein saftiges Büschel Klee.

Am Mittwoch in der Karwoche stand Ilse Irrwein nicht wie gewohnt eine halbe Stunde nach, sondern bereits eine Stunde vor Sonnenaufgang auf. Während in der Dämmerung die Rehe durch den Garten der Irrweins zurück in die Wälder des Westhanges spazierten, vermengte Ilse die Zutaten für einen Biskuitboden in ihrer Allzweckküchenmaschine, ohne die seit der Küchenmaschinenparty vor drei Jahren keine St. Petrianerin mehr ihre Kuchen rührte. Sie heizte das Backrohr auf 180 Grad vor, legte ein Blech mit Backpapier aus und verteilte mithilfe der ergonomisch geformten Teigspachtel, die man als Geschenk zur Küchenmaschine dazubekam, wenn man mehr als drei Hackaufsätze kaufte, die Masse auf dem Blech. Beim Öffnen der Ofentür strömte ihr gestaute Hitze entgegen. Ilse schob den Kuchen hinein, blieb vor der geöffneten Tür einen Moment knien und ließ sich von der heißen Luft die Haare nach hinten drücken und die Backen röten, wie früher, wenn sie als kleines Mädchen ihrer Mutter beim Kuchenbacken assistiert und nach und nach deren Rezeptgeheimnisse erfahren hatte. Elisabeth Gerlitzen war seit mittlerweile neunundzwanzig Jahren tot, doch Ilse vermisste sie an manchen Tagen, als wäre sie gerade erst verstorben. Langsam wurde die dumpfe Küchenlampe über dem Jogltisch von der aufgehenden Sonne abgelöst. Als der Kuchenduft sich im Haus verbreitete, war es kurz nach sechs. Alois rumpelte mittlerweile in der Waschküche, wechselte seinen Pyjama gegen die Arbeitskleidung. Kaum war der Biskuitteig ausgebacken, nahm Ilse die Marillenmarmelade aus dem Kühlschrank und hielt sie in die Restwärme des Ofens, um sie streichfähiger zu machen. Normalerweise füllte sie ihre Kuchen wie alle

St.-Petri-Frauen mit Adlitzbeerenmarmelade. Ihr nicht zu süßer, frischer und doch kräftiger Geschmack war ein Wunder der weltweiten Küche, nur Johannes mochte die kleinen roten Früchte nicht. Heute wollte Ilse nicht mit ihrem Sohn streiten, ob er den Kuchen äße oder nicht, heute wollte sie ihm zu seiner Rückkehr eine Freude machen.

»Der Friede des Herrn sei mit euch!«
Pater Tobias begrüßte die zurückgekehrten Kinder, nachdem sie von Grete in die Empfangshalle des Pfarrhofes geführt worden waren. Den meisten sah man an, dass sie seit der Abfahrt nicht mehr geduscht hatten. In den Haaren der abenteuerlustigsten Kinder steckten Blätter, Moose und Äste. Einige hatten noch die Kriegsbemalung vom Indianer-Cowboy-Flaggenspiel vor drei Tagen im Gesicht, und der ganzen Gruppe war gemein, dass sie nach Erde, ranzigem Zeltstoff und mit Saft bepatzten Schlafsäcken roch.

In der letzten Reihe, etwas hinter den anderen und an die Wand des Empfangsraumes gelehnt, stand Johannes A. Irrwein und langweilte sich. Er kannte bereits alles, was Pater Tobias erzählte. Anders als seine Klassenkameraden hatte er in Religion aufgepasst, doch nun ärgerte er sich, das langweilige Kirchenzeug zweimal hören zu müssen. Johannes hatte zu wenig geschlafen, hustete und hatte drei Kilo verloren. Bei den Spielen, vor denen er sich nicht hatte drücken können, hatte er sich sechs blaue Flecken und vier Schnittwunden zugezogen. Vom vielen Wandern hatte er drei Blutergüsse unter den Zehennägeln des rechten Fußes, von all den Muskelkatern ganz zu schweigen. Nachdem er von seinen Zeltkollegen gezwungen worden war, Schiedsrichter in ihrem Wettkampf um den stinkendsten Puuhtschi zu sein, meinte er zudem, für die nächsten drei Jahre genug Kontakt mit anderen Kindern gehabt zu haben. Nach dieser Woche Natur lechzte Johannes nach geistiger Herausforderung und, angezogen von einem

Büchertisch, den er am anderen Ende des Raumes im Erker Richtung Garten entdeckte, drückte er sich Schritt für Schritt hinter den breiten Hüften der Jungscharleiterinnen vorbei, die ihn nicht bemerkten, da sie sich gerade in den schönen Priester verliebten. Der Lesestuhl war ein Fauteuil mit rotem Überwurf, halb dem Raum, halb dem wunderbaren Blick über die Obstbäume des Pfarrgartens zugewandt, und Johannes war klein genug, um sich an der dem Saal abgewandten Seite des Fauteuils zusammenzukauern. Schnell schnappte er sich den Bücherstapel von der Anrichte. Der Pater hatte gerade einen Scherz gemacht, alle lachten, die Betreuerinnen besonders laut, und niemand bemerkte Johannes. Obenauf lag die Bibel – langweilig, dachte er und legte sie beiseite. Danach kamen zwei theologische Fachbücher, und nach der Zeitschrift *Kirche heute* befürchtete er schon, die Lektüre des Paters wäre genauso dröge wie dessen Worte, doch dann schlug er das letzte Buch auf. Es schien doppelt geschrieben, auf der rechten Seite normal und auf der linken Seite in einer Art Geheimschrift. Einige der Buchstaben sahen den Buchstaben, mit denen er lesen gelernt hatte, gar nicht unähnlich, dennoch verstand er kein Wort, was sein Interesse umso mehr weckte. Johannes begann die rechte Seite zu lesen: *Was Herodot von Halikarnassos erforscht, das hat er hier dargelegt, auf daß weder das, was durch Menschen geschehen, mit der Zeit verlösche, noch große und bewundernswürdige Taten, teils von Griechen, teils von Barbaren vollbracht, ruhmlos bleiben: Das alles hat er dargelegt, sowie auch, aus welcher Ursache sie einander bekriegt haben.*

Johannes' Augen leuchteten. Diesen Anfang kannte er, das war Herodot, das letzte Buch, aus dem ihm Doktor Opa vorgelesen hatte und das beim Übersiedeln verloren gegangen war, weswegen er drei Tage lang durchgeheult hatte. Doktor Opa hatte oft bekräftigt, wie wichtig es sei, immer zu hinterfragen und vor allem zu wissen, wieso ein Forscher etwas erforsche. Er selbst erforschte Würmer, weil er einen gehabt hatte und am eigenen Leib gespürt hatte, wie grausam das sein konnte. Herodot wiederum erforschte die fremden Völker, Barbaren wie er sie nannte, um den Krieg zwischen den Griechen und den Nicht-Griechen verständlich zu machen und vor allem die Vorgeschichten zu zeigen. Johannes blätterte durch das Buch, um die Stelle zu finden, bei der Doktor Opa und er vor mehr als einem Jahr zu lesen aufgehört hatten: Babylon.

»Na, hast du ein schönes Buch gefunden?«

Johannes schrak aus seiner Trance auf, das Buch fiel von seinen Knien zu Boden. Johannes' Augen wanderten einen schwarzen, bodenlangen Habit hinauf, bis er dem Gesicht desjenigen begegnete, der ihn angesprochen hatte, freundlich und lächelnd. Nervös blickte sich Johannes in der plötzlichen Stille um. Die Jungscharkinder waren verschwunden, der Pfarrhofsaal war leer, die Gemälde an den Wänden betrachteten einander, und draußen stand die Sonne viel tiefer als bei der Ankunft in St. Peter.

»Du musst Johannes A. Irrwein sein, stimmt's?«

Der Pater streckte die Hand aus, um ihm aus seiner Kauerstellung hinter dem Lesesessel aufzuhelfen. Johannes' Knie zitterten, die Füße waren eingeschlafen, er musste sich am Fensterbrett festhalten, um sie auszuschütteln.

»Deine Mutter sucht dich überall. Sie hatte Angst, du wärest nach der Ankunft weggelaufen, weil sie dich nicht gefunden hat. Ich begleite dich nach Hause.«

Pater Tobias und Johannes A. Irrwein fanden auf dem Heimweg schnell ins Gespräch. Johannes war froh, einem lesenden Menschen erzählen zu können, wie sehr er im Jungscharlager gelitten hatte. Wie unangenehm es war, in Zelten zu schlafen. Wie sehr ihm davor gegraust hatte, mit Fingermalfarben Flaggen zu bemalen und sich das Gesicht zu beschmieren. Wie albern er es fand, Bäume zu zerhäckseln und daraus Pfeil und Bogen zu schnitzen, oder T-Shirts, Stirnbänder, Socken und

Schweißbänder zu batiken – ganz zu schweigen davon, sich Freundschaftsbänder in die Haare zu flechten. Welch Bauchschmerzen er vom im Lagerfeuer gegrillten Steckerlbrot bekommen hatte und wie ihm der Kopf bei den Gemeinschaftsliedern geschmerzt hatte, wie: *Tschu-Tschu, der Lagerboogie, ist unser Boogie-Woogie, tschu-tschu-tschu, die Zeit vergeht im Nu!* Pater Tobias hörte ihm zu, nickte und meinte, den Knaben zu verstehen. Vor allem als Johannes davon erzählte, um wie viel schöner und sinnvoller er es fand, ein Buch zu lesen. Aus Johannes sprudelte Ärger und Wut über diese Woche heraus wie ein Wasserfall, Pater Tobias kam gar nicht dazu, etwas darauf zu erwidern, sondern staunte, dass solch ein kluges, wissenshungriges Kind inmitten von St. Peter am Anger lebte.

In der Einfahrt der Irrweins angekommen, wollte Pater Tobias schließlich umkehren, doch Johannes sah ihn hinter seinen verschmierten Brillengläsern neugierig an.

»Willst du noch den Schlappi kennenlernen? Mein Forschungsobjekt?«

Während Johannes loseilte, um Schlappi zu holen, stellte Pater Tobias enttäuscht fest, dass Ilse keineswegs jene intellektuelle Mutter war, die er bei solch einem scharfsinnigen Kind erwartet hatte. Er war überrascht, wie dialektal ihre Sprache war, obwohl sich der kleine Johannes in einer bezaubernd reinen Hochsprache artikulierte. Als ihnen der Gesprächsstoff ausging, waren sie froh, Johannes zurückkommen zu hören. Bis sie jedoch bemerkten, wie er aussah: Völlig verheult stand er im Türrahmen. Seine Haut war kreidebleich und von roten Schlieren überzogen. Seine Lippen waren blutig gebissen, und keuchend rang er nach Luft. Ilse erblasste. So schlimm hatte er noch nie ausgesehen. Noch bevor sie aufstehen, geschweige denn ihn fragen konnte, was denn geschehen sei, öffnete er schwer atmend den Mund.

»Mutter.«

Ilse erschauderte – auch wenn das Verhältnis zwischen ihnen nie das engste gewesen war, hatte er trotzdem stets Mama zu ihr gesagt.

»Das ist das letzte Mal, dass ich mit dir sprech, für den Rest meines Lebens. Eine Sache musst du mir sagen, dann red ich nie wieder mit dir.«

Johannes hielt kurz inne.

»Der Herr Pfarrer hat gesagt, Tiere haben keine Seele. Aber was passiert jetzt mit dem Schlappi, wenn er tot ist?«

Und plötzlich begriff Ilse Irrwein; sie hatte sein Kaninchen getötet. Sie hatte zwar keine Ahnung, wie es dazu gekommen war, aber sie spürte instinktiv, dass sie, seine Mutter, Johannes' besten Freund umgebracht hatte. Seinen einzigen noch dazu.

Johannes und Pater Tobias standen schweigend vor dem Freiluftstall. Schlappi lag auf der rechten Flanke und streckte alle vier Pfoten von sich. Sein Rücken lag in Richtung des Angertales, er war bergab umgefallen, und obwohl das Kaninchen immer schon weiß um den Bauch gewesen war, machte es einen seltsam nackten Eindruck, als sich sein Bauch wie eine Bowlingkugel vor ihnen aufblähte. Seine zartrosa Schlappohren lagen verdreht über seinem Gesicht. Vor seinem Maul klebte ein grünlicher Brei auf dem Gras – das Kaninchen hatte sich in seinem Todeskampf noch einmal übergeben, was aber nichts geholfen hatte.

»Hatte er ein schönes Leben?«, fragte Pater Tobias, ohne sich zu bewegen. Johannes zuckte mit den Schultern.

»Aber er war doch bei dir, da hatte er sicherlich eine sehr schöne Zeit auf Erden?«

»Na ja, so toll ist es bei mir nicht. Immer dasselbe. Eingesperrt sein im Zimmer und lesen.«

»Lässt dich deine Mutter nicht nach draußen?«

»Schon, aber da is ja nix. Da sind die Bücher noch interessanter.«

Pater Tobias suchte nach den richtigen Worten, wollte etwas sagen, hielt aber im Ansatz inne und blickte sich um. Ohne es auszusprechen, gab er dem kleinen Johannes recht. Wenn man von der wunderschönen Landschaft absah, fand Pater Tobias auch nicht viel, das es interessant machte, in St. Peter zu leben.

»Weißt du, wieso der Schlappi tot ist?«, fragte Johannes schließlich. Pater Tobias seufzte und legte ihm von hinten die zweite Hand auf die Schulter.

»Tja, du hast ja gesagt, ihr wart sehr lange zusammen. Kaninchen werden nicht so alt wie Menschen.«

»Schön wär's!« Johannes schüttelte seinen Kopf und drehte sich zum Pater um, der erstaunt die Hände sinken ließ. »Alte Kaninchen speiben nicht. Der Schlappi hat sich überfressen, und sein Magen ist zerplatzt. Das ganze nasse Gras war er nicht gewohnt, und er hat sich so gefreut, weil ihm die Mama vorher sicher nichts zum Essen gegeben hat. Und dann hat er nicht gewusst, wann gut ist. Wenn es ums Essen geht, hat der Schlappi nie gewusst, wann gut ist. Das Sterben hat sicher sehr wehgetan.« Johannes unterdrückte eine Träne. »Hab das gelesen. In der Gemeindebücherei gibt's so ein Buch über Kaninchen, Zucht und Fortpflanzung bei Masthasen. Ich wollt, dass der Schlappi schlank bleibt, damit die Mama und der Papa ihn nicht braten und mit Rosmarinsauce essen.«

Pater Tobias verschränkte die Hände vor seinem leise grummelnden Bauch. Gemächlich ließ er seinen Blick hinüber zu den Obstbäumen und hinauf Richtung Dorf schweifen. Vom Garten des Hauses Irrwein sah man die Dächer der Gebäude auf dem Dorfplatz, über denen sich der Kirchturm erhob. Pater Tobias' Augen blieben an der Turmuhr hängen. Er schützte seine Augen mit der flachen Hand vor dem Licht, aber egal wie sehr er seine Lider zusammenkniff, in diesem eigenartig verspiegelten Sonnenlicht sah es aus, als würden sich die Zeiger in die falsche Richtung bewegen.

Johannes nahm mit seinen weißen Fingern den Maschendraht von den Nägeln und kletterte über die Verstärkungsbretter am Boden. Er kniete sich neben dem toten Kaninchen nieder und begann, dessen aufgeblähten Bauch zu streicheln.

»Wissen Sie eigentlich, was jetzt mit dem Schlappi seiner Seele passiert? Der Herr Pfarrer hat uns im Religionsunterricht immer gesagt, dass der Mensch über dem Tier steht, weil der Mensch denken und fühlen kann. Ich aber glaub, der Herr Pfarrer hat noch nie ein Haustier gehabt. Der Schlappi hat denken und fühlen können. Wenn ihm was wehgetan hat, ist er wild herumgelaufen. Und wenn er was nicht wollte, hat er sich einen Ausweg überlegt, um das nicht machen zu müssen.«

»Nun, ich glaube auch, dass Schlappi denken und fühlen konnte, so wie Kaninchen denken und fühlen können. Vielleicht ein bisschen anders als Menschen, wahrscheinlich auf die Kaninchenart.«

»Dann kommt der Schlappi also in den Kaninchenhimmel?«

Johannes formulierte vorsichtig und ließ die Hände vor seinem Körper baumeln, wo er dann seine Finger verschränkte. Pater Tobias räusperte sich:

»Ja, ich denke, so kann man das sagen.«

Er sah sich nochmals das tote Kaninchen an. So wie es den Kopf von sich gereckt hatte, sah es wirklich aus, als hätte es einen qualvollen Tod gehabt.

Pater Tobias konnte es zwar nicht genau benennen, aber etwas faszinierte ihn an dem jungen Johannes. Er war zurückhaltend, schien aber in seinem Inneren viel auszubrüten, sich Gedanken über Dinge zu machen, an die Buben in seinem Alter normalerweise nicht dachten. Und dieser Wille, zu lesen, diese Sehnsucht nach der Welt, berührten den jungen Mönch.

Schlappi fand seine letzte Ruhestätte in der Schuhschachtel von Ilses Gesundheitsschlapfen. Stillschweigend marschierte Johannes mit Pater Tobias und einem Spaten aus Alois Irrweins Geräteschuppen in Richtung der Waldzunge, die sich hinter den Obstbäumen erhob. Pater Tobias grub das erste Loch seines Lebens, aber auch wenn seine Hände bald schmerzten und am nächsten Tag eine riesengroße Blase seine Handinnenfläche zieren würde, hatte er das Gefühl, das Richtige zu tun. Obwohl er den Buben seit kaum zwei Stunden kannte, fühlte er eine tiefe Verbundenheit mit ihm und fasste den Beschluss, sich um ihn zu kümmern. Es schien ihm, als wäre Johannes A. Irrwein der Grund, warum ihn der Herrgott nach St. Peter am Anger geschickt hatte; um diesen bemerkenswerten, nachdenklichen Buben vor all den tumben Bergbauern und ihrem Verdauungsschnaps zu retten.

Auch wenn viele St. Petrianerinnen Pater Tobias' Abschied beweinten, wurde Pfarrer Cochlea drei Wochen später freudig zurück begrüßt. Der Pfarrer musste sich zwar erst an sein Hörgerät gewöhnen und vergaß oft, es einzuschalten, aber Ärger verursachte das eigentlich nur, wenn der Beichtstuhl verdunkelt war, er nicht merkte, dass jemand eintrat und die Sünden umsonst gebeichtet wurden.

Eine Woche nach der Rückkehr des Pfarrers wurde Johannes A. Irrwein währenddessen zum glücklichsten Buben des Dorfes: Ein schlichter Brief verkündete, dass er ein Stipendium für die Klosterschule in Lenk im Angertal erhielt.

*[Der Händlerzug aus fernen Ländern, Notizbuch II]*

*[5.4.] Während der langen Friedenszeit, die auf den Krieg mit den Strotzingern folgte, passierte so wenig Erzählenswertes bei den Bergbarbaren, daß die Geschichtsbücher von Motten zerfressen wurden. Nach einiger Zeit jedoch, so verkünden die Aufzeichnungen, kamen fahrende Händler in das Dorf, die neueste Erfindungen mit sich führten und den Bergbarbaren feilbieten wollten. [5.5.] So enthüllten die Händler zum Beispiel eine große Kugel und versuchten zu erklären, diese würde die gesamte bekannte Welt darstellen, woraufhin die Bergbarbaren sagten, an nichts, was weiter als das Angertal entfernt sei, interessiert zu sein. Ich aber glaube, daß ihnen der Horizont fehlte, um die Weite des Erdballens zu verstehen, und vermute, daß sie bis heute im Herzen glauben, die Welt sei eine schnitzelförmige Platte, deren einziger sehenswerter Teil der Angerberg ist. [5.6.] Ähnliches Desinteresse zeigten die Bergbarbaren auch allen anderen Errungenschaften der modernen Welt gegenüber, berichten die Aufzeichnungen weiter, so daß die Händler schließlich ihre spektakulärste Ware hervorholten, und zwar das Schwarzpulver, das sie damals Donnerkraut nannten. Jener Donner, den das Pulver erzeugte, erschreckte die Dorfbewohner so sehr, daß die Kinder weinten und die Frauen davonliefen. Die Männer schüttelten ihre Köpfe und empörten sich über solch ein Teufelszeug, das sogar dem Herrn im Himmel einen Schreck einjage. [5.7.] Die Bergbarbaren wollten also von den Neuerungen der Welt nichts wissen und jagten das fahrende Volk fort. Es wird berichtet, daß die erbosten Händler, denen noch nie so unrühmliche Behandlung zuteilgeworden war, daraufhin St. Peter am Anger von allen ihren Landkarten löschten und überall erzählten, dies Dorf existiere nicht. Dies erscheint mir wahr zu sein, denn während meiner Recherche fiel mir auf, daß das Dorf für eine lange Zeit auf keiner Karte verzeichnet und in keiner Chronik erwähnt wurde.*

## Lauter wundersame Orte

Die Kastanienallee, die von der Lenker Innenstadt hinauf in das Benediktinerkloster führte, glänzte zu Schulbeginn 2002 in ihren sattesten Gelbtönen, so, als hätte sie sich für die Neuankömmlinge herausgeputzt. Das Kloster, in dessen Ostflügel die Schule untergebracht war, lag auf einer Anhöhe inmitten der Stadt. Ringsherum kniete ihm Lenk zu Füßen, und von allen Punkten der Stadt aus konnte man die zwei großen Kirchtürme sowie jene Kuppel bestaunen, die sich über dem Chorraum der Kirche erhob. Auf der Balustrade oberhalb der Eingangspforte standen Gemeindepfarrer Wilfried und die Konventsputzfrau Mitzi Ammermann, um die ankommenden Schulneulinge auf ihrem Gang bergauf zu beobachten. Dieses Ritual pflegten die beiden seit so vielen Generationen von Tafelklässlern, dass keiner von ihnen mehr wusste, wann sie damit angefangen hatten. Aus diesem Anlass trug Mitzi Ammermann auch ihre goldene Krankenkassenbrille. Die langjährige Reinigungskraft war zwar keine hübsche, aber eine sehr eitle Frau, und so trug sie die Brille normalerweise nur in ihren eigenen vier Wänden. Das schränkte sie zwar in ihrem Beruf als Putzfrau ein, da ihr viel Dreck entging, doch ihrer Meinung nach hatten sich Diener des Herrn nicht darüber zu beschweren, ob Lurch an den Sesselleisten klebte oder ein Spinnennetz alle vier Jahreszeiten überdauerte. Pater Wilfrieds Funktion innerhalb der Congregatio war jene des Gemeindepfarrers. Er war Seelsorger für alle, die im katholischen Einzugsbereich des Klosters lebten. Die Tafelklässler zuordnen zu können, war für ihn Berufsehre – ein guter Schäfer musste seine Herde kennen. Mitzi Ammermann hingegen saß wöchentlich beim Friseur und lauschte täglich vor und nach der Arbeit den neusten Tratschereien im Stadtcafé, sie war gern über alle Skandale der Kleinstadtelite im Bilde.

»Was soll ich denn tun? Tät ich bei einer reichen Familie zusammenräumen, könnt ich mir die ganzen Schweinereien im Nachtkasterl anschauen, aber bei den Herrn Patres liegen ja nur Bibeln und Rosenkränze herum. S' Unanständigste ist noch die Maria neben dem Bett«, sagte sie entschuldigend, wenn man sie kritisierte, all die Lokalblätter lediglich nach Hinweisen auf Intrigen im Stadtrat zu durchsuchen.

Kurz vor Beginn der Aufnahmefeierlichkeiten, als die meisten Schüler und Eltern schon unterhalb von Putzfrau und Pater in das Klostergebäude gegangen waren, blieb ein mattblauer Kombi vor der Auffahrt stehen, dessen Motor im Leerlauf rasselte, als hätte er eine schreckliche Lungenentzündung. Pater Wilfried und Mitzi Ammermann verrenkten ihre Köpfe, als sich die Tür öffnete und ein hagerer kleiner Knabe mit übergroßer Schultasche herauskletterte, woraufhin der Kombi eilig davonraste. In all den Jahrzehnten ihrer Tafelklässlerobservation war es noch nie vorgekommen, dass ein Kind allein zum Schulanfangsgottesdienst gegangen war, denn die Eltern wurden gesondert eingeladen und betrachteten es in der Regel als große Ehre, ihre Kinder am ersten Tag zu begleiten.

»Kennen Sie den?«

Mitzi Ammermann polierte ihre Brille im Kittel, doch auch saubere Gläser gaben keinen Aufschluss darüber, wer der Junge war. Pater Wilfred schüttelte den Kopf. Dieses Lamm gehörte nicht seiner Lenker Herde an, und beide beobachteten es verwundert.

Die Kastanien beiderseits des Weges waren so hoch und breit, dass ihre Kronen nahtlos miteinander verwachsen waren. Johannes bestaunte die mächtigen Bäume, die älter als das Kloster selbst schienen. Der Boden war gesäumt von fettglänzenden Rosskastanien, die aus ihren beim Herabfallen geplatzten Stachelhüllen lugten, und auf einem Teppich von tabakfarbenen fingrigen Kastanienblüten schritt Johannes A. Irrwein den Hügel bergauf, bis er vor der Pforte des Klosters angelangt war. Die großen Flügeltüren standen weit offen, hell leuchteten die frisch gestrichenen, weit in den Himmel ragenden Befestigungsmauern in barockem Gelb. Nebst der Pforte blickte eine Statue in den Himmel. Johannes entzifferte das Schild auf ihrem Sockel. Es war der heilige Koloman, Schutzpatron des Klosters und der Schule. Er hielt sich an einem Pilgerstab fest und deutete mit der freien Hand einladend Richtung Eingang. Da fiel Johannes auf, dass über der Pforte ein großer, aus Bronze gegossener Schriftzug angebracht war. Er flüsterte die Worte, verstand jedoch nicht, was sie bedeuteten. Einen Augenblick lang verharrte er und beobachtete die Kinder, die an ihm vorbeigingen. Alle hatten sie Mutter, Vater oder meist beide Elternteile an ihren Seiten. Die Mamas und Papas lächelten, hatten perfekt geföhntes Haar, die Frauen Seidentücher um den Hals, goldene Broschen am Revers, die Männer bewegten sich fließend in angegossen sitzenden Anzügen, und zum ersten Mal sah der kleine Johannes A. Irrwein Einstecktücher. Alois Irrwein war nicht einmal zu Weihnachten so sauber wie all diese Väter an einem Montag. Aber was Johannes vor allem beunruhigte, war, dass all diese Eltern und ihre Kinder die Inschrift bereits zu kennen schienen. Unbeschwert lachend schritten sie durch die Pforte. Anscheinend hatten die Mütter und Väter ihren Kindern bereits die fremde Sprache beigebracht, oder wahrscheinlich, so dachte Johannes, wurde das hier ab dem Kindergarten gelehrt. Ihn beschlich die Angst, dass die anderen ihm noch viel mehr voraushaben könnten. Sicherlich wussten sie Sachen, die Fräulein Heiterwand in Anlehnung an den Lehrplan für Dorfvolksschulen nicht einmal erwähnt hatte. Johannes ging einen Schritt beiseite und stellte sich in den Windschatten der Kolomanstatue. Er fühlte sich gar nicht mehr wohl und blickte die Allee hinunter, aber Ilses Wagen war nicht mehr zu sehen. Ihm wurde heiß in der ultramarinblauen Uniform, die noch frisch gekauft roch. Die Krawatte raubte ihm die Luft zum Atmen, während er sich fragte, wie er bloß mit den anderen Kindern mithalten sollte, die sicherlich nicht nur einen Doktor Opa, sondern auch eine Frau Doktor Mama und einen Herrn Doktor Papa hatten. Johannes drehte sich um und ging den Berg hinab. Vielleicht sollte er lieber in die Hauptschule gehen, überlegte er. Darauf hatte Fräulein Heiterwand die St.-Petri-Volksschulkinder schließlich vorbereitet. Johannes erinnerte sich, einmal hatte er ihr eine Frage gestellt, doch anstatt diese zu beantworten, hatte sie nur gemeint *Des kann dir wurscht sei, Johannes. Des muaß man nur wissen, wenn man ins Gymnasium geht, owa in der Hauptschul brauchst das net.*

Johannes beschleunigte seinen Schritt, es war besser, er ginge jetzt, als dass ihn alle hänselten, weil er nicht einmal den Spruch über der Tür lesen konnte.

»Johannes, jetzt bleib stehen, du gehst ja in die falsche Richtung!«

Pater Tobias hatte Johannes' Zögern von der Balustrade aus beobachtet, wohin er Mitzi Ammermann und Pater Wilfried etwas Tee gebracht hatte. Er holte ihn in der Mitte der Allee ein.

»Ich hab's mir anders überlegt«, stammelte Johannes und starrte seine Schuhspitzen an.

Pater Tobias kniete sich nieder, um ihm besser in die Augen schauen zu können.

»Die anderen Kinder passen viel besser hierher als ich. Ich kann nicht mal die Inschrift über der Pforte lesen.«

»Aber Johannes, was denkst du denn? Glaubst du wirklich, die verstehen, was über der Pforte steht?«

»Die gehen aber alle da rein.«

»Ja, weil es ihnen egal ist – weil sie die Inschrift nicht einmal sehen.«

Pater Tobias richtete sich auf und schob den Knaben an den Schulterblättern Richtung Eingang. Zuerst versuchte Johannes sich zu wehren, ließ sich dann jedoch von den warmen Handflächen des Paters vorwärtsschieben.

»Kannst du ein Geheimnis behalten? In Wirklichkeit bist du schon viel klüger als die anderen Kinder. Du entdeckst Dinge, die sie nicht sehen. Machst dir Gedanken, auf die sie nicht kommen. Du bemerkst die Besonderheiten der Welt, und diese Schule ist dafür da, dir beizubringen, wie du das, was du siehst, deuten musst. Wenn also einer hierhergehört, dann du.«

Pater Tobias und Johannes waren vor der Pforte angekommen, der Pater blieb stehen.

»Lies mir doch mal den Schriftzug vor.«

Johannes rückte sich die Brille auf der Nase zurecht, kniff seine Augen zusammen und las:

»Huc venite pueri, ut viri sitis.«

»Pass auf, Johannes: Heute liest du mir vor, ich übersetze. Und wenn du diese Schule wieder verlässt, werde ich dir den Spruch vorlesen, und du wirst mir die Wörter einzeln erklären und übersetzen. Ja?«

Johannes nickte.

»Kommt her ihr Burschen, damit ihr Männer werdet.«

Johannes atmete gut durch und folgte den mit Siegeln versehenen Pfeilen: *Erstklässler*. Die Kirchglocken läuteten, und der Tag roch frisch, nach sauberem, unbenutzten Papier. Johannes lächelte. Sein erster Schultag in St. Peter hatte nach ranzigem Gummi und Turnbeuteln gerochen, doch nun lag ein Duft in der Luft, von dem er stets gedacht hatte, dass ihn ein erster Schultag haben müsste.

Bis auf die Konventsputzfrau Mitzi Ammermann waren sich alle Lehrer wie Mönche einig, dass der kleine Johannes A. Irrwein ein goldiger Bub sei, aufgeweckt und klug, wie man ihn niemals in St. Peter am Anger vermutet hätte. Mitzi Ammermann fand ihn uninteressant, da er keine glamourösen Eltern hatte. Aber so erging es fast allen Schülern, die durch ein Stipendium statt durch die elterliche Geldbörse auf die Schule gekommen waren und daraufhin von Mitzi Ammermann angeheischt wurden, nicht so schnell zu laufen, oder beschimpft wurden, wenn sie beim Essen bröselten, obwohl Mitzi Ammermann eigentlich nur für den Konvent zuständig war und sie die Schule nichts anging. Alle anderen Erwachsenen, die mit dem jungen Irrwein zu tun hatten, schwärmten von ihm.

Die Lehrer kannten lediglich Gerüchte von *da oben*, wie man in Lenk zu sagen pflegte, wenn man über die Berge sprach. Hinter jenen Erzählungen, die im Lehrerzimmer der Benediktinerschule über Johannes' Heimatdorf ausgetauscht wurden, steckte jedoch nur manchmal ein wahrer Kern. Es war zum Beispiel erlogen, dass die St. Petrianer Rattengift ausgelegt hatten, als es Mode geworden war, die Stadthunde auf den grünen idyllischen Wiesen des Angerbergs Gassi zu führen, nachdem der Lenker Gemeinderat die *Gacki-Sacki-Pflicht* erlassen hatte und die Lenker Hundebesitzer sich nicht daran gewöhnen wollten, die Hinterlassenschaften des eigenen Vierbeiners mit einem Plastiksackerl aufzuheben. Was den Lenker Hundeausführ-Tourismus betraf, hatte es sich in Wahrheit so abgespielt, dass der alte Herr Rettenstein, der mittlerweile pensioniert war und viel Zeit für seine persönlichen Feldzüge hatte, mit seiner Schrotflinte den Spaziergängern hinterhergelaufen war. Zu viel Hundekot auf der Futterwiese verschlechterte nämlich die Milchqualität, und bis in tiefere Lagen wurden beinah alle Wiesen, die nicht bewaldet waren, von den St. Petrianern für die Heuwirtschaft bestellt. Opa Rettenstein hatte infolge der lebenslangen Stallarbeit eine wehe Hüfte und war keinem der

Spaziergänger je auf Schussweite nahegekommen, aber nach drei bis vier Warnschüssen hatte der Hundeausführ-Tourismus ein rasches Ende gefunden.

Dass Johannes trotz dieser Herkunft nicht nur fleißig und klug war, sondern vor allem Hochsprache reden konnte, wurde bei mehreren Konferenzen und Pausengesprächen lobend hervorgehoben. Nur die Eltern des Buben, auf die alle neugierig waren, lernte man nie kennen. Ilse und Alois kamen keiner Einladung zu Elternabenden oder Abschlusspräsentationen nach und traten auch dem Elternverein nicht bei, was mit Argwohn aufgenommen wurde, da die Mitgliedschaft nur auf dem Papier freiwillig war. Alois war zu sehr ein Mann des praktischen Handwerks, um den Sinn eines Gymnasiums zu erfassen. Johannes versuchte zwar unzählige Stunden bei der Abendjause, seinem Vater zu erklären, warum es gut war, Latein zu beherrschen, auch wenn man nicht Pfarrer werden wollte – doch je mehr er erzählte, desto unverständlicher wurde der Sachverhalt für Alois. Seine Anteilnahme an der Ausbildung seines Sohnes beschränkte sich schließlich darauf, dass er Johannes gelegentlich über die Schulter schaute, wenn dieser geometrische Zeichnungen anfertigen oder Winkel berechnen musste, wie er es selbst tat, wenn er seinem Zimmermannshandwerk nachging. Ilse hatte schnell bemerkt, dass vieles von dem, was Johannes am Gymnasium so wichtig fand, den Worten von Johannes Gerlitzen entsprach, die dieser schon Ilse gegenüber geäußert hatte, als sie in Johannes' Alter gewesen war. Schmerzhaft für Ilse war, dass Johannes mit seiner Schulwahl zugleich beschlossen hatte, später einmal weit weg zu studieren und, wie sie ihn einschätzte, dort wohnen zu bleiben. Johannes war ihr einziges Kind. Auch wenn er seine Eigenheiten hatte, der Gedanke, ihn zu verlieren, war für sie unerträglich.

Auf der Kirchenstiege sprach man bald nicht mehr darüber, dass ein St. Petrianer das Gymnasium besuchte, und Johannes wurde auch nicht gefragt, ob er am Krippenspiel der Dorfkinder mitwirken oder beim Frühlingsfest ministrieren wollte. Hätten sie ihn gefragt, hätte er ohnehin abgelehnt, denn zum einen besuchte Johannes die Gottesdienste im Benediktinerkloster und ministrierte Pater Tobias, wann immer dieser die Messe las, zum anderen war er seit der ersten Schulwoche sehr beschäftigt. Zusätzlich zum umfangreichen Stundenplan des Gymnasiums hatte Johannes im Gedenken an Doktor Opa alle naturwissenschaftlichen Freifächer belegt, die er im Stundenplan hatte unterbringen können, und beinah Tränen vergossen, dass sich *Chemie-Plus* mit dem Astronomie-Freifach überschnitt. Schon im zweiten Semester kam er später aus der Schule als Alois von der Arbeit. Der kleine Postbus verkehrte drei Mal täglich zwischen St. Peter am Anger und Lenk. Auf der Sechs-Uhr-dreißig-Fahrt brachte er die älteren Schulkinder ins Tal, die etwas außerhalb von Lenk die Hauptschule besuchten. Nur Johannes und gelegentlich ein paar führerscheinlose ältere Frauen, die von der Dorfärztin zum Röntgen oder zu einem Lenker Knochenspezialisten geschickt wurden, fuhren bis zur Endhaltestelle *Stadtzentrum*, wo inmitten der barocken Häuserfassaden fünf Busbahnsteige von restaurierten Jugendstil-Wartehäuschen bewacht wurden. An vier der Busbahnsteige hielten die Niederflur-Stadtbusse. Am äußersten, wo die Sitzbank des Wartehäuschens Vandalen zum Opfer gefallen war und Randalierer ihre Schmierereien hinterlassen hatten, hielten die Busse in die umliegende Bergwelt. Zu Mittag brachte der Postbus die St.-Petri-Hauptschüler wieder nach Hause, doch Johannes nahm stets den letzten Bus des Tages, der um 18:30 Uhr abfuhr und in welchem er meist der einzige Passagier war.

Das Benediktinerkloster und sein Gymnasium waren für ihn ein Hort der Wunder. Oft stand Johannes vor dem Kupferstich in der Aula des Osttraktes, in welchem die Schule untergebracht war. Die verschiedenen Trakte des Klosters, die die Kirche umgaben, waren auf der dreimannshohen Grafik gut erkennbar, dennoch wusste Johannes, dass man als Betrachter nicht einmal ein Fünftel all der Gänge sehen oder nur erahnen konnte, die die meterdicken Wände des alten Gebäudes wie Arterien durchzogen. Es gab im Kloster auch nur einen Mann, der sie alle zu kennen schien, den Subprior. Der Subprior war eigentlich der wichtigste Mann des Klosters, da er als leitender Geschäftsführer die Hoheit über alle Entscheidungen besaß. Er war jedoch selten an seinem Schreibtisch anzutreffen, denn der Klosteruniversalschlüsselbund, den er hütete, ermöglichte ihm Zugang zu jeder der verborgenen Tapetentüren und jedem der unsichtbaren Eingänge in scheinbaren Bücherregalen. In seinem ersten Schuljahr hatte Johannes lernen müssen, nicht jedes Mal aufzuschrecken, wenn plötzlich ein Bild am Schulgang zur Seite schwang und aus dem dahinterliegenden Loch in der Wand der Subprior auftauchte, um mit den Schülern ein Schwätzchen zu halten. Johannes war davon begeistert, da diese Welt ganz anders war als jene von St. Peter, wo es keine Geheimnisse zu geben schien und ein jeder Weg offenlag. Besonders faszinierte Johannes der Statuengarten im Prälatenhof, dem Haupthof der Schule, wo bei Schönwetter die Schulversammlungen abgehalten wurden. Das Kloster hatte sechs Innenhöfe, und bis auf den Prälatenhof war jeder erfüllt vom Echo eines Springbrunnens. Im Wirtschaftshof gab es einen kleinen Brunnen mit Trinkwasser, wie im Pausenhof der Schule, der zur Hälfte Hartplatz war, wo die Burschen Fußball spielten. Im Torwartlhof gab es eine barocke Figurengruppe, auf deren Köpfe das Wasser tropfte und die von Buchsbäumen umgeben war. Im Kreuzgang, den nur die Mönche betreten durften, befand sich in der Mitte eine Zisterne, an der meditiert wurde, und das Rosengärtlein, um das herum die Klosterbibliothek lag, hatte zwar keinen Springbrunnen, aber eine automatische Bewässerungsanlage. Johannes liebte den Prälatenhof für seine durchdringende Stille. Der Hof war mit Kies ausgestreut, durch den sich in Bögen ein Kopfsteinpflasterweg pflügte, zu dessen Seiten die Statuen standen. Sie stammten aus allen Epochen, Zeiten und Gegenden. In einer Reihe standen die zwölf Apostel, ihnen gegenüber die Propheten. Es gab etliche griechisch inspirierte Statuen, die aber nicht mit Plaketten versehen waren. Pater Tobias hatte ihm verraten, dass es sich um altgriechische Gottheiten handelte. Ebenso waren von den Kaiserbesuchen noch einige Herrscherstatuen übrig geblieben, die man bei der letzten Generalrestauration nicht berücksichtigt hatte. Doch die größte und für den jungen Schüler beeindruckendste Statue war die des namenlosen Engels, der einsam am Kopfende des Hofes stand. Der Engel war mit seinen mächtigen Flügeln leicht nach vorne gebeugt, so als würde er jeden Moment abheben. Das Gewicht war auf das rechte Bein verlagert, Brüste und ein weicher Bauch zeichneten sich deutlich unter dem Gewand ab, und was Johannes besonders beeindruckte: Die Flügel schienen so erhaben und groß im Vergleich zum Rest des Körpers, dass der Engel wohl nur deshalb so aufrecht stehen konnte, weil er sich über die Gesetze der Statik hinwegsetzte.

Nicht nur das Kloster war für Johannes ein magischer Anziehungspunkt, auch das Gymnasium versetzte ihn Tag für Tag in Staunen. Johannes war sich sicher, dass sogar Doktor Opa anerkennend mit dem Kopf genickt hätte, hätte er die naturwissenschaftliche Ausstattung begutachtet. Es gab einen Physiksaal, an dessen Wänden diverse Generatoren, Stromaggregate und Beschleuniger in raumhohen Glasvitrinen verschlossen waren. Da die Schulputzfrauen im Gegensatz zu Mitzi Ammermann ihre Brillen bei der Arbeit trugen, war das Glas stets perfekt poliert, und Johannes stand gelegentlich die ganze Pause lang davor, um zu imaginieren, was man mit diesen Dingen wohl machen könnte. Der Chemieraum war ähnlich ausgestattet, doch die dort ausgestellten Dinge waren abstrakter und der Forscherfantasie weniger zugänglich: Reagenzgläser, Drähte, Pulver, Flüssigkeiten, Pipetten und Zangen. Das Biologiekammerl wiederum mied Johannes. Allseits war bekannt, dass jüngere Schüler kopfüber in den Pissoirs geduscht wurden, wenn sie dort die älteren Schüler beim Grabschen, Fummeln, Schmusen – was sie *sich miteinander aufführen* nannten – störten. Das Kammerl lag nämlich im toten Winkel der Gangaufsicht und war zum Schutz der Präparate nur mit einem kleinen Fenster ausgestattet, was Romantik aufkommen ließ, wenn man die ausgestopften Tiere rundum ignorieren konnte. Aber genau diese Tiere lösten mehr Unbehagen bei Johannes aus als die Oberarme der hormontollen älteren Schüler.

*[Die andere Art, zu glauben, Notizbuch II]*

*[5.8.] Nachdem die fahrenden Händler das Dorf von allen Landkarten getilgt hatten, war es lange Zeit still am Angerberg, wie man es dort gewohnt war und auch am liebsten mochte – was heute nicht anders ist, wie ich selbst gesehen habe. [5.9.] In dem Pfarrhof, den die Bergbewohner für ihre geistlichen Führer aus dem Lenker Kloster errichtet hatten, lebten das Jahr hindurch fünf der Ordensmänner, doch nach einigen Jahrzehnten verschwanden plötzlich drei, und die beiden verbliebenen verhielten sich merkwürdig: Der eine zog sich in eine Höhle zurück, der andere lief mondsüchtig durch das Dorf und verlor binnen einer Woche sein Haupthaar. Das sagen zumindest Aufzeichnungen zu jener Zeit. Weiters wird lediglich berichtet, daß die Dorfbewohner mit den Achseln gezuckt und vermutet hätten, bei den Mönchen sei eine Klosterkrankheit ausgebrochen, vor der man als normaler Mensch keine Angst zu haben brauche. [6.0.] Schließlich kam ein fremder Priester zu den Bergbarbaren, der arm wie ein Bettler aussah und dennoch freudig verkündete, die einzige Wahrheit über den Glauben zu kennen. Der Fremde rief die Dorfbewohner auf, sich von der Kirche in Rom abzuwenden und seiner Lehre zu folgen. Er führte aus, daß in seinem Glauben alle gleichermaßen Gott nahestünden, daß die Priester den Gläubigen ebenbürtig seien und daher auch Frauen haben dürften. Zudem sei es eine Lüge, daß der Mensch sich durch Ablaßzettel freikaufen könne, und überhaupt seien all die kirchlichen Traditionen Humbug, denn allein die Schrift sei die Grundlage des christlichen Glaubens. [6.1.] So also sprach er zu den St. Petrianern, diese jedoch schüttelten die Köpfe und gingen zurück zu ihrem Tagwerk, so daß der Priester, von dem sie dachten, er würde an derselben seltsamen Mönchskrankheit leiden, die die übrigen verrückt gemacht hatte, allein auf dem Dorfplatz zurückblieb. [6.2.] Ich vermute, ihr Desinteresse an dieser neuen Glaubensform lag in ihrer hedonistischen Natur – denn sie sind auch heutzutage noch freudig bereit, ihre Sünden durch Ablaß zu begleichen, um dann neue begehen zu können. Bei den Bergbarbaren muß es stets vergnüglich zugehen, sogar in der Religion.*

# Eine Box voller Krankheiten

Im Herbst 2004, als Johannes in die dritte Klasse Gymnasium kam, begann der Ernst des Lebens. Während die ersten zwei Klassen den langsamen Einstieg geboten hatten, wurden nun die Grundlagen der Welt unterrichtet. Mathematikaufgaben erstreckten sich über Seiten, und sogar der Felgaufschwung an den Reckstangen wurde benotet. In *Chemie-Plus* wurden nicht mehr bloß rote und blaue Säfte zu rosa Säften, die kleine Blubberblasen von sich gaben – sondern die Blubberblasen wechselten plötzlich ihre Farben, lösten Kettenreaktionen aus, und anstatt zu platzen, sahen sie aus wie der Atem einer zum Leben erweckten Flüssigkeit. Johannes waren diese neuen Entwicklungen im Reagenzglas nicht geheuer. Er versuchte, aufgeschlossen zu bleiben, doch in seiner Weltanschauung hatte unbelebte Materie unbelebt zu bleiben und sich nicht wie ein Lebewesen zu verhalten. Auch *Physik vertiefend* war nicht besser. Plötzlich wurden alle bisher gelernten Grundsätze relativiert, und man sprach nur von Dingen, die noch nie bewiesen worden waren, aber da sein mussten, weil man nicht wusste, wie die Welt sonst funktionieren sollte. Johannes hielt es für unsinnig, dass eine Theorie nur deshalb wahr war, weil nie etwas anderes festgestellt worden war. Das erinnerte ihn frappierend an die St. Petrianer, die ihre Weltsicht ebenfalls damit legitimierten, dass es ja immer schon so gewesen und nie etwas Entgegengesetztes passiert sei. In die Zwickmühle brachte ihn jedoch der Biologie-Unterricht. Johannes' Lieblingslehrerin Frau Part war eine formvollendete Dame, die für die Biologie brannte. Sie war zwischen all den Mönchen eine der wenigen Personen, die Kleider in kräftigen Farben trug. Ihr wahres Alter kannte niemand, nur an der Art, wie sie über die Vergangenheit sprach, ahnte man, dass sie bald in Pension gehen würde. Was Johannes an Frau Part zuerst fasziniert hatte, waren ihre Lesebrillen, die sie auf die gleiche bedacht-vorsichtige Art mit beiden Händen aufzusetzen pflegte, wie es auch Doktor Opa getan hatte. Doktor Opas Brillen waren natürlich schwarz oder dezent dunkelgrün gewesen, während Frau Professor Part Lesebrillen in allen erdenklichen Mustern von Tigerfell bis dottergelb besaß und diese täglich wechselte. Ähnlich wie Doktor Opa sprach sie ruhig und wohlartikuliert, und sogar wenn sie über Ausscheidungsorgane erzählte, hingen die Schüler an ihren Lippen. Johannes überlegte oft, ob sich sein Großvater in sie verliebt hätte. Eine Leidenschaft verband die beiden nämlich besonders: die Liebe zum Praktischen. Professor Part erzählte gern davon, wie sie in ihrer Studentenwohnung Orchideen auf Baumstämmen gezüchtet oder in ihrem Küchenschrank ausgestopfte und eingelegte Präparate aufbewahrt hatte. Stand sie in ihrem edlen Kostüm vor der Klasse, bezweifelten das viele Schüler, doch als sie in der dritten Stufe im zweiten Semester die Aufgabe stellte, alle Schüler sollten ein biologisches Projekt beginnen, war man sich beim Blick auf ihre Vorschlagsliste sicher, dass Professor Part noch viel exotischere Dinge in ihrer Wohnung hochgezogen oder im Küchenschrank versteckt hatte als tropische Pflanzen. Sie schlug vor, Frösche zu sezieren, Schleimproben von Schnecken zu untersuchen, Selbstversuche mit Insekten durchzuführen und ekelhafte Tiere zu beobachten. Johannes schluckte.

»Mama, ich brauch ein Haustier für ein wissenschaftliches Projekt in Biologie.«

*Um keines aufschneiden zu müssen,* dachte er, sprach es aber nicht aus und wünschte wie so oft, Schlappi wäre noch am Leben. Johannes saß am Küchentisch und starrte die Rinde seines Abendjausenbrotes an. Ilse hatte ihm verboten aufzustehen, bevor er alles aufgegessen hatte. Sie selbst stand bereits an der Abwasch, um rechtzeitig vor der Fernsehsendung *Seitenblicke* fertig zu werden. Als sie jedoch hörte, was Johannes sagte, ließ sie den Teller in das volle Becken fallen und drehte sich um. Das Wasser tropfte von ihren orangefarbenen Gummihandschuhen auf den Boden.

»Bist hiazn narrisch wordn? Mir is jo wurscht, wos du in deiner Schul tust, owa i tu ma sicha ka Hausviech hoam.«

Ilse stemmte die Hände in die Hüften, um ihren Worten mehr Gewicht zu verleihen. Ihr T-Shirt wurde nass, doch das schien sie nicht zu stören.

»Soll ich einen Fünfer kriegen, nur weil ihr mir nicht erlaubt zu lernen?«

»Fang net scho wieda damit an! Wennst unbedingt Hausviecha untersuchn wüllst, wir ham g'nug Hausfliegen.«

Wortlos stand Johannes auf. Bereits während er die Stiegen hochschritt, breitete sich ein Lächeln auf seinen Lippen aus, denn die Idee seiner Mutter war gar nicht schlecht.

In der Mittagspause des nächsten Schultages nahm Johannes den 2er-Bus und fuhr zum Haustierfachmarkt, um eine Futterschaukel zu kaufen. Holz und Werkzeug waren bei den Irrweins überall zu finden, und so dauerte es nicht lange, bis Johannes einen quaderförmigen Holzrahmen genagelt und diesen mit feinster Gaze bespannt hatte. Er legte den Boden mit Rasenschnitt aus, stellte einen mit Wasser gefüllten Untersetzer hinein und schmierte ein Adlitzbeerenmarmeladebrot, das er, nachdem er den Käfig vollendet hatte, über die an der Querseite angebrachte Futterschaukel hineinrutschen ließ, um auszuprobieren, ob diese auch tatsächlich funktionierte. Glücklich stellte er fest, dass man Dinge hineingleiten lassen konnte, ohne dass von drinnen etwas entkommen würde. Schwieriger gestaltete sich jedoch die Jagd nach den zukünftigen Insassen. Bei seinem ersten Versuch verschreckte Johannes die anvisierte Fliege dermaßen, dass sie hektisch aufstob und sich in seinen dichten Locken verfing. Johannes geriet in Panik und lief schreiend durch die Wohnung. Er erinnerte sich an eine Geschichte aus Doktor Opas Ordination: Frau Millstädt hatte einst auf der Küchenbank geschlafen, wo sich eine Fliege in ihrem Ohrenschmalz verfangen hatte. Daraufhin war sie fünf Tage lang mit einem nervenzerstörenden Summen im Ohr herumgelaufen, und erst Doktor Opa hatte mit einer Spezialzange die in ihrem Ohrenschmalz ertrunkene Fliege, deren langer, lauter Todeskampf Frau Millstädt fast den Verstand gekostet hätte, herausgeholt. Johannes fürchtete schon, ihn würde ein ähnliches Schicksal ereilen, doch dann befreite sich die Fliege aus seinem Haar, und er wartete vor Schock ein paar Tage, bis er abermals auf die Jagd ging.

Schließlich aber war er erfolgreich und sperrte sieben Fliegen in seinen selbst gebastelten Käfig, und innerhalb kürzester Zeit waren sie zu acht, dann zu zwölft, und bald hatte Johannes Schwierigkeiten, sie zu zählen. Aber dafür waren sie spannende Beobachtungsobjekte, und sein Projektjournal füllte sich. Er freute sich auf Frau Professor Parts lobende Worte, wenn er ihr seine Ergebnisse präsentieren würde.

Da ihn das energische, niemals verstummende Summen nichtsdestotrotz an die Ohrenschmalz-Geschichte erinnerte, brachte er die Zucht nicht in seinem Zimmer, sondern im Garten unter. Seine Mutter hatte sich in einer ihrer Haus-Umgestaltungs-Launen vor drei Jahren einen Grillplatz gewünscht, ihn jedoch, sobald er vollendet war, kaum benutzt. Der Grill war eigentlich ein gemauerter Freiluftofen mit überdachtem Rost. Johannes stellte den Fliegenkäfig dort ab, sodass die Fliegen genug frische Luft hatten und vor Wind und Wetter geschützt waren – bis Ilse eines Tages den Grill inspizierte, da sie an der Reihe war, das wöchentliche Damentreffen abzuhalten, eine Splittergruppe der Mütterrunde für all jene Mütter, die nicht über ihre Kinder reden wollten.

»Jessasmaria!«, schrie sie, als sie dort, wo normalerweise die Wendezange und der Schürhaken lagen, die Fliegenkolonie erblickte. »Johannes schleich di sofort her und tu de Krankheitskistn weg!«, kreischte sie und lief ins Haus.

Derweilen benutzte Johannes den Vorderausgang. Und während Ilse schimpfend, brüllend, fluchend nach ihm suchte, lief Johannes ums Haus herum in den Garten, schnappte sich die Fliegenkolonie und versteckte sie.

Als Alois abends nach Hause kam, beförderte Ilse ihren Mann zum Terminator und drohte, erst wieder Schweinsbraten zu kochen, wenn dieser Brutkasten für Krankheiten beseitigt wäre. Anderthalb Wochen konnte Johannes seine Brut durch häufiges Wechseln der Verstecke vor Ilses Hygieneansprüchen bewahren. Doch als es Zeit war, die Pfingstrosen zu schneiden und Ilse ihre Blumenschere verlegt hatte, fand sie auf der Suche nach der Ersatzschere abermals Johannes' Biologieprojekt. Wieder schreiend, da sich die Fliegen ordentlich vermehrt hatten und wild durcheinandersummten, als schmiedeten sie einen Ausbruchsplan, versuchte sie, Alois zu Hilfe zu holen. Es war später Vormittag, niemand wusste, auf welcher Baustelle Alois gerade zimmerte, Handys waren 2005 in St. Peter am Anger nur bei der jüngeren Generation in seltener Verwendung, und so beschloss Ilse, selbst zu handeln. Sie streifte sich zwei Paar Abwaschhandschuhe unter den Gartenhandschuhen über, zog sich den Wintermantel an, umhüllte ihr Gesicht mit einem Tuch und stülpte sich eine Skihaube über die Ohren, denn auch Ilse hatte die Geschichte von Frau Millstädts Ohrenschmalz gehört, allerdings in der Version der Mütterrunde, die noch weitaus dramatischer ausgeschmückt gewesen war als jene, die Johannes kannte. Mit vier Dosen

Insektenspray bewaffnet, zog sie los, warf die Fliegenzucht in die große Mülltonne und sprühte, bis das Gift leer war und kein Summer mehr aus der Tonne drang. Zufrieden ließ sie die Badewanne ein und schrubbte sich so intensiv sauber, dass ein breiter Rand ihrer Hautreste am Badewannenrand zurückblieb.

Es dauerte eine Weile, bis Johannes' Reaktion folgte. Ilse und Alois hatten schon gehofft, er hätte ihr Vorgehen akzeptiert und würde nun ein paar Tage nicht mit ihnen reden, bis alles vergessen und vergeben wäre, doch Johannes A. Irrwein zog in den Krieg. Bisher war es ihm egal gewesen, von den anderen Kindern gehänselt zu werden oder das Opfer diverser Streiche zu sein, aber dass ihn seine Mitschüler vor Frau Professor Part bloßstellten, als er erklärte, er könne sein Projekt nicht vorzeigen, weil seine Mutter es getötet habe, spürte er eine bisher unbekannte Form der Aggression.

Ilse und Alois bekamen seine Rache zeitgleich zu spüren. Freitagabend war für sie der Höhepunkt der Woche. Da Sonntag um 8:30 Uhr der Kirchgang anstand, konnte man nur freitags bis spät in die Nacht im Bademantel auf dem Sofa knotzen. Alois und Ilse hatten in den dreiundzwanzig Jahren ihrer Ehe viele Rituale entwickelt, um diesen Abend zu genießen. Ilse pflegte sich ein Bad einzulassen, während Alois das Bier aus dem Keller holte, damit sie rechtzeitig zum Wetterbericht die Füße hochlegen konnten. Alois mit dem *Angertaler Anzeiger* auf dem Schoß, Ilse mit Häkel- oder Backheftchen, die mit dem Tupperware-Erdäpfelschneider selbst gemachten Chips standen zwischen ihnen und in der Küchenmaschine zusammengerührter Dip auf dem Couchtisch. Doch an jenem Freitag schien das Haus verrücktzuspielen, und die Furcht, das Hauptabendprogramm zu verpassen, ließ beide nervös werden. Zuerst wurde das Wasser nicht warm, außerdem hatte sich Ilses Badekonfetti bereits in der Dose aufgelöst. Die Küchenmaschinenaufsätze waren nicht zu finden, und keine einzige Bierflasche ließ sich öffnen. Alois spuckte Gift und Galle, und Ilse schickte ihn eilig in den Keller, um sich die Wasserleitungen anzusehen. Alois verstand nicht, wieso er den Warmwasserhahn abgedreht vorfand, und tobte wie Rumpelstilzchen durch das Haus, als er den zugehörigen Inbusschlüssel nicht fand. Zuerst glaubten sie an einen unglücklichen Zufall, doch als Ilse im Licht der Küchenlampe ein Tröpfchen Superkleber am Kronkorken der Bierflasche entdeckte und Alois zeitgleich feststellte, dass das Verbindungskabel von Fernseher und Satellitenreceiver gekappt war, kamen sie dem Spuk auf die Spur. Hinter der veralteten Multimediastation der Irrweins, die für St.-Petri-Verhältnisse modern war, lag ein weißes Kuvert, in dem in fein säuberlichen Blockbuchstaben auf einem karierten Zettel geschrieben stand: *Wenn ihr mich sabotiert, dann sabotier ich euch.*

Zwei Wochen und vier Tage lang führte Familie Irrwein daraufhin Krieg. Johannes bekam Leseverbot, das Alois durchzusetzen versuchte, indem er bei Einbruch der Dämmerung den Stromschalter im Obergeschoss abstellte. Johannes schlich daraufhin im Schutz der Dunkelheit mit Superkleber bewaffnet zu sämtlichen Alkoholflaschen im Haus, verbuddelte die Fernbedienung und machte Ilses Mohntorte durch das Hinzuschmuggeln von Zahnpasta mit extra viel Menthol gegen schlechten Atem ungenießbar. Ilse war gewillt durchzuhalten, bis das Haus abbrannte. Alois jedoch wurde schwach. Da das Haus vor dem nächsten Winter neue Fenster benötigte, arbeitete er wie ein Tier. Er ging noch vor sieben Uhr früh aus dem Haus und kam meist erst kurz vor acht zurück. Entgegen der Prinzipien der St.-Petri-Handwerker nahm er sogar Aufträge aus Lenk im Angertal an. Die gut begüterten Bauherren wussten die seit Generationen überlieferten Methoden der Handwerker aus den Bergen zu schätzen, auch wenn sich Alois öfter mit Architekten prügeln wollte, die wagten, ihn infrage zu stellen oder ihm Kommandos zu geben – und das, obwohl deren Hände so weich wie die von Volksschulmädchen waren. Alois kam jeden Abend ausgebrannt und angefressen von der Arbeit, er wollte sich bloß waschen, vor den Fernseher werfen und sein Bier trinken, doch der Rachefeldzug seines Sohnes trieb ihn ins Wirtshaus. Alois war kein Alkoholiker, aber er brauchte sein tägliches Krügerl, um sich zu entspannen.

An einem dieser Abende, die er am Stammtisch verbrachte, entwickelte sich in der Wirtshausrunde eine Diskussion über Kinder. Alois saß am Stirnende auf einem Stuhl, ihm gegenüber sein Nachbar Karli Ötsch, der seinem Vater sehr unähnlich und ein bei allen beliebter Zeitgenosse war. Links saß Toni Rettenstein, der Ehemann von Ilses bester Freundin Marianne, und am rechten Ende des Stammtisches lehnte Reinhard Rossbrand an der Bank, in den Ilse früher verliebt gewesen war. Normalerweise diskutierte die Stammtischrunde Anliegen des öffentlichen Interesses, wo ein neuer Waldweg gezogen werden sollte, wann man dem Pfarrer mit dem Kirchturmdach helfen wollte, wieso die Fußballmannschaft schon wieder verloren hatte. Reinhard Rossbrand hatte jedoch an jenem Abend die Unterhaltung auf die Kinder gebracht. Reinhard war seit der Pensionierung seines Vaters St. Peters einziger Briefträger, und er hatte eine unverfängliche, neugierige Art, mit der er, ohne die Regeln der St.-Petri-Männlichkeit zu verletzen, ein Frauenthema anschneiden konnte.

Reinhard sorgte sich um seinen Nachzügler Wenzel, der für einen Rossbrandbuben sehr klein und weinerlich war. Die Sorgen von Großbauer Toni Rettenstein wiederum waren denen des Alois Irrwein gar nicht unähnlich. Toni hatte neben den zweiunddreißig Kühen, zwanzig Schweinen, sechzehn Hühnern, drei Katzen und zwei Hunden noch vier Töchter. Und seine jüngste, Maria, die zwei Jahre jünger als Johannes war, schien sich zur Tierschützerin zu entwickeln. Wenn eine der Katzen warf, nahmen Toni oder auch Opa Rettenstein den Wurf, um ihn entweder im Wald zu erschießen oder in der Regentonne hinterm Haus zu ertränken. Auf dem Bauernhof der Rettensteins war man immer schon so mit den Kätzchen umgegangen, nur wenn eine verschwand oder starb, ließ man den nächsten Wurf leben. Maria aber hatte neulich im Stall mit den Hühnern gespielt, als Minki IV ein Junges zur Welt brachte. Es war nur ein einziges Kätzchen gewesen, aber Maria hatte sich sofort verliebt und bewachte den kleinen Kater, den sie Petzi genannt hatte, mit Argusaugen. Herr Rettenstein schüttelte darüber den Kopf und bestellte eine Runde Adlitzbeerenschnaps. Die Rettensteins hatten, wie er erzählte, gar nicht genug Mäuse für vier Katzen, vor allem aber wollte er keinen Kater auf dem Hof, da es sonst sicher zur Inzucht käme und er dann noch mehr Kätzchen erschießen müsste – was ihm nicht unbedingt Spaß machte.

»Ihr wissts net, wia des mit vier Madln is. De sand so schwierig«, sagte er, und Alois antwortete:

»Mei Sohn is a net besser. Der führt si auf wia a Madl und wüll Viecha untersuchn. Dass's des gibt!«

Die kleine Maria Rettenstein schrie so laut, dass die Fenster kurz vor dem Zerspringen waren, als sie fünf Runden Schnaps und sechs Krügerl später von vier torkelnden Männern aufgeweckt wurde, die in ihrem Zimmer nach dem Kater Petzi suchten. Reinhard Rossbrand, der ein musikalisches Gehör hatte und, wie es sich für einen Rossbrand gehörte, Solist im Kirchenchor und Star des Laientheaters war, ging vor Ohrenschmerz in die Knie. Karli Ötsch, der als Tischler das Geräusch einer Säge gewohnt war, blieb unbeeindruckt im Türrahmen stehen und wunderte sich, wie weit das Mädchen ihren Mund aufbekam. Toni Rettenstein wollte sie beruhigen, schlug sich jedoch an der geöffneten Schranktür das Gesicht blutig, sodass ihn die hysterische, mitten in der Nacht geweckte Tochter nicht erkannte, also kniete sich Alois Irrwein an ihren Bettrand und sagte zu ihr:

»Maria, i bin's, da Alois, kennst mi eh, a Freund vo deim Papa. Los amoi, Maria, du woaßt jo, i hab an Sohn, den Johannes, und da Johannes hat koane G'schwister und is voi allanig, und i hab g'hört, du hast a klans Katzerl, des wos da am Hof net g'nug Mäus findt. Sag amoi, Maria, meinst net, dass's für dein Petzi schöner warat, wenn er beim Johannes lebat, do hättat er nämli vül Platz und da Johannes warat net so allanig und kunnt mit'm Petzi Forscher spüln.«

Johannes A. Irrwein schrie nicht, als derselbe besoffene Haufen von Männern in sein Zimmer krachte und ihn aus dem Schlaf riss. Er hatte schon damit gerechnet, irgendwann in ein Internierungslager zur Umerziehung zu einem guten Dorfbewohner gesteckt zu werden, das er sich so vorstellte wie ein Jungscharlager mit Stacheldraht ringsum. Er staunte jedoch, als aus einer Schnapswolke ein Erdäpfelsack in der Zimmermitte erschien und ein quiekendes, schreiendes, zu Tode verängstigtes Kätzchen auf dem Kinderzimmerboden zum Vorschein kam. Der kleine Kater war dreifarbig, hatte ein weißes Fell, auf dem Rücken braune Zeichnungen und im Gesicht rote Farbtupfer. Sowohl Johannes als auch der Kater waren so verängstigt und ratlos, dass beide in Schockstarre verfielen.

»Hiazn kannst Wissenschaftler werdn, owa lass mei Bier z'friedn!«, sagte Alois, und trat, vom Rest der Männer gestützt, den Rückzug an. Es war kurz vor drei, Johannes kletterte aus dem Bett, nahm den Kater an sich und zog die Bettdecke über ihre beiden Leiber. Der Kater schmiegte sich an ihn, sein kleines Herz pochte ihm bis in den Schwanz.

[Ein Krieg, der dreißig Jahre dauert, Notizbuch II]

[6.3.] Sechs Jahreszeiten später kam einer der Mönche, der einst in reichen Gewändern dem Dorf die Messe gelesen hatte und dann aufgrund der von den Bergbarbaren vermuteten Mönchskrankheit verrückt geworden war, aus seiner Höhle zurück. Eine weitere Jahreszeit benötigten die Frauen, ihn mit Wurzelsuden, allerlei Korn und Milch wieder auf die Beine zu bringen, und es wird sogar berichtet, daß die jungen Mütter von ihrer Milch abzweigten, damit er wieder zu Kräften käme. [6.4.] Aus Dankbarkeit und Ehrfurcht vor der christlichen Nächstenliebe und ebenso aus Angst, dies gute Dorf vielleicht doch noch an den andersgläubigen Feind zu verlieren, blieb der Mönch daraufhin für immer am Angerberg, wo er, wie ich selbst nachgeprüft habe, zum ersten Dorfpfarrer wurde. Sein Grabstein ist dort heute noch zu sehen. [6.5.] Die St. Petrianer waren nicht unglücklich über diese Entwicklung, vor allem aber, als von einem schrecklichen Krieg berichtet wurde, dessen Ursache die Auseinandersetzung zwischen der alten Art zu glauben und den neuen Ideen war, die einst auch jener Wanderprediger vergebens in St. Peter verkündet hatte. [6.6.] Schließlich seien Verwundete und Vertriebene auf dem Angerberg eingetroffen, deren Dörfer geplündert und gebrandschatzt worden seien, wie die Chroniken nun weiter berichten. [6.7.] Die Bergbarbaren halfen denen, die kamen, gaben ihnen Kleidung, Wohnung und Speise, und diese Geflohenen priesen das Dorf als letzten glücklichen Ort der Welt, denn während rundherum das Christenvolk einander bekriegte, herrschte in St. Peter paradiesischer Frieden. [6.8.] Einige der Schutzsuchenden, die mit der neuen Lehre sympathisiert hatten, bekehrten sich daraufhin wieder zum alten Glauben, als die St. Petrianer ihnen nämlich eröffneten, daß sie nur dann hier bleiben dürften, wenn sie alle dasselbe glaubten. Und so versteckte sich St. Peter am Anger dreißig Jahre lang auf dem Gipfel seines Berges und verfestigte seine Überzeugung, daß es überall viel schlechter sei als in jenem kleinen Dorf.

# Der Digamma-Klub

Als Ilse unter der Eingangspforte des Klosters hindurchschritt, fühlte sie sich, als krabbelten Tausende Wanzen unter ihrer Kleidung. Orientierungslos blickte sie sich um – sie hatte sich eigentlich geschworen, diese Schule nie zu betreten, und den Lageplan, den man den Eltern jedes Jahr mit den Sprechstundenzeiten zukommen ließ, unbesehen weggeworfen. Vom Torwartlhof, den man von der Stadt kommend zuerst betrat, führten drei Tore zu den weiteren Trakten. Zwischen den Gabelungen des Schotterwegs sprossen Buchsbaumsträucher, die zu perfekten Kugeln geschnitten waren, was Ilses Unbehagen verstärkte. Diese Gewächse vertrugen die Höhenluft von St. Peter nicht und wurden dort oben niemals so dicht und voll wie hier im Klosterhof, sondern endeten auch bei den begabtesten Gärtnerinnen als krautige, drahtige Stauden, die kaum grünten.

»Suchen Sie was?«

Ilse klammerte sich an ihrer Handtasche fest. Mitzi Ammermann lehnte breitbeinig am Eingang zum Wirtschaftshof, wo die Klausur begann, und schüttelte lustlos einen Putzlappen aus.

»Den Pater Tobias, der was da a Lehrer is.«

Mitzi Ammermann verharrte unbewegt, das Sonnenlicht beleuchtete den Staub, der aus dem Putzfetzen rieselte. Ihre Augen wanderten an Ilse auf und ab. Ilse fühlte sich unwohl. Zum einen ärgerte sie sich, wie uneffizient diese Frau den Fetzen ausschüttelte, zum anderen war sie noch nie so gemustert worden und fühlte sich nackt. Ilse konnte nicht wissen, dass Mitzi Ammermann versuchte, sie einer Lenker Familie zuzuordnen und entsetzt darüber war, dass es ihr nicht gelang.

»Wissen'S jetzt, wo da Pater Tobias is, oder soll i allein suchn?«

Mitzi Ammermann deutete auf den Prälatenhof.

»Im Hof erste Tür auf der rechten Längsseite, in den zweiten Stock, bei acht Papstbildern vorbei bis zum Zimmer Nummer 17.«

Ohne sie nochmals anzusehen, stapfte Ilse davon und trat absichtlich laut in den Kies. Mitzi Ammermann sah ihr hinterher und wunderte sich. In der Welt der Putzfrau war ein harscher Ton Ausdruck von gutem Stand, aber sie vermochte Ilses Erscheinung mit keiner wichtigen Lenker Familie in Einklang zu bringen. Für Ilse hingegen war Mitzi Ammermann bis auf ihr Aussehen genau so, wie sie sich eine Talfrau vorstellte: faul, lustlos und unnötig arrogant.

Ilse verlief sich zweimal, fand jedoch bis vor Pater Tobias' Tür und musste ein großes Knäuel Überwindung schlucken, bevor sie eintrat. Pater Tobias' Büro war kleiner und bescheidener, als Ilse es sich vorgestellt hatte. Die Wände waren kahl, und hinter dem hölzernen Stuhl, auf dem er an seinem Schreibtisch saß, stand ein großes Bücherregal, in dem die Einbände nach Farbe geordnet waren. Pater Tobias strahlte, wollte sie friedvoll begrüßen, doch Ilse drang gleich in medias res:

»Es is sogar scho so schlimm, dass wir hiazn a Katz ham, und der depperte Kater rennt überall im Haus umadum.«

Ilse redete schnell und viel, denn es war ihr wichtig, Pater Tobias verständlich zu machen, dass es nicht so weitergehen konnte. Sie machte kein Geheimnis daraus, dass ihr die Schule unsympathisch war. Außerdem sorgte sie sich um Johannes' Sozialleben, da er nie Freunde zu Besuch hatte noch andere besuchte oder davon erzählte, Kontakt mit anderen Menschen zu haben. Vor allem aber beunruhigte sie Johannes' Eifer, Doktor Johannes Gerlitzen nachzufolgen.

»I woaß net wieso, owa i glaub, da Johannes is afoch ka so a Doktor«, sagte sie und dachte daran, wie er versucht hatte, Petzis Herzfrequenz mit dem Stethoskop abzuhören, und ihm der Kater beinah das Auge ausgekratzt hatte.

Auch Pater Tobias war nicht verborgen geblieben, wie der junge Johannes zwischen erzwungener Begeisterung für und tiefer Abneigung gegen die Naturwissenschaften oszillierte. Unlängst hatte der Geschichtslehrer Johannes' flammendes Engagement im Unterricht gelobt, während der Chemielehrer erwähnt hatte, er mache sich gelegentlich Sorgen, der Junge würde die Dämpfe nicht vertragen und bald umkippen. Pater Tobias verabschiedete Ilse mit dem Versprechen, sich darum zu kümmern, dass Johannes' naturwissenschaftliche Obsession in die richtigen Bahnen gelenkt würde. Ilse hatte keine Ahnung, was der Pater damit meinte, sondern hoffte, es würde auf ein Verschwinden des Katers hinauslaufen. Ilse hasste kaum etwas mehr als Tiere im Haus, schon Schlappi war ihr ein Dorn im Auge gewesen, doch dessen Vorzug war zweifellos der Käfig gewesen. Den Kater hatte sie ein paarmal dabei erwischt, wie er am Tisch gesessen war. Sie hatte ihn mit einem Geschirrtuch verjagt, jedoch nicht verhindern können, dass er am nächsten Tag im Bett döste.

Pater Tobias wusste, dass es eine heikle Mission sein würde, Johannes' Fixierung auf die Naturwissenschaften umzulenken. Der Bursche war durchdrungen von der Mission, selbst Arzt zu werden, ohne zu merken, dass er ganz andere Begabungen hatte.

Pater Tobias war neben seinen seelsorgerischen Aufgaben in der Pfarrgemeinde auch für die Betreuung begabter Schüler zuständig. Diese Aufgabe hatte er vor zwei Jahren von Pater

Jeremias übernommen, der sich zurückgezogen hatte, nachdem er die achtzig überschritten hatte und jene Novizen, die ihm den Spitznamen *Pater Hiob* gegeben hatten, sich ebenfalls schon kurz vor der Pensionierung befanden. Pater Jeremias, der immer zuerst die üblen Seiten des Lebens erkannte, hatte den begabten Schülern ständig erklärt, wie schlecht es um die Zukunft der Welt stand, um sie dadurch zu ermutigen, dem Verfall von Sitte, Kultur und Bildung entgegenzuwirken. In den vierzig Jahren, in denen Pater Jeremias die Förderklassen betreute, hatte ihn die Mehrheit der Schüler für einen Spinner gehalten, der sich zu viel mit der Apokalypse beschäftigte. Doch vier Schüler, die vor dreieinhalb Jahren in seinem Programm gelandet waren, hatten jedes seiner Worte aufgesogen, ihre Herzen davon überzeugen lassen, dass es um die Welt tatsächlich so schlecht stand, wie Pater Jeremias permanent predigte, und einen Klub zur Erhaltung der klassisch-europäischen Bildung gegründet: den Digamma-Klub.

Mauritz von Baumberg, Severin Dietrich, Ferdinand Blumenbach und Albert Fenner hatten völlig verschiedene Hintergründe, teilten jedoch den dringenden Wunsch, die Zivilisation zu bewahren. Während Mauritz im Nebental auf einem Jagdschloss lebte, kam Albert aus einem kleinen Dorf talauswärts von Lenk, Severin war der Sohn eines Apothekers, und Ferdinands Familie besaß eine große Gärtnerei. Trotzdem hatten sich die vier vom ersten Schultag an prächtig verstanden und schon nach kurzer Zeit die Überzeugung geteilt, dass das Wichtigste im Leben der Erhalt der klassisch-europäischen Bildung sei. Die vier trafen sich jeden Tag nach der Schule zum gemeinsamen Studium, zur Erörterung und Vertiefung des Gelernten – beschäftigten sich aber ausschließlich mit den Fächern Griechisch und Geschichte. Auch nach der Schule trugen sie Krawatte, Hauspantoffeln verabscheuten sie, sie lasen ausschließlich altgriechische Autoren und rümpften die Nase, wann immer sie an der Lenker Buchhandlung vorbeigingen und dort die Neuerscheinungen im Schaufenster sahen. Besonders die Gegenwartsliteratur war ihnen verhasst, da sie meinten, dort würde nur sinnentleerte Befindlichkeit und Bauchnabelschau betrieben, aber keine großen Themen abgehandelt wie in der antiken Literatur. Ihr Wahlspruch, der in einem goldenen Bilderrahmen groß an der Wand ihres Klubraumes hing, war ein Zitat des berühmten Altphilologen Guilelmus Monacensis: *Latein kann man, Griechisch liebt man.* Sie liebten ihr Griechisch-Studium sogar so sehr, dass sie sich einige Male versehentlich in ihrem Klubraum einschlossen, weil sie nicht daran dachten, ihn rechtzeitig zu verlassen, bevor um zweiundzwanzig Uhr die automatische Türverriegelung die zentralen Ausgänge in jedem Trakt verschloss. Um Haltung zu bewahren, schliefen sie natürlich im Sitzen und mit umgebundener Krawatte, woraufhin sie allerdings die folgenden Tage steife Nacken hatten und das Studium etwas langsamer angingen. Mobilfunk, Fernsehen und Internet lehnten sie als Vehikel der Volksverdummung ab, und so hatte keiner von ihnen ein Handy dabeigehabt, um Hilfe zu rufen.

Aus der Liebe zur Welt der alten Griechen resultierte auch der Name, den sie sich gegeben hatten: *Digamma-Klub*. Das Digamma war ein altgriechischer Halbvokal, ein konsonantisches U, das dem englischen W ähnelte, aber noch vor der Erfindung der Schrift aus der Sprache geschwunden war. Dass viele Wörter früher ein Digamma enthalten hatten, hatte jedoch große Auswirkungen auf die Formenbildung des überlieferten Altgriechisch gehabt, was Mauritz, Severin, Ferdinand und Albert über die Maßen faszinierte. Sie nahmen sich zum Ziel, bei jedem altgriechischen Wort zu wissen, ob es einst ein Digamma enthalten und ob das Digamma Auswirkungen auf die ihnen bekannte Form des Wortes gehabt hatte. Dieser Buchstabe, der nicht mehr sichtbar war, aber doch Konsequenzen hatte, war für sie das Ideal ihrer geistigen

Beschäftigung. Ihr Ziel war es, hinter die Materie zu gehen, die Welt hinter dem Sichtbaren zu verstehen und mehr als das Offensichtliche zu wissen. Wenngleich diese Kleingesellschaft einigen Lehrern suspekt war, war sie bei den Mönchen sehr beliebt. Mitzi Ammermann hatte eine Zeit lang gehofft, beim Belauschen ihrer Gespräche etwas Skandalöses zu erfahren. Das war jedoch ähnlich ergiebig gewesen wie das Durchsuchen der Nachtkästchen der Mönche, und so hatte sie bald das Interesse verloren. Mitzi Ammermann interessierte sich nicht für Homer, Thukydides oder Sophokles und fand es auch in keiner Weise spannend zu überlegen, wie in den Werken dieser alten Griechen der Lauf aller zukünftigen geschichtlichen Ereignisse vorausgesehen, angedeutet und bereits verschriftlicht worden war. So ließ man den Knaben freie Bahn, Pater Jeremias erinnerte sie gelegentlich an die nahende Apokalypse, und erst Pater Tobias suchte sie eines Tages in ihren Räumlichkeiten auf, um ihnen einen jüngeren Schüler als Schützling ans Herz zu legen, von dem er glaubte, dass er hervorragend in den Digamma-Klub passen würde.

Johannes A. Irrwein wusste nicht, was Pater Tobias plante, als dieser ihn zu Beginn der vierten Klasse in der Mittagspause aus dem Chemieraum holte und ihn bat, ihn zu begleiten. Pater Tobias führte Johannes aus dem Schulhof in einen abgeschlossenen Durchgang, für den sonst nur der Subprior den Schlüssel hatte, und weiter in den Gästetrakt. Im Nordflügel hatten die Mönche früher ihre noblen Besucher untergebracht, die auf der Reise durch die Alpen in Klöstern wohnten, da es keine Gasthäuser für einen reisenden Hofstaat von mehr als fünfzig Personen gab. Den Schülern waren diese Gänge nicht zugänglich, da sie bereits seit einigen Jahren für Konferenzen, Besprechungen und Treffen genutzt oder vermietet wurden. Schweigsam schritt Johannes neben dem Mönch durch die Gänge. Die Fenster waren mit schweren Stoffen verhangen, auf dem polierten Marmor quietschte ein jeder Schritt seiner Gummisohlen, doch da weit und breit niemand in Sicht war, machte er sich darüber keine Gedanken. Pater Tobias hob die Augenbrauen, bog in einen kleinen Seitengang, der durch eine Gittertür vom Hauptgang getrennt war, und klopfte dort viermal an eine schwere Holztür, wartete drei Sekunden und klopfte abermals. Drinnen hörte man das Rücken von Stühlen auf den Steinfliesen, bevor sich die Tür öffnete. Sie schwang langsam auf, und obwohl Johannes keine Ahnung hatte, was auf ihn zukam, klopfte sein Herz. Der Digamma-Klub legte nicht nur viel Wert auf ausgezeichnete Leistung, sondern auch auf einen angemessenen Auftritt, und so standen seine Mitglieder im Halbkreis, der Größe nach aufgereiht, als sich die Tür wie von allein öffnete. In den alten Gemäuern gab es keine einzige gerade Wand, weswegen man der Tür nur einen Stups geben musste, um sie aufschwingen zu lassen, aber für Johannes sah es in diesem Moment aus, als wäre Zauberei im Spiel.

Die Schüler hatten sich ihren *Klubraum*, wie sie den ehemaligen Abstellraum für Konferenzstühle zu nennen pflegten, mit ausrangierten Möbeln aus dem Baumberg'schen Jagdschlösschen eingerichtet. Der Tisch war wurmstichig, in der Récamiere an der Wand war keine Feder mehr an ihrem Platz, aber es ging ihnen nicht um Bequemlichkeit, sondern um das richtige Ambiente für die Bildung des Geistes.

»Na dann komm herein, Johannes A. Irrwein. Wir haben schon auf dich gewartet«, sagte Severin Dietrich, der als Größter am Türende des Halbkreises stand. Er streckte seinen Arm einladend aus und wies auf einen der fünf Stühle an der schweren Tafel. Johannes wusste nicht, wie ihm geschah, was er hier sollte und was es mit dieser Situation auf sich hatte. Noch nie zuvor war er so freundlich eingeladen worden, noch nie hatte jemand auf ihn gewartet. Und natürlich war ihm der Digamma-Klub nicht unbekannt. Seit kurz nach dessen Gründung beobachtete er die Mitglieder auf dem Schulflur oder im Hof, lauschte beim Vorbeigehen, wie sie sich unterhielten. Sie waren ihm aufgefallen, da sie nie mit den anderen Burschen ihres Alters Fußball spielten, den Mädchen hinterherliefen oder sich um Karikaturzeichnungen der Lehrer scharten. Genau wie Johannes standen sie immer abseits, abgesondert von den Mitschülern – nur dass sie zu viert waren, während Johannes allein war. Johannes zögerte nicht einen Moment, den Raum zu betreten.

Im Winter der vierten Klasse am Gymnasium fühlte sich Johannes von Kopf bis Fuß an der Schule angekommen. Kurz nachdem der erste Schnee gefallen war und Lenk wie ein pittoreskes Schneekugelstädtchen aussehen ließ, bekam Johannes einen kleinen Digamma-Anstecker verliehen, den er sich von nun an wie die anderen ans Revers seiner Schuluniform heften durfte. Dies bedeutete ihm viel, da der erste Schnee jedes Jahr eine Herausforderung für ihn darstellte. In Lenk waren die barocken Häuschen lediglich von einer Puderzuckerschicht bedeckt, doch in St. Peter am Anger lag der Schnee kniehoch, und Johannes musste den Gemeindearbeiter Schuarl Trogkofel anbetteln, die Straße ins Tal rechtzeitig zu räumen, damit er in die Schule kommen konnte. Trotzdem kam er jeden Morgen zu spät, da der Bus mit Schneeketten an den Rädern nur im Schneckentempo vorwärtskam. Er haderte in diesen Tagen noch mehr als gewöhnlich damit, aus den Bergen zu kommen, doch der Digamma-Klub beruhigte ihn.

»Es ist egal, woher du kommst. Es zählt nur, was du aus dir machst«, sagte Albert zu ihm, als er eines Morgens berechnete, wie viel es kosten würde, seine Eltern wegen unterlassener Hilfeleistung zu verklagen, nachdem er wegen einer Schneewechte die ersten beiden Schulstunden verpasst hatte, die noch dazu eine Doppelstunde Griechisch gewesen waren.

Nach drei Monaten im Digamma-Klub hatte Johannes

den Naturwissenschaften bereits abgeschworen. Ferdinand, Mauritz, Severin und Albert waren drei Jahre älter als er, und er konnte mit ihren Unterhaltungen kaum Schritt halten, doch er durfte Protokoll über ihre Ergebnisse, Vorhaben und Fragestellungen führen, um einen lang gehegten Wunsch des Digamma-Klubs zu verwirklichen: einen Kommentar zur Gegenwart der Klosterschule zu verfassen. Johannes verfasste Traktate über die Unästhetizität der aus den Schuluniformsröckchen herausblitzenden Stringtangas und schrieb eine Liste von Gründen, warum es wichtig war, sich in jungen Jahren nicht von Mädchen ablenken zu lassen, wenn man später Forscher werden wollte. Er kommentierte neue Entwicklungen, wie die Einführung des Freifaches *Mediation, Schüler helfen Schülern,* das der Digamma-Klub einstimmig als *affig* klassifizierte, und vor allem wurde mindestens einmal in der Woche darauf hingewiesen, wie wichtig die Kenntnis der altgriechischen Sprache, Literatur und Kultur für die Bildung des Menschen sei. Johannes hätte auch den Boden gefegt, wenn sie ihn gebeten hätten, denn er war überglücklich, endlich dazuzugehören und seinen Platz gefunden zu haben. Von nun an zählte nur noch die Meinung des Digamma-Klubs, und so verzichtete Johannes sogar darauf, sich zu Weihnachten ein Handy zu wünschen, wie es all seine Klassenkameraden taten.

Im Digamma-Klub hatte jedes Mitglied einen Schutzheiligen, einen altgriechischen Autor, mit dem man sich besonders beschäftigte. Mauritz, ein grübelnder Schöngeist, las Bakchylides und versuchte, dessen Siegeslieder, soweit sie erhalten waren, zu verstehen und auswendig zu lernen. Er sehnte sich zurück in die Zeit der panhellenischen Spiele, wo die Sieger der Wettkämpfe mit prestigeträchtigen Liedern geehrt wurden, um deren Abfassung Chorlyriker konkurrierten. Ferdinand, der trotz seiner Körpergröße von nur 1,69 den längsten

Atem hatte, wandte sich Homer zu, insbesondere der Ilias, dem großen Epos über den Trojanischen Krieg. Albert, der einen starken Sinn für Logik hatte, arbeitete sich an Aristoteles ab, dessen Art zu schlussfolgern dem ständig überlegenden Knaben sehr entgegenkam. Und Severin, der von allen mit dem stärksten Temperament gesegnet war, leicht in Wallungen geriet und emotional sehr aufbrausend sein konnte, beschäftigte sich mit Euripides, dem größten der Tragiker. Die vier waren sehr erstaunt, als ihr kleiner Protokollant von sich aus einen Schutzheiligen wählte, den sie sofort als überaus passende Wahl betrachteten. Johannes schlug vor, sich in den Dienst Herodots zu begeben. Diesen hatte er schließlich bereits mit Doktor Opa gelesen, und jeden Abend vor dem Schlafengehen, wenn er den 14,8 Meter langen Bandwurm aus Johannes Gerlitzens Darm über seinem Schreibtisch stehen sah, dachte er, Doktor Opa würde sich freuen, dass er so kluge Freunde gefunden hatte.

Manche der Lehrer wie Schüler belächelten die neue Konstellation, neidische Klassenkameraden nannten ihn *Digammas Rattenschwanz*, doch Johannes kümmerte das nicht. Er hatte endlich Menschen gefunden, die ihm zuhörten und in dem ermutigten, was er tat. Es war der Digamma-Klub, der ihm beibrachte, dass die Forschung der Geisteswissenschaften den Naturwissenschaften um nichts nachstand. Obwohl Pater Jeremias jedes Mal, wenn er ihn traf, prophezeite: *Das wird noch schiefgehen, mein Junge!*, war Johannes so glücklich wie noch nie zuvor, denn anders als bei der Forschung mit Doktor Opa spürte er endlich seine Talente und Begabungen.

Das Leben schien plötzlich in Ordnung, und Johannes musste sich bemühen, nicht ständig ein Lächeln auf den Lippen zu haben, denn der Digamma-Klub legte sehr viel Wert auf ernste Haltung. Doch er strahlte an jenem Frühsommertag kurz vor Schulschluss, als er mit Mauritz von Baumberg an der Bushaltestelle stand und sie sich über Herodot unterhielten.

»Weißt du, Johannes, was Herodot in meinen Augen so auszeichnet, ist seine absolute Hingabe an die Forschung«, sagte Mauritz verträumt.

Normalerweise war Johannes ein punktgenauer Mensch, der sich maximal eine halbe Minute vor Abfahrt des Busses nach St. Peter am Busbahnhof einfand. Ein- bis zweimal im Monat jedoch ging er schon eher zur Haltestelle und wartete mit Vergnügen, und zwar wenn Mauritz mit ihm am Bussteig stand, um seinen Onkel zu besuchen, der das Jagdschlösschen der Familie bezogen hatte, das sich auf einem anderen Berg im Angertal befand.

»Andere Geschichtsschreiber gehen trocken analytisch vor, aber Herodot brennt für die Völker, die er untersucht«, sinnierte Mauritz weiter, und Johannes wollte gerade antworten, dass er an Herodot schätze, dass dieser trotz seiner Hingabe immer ein sachlicher Forscher geblieben sei, da wurde ihr Gespräch von einem Ruf unterbrochen:

»Bam Oida! Servas Johannes, des gibt's jo net, dass i di da treff!«

Johannes zuckte erschrocken zusammen, als er den St.-Petri-Dialekt außerhalb von St. Peter vernahm. Als er sich umwandte, entdeckte er den Jungfußballer Peppi Gippel, der, im St.-Petri-Trainingsanzug, aus der Fußgängerzone auftauchte. Als wären Johannes und Peppi alte Freunde, steuerte der Fußballer auf Johannes zu und schlug in dessen Handfläche ein, ohne dass Johannes sie ihm entgegengestreckt hätte.

»Kummst du vo da Schul? I hab mir grad neue Fuaßballschuh kauft. Magst sehn?«

Und bevor Johannes abwinken konnte, hatte Peppi bereits seine Fußballschuhe ausgepackt und erklärte stolz, warum diese nicht aus Leder seien, sondern aus einem speziellen Plastik, das auch bei Weltraumanzügen verwendet werde. Johannes wusste nicht, was er sagen sollte – er genierte sich in Grund und Boden.

»Und Johannes, spülst du eigentli Fuaßball in deiner Schulmannschaft? Hab g'hört, de is net schlecht!«, fragte Peppi schließlich und klopfte Johannes auf die Schulter.

Johannes schoss die Röte ins Gesicht. Er überlegte, wie er Peppi zum Schweigen bringen könnte, stammelte: »Nein, also, nein«, doch Peppi hatte sich bereits zu Mauritz gedreht und erzählte diesem eifrig:

»Da Johannes hat nämli amoi mit mir in da St.-Petri-Fuaßballmannschaft g'spült, und er hätt beinah a super Tor g'macht, owa dann is er voi übel g'foult wordn!«

Mauritz sah Johannes überrascht an, dem alles so peinlich war, dass er gar nicht wusste, was er sagen sollte. Und währenddessen plauderte Peppi vergnügt über ihre gemeinsame Zeit in der U8. Johannes war noch nie so erleichtert gewesen, den Postbus zu sehen, wie in diesem Moment. Normalerweise hasste er es, nach St. Peter zurückzufahren, aber heute war er froh, Peppi in den Bus stoßen zu können und vor dem Einsteigen Mauritz zuzuflüstern:

»Ich kann das erklären, das ist einer aus meinem Dorf, ich wurde früher zum Fußballspielen gezwungen, du weißt eh, ich hab euch ja erzählt, wie schrecklich man mich im Dorf gefoltert hat.« Mauritz nickte und klopfte ihm auf die Schulter. Johannes atmete aus und stieg ein. Peppi hatte sich in die hinterste Reihe gesetzt und winkte ihm zu:

»Magst di zu mir setzn? I hab an neuen Gameboy g'kriegt, da kann ma a zu zweit spüln!«

Johannes setzte sich in die vorderste Reihe. Er wollte auf keinen Fall, dass Mauritz glaubte, er hätte so ungebildete Freunde im Bergdorf. Die Situation am Bussteig war ihm schon peinlich genug gewesen, außerdem fand Johannes Gameboys bescheuert und wunderte sich nicht, dass Peppi so einen beaß.

Johannes nahm sich vor, in Zukunft nicht mehr mit Mauritz am Bussteig zu warten. Seit er an der Klosterschule angenommen worden war, hatte er jeden Kontakt zu den Dorfbewohnern abgebrochen. Er hielt sich von den Festen fern, hörte seinen Eltern nicht zu, wenn diese über das Dorf sprachen, und verbrachte so viel Zeit wie möglich in Lenk. Anders als in St. Peter fühlte er sich dort akzeptiert und nicht mit Stielaugen beobachtet, wenn er in der Öffentlichkeit ein Buch las oder beim Spazieren Vokabeln lernte. Johannes wollte sich so weit wie möglich vom Dorf distanzieren, denn er hatte Angst, dass er es sonst nie schaffen würde, seine Träume zu verwirklichen, Forscher zu werden und hinaus in die große Welt zu gehen, von der ihm Doktor Opa immer so viel erzählt hatte.

*[Vom Vergessensein, Notizbuch II]*

*[6.9.] So verhielt es sich also mit jenem Krieg, der dreißig Jahre lang andauerte und den halben Kontinent verwüstete, die Bevölkerung um einiges dezimierend, jedoch gänzlich, wie ich schon erwähnt habe, an St. Peter am Anger vorbeizog. Ähnliches sollte sich auch in Bezug auf alle weiteren Unglücke der Menschheit in jener vergangenen Zeitepoche abspielen. Denn wie ich aus der eigenen Lektüreerfahrung berichten kann, gibt es eine seltsame Divergenz zwischen den Geschichtsbüchern Europas und den Geschichtsaufzeichnungen des Bergbarbarendorfes St. Peter am Anger. [7.0.] So geschah es, wie ich nun als Beispiel angeben möchte, daß die gefürchteten Reiterheere der Türken, deren Plünderer und Brandschatzer bis in die Alpen vorgedrungen waren, den Weg nach St. Peter am Anger nie fanden, obwohl sie danach gesucht hatten, nachdem ihnen einige Gefangene unter Folter von jenem reichen, idyllischen Ort erzählt hatten. [7.1.] Weiters kann ich nach gründlicher Überprüfung berichten, daß St. Peter am Anger so geschützt inmitten der Sporzer Alpen versteckt war, daß nicht einmal der Schwarze Tod dorthin fand. Die Zeugnisse führen als Grund dafür an, daß die Bergbarbaren jener Zeit keinen Kontakt mit der Außenwelt pflegten. Ich kann mir jedoch vorstellen, daß für einen Kranken, der an der Lungenpest litt, der Aufstieg auf den Angerberg zu strapaziös war, so daß ein jeder, der es versuchte, geschwächt von der Krankheit auf dem Weg bergauf verendete. [7.2.] Wie es sich genau zugetragen hat, ist an dieser Stelle von wenig Interesse, festzuhalten gilt nur, daß die Krisenzeit des Kontinents eine Zeit der Blüte in St. Peter am Anger war. Die Bewohner organisierten sich autark und lebten glücklich ohne Kontakt mit der von Krisen geplagten Welt. [7.3.] Auch das Lenker Kloster vergaß die Bergbarbaren, die nun ihren eigenen Priester hatten und mit dem Kloster nichts mehr zu tun haben wollten. Jener Krieg der Konfessionen hatte einen Besetzungswechsel der Mönche verursacht. Diejenigen jungen, die dort lebten, wußten nichts von dem Dorfe – die alten aber, die es einst gekannt, hatten es vergessen.*

# Kriegsvorbereitungen

Seit anderthalb Jahrzehnten hatten die Mönche des Benediktinerklosters in Lenk im Angertal um ihre finanzielle Eigenständigkeit gekämpft und an allen Ecken und Enden gespart, um die Schule selbst erhalten zu können. Sie hatten das Kloster den Touristen geöffnet, die Festsäle für Weihnachtsfeiern vermietet, und als das alles nicht genug gewesen war, hatten sie sogar Gästeräume eingerichtet, um ausgebrannte Manager zu beherbergen, die den Drang verspürten, durch Schweigen und Beten zur Besinnung zu finden. Pater Jeremias hatte alle diese Neuerungen mit den Worten »Das kann ja nur schiefgehen!« kommentiert.

Je älter Pater Jeremias wurde, desto bleicher wurde seine Haut, desto eingefallener seine Wangen und desto dramatischer wurden seine aus tiefen Höhlen herausstechenden Augen von den buschigen, wie bei einem Uhu in die Höhe ragenden Augenbrauen inszeniert – und letztendlich hatte er recht, denn im Sommer 2006 kapitulierten die Mönche vor ihrer Finanzlage und akzeptierten nach einem Blick auf die Kontoauszüge die Unterstützung des *Trägervereins der katholischen Ordensschulen*. Diese Übergabe der Schule an einen angeblich gemeinnützigen Verein ging mit der Pensionierung des Direktors einher, der ein reizender, aber nicht sonderlich durchsetzungsfähiger Mann gewesen war und den Mönchen stets ihren Willen gelassen hatte. Die Benediktiner hatten angestrengt versucht, einen passenden Ersatz zu finden, da sie ihr Mitspracherecht in Belangen der Schule nicht aufgeben wollten. Doch die Suche blieb erfolglos, und so war die Schule im Sommer 2006, als der Trägerverein die ersten Raten überwies, direktorenlos.

Johannes hatte mit Beginn des Schuljahrs 2006/2007 endlich die Oberstufe erreicht, während der Digamma-Klub in der achten Klasse das Maturajahr vor sich hatte, weswegen es bereits in den Sommermonaten tägliche Studiumstreffen gegeben hatte. Johannes hatte das sehr gefreut, denn erstmals hatte er auch im Sommer eine Möglichkeit gehabt, aus St. Peter am Anger zu entfliehen. Er hätte am liebsten in den Schlafräumen des ehemaligen Internats übernachtet, doch er musste morgens und abends Petzi füttern, der sich zum dicksten Kater von ganz St. Peter gefressen hatte, da er, anders als die Bauernhofkatzen, nicht auf die Mäusejagd angewiesen war. Im Winter war sein Bauch so dick, dass er damit den Boden aufwischen konnte, aber anstatt dass Ilse sich darüber freute, nicht mehr staubfegen zu müssen, kreischte sie stets, wenn sie den Kater sah:

»Pfui Teifl, des depperte Viech verteilt seine Läus überall auf meim Bodn!«

Da der Digamma-Klub auch im Sommer die Schule aufgesucht hatte, waren Mauritz, Severin, Albert, Ferdinand und Johannes die einzigen Schüler, die die großen Veränderungen mitbekommen hatten. Der Rest der Schüler wurde zu Beginn des Schuljahrs vor vollendete Tatsachen gestellt, als der Subprior bei der Schulanfangsgeneralversammlung anstelle des Direktors mit einem sehr angespannten Gesichtsausdruck ans Mikrofon trat. Bei Schönwetter wurde diese erste Versammlung aller Schüler nach den Ferien unter den wachsamen Augen der Statuen im Prälatenhof abgehalten. In Klassen geordnet saßen die Schüler in ihren dunkelblauen Uniformen auf schwarzen Klappstühlen, während unter den Schwingen des kopflosen, über die Gesetze der Statik erhabenen Engels das Rednerpult aufgebaut war.

»Ihr wisst, dass unser lieber Herr Direktor mit Ende des Schuljahres in den wohlverdienten Ruhestand gegangen ist«, erinnerte der Subprior zu Beginn seiner Rede das versammelte Schülerkollektiv. »Leider haben wir noch keinen Nachfolger, da das Kloster seit dem Sommer dankenswerterweise Unterstützung vom Trägerverein der katholischen Ordensschulen bekommt und wir unsere Unterstützer natürlich in die Entscheidung miteinbeziehen wollen.«

Der Subprior hatte Mühe, sachlich und freundlich zu bleiben, denn im Grunde gelüstete es ihn, über die Einmischung der Fremden zu schimpfen, aber einige der neuen Vorstandsmitglieder saßen in der ersten Reihe. Zum ersten Mal in der Geschichte der Lenker Benediktinerschule blickte man vom Rednerpult aus auf zwei Reihen Anzugträger anstelle der liebenswerten Tafelklässler. Johannes A. Irrwein saß mit seiner Klasse in der sechsten Reihe auf der linken Seite. Auf seinen Knien lag ein neues Schulheft, dessen Duft nach chlorfrei gebleichtem Papier er genoss. Ab und zu vermerkte er einzelne Sätze des Subpriors auf den karierten Seiten, doch es kostete ihn Mühe, sich auf dessen Rede zu konzentrieren, da er den Digamma-Klub im Auge behalten wollte. Mauritz, Albert, Severin und Ferdinand saßen ebenso wie Johannes in den Reihen ihrer Klasse, genauso wenig um die Klassenkameraden bemüht wie der junge Protokollant. Über die Sommermonate hatte er einen plötzlichen Wachstumsschub erlebt, sodass er, der frühere Klassenkleinste, nun sechs seiner zehn männlichen Kameraden überragte. Anders als vor wenigen Monaten musste er sich nicht mehr strecken und verrenken, um während einer Versammlung den Digamma-Klub zu beobachten. Ein kurzer Blick über die Schulter genügte, um seine Freunde vier Reihen weiter hinten zu entdecken – was ihn jedoch verwirrte, war, dass sie fortwährend die Köpfe zusammensteckten und sich zu beraten schienen. Der Digamma-Klub hatte Disziplin und Aufmerksamkeit gegenüber Autoritätspersonen in seinen Statuten festgeschrieben, doch etwas schien die vier zu beunruhigen, so unaufmerksam hatte Johannes sie noch nie gesehen. Nachdem der Subprior die üblichen organisatorischen Bemerkungen zum Jahr verlesen hatte, machten sich die Schüler aufbruchsbereit, um in ihre Klassen zu laufen und über die Ferien zu tratschen, da steuerte Gernot Luftinger, der Obmann des Trägervereins, zielsicher auf das Rednerpult zu.

Gernot Luftinger, der sich von Gesinnungsgenossen »Geri« rufen ließ, war ein stockkonservativer Mann, der sich große Mühe gab, juvenil zu wirken. Seine traditionsbewussten Luxus-Lodensakkos trug er zu Jeans, die so schief an ihm saßen, als wären sie angewidert, einen Mann zu bekleiden, dessen Auffassung vom Leben allem entgegengesetzt war, was eine Jeans repräsentierte. Seine Haare waren so fest an den Hinterkopf gegelt, dass sich nicht einmal bei einem Tornado etwas geregt hätte, und auf seiner Nase trug er eine knallrote modische Brille. Skeptisch abwartend und irritiert von seinem Auftritt hörten ihm die Schüler des Lenker Stiftsgymnasiums zu, wie er von *großen Veränderungen* sprach und dem *Trägerverein, der sich als nährende, schützende Mutter junger wertorientierter Schüler versteht.* Er redete fast doppelt so lang wie der Subprior, holte aus und erzählte von *der Zeit, die im Wandel ist,* und *neuer Wirtschaftslage, an die man die Schule anpassen muß.* Seine Rede schloss er mit den Worten:

»Sehr geehrte Schüler, wie ihr wisst, ist mein Name Gernot Luftinger, und das Motto, das ich in diese Schule mitbringe, lautet: Luftig modernisieren!«

Als er zu sprechen aufhörte, applaudierten einige Schüler zögerlich, doch Johannes war sich sicher, aus Severins Richtung ein Brechgeräusch vernommen zu haben.

Er sprang auf und eilte auf seine Freunde zu, aber Ferdinand harschte ihn an:

»Kein Wort, bis wir im Klubraum sind. In der Mittagspause, bis dahin unauffälliges Verhalten.«

Johannes platzte vor Irritation und Neugierde. Er war so verwirrt, dass er nicht einmal mitbekam, wie ihn drei Klassenkameraden nach seinen Ferien fragten und ihm sogar zwei Mitschülerinnen ein Kompliment machten, er sehe sehr gut aus, seit er so gewachsen sei. Alina Naumann, die ähnlich strebsam wie Johannes war und ihn schon immer sympathisch gefunden, sich aber bislang von ihm ferngehalten hatte, weil er kleiner gewesen war als sie, war schrecklich gekränkt, als er auf ihr Kompliment nicht reagierte, das sie ihm nämlich nicht nur aus Höflichkeit, sondern aus ernstem Interesse gemacht hatte – was sie einiges an Überwindung gekostet hatte.

»Das sind keine guten Vorzeichen«, sagte Mauritz bei der Versammlung in der Mittagspause und schritt unruhig im Raum auf und ab. Nur Johannes hatte sich gesetzt, Albert lehnte an der Wand, Ferdinand stand, die Finger in den Gürtelschlaufen seiner Hose eingehängt, neben dem Bücherregal, und Severin hüpfte wie geladen vom einen Fuß auf den anderen. Johannes hatte sie noch nie so erlebt und fragte gespannt, was denn los sei.

»Dieser Luftinger, was er gesagt hat, war nicht gut.« Albert sprach mit gedämpfter Stimme, als fürchtete er, belauscht zu werden.

»Aber er hat doch gar nichts gesagt, das war doch nur so Standardblabla«, entgegnete Johannes, der am liebsten wieder zur Tagesordnung übergegangen wäre. Es war kein gutes Omen, dass sie sich heute noch gar nicht über die alten Griechen unterhalten hatten.

»Vergiss nicht, der Trägerverein ist eine üble Stiftung. Im Aufsichtsrat sitzen korrupte Anwälte und skrupellose Wirtschaftsbosse, die katholische Ordensschulen finanzieren, um ihr Geld reinzuwaschen und gute PR zu bekommen.«

»Die haben alle keine Ideale. Alles stockkonservative Wirtschaftsmenschen ohne hellenische Bildung. Die wollen die Welt nach ihren Vorstellungen umgestalten.«

»Und der Luftinger ist einer der übelsten. Einer von denen, die als Zukunftshoffnung gelten, nur weil sie sich eine bunte Brille aufsetzen und alles erneuern wollen. Die glauben, die würden junge Menschen ansprechen, wenn sie einmal das Wort ›cool‹ verwenden.«

»Alles keine Hellenen, sondern Gegner vom Schönen und Guten.«

Bis zu diesem Tag war der Schulanfang stets der schönste Tag des Jahres für Johannes gewesen, da er das Ende der quälenden Sommerferien in St. Peter bedeutet hatte, doch dieses Schuljahr begann nicht so, wie er gehofft hatte.

Drei Stunden nach Ende der Schulanfangsversammlung ging schließlich ein gewaltiger Wolkenbruch über Lenk im Angertal hernieder. Als Johannes mit nassen Hosenbeinen und beschlagener Brille in den kleinen Postbus nach St. Peter kletterte, der wie immer bei Regen eine halbe Stunde Verspätung hatte, ahnte er, dass sich die Dinge nicht unbedingt zum Guten entwickelten.

Zwei Wochen später hatte das Klostergymnasium von Lenk im Angertal einen neuen Direktor. Nachdem die Mönche den Anschein erweckt hatten, sich nicht entscheiden zu können, hatte der neue Aufsichtsrat beschlossen, ihnen bei der Wahl zu helfen, und Gernot Luftinger als neuen Direktor vorgeschlagen, der mit allen Stimmen des Trägervereins und des Elternrates, gegen die Stimmen des Konvents und der Schülervertretung, gewählt wurde. Kaum dass diese Neuigkeit am schwarzen Brett verkündet worden war, war der Digamma-Klub nur noch mit verfinsterten Mienen zu sehen, und erstmals seit zwei Jahren zogen sich die anderen in den Klubraum zurück, ohne Johannes Bescheid zu sagen. Pater Tobias versuchte, ihn zu beruhigen:

»Der Digamma-Klub muss sich auf die Matura vorbereiten, du bist nun mal jünger. Die brauchen Zeit für sich.«

Doch Johannes ahnte, dass da etwas im Busch war.

»Sei nicht zu pessimistisch in deinen jungen Jahren, und hör nicht auf Pater Jeremias!« Pater Tobias wollte ihn mit einem Lächeln aufheitern, aber Johannes merkte, dass auch Pater Tobias über die Entwicklungen beunruhigt war – wie der gesamte Konvent.

Als der neue Direktor Gernot Luftinger das erste Mal bei der Schulmesse erschien, warteten die Schüler rund um Pater Jeremias darauf, dass dieser die Hände verschränkte und ihnen zuflüsterte, dass dies nur schiefgehen könne. Pater Jeremias schüttelte den Kopf, knirschte mit seinem falschen Gebiss und sagte so laut, dass man es in der gesamten Kirche hören konnte:

»Das wird im unendlichen Unheil enden.«

Direktor Luftinger begann mit seiner *luftigen Modernisierung*, kaum dass die Kastanien, die den Weg zur Schulpforte säumten, die ersten Blätter zu Boden fallen ließen. Von nun an hatte das Wort *luftig* einen bitteren und galligen Beigeschmack für die Schüler des Lenker Klostergymnasiums. Die Buffetfrau war die Erste, die es zu spüren bekam, denn seit den Umstrukturierungen hatte sie keinen einzigen jener Schokoriegel mehr verkauft, die damit warben, *luftig-locker* zu schmecken. Alle befürchteten, Luftingers Auffassung von *luftig* bedeutete, niemandem Luft zum Atmen zu geben. Die Lehrer mussten sich einer Generalinspektion unterziehen, woraufhin Frau Professor Part sofort die Konsequenz zog und ihren Pensionsantritt vorverlegte.

»Noch nie hat jemand meine Methode des praktischen Unterrichts infrage gestellt!«, sagte sie empört und packte fünf Umzugskisten mit zerschnittenen Froschpräparaten, die ihre Schüler im Laufe ihrer Lehrerinnenlaufbahn angefertigt hatten.

Die gemischte Fußballmannschaft der Schule wurde in eine Buben- und eine Mädchenmannschaft getrennt, von denen ab diesem Zeitpunkt keine mehr ein Spiel gewann. Nachdem Luftinger die Geheimnisse des Biologie-Kammerls entdeckt hatte, mussten die Putzfrauen dort regelmäßig Kontrollen durchführen, was Mitzi Ammermann über alle Maßen wurmte, da sie insgeheim gehofft hatte, es würde irgendwann den Skandal eines im Biologiekammerl gezeugten Kindes geben. Als Luftinger den Putzfrauen auch noch die Gehälter kürzte, zettelte Mitzi Ammermann einen Generalstreik an, und die Putzfrauen ließen das Biologiekammerl wieder unbewacht. Der Digamma-Klub begann, unruhig zu werden, als durchsickerte, dass Luftinger den Griechisch-Unterricht zu einem Freifach degradieren und stattdessen Rechnungswesen sowie Wirtschaftskunde einführen wollte.

Kaum dass Luftinger seinen Plan öffentlich gemacht hatte, Latein zudem erst ab der Oberstufe im Stundenplan zu verankern, erklärte der Digamma-Klub Luftinger den Krieg und rief Johannes zu einer Notsitzung.

»Johannes, es ist nur zu deinem Besten«, sagte Mauritz, als ihm die vier ihren Entschluss verkündeten, dass er von nun an nicht mehr in den Klubraum kommen oder den Anstecker tragen dürfe.

Johannes fühlte sich wie von einem Laster überfahren und war so wütend, dass er den Digamma-Anstecker wortlos von seinem Revers nahm, auf die Tischplatte knallte und nach draußen ging. Er hatte so etwas geahnt, da sie sich schon seit Wochen von ihm abwandten, ihn nicht über geplante Lerntreffen informierten und stets etwas anderes zu tun hatten, wenn er sie auf dem Gang antraf. Sie versuchten ihm noch zu erklären, dass eine harte Zeit bevorstehe und sie gewisse Dinge tun müssten, die nicht unproblematisch seien und wahrscheinlich im Unheil enden würden. Sie wollten ihn nicht in Schwierigkeiten bringen, beteuerten sie, doch Johannes hörte schon nicht mehr zu. Er war so enttäuscht, dass sie ihm nicht genug vertrauten, um ihn in ihre Pläne einzuweihen, dass er am liebsten gar nichts mehr mit ihnen zu tun haben wollte. Er fühlte sich plötzlich nur noch wie der Protokollant, der nie verstanden hatte, dass er stets außerhalb des Zaunes gestanden und nur hineingesehen hatte, aber niemals dabei gewesen war.

Etwa drei Wochen lang führten die Mönche des Lenker Gymnasiums beim gemeinsamen Abendessen Grundsatzdiskussionen, ob Glücksspiel mit der katholischen Dogmatik vereinbar wäre. Danach füllten die Konventsbrüder jede Woche Lottoscheine aus und hofften, durch einen Sechser den Trägerverein verabschieden zu können und die Souveränität über die Schule zurückzuerlangen. In diesen Tagen wurde das Gebet zur heiligen Korona, der Schutzpatronin des Glücksspiels und für Geldangelegenheiten, sogar wichtiger als die Anbetung des heiligen Koloman. Pater Tobias war der erste der Mönche, den Luftinger aus der Schule drängte, indem er die anderen Mönchsbrüder erpresste, ihn besser in den Vatikan zu schicken, bevor Luftinger an den Vatikan meldete, wie viele Verehrerinnen Pater Tobias hatte. Luftinger hatte es sich zum Ziel gesetzt, alle Mönche aus dem Tagesgeschäft der Schule zu entfernen, aber mit lauteren Mitteln konnte er nicht vorgehen, denn auf dem Papier war die Schule nach wie vor Eigentum des Klosters, Luftinger war nur der Geschäftsführer. Pater Tobias wehrte sich mit Händen und Füßen, seinen Posten aufzugeben, doch einige der Mönche hatten immer schon gehofft, Pater Tobias würde eine vatikanische Karriere einschlagen, denn so charismatisch wie er war, traute man ihm sogar zu, nach gut 1000 Jahren der zweite Papst aus der Alpenrepublik zu werden. Als Johannes davon erfuhr, hatte er das Gefühl, seine Welt zerbröckelte ihm unter den Fingern.

Mit dem Frühjahr kamen nicht nur die zuvor vom Schnee bedeckten, heimlich gerauchten Zigaretten der Schüler im Schulhof zum Vorschein, sondern auch Widerstände gegen Luftinger. Es begann mit Flugzetteln, Plakaten und überall auffliegenden Informationsblättern.

### SCHÜLERINNEN UND SCHÜLER, WEHRET EUCH!

Nur weil Ihr jung seid, müßt Ihr Euch nicht a l l e s gefallen lassen. Habt Mut, zu kritisieren, was Ihr falsch findet. Sagt laut, was Euch stört. Ihr seid an diese Schule gekommen, weil Ihr k l a s s i s c h e  B i l d u n g schätzt und Euch die Liberalität der Benediktinermönche Freiraum zur Entwicklung gibt. Laßt nicht zu, daß unsere Schule zu einem k o r r u p t e n  E x i l  f ü r  d u m m e  K i n d e r wird, deren mit Luftinger verbündete Eltern ihnen den Abschluß bezahlen. Bewahren wir den guten Ruf unserer Schule! K ä m p f t  d a g e g e n, daß der Latein-, Griechisch- und Philosophie-Unterricht, der unsere Seelen bildet, von profanen Wirtschaftswissenschaften ersetzt wird, in denen das Herz nur verroht. W e h r t  E u c h  g e g e n  e i n e n  D i r e k t o r, der nicht an seine Schüler, sondern nur an seine eigenen Interessen und die seiner kriminellen Freunde denkt. Sofort!

Johannes fand eines dieser Flugblätter auf seiner Bank, als er eine Minute vor dem Läuten den letzten freien Platz in der

Klasse einnahm. Nicht zum ersten Mal in dieser Woche hatte der Postbus wegen der Schneeschmelze Verspätung gehabt. Die erste Stunde war Mathematikunterricht, Johannes jedoch bekam kein Wort von den Wurzeln und Quadraten mit, von denen sein Lehrer erzählte. Er schrieb abwesend von der Tafel ab und vergaß jede zweite Ziffer, denn auf der leeren Seite seines aufgeschlagenen A4-Heftes lag jenes Flugblatt, das bereits vor Öffnen der Schule an jedem Tisch, in jeder Toilette, in allen Gangkasterln, auf den Treppen, im Schulhof und sogar im Lehrerzimmer ausgelegt worden war. Luftinger hatte geschäumt und einen Putztrupp damit beauftragt, vor dem Eintreffen der Schüler jeden einzelnen Zettel zu vernichten. Weder der Hausmeister noch die beiden Putzfrauen noch die Buffetfrau und schon gar nicht Mitzi Ammermann, die in der Not zwangsverpflichtet worden waren, waren sonderlich motiviert oder flink ans Werk gegangen. Sie säuberten ein Viertel der unbenutzten Räume des Erdgeschosses, bevor die ersten Schüler eintrudelten und waren somit die Ersten, die sich am zivilen Ungehorsam beteiligten.

Johannes meinte, in dem Text Alberts Duktus erkennen zu können, Severins Impulsivität, Mauritz' träumerisches Sehnen, Ferdinands Energie und langsam verstand er, warum sie sich von ihm abgewandt hatten. Der Digamma-Klub plante einen Umsturzversuch. Oft hatten sie sich darüber unterhalten, wie es bei den Griechen die Pflicht eines jeden Intellektuellen gewesen war, sich gegen Tyrannen zu erheben. Er ahnte, dass sie ihn nicht in Gefahr bringen wollten, Umsturzversuche brachten oft Exil mit sich, doch für Johannes stand es außer Frage, seine Freunde zu unterstützen. Gleich in der Mittagspause huschte er durch die weitläufigen Gänge der Klosterschule – der Klubraum war jedoch leer. Die Tür stand offen, die Einrichtungsgegenstände des Digamma-Klubs waren verschwunden, und nur eine quaderförmige Stelle, an der der Fußboden heller war, deutete darauf hin, dass hier einst ein Bücherregal gestanden hatte. Ansonsten sah alles an dem Ort aus wie ein Abstellraum für nicht gebrauchte Konferenzstühle. Johannes verharrte regungslos im Türrahmen.

Später lief er alle Klassenräume ab, in denen er den Digamma-Klub vermutete, doch es dauerte noch einen weiteren Tag, bis er Albert nach der zweiten Stunde in die Toiletten eilen sah. Johannes stürzte ihm hinterher und stellte ihn zur Rede, als er sich die Hände waschen wollte.

»Bist du verrückt?«, herrschte Albert ihn an und drehte den Wasserhahn so hastig ab, dass das Quietschen der rostigen Armatur zwischen den weißen Fliesen widerhallte. Albert bückte sich, kontrollierte, ob Füße unter den Stalltüren zu sehen waren, und seufzte schließlich, als er merkte, dass er Johannes ohne Erklärung nicht loswürde.

»Albert, ich wollte euch nur sagen, ich find die Flugblätter toll. Ich helf euch gern beim Verteilen, immerhin, Pater Tobias war mein Freund. Ich will was dafür tun, dass er wiederkommen kann.« Albert blickte kurz in den Spiegel und strich sich einige Haare aus der Stirn, die ihm beim Bücken verrutscht waren.

»Johannes, hör auf. Du kannst nichts tun. Geh in Deckung und zieh den Kopf ein.«

Johannes spürte Wut in sich aufkommen.

»Johannes, sieh bitte ein, du hast nicht unsere Möglichkeiten. Wir können es uns leisten, uns in Gefahr zu bringen. Wir sind in der achten Klasse, haben gute Noten, und unsere Eltern sind informiert. Du weißt, Severins Mutter ist Beisitzende im Elternverein. Uns kann nicht viel passieren, aber Johannes, du kommst aus St. Peter am Anger. Seit Pater Tobias weg ist, hast du niemanden mehr, der dich verteidigen kann, wenn du in Schwierigkeiten kommst. Oder haben deine Eltern eine Expressmitgliedschaft im Elternbeirat beantragt? Außerdem, du bist Stipendiat. Willst du riskieren, dass man dir dein Stipendium wegnimmt? Und wenn du von der Schule fliegst, wo willst du dann Matura machen? Johannes, wir haben das im Vorfeld lange besprochen und uns entschieden, dass wir es nicht verantworten können, dich da hineinzuziehen. Du bist einfach nicht so gut abgesichert wie wir. Daher geh in Deckung, bald wird alles vorbei sein.«

Albert nickte zum Abschied und verschwand zwischen den Schülermassen, die sich vor der Toilettentür über die Gänge wälzten. Johannes drehte den Kaltwasserhahn auf, hielt seinen Kopf darunter und wartete, bis sich seine Wange wie eine Eisplatte anfühlte und die Zähne zu schmerzen begannen. Als er sich das Gesicht abtrocknen wollte, bemerkte er, dass der Papierhandtuchspender leer war. Er kramte in seiner Ledertasche nach Taschentüchern, hatte jedoch keine dabei und ekelte sich vor sich selbst, als er sich im Innenfutter seines Jacketts abtrocknen musste, um die Brille wieder aufzusetzen.

Die Pausenglocke läutete den Beginn der dritten Schulstunde ein, aber Johannes nahm nicht die Treppen in den zweiten Stock zum Geografieunterricht, sondern verließ das Gebäude und marschierte geradewegs durch die Innenhöfe, bis er im Torwartlhof ankam. Er schritt durch die Pforte, drehte sich um und starrte lange auf den Schriftzug *Huc venite pueri, ut viri sitis*. Johannes dachte daran zurück, wie er an seinem ersten Schultag hatte umkehren wollen, aus Angst, als Einziger kein Latein zu können. Dieser Gedanke hatte nun etwas Lächerliches, er war in Latein und Griechisch der beste Schüler der Klasse, doch er verspürte ein Gefühl, das dem seines ersten Schultages ähnlich war. Egal, wie viel er lernte, egal, wie sehr er sich bemühte, egal, wie angestrengt er übte, jedes Wort mit Bühnendeklamation der Hochsprache zu sprechen, keine Silbe zu verschlucken – nichts änderte den Umstand, dass er aus St. Peter am Anger kam, und das würde ihn immer von den anderen unterscheiden und immer jenen Nachteil ausmachen, vor dem er sich am ersten Schultag gefürchtet hatte. Johannes erinnerte sich, wie Albert zu ihm gesagt hatte:

»Es ist egal, woher du kommst. Es zählt nur, was du aus dir machst.«

Damals hatte das so wahr und einleuchtend geklungen, doch diese Worte schienen sich aufzulösen wie der Schnee, der weiß und schön eine Zeit lang alles bedeckt hatte, nun jedoch verschwand und den matschig-hässlichen Untergrund freigab, der stets darunter gelegen hatte. Johannes wandte sich um und blickte in Richtung der Berge. Die Gipfel waren kaum zu sehen, Hochnebel bedeckte das Angertal, nur einzelne Gletscherspitzen blitzten auf. Wenn er so nach oben sah, beschlich ihn Angst vor den steinigen Hängen. Obwohl er in einem der höchstgelegenen Bergdörfer der Alpenrepublik lebte, empfand er die Berge als Bedrohung, als Kerkerwände.

Kalter Wind kam auf, und Johannes spürte, dass sein Jackett noch nass war. Mit langsamen Schritten setzte er sich in Bewegung, streunte über den Almosengang, ein kleines Steintreppchen, das eine Abkürzung zwischen der Altstadt und dem Kloster bot, hinab nach Lenk. Als er nicht wusste, wo er hinsollte, da Pater Tobias in Rom war und ihn der Digamma-Klub verstoßen hatte, der Bus nach St. Peter aber erst in drei Stunden fuhr, spazierte er in eines der großmütterlich eingerichteten Altstadtkaffeehäuser, deren Fenster mit drei Schichten gehäkelter Spitze verhangen waren, nahm in der finstersten Ecke Platz und bestellte einen Eierlikör.

Mitzi Ammermann interessierte sich das erste Mal in ihrem Leben für Johannes A. Irrwein, als sie ihn zu einer Zeit, da er eigentlich in der Schule sitzen sollte, im Kaffeehaus Alkohol trinken sah. Sie war gerade in die Lektüre der bunten Seiten vertieft, aber der hochgewachsene, strohblonde Junge mit der runden Aluminiumbrille blieb ihr nicht lange verborgen. Mitzi Ammermann bedauerte zutiefst, dass ihr diese Information nicht viel nützen würde. Ihren Klatsch- und Tratschfreundinnen war ein Bursche aus St. Peter am Anger vollkommen egal, und sie überlegte, dass wohl der Einzige, der sich über die Information freuen würde, Luftinger wäre. Dieser hatte unlängst in einem Rundschreiben an das Personal verbreiten lassen, Informationen zu disziplinären Auffälligkeiten der Schüler würden sich positiv auf das Weihnachtsgeld auswirken, besonders wenn es sich um jenen Digamma-Klub handelte. Mitzi Ammermann beschloss jedoch, dass der Anblick des blonden Streberburschen, der allein in seiner Ecke saß und Eierlikör trank, eher traurig als disziplinär auffällig wirkte. Und so entschied sich die Konventsputzfrau, die eigentlich der Meinung war, keine guten Taten vollbringen zu müssen, da sie jeden Tag mindestens einen gekreuzigten Jesus und zwei Rosenkränze abstaubte, am heutigen Tag eine solche zu vollbringen. Sie ging also zum Subprior und erzählte ihm eine etwas dramatischere Version dessen, was sich an jenem Vormittag im Altstadtcafé zugetragen hatte. Am Abend staunte Mitzi Ammermann, wie gut es tat, durch Tratscherei jemandem zu helfen.

Offiziell wusste niemand, wer die Offensive gegen Luftinger gestartet hatte. Jede Woche folgten neue Flugblätter, die zum zivilen Ungehorsam aufriefen, dem die Schüler eifrig nachkamen. Es dauerte nicht lange, da musste der Hausmeister die Tür zur Direktion ausheben, da das Schlüsselloch mit Spachtelmasse ausgegossen worden war. Im Gang zum Festsaal, wo die Porträts aller Schuldirektoren hingen und Luftinger das seinige schon in der Woche nach seinem Antritt dazugehängt hatte, lagen Filzstifte aus mit der Aufforderung, *das wahre Gesicht Luftingers zu enthüllen.* Das Porträt selbst blieb unter seinem Schutzglas verschont, doch die Wände wurden zu einem Karikaturmuseum, das sogar Pater Jeremias das eine oder andere Lächeln entlocken konnte. Luftinger war der Einzige, der nicht verstand, dass der Digamma-Klub mit solchen Aktionen nicht unmittelbar zu tun hatte. Sie stachelten zwar die Schulrabauken an und motivierten amtsbekannte

Randalierer mit Stadtpark-Vandalenkarriere, nahmen selbst jedoch keinen Edding, keine Tube Superkleber, keine Flasche Buttersäure, keinen Autolack, keine Wasserbomben und auch keine Brechstangen in die Hand. Sie waren sogar erstaunt, als sie auf dem Weg in die Schule eine Schülertraube rund um Luftingers Wagen stehen sahen. Der Wagen hatte, nachdem er die ganze Nacht auf dem Schulparkplatz geparkt gewesen war, da Luftinger seine Burschenschaftskollegen zu einer Weinkellerbesichtigung des Klosters geladen hatte, auf mysteriöse Art und Weise eine 180-Grad-Drehung geschafft. Nun parkte er auf dem Dach, Unterboden nach oben – wie ein Maikäfer, der auf dem Rücken lag und nicht mehr auf die Beine kam. Luftinger bebte vor Wut, doch erst nach dem Vorfall mit *der Wand* bestellte er Albert, Mauritz, Severin und Ferdinand für ein vierstündiges Verhör in sein Büro. Die unbekannten Widerstandskämpfer hatten Luftingers Büro bislang auf vielerlei Weise unzugänglich gemacht, eine Form der Blockade jedoch schrieb Geschichte und wurde bis weit ins Flachland zur Legende: die Rigipswand.

Bei Nacht in die Klosterschule zu gelangen, war keine besonders schwierige Aufgabe. Beliebt war, die alten Kellerfenster der Umkleidekabinen, die sich zur Straße hin auf Knöchelhöhe befanden, mit etwas Kaugummi im Rahmen so festzudrücken, dass sie zwar geschlossen aussahen, aber leicht zu öffnen waren. Es war jedoch eine logistische Meisterleistung gewesen, Ziegel, Mörtel, Rigipsplatten, Holzleisten, Metallwinkel, Schrauben, Spachtelmasse, Dämmstoff, eine Stichsäge, eine Bohrmaschine und Weiteres durch den Turnsaal in die Schule zu schmuggeln, um damit einen deckenhohen Erker vor Luftingers Büro aufzumauern, der links und rechts fest mit den Klosterschulmauern verschraubt war. Und als wäre dies nicht schon Provokation genug, hatten die Übeltäter zudem eine Tapete mit den besten Luftinger-Karikaturen anfertigen lassen und die frisch aufgezogene Wand damit tapeziert. Der Subprior war so beeindruckt von dieser handwerklichen Meisterleistung, dass ihm davorstehend nichts anderes einfiel, als einen Lobpreis auf den Schutzpatron der Handwerker zu beten.

Den Digamma-Klub zu verhören, war jedoch nutzlos. Natürlich bekannte sich niemand zu der Tat, und es half auch nichts, ihre Handflächen und Fingernägel zu prüfen – keiner hatte Blasen oder sonstige Zeugnisse handwerklicher Arbeit auf der Haut.

Nach dem Bericht von Mitzi Ammermann, dass sie Johannes volltrunken in einem schmierigen Beisl am Rande der Verzweiflung gesehen habe, wartete der Subprior zunächst ab, ob sich Johannes wieder beruhigen würde, doch als er mitbekam, dass Gernot Luftinger alle Schülerakten überprüfen ließ, um herauszufinden, welche Eltern Handwerksberufen nachgingen, beschloss der Klostervorsteher, den Knaben schützend unter seine Fittiche zu nehmen. Der Subprior war kein Pädagoge, und er kannte nur eine einzige Form der Unterstützung: Er verschenkte Schlüssel. Pater Tobias hatte er einst den Schlüssel für den Jaguar gegeben, dem Digamma-Klub jenen für einen leer stehenden Raum, und bei Johannes entschied er sich, ihm einen Schlüssel zur Klosterbibliothek auszuhändigen.

»Aber nicht verlieren!«, sagte der Subprior augenzwinkernd, als er einen Chubbschlüssel mit kleinen Zacken am Schlüsselbart und einem kunstvoll geschmiedeten, großen Griff in die Hände des Knaben legte. Das erste Mal seit einigen Wochen hatte Johannes einen Grund, fröhlich zu sein. Die Bibliothek war für ihn seit der Schulführung in der ersten Klasse einer der spannendsten Plätze der Welt. Sie befand sich im Osttrakt des Gebäudes und erstreckte sich über drei Stockwerke, wobei die Bücherregale durchlaufend und in diffuser Weise Zwischendecken aus Holz eingezogen waren. Sie war ein Labyrinth des Wissens, das an die 100 000 Bände aus allen Epochen beherbergte. Im Keller gab es ein hochmodernes Archiv mit Feuchtigkeits- und Raumtemperaturregulation für die weltweit einmaligen Inkunabeln und Handschriften. Es hatte bei der Schulführung zwar geheißen, dass die Bibliothek prinzipiell für Schüler zugänglich sei, doch der Klosterbibliothekar tauchte nur alle zwei Monate aus seinem Bibliothekarskabinett auf, um die Räume für die Allgemeinheit zu öffnen, und oft vergaß er diese Aufgabe auch. Johannes hatte den Eindruck, der Klosterbibliothekar hielt sich für den Sherlock Holmes unter den Buchforschern. Er verbrachte seine Tage damit, die Einbände älterer Bücher aufzuschneiden, da diese in früheren Zeiten aus nicht mehr benötigten Schriften hergestellt wurden. Seit er durch dieses Verfahren ein Teilstück des Nibelungenlieds ans Licht gebracht hatte, schien er der Welt vollständig verloren gegangen. Mit hauchdünnen Skalpellen, Pinzetten und sonstigem Konservierungswerkzeug schwelgte er in höchster Konzentration, sodass er tageweise sogar vergaß, an den Messen teilzunehmen. Johannes zog sich von nun an in jeder freien Minute in die Bibliothek zurück. Der Subprior sah darin dreifaches Wohl: Zum Ersten war Johannes glücklich, zum Zweiten war er aus der Schussweite Luftingers, zum Dritten ersparte sich der Subprior ab jetzt seine gelegentlichen Kontrollbesuche in der Klosterbibliothek, die er früher zwischen seinen Spaziergängen eingelegt hatte, um zu sehen, ob der Bibliothekar noch wohlauf war. Das Einzige, das Johannes bei seinem Studium unterbrach, waren gelegentliche Rumser aus dem Bibliothekskabinett. Der Bibliothekar konnte sich in seiner Schatzsuche so sehr verlieren, dass er zeitweise sogar vergaß, Wasser und Nahrung zu sich zu nehmen, und dehydriert umkippte. Hin und wieder klappte er auch vor Übermüdung zusammen, und manchmal wurde er von den Dämpfen der Konservierungsmittel ohnmächtig, wenn er aus Angst vor Windstößen das

Fenster nicht öffnete. Der Subprior spendierte Johannes zum Wohl des Bibliothekars sogar einen Erstehilfekurs, den er gemeinsam mit den Novizen absolvierte, die selbigen für einen Führerschein benötigten, um mit der zinnoberroten Audiflotte zur Seelsorge düsen zu dürfen. Johannes wälzte den Bibliothekar von nun an regelmäßig in die stabile Seitenlage, riss die Fenster auf und bespritzte dessen teigiges Gesicht mit etwas Wasser. Pater Jeremias bemerkte dazu:

»Das wird noch im Unheil enden.«

[Die Lossagung vom Kloster, Notizbuch II]

[7.4.] Wie ich bereits ausgeführt habe, geriet das Dorf für einige Jahrzehnte abermals in Vergessenheit, und dies blieb auch dergestalt bis in die Blütezeit des sogenannten barocken Zeitalters, als die ausgezehrten Länder rund um die Alpen mit neuem Leben erfüllt wurden und in ihrem Glauben an den Himmel, den sie auf die Erde zu holen trachteten, erstarkten. [7.5.] Das Lenker Kloster hatte sich bestens erholt, und aufblühend begannen die Mönche also, den Barock nach Lenk zu holen, indem sie das alte, von den Unruhen beschädigte und baufällig gewordene Kloster niederrissen und im barocken Stil neu zu bauen begannen – größer, strahlender, pompöser, als es je gewesen war. [7.6.] Dies gewaltige Vorhaben machte eine nicht minder gewaltige Finanzierung notwendig, und so studierten die Mönche ihre Bücher, bis sie herausfanden, daß es in den Bergen noch so manche der Bergbarbaren gab, die dem Kloster abgabenpflichtig waren und nun seit Jahrzehnten nicht mehr gezahlt hatten. [7.7.] Sofort machten sich die Mönche auf, um diese Tribute einzuholen. Es berichten aber die Geschichtsschreiber beider Seiten, daß die Bergbarbaren nicht sonderlich erfreut waren, wieder Abgaben zahlen zu müssen, da sie wohl, während der Zeit, als sie nicht zahlten, festgestellt hatten, daß dieser Zustand vorzuziehen sei. So ergriffen die Bergbarbaren also ihre Heugabeln und Dreschflegel und jagten jene Mönche, die Geld eintreiben wollten, unter Androhung von gar allzu großem Schmerz, den sie ihnen an unheiligen Körperstellen zuzufügen trachteten, die Dorfstraße hinab. [7.8.] Die Mönche nahmen nach jenem Vorfall davon Abstand, sich wieder in die höher gelegenen Siedlungen der Bergbarbaren zu begeben, und vertrauten darauf, daß sich nach jener Ketzerei und der erlittenen Schmähung die Hölle auftun würde, um St. Peter ein für allemal zu verschlucken. Wie ich jedoch mit eigenen Augen gesehen habe, ist dies bisher noch nicht eingetreten.

# Der fallende Engel

Mit jedem Tag, den Johannes älter wurde, nahm die Lektüre von Geschichtsschreibung einen höheren Stellenwert in seinem Leben ein. In seiner Einsamkeit gab ihm die Beschäftigung mit der endlosen Vergangenheit das Gefühl, selbst nur ganz klein zu sein. Egal ob er nun Mitglied im Digamma-Klub war oder nicht, die Welt würde sich weiterdrehen, und so zog sich Johannes tief in die großen Geschichten der Zeitläufe zurück, um abzuwarten. Das war alles, woran er sich klammern konnte, nachdem er selbst mit Pater Tobias keinen Kontakt mehr hatte, da dieser offensichtlich von den Geheimgängen im Vatikan verschluckt worden war.

Ilse und Alois blieb nicht verborgen, dass ihr Sohn seltsam betrübt wirkte, doch Johannes wollte nicht mit ihnen sprechen und sagte stets: »Das versteht ihr nicht.«

Ilse erinnerte sich an ihre eigene Jugend und glaubte schließlich, Johannes sei unglücklich verliebt, so wie sie es einst in Reinhard Rossbrand gewesen war. Mit Blick auf ihren Ehemann Alois, mit dem sie auch nach fünfundzwanzig Jahren Ehe noch überaus glücklich war, hoffte sie, Johannes würde es genauso gehen wie ihr selbst und er würde durch die unglückliche Liebe letztlich zur großen Liebe finden. Ilse ahnte nicht, dass Mädchen das Letzte waren, worüber Johannes sich Sorgen machte. Mädchen interessierten ihn überhaupt nicht, er richtete seine ganze Aufmerksamkeit auf sein Studium, und die arme Alina Naumann, die unglücklich in ihn verliebt war, wurde stetig dicker. Wann immer sie Johannes nämlich einen liebevollen Blick zuwarf, den er weder registrierte noch erwiderte, lief sie zum Schulbuffet und besorgte sich drei Schokoladenriegel.

Während es in der Schule drunter und drüber ging und das abweisende Verhalten von Albert, Severin, Ferdinand und Mauritz andauerte, verbrachte Johannes jede freie Minute in der Bibliothek und begann eines Tages, die Schulchroniken zu lesen. Es heiterte ihn auf, dass es neben Luftinger im Laufe der Jahrhunderte andere schreckliche Zeitgenossen gegeben hatte, die viel näher daran gewesen waren, das Unheil zu bringen, das Pater Jeremias der aktuellen Situation prophezeite. Er las von der Reformation, die das Kloster fast menschenleer gefegt hatte, von Napoleon, der in den Schlafsälen der Internatsschüler seine Pferde untergebracht hatte, vom Zweiten Weltkrieg, als die Russen zur Plünderung angerückt waren und letzten Endes nur im Weinkeller gewütet hatten. Und jede Katastrophe überwindend ging die Geschichte weiter, als wäre sie unantastbar, egal wie sehr sich der Mensch bemühte, sie zu lenken.

Als der Schnee auch in den Bergen geschmolzen war und die Vögel so laut den Frühling besangen, dass man sich im Klostergarten kaum noch unterhalten konnte, machte Johannes eine Entdeckung. In einer der Chroniken des Lenker Klosters fand er einen Vermerk zum kopflosen Engel, der im Prälatenhof stand. Johannes riss die Augenbrauen hoch, als er erfuhr, wen diese beeindruckende Statue in Wirklichkeit repräsentierte: Sie war nämlich gar kein Engel, sie war eine Nachbildung der Nike von Samothrake, der großartigen griechischen Plastik, die die Göttin des Sieges in jener von Bewegung erfüllten Pose abbildete. Johannes konnte gar nicht glauben, welche Spur er da aufgenommen hatte; die Nike von Samothrake zählte zu den Meisterwerken der bekannten Bildhauerkunst – jahrelang hatten der Digamma-Klub und er die Hellenen verehrt, aber nie gemerkt, dass sie eines der großartigsten Denkmäler ihrer Hochkultur direkt vor der Nase hatten, noch dazu zum katholischen Engel verklärt. Er war sich sicher, wenn er seinen Freunden von seiner Entdeckung erzählte, würden sie ihn wieder in ihren Kreis aufnehmen und sehen, dass er es wert war, ihre Geheimnisse zu teilen. Kaum dass er den Absatz zum dritten Mal gelesen hatte, schlug Johannes das Buch zu, klemmte es unter den Arm und lief los, um den Digamma-Klub zu suchen. Er wusste, dass sie, wenn sie schon im Griechischkämmerchen Platz genommen hatten, bei seinem Anblick nicht fliehen würden, um keine Sekunde des Unterrichts zu verpassen. Leider war der Digamma-Klub von Johannes' Entdeckung nicht sonderlich beeindruckt.

»Das wissen wir doch schon lange«, sagte Mauritz und gab sich keine Mühe zu verhehlen, wie unangenehm es ihm war, dass Johannes sie so überfiel.

»Wir haben nur gewartet, bis du es selbst rausfindest. Du weißt, Ziel des Digamma-Klubs war immer, hinter die Materie zu dringen. Aber jetzt ist ein schlechter Zeitpunkt, geh bitte.« Johannes starrte Mauritz ungläubig an. Stille breitete sich in dem ehemaligen Abstellraum aus, den der Griechisch-Lehrer den Putzfrauen abgeluchst hatte, um seinen Unterricht an einem Ort abhalten zu können, an dem nichts anderes unterrichtet wurde. Korinthische Säulen hatte er auf die Wände malen lassen, überall hingen Fotokopien von Dichterbüsten und Vasenmalereien, auf der Tür ein Poster der Ägäis, im Vordergrund Tempelruinen und Olivenhaine, in der rechten Ecke der Slogan eines Reisebüros und ein Werbespruch, über den schon viele Griechisch-Schüler den Kopf geschüttelt hatten. Ferdinand seufzte schließlich und fasste sich nach dem Blick auf die Uhr ein Herz. Er sah Johannes mitleidig an und fragte:

»Aber erzähl kurz, wie bist du draufgekommen? Hast du Bilder von ihr gesehen?«

Als Johannes verneinte, sahen ihn auch die anderen drei an. Sie alle hatten die Nike als solche identifiziert, nachdem sie Kopien von ihr an anderen Orten gesehen hatten. Und so vergaßen die strengen Maturanten für einen Augenblick den Abstand, den zu halten sie sich geschworen hatten, und wurden neugierig, auf welche Art und Weise Johannes zu seiner Erkenntnis gelangt war.

»Gar keine Bilder. Ich hab die Chroniken der Schule gelesen, und da war ein Vermerk zur Nike. Mitte des 19. Jahrhunderts wurde sie vom französischen Vizekonsul im Osmanischen Reich entdeckt, der hat sie zusammengesetzt und nach Paris bringen lassen, Kopien wanderten aber in die ganze Welt und eine auch an den kaiserlichen Hof. Zuerst stand sie bei den anderen Plastiken im Garten der Sommerresidenz Schönbrunn, aber die Kaiserin wurde eifersüchtig, weil der Kaiser jeden Tag davorstand und den Busen der Nike bewunderte. Die Kaiserin schickte sie dorthin, wo kein Mann sie bewundern würde, nach Lenk ins Kloster, und behauptete, sie sei ein Engel.«

Johannes fühlte wohlige Wärme in seiner Brust, als er die gespannten, liebevollen Augen sah. Für einen Moment war alles wie damals, als er einmal in der Woche zwei Stunden lang volle Aufmerksamkeit bekommen hatte, um aus seinen Chroniken zu lesen. Er wünschte, dieser Moment würde nie vergehen, und so beeilte er sich weiterzuerzählen:

»Das Interessante an der Lenker Kopie ist, dass der Bildhauer gepfuscht hat. Sie steht nämlich nur durch einen Keil unter dem Zeh, der so geschickt eingepasst ist, dass man ihn nicht erkennt. Würde der Keil jedoch fehlen, könnte ein jeder Windstoß die Nike von ihrem Thron stoßen.«

Mauritz, Ferdinand, Severin und Albert sahen einander an, Johannes blickte zwischen ihnen hin und her, versuchte vergeblich, ihre Blicke zu deuten.

»Gut gemacht, Johannes«, sagte Albert, und alle klopften ihm auf die Schultern. Für eine halbe Minute, bis der Griechischlehrer mit einem Berg Lexika zur Tür hineingestolpert kam, schien alles wieder gut.

Luftinger hatte seine Angelobungsfeier aufgrund des offenen Widerstandes immer weiter hinausgeschoben, und als das Schuljahr bereits so weit fortgeschritten war, dass niemand mehr daran dachte, gab er als Datum den 3. Mai 2007 bekannt. Pater Jeremias war der Erste, der die Ankündigung am schwarzen Brett der Schule las. Die senile Altersbettflucht trieb ihn meist zwischen vier und fünf Uhr früh aus dem Bett. Als er nun von der geplanten Feier las, durchfuhr den alten Pater eine Vorahnung – er griff sich ans Herz, spürte Schmerzen im rechten Arm, in der Brust und musste schließlich, als die ersten Schüler die Schule betraten, ins Krankenhaus gebracht werden. Die Sanitäter spannten ihm eine Sauerstoffmaske um den Mund, doch als Pater Jeremias den Digamma-Klub zwischen den Schülern erspähte, kehrte das Leben in seine Glieder zurück, und so nahm er die Maske ab, stützte sich auf der Trage hoch und rief ihnen entgegen:

»DAS UNHEIL IST UNTER UNS!«

Der Digamma-Klub nickte wissend. Der Rest der Schule wie des Konvents nahm Pater Jeremias von da an etwas weniger ernst. Sie meinten, dass er nun wohl wirklich alt würde.

An jenem 3. Mai 2007 sah es tatsächlich nicht nach Unheil aus. Zu Johannes' großem Ärger war das Wetter pittoresk, und die Welt erstrahlte im schönsten Glanz. Der Schulchor hatte die musikalische Untermalung wochenlang einstudiert, der Hausmeister die Bühne genau unter der als Engel verklärten Nike von Samothrake aufgestellt, sodass ihre Schwingen symmetrisch das Rednerpult beschatteten, und die Klassenvorstände hatten den amtsbekannten Rabauken eingeschärft, wie verheerend die Konsequenzen sein würden, wenn sie sich während der Feier danebenbenähmen. Als sich die Schüler im

Prälatenhof versammelten und Klasse für Klasse ihre Plätze bezog, blickte Johannes in das Gesicht eines jeden Vandalen. Die Drohungen und Warnungen schienen Wirkung gezeigt zu haben; die Krawattenknoten waren ordentlich gebunden, die Haare einigermaßen frisiert, und keine Hosentasche schien ausgebeult genug, um Unruhestifterwerkzeug zu beherbergen. Die ersten Reihen waren mit *Reserviert*-Schildern ausgelegt und füllten sich kurz vor Veranstaltungsbeginn mit Anzugträgern aus dem Aufsichtsrat des Trägervereins der katholischen Ordensschulen sowie hochrangigen, dem Verein nahestehenden Politikern der konservativen Partei, die Johannes an der Art erkannte, wie sie ihr Haar mit Gel zurückgekämmt hatten. Der Subprior hatte sie auf seinem Beruhigungsspaziergang durch verborgene Klostergänge in ihren teuren Autos ankommen sehen und danach auf dem Weg in den Prälatenhof einen Stopp im Messweinkeller eingelegt.

Nachdem die Veranstaltung mit einem gemeinsamen Gebet eröffnet worden war und der Schulchor die Landeshymne gesungen hatte, bei der Luftinger die Hand auf seine linke Brust gedrückt hielt, zückte Johannes ein leeres Heft und drapierte es auf seinem Schoß, um mitzuschreiben. Auf dem Programm waren sieben Redner verzeichnet, und Johannes dachte, dass einer womöglich etwas Relevantes sagen könnte, doch nachdem die ersten beiden Redner es vollbracht hatten, fünfzehn Minuten lang über Nichts zu sprechen, klappte er sein Heft zu. Die Selbstbeweihräucherung, unbegründeten Lobeshymnen und anbiedernden Witze der Politiker und Wirtschaftstreibenden, die hier zusammenkamen, um ihre Machtübernahme des alpinen Bildungszentrums zu feiern, widerten ihn an. Nicht einmal in St. Peter am Anger gab es so grausame Reden, meinte er, obwohl er dem Bürgermeister einst hatte zuhören müssen, als dieser eine Geburtstagsrede auf das älteste Schwein des Dorfes gehalten hatte. Johannes beschloss herauszufinden, wie der Digamma-Klub mit dieser unerträglichen Feier umging, und reckte seinen Kopf, um die Lage auszukundschaften – er konnte niemanden entdecken. Von diesem Moment an schenkte er dem Geschehen auf dem Podium keine Aufmerksamkeit mehr. Das Letzte, was ein Mitglied des Digamma-Klubs je getan hätte, wäre, einer Schulveranstaltung fernzubleiben. Er musterte die Gesichter seiner Mitschüler. Alle blickten sie auf ihren Stühlen zusammengesunken gelangweilt auf die Hinterköpfe der Vordermänner. Erst als Johannes Pater Jeremias sah, der einen versteinerten Gesichtsausdruck des Grauens aufgezogen hatte, seit er sich am Vortag aus dem Krankenhaus selbst entlassen hatte, *um das Unheil zu beobachten*, erkannte er, dass er mit seiner düsteren Ahnung nicht allein war. Und ganz wie Pater Jeremias früher gepredigt hatte, als ihn die Mönche noch Messen hatten lesen lassen, kam das Unheil vom Himmel hernieder – mit tönendem Pfeil, wehendem Bogen und steinernen Schwingen: Nachdem der Chor ein Marienlied gesungen hatte, ging Luftinger ans Podest, um seine Antrittsrede zu halten, viel Gehör wurde ihm jedoch nicht geschenkt. Pauken und Trompeten ertönten, hallten laut im Prälatenhof wider, der aufgrund des fehlenden Springbrunnens über eine ausgezeichnete Akustik verfügte. Wie es sich für Klerikale gehörte, dachten die Mönche, ein Wunder würde kommen, aber Johannes, der Richtung Musikzimmer blickte, sah, dass dort die Boxen der hochleistungsstarken Musikanlage ans geöffnete Fenster getragen worden waren. Schüler, die bis zu diesem Moment auf ihren Stühlen geschlummert hatten, saßen mit einem Schlag aufrecht; alle blickten um sich und entdeckten, dass jedes dritte Fenster im Prälatenhof geöffnet war, wie durch Zauberhand und irgendwie verheißungsvoll. Luftinger starrte die Boxen an, die der Trägerverein zur Vermittlung von Volksliedgut angeschafft hatte, dann schrie er in sein Mikrofon, doch nichts war zu hören – die Trompeten waren zu laut, und das Mikrofon funktionierte nicht mehr. Kurz darauf jedoch hatte

Luftinger andere Sorgen, denn Wind kam auf, der aus den geöffneten Fenstern Hunderte von Zetteln trug, die als Flugblätter durcheinanderwirbelten, miteinander kollidierten, auf die Schüler niederregneten oder von ihnen gefangen wurden wie die ersten dicken Schneeflocken nach Wintereinbruch. Es waren die gesammelten Schriften der Widerstandsbewegung, noch ausführlicher und mit noch treffenderen Karikaturen verziert. Der Wind wurde stärker, kam als Strahl aus den Arkaden Richtung Schulhof, und der Musiklehrer ahnte als Erster, dass dies die brandneue Windmaschine war, die der Trägerverein ebenfalls für die Schuljahrsendaufführung angeschafft hatte, bei dem der Chor als Engel verkleidet über die Bühne schweben sollte. Er verriet jedoch keinem, woher dieser Spuk kam, sondern beobachtete andächtig den Wirbelwind an Papier, die irritierten Aufsichtsräte und Luftinger, der wie angewurzelt hinter seinem Rednerpult stand, als könnte er seine Autorität dadurch bewahren, dass er das Podest nicht verließ. Doch an diesem Tag hatten höhere Mächte entschieden, ihn zu stürzen, und während das versammelte Kloster und zwei Drittel der Schüler an die Rache der Engel dachten, wusste Johannes, dass es die Macht des Verborgenen war, die den Keil unter dem Zeh der Nike entfernt hatte, als die Statue plötzlich zu wanken begann. Luftinger registrierte nur die angespannt-entsetzten Gesichter vor ihm, nicht aber, was hinter ihm geschah. Er musste erst von steinernen Schwingen bedeckt werden, in der Podiumstribüne einbrechen und derart gefangen fünf Stunden lang unter dem Busen des Engels ausharren, bis ein Kran kam, ihn zu befreien, um zu verstehen, weshalb er derart angeblickt worden war.

An diesem Tag vermerkte Johannes A. Irrwein zum ersten Mal seit Langem Notizen in den *Chroniken des Digamma-Klubs*, bevor er die fünf Schulhefte aus eineinhalb Jahren mit einem Gummiband zusammenschnürte, in eine Geldkassette steckte und unter einer losen Planke im Fußboden seines Zimmers verbarg. *So weit kann der Mensch gar nicht zählen, um die Anzahl jener Schutzgötter, Daimonia oder Engel zu erfassen, die an diesem denkwürdigen Nachmittag ein schweres Unglück verhinderten,* begann er den letzten Eintrag über den Digamma-Klub. *Wie weit darf man gehen, um unliebsamen Menschen das Leben zu erschweren? Kann denn jedes Mittel recht sein, um gegen Mißstände anzukämpfen? Bei den Barbaren vielleicht, aber nicht bei zivilisierten, denkenden Menschen. Herodot erzählt im ersten Buch von den Skythen, die einst von Kyaxares schlecht behandelt worden waren und sich dadurch rächten, daß sie einen seiner Knaben wie Jagdbeute zurichteten und dem Kyaxares zum Essen servierten. Solche Grausamkeiten sollten uns eine Lehre sein, daß wir mit anderen Mitteln zu kämpfen haben, doch leider sind auch unter den Zivilisierten manche bereit, für den Sturz eines Tyrannen alles in Kauf zu nehmen.*

Severin Dietrich, Albert Fenner, Mauritz von Baumberg und Ferdinand Blumbach für ihren Teil nahmen in Kauf, nicht im Benediktinergymnasium von Lenk im Angertal zu maturieren. Wie erst später bekannt wurde, hatten sie schon zwei Wochen vor Luftingers Angelobungsfeier ihren Schulwechsel eingeleitet und legten die Abschlussprüfungen letztlich mit Bravour im Flachland ab, wohin sie bereits am Wochenende vor dem Zwischenfall gezogen waren, wie sie es ohnehin im Herbst für den Beginn ihres Studiums getan hätten. Keiner verabschiedete sich von Johannes, doch er wusste, dass diese Störung der Angelobungsfeier und die große Demütigung Luftingers ihr Abschiedsgeschenk an ihn gewesen waren. Nicht einmal die später eingeschaltete Polizei fand einen Anhaltspunkt auf die Urheber dieser von ihnen so bezeichneten *Störaktion*, respektive des *versuchten Mordes*, wie Luftinger den Vorfall nannte. Und außer Johannes schien niemand um den Keil unter Nikes Fuß zu wissen. Nicht einmal der Steinmetz, der später die Statue zusammenflickte und ihren Fuß mit einer achtzehn Zentimeter langen Schraube fixierte, schien das

Geheimnis entdeckt zu haben. Er brummte lediglich, es sei ein großes Wunder, dass der Engel so lange den Gesetzen der Statik getrotzt habe.

Nachdem sich Luftinger von einem Dutzend blauer Flecken und einigen Prellungen erholt hatte, wurde er tatsächlich moderater und beschränkte sich im Großen und Ganzen darauf, die Klassenräume neu streichen zu lassen und die alten Overheadprojektoren durch Beamer zu ersetzen. Bei all jenen, die an den Zimmerdecken angebracht wurden, prüfte er höchstpersönlich, ob sie fest genug verschraubt waren. Der Schrecken saß ihm noch in den Knochen. Luftinger vermutete zwar den Digamma-Klub dahinter, aber es war unheimlich, wie spurlos und unbemerkt die Übeltäter vorgegangen waren, und wenn er die Ermittlungsberichte der örtlichen Polizei las und über den Skizzen zum sogenannten *Unfall* brütete, musste er sich bemühen, nicht wie so viele andere an ein göttliches Schicksal zu glauben. Die Feier mit Pauken zu bespielen, die Windmaschine zu entwenden und Flugblätter zu verteilen, konnte als kleiner Scherz abgetan werden – doch der Engel gab ihm zu denken. Rational war es eigentlich unerklärbar, wie der Engel hundertfünfzig Jahre lang hatte unbewegt dastehen, viel schlimmere Unwetter überdauern und dann von einer Theaterwindmaschine gestürzt werden können. Und während er zwischen natürlicher und transzendenter Erklärung schwankte, beschloss Gernot Luftinger, zur Sicherheit Johannes A. Irrwein im Auge zu behalten. Nachdem der Digamma-Klub so unbemerkt, wie er seit jeher agiert hatte, verschwunden war, war dieser Knabe aus der fünften Klasse das letzte Überbleibsel jener suspekten Schülervereinigung. Luftinger, der wie jeder Direktor zwei Klassen unterrichten musste, teilte sich also in den folgenden Sommerferien die Geschichtsstunden von Johannes A. Irrweins Klasse zu. Er wollte ein Auge auf den Burschen werfen, denn er hatte das

Gefühl, dieser wisse Dinge, die ihm verborgen waren, und nichts hasste Luftinger so sehr wie das Verborgene, vor allem, wenn es in Engelsgestalt auf ihn stürzte.

## [Eine Frau als Kaiser, Notizbuch II]

[7.9.] Wie nun erzählt wird, hatten die Bergbarbaren einige Jahre Ruhe, bis die weltliche Macht darauf aufmerksam wurde, daß es inmitten der Sporzer Alpen ein Dorf gab, über welches das Herrscherhaus keine Kontrolle hatte. Den damaligen Herrschern ging es, wie deren Geschichtsschreiber behaupten, weniger um Einnahmen als um die Festigung ihrer Weltanschauung und deren Einfluß auf jeden Untertan. Ich aber halte das für unglaubwürdig, denn kein Herrscher, der je unter dem Himmel der Götter regierte, ist Steuern nicht zugetan gewesen. [8.0.] Der Reiterei der Kaiserin mit dem Doppelnamen, die eines Tages das Dorf aufsuchte, standen die Bergbarbaren mit ihren Mistgabeln und Dreschflegeln machtlos gegenüber. So wurden sie also tributpflichtig gegenüber dem Herrscherhaus und bekamen einen Statthalter, der kontrollierte, ob alle Erlässe der Kaiserin umgesetzt wurden. [8.1.] Was die Quellen zwar nicht berichten, aber was mir ziemlich naheliegend erscheint, ist, daß die Bergbarbaren zu jener Zeit einen tiefen Haß gegenüber der Obrigkeit entwickelten. Zum einen war es ihrem patriachalischen Wesen unlieb, daß sie von einer Frau regiert wurden, da sie damals noch der Überzeugung waren, die Frau stünde unter dem Manne, und ich kann berichten, daß es einzelne gibt, die dies noch heute glauben. [8.2.] Vor allem aber gräulte sie, daß eine Schulpflicht eingeführt wurde. Die Kinder wurden bis zu dieser Zeit für die Arbeit auf dem Feld gebraucht, doch nach jenem Erlaß mußten sie vormittags lesen und schreiben lernen, zwei Tätigkeiten, gegen die die Bergbarbaren auch in der heutigen Zeit noch Aversionen haben, wie ich selbst sah. Ich nehme an, daß eines ihrer Hauptprobleme von jeher war, daß sie nicht so schreiben können, wie sie sprechen, denn bei den Bergbarbaren verhält es sich so, daß die Sprache, in der sie sich unterhalten, gänzlich anders ist als das, was in der Alpenrepublik für schriftliche Zwecke genutzt wird. [8.3.] So also wurden die Bergbarbaren gegen ihren Willen in die Kunst der Schrift eingeweiht – und schürten in ihren Herzen großen Unmut gegen die Zivilisierten, die sie von nun an nicht nur als unerwünschte Fremde, sondern als Feinde betrachteten.

# Solon! Solon! Solon!

Der 1. Juni 2010, der Tag von Johannes A. Irrweins mündlicher Matura und dem ersehnten Ende von siebzehneinhalb Jahren zwischen Kühen und Bergbauern, begann damit, dass er erstmals in seinem Leben die St.-Petri-Luft als frisch, klar und rein empfand, während er vor der geöffneten Balkontür stand. Es war noch so früh, dass der Tau all die herzförmigen Blätter der Pelargonien zum Schimmern brachte, während die Blüten zusammengerollt auf die Sonne warteten. Johannes wollte hinaustreten, bremste jedoch kurz vor der Schwelle ab. Genau in der Mitte des Balkons drapiert lag eine tote Maus. Der Kater Petzi schmiegte seinen Kopf an Johannes' Unterschenkel und verfiel in kräftiges Schnurren, als hätte er einen Traktorenmotor an der Stelle, wo andere Katzen einen Kehlkopf hatten. Johannes packte Petzi mit beiden Händen und setzte sich mit ihm auf die Bettkante, legte sich den Kopfpolster auf den Schoß und platzierte den Kater darauf.

»Braver Petzi, lieber Petzi«, wiederholte er einige Male und streichelte ihm den Kopf.

Petzi beschnupperte den Polster unter seinen Pfoten. Normalerweise durfte er auf Johannes' Schoß sitzen, doch Johannes hatte bereits seine Anzugshose an.

»Bist ja ein guter Kater. Hast du die Maus als Glücksbringer gefangen für mich, gelt?«

Normalerweise schimpfte Johannes den Kater, wenn er Tiere erlegte – vor allem da Petzi so dick und langsam war, dass er in der Regel nur wehrlose junge oder gebrechliche Tiere erwischte. Er wusste jedoch, dass dies eine der letzten Mäuse sein würde, die er fing, da schon nächste Woche der Umzug ins katholische Studentenheim der Hauptstadt anstand, denn dann hatte es sich ausgemaust. Der Subprior hatte nicht nur Johannes dort untergebracht, sondern auch für den Kater eine Wohnerlaubnis erwirkt.

Johannes setzte den Kater auf den Boden, kontrollierte im Spiegel, ob ein Katzenhaar an ihm klebte, und packte zur Sicherheit noch die Fusselrolle in seine Ledertasche. Er seufzte, eigentlich hatte er sich vorgenommen, als erste Tat nach der vollbrachten Matura seinen Koffer für den Auszug zu packen, doch nun sah es so aus, dass er zuvor noch eine Maus begraben musste. Johannes rückte seinen Krawattenknoten zurecht und zupfte das Hemd unter dem Jackett hervor. Er war seit seinem Wachstumsschub vor Beginn der fünften Klasse kontinuierlich in die Höhe geschossen und zählte somit zu den größten Schülern des Gymnasiums. Ilse, die so überrascht über sein anhaltendes Wachstum gewesen war, dass sie glaubte, er würde gar nie mehr aufhören zu wachsen, hatte sich geweigert, ihm für nur eine einzige Prüfung einen Anzug zu kaufen, der womöglich in zwei Monaten nicht mehr passte. Stattdessen hatte sie ihn mit Alois' altem Hochzeitsanzug zur Schneiderin geschickt, die ihr Menschenmöglichstes getan hatte, diesen an Ärmeln und Hosenbeinen hinabzulassen. Dennoch sah Johannes aus, als wollte er für ein Hochwasser gerüstet sein.

Als Johannes in die Küche kam, stand Ilse an der Abwasch und schrubbte so heftig eine Pfanne, dass ihr siebzehneinhalb Jahre alter Schwangerschaftsspeck, den sie wie alle St.-Petri-Frauen aus Stolz, Mutter zu sein, nie wegtrainiert hatte, im Takt des Schrubbens wippte. Johannes traute seinen Augen kaum; das gute Frühstücksgeschirr war aufgetischt, aus der einen Kanne dampfte Kaffee, in der anderen hingen Teebeutel.

In der Mitte des Tisches stand ein Brotkörbchen mit frischen Semmeln, Wurst und Käse waren sogar zu kleinen Röllchen gewuzelt. Die Obstschale war randvoll, in einem Glaskrug trieb das Fruchtfleisch schäumend im frischen Orangensaft, und in einer Servierschüssel stand Eierspeise bereit, die, wie Johannes es mochte, nur aus Dotter, nicht aus Eiweiß zubereitet und sogar mit frischem Schnittlauch garniert war. Zögerlich nahm Johannes auf der Eckbank Platz und traute sich nicht, die Hand auf den Tisch zu legen. Ilse schrubbte, als ob sie nicht gemerkt hätte, dass ihr Sohn den Raum betreten hatte. Erst als die erste Lage der Pfannenbeschichtung im Waschbecken schwamm, wandte sie sich um.

»Hiazn iss halt, damit du a Kraft hast für dei, dei, dei Prüfung da.«

Es zu artikulieren, fiel Ilse Irrwein schwer, doch sie war mächtig stolz auf ihren Sohn. Auch Alois hatte seinen Arbeitskollegen angekündigt, am 1. Juni erst spätvormittags auf die Baustelle zu kommen, und so war Johannes äußerst verwundert, als sein Vater in Zivil die Küche betrat, weder mit Holzspänen übersät noch vom Sägemehl staubig, und ihn, obwohl er keine Besorgungen in der Stadt zu erledigen hatte, zur Schule fuhr.

Alois, der in den letzten Jahren einige Dachstühle im Tal errichtet hatte, kannte den Verlauf der Bergstraße auswendig und fuhr um etliches rasanter und schneller als die anderen St. Petrianer, die sie selten benutzten. Johannes' zuliebe nahm er jedoch den Fuß vom Gas, fuhr die Kurven sauber aus und ließ die Motorbremse ihre Arbeit tun. Johannes kurbelte das Fenster hinab, um die Aussicht zu genießen. Alois hatte zwar am Vortag das Auto mit dem Gartenschlauch abgespritzt, der zentimeterdicke Sägespäne-Film aber, der sich über die Jahre an den Fenstern festgelegt hatte, war wasserfest. Johannes beobachtete die überhängenden Felsmauern bergseitig der Straße, über die im Frühjahr Netze gespannt waren, um Steinschlag zu verhindern. Wie Adern durchzogen feine Quarzstreifen den dunklen Stein, auf dem an einzelnen Stellen Moose und Farne wuchsen. Johannes konnte verstehen, warum behauptet wurde, die Berge lebten. Die Straße war dem Anger regelrecht abgekämpft worden, dachte er, als er sich auf ihren ungastlichen Verlauf konzentrierte, und dann überlegte er, ob es Abschiedssentimentalität war, die ihn so staunend Anteil an der Fahrt nehmen ließ. Das nächste Mal, wenn er nach dem heutigen Tag diesen Weg bergab fahren würde, würde es, wie er wusste, zum Lenker Bahnhof sein, der außerhalb der Stadt am Talanfang lag. Daraufhin würde er die Regionalbahn besteigen, die ihn in die nächstgrößere Stadt brächte, wo er mit dem Fernreisezug den Alpen entflöge. Bereits in der kommenden Woche würde er Albert, Severin, Ferdinand und Mauritz in der Hauptstadt wiedersehen, die ihm vor drei Monaten einen Brief geschrieben hatten. Sie wollten ihm eine Führung durch die Universität geben, ihn bei seinen Immatrikulationsangelegenheiten unterstützen und ihn in den *neuen Digamma-Klub* einweihen, den sie als Studentenverbindung – nicht als Burschenschaft! – gegründet hatten.

In der Kastanienallee auf dem Weg zur Eingangspforte des Klosters hatten pünktlich zum Junibeginn die Bäume zu blühen begonnen, nachdem ihnen der Mai ein prächtiges Blattwerk hatte angedeihen lassen. Anders als in St. Peter war die Luft in Lenk überaus schwül, fast tropisch. Beim Blick in den Himmel sah Johannes eine sich vom Talausgang heranschiebende Wolkendecke, die in St. Peter aufgrund des Hochnebels nicht erkennbar gewesen war, für drückende Schwüle im Tal sorgte und bald einen Regenguss bringen würde. Johannes war es egal, ob bei seiner Matura Regen oder Sonne herrschte, anders als seine Mitschüler hatte er keine Pläne für Pool- oder Grillpartys, sondern einen Knirps dabei. Hauptsache, er konnte endlich sein Leben in den Hochalpen beenden, seine

Sachen packen und ein neues Leben im Dienste der Wissenschaft beginnen, dachte er, woraufhin es donnerte. Johannes beschleunigte seinen Schritt und blieb dann doch noch ein letztes Mal vor der Inschrift der Pforte stehen.

»Huc venite pueri, ut viri sitis«, flüsterte er und antwortete im Durchschreiten: »Puer venit, ut vir exiat.«

Für eine Woche im Jahr mussten sich die liebestollen Oberstufenpärchen andere ungestörte Orte suchen, da das Biologiekämmerchen in der Maturawoche als Aufenthaltsraum für die Maturanten benötigt wurde, die zwischen den Examina dort warteten. Es hätte in den unendlichen Gemäuern des Klosters zwar appetitlichere Warteräume gegeben, aber das Biologiekämmerchen lag im stillen Erker des zweiten Stocks, abgeschirmt vom restlichen Schullärm, was auch die knutschenden Pärchen das Jahr über zu schätzen wussten. Neben dem Biologiekämmerchen befand sich ein ebenfalls abgelegener Klassenraum, der sich wunderbar für die mündlichen Prüfungen eignete. Johannes' Kopf war so voll vom gelernten Stoff, dass er die aufgeschlitzten, eingelegten und ausgestopften Tiere gar nicht wahrnahm. Der unterschwellige Spiritusduft jedoch roch vertraut und gab ihm das Gefühl von Doktor Opas Präsenz.

Als ihn schließlich die Schulsekretärin zu seiner Prüfung abholte, merkte er, dass er kein bisschen nervös war. Denn während die gute Frau seinen Namen aufrief, dachte er keine Sekunde an die Prüfung, sondern nur daran, dass sie der Gemeindesekretärin von St. Peter am Anger täuschend ähnlich sah, während sie ihn über den Rand ihres Klemmbretts anlugte.

Im Prüfungszimmer hatte sich früher der Sommerspeisesaal der Mönche befunden, was man daran merkte, dass der Deckenstuck noch vom Kerzenschein der Abendessen angerußt war. An der Stirnseite des Raumes saß die Maturakommission an einem länglichen Tisch, der von einem grünen Tischtuch bedeckt war. Solche Maturakommissionen pflegten in der gesamten Alpenrepublik aus allen Klassenlehrern und einem externen Vorsitzenden zu bestehen, der in Johannes' Fall der Direktor der nächstgelegenen größeren Schule war. Er sah zwar harmlos aus, rundlich und mit schneeweißem Bart, doch wie Johannes wusste, war er ein guter Freund Luftingers – weswegen er ihm, ohne zu zögern, einen niederträchtigen Charakter attestierte. Johannes ließ sich davon ebenso wenig beunruhigen wie von Luftingers finsterem Gesicht, vor dem er heute die Geschichtsprüfung ablegen würde. Seit Gernot Luftinger Johannes' Klasse übernommen hatte, hatte sich ihre gegenseitige Feindschaft des Öfteren in verbalen Schlagabtauschen über die Interpretation des Lehrstoffes geäußert, bei dem abwechselnd der eine dem anderen unterlegen gewesen war. Johannes hatte nicht nur im Voraus gelernt, was zu einem Thema im Geschichtsbuch stand, sondern auch stets die Bibliothek durchforstet, um mehr zu wissen als der Rest der Klasse und nicht Gefahr zu laufen, vor Luftinger Schwäche zu zeigen. Luftinger wiederum hatte ihn mit Falkenaugen beobachtet, und sein Misstrauen war bald in offenen Hass umgeschlagen, da Gernot Luftinger es nicht ertragen konnte, gelegentlich von einem besserwisserischen Bergbauernbuben in die Schranken gewiesen zu werden.

Kurz bevor Johannes am Vorbereitungstisch Platz nahm, um die Fragestellung seiner ersten Prüfung, Latein, zu lesen, begegnete sein Blick dem Luftingers. Johannes ballte die Fäuste rund um die Bleistifte, die er mit sich trug. Er war gut vorbereitet, er wusste, dass er ihm seine Überlegenheit demonstrieren würde, dennoch war er irritiert, als Luftinger ein bösartiges Lächeln aufsetzte.

Nach der fünfzehnminütigen Vorbereitungszeit wechselte Johannes auf den freien Stuhl vis-à-vis der Maturakommission, nahm seine Notizen zur Hand und übersetzte eine Fabel des Phaedrus, die seine erste Prüfung darstellte. Die Übersetzung gelang ihm ohne Probleme, die Interpretationsfragen beantwortete er flüssig, und der Lateinlehrer nickte zufrieden.

Die Griechischprüfung eine Stunde später war, wie erwartet, die Bühne, auf der Johannes brillieren konnte. Die mündliche Matura der Alpenrepublik bestand zu jener Zeit aus zwei Fragen pro gewähltem Fach, von denen eine die sogenannte Spezialfrage war, deren Thema der Schüler selbst festlegte, und die andere aus dem Kernstoff entsprang. In Griechisch sprach Johannes in seinem Spezialgebiet über die Vorläufer der Geschichtsschreibung in den Mythen von Homer und Hesiod, als Kernstofffrage übersetzte er einen Teil der Odyssee, jene Stelle im 20. Gesang, wo Odysseus die Freier beobachtete und überlegte, sie sofort zu ermorden, sich dann jedoch zusammenriss und sich daran erinnerte, was er auf den Irrfahrten schon alles hatte erdulden müssen. Johannes übersetzte mit Hingabe, unterstrich seine Ausführung mit dezenten Gesten, saß gerade, schwitzte nicht – obwohl es drückend heiß war – und beendete seine Ausführung mit der Übersetzung des achtzehnten Verses: τέτλαθι δή, κραδίη· καὶ κύντερον ἄλλο ποτ' ἔτλης.

»Sei stark, mein Herz, du hast einst bereits viel Schlimmeres ertragen.«

Johannes entging nicht, dass der Vorsitzende, sehr zu Luftingers Missfallen, anerkennend nickte und der Griechischlehrer sich zusammenriss, um nicht vor Freude in lautes Beifallsklatschen zu verfallen. Johannes bemühte sich, nicht allzu souverän zu lachen. Denn auch wenn er brilliert hatte, rechnete er damit, dass ihm der größte Auftritt während der Geschichtsprüfung bevorsteht. Für seine Spezialfrage hatte er sich Herodot ausgesucht, den von ihm am meisten bewunderten Autor der Weltgeschichte. Er hatte die Historien zwanzig Mal gelesen, kannte das Buch halb auswendig und freute sich, gestärkt vom bisherigen Erfolg, Luftinger alt aussehen zu lassen.

»Herr Irrwein, erläutern Sie uns bitte die vorgegebene Passage, in der, wie Sie gelesen haben werden, Krösus vom Perserkönig Kyros besiegt worden ist und auf dem Scheiterhaufen drei Mal die Worte *Solon* ruft. Erklären Sie uns bitte, in welchem geschichtlichen Zusammenhang wir diese Passage lesen müssen und welche Strategien der Historiografie wir hier versammelt haben«, presste Luftinger aus seinen schmalen Lippen, die Johannes an einen Fisch erinnerten. Luftinger saß ihm gegenüber und hatte die Hände bewegungslos auf dem Tischtuch gefaltet. Die Ruhe, die er zu haben schien, irritierte den Maturanten. Er klammerte sich fester an sein Blatt und dachte an Herodot. Dieser war vor keiner Herausforderung zurückgewichen, sondern hatte im Vertrauen auf das Schicksal jeder Gefahr ins Auge geblickt. Johannes atmete tief ein und begann:

»Der Lyderkönig Kroisos herrschte über die Phryger, Myser, Mariandyner, Chalyber, Paphlagoner, Thraker, die thynischen wie die bithynischen, die Karer, Ionier, Dorer, Aioler und Pamphylier.« Johannes hatte sich für alle erwähnten Völker Eselsbrücken überlegt und beobachtete stolz, wie Luftinger Schwierigkeiten hatte, zu kontrollieren, ob die Aufzählung korrekt war. Ohne eine Pause zu machen, schwenkte er weiter zu den Merkmalen von Kroisos' Herrschaft, referierte über dessen Machtgier, brachte einen kleinen Exkurs zu seinen Kriegsführungsstrategien inklusive genauer Beschreibung der Reiterei, für die die Lyder berühmt gewesen waren und die Kyros schließlich durch Kamele ausgetrickst hatte.

»Und was hat es mit dem Wort *Solon* auf sich? Wieso rief Krösus das auf dem Scheiterhaufen?«, fiel der Professor ein, als Johannes gerade Atem holte, um über das Weiterleben des Kroisos' nach dem Tod seines Sohnes zu erzählen. Johannes referierte weiter:

»Solon lebte in Athen zur selben Zeit wie Kroisos, wo er den Bürgern eine Verfassung gab. Auf der darauf folgenden Wanderschaft kam Solon nach Sardes, der Hauptstadt des damaligen Lyder-Imperiums. Jedenfalls waren die Schatzkammern des Kroisos aufgrund seiner expansiven Außenpolitik zu dieser Zeit sehr gut gefüllt, er hatte einen prächtigen Sohn, eine schöne Frau, und sein Reich florierte. Da Kroisos aber auf Bestätigung des berühmten Atheners aus war, führte er ihn überall herum und wollte schließlich wissen, wen Solon als den glücklichsten Menschen der Welt bezeichnen würde. Solon nannte jedoch wider Kroisos' Erwarten nicht Kroisos selbst, sondern Kleobis und Biton, zwei starke Argiver, die ihre Mutter auf einem Wagen in den Tempel der Hera zogen, damit diese die Feierlichkeiten abhalten konnte. Die Mutter erbat daraufhin von Hera das größte Glück, das dem Menschen zuteilwerden kann, für ihre Söhne, woraufhin beide nach dem Festmahl im Tempel einschliefen und nie wieder aufwachten. Dass zwei einfache Bürger glücklicher gewesen sein sollten als er, machte Kroisos fuchsteufelswild, woraufhin er Solon wütend anschrie. Dieser entgegnete ihm gelassen, dass man immer erst das Ende abwarten müsse, um rückblickend das Ganze beurteilen zu können, weswegen es ihm unmöglich sei, je einen Sterblichen glücklich zu preisen.« Johannes lehnte sich zufrieden in den Stuhl zurück.

»Um es mit unseren Worten zu sagen, Kroisos hat am Ende begriffen, dass man den Tag nicht vor dem Abend loben soll«, fügte er hinzu und streckte seine Arme auf dem grünen Tischtuch aus.

»Um was für eine Textsorte handelt es sich bei der Geschichte, die Sie uns soeben referiert haben, um auf die Fragestellung zurückzukommen?«, fragte Luftinger ungeduldig weiter.

»Das ist Historiografie, zu Deutsch Geschichtsschreibung.« Plötzlich ließ Luftinger seine Augenbrauen über den roten Brillengestellen nach oben schnellen und sagte:

»Nein. Das ist nicht korrekt. Historiografie bedeutet die Aufzeichnung von geschichtlichen Fakten. Die Geschichte, die Sie uns zum Besten gegeben haben, war ein illustratives Märchen.«

»Nein!«, rief Johannes mit lauter Stimme und voller Überzeugung, »Sie kennen sich ja nicht aus.«

Er vermutete, dass ihn Luftinger mit einer Fangfrage verunsichern und bloßstellen wollte, doch dazu wollte er ihm keine Gelegenheit geben.

»In den Historien von Herodot findet sich diese Passage im ersten Buch, Vers neunundzwanzig bis vierunddreißig. Schlagen Sie es nach!« Johannes kümmerte es nicht, dass die ganze Maturakommission ihre Augen ungläubig auf ihn gerichtet hatte. Demonstrativ verschränkte er die Arme. Er war im Recht, und das konnte er beweisen.

»Wollen Sie etwa behaupten, die Historien berichten von geschichtlichen Fakten?«, fragte Luftinger spöttisch, und Johannes bemühte sich, in ebenso spöttischem Tonfall zu antworten:

»Natürlich. Was denn sonst?«

Luftinger seufzte.

»Herr Irrwein, Ihnen ist vielleicht entgangen, dass Herodot höchst umstritten und zweifelhaft ist. Krösus lebte von 591 bis 540 v. Chr., Solon von 640 bis 560 v. Chr. Krösus herrschte nachweislich zu einem Zeitpunkt, als Solon bereits tot war.«

Johannes bebte förmlich vor Ärger.

»Das ist ja Blödsinn. Herodot war der beste Geschichtsschreiber und Historiker aller Zeiten. Was Herodot sagt, ist historisch verbrieft.«

Beim letzten Wort knallte Johannes seine Faust auf den Tisch. Plötzlich herrschte Stille. Der Subprior stand mit offenem Mund am anderen Ende des Tisches, und hinter Johannes hatten sich all die Schüler, die gerade zur Vorbereitung im Saal waren, auf ihren Plätzen umgedreht. Der Vorsitzende rutschte auf seinem Sessel hin und her, ihm war die Situation überaus unangenehm. Zwischen Johannes und Luftinger, die sich genau gegenübersaßen, schien die Luft geladen.

»Herr Irrwein, bitte beruhigen Sie sich und bleiben Sie sachlich«, versuchte der Vorsitzende die Situation zu entschärfen.

»Was heißt hier beruhigen? Luftinger hat keine Ahnung und stellt mich so hin, als wüsste ich nicht Bescheid, und das lass ich mir nicht gefallen!«

»Herr Irrwein, das ist hier Ihre Maturaprüfung, etwas Respekt bitte!«, versuchte es der Vorsitzende abermals, doch Johannes war taub für die gut gemeinten Worte. Er wollte nur noch seinem Ärger Luft machen.

»Ich weiß alles über Herodot, er weiß nichts. Das war im Unterricht auch schon so, aber Sie können es nachprüfen, in den Historien steht alles schwarz auf weiß.«

Luftinger atmete nochmals durch und sagte:

»Johannes, das ist falsch, können wir jetzt die Prüfung fortsetzen?«

»Was heißt hier falsch? Nein, das ist richtig, und nein, ich will mich nicht so hinstellen lassen, als würde ich meinen Lieblingsautor nicht kennen. Ich hab die Historien zwanzig Mal gelesen und kann die Passage sogar auf Griechisch rezitieren. Und wenn Kopernikus nachgegeben hätte, als man ihm die Folter androhte, weil er nicht davon abwich, dass die Erde rund sei, dann wären wir jetzt noch im Mittelalter!«

Die Schüler, die hinter Johannes an den Vorbereitungstischen saßen, kauten auf ihren Bleistiften und folgten dem Eklat mit neugierigen Blicken, ohne einen Gedanken an die noch bevorstehenden Prüfungen zu verschwenden. Niemand konnte glauben, dass ausgerechnet der Musterschüler Johannes in so eine Lage kommen könnte, aber allen war klar, mit so einem Auftritt war der Bogen schnell überspannt.

Bis zur Notenverkündung zwei Stunden später rannte Johannes aufgebracht in der Schule herum, ging dreimal in die Bibliothek, schlug besagte Stelle in den Historien nach, konnte sich aber nicht beruhigen. Auch als die Schüler kurz vor drei Uhr nachmittags im ehemaligen Mönchsspeisesaal zusammengerufen wurden, war er noch außer sich. Es war keine Nervosität, er war sich sicher, alles richtig gemacht zu haben, es war vielmehr die blanke Wut, dass sich dieser Luftinger erlaubt hatte, ihn zu provozieren, und vor allem, Herodot zu beleidigen.

»Johannes A. Irrwein«, las schließlich der Vorsitzende vor. Johannes versuchte sich zusammenzureißen. Gleich würde ihn der Vorsitzende in die freie Welt entlassen, auch wenn ihm Luftinger wahrscheinlich einen Zweier statt dem ihm zustehenden Sehr Gut eingetragen hatte.

»Johannes A. Irrwein«, wiederholte der Vorsitzende und strich sich mit der freien Hand über seinen Bart. »Schriftlich kennen Sie Ihre Noten ja bereits: *Mathematik: sehr gut, Deutsch: sehr gut, Englisch: sehr gut, Griechisch: sehr gut. Die mündlichen Prüfungsergebnisse nun lauten; Griechisch: sehr gut, Latein: sehr gut, Geschichte: Nicht genügend*. Herr Irrwein, wir haben lange über Ihre Geschichtsprüfung diskutiert, daher hat sich die Notenverkündung verzögert. Die Kommission kam zu dem Entscheid, Ihnen die Matura nicht anzuerkennen. Die Matura bedeutet auch ein Reifeattest, das wir Ihnen nach Ihrem heutigen Auftritt nicht ausstellen können. Gerade in den Geisteswissenschaften muss darauf Wert gelegt werden, eine Quelle, insbesondere wenn sie so umstritten ist wie Herodot, stets zu überprüfen. Reife bedeutet Reflexion und den kritischen Umgang mit Wissen. Es tut uns leid, aber in Ihrem Fall mussten wir disziplinäre Umstände bei der Beurteilung der Prüfung miteinbeziehen. Wir möchten Ihnen jedoch aufgrund Ihrer ansonsten sehr guten Leistungen die Möglichkeit geben, im Herbst nochmals zur Prüfung zu erscheinen. Wir bitten Sie,

Ihr Verhalten über die Sommerferien zu bedenken und uns im September zu zeigen, dass Sie auch anders können und reif für die Welt sind.«

Johannes rammte sich seine Fingernägel in die Handflächen, bis er Blutstropfen aus den kleinen Halbmonden rinnen spürte. Erst als er schmerzhaft feststellte, dass er wach war, begann er sich zu fühlen, als fiele er in ein großes Loch. Kaum hatte der Vorsitzende den letzten Schüler verlesen, stürmte Johannes hinaus, lief den Gang entlang, schloss zittrig eine Tapetentür auf, lief durch den Geheimgang und stieß die Tür zu einem der hintersten Bibliothekszimmer auf. Er schloss die Tür hinter sich, ließ sich auf den staubigen Boden sinken, stemmte sich die Hände vors Gesicht und begann zu weinen.

Er nahm gar nicht wahr, wie lange er so verharrte, und bemerkte nicht einmal, dass sich der Himmel verfinstert hatte und ein Sturm tobte, wie es ihn lange nicht mehr gegeben hatte. Unweit des Klosters stürzte sogar ein Baum auf ein darunter geparktes Auto, und alles, was nicht angenagelt war, flog durch die Gegend. Pater Jeremias, dessen Glauben an das Übel von solch einem apokalyptischen Unwetter angeregt wurde, streifte von neuen Lebensgeistern beseelt durch das Kloster, obwohl er seit seinem Herzanfall keine Treppen mehr steigen konnte. Auf seinem Rundgang kam er an Johannes vorbei, der am Boden saß und Totenköpfe in den Staub malte.

»Dem Unheil, mein Junge, kann niemand entrinnen«, sagte Jeremias im Vorbeigehen und meinte zwar den Sturm – doch Johannes war noch nie ein Wort des Paters so nahegegangen.

*[Der sparsame Kaiser, Notizbuch II]*

*[8.4.] Zum großen Unmut der Bergbarbaren von St. Peter regierte die Kaiserin, die ihnen ein Dorn im Auge gewesen war ob ihrer Weiblichkeit und jener Schulreform, von der ich bereits erzählt habe, vierzig Jahre lang. Als sie starb, trauerte das ganze Land, nur in St. Peter am Anger gab es ein Fest. [8.5.] Die Bergbarbaren hatten sich jedoch zu früh gefreut, denn der Sohn jener Regentin sollte, wie ich nun künden werde, ihre Herzen noch mehr beschweren als seine Mutter. [8.6.] Der junge Kaiser war nämlich vom Geiste der sogenannten Aufklärung beseelt und verfolgte das ehrgeizige Projekt, jene Aufklärung in alle Winkel seiner Monarchie zu tragen, so auch zu den Bergbarbaren von St. Peter am Anger. [8.7.] Neben vielem, was die Barbaren erfreute, verbot der eifrige Regent sogar Lebzeltln, eine Süßspeise, die wir heute als Lebkuchen kennen, die er allerdings für gesundheitsschädlich hielt, welche bei den Bergbarbaren aber allzugern verspeist wurde, seit man deren Rezeptur von den vor einigen Jahrzehnten angekommenen Flüchtlingen erhalten hatte. [8.8.] Richtig wütend wurden die Bergbarbaren aber, als der Regent Begräbnisse modernisieren wollte und ein Gesetz erließ, das besagte, daß, um Holz zu sparen, von nun an nur noch Sparsärge verwendet werden dürften. Diese Geräte waren an der Unterseite mit einer Klappe ausgestattet, die mittels eines Hebels über dem leeren Grab geöffnet werden konnte, woraufhin der Leichnam in die ewige Ruhe fiel und der Sarg somit wiederverwendet werden konnte. [8.9.] Erbost erklärten die Bergbarbaren den neuen Kaiser für wahnsinnig, und in ihrer Entrüstung rüsteten sie sich, mit Heugabeln und Dreschflegeln in die Stadt zu ziehen, um ihn zur Vernunft zu bringen. Bevor dies jedoch geschehen konnte, verstarb der Kaiser nur zehn Jahre nach Beginn seiner Regentschaft, und in der Hauptstadt des Reiches mühte man sich, eiligst alle seine Reformen wieder rückgängig zu machen. Denn dieser Kaiser war, wie ich nachgeforscht habe, bei den Zivilisierten genauso unbeliebt wie bei den Bergbarbaren – einer der wenigen Fälle, in denen Einigkeit über ein Thema zwischen ihnen herrschte.*

## Auf Glühwürmchen reiten

Der Maturaanzug klebte völlig durchnässt an seiner Haut, als Johannes den letzten Bus des Tages nach St. Peter bestieg. Johannes war der einzige Passagier, und die Sitzbänke rochen nach nassem Hund. Ohne Rücksicht auf seinen Fahrgast drehte der Busfahrer das Radio auf. Der lokale Alpensender übertrug eine Wiederholung des letzten Musikantenstadls, und der Busfahrer sang bei einem Schlager der Ursprung Buam laut mit. *Damenwahl hamma heit, für de feschn Weiberleit, und wer guat tanzn ku, der geht schneidig heit voru*, trällerte er zwei Schläge aus dem Takt, bis plötzlich beim Schalten vom dritten in den zweiten Gang vor der steil ansteigenden Wendlerserpentine der Bus einen Hopser machte und Johannes' Kopf, den er ans Fenster gelehnt hatte, schmerzhaft gegen das Glas schlug.

»Kruzifixn sacra, du depperts Hundsviech«, fluchte der Busfahrer den Bus an, aber der hüpfte weiter, bevor es einen Knall aus dem Auspuff machte, der Motor zu husten begann und das Fahrzeug stehen blieb. Aus dem Motorraum stieg grauweißer Rauch auf, der Busfahrer drehte sich zu Johannes um und sagte, er solle sitzen bleiben, bevor er ausstieg. Doch Johannes war der Rauch nicht geheuer, und da das Radio nach wie vor den Musikantenstadl übertrug, der ohne Motorenlärm noch lauter über die Sitzreihen schallte, kletterte auch er aus dem Fahrzeug. Der Busfahrer inspizierte den Bus und fragte Johannes schließlich, ob dieser ein Handy habe, und als Johannes verneinte, schüttelte er ungläubig den Kopf und fluchte. Der Regen goss Schweine und Katzen vom Himmel. Johannes' Knirps nutzte ihm wenig, und er wunderte sich nicht darüber, dass ausgerechnet heute der alte Postbus seinen Geist aufgab. Es passte zu den Geschehnissen des Tages, und Johannes war so niedergeschlagen, dass er mit allem Übel der Welt rechnete. Der Busfahrer setzte sich, als er festgestellt hatte, dass er den Bus nicht mehr reparieren konnte, wieder auf seinen Fahrersitz, zündete sich ein Zigarette an und zog eine Schnapsflasche aus dem Handschuhfach.

»Das ist nicht Ihr Ernst, oder?«, fragte Johannes, doch der Busfahrer zuckte mit den Schultern.

»Red net deppert«, antwortete er, »du bist schließli da anzige Bua in deim Alter, der wos ka Handy hat.«

Zehn Minuten blieb Johannes regungslos stehen und fühlte seine Zehen nass werden, bis er ein Auto den Berg hochkommen hörte. Er stellte sich an den Straßenrand, hielt den Daumen raus, doch als das Auto um die Kurve kam, musste er geblendet in den Straßengraben blicken, der Fahrer hatte das Fernlicht eingeschaltet. Johannes kniff die Augen zusammen, hielt die Handfläche wie einen Sichtschutz vor seine Stirn, während der weiße Jeep rechts neben dem Bus anhielt.

»Wüllst mitfahrn?« Als Johannes wieder sehen konnte, identifizierte er den alten Herrn Rettenstein am Steuer. Neben ihm saß der Altbürgermeister Ebersberger, dahinter der Großvater seines Volksschulkollegen Robert Rossbrand und neben diesem der alte Herr Hochschwab. Die vier waren auf einem Rinderkirtag in einem Dorf im Nachbartal gewesen und nun auf dem Heimweg nach St. Peter. Johannes sah, dass er zwischen den breitbeinig auf der Rückbank sitzenden Greisen keinen Platz haben würde, aber bevor er ablehnen konnte, hatte der Busfahrer bereits mit Opa Rettenstein vereinbart, dass Johannes mit ihnen nach St. Peter fahren solle und man jemanden schicken würde, um den Bus abzuschleppen. Auch die alten Männer wussten, dass Johannes auf der Rückbank keinen Platz hätte, also öffnete Großvater Rettenstein den Kofferraum, entfernte die Hutablage und hieß Johannes, auf der karierten Decke Platz zu nehmen, wo, wie man an den Haaren erkannte, normalerweise der Jagdhund saß.

Der weiße Jeep roch in seinem Inneren nicht nur viel intensiver nach nassem Hund als der Bus, sondern dazu noch nach Mottenkugeln und Gurkensalat. Johannes hatte keinen Zweifel, dass dies der schlimmste Tag seines Lebens war. Sein Gesichtsausdruck war so elendig, dass er den alten Herren nicht verborgen blieb, die ihn akribisch im Rückspiegel musterten.

»Wieso bist'n du eigentli so g'schnigelt?«, fragte Opa Rossbrand schließlich, und als Johannes kurz angebunden und mit Blick aus dem Fenster antwortete, dass er heute Matura gehabt hatte, war den vier Eminenzen sofort klar, dass er diese verpatzt haben musste. Johannes saß mit angewinkelten Beinen quer im Kofferraum. Seine Arme hatte er auf die Knie gelegt, den Kopf ließ er dazwischen hängen. Auf dem Boden des Kofferraums lagen ein rostiger Hirschfänger, ein paar Patronenhülsen und etwas, das wie eine zerquetschte Wurstsemmel aussah.

»Schau, Johannes, wir ham immer scho g'sagt, a Matura is nix für wen, der wos aus St. Peter is. Mach da nix draus!«, meinte Altbürgermeister Ebersberger gutmütig, doch Johannes nahm ihm diese Aussage übel.

»Woaßt Johannes, wir Menschen aus St. Peter ham andre Stärkn, wir sand olle kane Kopfmenschn«, fügte Opa Rossbrand hinzu und lächelte.

»Wir ham des a immer deim Großvata g'sagt, owa er hat jo net auf uns g'hört. Dei Großvata hat a glaubt, er muss in'd Wölt aussi, und am End is a a wieder z'ruckkummen, weil a g'merkt hat, dass's nirgends so schön is wia in St. Peter.«

»Woaßt, Johannes, früher is dei Großvater a lässiger, g'mütlicher Hawara g'wesen, owa dann hat a zum Spinnen ang'fangen. I glaub, de ganzn Bücher ham eam deppert g'macht.«

Opa Rossbrand tippte sich mit dem Zeigefinger gegen die Stirn, und die anderen nickten.

Rettenstein senior hielt vor dem Haus der Irrweins und ging zum Kofferraum, um Johannes hinauszulassen. Der Obmann des Jägerbundvereins sah ihn durchdringend an und sagte in ernstem Ton: »Johannes, wir ham immer scho g'wusst, dass du des Gymnasium net schaffn wirst. Du bist halt a St. Petriana. Merk da, des Dorf is für di da. Wir kämpfn hiazn seit hunderten Joahrn gegen de Hochg'schissenen, und umso bessa, dass du uns zeigt hast, dass du kaner vo de Hoch'gschissenen bist. Oiso, guate Nacht.«

Der alte Herr Rettenstein klopfte ihm auf die Schulter, trat beiseite und fuhr mit den andern Männern ins Wirtshaus. Johannes blieb im Regen stehen und sah den Rücklichtern hinterher, bis sie in der Kurve zum Dorfplatz verschwunden waren.

An Ilse und Alois, die in der Küche mit einer Sektflasche auf dem Tisch auf ihn warteten, ging er wortlos vorbei. Er sperrte sich in seinem Zimmer ein und steckte sich die Gehörschutzstöpsel in seine Ohren, die er gekauft hatte, als die Nachbarn während seiner Lernzeit eine Grube ausgebaggert hatten. Ilse klopfte eine halbe Stunde lang an die Tür, fragte ihn, was passiert sei, doch er antwortete nicht. Erst Alois, der schließlich ins Wirtshaus ging, um den Sektgeschmack mit Bier hinunterzuspülen, erhielt dort von den alten Stammtischherren Gewissheit darüber, was es mit dem Verhalten seines Sohnes auf sich hatte.

Um kurz nach Mitternacht saß Johannes auf dem Boden des Balkons und beobachtete durch die Holzverstrebungen, wie in einem Haus nach dem anderen das Licht ausging. Er fühlte sich ratlos und war in allem, woran er glaubte, erschüttert. Nur für eine Sache hatte er Bestätigung: Dass es nicht egal war, woher man kam. Johannes lehnte den Kopf an das Geländer und beobachtete, wie eine Straßenlaterne nach der anderen erlosch. Das Dorf war so weit weg von der Zivilisation, dass es keine künstlichen Lichtquellen gab, die den Himmel trübten, weswegen nachts die Sterne allein genug Licht schenkten. Er wusste, das Dorf sah ihn als ein abtrünniges Schaf, dessen Flucht bekämpft werden und das schnellstmöglich wieder in die Herde eingegliedert werden musste. Johannes stellte sich vor, wie die Geschichte seines Versagens im Dorf die Runde machte und das ganze Wirtshaus über ihn lachte. Wie ein St. Petrianer nach dem anderen die Faust erhob, um ein Loblied auf die *St.-Petri-Art zu leben* anzustimmen; einen Beruf im Dorf zu erlernen, in der lokalen Mikrowirtschaft tätig zu sein, die Volksschulliebe zu heiraten, Kinder zu kriegen, sich im Dorfvereinsleben zu engagieren und zwischen den Kindergartenfreunden im heimischen Boden begraben zu werden. Und all diejenigen Menschen, die ihn so akzeptiert hatten, wie er war, hatte man ihm weggenommen: Doktor Opa, Pater Tobias, den Digamma-Klub. Er war ratlos, was er nun tun sollte. Nach dieser Katastrophe war er in St. Peter gefangen, und es schienen ihm alle Chancen verbaut, jemals als Geschichtsforscher zu reüssieren.

Neben seinem Schreibtisch lag die tote Maus auf einer alten Zeitung. Johannes betrachtete lange, wie friedlich sie aussah, staunte, dass ihrem Gesichtsausdruck nichts von dem Todeskampf mit Petzi anzumerken war, und flüsterte:

»Wie auch Solon wusste, das größte Glück, das dem Menschen zuteilwerden kann, ist der ewige Schlaf.«

Johannes hatte einmal gelesen, jeder Mensch neige zu einer bestimmten Art von Selbstmord – und er, da war er sich sicher, war der Typus des Hinabspringers. So könnte er wenigstens im Angesicht des Todes frei sein und losgelöst wie ein Vogel schweben. Johannes blickte über das Balkongeländer in den Vorgarten, wo Ilse ihre Beete hatte. Der Nussbaum, den Johannes Gerlitzens Großvater gepflanzt hatte, als er so alt gewesen war wie Johannes nun, streckte seine Äste über den Garten und raschelte im Wind. Ein Sprung aus dem ersten Stock, so überlegte Johannes, würde ihn wahrscheinlich kaum umbringen. Wenn er Glück hatte, würde er mit dem Kopf auf einem Stein aufschlagen oder an Verletzungen seiner Organe sterben. Sein Blick fiel auf die Rankstangen, an denen die Paradeiser emporwuchsen, die am Ende des Gartens neben dem Zaun Spalier standen. Er musste nur Anlauf nehmen, so rechnete er, sich ein Podest bereitstellen, um über das Balkongitter zu gelangen, und dann würde er bis zu den Rankstangen fliegen. Johannes stellte sich vor, welche Gesichter die St. Petrianer machen würden, wenn sie auf dem Weg zur Arbeit seinen blutenden, von spitzen Eisenstangen durchbohrten Körper anträfen – das wäre ein gelungener Abschied.

Johannes trug den Schreibtischsessel als Sprungpodest auf den Balkon, öffnete den Kleiderkasten, ließ die Bügel über die Stange rutschen und entschied sich, in einer Cordhose mit nacktem Oberkörper zu sterben. Schließlich ging er zum Abstellbrett über seinem Schreibtisch und nahm den Fischbandwurm in beide Hände. Das Spiritusglas war kühl, der Wurm mit Stecknadeln an eingeschweißtem Papier befestigt, sodass er sich nicht bewegte, wenn er das Glas in den Händen drehte.

Johannes ging zurück zu seiner Anlauframpe, hob und senkte die Arme, ließ seine Schultern kreisen, sprang auf und ab, lockerte seine Handgelenke. Schweißperlen sammelten sich auf seiner Stirn. Die Nacht sah weich aus, dachte er, ein schwarzes Tuch, das ihn auffangen würde, bevor er Schmerzen spürte.

»Drei«, Johannes ging in Anlaufstellung. »Zwei«, am Himmel tanzten die Sterne, als wollten sie ihn ermutigen. »Eins«, er biss die Zähne zusammen und schnaufte, so wild pochte sein Herz. »Null«, schrie er sich selbst zu, stieß sich mit den Armen von der Wand ab und lief zum Balkon.

Er machte einen Satz über die Schwelle zwischen Zimmer und Balkon, ruderte mit den Armen, sprang auf den Bürosessel, schwang mit allen Gliedmaßen, und plötzlich spürte er, wie sich die freie Luft anfühlte. Die Welt verlangsamte, Johannes hörte sein Blut rauschen, sein Herz schlagen, unsichtbare Frühsommernachtsinsekten blieben auf seiner Haut kleben, bis er realisierte, dass er nicht dorthin fiel, wohin er wollte. Er war zu schräg und zu hoch abgehoben, der Absprung vom gefederten Bürosessel war zu schwunghaft gewesen und hatte seine Richtung abgefälscht, brachte ihn nach oben anstatt zu Boden, viel zu weit nach rechts – Johannes kam dem Nussbaum näher, sah Glühwürmchen auf den limettengrünen Früchten sitzen. Das hatte er nicht eingeplant, nicht die Glühwürmchen und vor allem nicht den Nussbaum, dessen Äste ihm den Weiterflug versperrten. Der Nussbaum fing Johannes ab, er klammerte sich reflexartig an einen Zweig, dieser brach, und die Welt wurde wieder schnell. Kaum dass er schreien konnte, fiel er zu Boden, mitten in die Salatbeete.

Als Johannes die Augen öffnete, pendelte der Nussbaumast über ihm und wurde umschwirrt von unzähligen Glühwürmchen, die sich über die Ruhestörung empörten. Er wollte sich aufraffen, aber sein Kopf schmerzte so bestialisch, dass er entschied, liegen zu bleiben, bis sich der Schwindel gelegt hatte. Johannes fand, die Glühwürmchen machten sich über ihn lustig – sie schwirrten, als kicherten sie. Wie bewegliche Sterne flackerten sie hin und her, zogen Schleifen, einige drehten sich im Kreis. Plötzlich kam Wind auf. Aus Richtung des Talschlusses pfiffen Böen durch St. Peter, und die Stille wurde vom aufgeregten Rascheln der Bäume durchbrochen. Die kalten Winde prallten gegen das Haus, ließen die Fensterläden klappern. Der Schwindel ließ nach, die kalten Brisen taten seinem Kopf wohl, und Johannes merkte, dass die Sterne verschwunden waren. Plötzlich hielten Wolken den Himmel bedeckt, und Johannes kniff die Augen zusammen. Ohne seine Brille war alles verschwommen, und dennoch sah die Wolke aus wie Herodots Gesicht. Und dann begann es zu regnen, kein Wasser, sondern Glühwürmchen, oder waren es Sternschnuppen? Er spürte nichts und war doch umgeben von fallenden Lichtern, die ihre Farben wechselten, bis neun Frauen aus ihnen wurden, atemberaubend schöne Frauen, nackt, wie Gott sie schuf. Sie begannen, durch den Garten zu tanzen, tanzten um eine Statue, die aus der Erde wuchs. Johannes staunte, wie gut er auf einmal ohne Brille sah, er erkannte den Kopf, das war Herodot. Die Frauen umschlangen die Statue, bis sie zum Leben erwachte, sich der steinerne Mund öffnete und die Lippen mit lautem Tone artikulierten:

»Jóhannes, schäme dich! Denn einst begabst du dich mir zum Dienste!« Johannes erschrak und versuchte zu erklären:

»Meister Herodot, es tut mir leid, aber das Leben hat mir übel mitgespielt! Wie soll ich die Historiai der Völker erforschen, wenn ich auf einem Berg festgehalten werde?«

»Wo willst du sonst Barbaren erforschen als hier nun!
Ich zog einst aus zu erkunden das Wesen und Sitte der Völker!
Scheute auch nicht, den Krieg zu beschreiben, geführt von Barbaren gegen die Zivilisierten der Griechen, und du? Du siehst hier
Krieg, einen großen, und nicht erforschst du die Gründe und Arten wie jene hier am Berg nun bekämpfen die Zivilisierten?«

Herodots Lippen schlossen sich, und er erstarrte wieder zu Stein, die Glühwürmchen wurden zu Glühpferden, auf denen sich die neun nackten Frauen niederließen und durch den Himmel ritten. Johannes erkannte plötzlich, die Frauen, das waren die neun Musen, die Gefährtinnen des Apollon, die Bewohnerinnen des Parnass. Die Musen verwandelten Sterne in kleine Bilder, die vom Firmament regneten und den ganzen Tag abbildeten: Luftingers fies lächelnde Fratze, das Entsetzen im Gesicht des Subpriors, den Unheil predigenden Jeremias, den liegen gebliebenen Bus und den selbstzufriedenen Gesichtsausdruck von Herrn Rettenstein, als er ihn aus dem Kofferraum entlassen hatte. Und plötzlich erinnerte er sich an Rettensteins Worte: *Wir kämpfn hiazn seit hunderten Joahrn gegen de Hoch'gschissenen, und umso bessa, dass du uns zeigt hast, dass du kaner vo de Hoch'gschissenen bist. Oiso, guate Nacht.* Dass er nicht früher über diese Worte nachgedacht hatte! Johannes' Augen weiteten sich: Herodot hatte recht, er hatte seit heute den ersten Beweis dafür, dass das, was er schon sein Leben lang gewusst hatte, die Wahrheit war: In St. Peter am Anger war etwas faul.

»πᾶν ἐστι ἄνθρωπος συμφορή«, sangen die schönen neun Frauen ein Wort Herodots im Chor – *In jeder Beziehung ist der Mensch dem Schicksal unterworfen,* dachte Johannes und verstand, dies alles war Schicksal. Er war dazu auserkoren, in die Fußstapfen Herodots zu treten, indem er den Krieg, den die Bergbarbaren von St. Peter gegen die Zivilisierten führten, erforschte – und beendete!

Die schönste Frau, die nichts als einen Griffel und eine Wachstafel in der Hand hatte, marschierte auf ihn zu, sie war niemand Geringerer als Klio, die Muse der Geschichtsschreibung. Ihre Haut strahlte, leuchtete heller als der Mond, und noch bevor Johannes etwas sagen konnte, bog sie die weichen Knie, ließ sich rittlings auf Johannes nieder. Johannes spürte ihre Haarspitzen auf seinen Oberkörper rieseln, als sie sich zu ihm beugte, langsam ihre Lippen auf seinen ablegte. Wie tausend Bienen hatte er auf einmal ein Summen in seinem Mund, feine Stiche, eine liebende Nadel nach der anderen, er öffnete die Augen, und plötzlich war Klios Kopf ein Bienenstock. Johannes wollte schreien, doch die Bienen kletterten zwischen seinen Lippen hindurch, er verfiel in Panik, bis er merkte, dass sie ihn nicht zu Tode stachen, sondern schmeichelnd umsorgten und zärtlich Waben in seinem Mund zu bauen schienen, Waben in Form von Wörtern, die ausgewählter waren als alles, was er bisher gelesen hatte, und die nun ihm zu gehören schienen. Johannes verstand den Sinn der Dinge, sah den schönen Musen hinterher, die mit Herodot in den Himmel verschwanden, und verlor im hellsten Moment seines Lebens das Bewusstsein.

*[Der kleine Mann mit dem großen Trieb, Notizbuch III]*

*[9.0.] Nach dem Wechsel des Jahrhunderts war der ganze Kontinent im Wandel, seit ein im Bezug auf seine Körpergröße überaus kleiner französischer Herrscher an die Macht gelangt war, der jedoch, wie es vielen kleinen, von der Natur wenig geliebten Männern zu eigen ist, ein übernatürliches und auch den Göttern unliebes Machtbedürfnis verspürte. Und während die Gebietsgrenzen und Allianzen zwischen dem nördlichen, dem atlantischen, dem mittleren und dem Euxenischen Pontus neu verschoben wurden, wurde der Alpenraum vom Kaiserreich im Osten abgetrennt und einem im Norden liegenden Herzogtum zugeteilt. [9.1.] Es dauerte vierzehn Jahreszeiten, bis die St. Petrianer davon erfuhren, daß sie nun nicht mehr dort dazugehörten, wo sie einst dazugehört hatten. Anfangs, so wird berichtet, sei es ihnen egal gewesen, da sie nicht belästigt worden seien. Ich habe allerdings herausgefunden, daß es schließlich ein Ereignis gab, welches die anderen Alpenbarbaren in den Krieg trieb; die Verletzung ihres Freibriefes, der zuvor den Barbaren aller Berge zugesichert hatte, niemals zum Kriegsdienst in anderen Gebieten als dem eigenen eingesetzt zu werden. Die Barbaren aller Stämme, mit Ausnahme der St. Petrianer, griffen daraufhin zu den Waffen und führten zahlreiche Kriege gegen die Besatzer. [9.2.] Bezüglich der St. Petrianer wird berichtet, daß sie so lange überlegten, ob es ihnen nützen würde, sich anzuschließen, daß, als sie bereit waren, eine Entscheidung zu treffen, der Aufstandsanführer namens Sandwirt bereits gefangengenommen und hingerichtet worden war, was das Ende aller aufständischen Tätigkeiten unter den Barbaren bedeutete. [9.3.] Wie nun die Geschichtsaufzeichnungen berichten, bereuten die St. Petrianer seinen Tod sehr und ehrten ihn, doch weitere Schritte unternahmen sie nicht, sondern warteten, bis sich die Lage im Rest des Landes beruhigt hatte. St. Peter am Anger war und ist auch heute, wie ich bezeugen kann, so weit weg vom Rest der Welt, daß die Bewohner, solange sie nicht die Berge in die Luft sprengen, tun und lassen können, was sie wollen, ohne daß es jemand bemerkt.*

## Fährten und Fronleichnam

Bevor Alois Irrwein am nächsten Morgen zur Baustelle der Kaunergrats fuhr, um den Dachstuhl für den neuen Schweinestall zu zimmern, stand er lange in der Einfahrt und überlegte, wofür er sich am meisten schämte: dass sein Sohn nach versauter Matura besoffen im Vorgarten schlief oder dass dessen Oberkörper zaundürr und löschkalkfarben war. Ilse schlief noch, sie hatte die Nacht hindurch so geweint, dass er sie nicht aufwecken wollte – also verzichtete Alois darauf, seinen Sohn ins Haus zu schaffen. Stattdessen holte er die olivgrüne Plastikplane aus der Garage, mit der er das späte Gemüse vor kalten Nächten schützte, breitete sie über Johannes, damit er den Nachbarsaugen verborgen blieb, und fuhr zur Arbeit. Den ganzen Tag über ließ ihn der Gedanke an Johannes' Oberkörper, der ihn an eine gerupfte Hühnerbrust erinnerte, nicht mehr los. Auch wenn er sich bereits vor langer Zeit damit abgefunden hatte, dass ihm sein Sohn nicht sonderlich nachgeriet, mussten das nicht alle neugierigen Augen des Dorfes zu sehen bekommen.

Klick-tack-klick-tack-klick-tack-klick-tack-klick-tack – im Gleichtakt klackten die Skistöcke des *Vereins der Nordic-Walkerinnen St. Peters* auf den Asphalt der Hauptstraße. In schreiende Farben gehüllt walkten zwei Dutzend Frauen in Herdenformation das Dorf ab. Angelika Rossbrand marschierte als Vereinsgründerin an der Spitze, drei Frauen hatten jeweils nur einen Stecken und schoben mit der zweiten Hand einen Kinderwagen. Manche hatten Schweißbänder um Handgelenk und Stirn, andere trugen Pulsmesser, alle waren sie schon etwas aus der Puste, da die heutige Runde bereits fünfunddreißig Minuten andauerte und bald, nach dem Streckensprint über die Hauptstraße, im Garten des Café Moni enden würde, wo sich der Verein nach dem Morgensport mit Eisbechern stärken würde. Plötzlich erhob Angelika jedoch auf Höhe des Irrwein'schen Gemüsegartens die Hand, und die Frauen bremsten quietschend ab, um nicht ineinanderzulaufen. Auf Angelikas Nicken hin blickten alle in Ilse Irrweins Garten und verrenkten erstaunt die Köpfe, um die olivgrüne Plastikplane zu begutachten, die dort den Boden bedeckte, wo ansonsten der Kopfsalat wuchs.

»Schauts amoi, de Ilse hat d'Frostschutzplane im Goartn«, ertönte die hohe Stimme der Kirchenchorsopranistin Hilde Wildstrubel, woraufhin alle skeptisch zu flüstern begannen, dass es gestern sicherlich keinen Frost gegeben und ob Ilse vielleicht exotisches Gemüse angebaut habe, mit welchem sie den nächsten Kochwettbewerb für sich entscheiden wolle. In St. Peter am Anger waren bis auf gelegentliche Auseinandersetzungen, die mal hier, mal dort entstanden, sich grundsätzlich alle Frauen wohlgesinnt. Doch der zwei Mal jährlich stattfindende Kochwettbewerb, bei dem die Siegerin ein Set gefriertauglicher Tupperware-Schüsseln gewinnen konnte, entzweite die Freundinnen regelmäßig. Gertrude Patscherkofel hatte vor anderthalb Jahren heimlich Topinambur angepflanzt, die bis dahin in der Mütterrunde nicht bekannt gewesen waren und die ihr, mit Muskatnuss, Käse und Crème fraîche verarbeitet, den Sieg eingebracht hatten. Die Frauen flüsterten und entschieden, dass sie solch eine Wettbewerbsverzerrung nicht noch einmal zulassen wollten. Sie waren sich einig, dass die Wölbungen, die die Plane schlug, sicherlich Setzlinge waren, also legten sie ihre Skistecken auf den

Asphalt und huschten im Gänsemarsch in den Vorgarten, um herauszufinden, was Ilse angepflanzt hatte. Im Kreis stellten sie sich rund um die Plane. Angelika Rossbrand hatte einen ihrer Stecken mitgenommen, schob damit die Plane beiseite, und alle hielten sie mit einem »Huch« die Luft an, als ein bleicher, an den Wangen erdiger Kopf zum Vorschein kam.

»Des is do da Johannes«, stellte Sabine Arber fest, und Hilde Wildstrubel fragte:

»Is der hinig?«

Angelika stupste ihn mit ihrem Skistock an, und langsam kam Johannes zu sich.

Das Aufwachen fühlte sich an, als würde er durch einen tiefen Tunnel zurück in seinen Körper fallen, und er sah nochmals die zarten Gesichter der Musen vor sich, doch als er die Augen aufschlug, hatten seine Musen fünfundzwanzig Kilo zugelegt, ihre weiße Haut war sonnenverbrannt, sie trugen grässliche Sportkleidung, und ihre Haare klebten am verschwitzten Kopf. Johannes riss die Augen auf und fragte sich, ob er aus dem Himmel in die Hölle gefallen war.

»Lebst nu?«, fragte ihn Angelika Rossbrand schließlich. Johannes fuhr sich kurz über den Oberkörper und nickte, als er merkte, dass er von keinen Rankstangen durchbohrt worden war. Er wusste nicht ganz, wo er war, und er war noch weit davon entfernt, sich lebendig zu fühlen. Sein Gesundheitszustand war den Frauen jedoch egal. Hilde Wildstrubel beugte sich über ihn und hielt ihm ihren ausgestreckten Zeigefinger entgegen:

»Johannes, wir ham Grund zur Annahm, dass de Ilse exotischs Gemüse vor uns versteckt. Woaßt du wos?«

Johannes verstand nicht, was sie meinte, und starrte sie mit offenem Mund an.

»Lügen hülft net!«, legte Martha Kaunergrat nach und berührte mit ihrer Turnschuhspitze seinen Oberarm, als würde sie auf ihn draufsteigen, wenn er nicht antwortete. Johannes sah ihr Gesicht nicht, da Martha Kaunergrats Brüste so groß und prall waren, dass sie ihren Kopf verbargen. Johannes bekam Angst und schüttelte emsig den Kopf. Die Frauen sahen sich kurz an und beratschlagten. Schließlich zeigte Angelika Rossbrand mit ihrem Skistecken auf seine Brust:

»O. k., wir glaubn da, owa wehe, wir stelln fest, dass'd lügst! Du sagst uns g'fälligst, wenn da wos auffallt, verstanden?«

Johannes' Mund war trocken und seine Stimme heiser; er nahm sich zusammen und krächzte, so laut er konnte: »Jawohl!«, woraufhin die Mütterrunde im Gänsemarsch abzog, die V-Formation wieder aufnahm und ins Café Moni zu den verdienten Eisbechern abzog.

Johannes richtete sich mühsam auf und blickte ihnen hinterher, bis sie nicht mehr zu sehen waren. Nur das Klick-tack-klick-tack-klick hallte noch in seinen Ohren.

»Was war das bloß?«, fragte Johannes den Nussbaum, doch das Blattwerk leuchtete nur grün im Licht der Sonne und schien auch keine Antwort zu haben.

Johannes kannte die Frauen, die sich um ihn geschart hatten. Sie waren Freundinnen seiner Mutter, die oft im Irrwein'schen Wohnzimmer zu Kuchen und Kaffee zusammenkamen, aber er hatte sie noch nie Sport treiben sehen, vor allem nicht solch seltsamen Sport, der vielleicht gar kein Sport war, wie er überlegte. Und wieso hatten sie wissen wollen, ob Ilse exotisches Gemüse anbaute, und welch grausame Dinge würden sie wohl mit ihm anstellen, wenn er nicht mit ihnen kooperierte? Und plötzlich kehrte die Erinnerung an die Vision der letzten Nacht zu ihm zurück. Johannes fühlte sich auf einen Schlag wie Herodot, der ein fremdartiges, eigentümliches Barbarenvolk entdeckt hatte und es dringend erforschen musste.

Bis zu diesem Moment hatte Johannes sein Dorf für den langweiligsten Ort der Welt gehalten, an dem sich sogar die Kühe fadisierten, weil nie etwas passierte. Doch plötzlich hatte er das Gefühl, den Kühen wäre gar nicht langweilig, sondern er hätte bloß ihren Gesichtsausdruck falsch gedeutet. Johannes dachte daran, wie Herodot all jene Völker in ein neues Licht gerückt hatte, die man bis dato für bedeutungslos gehalten hatte. Von den Ägyptern hatte er berichtet, wie sie, vollkommen anders als die Griechen, ihr kleines Geschäft im Sitzen und ihr großes Geschäft im Stehen verrichteten. Bezüglich der Babylonier hatte er aufgedeckt, dass die Männer ihre Frauen einmal im Monat in den Tempel brachten, um sich dort wahllos mit allen zu prostituieren, und sogar über jenes nomadische Volk am Ende der Welt, die sogenannten Skythen, hatte er Bemerkenswertes herausgefunden, und zwar, dass diese ein Rohr aus Knochen in das Geschlechtsteil der Kuh steckten und hineinbliesen, während sie ihren Euter abmolken. Und plötzlich merkte Johannes, dass er all dies auch den St. Petrianern zutraute. Doktor Opa hatte einst ihre Körper erforscht, und Johannes merkte, dass er nun ihre Geister erforschen musste.

Nachdem er sich mit dem Gartenschlauch die Erde von der Haut gewaschen hatte, kramte er jenes original Moleskine-Notizbuch aus seinem Schreibtisch, das er sich für die Zeit nach der Matura geleistet hatte. Johannes küsste das Papier, schlug das Buch akkurat vor sich auf, sprach ein Dankesgebet an Herodot und die Musen und begann, einen Brief an den Digamma-Klub zu entwerfen, den er in der kommenden Woche in der Hauptstadt hätte treffen sollen. Es schien ihm unumgänglich, sie sofort wissen zu lassen, welch wissenschaftlicher Sensation er auf der Spur war, und obwohl es ihn in den Fingern juckte, nahm er sich die Zeit, die erste Fassung ins Notizbuch zu schreiben, bevor er die Reinschrift auf gutem Briefpapier niederschrieb. Alles zuerst in ein Notizbuch zu schreiben, war nun mal eine Angewohnheit, die er von seinem Großvater übernommen hatte.

*Liebe zivilisierte Freunde!*, adressierte er den Digamma-Klub, und im Geiste auch Pater Tobias und Doktor Opa. *Ihr werdet Euch wundern, wieso ich nicht zum vereinbarten Termin in der Hauptstadt erscheine. Erschrecket nicht, aber ich wurde nicht in die Welt entlassen. Ihr werdet nun denken, daß der üble Luftinger Rache an mir nahm, doch wisset, dem ist nicht so. Vielmehr glaube ich, daß das Schicksal Bedeutendes mit mir vorhat! Der größte Geschichtsschreiber aller Zeiten hat mich berufen, in seine Fußstapfen zu treten und die Barbaren der modernen Welt zu erforschen, die nämlich hier in St. Peter am Anger leben! Nie, meine Freunde, war mir dies bewußt. Ich hielt dieses Volk für der Wissenschaft unwürdig, dabei haben sie sich eine Parallelkultur erschaffen und kämpfen, wie ich entdeckt habe, mit all ihren Waffen dagegen, daß die Zivilisation ihr Dorf erreicht. Meine Freunde, ich habe endlich verstanden, daß ich mit Herodots Hingabe an die Erforschung der Bergbarbaren gehen muß, und nicht auf jene naturwissenschaftlich distanzierte Art, die ich bisher verfolgte. Ich muß aufhören, die Barbaren wie durch ein Mikroskop zu betrachten, während ich in meinem Zimmer zwischen Büchern sitze, nein, ich muß dieses Volk erforschen, indem ich mich wie Herodot unter sie begebe, mit ihnen lebe und verstehe, wieso sie so sind, wie sie sind. Es ist Zeit, jenen Laborkittel auszuziehen, den mir mein Großvater überstreifte. Ich muß einen Schritt weitergehen und meinen Beitrag zum Weltwissen unserer Zeit leisten, indem ich die letzten Bergbarbaren des Kontinents erforsche. Ich werde aufdecken, daß diese Bergbarbaren einen Krieg gegen die Zivilisierten führen, um ihre Eigenheiten zu beschützen, und auf diesem Wege werde ich meine Ehre wiederherstellen, die mir durch die Maturaprüfung zeitweise abhanden kam!*

*Gleich morgen bietet sich mir eine gute Gelegenheit zu beginnen, wenn zum Fronleichnamsfest das ganze Dorf zusammenkommt und folkloristische Traditionen performiert werden. Ich werde Euch von meinen Ergebnissen berichten. Euer Johannes, qui modo Herodoti, patris historiae, barbaros montes inhabitantes explorat, St. Peter am Anger, Non. Iun. an. p. Chr. n. MMX.*

Am Fronleichnamsmorgen 2010 duftete der Balkon streng und pelzig nach Pelargonien, die ihre Köpfe aus den Blumenkisten auf die Straße reckten. Niemand fuhr die Dorfstraße entlang zur Arbeit, kein Traktorenrattern war zu hören, ruhig und doch geschäftig lag St. Peter auf dem Gipfel des Angerberges, im Windschatten des Großen Sporzer, weit weg vom Rest der Welt. Auf den Weiden in südlicher Hanglage mischten sich Kuhglocken zum Vogelgezwitscher, während Johannes einzelne Grüppchen von Menschen in Sonntagsanzügen und -kleidern beobachtete, die Richtung Dorfplatz wanderten. Die Häuser auf der gegenüberliegenden Straßenseite waren erfüllt von jener eigentümlichen Mischung aus Ruhe und Betriebsamkeit, die nur einem hohen Feiertag zu eigen war. Johannes hörte die Nachbarn ihre Kinder mahnen, bloß nicht vor dem Mittagessen die schönen Kleider dreckig zu machen, bis das Schreien seiner Mutter die Beobachtungen unterbrach:

»Johaaannes! Beeil di g'fälligst, wir sand spät dran!«

Alois wartete bereits auf der Holzbank vor dem Haus darauf, dass Ilse die Tür hinter Johannes abschloss und die Familie gemeinsam in die Kirche gehen konnte. Der Messdiener Egmont läutete am Dorfplatz seit zehn Minuten die Kirchenglocken, um im Namen des Vaters und vor allem des Pfarrers alle Schafe zusammenzurufen. Alois spuckte verärgert ins Gras:

»Der depperte Egmont kriagt irgendwann ane überzogn, wenn der si mit seine vül z'lauten Glockn immer so wichtig machn muaß.«

Ilse schüttelte mahnend den Kopf, Alois stand auf, zog sich den Hut tiefer in die Stirn und ging mürrisch los.

Ilse trug wie alle anderen St. Petrianerinnen an diesem Tag ihr Festtagsdirndl. Auch Johannes musste zugeben, dass die St. Petrianer Frauen in ihren Dirndln adretter aussahen als in den Jeans, Pullovern und T-Shirts, die sie wochentags aus Bequemlichkeit trugen. Bedingt durch die abgeschottete Berglage war der Wuchs der Frauen relativ gleich; breite Hüften, großer Busen, Tendenz zum Molligen – solcher Statur war die Trachtenmode nicht feindlich. Nur Angelika Rossbrand, die Dorffriseuse, fiel aus der Reihe. Sie war zwar nicht schlank, aber für eine dreifache Mutter hatte sie eine fabelhafte Figur, wie sich die Dorfburschen gerne zuflüsterten. Aus beruflichen Gründen bestellte sie immer die neusten Schönheitsmagazine nach St. Peter, die allerdings erst drei Wochen nach Erscheinen in ihrem Salon ankamen. An ihr hatten all die Bilder von Mode- und Hollywoodstars Spuren hinterlassen.

Nach kurzem Fußweg erhob sich der Dorfplatz über der Hauptstraße, und wie ein Schlagobershäufchen glänzte die Kirchturmspitze über allem. Egmont hatte anlässlich des Fronleichnamsfestes den Turm vom Fledermauskot befreit und diesen als Wunderdünger an eine Gärtnerei im Tal verkauft. Von den Einnahmen hatte die Pfarrersköchin Grete violette Stoffe gekauft und den Ministranten neue Gürtel genäht.

*Liebe zivilisierte Freunde, die Ihr mit der Folklore der Bergbarbaren nicht sonderlich vertraut seid, was ein Zeichen Eurer Intelligenz ist, wisset über jenes Fest: Fronleichnam – oder auch Hochfest des Leibes und Blutes Jesu Christi genannt – ist eines der liebsten und wichtigsten Feste für die katholischen Bergbarbaren von St. Peter am Anger. Sie feiern damit die leibliche Gegenwart von ihrem Helden Jesus in der Eucharistie, sprich: Sie sind der festen Überzeugung, Jesus Christus sei in dem Stück Brot, das sie zur Kommunion einnehmen, leiblich anwesend. Zuerst feiern sie eine Freiluftmesse auf dem Dorfplatz, danach wird das Allerheiligste (= eine konsekrierte Hostie) in einer Prunkmonstranz vom Priester durch das Dorf zu verschiedenen Außenaltären getragen, wo kurz Andacht gehalten wird. Diese Prozession hat eine strenge Marschordnung, und einen Altar errichten zu dürfen bedeutet für eine Familie höchste Ehre. Die Dorfbewohner schmücken dieses Fest dadurch, daß die kleinen Mädchen Blumen vor des Pfarrers Füße* streuen, während die Buben mit Altarschellen möglichst viel Lärm erzeugen und die Männer mit ihren Jagdgewehren Salven in den Himmel feuern – alles, um Jesus zu begrüßen. Als ob er taub wäre.

Der Freiluftmesse vor der Kirche wohnte Johannes an der Seite seiner Mutter bei, die Stoßgebete flüsterte, der Bursche möge nun endlich Ruhe geben und für immer im Dorf bleiben. Alois stand mit den anderen Männern, die nicht bei der Blasmusik oder im Gemeinderat, folglich also bei der Feuerwehr waren, hinter den Gläubigen Spalier. In Uniformen, unter einheitlichen Hüten, im selben breitbeinigen Stand konnte man sie nur an der Größe des Bierbauches unterscheiden. Johannes blickte während der Predigt oft auf die Uhr und verstand, warum keine einzige St. Petrianerin Schuhe mit Absatz zu den Kleidern trug. Einer Feldmesse im Freien wohnte man stehend bei, nur für die Pensionisten standen vor dem Freiluftaltar Sitzgelegenheiten parat, und Johannes entdeckte die Großväter Rettenstein, Ebersberger, Rossbrand und Hochschwab, die in der ersten Reihe saßen, ihre Frauen mit Kopftuch dahinter.

Kaum dass der Pfarrer den Schlusssegen gesprochen und Egmont die Glockenanlage eingeschaltet hatte, die den Beginn der Prozession so laut einläutete, dass sich einige Mädchen die Ohren zuhielten, postierte sich Johannes auf der Kirchenstiege. Er wollte die Formation beobachten, bevor er sich unauffällig am Ende einreihen würde. Mit Trommelrasseln begann die Blasmusik den ersten Marsch. Geschäftig wuselten die St. Petrianer herum, tauschten Plätze, grüßten sich aus den Mundwinkeln und nutzten eine breite Palette versteckter Gesten, um sich später für ein Bier im Wirtshaus zu verabreden – dabei aber den Eindruck zu erwecken, sie beteten. Als die Musik aussetzte, hörte man das bis dato übertönte Flüstern. Ruckartig verstummte die Menge, Pfarrer Cochlea blickte strafend unter dem tragbaren Baldachin hervor, den man in der Alpenrepublik auch Himmel nannte, um die letzten verstohlenen Flüsterer zur Andacht zu bringen. So still, wie ein Frühsommertag sein konnte, war es auf dem Dorfplatz, bis der Marschmeister seinen bändchenbehangenen Taktstock hob, der Paukenspieler sechs wuchtige Schläge auf das Fell hämmerte und die Trompeter zum Abmarsch bliesen. Etwas stockend setzte sich die Menge in Bewegung, und die Bläser brauchten fünf Takte, bis die jüngeren Nachwuchsspieler in den Gleichschritt gefunden hatten. Unter dem königsroten, mit Goldfäden bestickten Brokathimmel, der an Messingstangen von vier Himmelsträgern aufrecht gehalten wurde, wandelte der Pfarrer, gehüllt in weißes Messgewand und mit einer goldenen Stola um die Schultern, für deren Bestickung die Pfarrersköchin Grete sechs Jahre gebraucht hatte. Mit einem Tuch über den Fingern trug er die goldene, edelsteinbesetzte Monstranz. Vor, hinter und neben dem Pfarrer watschelte eine große Ministrantenabordnung – die Kinder wussten schließlich, dass sie bei Feiertagen drei Euro fünfzig statt zwei Euro Trinkgeld bekamen. Je nach Alter trug ein Ministrant den Weihrauchkessel, einer das Weihwasser, zwei die Glocken, vier die Windlichter und der älteste hatte eine ganz besondere Aufgabe: Er durfte den Verstärker für des Pfarrers Funkmikrofon tragen, auf dessen Lautstärke auch das Hörgerät abgestimmt war. In diesem Jahr war der älteste Ministrant keineswegs der größte. Wenzel Rossbrand, dem kleinen Bruder von Johannes' Volksschulkollegen Robert, kam dieses Jahr die Verstärkerträgerehre zu. Wenzel war elf Jahre alt, nächstes Jahr wurde er bereits gefirmt, da in St. Peter nur alle zwei Jahre Firmungen stattfanden, dennoch sah er aus wie acht, vielleicht neun. Da Großvater Rossbrand mit seinen Großväterfreunden einen Altmännerwettstreit austrug, welche Familie die frommste war, war Wenzel Rossbrand nicht wie die anderen Kinder seines Alters vom Ministrieren befreit, die meist nach der Volksschule aufhören durften, wenn ihnen die Kutten zu klein wurden. Wenzel war kürzerer Statur, seine Kutte schleifte am Boden, und schon nach vier Schritten sah es aus, als würde der Bub mit dem Topfhaarschnitt unter der Last des Lautsprecherverstärkers zusammenbrechen.

»He, kannst ma aufhelfn?« Johannes drehte sich um und traute seinen Augen kaum, als er ein hochschwangeres Mädchen auf der Kirchenstiegenbank hinter sich sitzen sah. Sie war zu weit auf der Sitzfläche nach hinten gerutscht, und da ihre elfenhaft zarten Arme und zahnstocherdünnen Beine nicht sonderlich kräftig waren, kam sie von allein nicht mehr auf. Johannes nahm ihren ausgestreckten Arm in die rechte und stützte mit seiner linken ihren Rücken. Er musste sich mit dem Knie gegen die Bank stemmen, um sie hochzubekommen. Beim Blick auf den Boden merkte er, dass sie einen blau gepunkteten und einen weißen Schuh trug.

»Dank da«, sagte sie und stützte sich stöhnend das Kreuz. Das Mädchen hatte einen schönen ovalförmigen Mund, eine Stupsnase und kleine Zähne, die genauso wie der Rest ihres Körpers, mit Ausnahme des Bauches, noch nicht ausgewachsen schienen – was die dünnen Zöpfe unterstrichen, zu denen sie ihr rehbraunes Haar gebunden hatte.

»Du bist da Irrwein Johannes, gelt?«

Johannes nickte und schämte sich zugleich, dass er keine Ahnung hatte, mit wem er es zu tun hatte – er hatte sich während seiner Schulzeit so wenig wie möglich mit dem Dorf beschäftigt, den Erzählungen seiner Mutter aus Desinteresse nicht zugehört und war insgesamt vielleicht drei Mal beim Greißler einkaufen gewesen, wenn Ilse krank gewesen war.

»I hab di jo scho ewig nimmer im Dorf g'sehn«, sagte das Mädchen und streckte sich. Als sie ihren Kopf in den Nacken legte, erblickte Johannes drei schwarze Punkte auf ihrem Hals. Er kniff die Augen zusammen, drei Muttermale in Form eines gleichschenkeligen Dreiecks, und da erkannte er sie: Maria Rettenstein. Maria war zwei Jahre jünger als er, sein Kater Petzi hatte früher ihr gehört, und in seinen wissenschaftlichen Anfängen hatte er einst Marias Muttermale vermessen dürfen.

Maria war es inzwischen gewohnt, angestarrt zu werden, und merkte an Johannes' Blicken, dass er bis zu diesem Zeitpunkt als einziger Dorfbewohner noch nicht von ihrer Schwangerschaft erfahren hatte. Sie erzählte ihm daher, dass sie zwar erst im fünften Monat, jedoch mit Zwillingen schwanger sei, und nun verstand Johannes, weshalb ein so zartes Mädchen wie sie einen derart großen Bauch haben konnte. Maria atmete schwer beim Sprechen, so als ob die Schwangerschaft ihre ganze Energie aufbrauchte. Wackelnd schob sie sich nach vorne und lehnte sich in den Schatten an die Verteidigungsmauer, die die Pfarrkirche umgab. Johannes folgte ihr und beschloss, mit ihr auf die Rückkehr der Prozession zu warten, die inzwischen fast vollständig um die Ecke des Gemeindeamts verschwunden war. Von Weitem sahen die Gläubigen aus wie lodengrüne Puzzleteile, die passend ineinandersteckten. Maria war, wie sich Johannes erinnerte, immer das beliebteste Mädchen gewesen, um das herum sich die Dorfjugend gruppiert hatte. Alle Burschen wollten sie auf ihren Gatschhupfern nach Hause bringen, die Mädchen ihr Zöpfe flechten. Und sie war eine Rettenstein. Es gab im Dorf keine zweite Familie, die so viel Wert auf Reputation und katholische Werte legte. Der Großvater war Obmann des Bauern- und Jägerbundes, der Vater besaß den größten Bauernhof des Dorfes, und alle Frauen beriefen sich in Zweifelsfällen auf Marianne Rettenstein, Marias Mutter und Vorsitzende der Mütterrunde. Johannes' Mutter nahm Marianne als Referenzobjekt. *Bei den Rettensteins gibt es einen zwei Meter hohen Christbaum!*, hatte sie letzte Weihnachten angemerkt und Alois mit der 1,70-m-Fichte im Arm aus dem Haus geschickt, um eine größere zu holen. Und selbst der Pfarrer speiste zu Ostern am Tisch der Rettensteins.

»Darf ich dich was fragen?«, flüsterte Johannes vorsichtig.

»Da Pflicker Günther is da Vata«, antwortete Maria wie aus der Pistole geschossen.

»Woher wusstest du, dass ich das fragen wollte?«

»Geh bitte, weil des immer d'erste Frag is. Wia da Günther mi g'schwängert hat, woar ma schließli nu net zam.«

Johannes konnte nicht umhin, die Selbstironie in Marias Stimme zu hören, reichte ihr seinen Arm und führte sie zurück auf die Pensionistenbank. Maria lehnte den Kopf an und schloss die Augen. Die Frühlingssonne schien ihnen ins Gesicht, und Johannes nutzte die Gelegenheit, um noch einen Blick auf sie zu werfen. Sie hatte ein wirklich hübsches Gesicht, ganz anders als ihre drei Schwestern. Und dann erinnerte er sich an Günther Pflicker. Günther war älter als Johannes, hatte aber mit ihm die Volksschule abgeschlossen, weil er bereits in der Grundschule eine Klasse hatte wiederholen müssen. Bei Johannes' erstem und letztem Fußballspiel hatte Günther gewütet wie ein Wilder, und Johannes vermutete, dass er eine wundersame Wandlung durchgemacht haben musste, wenn er ein Mädchen wie Maria Rettenstein abbekommen hatte. Johannes dachte zurück an ein Krippenspiel in der Volksschule. Maria hatte die Maria gespielt, der Nachwuchsfußballstar Peppi den Josef, er, Johannes, hatte ein Schaf spielen müssen. Und Günther Pflicker war der Hirte gewesen, dem es große Freude bereitet hatte, den Schafen mit seinem Stock versehentlich eine übers Haupt zu ziehen.

Nach einiger Zeit kündigte sich die Rückkehr der Prozession durch die vorauseilenden Trommelschläge an. Die Musik wurde lauter, und kurz darauf bog die Prozession um die Ecke, angeführt vom kreuztragenden Ministranten, dessen Gesicht rot wie eine Kirschtomate war.

»Maria, du hast übrigens zwei verschiedene Schuhe an«, flüsterte Johannes.

»Net scho wieder. Kannst ma nu amoi aufhelfn?«

Nun etwas erprobter fädelte Johannes seinen Arm unter den ihren, stützte ihr Kreuz und hievte sie aufrecht. Der Brokathimmel nahte heran. Der rechts vorne schreitende Himmelträger nahm Augenkontakt mit Johannes auf, und dieser sah: Günther Pflicker hatte sich kein bisschen verändert – hängende Unterlippe, klobige Boxerhände, Schultern wie ein Schrank. Einzig seine Haare zeigten Anzeichen von Pflege, so, als hätte heute Morgen jemand versucht, sie zu kämmen und einen Scheitel zu ziehen, von dem noch letzte Spuren übrig waren. Wie ein Orang-Utan an den eroberten Baum klammerte sich Günther an die Messingstange. Neben Günther trugen noch Anton Rettenstein junior, der Neffe des Bürgermeisters, sowie ein Hochschwab-Sohn das Dach über des Pfarrers Kopf. Günther Pflicker starrte ihn aus tief eingefallenen Augenhöhlen an, bleckte den Unterkiefer, dass Johannes schaurig zumute wurde. Er war froh, dass der Koloss an die Himmelstange gebunden war und es auch bleiben würde, bis Johannes weit weg wäre. Als Günther jedoch mit den Blicken nicht von ihm abließ und zu beben begann, sodass sich sogar der Himmel an der linken Vorderecke hob und senkte, bekam Johannes Angst. Doch nicht nur er bemerkte Günthers Eifersucht gegenüber jedem Mann, der Maria näher als einen Meter kam, sondern ebenso der junge Bastl Kaunergrat, der genau wie Wenzel zum Ministrieren zwangsverpflichtet worden war und sich als Weihwasserträger furchtbar langweilte. Bastl ging in die dritte Klasse Volksschule und hielt den Rekord im In-der-Ecke-Stehen. Er war mit dem Talent gesegnet, keine Gelegenheit für einen Streich zu verpassen, und so flüsterte er Günther zu, ohne dass es jemand anderes hörte:

»Oiso dann stimmt's, dass de Maria auf so zaudürre, kaasweiße, hochg'schissene Habschis wia den Irrwein steht. Mei

Bruada hat nämli g'sagt, de Maria hättat g'sagt, du warast ihr z'deppert.«

Günther bebte – vor einem Ministranten, der halb so groß war wie er, wollte er sich keine Blöße geben. Sein Gang beschleunigte sich, sehr zum Entsetzen der anderen Himmelsträger, die beim Versuch, die Stange nicht zu verlieren, über ihre Füße stolperten. Er hatte den voranschreitenden Verstärkerträger Wenzel schon unter den Himmel geholt, der Pfarrer war plötzlich nicht mehr im Zentrum, sondern unter dem hinteren Teil des Himmels und beschleunigte hastig seinen Gang, um nicht den Anschluss zu verlieren. Die Ministranten blickten verwirrt um sich. Panisch stellte Johannes fest, dass Günther im Begriff war, auf ihn zuzustürmen. Günther dachte jedoch nicht an die Trauerweide, die ihre Äste auf die Hauptstraße hängen ließ. Er rasierte mit dem Ornamentenaufsatz, der die Himmelstange oberhalb des Stoffes abschloss, die ersten Äste kahl – er war keiner, der einem Hindernis auswich. Günther Pflickers Lebensstrategie war, so lange gegen ein Hindernis anzulaufen, bis entweder das Hindernis nachgab oder ein Unglück geschah. Und in diesem Moment, als er blind vor Wut die Himmeldelegation mitriss, war es ein Unglück, das folgte. Mitten im Geäst der Weide verhakte sich der Brokathimmel, die Trauerweide ließ sich nicht von dem ungestümen jungen Mann beeindrucken, und kaum dass er sich versah, hatte Günther Pflicker nur noch die Tragestange in der Hand. Kurz noch hing der Stoff in den Weidenästen fest, Maria stöhnte auf, legte die Handflächen auf ihren Bauch, als wollte sie den Babys die Sicht versperren, und im nächsten Moment ratterte der barocke Brokatstoff durch die Äste und segelte mit reichlich Weidenblättern zu Boden. Drei der Ministranten reagierten flink und hüpften zur Seite, doch der Pfarrer, ebenso wie der kleine Wenzel, der die Last des Verstärkers zu tragen hatte, konnten nicht mehr ausweichen.

»Maria Mutter Gottes!«, tönte ein lauter Schrei aus den Lautsprecherboxen, die noch mit dem Funkmikrofon des Pfarrers verbunden waren, als jener schon gar nicht mehr zu sehen war. Die versammelte Pfarrgemeinde hörte, wie das Rauschen des schweren Stoffes übertragen wurde, der den Pfarrer zu Boden gerissen hatte. Heilige Schimpfwörter fielen, panisch rief der Pfarrer nach Egmont, der jedoch stand auf dem Kirchturm und war wie gelähmt, als er mit guter Aussicht beobachtete, wie dem Pfarrer der Himmel auf den Kopf fiel.

Was folgte, war ein Moment andächtiger Stille, wie es ihn während der ganzen Prozession nicht gegeben hatte. Mit schrägen Tönen war die Blasmusik verstummt, ebenso das gesamte Dorf, plötzlich war niemandem mehr nach Schnattern und Tratschen zumute. Sogar die Frühlingsvögel hielten die Luft an. Alles richtete die Augen auf den purpurroten Himmel, der wie ein Teppich mitten auf der Dorfplatzstraße lag. Nur an der Stelle, wo er den Pfarrer und Wenzel Rossbrand begraben hatte, krümmten sich ein knorriges langes und ein pummeliges kleines Häufchen. Als der Lautsprecher das Stöhnen des alten Pfarrers übertrug, löste sich das Dorf aus seiner Erstarrung, und alle liefen hektisch durch die Gegend, um den Pfarrer auszugraben. Johannes reckte den Kopf, bis er zwischen zwei Rücken die goldene Monstranz erspähte, die der Pfarrer mit ausgestrecktem Arm in die Höhe zu halten versuchte. Schräg davor stand Günther Pflicker, bewegungslos und mit offenem Mund, als ob seine Gedankengänge wie bei einem überlasteten Computer hängen geblieben wären. Daneben stand Bastl Kaunergrat und grinste glücklich. Johannes merkte, dass dies der richtige Zeitpunkt für einen Abgang war.

*Liebe zivilisierte Freunde! Laßt mich einige Worte über die hierarchische Struktur der Bergbarbaren verlieren, die mir beim Besuch jenes Festes bewußt wurde und die Aufschluß über ihre Lebensweise gibt.*

*Die Bergbarbaren sind Herdentiere. Das Konzept des selbstbestimmten Individuums ist ihnen fremd, das Kollektiv bestimmt das Leben des einzelnen. Bereits mit dem Erwerb der Sprachfähigkeit schickt man die Kinder in die Jungschar, eine katholische Organisation, die zwar offiziell dazu da ist, den Glauben zu leben, in Wahrheit – wie ich aber berichten kann – bereits die Jüngsten manipuliert, so daß diese die Werte des Kollektivs annehmen. Sonntags müssen Jungscharkinder ministrieren, was, wie man zu Fronleichnam gesehen hat, mit körperlicher Gefährdung einhergeht. Diese Jungschar wird geleitet von jungen unverheirateten Frauen, den Jungscharleiterinnen, die durch diese Aufgabe unter Beweis stellen können, daß sie die Eignung zur Mutterschaft haben. Sobald sie dann Mütter sind, was das oberste Ziel einer jeden Bergbarbarin ist (wie man auch an einem Mädchen namens Maria Rettenstein sehen kann, die sich nicht bis zu ihrer Volljährigkeit Zeit lassen wollte), treten sie zur Mütterrunde über. Junge unverheiratete Männer müssen sich ebenso für das Gemeinwohl engagieren: Sie sind Mitglieder in der Feuerwehr, im Jägerbund, im Bauernbund, im Gemeinderat, im Pfarrrat oder im Handwerkerkreis, denen sie bis zu ihrem Tod auf Treu und Ehr verbunden bleiben müssen. Und nun ein wichtiger Punkt, den Ihr bedenken müßt, meine zivilisierten Freunde: Die Bergbarbaren zelebrieren, wie Ihr anhand meiner Schilderung dieses Festes gesehen habt, ihre bescheidene Eigenkultur mit Pomp und Inbrunst und glauben, ihre Kultur sei über die der Zivilisierten erhaben. Sie spielen Blasmusik, die jeglicher Harmonie entbehrt, pflegen Fußball auf einem abschüssigen Rasen, malen auf ihre Wohnhäuser alpine Blumenfresken, führen übles Volkstheater mit derbem Jargon auf und tragen traditionelle Kleider, die weltweit aus der Mode sind. Bereits in jener Jungschar werden die ästhetischen Ideale der Kinder so manipuliert, daß sie ihre Kultur für die beste halten und nicht erwägen, sich mit den Zivilisierten zu beschäftigen. Abwertung des überlegenen Feindes durch Eigenkulturpropaganda ist also die erste ihrer von mir aufgedeckten Kriegsstrategien!*

Da die Dorfstraße aufgrund des Pfarrers Rettung blockiert war und um Günther Pflicker großräumig auszuweichen, entschied sich Johannes, den Heimweg über den Pfarrhof anzutreten, der im 17. Jahrhundert als Vierkanthof, mit einem Arkadenhof in der Mitte, angelegt worden war. Früher hatten dort Mönche meditiert, und seit diese fortgejagt worden waren, stand der Hof weitgehend leer, nur einmal im Jahr führte die St.-Petri-Laienspielgruppe ihre Volkstheaterinszenierungen dort auf. Wie die meisten Privathäuser war auch der Pfarrhof von St. Peter am Anger selten abgeschlossen, und so bot er eine gute Abkürzung vom Dorfplatz zum auslaufenden Angerbergplateau, wo Doktor Opa früher gewohnt hatte. Obwohl Johannes schon lange nicht mehr hier gewesen war, lag ihm der Geruch nach feuchten Steinen vertraut in der Nase. Der Pfarrhof war neben der Kirche das älteste Gebäude des Dorfes. Lehnte man sich an die meterdicken Wände, waren sie so kühl, dass man meinen konnte, sie speicherten die Kälte aller Winter seit ihrer Errichtung. Johannes durchquerte den langen Gang, in dessen erstem Stock der Pfarrer, seine Köchin Grete und der Messdiener Egmont ihre Wohnräume hatten. Als er jedoch fast im Arkadenhof angekommen war, hörte er Schritte hinter sich. Johannes erschrak und fürchtete, der Hüne Pflicker sei ihm auf den Fersen, um sich zu rächen. In der Dunkelheit sah er nicht, wer hinter ihm war, also lief er los. Er hörte, dass auch sein Verfolger zu laufen begann, und mit klopfendem Herzen setzte er in den Arkadenhof, rannte um sein Leben, doch sein Verfolger kam immer näher und rief:

»He, wart auf mi Johannes!«

Johannes wurde langsamer und drehte sich um. Er hatte seit einer Dekade nicht mehr mit Günther Pflicker gesprochen, aber er war sich sicher, dass das nicht Günthers Stimme sein konnte. Und in diesem Moment tauchte auch sein Verfolger in den Vereinsfarben des FC St. Peter am Anger aus der Dunkelheit des Ganges auf. Der FC St. Peter hatte als Vereinsfarben Knallgelb und Knallblau gewählt. Gelb für Sieg, Reichtum,

Wohlstand, Sonne – Blau für Männlichkeit, Stärke, Wasser. So hatte man sich das überlegt, leider waren die beiden Farben nicht sonderlich verträglich und taten dem Auge weh. Nun wunderte sich Johannes jedoch, wieso dieser Kerl an einem Feiertag seinen Trainingsanzug trug, und als er näher kam, erkannte Johannes: Hier kam Peppi Gippel angelaufen, der Sensationsfußballer von St. Peter am Anger, mit dem er als Kind kurze Zeit Fußball gespielt hatte.

»Servas, Irrwein!«, sagte er freundlich, blieb vor Johannes stehen, streckte ihm die Hand entgegen und schüttelte die Füße aus. Peppi Gippel war so groß wie er selbst, doch viel breiter gebaut und sehr athletisch. Er hatte noch immer ausgeprägt feine Gesichtszüge, schmale hohe Wangenknochen und neuerdings eine platinblonde Frisur, vorne kürzer, hinten länger. Johannes wunderte sich, was der wohl von ihm wollte, und schüttelte ihm die Hand, woraufhin Peppi grinste, dabei die Zunge in den Mundwinkel steckte und sofort mit Dehnübungen begann.

»Bist du a grad im Training?«, fragte er, ging in die Hocke und belastete sein Knie.

»Wieso kommst du drauf, dass ich trainiere?«, fragte Johannes etwas harsch.

»Na ja, weil du g'laufen bist. Oiso hab i denkt, du trainierst a a bisserl.«

Johannes wurde rot im Gesicht, schlagartig war ihm peinlich, dass er vor Peppi Gippel davongelaufen war, der, wie sich Johannes aus seiner Jugend erinnern konnte, ein grundauf freundlicher, sportlich-fairer Charakter war. Er erinnerte sich an das letzte Mal, als er Peppi gesehen hatte. Damals war er ruppig zu ihm gewesen, weil er sich vor Mauritz geschämt hatte, was ihm nun unangenehm war. Allerdings war Peppi nicht nachtragend und hatte diese Episode schon lange vergessen, wie Johannes an seinem herzlichen Lächeln merkte.

»Tja, heute ist Feiertag, da trainiert man nicht, dachte ich.«

»Ja, i weiß, owa da scheiß i drauf. I war laufen und hab aus da Ferne der Prozession zuag'schaut, weil i wissen wollt, wie's meiner Freundin geht. Mei Freundin redt nämli grad net mit mir. Jedenfalls i hab g'sehen, dass du mit ihr g'redet hast – hat sie wos g'sagt?«

Johannes überlegte, ob er während der Messe mit einem der Dorfmädchen ein Wort gewechselt hatte, aber außer an das Gespräch mit Maria Rettenstein konnte er sich an keins erinnern, was er zu erklären versuchte, doch Peppi preschte vor:

»Ja, de is mei Freundin, de Maria und i sand seit vier Jahren zam!«

Dieser Satz verblüffte Johannes.

»Entschuldige die Nachfrage, aber Maria Rettenstein ist mit Günther Pflicker zusammen, die bekommen bald Zwillinge.«

»Na, des sagen alle, owa eigentli is de Maria mei Frau.«

Johannes wurde neugierig, also fragte er Peppi, ob er ihn nicht ein Stück begleiten und ihm mehr über diese Sache erzählen wolle. Im Gegenzug berichtete Johannes jedes Wort, das Maria gesagt, und dass sie zwei verschiedene Schuhe getragen hatte. Peppi klopfte ihm auf die Schulter, und seine Arme dehnend, ging er neben Johannes über den Bauernweg, der durch die Felder zu den Siedlungsgebieten rechts der Hauptstraße führte. Johannes vermutete, dass Peppi im Dorf niemanden hatte, mit dem er über Maria sprechen konnte. In St. Peter am Anger war man füreinander da, doch wenn alle entschieden hatten, Günther Pflicker sei der Vater, dann konnte Johannes sich gut vorstellen, dass Peppis Ansprüchen auf Maria kein offenes Ohr geschenkt wurde. In St. Peter am Anger wurden menschliche Tragödien und Gefühle oft mit einer Flasche Adlitzbeerenschnaps ertränkt, und Johannes meinte an der emotionalen Art, wie sich Peppi nicht mit seiner Situation abfinden wollte, genau wie an dessen Sprache zu merken, dass Peppi nicht im Dorf geboren war. Es musste

Peppi geschmerzt haben, von Marias Schwangerschaft zufällig im Wirtshaus erfahren zu haben.

Als sie vor dem Haus der Irrweins angekommen waren, wollte sich Johannes verabschieden, aber Peppi machte keine Anstalten, nach Hause zu gehen. Seit sich Maria von ihm getrennt hatte und ihm alle sagten, er solle sie vergessen, boykottierte Peppi nicht nur das Wirtshaus, sondern auch sämtliche Dorfveranstaltungen.

»Sag Johannes, was machst'n du heut nu?«, fragte er schließlich in der Hoffnung, nicht schon wieder einen Feiertag vor der Playstation verbringen zu müssen. Der Frühling war in der Alpenrepublik eine Zeit voller Feiertage, und Peppi hatte an beiden Daumen große Blasen.

»Hast net Lust, mit mir Fuaßballspüln zum gehen?«, fragte Peppi mit leuchtenden Augen, Johannes schüttelte den Kopf. Seit seiner Achillessehnenverletzung bekam er Fußschmerzen, wenn er nur an das Geräusch eines auf einen Ball treffenden Fußes dachte. Er erzählte Peppi davon, doch anstatt zuzuhören, sprang dieser auf, schnippte mit den Fingern, und rief laut »Bahöl!«, was für Johannes so exotisch klang wie eine chinesische Mailboxansage.

»Weißt wos, Johannes? I versteh scho, so a Verletzung is traumatisch, und da is ma nacha a wengerl vorsichtiger, owa des geht net, dass du seither gar nimmer Fuaßball g'spült hast. Weißt wos, wir gehen a bisserl pfitschigoggerln, des wär a erster Schritt zur Besserung!«

Im Garten der Irrweins stand auf den Waschbetonplatten der ebenerdigen Terrasse ein Plastiktisch, da der Zimmermann Alois Herzschmerz bekam, wenn Holz im Garten verwitterte. Die Sessel waren lange nicht benutzt worden und lehnten auf den Vorderbeinen an der Tischplatte. Peppi stapelte sie und trug sie beiseite. Er zog sich den Ärmel seiner Trainingsjacke über die Faust und polierte die Tischfläche.

»Oiso, hiazn wird gepfitschigoggerlt. Und i versprech's – ma kann sie net wehtun. Hast du zwei Geodreieck?«

Ohne Rückfrage marschierte Johannes ins Haus. Auf der Treppe begegnete er Ilse, die einen Wäschekorb ins Bügelzimmer trug, da sie die freie Zeit, die durch den frühzeitigen Abbruch des Fronleichnamsfestes entstanden war, für Hausarbeit nutzen wollte.

»Sag amoi Johannes, is des do draußn da Peppi Gippel?«

»Jap«, antwortete er, doch ohne auf ihre Fragen, was denn der Peppi hier mache und seit wann sich denn der Johannes und der Peppi näher kennen würden, zu reagieren, drückte er sich an ihr vorbei. Ilse staunte. Peppi Gippel war eine der größten Legenden in St. Peter am Anger, vor allem seit dem Hattrick gegen den FC Lamprechtshofen vor drei Wochen. Jeden Montag spielten die Kindergärtnerinnen von St. Peter mit ihren Kindern das Spiel *Wenn ich groß bin, will ich ... werden*, und seit drei Wochen antworteten alle Buben nichts anderes als: *Wenn i groß bin, will i Peppi Gippel werden.* Ilse freute sich, konnte dennoch nicht recht glauben, dass ausgerechnet ihr Sohn mit Peppi Gippel den Nachmittag verbrachte.

Als Johannes mit zwei Geodreiecken aus seiner vierzehn Stück umfassenden Messgerätesammlung zurückkam, glänzte der Plastiktisch wie ein frisch lackierter Sportwagen. Petzi war zum Zuschauen gekommen, hatte sich unter einen Rhododendronstrauch gelegt und schleckte sich faul den Bauch. Kaum begann Peppi zu erklären, spitzte der Kater die Ohren.

»Oiso, erstens: beim Pfitschigoggerln is da Platz des Wichtigste. Da muss ma reinli sein! Bei klinischer Sauberkeit flutscht da Ball am besten.« Aus der Innentasche seines Trainingsoutfits zog Peppi eine Geldbörse, die an einer Metallkette hing. »Oiso, des sand de Spieler.« Peppi kramte zwei alte Fünfschillingmünzen heraus und legte sie auf die Spielfläche. »Und des is da Ball«, sagte Peppi zu einer kleinen Zweigroschenmünze. »Die Geodreiecke sand de Schießbretter, mit denen bewegt ma de Spieler und versucht, den Ball hinter die Torlinie zum Schießen. Zu wildes Fetzen is verbotn, wird mit Freistoß vom Tatort bestraft. G'spielt wird abwechselnd, amoi du, amoi i. Aber vor an jedem neuen Spielzug muss der alte voi vorbei sein, des heißt, alle Spieler und da Ball müssn zur Ruh kommen sein. Fallt der Ball übern Rand, gibt's an Flachhandeinwurf, und als Torstangen werden die Finger verwendet – gelt?«

Johannes begutachtete Geodreieck, Münzen, Tisch und meinte, die wichtigsten Regeln verstanden zu haben. Sie postierten sich, und Johannes bekam den Anstoß. Konzentriert waren die beiden über den Tisch gebeugt, ließen die Münzen hin und her flutschen, manchmal jubelte einer, dann fluchte der andere. Johannes schrie: »Heureka!« Peppi verstand dieses Wort nicht, kommentierte es aber in seiner eigenen Sprache mit »Bahöl«. Und auch bei allen weiteren Toren, Freistößen, Einwürfen, Fouls, Fehlern und Punkten beschallten zwei Sprachen den Irrwein'schen Garten, die doch dasselbe sagten:

»Zeus! Beim heiligen Herodot! Dios! Kakos! Echthros! Aischros!«

»Bam Oida! Fix! Kruzisacra! Leiwand!«

Obwohl keiner hätte erklären können, was der andere von sich gab, verstanden sie sich, und Johannes vergaß vollkommen, dass er Peppi eigentlich aus wissenschaftlichen Gründen hatte befragen wollen.

*Liebe zivilisierte Freunde! Kairos, der von uns verehrte Gott des rechten Augenblickes, hat mir heute eine Fährte gelegt, die ich sofort witterte. Er führte mich zu einer Spur, der ich in den nächsten Wochen nachgehen werde, und zwar scheint es, daß die Bergbarbaren die Praxis der Zwangsheirat pflegen. Peppi Gippel und Maria Rettenstein waren vier Jahre lang ein Paar, bis sie sich plötzlich ohne klar erkennbaren Grund von ihm trennte und eine später diagnostizierte Schwangerschaft als von Günther Pflicker verursacht angab. Dies, meine Freunde, scheint mir höchst verdächtig. So müßt Ihr nämlich wissen, daß jene Maria Rettenstein ein zauberhaftes Geschöpf ist, soweit mir bekannt, das einzige Dorfmädchen ohne verdorbene Seele. Peppi Gippel scheint objektiv betrachtet, wie man im Volksmunde zu sagen pflegt, den richtigen Deckel zu ihrem Topf zu haben. Wenn auch einfach gestrickt und mit einem Gehirn in Form eines Fußballes, scheint er aufrechter Natur – was damit zu tun haben mag, daß er nicht in St. Peter geboren, sondern mit seinem Vater zur Aufbesserung der lokalen Fußballmannschaft importiert wurde. Günther Pflicker hingegen ist ein hirnloser Hüne, dessen Brutalität sogar zu Volksschulzeiten schon augenfällig war, er ist das beste Beispiel für die erblichen Defizite der wenig aufgefrischten St.-Petri-Gene. Peppi Gippel deutete an, es sei seine Herkunft, die von den Dorfbewohnern als zu minder für Maria Rettenstein empfunden worden, die ja zu den ersten Familien St. Peters gehört, und daß man deswegen auf ihre Trennung hingearbeitet habe. Zur Aufklärung habe ich ein weiteres Treffen mit Peppi Gippel verabredet, denn er scheint mir als gute Quelle, um aufzudecken, ob die Bergbarbaren in ihrem Krieg gegen die Zivilisierten tatsächlich so weit gehen, daß sie den jungen Menschen ihr Glück verwehren und Hochzeiten untereinander arrangieren, um das Einheiraten von Fremden zu verhindern. Die Gesellschaft eines Fußballspielers werde ich der Forschung zuliebe ertragen, an Euch, zivilisierte Freunde, denkend und Euch dabei in Ehren haltend!*

Johannes wohnte am Fronleichnamsabend der Abendjause mit seinen Eltern nicht bei, da er seine Beobachtungen sortieren und notieren musste, um nichts zu vergessen. Er ärgerte sich, während der letzten acht Jahre das Dorf konsequent ignoriert zu haben, denn er konnte vielen Gesichtern, die er heute gesehen hatte, keine Namen zuordnen. Da er nicht wollte, dass ihm dieses Versäumnis nun zum Nachteil geriet, begann er, auf einem großen Bogen Packpapier, den er eigentlich zum Einpacken seiner Bücher für den Auszug besorgt hatte, einen Stammbaum der Dorfbewohner anzulegen, um zumindest die drei lebenden Generationen zu erfassen und in weiterer Folge ihre Verwandtschaften und Verbindungen zu analysieren.

Alois und Ilse beratschlagten indessen beim Abendessen – es gab kalten Schweinsbraten mit Brot, Kren und Senf –, wie sie mit ihrem Sohn verfahren sollten. Genauso wenig wie ihnen klar war, was eine Maturaprüfung bedeutete, wussten sie, wie man als Eltern reagieren sollte, wenn so eine Prüfung nicht bestanden wurde. Alois wollte, dass Johannes von jetzt an sein eigenes Geld verdiente, immerhin hatte er selbst das bereits seit seinem fünfzehnten Geburtstag getan. Ilse jedoch schüttelte ihren Kopf:

»Wos soll'n da Johannes arbeitn? Auf da Baustell' bricht der si do jedn Knochn!«

Alois dachte an Johannes' Oberkörper, den er am Morgen nach der Matura entblößt gesehen hatte, und stellte fest, dass er keinen einzigen Beruf kannte, den man mit so wenig Muskeln ausüben konnte. Schweigend aßen die beiden ihr Abendmahl, bis schließlich Ilse ihre Hand auf den Oberschenkel ihres Mannes legte, seufzte und sagte:

»Am besten, wir lassn eam auf's Erste in Ruh, wir könnan eh nix machn.«

Alois sah ihr in die Augen und nickte niedergeschlagen. Für einen kurzen Moment hatte er die Hoffnung gefasst, Johannes würde bei ihm in der Zimmermannswerkstatt anfangen und den Familienbetrieb weiterführen, so wie es bei den Irrweins schon seit Generationen Tradition war.

*[Die Exploration der Adlitzbeere, Notizbuch III]*

*[9.4.] Alle Geschichtsschreiber berichten einstimmig, daß, als wieder Frieden herrschte, Techne, die Göttin der Erfindung, die Seelen der Forscher beflügelte und überall auf dem Kontinent große Entdeckungen gemacht wurden. Hier möchte ich davon künden, wie einer dieser begeistigten Entdecker zufällig nach St. Peter kam und was daraufhin geschah. [9.5.] Die Bergbarbaren sollen ihn, da sie gerade eine gute Erntesaison hinter sich hatten, freundlich aufgenommen haben. Nun wird erzählt, daß jener Explorator beim Anblick der Tröge voller geernteter Adlitzbeeren in großes Staunen verfiel. [9.6.] Die Adlitzbeere, von der ich früher schon beiläufig erzählt habe, ist eine Frucht aus der Gattung der Mehlbeeren, verkehrt eiförmig bis rundlich, erst olivgrün, später dann braun mit hellen Punkten und wird etwa anderthalb Zentimeter groß. Der Explorator bewunderte allzusehr die tausenden Adlitzbeerenbäume, die überall auf dem Angerberg standen, da sie im Rest der Welt selten waren. Die Bergbarbaren belächelten sein Staunen, denn diese Früchte waren schon lange vor den Bergbarbaren auf dem Berg gewesen, sie waren seit je an deren Zucht, Ernte und Verarbeitung gewohnt. [9.7.] Der Explorator wußte, daß diese Frucht, unter anderem Namen bekannt, eine der begehrtesten und seltensten Heilpflanzen gegen unzählige Krankheiten war, doch die Bergbarbaren waren nicht sonderlich interessiert, großen Handel mit der Welt aufzunehmen, da sie um ihre Ruhe und ihren Frieden fürchteten, wenn Menschen von überall her ihre Adlitzbeeren besitzen wollten. [9.8.] Der Explorator also schloß mit ihnen einen Pakt, den sie mit heiligen Schwüren besiegelten: Die Bergbarbaren würden ihm einmal im Jahr einen Teil ihrer Ernte gegen große Geldsummen zum Verkauf überlassen, und der Explorator würde niemandem erzählen, woher er diese Beeren bezog, sondern sie möglichst gewinnbringend umsetzen, zum Wohle beider Seiten. [9.9.] Wie ich mit eigenen Augen herausgefunden habe, ist es auch heute noch so, daß die Bergbarbaren von St. Peter am Anger ihr Leben vor allem mit dem Verkauf und Vertrieb dieser seltsamen Frucht bestreiten, die als große Heilpflanze überall begehrt ist.*

## Mit Herodot im Wald

Bereits eine Woche nach seiner verpatzten Matura stand Johannes zwischen den Fliederbüschen und Paradeisstauden im Vorgarten, ohne wehmütig an jenes Unglück zu denken. Er legte die Hand auf seine Hosentasche, um sein Moleskine zu fühlen, und meinte, die Sonne lächle ihm ins Gesicht.

Johannes machte sich mit gemütlichem Schritt auf den Weg in die Dorfmitte. Er wusste nicht genau, wonach er suchen sollte, aber er war sich sicher, seine Muse Klio würde ihn auf den richtigen Weg führen. Herodot war seine Forschungstätigkeit auch oft unvorbereitet angegangen und hatte sich darauf verlassen, dass sich dem schauenden Menschen die Barbarenwelt von selbst eröffnete. Und wie er über den Kiesweg marschierte, stellte sich Johannes vor, dass er 2400 Jahre zurückversetzt durch die Olivenhaine Attikas stolzierte, die warme griechische Sonne auf den nackten Schultern spürte und bald den ersten athenischen Bürger träfe, der ihm von seinen Erfahrungen mit den Barbaren berichtete. Er dachte daran, wie er zuhören, aus alltäglichen Erzählungen die entscheidenden Aspekte herausfiltern und bahnbrechende Erkenntnisse über das Wesen der Barbaren machen würde.

Johannes marschierte die Hauptstraße entlang Richtung Dorfplatz. Nach einigen Minuten kam er zur Dorfkirche, vor deren Eingangstür eine Statue des heiligen Peter stand. Johannes setzte sich am Dorfplatz auf eine der Pensionistenrastbänke und betrachtete sein Dorf mit neugierigen Augen.

*Liebe zivilisierte Freunde,*

*vor der Pfarrkirche von St. Peter, die das Herz jenes ellipsenförmigen Dorfplatzes bildet, rund um welchen die Bergbarbaren ihre Siedlungen haben, steht eine Statue des heiligen Peter. Dieser wendet seinen betenden Blick Richtung Herrgott, als ob er sagen wollte: Was habt ihr nur mit meinem Dorf gemacht? Und als ob er um Vergebung betete. Weiters findet sich an jenem Dorfplatz ein Feuerwehrhaus, dessen Feuerwehrmänner oft streiten, wer das große Löschfahrzeug polieren darf, denn für andere Zwecke wird es kaum genutzt. Daneben findet sich eine Greißlerei, wo der Bergbarbare Lebensmittel kauft, die großteils im Dorf hergestellt wurden. Obst und Gemüse wird saisonabhängig angeboten, Milch und Käse werden etikettiert mit dem Namen der Kuh, aus deren Euter gemolken wurde. Und stellt Euch vor: Mineralwasser ohne Kohlensäure findet sich nicht im Sortiment, denn die Sinnhaftigkeit selbigens ist den Bergbarbaren unverständlich, da sie nicht einsehen, warum es nötig ist, solches Wasser in Flaschen zu kaufen, wenn es gratis endlos Wasser aus der Leitung gibt. Für die Erziehung ihrer Sprößlinge haben sie einen Kindergarten sowie eine Volksschule, für ihr leibliches Wohl sorgen das sogenannte Wirtshaus Mandling und ein Kaffeehaus.*

An der schlichten Fassade der Dorfkirche bröckelte der Putz. Außerdem fiel Johannes auf, dass die Fundamente rissig wirkten, als ob das Gesamtkonstrukt bald in sich zusammenbrechen und die betende Gemeinde unter sich begraben könnte. Er nahm sich vor, die Bauhintergründe der Kirche genauer zu recherchieren, und spazierte ins Café Moni. Während er in den letzten Jahren gelegentlich mit seinen Eltern im Wirtshaus gegessen hatte, wenn Ilse keine Lust gehabt hatte zu kochen, konnte er sich nicht erinnern, wie das Kaffeehaus von innen aussah. Johannes war überzeugt davon, dass er als Historiograf der Bergbarbaren alles über sein zu erforschendes Volk wissen musste. Der gute Wille konnte ihn jedoch nicht davor bewahren, einen schalen Geschmack im Mund zu spüren, kaum dass er durch die Tür getreten war. Im Café Moni roch es nach altem Kaffee und heißem Fett, Gerüche, die sich gleichermaßen in alle Maserungen der Holzdecke und Fasern der Polsterüberzüge gefressen hatten.

Er setzte sich an die Bar und nickte Frau Moni zu, die in Ruhe an der Wand lehnte und ihre Malteserhündin streichelte, die auf ihren Armen schlief und schnarchte. Sonst befand sich nur eine Handvoll Mütter im Café, die die Zeit zwischen dem Bringen und Abholen der Kindergartenkinder mit dem Trinken von Latte macchiatos in großen blauen Häferln verbrachte, die aussahen, als wären sie selbst getöpfert.

An den Kieferholzvertäfelungen der Wände hingen eine Menge gerahmte Fotografien und Zeitungsausschnitte aus dem *Angertaler Anzeiger*. Die meisten zeigten Fußballspieler, die im Laufe der letzten achtzig Jahre die Ehre St. Peters auf dem Rasen verteidigt, es aber bis zum Auftreten von Sepp Gippel nicht geschafft hatten, die unterste Klasse der Amateurliga zu verlassen. Daneben prangten Artikel, handschriftliche Notizen, Schlagzeilen, Überschriften, die am euphorischsten waren, wann immer es um Vater und Sohn Gippel ging. Johannes musste lächeln, als er seinen Pfitschigoggerl-Partner Peppi auf einigen der Fotografien wiedererkannte. Peppi Gippel war nach seinem Vater Sepp Gippel der zweite Fußballer in der Geschichte des FC St. Peter am Anger, der vom Gemeinderat für das Fußballspielen bezahlt wurde, wobei Johannes zugeben musste, dass Peppi nicht der fotogenste war, sondern auf jedem Bild schiefe Augenbrauen und zusammengekniffene Augen hatte.

Mäßig interessiert blätterte Johannes schließlich in den Zeitungen, die auf der Theke auslagen, trank schlückchenweise seinen Orangensaft, und während er überlegte, wo er als Nächstes forschen sollte, da er schon fürchtete, das Café Moni sei so spektakulär wie dessen Spitzenvorhänge, schnappte er Fetzen aus dem Gespräch der Frauen hinter sich auf:

»Jo, i hab jo g'laubt, des komische Haus wird nie fertig, owa hiazn is's plötzli fertig.«

»Angebli g'hört des Haus Leut aus da Hauptstadt!«

»Des Haus hat wohl über aner Million kost und is schiarch wia d'Nocht.«

»Schaut aus wia a Skilift.«

»Leut aus da Stadt! Schreckli! Wos is, wenn des Kinderverzahrer sand, de wos unsre Kinda im Kella einsperrn?«

Johannes erinnerte sich plötzlich, dass sich auch seine Eltern vor einigen Monaten über ein Haus aufgeregt hatten, das aussähe wie ein Skilift. Johannes' Vater, der solide Zimmermann, der alle Dachstühle, die im letzten Vierteljahrhundert in St. Peter erbaut worden waren, errichtet hatte, hatte Gift und Galle gespuckt, weil dieses Haus keinen Dachstuhl, sondern lediglich ein Flachdach hatte. Johannes hatte damals nur mit halbem Ohr zugehört und gedacht, jenes Haus befände sich in Lenk. Dass es am Westhang von St. Peter am Anger stand, wie eine der Frauen hinter ihm erwähnte, weckte seinen Forscherinstinkt.

In der Hitze der Mittagssonne marschierte Johannes schnellen Schrittes über den Dorfplatz, um sich augenblicklich davon zu überzeugen, ob die aufgeschnappten Neuigkeiten aus dem Kaffeehaus wahr waren. Er ging vorbei an der Schule, wo sich schon eine kleine Traube Mütter versammelt hatte, vorbei am Gemeindeamt, wo gerade die Sekretärin die Türen schloss, um Mittagessen kochen zu gehen, vorbei an der selten geöffneten Post und vorbei an der Feuerwehr, wo der kugelrunde Löschmeister das große Feuerwehrauto mit einem Gartenschlauch abspritzte, als ob es brennen würde. Johannes marschierte vorbei an den Bauernhöfen und Wohnhäusern, immer weiter die Straße entlang, die auf den Westhang des Angers führte. Als sich die Bauernhöfe lichteten, führte sie an einer Kuhweide entlang, wo die Kühe den vorbeigehenden Johannes keines

Blickes würdigten. An die Weide grenzte dichter Mischwald, und im Schatten der ihr Blätterdach über die Straße erstreckenden Bäume fröstelte Johannes, der auf seinem Weg in der prallen Mittagssonne sein Hemd durchgeschwitzt hatte. Nach zehn Minuten Fußweg hatte der Mischwald ein Ende, und vor Johannes lag der sanfte Westhang des Angers mit Blick auf den Talschluss des Angertals mit den sich dahinter erhebenden Gebirgsmassiven. In der Ferne kratzten einige weiße Zuckerhüte am Himmelsdach, und Johannes war im ersten Moment erstaunt über den weiten Postkartenblick, der sich hier bot. Er konnte sich kaum erinnern, wann er je den Westhang besucht hatte, obwohl dieser nur fünfzehn Minuten vom Dorfkern entfernt und um einiges malerischer als der Osthang war. Gleich hinter der Waldlichtung befand sich eine frisch angelegte Kieselstraße, die leicht nach Süden abzweigte. Ohne zu zögern, schlug er den Weg ein, der sich wieder dem Wald näherte, eine kleine Kurve machte und nach der Kurve sofort den Blick auf ein großes Haus freigab, das der besagte Neubau sein musste. In der kräftig grellen Junisonne blinzelnd, ärgerte sich Johannes, dass auch er die Ähnlichkeit des Hauses mit einer Skiliftstation feststellen musste – immerhin hatte ein Historiograf neutral zu bleiben.

Johannes huschte zurück in den Wald und beschloss, zunächst zur unauffälligen historiografischen Beschattung überzugehen. Der Wald umschloss das Grundstück von zwei Seiten. Jungbäume, Hecken und jahrhundertealte Stämme bildeten hier ein Dickicht, durch das sich Johannes seinen Weg bahnen musste. Während er sich dem Haus näherte, stachen ihn kleine Zweige, und ein dorniger Trieb zerkratzte seine Wange, doch Johannes gab sich der Natur nicht geschlagen. Herodot hätte nie herausgefunden, dass die Babylonier einmal im Monat ihre Frauen in einen Tempel brachten, damit sich diese dort prostituierten, wenn er nicht zuvor auf allen vieren durch die Kanäle und Gässchen Babylons in das Hinterhaus eines Tempels geschlichen wäre. Und wie sich so die Brombeerstauden in seiner Hose verhedderten und sich ihm Äste in die Rippen bohrten, fühlte sich Johannes seinem Meister näher als je zuvor und war darauf eingestellt, bald eine abenteuerliche Entdeckung zu machen. Als er durch eine Hecke, die den Waldrand vom anstehenden Gartengrundstück abgrenzte, das Haus erblickte, warf er sich auf alle viere. Johannes legte sich flach auf den Boden, streute ein paar Blätter über sein hellblondes Haar und schob vorsichtig den Kopf nach vorne, um durch eine Art Sehschlitz im Blattwerk freie Sicht zu haben, und tatsächlich: Sein Versteck war perfekt. Wahrscheinlich war nicht einmal Herodot besser getarnt gewesen, als dieser in Babylon als Statue verkleidet im Tempel stand. Tagelang hatte der alte Grieche damals bewegungslos an einer Stelle verharrt, ohne Essen, ohne Trinken, ohne Toilette – nur nachts, wenn die Orgien unterbrochen wurden, hatte er sich zwei Mal in drei Tagen erleichtert, und Johannes war nun, im Unterholz liegend, bereit, es ihm gleichzutun, und blickte in gespannter Erwartung durch die Hecke. Ein Stückchen die Böschung hinab begann der Garten der Bewohner, oder was in einigen Jahren einmal der Garten der Bewohner werden sollte. Rund um ein opulentes Schwimmbad gab es anstelle von Gras braune Erde, in die erst vor kurzer Zeit Grassamen gesät worden waren. Das Schwimmbad war in ein tiefes Betonbecken eingemauert, da sich das Haus in Hanglage befand und somit der Rest des Gartens leicht bergab verlief, während auf der Ebene des Schwimmbades eine schmale Kante eine Horizontale zur sinkenden Sonne bildete. Außer dem Pool schien aber wenig im Garten fertig zu sein, einige Büsche lagen uneingepflanzt herum, über ihre Wurzeln waren große Plastiksäcke gestülpt, und überall im Garten fanden sich Löcher, unverlegte Steinplatten und Säcke mit Blumenerde. Johannes wartete, doch als sich eine Stunde lang nichts tat, legte er seinen Kopf auf die überkreuzten Unterarme und schloss die Augen.

Nach einer weiteren Stunde jedoch hörte er auf einmal Musik, die aus dem Inneren des Hauses kam und lauter wurde, als sich die vollverspiegelte Terrassentür öffnete. Johannes' Herz schlug fast genauso schnell wie der rasante Takt. Ein junges Mädchen, in Johannes' Alter, setzte ihre weißen Füße auf die halbfertige Terrasse. Sie hatte lange knallrote Haare, die das Licht des Sonnentages wie ein Prisma brachen. Eine große Sonnenbrille mit weißem Rahmen verdeckte ihre Augen, und sie trug ein hellblaues Sommerkleid. Johannes reckte zwischen den Büschen den Kopf. Das Mädchen ging auf eine Bast-Sonnenliege zu, die am Südende des Pools stand, breitete ein Handtuch über der Liege aus und – Johannes traute seinen Augen nicht – ergriff langsam den Rand ihres Sommerkleides und zog es in einer fließenden Bewegung aus. Sie schüttelte ihren Kopf, sodass ihre Haare im Sonnenlicht feuerrot funkelten. Danach legte sie sich auf die Liege und begann, von den Füßen aufwärts, ihren Körper mit Sonnenmilch einzureiben. Als sie am Oberkörper angelangt war und sich vorsichtig die Träger ihres Bikinis über die Schultern streifte, verspürte Johannes den unbändigen Drang aufzuspringen, um ihr wie ein Mundschenk zu Hilfe zu eilen. So musste es ausgesehen haben, als Aphrodite aus dem Meeresschaum in Kreta geboren wurde, dachte er und beschloss, später in sein Notizbuch zu schreiben, dass mitteleuropäische Göttinnen in der Hauptstadt geboren werden.

Wie lange Johannes im Gebüsch gelegen hatte, konnte er nicht sagen. Er lag still und beobachtete, wie das Mädchen Seite für Seite eine Zeitschrift las, zur Musik manchmal mitpfiff und mit den Beinen wippte. Er ertappte sich dabei, dass er der Versuchung nicht widerstehen konnte, mit den Zehen im Takt zu wackeln.

Wahrscheinlich würde Johannes heute noch dort im Gebüsch der Waldzunge liegen, wäre nicht irgendwann ein schwarzer Geländewagen in die Einfahrt gebogen, woraufhin die Schöne ihren Sonnenplatz verließ. Kaum war sie weg, stellte Johannes fest, dass die Dämmerung bevorstand, und da es entlang seines Weges keine Straßenlaternen gab, machte er sich schleunigst auf, solange er noch etwas sehen konnte. Doch er nahm sich vor, so schnell wie möglich den Namen dieser Schönheit in Erfahrung zu bringen.

## [Das sympathische Herrscherpaar, Notizbuch III]

[10.0.] So vergingen nach den Dingen, von denen ich erzählt habe, die Jahre in St. Peter. Die Bergbarbaren lebten in Wohlstand durch den Verkauf ihrer Adlitzbeeren und wurden, wie es ihnen gefiel, von der Welt in Ruhe gelassen. [10.1.] Wie ich schon an anderen Stellen mehrfach berichtet habe, wurde das Lenker Kloster gern und oft von verschiedenen Herrschern besucht, die dort mit ihrem Hofstaat abstiegen und den Mönchen ihre Aufwartung machten, stets gratulierend, wie gut diese für das katholische Seelenheil jener abgelegensten Gegend des damaligen Reiches sorgten. [10.2.] In welchem Jahr genau es war, verraten die zahllosen Geschichtschroniken nicht, doch es trug sich zu, daß der junge charismatische Herrscher mit dem markanten Bart das Lenker Kloster besuchte und, auf der dortigen Terrasse stehend, in große Bewunderung über die sich am Horizont erhebenden Sporzer Alpen verfiel. Schließlich soll der Kaiser mit seiner Frau beschlossen haben, eine Wanderung zu unternehmen, und diese führte sie über schöne Wege, durch unberührte Urwälder hinauf bis nach St. Peter am Anger. [10.3.] Die St. Petriner traf der Besuch des hohen Herrschers unvorbereitet, sie waren gerade dabei, ihren Traditionen entsprechend das Sonnwendfeuerfest zu begehen. Dieses Fest ist auch heute noch von großer Bedeutung, wie ich selbst recherchiert habe, und muß den Berichten nach in früheren Zeiten stets prächtig und mit köstlichen Speisen ausgerichtet worden sein. [10.4.] Es heißt, der Kaiser und die Kaiserin hätten sich allzusehr erfreut, von den St. Petrianern zum Mitfeiern eingeladen worden zu sein und in ihren Herzen die Bergbarbaren als wunderbarstes aller ihrer untertänigen Völker betrachtet. Auch die St. Petriner waren dem Kaiser und seiner von ihnen ob ihrer atemberaubenden Schönheit bewunderten Frau sehr lieb gesonnen, sie schätzten die Naturverbundenheit der Regenten, die zu Fuß zu ihnen hochgestiegen waren. Aus eigener Nachforschung weiß ich: Sobald ein Spanferkel und genügend Gerstensaft vorhanden sind, verhalten sich die Bergbarbaren generell freundlich.

## Das Sonnwendfeuer

Der Juni verging schnell, Johannes beobachtete viel, notierte seitenweise Vermutungen, Verdachtsmomente und marschierte erneut zum Westhang. Tagelang hatte er sich mental darauf vorbereitet, Hallo zu sagen, anstatt sich im Wald zu verstecken. Mit Herzklopfen läutete er an der Tür, flüsterte seine einstudierte Begrüßung vor sich her, doch niemand war zu Hause. Also betrachtete er eine halbe Stunde lang die Architektur des Hauses und ging wieder. Auf dem Heimweg ärgerte er sich sehr, dass ihm abermals der Gedanke an eine Skilift-Talstation gekommen war, denn er hasste nichts so sehr, wie die Meinung der Dorfbewohner zu teilen. Der Kubus aus Glas und ohne Dach, der Garten eine unfertige Wüste – alles sah so aus, als wäre der Skilift in der Sommerpause, und als würde sich beim ersten Schnee die Glasfassade öffnen, um Gondeln auf den Großen Sporzer zu entlassen.

Peppi Gippel zu befragen, war eine mühsame Angelegenheit, vor allem da sie, fast jedes Mal wenn sie sich trafen, nur wenig sprachen und eilig zum Pfitschigoggerln übergingen. Johannes führte Buch über jedes Spiel, und in der von ihnen gegründeten *Angertaler Weltmeisterschaft* lagen sie ständig nur um wenige Punkte auseinander. Um in der Causa Gippel-Rettenstein-Pflicker weiterzukommen, wollte sich Johannes ein Bild über die genealogische Struktur des Dorfes verschaffen. Er wusste zwar, dass alle irgendwie mit allen verwandt waren, aber die genaueren Verbindungen waren für seine Forschung doch von Bedeutung. Auf seine Bitten war die Pfarrersköchin Grete schließlich so freundlich, Johannes die alten Pfarrchroniken auszuleihen, damit er seinen am Fronleichnamstag begonnenen Stammbaum ergänzen und vervollständigen konnte. Sie war eine gutmütige Frau, das wurde Johannes wieder bewusst, als sie ihm sogar jedes Buch nochmals abstaubte, bevor sie es ihm aushändigte. Immer hatte sie ein Lächeln auf den Lippen, und Johannes tat sich schwer zu verstehen, dass eine so herzliche Frau, die trotz ihres Alters schlank und gepflegt und in ihrer Jugend sicherlich hübsch gewesen war, seit fünfzig Jahren an der Seite eines Pfarrers lebte und ihren Lebensinhalt darin sah, diesen zu bekochen, seine Knöpfe anzunähen und seinen Haushalt zu führen.

Die Pfarrchroniken zeichneten, neben den Daten der einzelnen Feste, vor allem alle Taufen, Hochzeiten und Begräbnisse auf. Johannes schauderte, als er herausfand, dass er auf der Seite seiner Großmutter mit der Familie Rossbrand verwandt war, denn Robert, sein Volksschulklassenkollege, der sein Großgroßgroß-Cousin zu sein schien, war ihm schon immer unsympathisch gewesen, nicht zuletzt wegen der dreckigen Witze, welche dieser permanent riss. Darüber, dass in St. Peter am Anger jeder mit jedem verwandt war, hatte sich auch Doktor Opa des Öfteren beschwert, und Johannes erinnerte sich, dass er im Patientenjournal von Schwimmhäuten zwischen den Zehen der Familie Wildstrubel gelesen hatte. Ins Staunen kam Johannes jedoch, als er in die jüngeren Generationen eintauchte; Günther Pflickers Mutter hatte mit ihrem Mädchennamen Rettenstein geheißen. Johannes musste diesen Eintrag drei Mal lesen; Maria und Günther waren Cousine und Cousin!

*Liebe zivilisierte Freunde! Die Bergbarbaren rühmen sich beim Zusammentreffen mit anderen Stämmen und auch in all ihren Selbstglo-*

*rifizierungen einer Sache: ihrer Fähigkeit, große Feste aus dem Plan in die Realität zu überführen, ohne organisatorische Absprachen treffen zu müssen. Als wäre das in ihren Physeis und Psychen so vorgesehen, hat ein jeder Bewohner seine Aufgabe, die er gewissenhaft erfüllt. Die einen stellen Heurigenbänke aus dem Keller der Mehrzweckhalle auf dem Dorfplatz auf, die anderen bauen die Getränkebar vor dem Wirtshaus. Ebenso errichtet man eine Freiluft-Kaffee- und Kuchenbar vor dem Café Moni, die Feuerwehr kümmert sich um den überdimensionierten Grillwagen, die Jungscharkinder studieren Tänze ein, die Blasmusik sorgt für musikalische Unterhaltung, und sobald der Sonnengott seine Rösser heimwärts steuert, verfallen die Bergbarbaren in ekstatische Feierlaune. Das St.-Petri-Jahr gliedert sich nicht nach dem gregorianischen Kalender, sondern nach den Festen, auf die das Dorf im Kollektiv hinharrt. Und wer glaubt, daß diese ausufernde Geselligkeit zumindest vom Pfarrer mit katholischer Strenge angeprangert wird, der irrt. Der Pfarrer läuft bei solchen Festen munter und fröhlich durch die Reihen und spendiert den jungen Unverheirateten sowie den verheirateten Kinderlosen im Namen der Kirche doppelte Schnäpse – in der Hoffnung, die Konjunktur von Hochzeiten und Taufen anzukurbeln. Ich plane nun, mich in ein solches Fest einzuschleusen, in der Hoffnung, weitere Wahrheiten über das Wesen der Bergbarbaren zu entdecken.*

Das Sonnwendfeuer fand am 19. Juni statt und wurde vom Bürgermeister mit dem Anzapfen eines 500-Liter-Fasses vom Wirt selbst gebrauten Bieres eröffnet, sobald die Sonne begann, die Alpenkämme rot zu färben. Das Dorf war in festlicher Stimmung, und je später es wurde, desto voller wurde der Dorfplatz. Nachdem es dunkel geworden war, führten die Jungscharkinder einen Fackeltanz auf, zu dem sie weiße T-Shirts mit aufgedrucktem Dorfwappen trugen. Wochenlang war geprobt worden, und einige Dorfmädchen waren so ambitioniert, dass sie inbrünstig das Lied von *Céline Dion* mitsangen, zu dessen romantischen Klängen sie ihre

Choreografie entwickelt hatten. Die Popmusik anstelle der Blasmusik als Hintergrund für die Fackeltänze war ein Versuch, die Jungschar ins neue Jahrhundert zu führen, doch da alles etwas länger dauerte, um in St. Peter anzukommen, fand auch jener *Céline-Dion*-Song dreizehn Jahre zu spät in die Alpen. Nachdem der Fackeltanz abgeschlossen war, entzündeten die Tänzerinnen den Scheiterhaufen des Sonnwendfeuers. Die Flammen ergriffen das dürre Reisig der seit einem halben Jahr im Lagerraum getrockneten Weihnachtsbäume und fraßen sich knisternd bis zum Kernholz darunter. Der Gestank schien die St. Petrianer nicht zu stören, vielmehr waren sie stolz, für ihre Weihnachtsbäume eine derart effiziente Nutzung gefunden zu haben. Johannes beobachtete die Flammen und blickte schließlich in Richtung des Tales – in den Bergen rundherum loderten die Feuer anderer Dörfer auf, als wollten die Bewohner einander einmal im Jahr beweisen, dass sie die Berge bezwungen hatten und nie ins Tal gehen würden.

So schön die Stimmung an jenem milden Abend war, Johannes stellte bald fest, dass die Gespräche relativ banal und frei von Verschwörungen waren. Am Grillwagen, wo im Licht von Bratwürsten, Spanferkeln und vier Dutzend goldbraunen Henderln die hungrigen Männer beisammenstanden, wurde über Fußball diskutiert. Am Vortag hatte die Fußballmannschaft verloren, und die Männer schienen sich noch nicht davon erholt zu haben. An der Schank, wo zwischen Krügerln die Adlitzbeerenschnäpse gekippt wurden, erzählte man sich dreckige Witze. Robert Rossbrand erheiterte die Umstehenden mit:

»Wos sogt a Frau mit Sperma auf da Brilln? – I hab's kummen sehn!«, und Johannes schämte sich in Grund und Boden, mit diesem Kerl die gleichen Ururgroßeltern zu haben.

Der Bürgermeister saß an einem Tisch voller Frauen, war von glücklich roter Hautfarbe, massiger denn je, und hatte ein

Lächeln auf seinem runden Gesicht, das strahlte wie die aufgehende Sonne über einem Dorfteich.

Rund um den Dorfplatzspringbrunnen standen Tische, auf die in Klarsichtfolie geschweißte Preislisten geklebt waren, damit niemand vergaß, was man noch probieren müsse. Auf der Straße waren die verschiedenen Verkaufshütten aufgebaut, die Straße selbst war großräumig abgesperrt und mit Stehtischen vollgestellt, zwischen denen sämtliche Dorfbewohner geschäftig hin und her liefen.

Auf der freien Fläche Richtung Nordhang brannte das Sonnwendfeuer bald so hoch, dass man den Qualm überall auf dem Dorfplatz in der Nase hatte. In der Mitte des Feuers war auf einem langen Stück Holz der Sonnwendhansl befestigt. Die Puppe war ein Symbol für die bösen Geister, die vom Dorf ferngehalten werden sollten, um nicht Ernte und Gemeinschaft zu zerstören. Johannes beobachtete, wie energisch und geifernd die Dorfkinder rund um das Feuer liefen. Sie spielten zwar nur, doch es hatte etwas sehr Archaisches, als sie Steine nach der Puppe warfen und diese mit Tiraden beschimpften. Johannes erkannte, dass die Jugend die von den Alten übermittelten Gebräuche und Traditionen ehrlich mit Leben füllte, und staunte, wie sie übernahm, was sie geerbt hatte, und es neu aufflackern ließ. Johannes streckte die Handflächen aus und wärmte sie am Feuer, bis sie vom heißen Kribbeln taub wurden. Immer mehr Dorfbewohner versammelten sich und warteten, dass der Sonnwendhansl hineinstürzte. Es war Brauch, dass auf des Bürgermeisters Kosten für eine halbe Stunde Freibier ausgeschenkt wurde, sobald er gefallen war. Raunend stellten die St. Petrianer fest, dass der diesjährige Sonnwendhansl besonders zäh war. Der Puppe waren von der Jungschar alte Kleider angezogen worden und sie hatte von der Friseuse Angelika Rossbrand ein Gesicht aufgemalt sowie eine kaputte Perücke aufgesetzt bekommen. Nach einiger Zeit stellten sich zwei Dorfmädchen neben Johannes – er erkannte sie als seine Schulkolleginnen Verena Kaunergrat und Susi Arber, die ihm in der zweiten Klasse die Bastelschere in den Oberschenkel gerammt hatte, nur weil er gemeint hatte, auf ihrer Zeichnung des Bauernhofes sähen alle Tiere gleich aus. Er wollte schon nach Hause gehen, doch plötzlich unterhielten sie sich über *die Hochg'schissenen:*

»Voi oarg, dass de da sand.«

»Wia de ausschaun!«

»Des Madl hat rote Haar wia a Hex.«

»Wer hat'n de eing'ladn?«

»Wahrscheinli ham's de Plakate g'sehn. Da Schuarl hat jo ollas zuaklebt mit Plakate.«

»Da Andi hat g'sagt, da Robert hat g'sagt, er wüll des rotschädlade Madl o'schleppn.«

»Geh pfui, da Robert is a Oarsch, stell da vor, der hat wos mit so aner Hochg'schissenen! Da kriegt a sicher so Pilze und wos de ollas ham!«

Johannes sah kurz zu den Mädchen und, so schnell er konnte, wieder ins Feuer, um nicht zu zeigen, dass er sie belauschte. Es fiel ihnen nicht auf, dass Johannes plötzlich loslief und eilig zurück zum Dorfplatz hastete, um zu überprüfen, ob die Schönheit aus der Hauptstadt wirklich anwesend war.

Johannes beeilte sich, um im Dorfspektakel die fremde Familie zu finden. Er wollte ihr eine Hand entgegenhalten, ihr signalisieren, dass es auch freundliche, gebildete Menschen in St. Peter gab, und vor allem verhindern, dass diese atemberaubende Schönheit, die er beim Sonnenbad beobachtet hatte, Opfer des phallozentrischen Rossbrand wurde. Johannes hatte schon mit acht Jahren, als Robert in der Umkleidekabine vor dem Turnunterricht seinen Schlingel herausgeholt und ihn den Mitschülern präsentiert hatte, weil er ein Haar darauf gefunden hatte, gewusst, dass mit dem Burschen etwas nicht in Ordnung war. Gerade als Johannes von der Masse Richtung Bürgerzentrum gedrängt wurde, wo die Toiletten geöffnet waren, trat die rothaarige Schönheit aus der Glastür. Gekleidet war sie von Kopf bis Fuß in Stoffe, die man in St. Peter höchstens in den Hochglanzmagazinen in Angelika Rossbrands Friseursalon sah: ein eng anliegendes zitronengelbes Kleid, dazu eine dotterfarbene Lackhandtasche ohne Henkel und grüne, mindestens zehn Zentimeter hohe Samtpumps, die bei jedem ihrer Schritte über die Gemeindezentrumstreppe klackerten. Beim Geräusch der Stöckelschuhe drehten die Umstehenden die Köpfe, mit dem Gesichtsausdruck einer Tierherde, die Bedrohung witterte. Fast bis zum Steißbein reichten die Haare, so voll der rote Farbton, so fett die Sättigung, so eindrucksvoll die Leuchtkraft, dass sie mehr einem Gemälde ähnelte als einer realen Frau, dachte Johannes. Er ruderte mit Händen und Füßen, um sie abzupassen, denn er hatte entdeckt, dass am Fuß der Treppe bereits Robert Rossbrand und seine Bande warteten. Sie lehnten an ihren Motorrädern auf dem Zweiradparkplatz und verbrachten den Abend vor dem Aufgang zur Damentoilette. Als nun das fremde Mädchen herauskam, warfen sie ihre Motoren an, Robert Rossbrand ließ seinen Gatschhupfer aufheulen, Johannes wollte dazwischenspringen und sie wegzerren, doch er kam zu spät. Robert hatte bereits Blickkontakt aufgenommen, und Johannes hörte nur noch, wie er sagte:

»Na Pupperl, woar's lustig am Klo? Eins sag i da glei, mit mir hätt'st mehr Spaß g'habt.«

Kaum hatte er gesprochen, grölte der Rest der Dorfburschen los. Johannes fühlte sich bei den *U-u-u-u-u-u-* und *Ho-ho-ho-ho-ho*-Lauten an eine Pavianbande erinnert. Die schöne Unbekannte jedoch verzog keine Augenbraue.

»Lass mich raten, du möchtest mir damit eigentlich sagen, wenn du mich nackt sehen würdest, würdest du ur glücklich sterben?«

Ehrfurchtsvoll sah die Horde zu Robert Rossbrand, der seinen Oberkörper nach vorne streckte, als wäre er der Anführeraffe.

»Natürli Schatzerl, dei Körper is mei Kathedrale.« Die Fremde blieb unbeeindruckt:
»Pech für dich, dass heute keine Messe ist. Und würde ich dich nackt sehen, würde ich wohl vor Lachen sterben.«
Robert Rossbrand holte Luft und sagte überrascht: »Uh, Kratzbürstenalarm. Des Schnucki sollt ma an'd Leine nehmen«, und selbst darauf hatte sie eine Antwort parat: »Aber warum denn, du läufst ja auch noch frei herum?«
Die Mofagang prustete vor Lachen, und als Robert ihrem Blick nicht mehr standhalten konnte, schwang er sich auf seinen Gatschhupfer, deutete mit Winken zur Abfahrt und fuhr voran.
»Hochg'schissene Fut!«, rief er noch, bevor er mit laut aufheulendem Motor und verfolgt von den anderen Dorfburschen Richtung Fußballplatz verschwand. Johannes stand daneben wie eine Statue und konnte nicht aufhören, sie zu bewundern. Sie hingegen lächelte triumphierend und wandte sich ihm zu:
»Na, hast du vergessen, wo dein Moped steht, oder lassen dich die andern Jungs heut nicht mitspielen?«
»Ich, also, ich, ich gehör nicht zu denen«, stotterte Johannes, »ich hab nicht mal ein Moped, ich, ich, wollte dich nur vor Robert beschützen. Der ist ein Idiot, aber, du, also, das war große Klasse.«
Kaum hatte er das Kompliment ausgesprochen, wurde er verlegen und begutachtete den Boden.
»Ach, komm. Solche Prolos verspeis ich zum Frühstück. Ich komm aus der Stadt, da rennen viel ärgere herum als der. Der ist ein kleiner Kläffer, beißt aber nicht«, antwortete sie selbstbewusst.
»Ich weiß«, sagte Johannes und blickte auf. »Dass er ein Kläffer ist? Ist ja nicht schwer zu erraten.«
Johannes wurde rot.
»Nein, dass du aus der Stadt kommst.«

»Na ja, ist noch weniger schwer zu merken. Ihr St. Petrianer mustert uns ja den ganzen Abend schon von oben bis unten.«

Johannes wurde noch verlegener und begann erneut zu stammeln:

»Das tut mir leid, bitte entschuldige die. Manche von denen sehen zum ersten Mal Leute aus der Hauptstadt. Sei froh, dass ihr nicht schwarz seid, das wär erst ein Spektakel.« Das Mädchen lächelte.

»Sag mal, kommst du auch von hier? Du sprichst ur ordentlich, ich versteh dich sogar, ohne mich anzustrengen.«

Johannes wusste nicht, wie ihm geschah, so ein schönes Kompliment hatte er noch nie bekommen.

»Tja, also ich bin leider hier geboren. Ich gehör aber nicht zu den ganzen Leuten. Du siehst, ich hab kein Motorrad, und ich studiere, schreibe eine Forschungsarbeit über Dorfgemeinschaften, nur deshalb bin ich hier.« Plötzlich seufzte das Mädchen, und Johannes war verblüfft, denn diese Reaktion hatte er nicht erwartet.

»Mein armer Vater. Er hat sich so gefreut, der einzige Akademiker im Umkreis von fünfzig Kilometern zu sein. Der ist glücklich, wenn er morgens nur Kühe sieht. Ich find das ja bescheuert, aber er ist in der Midlifecrisis, da passiert so was.«

Einen Moment lang schwiegen sich die beiden an und teilten das Gefühl, fehl am Platz zu sein.

Schließlich sagte sie:

»Sag mal, hast du Lust, mit mir und einer Flasche Weißwein irgendwo mit Sicherheitsabstand dieser Puppe beim Fallen zuzusehen? Mein Vater hat in so einem Buch über Bräuche in den Alpen gelesen, dass das ur toll sein soll.« Johannes nickte eifrig. »Ich bin übrigens Simona, Simona Nowak.«

»Johannes, Johannes A. Irrwein.«

Und anstatt dass sie sich die Hände schüttelten, wie Johannes es erwartet hatte, tat sie einen Schritt auf ihn zu und küsste ihn links und rechts auf die Wange. Dank ihrer hohen

Schuhe war sie fast so groß wie er, und als sie näher kam, entdeckte Johannes, dass ihre Augen türkis waren. Nicht blau, nicht grün, sondern türkis, mit einem kleinen weißen Fleck auf der rechten Iris.

Um nicht in der Menge auseinandergerissen zu werden, hakte sich Simona bei Johannes unter, und er führte sie zwischen den Dorfbewohnern hindurch. Als sie an der Blasmusik vorbeikamen, die auf einem Podest erhöht über der Tanzfläche einen Boarischen spielte, blieb Simona stehen und deutete auf einen Mann, ähnlich groß und zart wie sie selbst, mit wirrem grauen Haar, das in alle Richtungen abstand, und einer großen Hornbrille, der vor der Tanzfläche stand und eifrig mitklatschte, während die Dorfbewohner Abstand von ihm hielten.

»Das ist mein Vater«, sagte sie, »der findet alles, was mit den Alpen zu tun hat, ganz toll. So eine Art Kindheitstraum ist das hier.«

Simona kicherte, und der Mann drehte sich um, er hatte einen grauen Maßanzug an, an dessen Revers ein Edelweißstecker montiert war.

»Simona, kuck mal, die tanzen echte Volkstänze!«, rief er. Zwischen ihnen standen ein paar St. Petrianer, die erschrocken zurückwichen. Auf *Kuck mal*, eine Phrase, die man aus dem nur bei Schönwetter und geeigneten Windverhältnissen empfangenen Satellitenfernsehen kannte, reagierten die St. Petrianer allergisch.

»Schön, Paps, das ist der Johannes, er ist von hier, wir schauen uns die Puppe an!«, schrie sie zurück, und der Vater deutete ihnen erhobene Daumen, um sich gleich wieder den tanzenden St. Petrianern zuzuwenden.

Johannes und Simona bezogen auf der Verteidigungsmauer der Kirche ein schönes Plätzchen, von dem aus man freie

Sicht auf das Feuer hatte. Johannes breitete seine Jacke aus, und Simona nahm dankend darauf Platz.

Johannes hatte noch nie in seinem Leben mehr als zwei Gläser Wein getrunken – auch das nur zu Weihnachten –, und der Alkohol lockerte ihm bald die Zunge. Er fühlte sich anfangs furchtbar nervös in Simonas Gegenwart, doch sie lachte viel und gab ihm das Gefühl, dass sie ihm gerne zuhörte. Johannes berichtete ihr in kurzer Zeit von seinem ganzen Leben, von seinen Eltern, seinem Doktor Opa, von der furchtbaren Volksschule, von den verrückten Mönchen, den Geheimgängen des Subpriors, dem großartigen Digamma-Klub, dem schrecklichen Luftinger und nicht zuletzt von Herodot, dass er Geschichtsschreiber werden wollte wie der alte Grieche. Nur dass er bei der Matura durchgefallen war, verschwieg er. Schließlich begann Simona zu erzählen, von der Scheidung ihrer Eltern, ihrer Jugend in diversen Hauptstädten, den ständigen Reisen ihres Vaters, der als Architekt zuletzt in Shanghai Hochhäuser errichtet hatte, es nun aber beruflich ruhiger angehen lassen wollte. Sie erzählte, dass sie ab Herbst Publizistik studieren und Fernsehsprecherin werden wollte – Simona meinte, ihr Gesicht sei geeignet für den Bildschirm, da brauche man schmale, lange Züge, weil im Fernsehen ja alles breiter aussehe, als es tatsächlich sei, nur ihre Nase, meinte sie zum Schluss, die müsse noch operativ verkleinert werden. Als das Gespräch bei der Nase angekommen war, war die Weißweinflasche leer und Johannes zum ersten Mal betrunken.

»Du bist perfekt, deine Nase ist die schönste der Weltgeschichte, nicht mal Kleopatras Nase war so schön, und wegen der wurden Kriege geführt!«

Johannes schwankte ein bisschen, er hob beim Reden den Arm, um seine Aussage wie mit einem Rufzeichen zu unterstreichen, und verlor dadurch beinah das Gleichgewicht. Simona hielt ihn fest.

»Hopa«, sagte Johannes und wollte sich entschuldigen,

aber nicht nur er hatte zu viel Wein getrunken. Da der Hochsommer bevorstand, befand sich Simona auf Bikini-Diät und hatte heute erst einen Vogerlsalat mit zwei Äpfeln gegessen, weswegen ihr der Wein zu Kopf stieg und ihre Hemmungen vornüber von der Mauer purzelten. Noch dazu war es ein schöner Abend, der Feuerschein romantisch und Simona gefühlsduselig, seit ihr heute Nacht das erste Mal der atemberaubende Sternenhimmel von St. Peter am Anger aufgefallen war. So voller Lichter war er, dass er beinah unaufgeräumt aussah. Simona kniff die Augen zusammen, konzentrierte sich auf Johannes und stellte fest, dass er, wenn er etwas zunehmen würde, seine Hemden moderner wären und er nicht so herumzappeln würde, eigentlich sehr süß wäre. Und so ließ Simona Johannes' Arm nicht los, beugte sich stattdessen zu ihm und presste ihre Lippen auf die seinen. Johannes erschrak. Er hatte noch nie ein Mädchen geküsst. Zweimal war er geküsst worden, als seine Klassenkameradinnen auf dem Skikurs *Pflicht-Wahl-oder-Wahrheit* gespielt hatten. Beide Male war er daraufhin weggelaufen, zumal es auch immer dicke Mädchen gewesen waren, denen die anderen auferlegt hatten, ihn zu küssen. Nun aber war es die schönste Frau der Welt, und er wollte auf keinen Fall weglaufen. Er wusste nur nicht so recht, wie das ging, zitterte, als sie ihre Arme um ihn schlang, und er versuchte, es ihr gleichzutun. Das Umarmen bekam er noch hin, doch der Umgang mit ihrer Zunge war schwieriger. In diesem Moment ertönte lautes Grölen aus Richtung des Feuers. Johannes und Simona ließen voneinander ab und beobachteten, wie sich die Puppe langsam von ihrem Stecken löste. Zuerst fiel der Fuß ab, dann begann der zweite zu brennen, die Menge versammelte sich und feuerte die Flammen an. In der ersten Reihe entdeckten sie Simonas Vater. Er schien etwas beschwipst und versuchte, mit den Leuten rundum ins Gespräch zu kommen. Die St. Petrianer wichen ihm aus, man wollte nicht mit dem lallenden Zua'greisten reden, sondern der Puppe beim Fallen zuschauen und das Freibier kassieren.

»Ich glaube, du solltest deinen Vater nach Hause bringen, bevor ihn einer ins Feuer schubst«, flüsterte Johannes und versuchte, ihren Hals zu küssen, wie er es aus Ovids Liebesgedichten kannte.

»Meinst du?«, fragte Simona und verzog ihre Lippen zu einer Schnute. Schnell ließ sie sich von der Kirchenmauer gleiten, drückte Johannes einen schmatzenden Kuss auf und eilte davon.

Lange blieb Johannes sitzen, und erst als das Feuer ausgegangen und der letzte Glutherd von einem betrunkenen Feuerwehrmann mit Bier gelöscht worden war, ging auch er. In seinem Gesicht war Simonas Lipgloss verschmiert, und zu Hause angekommen suchte er Ilses Digitalkamera, mit der sie die Faschingsverkleidungen im Kindergarten fotografierte, und experimentierte bis zur Morgendämmerung mit den Lichtverhältnissen im Bad, bis er es geschafft hatte, ein Bild von sich zu machen, auf dem der Lipgloss deutlich als solcher erkennbar war. Johannes schien das alles unwirklich. Es hatte schon fünf Minuten danach wie ein Traum angemutet, nur der Lipgloss war ein Beweis, dass es tatsächlich geschehen war.

*[Die Besteigung des Großen Sporzer Gletschers I, Notizbuch III]*

[10.5.] Schließlich kamen eines Tages Bergsteiger auf Geheiß seiner Majestät, die zum Wohle der Monarchie den Großen Sporzer erklimmen wollten. Dieser Gletscher war überaus grimmiger Natur, so daß zwei Handvoll der achtzehn Abenteurer, die zu seiner Ersteigung in das Dorf kamen, bei seinem Anblick Angst verspürten und davonliefen. Die anderen wurden von den Dorfbewohnern einquartiert und bewirtet. [10.6.] Die Bergbarbaren wollten den Bergsteigern zwar von deren Vorhaben abraten, da in ihrem Wissen um die Berge verankert war, daß der Gletscher grausam sei und keinem die Möglichkeit zum Aufstieg gewähre, doch die Bergsteiger waren beseelt, nachdem ihnen der Kaiser vor dem Aufbruch Mut zugesprochen hatte. [10.7.] Die St. Petrianer beteten daraufhin für des Kaisers Mannen, aber der heilige Bernhard, der Schutzpatron der Bergleute und Alpenbewohner, hatte wohl zu dieser Zeit zu viel zu tun und erhörte ihre Gebete nicht. [10.8.] Der erste der Bergsteiger kam, wie berichtet wurde, bei einer Lawine ums Leben – die Gefährten konnten ihm nur nachwinken. Der zweite nun wurde vom Pech dahingerafft: Ein einziges Steinchen, das von weit oben nach unten fiel, spaltete seinen Kopf. Der dritte, der vierte und der fünfte wurden von der Technik im Stich gelassen, denn ihr Seil hatte sich gelöst, und sie fielen daraufhin so weit in die Tiefe, daß man sie gar nicht aufschlagen hörte. Weiter wird erzählt, der sechste sei von der Höhenkrankheit befallen worden und habe sich für einen Vogel gehalten – doch er sei nur nach unten geflogen. [10.9.] Als sie nur noch zu zweien waren, verzweifelten sie an ihren absterbenden Fingern, Zehen und Ohrläppchen und traten den Rückzug an, obwohl sie nur noch wenige Meter vor dem Gipfel standen. [11.0.] Die Bergbarbaren, so wird berichtet, waren von dem Ausgang der Expedition wenig überrascht, und so nannten sie die Nordwand von nun an Mordwand und betrachteten Bergsteiger von diesem Tage an als verstandlose Waghalsige, denen ihr Leben nicht lieb ist.

## Der Schriftführer

Vierzehn Tage nach dem Sonnwendfeuer – es waren die ersten Tage des Juli – befürchtete Ilse Irrwein, ihr Sohn wäre von Würmern befallen. Doktor Johannes Gerlitzen hatte ihr beigebracht, dass Gemütsveränderungen früher Anzeichen einer Wurmkrankheit lieferten als körperliche Symptome. Schließlich sei ein Wurm daran interessiert, seinem Wirt körperlich so wenig wie möglich zu schaden. Dennoch registriere der Körper, dass er einen Eindringling in sich habe, und das beeinflusse zuerst das Gemüt. Ilse kannte dieses Phänomen aus eigener Erfahrung; in den warmen Monaten kam zwar einmal die Woche der Gemeindearbeiter Schuarl, um die Sandkiste im Kindergarten von Katzenkot zu säubern, dennoch steckten sich pro Jahrgang immer noch drei bis sechs Kinder mit Spulwürmern an.

Johannes war plötzlich cholerisch, bekam grundlos Wutausbrüche und wurde aus dem Nichts tagelang still und zurückhaltend. Sein Appetit war rätselhaft, zeitweise aß er gar nicht, dann jedoch übermannte ihn eine Hungerattacke, und er futterte den ganzen Kühlschrank leer. Manchmal schlief er bis in den Vormittag, dann wieder hörte sie ihn sich um vier Uhr früh im Bett wälzen, tagsüber sperrte er sich entweder ein oder lief ziellos durch die Gegend. An einem Montagmorgen, als er besonders unruhig beim Frühstück saß, fragte sie ihn:

»Johannes, hast du so klane weiße Kugerln im Stuhl?«

Johannes legte den Löffel, mit dem er gerade sein Frühstücksei köpfen wollte, in den Eierbecher und stand auf.

»Du spinnst.«

Ohne das Frühstück oder seine Mutter eines Blickes zu würdigen, verließ er die Küche und murmelte auf dem Weg nach oben:

»Frauen sind alle verrückt.«

Doch das hörte Ilse schon nicht mehr. Sie strich sich nur die Locken aus der Stirn und überlegte, ob sie ihm abtreibende Tabletten ins Essen mischen sollte. So wie er sich benahm, war er wurmbefallen oder verliebt. Aber Letzteres hielt Ilse für unwahrscheinlich. In wen denn, fragte sie sich. St. Peter am Anger war klein und Ilse bestens vernetzt. Hätte er auch nur mit einem St.-Petri-Mädchen gesprochen, hätte sie das noch am selben Tag erfahren. Es mussten also Würmer sein, dachte sie. Dabei war es in Wirklichkeit Simona Nowak, die Johannes verrückt machte. Er hatte drei Mal ihr Heim am Westhang aufgesucht, aber niemand war zu Hause gewesen. Johannes wollte nicht glauben, dass es nur bei diesem einen Kuss bleiben sollte, doch Simona blieb verschwunden, und je mehr Zeit verstrich, desto ängstlicher wurde Johannes, dass der Kuss ein Traum gewesen war.

Als sich die Tür zum Wirtshaus Mandling knarrend öffnete und alle von ihren Gläsern zu Johannes aufblickten, verspürte er den Impuls, sofort umzukehren, doch er besann sich, dass er Peppi versprochen hatte, ihn hier zu treffen. Obwohl Johannes es nicht zugab und in seinem Notizbuch vermerkt hatte, Peppi sei ein wichtiger Informant, war ihm der Stürmer seit Beginn ihrer *Angertaler Pfitschigoggerlweltmeisterschaft* ans Herz gewachsen. Johannes hakte seine Hände am Gürtel ein und schritt die Stiegen hinunter, bemüht, Selbstsicherheit auszustrahlen. Die Stube, in der Stammtisch und Schank das Zentrum bildeten, befand sich im Souterrain.

Die Fenster begannen nur wenig unterhalb der Holztramdecke, die mit ihren gewaltigen Pfosten – von Alois Irrweins Vater gezimmert – den Raum nach unten drückte. Johannes fühlte sich beim Hinabsteigen der Eingangsstufen, als beträte er ein steinzeitliches Höhlensystem. Am hellsten war die Stube hinter der Schank, da der Wirt Kontrolle über seine mit Portionierern versehenen und verkehrt aufgehängten Spirituosen behalten musste – ansonsten gab es lediglich drei geschmiedete Eisenlampen, die wie Stalaktiten von der Decke hingen, und einige Kerzen auf den Tischen. Peppi war noch nicht da, was Johannes keineswegs wunderte. Der Fußballer war ein verlässlicher Zuspätkommer, da er für das Duschen nach dem Training stets länger brauchte, als er glaubte, und sich dann über sein eigenes Zuspätkommen wunderte. Johannes hingegen fragte sich, warum er, obwohl er sich mittlerweile regelmäßig mit Peppi traf, noch immer pünktlich war, und ärgerte sich über sich selbst, als er einsam und verloren inmitten des Wirtshauses stand, von allen Biertrinkern gemustert.

Auch der Wirt Mandling blickte interessiert vom Zapfhahn auf und kümmerte sich nicht darum, dass der Bierschaum an beiden Seiten des Glases hinabsprudelte. Von der Stammkundschaft hatte er das Gerücht vernommen, der kleine Irrwein habe Anfang Juni so viel gesoffen, dass er in Ilses Gemüsegarten eingeschlafen sei, was ihn sehr erfreut hatte. Alois Irrwein war einer seiner besten Kunden, und es wäre ein herber Verlust gewesen, wäre dessen einziger Spross nicht nach dem trinkfesten Vater geschlagen. Herr Mandling rieb sich seinen Spitzbauch, der über die weinrote Hüftschürze hing und den er liebevoll *Glückspanzer* nannte. Als sich Johannes an die Schank setzte, wunderte er sich, wie freundlich ihn der Wirt begrüßte. Der Wirt wiederum war verblüfft, als der junge Irrwein nur ein Cappy g'spritzt bestellte. Herr Mandling warf sich das Schanktuch über die Schulter und drehte sich weg, um den Orangensaft aus dem Kühlkasten zu holen. Johannes saß indessen nervös am Tresen und blickte sich um. Es war Mittwochabend, mäßiger Betrieb. Peppi hatte erzählt, dass heute die Fußballvereinsjahreshauptversammlung stattfände, und Johannes kombinierte, dass die meisten ein Einstimmungsbier tankten, Vorabsprachen trafen und eine Kleinigkeit aßen, bevor sie ins Fußballhaus pilgerten. In kleinen Gruppen saßen ausschließlich Männer um die quadratischen, dunklen Eichenholztische. Das Schmatzen, Aneinanderklirren von Gabeln und Messern, das Rücken von Tellern, das Abstellen schwerer Bierkrügerln auf Pappuntersetzern erfüllte den Raum.

Als kurz darauf die Tür aufschwang, drehte sich Johannes sofort in der Hoffnung um, Peppi käme und erlöse ihn, doch es war nur Robert Rossbrand, der eilig die Stiegen heruntejoggte. Robert Rossbrand setzte sich nicht, sondern blieb an der Schank stehen. Johannes musterte das lang gezogene Profil, das kantige Kinn, ein paar Hautunreinheiten auf der Wange, die die Pubertät überlebt hatten. Seine Augen konnte er nicht sehen, da Robert beständig auf seine Schuhe blickte. Erst als der Wirt aus der Küche kam, schaute Robert auf. Der Wirt kaute ein Scherzel, und Johannes verstand vor lauter Brösel nicht, was er zu Robert sagte. Dieser wiederum sprach so leise, dass er vom Wirtshauslärm übertönt wurde. Kurz darauf steckte sich der Wirt das letzte Stück Brot in den Mund, griff in die Tasche seiner Schürze und fingerte ein Plastiksackerl mit silber-rot glänzendem Inhalt heraus. Schnell wechselte das Sackerl den Besitzer, Robert Rossbrand steckte es hastig ein, lief die Stiegen hinauf und raste mit aufheulendem Motor davon. In diesem Moment drehte sich der Wirt um. Er hatte die letzten Brösel hinuntergewürgt und sah Johannes mit einem Blick an, der besagte, dass er ganz genau registriert hatte, wie dieser die Übergabe beobachtet hatte.

»Brauchst a wos?« Johannes erstarrte.

»Erm, danke, heute nicht, das nächste Mal vielleicht.«
»Mach da nix draus, wird scho werdn.«

Der Wirt wischte sich die Hände an seinem Tuch ab und ging dazu über, in den Kassenbüchern herumzuschmieren, während Johannes sich fragte, welcher Drogenanbau im Dorf klimatisch möglich war.

Auch als Peppi wenig später die Wirtshaustür öffnete, knarzte sie erbärmlich, und alle wandten die Köpfe dem Eingang zu. Johannes fragte sich, warum niemand den Wirt bat, die Tür zu ölen, doch dann sah er, wie alle Peppi grüßten, ihm Komplimente für das letzte Spiel zuriefen, und Johannes überlegte, dass die Tür wohl absichtlich nicht geölt wurde, um im Blick zu behalten, wer das Wirtshaus betrat und verließ. Peppi und Johannes schlugen die Handflächen aneinander und klopften sich auf die Schultern. Peppi sprang auf einen Barsessel, bestellte ein Radler, blickte auf die Uhr, und noch bevor Johannes fragen konnte, wie es ihm ging oder wie das Training gewesen war, kam Peppi entschlossen zur Sache:

»Johannes, i brauch dei Hilfe. I hab g'hört, de Rettensteinschwestern ham ang'fangen, de Hochzeit zum Planen! I kann nimmer warten, i muss allein mit da Maria sprechen. A jedes Tor schieß i für sie, a jeder Traum dreht si um sie. I will nur a einziges Mal mit ihr allein redn, i glaub, i kann sonst nie vo ihr loslassn. Hilfst ma?«

Johannes hatte Peppi zwar immer geraten, ruhig zu bleiben und abzuwarten, aber nach dieser flammenden Rede blieb ihm nichts anderes übrig, als zu nicken, auch wenn er bereits ahnte, dass nichts Gutes dabei herauskommen würde. Als er Peppis Plan hörte, blieb ihm die Luft weg. Johannes sollte in der Pause der Fußballjahreshauptversammlung Günther abermals provozieren, sodass dieser ihn in den Keller verfolgen, wo sich Johannes hinter der Feuerschutztüre vor dem starken Hünen verstecken würde, damit Peppi in der Zwischenzeit unauffällig Maria zu einem Gespräch beiseitenehmen könnte. Johannes schickte Stoßgebete zu den olympischen Göttern, er möge die Ausführung dieses bescheuerten Plans ohne Knochenbrüche überstehen.

Da der Fußball in St. Peter ein Anliegen des allgemeinen Interesses war, hatte sich das ganze Dorf auf dem Fußballplatzgelände versammelt. Nur Ilse Irrwein war zu Hause geblieben, nachdem sie vor drei Tagen von einem unidentifizierten Insekt gestochen worden und ihr Fuß auf Melonengröße angeschwollen war. Es war Tradition, dass sich der Verein zur Jahreshauptversammlung mit guter Bewirtung bei seinen Mitgliedern bedankte, und so wurden im Schankraum von den Fußballspielern Fleischlaberlsemmeln und Freibier gegen Coupons ausgegeben.

»Sag mal, Peppi, ist das Zufall, dass der Stimmzettel, die Trinkgutscheine und die Essensbons alle gleich aussehen?«

Johannes blieb im Schankraum des Fußballhauses unter dem Kronleuchter stehen, der in seinem früheren Leben ein Heuwagenreifen gewesen war. Er drehte all die sieben Zettel, die man ihm beim Eintreten gesondert übergeben hatte, in der Hand. Unbedruckte Karteikärtchen aus verwaschenem orangefarbenem Papier.

»Hier zwei Bons für Fleischlaberlsemmeln, da vier Bons für die Getränke, und der ist der Stimmzettel«, wiederholte Johannes, was ihm das Empfangsmädchen am Eingang monoton erklärt hatte, während sie ihre Augen nicht von Peppi hatte abwenden können.

»Isch weisch net«, murmelte Peppi mit einem großen Bissen Fleischlaberlsemmel im Mund. Er hatte gleich nach dem Eintreten zwei Bons eingelöst und kämpfte nun damit, von der einen Semmel abzubeißen und gleichzeitig zu verhindern, dass von der zweiten allzu viel Ketchup auf den Boden tropfte. Er hielt Johannes eine vor die Nase: »Abbeischen?«

»Gehts in den Saal! Hopp! Ab, ab! Versammlung muss anfangn! Geh ma! Geh ma! Zeitplan is g'fährdet! Hopp, ab, geh ma!«

Schuarl Trogkofel stürmte in leuchtend greller Latzhose über die Terrasse in den Schankraum und fuchtelte mit den Armen. Schuarl, der Gemeindearbeiter, war in seiner Freizeit mittlerweile zum selbst ernannten *Manager-Checker*, ausgesprochen *Mänätscher-Tschecka*, des FC St. Peter am Anger geworden. Er hatte es sich zur Aufgabe gemacht, für den reibungslosen Ablauf der Jahreshauptversammlung zu sorgen, und da es vier Minuten nach dem anberaumten Beginn war, verfiel er in Panik. Johannes hielt sich eng an Peppi, um im Strudel der St. Petrianer nicht von ihm getrennt zu werden. Kurz nur erspähte er seinen Vater, der emsig mit ein paar Dorfburschen diskutierend nahe der Schank stand. Johannes hatte bis zu diesem Tag nicht gewusst, dass sein Vater ein Funktionär des FC St. Peter und als *Vandalismus- und Rabaukenbeauftragter* dafür zuständig war, die wilden Dorfburschen nach verlorenen Spielen zu zügeln.

Die Hitze im zweiten Raum des Fußballklubhauses, der bei regulärem Betrieb als Gaststätte für gemütliches Beisammensein und Vereinssitzungen genutzt wurde, schlug Johannes wie eine Watsche ins Gesicht. Die Decke war niedrig, und die Wände waren mit Filz beklebt. Auf dem PVC-Belag schienen entweder große Mengen Getränke verschüttet worden zu sein, oder der Schweiß bildete Pfützen am Boden. Alle Arten von Sitzgelegenheiten aus dem Besitz des Fußballvereines waren aufgestellt, sogar die Bänke der Reservespieler und die Futteralsessel der VIP-Tribüne. Johannes steuerte zwei freie Plätze im hinteren Sitzbereich an, doch Peppi zerrte ihn am Hemd in die andere Richtung, bis ihm dieses aus der Hose rutschte. Nah an der Stirnseite des Raumes waren die Tische, die bei regulärem Betrieb zusammengeschoben im Raum standen, an die Wand gerückt. Aus Peppis Semmel tropfte ein dicker Batzen Ketchup, als er sich mit Schwung auf einer der Tischplatten niederließ.

»Das ist nicht dein Ernst, oder?«, fragte Johannes skeptisch, denn er hätte bevorzugt, sich weniger exponiert unters Volk zu mischen, doch Peppi lehnte bereits bequem an der Wand und ließ die Füße baumeln.

»Isch brausch ein bisscherl Platz für meine Fuaßballerbeine. Der Trainer hat geschagt, die wern wir verschischern.«

Johannes gab sich Mühe, nicht auf die halb zerkaute Kuh zu achten, die beim Sprechen zwischen Peppis Zähnen zermahlen wurde.

Die Menge war aufgeregt über die Tagesordnungspunkte, und die Einzigen, die in ihre Richtung blickten, waren die auf den Tischen gegenüber sitzenden Dorfmädchen – und die hatten nur Augen für Peppi, der wiederum nur Augen für Maria hatte, die nah am Fenster saß und unter der Hitze litt. Der Vorteil, den Johannes an seinem Sitzplatz erkannte, war der gute Überblick über den Saal. Er konnte nicht nur im Blick behalten, ob Günther Pflicker in der Nähe war, sondern auch, wer bei wem saß, wer mit wem sprach, wer wem geheime Zeichen sandte, und nach und nach entdeckte er ein aufschlussreiches Netz der Kommunikationswege. Erleichtert atmete er auf, als er Günther nirgendwo entdecken konnte, und hoffte, dieser wäre vom selben unidentifizierten Insekt gestochen worden wie Ilse. Interessiert beobachtete Johannes, wie Robert Rossbrand nahe der Schank mit Verena Kaunergrat turtelte, die er bereits am Sonnwendfeuer über Robert hatte sprechen hören. Nun hatten sie also zusammengefunden, dachte Johannes und wandte den Kopf ab, als er Roberts Hand bemerkte, die bereits zur Gänze in Verenas Hose verschwunden war.

*Liebe zivilisierte Freunde! In letzter Zeit muß ich oft an den im Volksmund überall bekannten Spruch »Auf der Alm, da gibt's ka Sünd« denken. Obwohl ich als Historiograph den Bauernweisheiten überaus ablehnend gegenüberstehe, fühle ich mich ob des Verhaltens der Bergbarbaren oft an diesen Sinnspruch erinnert. Sie intrigieren gegeneinander, treiben wilde Unzucht und nehmen wohl bewußtseinsverändernde Substanzen. Ich wurde Zeuge einer Übergabe, die mich, da ich anschließend das Verhalten des Konsumenten sehen mußte, darauf schließen läßt, daß man in St. Peter am Anger etwas produziert, das vor dem Rest der Welt geheimgehalten wird. Dies scheint mir auch als Befeuerung ihres Krieges logisch! Unter Miteinbezug meiner Studien zu Klima und Ökosystem von St. Peter halte ich folgende Varianten für denkbar: [A] Rund um die Au kultivieren sie Kaninchenwurzel, deren Asarone stimmungsaufhellend und aphrodisierend wirken. Biologisches Viagra! (Scheint mir nach allem, was ich sah – vgl. Bürgermeister und Rossbrand –, am naheliegendsten.) [B] Sie haben die mittelalterliche Tradition der Alraunenkultur aufrechterhalten und brauen Säfte mit den verschiedensten Wirkungen. (Ev. Gift zum Ausschalten der Gegner?) [C] In all den Gärten stehen die Engelstrompeten nicht nur zur Zierde, sondern ihre Samen werden zum halluzinogenen Gebrauch verkauft, ihre Blätter zum Rauchen getrocknet und Tees zur Beschwindelung zubereitet.*

»Olle drin? Olle da? Kann's losgehn? Fehlt wer? Olle da?«

Schuarl blickte wie immer so drein, als wäre er gerade eben aus den Wolken gefallen und als hätte ihm der Schöpfer, missmutig über das misslungene Machwerk, einen Satz Watschen mit auf den Weg gegeben. Er kümmerte sich mit viel Aufhebens um jene Bereiche des Dorfes, für die sich sonst kaum jemand interessierte, und nahm diese Aufgabe so ernst, dass er eine orange Signallampe auf dem Dach seines Geländewagens montiert hatte. Die Sirene war ihm auf Antrag der Mütterrunde per Gemeinderatsbeschluss untersagt worden, doch seine Signallampe ließ er sich nicht verbieten. Für Schuarl war seit Beginn seiner Gemeindearbeiterlehre ein jeder Einsatz ein Notfall. Egal ob der Bach über die Ufer trat oder ein Strauch ein Blatt verlor, Schuarl war mit Pestizidspritzen, Motorsensen, Laubsaugern, Gummistiefeln und Warnlicht zur Stelle, am liebsten natürlich, wenn es um den Fußballverein ging. Hier zu helfen, war ihm die größte Ehre. Schuarl war auch verantwortlich für die Gleichheit von Verpflegungsgutscheinen und Stimmzetteln. Er hatte sie aus alten Theaterplakaten ausgeschnitten, die eine vollkommen missglückte Aufführung der Laienspielgruppe angekündigt hatten. Diese waren hellorange gewesen – für Schuarl ein guter Grund, alle Zettel gleichfarbig zu belassen, denn die drei wichtigsten Dinge seines Lebens waren orange: die Signallampe auf dem Autodach, der Laubstaubsauger und seine reflektierende Warnweste.

Peppi, der nochmals aufgesprungen war, kam zu Beginn der vom Tonband abgespielten Hymne *Oh du mein St. Peter* wieder. Noch blecherner als bei Normalbetrieb klang die Blasmusik durch die Tonanlage des Fußballklubhauses. Peppi hatte zwei Krügerl Bier mitgebracht und drückte Johannes eines in die Hand.

»Das wäre aber nicht nötig gewesen.« Peppi winkte ab: »Weißt eh, des is a halboffizielle Veranstaltung, da darf i als Sportler maximal ans trinkn. Und was tu i denn mit de vielen Coupons?«

Johannes öffnete den Mund, um Peppi von seiner List zu erzählen, schloss ihn dann doch wieder und prostete Peppi zu. Johannes beabsichtigte nämlich, all seine Coupons als Stimmzettel zu verwenden, da er es für notwendiger erachtete, seiner vernünftigen Stimme siebenfaches Gewicht zu verleihen, als sich den Wanst mit Fett und Alkohol vollzuschlagen. Die schiefen und vom Tonband verzerrten hohen Töne des Refrains schmerzten in Mark und Bein. Peppi bekam nichts mit, er starrte gedankenverloren Maria an, die sich mit einer Vereinszeitung Luft zufächelte, während Günther immer noch nicht zu sehen war. Nachdem die letzten Klänge der Hymne im Filz verschwunden waren, hievte der Bürgermeister seinen kugelrunden Körper aus dem Vorstandssessel und postierte sich räuspernd vor dem Rednerpult. Er schien erregt, besorgt, entnervt – Johannes hatte beim Ankommen bemerkt, wie der Vorstand auf der VIP-Tribüne gestritten hatte, trotzdem begrüßte er die versammelte Menge mit der Lautstärke eines aus dem Wasser auftauchenden Hippopotamus. Lange konnte er nicht reden und seine Verdienste preisen, denn Peter Parseier, Johannes' ehemaliger Fußballtrainer, unterbrach seine Rede mit Zwischenrufen und Gegendarstellungen. Es waren nie ganze Sätze, die er rief, sondern kleine Pointen, Spitzen, die er während der langen Atempausen des schwer übergewichtigen Bürgermeisters in den Saal schmetterte. Als Schuarl immer nervöser auf die Uhr zeigte und den Bürgermeister dazu bewegen wollte, endlich die Pause anzuberaumen, und auch aus den Reihen der Versammelten grummelnde Mägen über leeren Biergläsern vernommen wurden, beugte sich Peppi zu Johannes:

»Du, i glaub, des mit da Maria schaff i nachher selba. Der Günther is net da, oiso danke, owa i hab scho an Plan.«

Johannes zuckte die Schultern. Obwohl er nicht wusste, was er dann in der Pause machen oder mit wem er sich unterhalten sollte, war er heilfroh, dem Katz-und-Maus-Spiel mit Pflicker entkommen zu sein. Kurz überlegte er, nach Hause zu gehen, doch zu Hause war eine kranke Ilse und würde ihn wahrscheinlich nerven, da sie nichts mit ihrem Krankenstand anzufangen wusste. Außerdem war er neugierig geworden, wie sich diese Streitereien auflösen würden. Er ahnte schon, dass der Vorstand neu gewählt werden würde, nur wie, war nicht ersichtlich. Und auch wenn er Fußball für banal erachtete, befand er es als seine Aufgabe als Historiograf, selbst solche Dinge festzuhalten. Auch Herodot hatte sein Leben lang versucht, das Menschliche zu erfassen – selbst wenn dies bedeutete, scheinbar Gehaltloses aufzuzeichnen.

*Liebe zivilisierte Freunde! Die liebste Freizeitbeschäftigung der Bergbarbaren ist jene rohe, brutale Sportart namens Fußball. Diese ist so unzivilisiert, daß es kein Wunder ist, daß es bei den alten Griechen keinen vergleichbaren Sport gab. Mit Einzelheiten will ich Euch nicht quälen, doch erscheint mir erwähnenswert, welch Theater die Bergbarbaren rund um jenen Sport aufführen. Ganz besonders wichtig ist ihnen nämlich der Platz des Spiels, und so haben sie, um ihre Erzfeinde aus St. Michael am Weiler zu übertrumpfen, eine viel zu teure Flutlichtanlage rund um ihren Platz gebaut, die sogar den Standards der obersten Liga der Alpenrepublik entsprechen würde. Wozu ein solch kleines Dorf eine derartige Anlage benötigt, konnte ich trotz intensiver Recherche nicht herausfinden. Fest steht nur, daß sich jener Verein nun in großen ökonomischen Schwierigkeiten befindet, und alle geben einander die Schuld an dieser Misslage, ohne zu begreifen, daß sie alle gemeinsam die Schuld tragen.*

Dank des Dorftratsches wusste Peppi, dass Maria Rettenstein im letzten Drittel ihrer Schwangerschaft alle halbe Stunde auf die Toilette rannte. Schon während der Versammlung hatte er darauf gewartet, dass sie aufstünde und hinausginge, um ihr unauffällig zu folgen – doch Maria hatte die Beine zusammengekniffen und bis zur Pause gewartet. Umso schneller schoss sie über die Terrasse hinaus zu den Toilettenhäuschen, die sich am Spielfeldrand befanden, kaum dass der Bürgermeister zu Schuarls großer Erleichterung die Pause ausgerufen hatte. Peppi sprang vom Tisch und wollte ihr nach, hatte jedoch Probleme, den Saal zu durchqueren, da alle in die Schank, zu den Toiletten und zum Rauchen ins Freie strömten. Aufgeregt, wie die St. Petrianer bei diesem Anlass waren, umringten sie Peppi, wollten seine Meinung hören und mit ihm trinken – und so wurde er von dicken Bäuchen und verschwitzten St. Petrianern in den Schankraum gedrängt, wo er Günther Pflicker entdeckte, der auf zwei Barhockern saß, seine massigfleischigen Unterarme auf der Schanktheke abgelegt hatte und grinsend einen Berg Coupons anstarrte, für die er mindestens drei Burschen verprügelt haben musste.

Die Position des Stürmers verlangt den Instinkt, Lücken zu erkennen, noch bevor sie sich auftun, um im geeigneten Moment in Aktion zu treten, und dabei niemals den Gegner aus dem Auge zu lassen. Wie bei jedem seiner Tore, bei all den Sensationsschüssen und Hattricks, Freistößen und Elfmetern, roch Peppi seine Chance – Günther und der Rest der Familie Rettenstein waren beschäftigt, Maria war allein –, und wie vom Blitz getroffen lief er los, übersprang mit einem Satz alle Stufen und hinaus aus dem Fußballhaus. Peppi ahnte, Maria würde schon nicht mehr auf der Toilette sein. Er sprintete über den Parkplatz, vorbei an den Tribünen, sprang von der Straße, die in einer Biegung hinauf zum Dorfplatz führte, und nahm den direkten Weg über die Wiesen. Peppi dachte nicht daran, dass er sich im nassen Gras die Sportschuhe versaute, sondern lief, als ginge es um das Weltmeisterschaftsfinale. An der kaputten Ecke des Bürgerzentrums, wo Generationen von übermütigen Autofahrern die Kurve unterschätzt hatten und gegen die Hauswand gekracht waren, holte er Maria ein. Sie erschrak, als er plötzlich und unerwartet neben ihr auftauchte. Ihre Wangen waren erkennbar gerötet, ein schmaler Schweißstreifen zeichnete sich zwischen ihren geschwollenen Brüsten ab, doch Peppi achtete nur auf ihre kleine Stupsnase, auf der eine Strähne ihres Haares klebte. Leise drang das von Fettdampf getragene Gebrüll aus dem Fußballklubhaus über die Zufahrtsstraße an jene Ecke der Kreuzung zum Dorfplatz.

Peppis Kopf war auf einmal ganz leer, als er vor ihr stand, auch Maria war die Stimme stecken geblieben, bis sich der Stürmerstar räusperte: »Gehst scho heim?«

»Jo. Du woaßt jo, i mag des net, wenn olle so streitn. Und de Butzerln g'spüren natürli, wenn i mi aufreg.«

Maria legte die Hände auf ihren Bauch, Peppi steckte seine

Hände in die Taschen der Trainingsjacke und biss auf seinen Kragen, wie immer, wenn er nicht mehr weiterwusste. Maria lächelte schüchtern und zuckte im nächsten Moment zusammen.

»Maria! Alles o.k.? Is wos? Geht's los?«, fragte Peppi besorgt, legte seine Hand auf ihren Oberarm und machte Anstalten, sie aufzufangen.

»Ollas o.k. Passt scho. Nur de Babys ham grad so richti hefti tretn. Des schreckt mi immer.« Maria streichelte die Stelle, von der das Treten auszugehen schien, und sagte nach einer kurzen Pause, fast flüsternd: »De tretn immer, wenn s'di sehn. Des erste Moi ham sie si g'rührt, ois du beim Spiel gegen Leonhard am Forstberg vo da Mittellinie losg'stürmt bist.« Peppi hob seine Augenbrauen:

»I hab gar net g'wusst, dass du da da g'wesen bist?«

»Na jo, des woar s'letzte Heimspiel in da Saison. Des wollt i scho sehn. I hab mi nur versteckt, damit du mi net siehst. I hab jo net g'wusst, ob da des recht is, wenn i kumm. Und i wollt net, dass'd dann schlecht spülst, weilst di ärgern musst, dass i da bin.«

Maria sah wieder zu Boden, Peppi legte seine Hand zärtlich unter ihr Kinn und drehte ihren Kopf in seine Richtung, bis sie ihm in die Augen schaute.

»Owa Maria, was redst denn? I g'freu mi do jedes Mal, wennst da bist. Du weißt scho, du bist mei Glücksfee. Und i hab jo g'ahnt, dass'd da warst. Weil ohne dir spül i nur Schaß zam.« Peppi schluckte, atmete tief ein, deutete auf ihren Bauch und fragte schüchtern: »Darf i?«

Maria lächelte und legte seine Hand auf ihren Bauch. Als wäre angepfiffen worden, strampelten die Babys los. Peppi lachte, Maria strahlte selig.

Es brauchte eine Handvoll Nachtfalter, die zwischen ihren Nasen auf die Straßenlaterne zusteuerten, bis die beiden merkten, wie nah sie einander gekommen waren, und erschrocken voneinanderwichen.

»Solltest du net z'rück gehn? Da Trainer schimpft sicha, wennst de Abstimmung verpasst.«

Peppi nickte. Maria ging einen Schritt rückwärts, seufzte, doch bevor sie sich umdrehen und losgehen konnte, sagte er:

»Maria, komm do mit. Lass uns da als Freunde hingehn und nachher a wia Freunde redn. I mein, is dir des net a z'blöd, wenn wir so zerstrittn sand, und alle Leute immer ihnen ihre Nasen reinsteckn und si einmischn? Komm, zeig ma's denan Traschtanten!«

Maria überlegte, schüttelte dann jedoch den Kopf.

»Und i versprich, in da zweiten Hälfte streitet da drinnen niemand mehr!«, schoss Peppi überzeugt heraus.

»Geh, Peppi, des glaubst jo net wirkli!«, kicherte Maria, als fände sie seinen Versuch ebenso niedlich wie nutzlos. Peppi machte eine Pause, holte tief Luft und sagte:

»Da wird niemand streitn – weil i hab a Lösung!«

Peppi hatte natürlich keine Lösung, aber er fühlte sich wie beim Spiel gegen Hegerbergen, als er von der Mittelauflage losgestürmt war und das entscheidende Tor im Saisonfinale geschossen hatte. Jenes Tor, das die Mannschaft zum Herbstmeister gemacht hatte. Das war in der achtundachtzigsten Minute gewesen, vor ihm vier gegnerische Spieler, niemand, den er hatte anspielen können, weil alle den Torraum verteidigt hatten, und dann war er einfach losgedribbelt. Er hatte keine Ahnung gehabt, wie er den Ball jemals an den vier Gegenspielern und dem Tormann vorbeibringen sollte, quasi die halbe gegnerische Mannschaft hatte zwischen ihm und dem Tor gestanden, aber sein Instinkt hatte ihn geleitet, er hatte durch geschickte Haken und eine schöne Täuschung einen freien Weg gefunden, kurz vor dem Elfer abgezogen, genau ins Kreuzeck – 1:0 in der neunundachtzigsten Minute. Und wie damals wusste er auch nun nicht, wie er die Situation retten sollte, dennoch spürte er, sich der Herausforderung stellen zu müssen.

Maria stützte sich auf seinem Arm ab und ließ sich zurück zum Fußballhaus begleiten. Auf dem Weg dorthin war sich Peppi sicher, sie lehnte sich näher an ihn, als er sie jemals mit Günther Pflicker gesehen hatte.

Zurück im Fußballhaus begleitete Peppi Maria unter den erstaunten Augen von ganz St. Peter am Anger auf einen Platz neben dem Fenster, wo sie Frischluft bekam und gute Sicht auf den Tisch hatte, auf dem Johannes saß, der aus Angst vor dem Gedränge während der Pause sitzen geblieben war und sich ins Notieren vertieft hatte. Der Stimmpegel im Saal schwoll an. Johannes setzte einen Punkt, legte das Samtband zwischen die zuletzt beschriebenen Seiten und klappte das Moleskine zu. Kaum sah er auf, erschrak er. Alle Augen waren auf ihn gerichtet, und prompt schoss ihm die Röte ins Gesicht. Kaum wandte er aber seinen Kopf nach rechts, hatte er Peppis muskulöse Wade im Blick. Peppi hatte sich nicht neben ihn gesetzt, sondern stand auf dem Tisch. Johannes sah auf die hellen, gestutzten Beinhaare; Peppi hatte Gänsehaut und räusperte sich. Da Fußballer auf einer Fußballvereinshauptversammlung eigentlich Redeverbot hatten, postierte sich der Trainer Sepp Gippel wutschnaubend an der Wand gegenüber, verschränkte die Arme und sah Peppi mit einem Blick an, der hundert Strafliegestützen androhte. Sepp Gippel legte als Trainer größten Wert auf Disziplin, denn er hatte in seiner aktiven Karriere als Spieler immer dann am besten gespielt, wenn er einen strengen und fordernden Trainer gehabt hatte. Da Peppi nicht nur ein auszubildendes Fußballtalent war, sondern auch sein Sohn, war er bei ihm besonders streng und ließ sich während des Trainings siezen. Nichtsdestotrotz klimperte Peppi jetzt mit dem Schlüssel zu den Umkleidekabinen gegen ein Wasserglas. Johannes rückte zur Seite und blickte gespannt an ihm hoch, während ihn ein nervöses Gefühl beschlich, das nichts Gutes verhieß.

Der Sitzungssaal war voller gespannter Gesichter. Alle hingen an Peppis Lippen. Der Trainer formte mit seinem Mund 200-*Strafliegestützen-wenn-du-nicht-sofort-da-runterkommst*-Bewegungen, Peppi spürte schon den Muskelkater, doch dann blickte er in Marias Augen und dachte an die kleinen Fußballer unter ihrem Herzen. Es war Zeit, sich um deren Zukunft zu kümmern, beschloss er.

»Liabe Fuaßballfans, liabe Fuaßballfaninnen!«

Im Raum wurde es augenblicklich still.

»Hier auf dem Tisch, do steht ka Politika, sondern a afocher Fuaßballer, der was sein Verein liebt. Ihr könntets sagen, der auf dem Tisch, der is jo nur a Kicka, was weiß der scho vo wichtige Entscheidungen, owa gebts mir de Chance zum Redn, lassts mi euch sagn, was a afocher Fuaßballer denkt, denn i sprech mit am Herzen in da Form vom St.-Petri-Fuaßball!«

Peppi atmete tief und sprach flüssig, als hätte er diese Rede seit Monaten einstudiert.

»Guat hat's da Fuaßballheilige net mit uns g'meint in der letzten Saison. Mir ham a großes Problem mit'm Geld und nu dazu net de beste Leistung da'bracht, do wieso? Woran liegt des, dass a Verein, der was so vül Potenzial hat, mit so vül Problemen kämpfen muss?«

Die St. Petrianer fixierten Peppis glühende Augen, beobachteten interessiert seine Gesten – wäre nebenan das Bürgerzentrum explodiert, hätte es keiner mitbekommen.

»Jeder gibt dem andern de Schuld, owa i sag euch was: Wir alle sand schuld. Wir ham nämli net zamg'halten. Der Fuaßballheilige is a Teamspieler! Der belohnt nur de, de was a zamhalten. Drum glaubts mir: Wir müssen wieder zamstehn, zamhalten, zueinanderstehn! Nur wenn wir wieder a starke G'meinschaft werdn, kommen wir auf'd Erfolgsstraßen z'ruck! Owa wie kömma des schaffen? Wir müssen unsre Aufstellung ändern! Drum hörts ma zua, was i euch für a Taktik für de Vorstandswahl vorschlag: Da Präsident is a Amt, des was über de Dingen stehn muss. Daher: Wähl ma do den Herrn Pfarrer! Der kann mit seinem Draht nach oben beim Fuaßballheiligen vorsprechn! Der Kassier wiederum muss zuverlässig, genau und verantwortungsvoll mit'm Geld umgehn. A jeder muss eam vertraun können, deshalb schlag i de Frau Moni aus'm Café Moni vor! Guat, und dann da Schriftführer. Wir redn ja liaber, als was wir schreibn, do wir brauchn an Schriftführer, der si um's Organisatorische kümmert. Einen, der was intelligent is, guat schreiben kann, vül g'lesen hat und engagiert is. Lassts uns daher den Johannes A. Irrwein zum Schriftführer wählen! Und der Johannes wird a Briefe an höhere Vereine schreiben, ob die net nach St. Peter kommen wollen für a Freundschaftsspiel zur Einweihung der Flutlichtanlage. De Frau Moni und unsere starken Stützen der Mütterrunde werden a ordentliches Buffet organisieren, die Blasmusik sorgt für a leiwande Unterhaltung, und wir machn aus dem Spiel a scheens Festl, des was g'scheit Geld einibringt und de Kassa saniert!«

Einen Moment blieb alles still. Die Versammlung musterte den Stürmerstar, bis irgendwer in die Hände klatschte, woraufhin jemand anderes in den Beifall einstimmte und der Schneeballeffekt im Handumdrehen tosenden Applaus bewirkte. Allen erschien es eine gute Idee, mal wieder ein großes Fußballfest zu organisieren, um die Kassen zu füllen, und vor allem die Vorstandsposten mit unparteiischen Personen zu besetzen. Marias Schwangerschaftshormone trieben ihr Tränen in die Augen, der Saal tobte vor Begeisterung, Peppi glühte vor Stolz, nur Johannes saß regungslos auf seinem Platz und rang nach Luft.

Taschen wurden durchkramt, Stimmzettel hervorgefischt, und überall tönte das Krakeln von Kugelschreibern auf Couponpapier. Ein orangefarbener Pfeil namens Schuarl lief hektisch durch den Saal und drängte die Leute, ihre Stimmzettel in den Schuhkarton mit Schlitz zu werfen, den er vor sich hertrug. Johannes erwachte kurz vor Abstimmungsende aus seiner Schockstarre und packte Peppi fest am Arm:

»Was beim Hades soll das?« Peppi blickte ihn ausdruckslos an und wand sich geschickt frei:

»I kenn kan Hades, und, sorry, i muss kurz zur Maria«, und schon hüpfte er davon, um Maria aus dem Sessel zu helfen. Johannes sah ihm lange hinterher. Noch nie zuvor hatte er Foltermethoden und harten Bestrafungen etwas so Positives abgewinnen können wie in diesem Moment. Und als er da saß und überlegte, welche Schmerzen er Peppi zuerst zufügen würde und ob es besser wäre, Peppi in heißes Öl zu stoßen oder ihn zu rädern, vergaß Johannes, seine aufgesparten sieben Stimmen abzugeben.

*Liebe zivilisierte Freunde! Jetzt haben mich diese Bergbarbaren tatsächlich zu ihrem Schriftführer gewählt, wobei ich eigentlich der unbeteiligte, passive Beobachter sein sollte, der ihre Verhaltensformen, Gebräuche und Sitten erforscht. Ich werte das jedoch als Erfolg meiner Person, mich anzupassen. Auch Schimpansenforscher berichten, daß sie durch lange Gemeinschaft mit dem Menschenaffen bald von diesen akzeptiert wurden. Schuld an all dem ist Peppi Gippel, der an ein Rad gekettet werden sollte. Welcher Daimonion ritt ihn bloß zu dieser Rede? Ja, eigentlich ist diese Tätigkeit, den Bergbarbaren das Schreiben abzunehmen, nicht meine Aufgabe, und eigentlich sollte ich mich auf meine Nachforschungen konzentrieren, doch verurteilt mich nicht, denn ich hoffe, so vielleicht Zugang zu weiteren vertraulichen Informationen zu erhalten. Und ebenso meine ich, solch eine Schriftführertätigkeit behindert mich nicht zu sehr, denn ich muß bloß jemanden finden, der gegen diese Bergbarbaren spielt. Ich schäme mich natürlich sehr, die Prinzi-*

*pien des Digamma-Klubs zu verraten und das Internet zu benutzen, doch es erscheint mir das beste, irgendwelche Fußballvereine via Google zu suchen, um sie zu einem Testspiel einzuladen, denn ich will nicht zu viel Zeit damit verschwenden. Für meine Historien zu den Bergbarbaren würde ich jedoch niemals im Netz recherchieren! Glaubet mir dies, meine zivilisierten Freunde!*

Während sich die Versammlung auflöste, schob sich die Dunkelheit über St. Peter am Anger. Die Straßenlaternen waren bereits angesprungen, doch Johannes wunderte sich, als er sein Elternhaus hell erleuchtet fand. Alois befand sich noch im Fußballhaus, saß mit einigen Freunden an der Schank und trank auf seinen Sohn, denn er war mächtig stolz, dass Johannes ihm zumindest in seinem Engagement um den Fußballverein nachzugeraten schien, wenn er schon die Zimmermannswerkstätte nicht übernehmen würde. Ilse war mit ihrem melonengroßen Fuß zu Hause, aber Johannes hatte vermutet, sie im blauen Schein des Fernsehers anzutreffen, nicht bei Festtagsbeleuchtung. Beim Eintreten schallte ihm lautes, helles Frauenlachen entgegen. Johannes blieb im Flur stehen und lauschte, das Lachen der zweiten Frau kam ihm seltsam bekannt vor – er stürzte ins Wohnzimmer und tatsächlich: Von der Wohnzimmercouch leuchtete ihm feuerrotes Haar entgegen, Johannes verstand die Welt nicht mehr, da saßen tatsächlich Simona Nowak und seine Mutter. Kaum bemerkten sie ihn, gaben sie sich Mühe, ihr Lachen zu unterdrücken.

»Ja servas, Johannes, schau, de Simona is do!«

Simona winkte kokett, Johannes überlegte davonzulaufen, dann riss er sich zusammen, ergriff Simonas Handgelenk und führte sie wortlos nach oben. Ilse versuchte, ihnen nachzukommen, rief ihnen zu, sie könnten doch in der Küche miteinander reden, das sei bequemer, aber mit ihrem angeschwollenen Fuß kam sie nur bis zur Treppe, bevor Johannes die Tür zu seinem Zimmer zugeschleudert hatte. Simona kicherte, doch Johannes war nicht nach Spaß zumute. Der Abend war anstrengend gewesen, er fühlte sich viel zu müde, um sich nun noch mit Simona auseinanderzusetzen, also blickte er sie streng an, bis auch Simona ernst wurde und aufhörte, bewundernd die Dinge aus Doktor Opas Laboratorium zu inspizieren, die überall in Johannes' Zimmer standen. Sie verkniff sich sogar die Frage nach dem eingelegten Bandwurm über seinem Schreibtisch, die ihr auf der Zunge brannte.

»Sorry, erm, Johannes, ich hab gedacht, du freust dich, wenn du mich siehst. Schau, deine Mutter hat mir voll keine Wahl gelassen, kaum hab ich mich versehen, hat sie mich an euern Küchentisch gezerrt und mir was Essbares vorgeschoben.«

Johannes stand ihr immer noch wortlos gegenüber, das alles war etwas zu viel für ihn.

»So, also ich weiß ja nicht, wie das in einem Bergdorf läuft, aber ich finde, du solltest dich jetzt zuerst entschuldigen, dass du dich nicht gemeldet hast, und dich dann bedanken, dass ich extra zu dir gekommen bin.«

»Was? Ich war jeden zweiten Tag bei euch, und stets war das Haus verschlossen.«

»Ja, ich weiß, wir waren in der Stadt.« Johannes verschränkte die Arme vor der Brust:

»Du hast mir deine Telefonnummer nicht gegeben!«

»Aber dir meinen vollen Namen gesagt!«

»Der nicht im Telefonbuch steht!«

»Telefonbuch? Gibt es so was heut überhaupt noch?«

»Ja natürlich!«

Und plötzlich lachte Simona:

»Lass mich raten, du hast kein StudiVZ, kein Facebook, kein Skype, kein MSN, kein ICQ und bist auch nicht bei Twitter?«

»Natürlich nicht! Der Digamma-Klub ist der Überzeugung, dass soziale Netzwerke der absolute Untergang sind. Und ich würde dich auch niemals googlen, ich habe Ehre!«

»Ur arg! Das erklärt einiges. Am Sonnwendfeuer hast mir

ja deinen Nachnamen gesagt, also hab ich gedacht, du bist bei Facebook. Ich mein, in unserm Alter stellt man sich nur mit Nachnamen vor, wenn man will, dass man bei Facebook gefunden wird. Und dann hab ich ewig auf deine Freundschaftsanfrage gewartet, dann ist voll nichts gekommen, dann hab ich dich gesucht, nichts gefunden, und dann war ich sauer, weil ich gedacht hab, du verarschst mich.«

Johannes schüttelte ungläubig den Kopf.

»Ich verarsche dich? Das würde ich nie tun!«

»Heißt das, wenn du bei Facebook wärst, hättest du mir geschrieben?«, fragte sie, woraufhin Johannes eilig entgegnete:

»Sofort! Auf der Stelle! Keinen Augenblick hätt' ich gezögert!«

Simona legte den Kopf schief, schien sich die Folge dieser Aussage gut zu überlegen, doch dann ging sie auf ihn zu, küsste ihn auf die Wange und umarmte ihn.

»Johannes A. Irrwein, ich find das extrem süß, dass du so altmodisch bist.«

Sie kicherte, er sah in ihre türkisfarbenen Augen, war von tausend Gefühlen und Gedanken überwältigt, bis plötzlich Ilse die Tür öffnete. Sie hatte die Stiegen bewältigt.

»Huhu, ihr zwei, wollts es a Frappé? I könnt ans mit Erdbeeren, Brombeeren, Ribisln –«

»Es ist nach zehn. Danke, nein. Und bitte stör uns nicht.«

Ilse schnitt eine Grimasse und zog die Tür hinter sich zu. Etwas schüchtern küsste Johannes Simona schließlich, und er war von der Leidenschaft überrascht, mit der sie seinen Kuss erwiderte. Und je länger sie so verweilten, desto wohler fühlte sich Johannes, desto weniger Gedanken plagten ihn, wie er sich nun am besten positionieren, verhalten, benehmen sollte. Alles wurde natürlicher. Bis Ilse ein zweites Mal klopfte und fragte, ob *die Kinder* ein paar belegte Brötchen wollten. Simona musste ein Lachen unterdrücken, sie ahnte anhand Ilses nervöser Störaktionen, dass sie die erste Frau war, die nicht zur Familie gehörte und allein mit Johannes in dessen Zimmer war.

»Du, ich sollt dann langsam gehen«, flüsterte sie. »Aber ich hab eine Idee, ich hab mindestens drei alte Handys zu Hause, da kannst du gern eins haben, dann können wir uns in Zukunft besser koordinieren.«

Und Johannes, der Handys im Einklang mit dem Digamma-Klub bis dato als Untergang der Kommunikationskultur des Abendlandes betrachtet hatte, nickte selig.

[Doktor linguistikus, Notizbuch III]

[11.1.] *Bevor ich auf weitere Kriege und Auseinandersetzungen eingehe, möchte ich davon erzählen, wie die Bergbarbaren das erste Mal in Kontakt mit der Wissenschaft gerieten. Wie ich mehrfach gelesen habe, wurden zur damaligen Zeit die Varianten der germanischen Sprache erforscht, die im Norden, im Osten und in den Alpen selbst gesprochen wurden. Dazu wurden Fragebogen verschickt, die die Dorfvolksschullehrer in ihren Dialekt übersetzt zurückschicken sollten. [11.2.] Was mich wenig verwundert, ist, daß St. Peter am Anger keinen Fragebogen zurückschickte, da die Bergbarbaren es als unmöglich betrachteten, die Laute, die sie artikulierten, als Buchstaben zu fassen. Wie ich aus meinem eigenen Kontakt mit jener Sprache berichten kann, ist dem auch heute noch so, als ein Beispiel kann ich den Vokal A nennen, der fast so dumpf wie ein O ausgesprochen wird, aber doch nicht dem Lautstand eines O gleichkommt. [11.3.] So mußte ein neugieriger Doktor linguistikus eines Tages selbst die beschwerliche Reise in die Sporzer Alpen antreten, um die eigentümliche Sprache der Bergbarbaren zu erfassen. Zu seinem Unglück erwiesen sich die Bergbarbaren jedoch als wenig kooperativ, seine vierzig Probesätze zu beantworten. Dies lag vor allem an ihrem Inhalt. So lautete, wie ich gelesen habe, Satz Nummer elf: »Ich schlage dich gleich mit dem Kochlöffel um die Ohren, du Affe.« Nun kannte man bei den Bergbarbaren weder die Phrase »um die Ohren«, noch hatten sie eine Vorstellung davon, was ein »Affe« sei. So verhielt es sich bei allen Sätzen, was den Doktor linguistikus sehr schmerzte, denn solch einen außergewöhnlichen Dialekt hatte er noch nie zuvor gehört. [11.4.] Ich habe recherchiert, daß jener Forscher leider nicht lang genug lebte, um die Formulierung jener linguistischen Hypothese zu hören, die ihn getröstet hätte: Besagt jene Hypothese nämlich, daß eine Volksgruppe nur fähig ist, das zu erdenken, was ihre Sprache formulieren kann, und umgekehrt. Deshalb scheiterten die Sätze. Vielleicht, so möchte ich zum Schluß folgern, ist die enge Sprache der Barbaren auch der Grund für ihr enges Denken, und andersherum.*

# Peppi versteht die Welt

Johannes A. Irrwein
Hauptstraße 7
3072 St. Peter am Anger

FC Bayern München AG
Säbener Straße 51–57
81547 München

**Betreff: Freundschaftsspiel Einweihung Flutlichtanlage**

Sehr geehrte Funktionärinnen,
sehr geehrte Funktionäre,

Im Namen des FC St. Peter am Anger, eines der ersten alpinen Dorffußballvereine der Sporzer Alpen, darf ich Sie in meinem Amt als Schriftführer einladen, mit Ihrer Mannschaft in St. Peter am Anger zu Gast zu sein, um bei einem Freundschaftsspiel am Samstag, dem 4.9.2010, unsere neue, liebevoll erworbene und den überarbeiteten Standards des allgemeinen Fußballverbandes entsprechende Flutlichtanlage einzuweihen. Ermöglichen Sie Ihrer Mannschaft ein interessantes Testspiel und genießen Sie einen Herbsttag in der malerischen Atmosphäre eines der gastfreundlichsten, herzlichsten und bezauberndsten Bergdörfer der nord-südlichen, peripher-zentralen Alpen. Für Ihre Unterkunft stellen wir Ihnen

```
helle Zimmer mit schönen sanitären Anlagen
zur Verfügung.
Seien Sie unsere Gäste!

Mit herzlichen Grüßen
Johannes A. Irrwein
```

Zuverlässig wie der tägliche Sonnenaufgang hievte sich Opa Rettenstein noch vor dem ersten Hahnenschrei aus dem Bett. Sieben Mal war ihm in seinem Leben der Hahn zuvorgekommen, und sieben Mal hatte es daraufhin Hahn am Spieß gegeben. Nach bescheidener Katzenwäsche frühstückte er seinen Malzkaffee mit zweieinhalb Schnitten Adlitzbeerenmarmeladenbrot und tauschte Pyjama gegen Stallhose. Die viele Zeit, die Opa Rettenstein seit seiner Pensionierung zur Verfügung hatte, verbrachte er mit *Schauen, ob alles in Ordnung ist.* Der Familienbesitz der Rettensteins war flächenmäßig, aber auch was die Viehzahl anging, immer noch der größte des Dorfes. Bevor Opa Rettenstein in seinen weißen Jeep stieg, um bei Tempo fünfunddreißig zu überprüfen, ob alle Getreide- und Maisfelder noch an ihrem Platz waren, spazierte er eine Runde über den Hof. Der Bauernhof der Rettensteins war in den Berg gebaut, das Haupthaus war dreistöckig, jedes Stockwerk mit Balkon und Blumenkisten, die von Pelargonien überquollen. Oma Rettenstein züchtete ihre Lieblingsblumen sogar in Regentonnen, bis sie mit genügend Blaukorn Baumhöhe erreicht hatten. Opa Rettenstein nahm diese biologischen Wunder nur zur Kenntnis, wenn er beim Ausparken einen der Stöcke umnietete. Er gab es zwar vor niemandem zu, doch der graue Star beeinträchtigte die Sehleistung seines linken Auges. Sein Morgenspaziergang führte Opa Rettenstein durch die Kuhställe und in die Heuscheune, die durch einen Gang mit den Schweinekoben verbunden war. Als Opa Rettenstein das metallene Tor aufschob, fiel das Licht auf einen Balg kleiner

Kätzchen, die ineinander verbissen im Stroh tollten. Die Murli hatte schon wieder fünf auf einmal geworfen, und Opa Rettenstein hatte mindestens vier davon ertränken wollen, doch Maria hatte darauf bestanden, alle leben zu lassen. Seit ihrer Schwangerschaft kam zu Opa Rettensteins großem Ärger auch kein Kalbfleisch, kein Spanferkel und kein Lamm mehr auf den Tisch – nicht nur die Katzen, sondern alle Jungtiere standen unter Marias Schutz. Opa Rettenstein schüttelte den Kopf und stampfte laut auf dem Beton des Heuschuppens auf, bis die Katzenkinder erschrocken auseinanderstoben. Der alte Mann grinste und inspizierte die Kotflügel des Traktors. Dem Stallburschen, der den ersten Kratzer hineinmachte, hatte er geschworen, persönlich an den Knöcheln über die Jauchegrube zu hängen. Vorbei an den Einstellplätzen der Mähdrescher und Heuanhänger ging er schließlich in den Hintergarten. Die dortigen Pelargonien waren größer als die siebenjährigen Obstbäume und hatten so dicke Stämme, dass sie von einbetonierten Stangen gestützt werden mussten. Dahinter lag die Spielwiese brach wie ein altes Schlachtfeld. Günther Pflicker hatte den Auftrag bekommen, dort ein Spielgerüst für die Zwillinge zu bauen. Er hatte bisher jedoch nur das Holz herbeigeschafft, weder Querlatten noch Stehpfeiler waren zurechtgeschnitten, und schändlich für einen Heimwerker lag das Werkzeug lieblos auf der nassen Wiese. Opa Rettenstein hakte die Daumen in die Hosenträger und marschierte zur Inspektion. Kaum näherte er sich aber der Grundstücksgrenze, entdeckte er ein noch größeres Ärgernis. Mit Zornesfalte postierte sich Opa Rettenstein am Gartenzaun und sah sich die Felder zwischen dem Hof und dem Waldrand des Osthangwaldes an: Gut ein Drittel der freien Fläche war umgegraben, wie nach einer Streubombenexplosion. Überall lagen Erdklumpen und Grasbüschel herum, und Opa Rettenstein, Obmann des St.-Petri-Jägerbundes, erkannte sofort, dass dort Wildschweine gewütet hatten auf der Suche nach

Engerlingen, Wurzeln, Käfern, Würmern und Schnecken. Es war Anfang August, die Frischlinge waren zu stämmigen Rackern herangewachsen, und wenn die Sau so weit in bewohntes Gebiet vorgestoßen war, konnte das nur bedeuten, dass die Nahrung im Wald knapp wurde. Opa Rettenstein war wenig verwundert – es hatte einen milden Winter gegeben, und die Luchse waren in höhere Lagen gezogen. Er rieb sich den Bauch, während ihm die Spucke im Mund zusammenlief:

»Wartets nur, es Biester«, murmelte er in Richtung des Waldes, »bald gibt's Wildschweinschinken.«

»Opa, bist narrisch?«, fragte Maria Rettenstein ihren Großvater bei der Abendjause, nachdem er erwähnt hatte, am nächsten Tag eine Treibjagd veranstalten zu wollen. In Rücksicht auf Maria hatte er dies ohne einen Trinkspruch auf Waidmannsheil getan, dennoch ließ Maria ihre Gabel so vorwurfsvoll auf den Teller fallen, dass dieser einen Sprung bekam.

»Maria, wir schiaßn de Viecher nur dir zuliebe, wegen deine Butzerl. Oder stell da vor, wos passiert, wenn de im Gartn spüln, und de Sau greift an! Woaßt do, wenn wir de Rotten heuer net daschiaßn, sand de auf s'Joahr nu vül mehr, und dann werdn's aggressiv.«

»Ja dann schiaßts es einzeln, schiaßts de Eber und de alten Viecher, owa bei da Treibjagd sterben vül zu vüle Ferkln! Oder wos is, wenns es de Muttersau dawischts, und de Ferkln werden Waisenferkl!« Die roten Verfärbungen auf Marias Wangen hatten sich bis zu ihrer Stirn ausgedehnt. Wie Tintenkleckse auf einem Taschentuch wuchsen sie und leuchteten in derselben Nuance wie die Jausentomaten im Gemüsekorb.

»Maria, des sand Wildsau, kane Menschen«, sagte Vater Rettenstein und versuchte, seine Tochter in sanftem Tonfall zu beruhigen.

Maria beobachtete, wie der Vater seine Barthaare entlangfuhr. Bei Toni Rettenstein war diese Geste kein Zeichen des

Nachdenkens, sondern bedeutete *Is halt so*. Genau in derselben *Is-halt-so*-Art hatte er an jenem Abend seinen Bart gestreichelt, an dem sie heulend gestanden hatte, schwanger zu sein. Opa Rettenstein schmierte sich Grammelschmalz auf eine dicke Schwarzbrotscheibe und fischte mit der Messerspitze einen Packen Zwiebelringe von der Tischmitte. Maria verspürte einerseits Lust auf Zwiebelringe mit Gurken und flüssiger Schokolade, andererseits merkte sie, dass auch Opa Rettenstein denselben ruhigen Gesichtsausdruck hatte wie damals, als sie ihre Schwangerschaft verkündet hatte. Doch bei Opa Rettenstein war es weniger ein *Is halt so* als eine Zufriedenheit, die sich zu verstecken suchte, ein heimlicher Triumph. Und zum ersten Mal hatte Maria das Gefühl, in ihrer Familie sei etwas faul. Sie konnte sich nicht erklären, wieso, aber plötzlich verspürte sie Widerwillen, sich wie immer dem Wunsch der Familie zu beugen. Es war die Familie gewesen, der zuliebe sie Kellnerin gelernt hatte, obwohl sie eigentlich St. Peters erste Tischlerin hatte werden wollen. Der Familie zuliebe hatte sie sich von Peppi getrennt, der Familie zuliebe hatte sie sich auf Günther eingelassen, und der Familie zuliebe hatte sie von Anfang an Günther als Vater der Kinder angegeben, obwohl sie sich nicht sicher war. Aber nun entdeckte Maria ihre rebellische Seite. Es war eine Sache, wenn die Familie ihr vorschrieb, wie sie ihr Leben zu leben hatte, doch es war etwas anderes, wenn jetzt auch noch unschuldige Wildschweinbabys sterben mussten.

Maria blickte zu Günther, der die Fettrinde einer Speckschwarte kaute.

»Günther!«, sagte sie wütend, »sog du a wos!«

Günther starrte von seiner Speckschwarte auf, ohne diese aus der Hand zu legen. Er sah zur Tischmitte und kletzelte eine Flachse zwischen seinen Zähnen hervor. Marias Schwestern kicherten.

»Günther, erklär ihna, dass a Treibjagd brutal is! Oder tätst du wolln, dass mi jemand daschiaßt, kurz nachdem i de Kinder geboren hab, oder de Zwilling verkocht werdn, obwohl sie nu an meiner Brust hängan!«

Maria steigerte sich in solch eine Aufregung, dass sich ihr Bauch hob und senkte, als würden die Babys empört mitatmen. Maria räusperte sich zweimal, trat ihm gegen das Schienbein, dann sagte er in langsamen, schleppenden Silben:

»Milch moacht's Fleisch voi zoart.«

Die Schwestern kuderten, die Mutter verbarg das Gesicht in den Handflächen, und sogar Opa Rettenstein, der mit Günther bezüglich des Inhalts seiner Aussage übereinstimmte, blickte betreten beiseite. Maria begann weder zu schreien noch zu heulen, sah bloß entsetzt jedem Mitglied ihrer Familie in die Augen und stützte sich an Banklehne und Tisch ab, um hochzukommen. Da die Tischkante dem großen Bauch im Weg war, dauerte es, bis sie aufgestanden war. Niemand sagte etwas, alle warteten, bis sie gegangen war, obwohl es im Hause Rettenstein verboten war, vor Ende der Abendjause aufzustehen. Beim Hinausgehen knallte Maria zum ersten Mal in ihrem Leben die Haustür ins Schloss.

»Hey Peppi, was ham a Gummi und a Sarg g'meinsam?«

Peppi rollte seine Stutzen zusammen und verknotete sie, während Robert Rossbrand breit grinsend im Türrahmen zur Umkleidekabine stand.

»In beiden liegt a Steifer?«, konterte Peppi und warf die Stutzen treffsicher in die fast zwei Quadratmeter große Waschtonne am Kabinenende. Spätabendluft strömte hinter Robert durch die geöffnete Kabinentür und brachte die durchgeschwitzten Sportsachen zum Dampfen.

»Owa woaßt, wos da Unterschied zwischen dem Steifen im Olla und dem Steifen im Holzpatschen is?« Robert hielt sich mit den Fingern am Türrahmen fest und schwang seinen Körper vor und zurück. »Woaßt eh, da ane kummt, da andre geht. Servas!«

Robert sprang grinsend und mit Elan Richtung Kabinengang. Peppi schüttelte den Kopf und knöpfte sich die Hose zu.

»Safety first!«, brüllte Robert zum Abschied, worauf die Außentür ins Schloss fiel und es still wurde.

»So a Spinner«, flüsterte Peppi und kramte in dem Toilettetascherl nach seinem Deodorant. Die anderen Fußballer waren bereits geduscht und auf dem Weg nach Hause, Peppi war wie immer der letzte. Er drehte an dem Plastikrädchen des Deodorantsticks, hob die rechte Achsel, hob die linke Achsel und trug zum Schluss ein Kreuz auf seiner Brust auf, dreimal der Länge nach, zweimal den Querbalken entlang. Er schlüpfte in ein sauberes T-Shirt, fädelte den Gürtel ein, schnappte sich seine Sporttasche, schloss die Kabinentür hinter sich ab und machte sich auf den Heimweg.

»Peppi?«

Peppi blieb stehen und lauschte in die Stille. Grillen zirpten, unaufgeregt plätscherte der Mitternfeldbach über die weißgespülten Steine ins Tal.

»Hey, Peppi, da bin i.«

Peppi stellte die Sporttasche auf den Kies und folgte der Stimme Richtung der Tribünen. Kaum dass er die kleine Kurve um den aufgeschütteten Hang genommen hatte, in den die Sitzreihen gebaut waren, entdeckte er den Schatten einer kleinen Person mit großem Bauch. Peppi lächelte und balancierte elegant auf dem schmalen Gehstreifen an den hochgeklappten Plastiksitzen der ersten Reihe vorbei.

»Maria, was machstn du da?«

Peppi drückte einen der schrill quietschenden Sitze neben ihr hinunter.

»Klaner Nachtspaziergang.« Marias Stimme klang schüchtern, und er merkte sofort, dass sie geweint hatte. Vorsichtig legte er seine Hand auf ihren Oberschenkel.

»Guat schaust aus«, flüsterte er ihr zu und wartete, dass sie lächelte. Maria antwortete bitter:

»Geh. I fühl mi wia a Walfisch, der wos a Regentonne verschluckt hat.«

»Des geht vorbei. Owa du weißt jo, mir g'fallt des, wenn deine Wangen so liab leuchten.«

Maria lachte und legte ihre Finger auf Peppis Handrücken. Sie trug ein hellrotes Röckchen, das um den Bund einen dicken Gummizug hatte, der unter ihrem Bauchansatz verschwand. Eine weiße Bluse, die früher eines der Hemden ihres Vaters gewesen war, bedeckte Marias Bauch und locker hing ihr ein mintgrüner Kapuzenpulli über die Schultern. Zitternd legte sie ihren Kopf auf Peppis Schulter. Peppi spürte den Ärmel seines T-Shirts nass werden. Vorsichtig küsste er ihren Kopf, vergrub seine Nase in ihrem Haar und schluckte selbst Tränen hinunter.

»Maria, wein do net«, flüsterte er und presste die Lippen gegen ihren Scheitel.

»Tuat ma leid, Peppi, i bin so deppert. I wünscht, i könnt de Zeit z'ruck drehn. I hab uns kaputt g'macht.«

»Geh, Maria. Sag so was net. Wenn a Beziehung kaputtgeht, g'hörn immer zwa dazu. Wahrscheinli hab i dir net oft g'nug g'sagt, wie lieb i di hab. Wahrscheinli war i immer z'cool, z'blöd, z'deppert.«

Marias Weinen wurde stärker.

»Is scho guat. I bin immer für di da, a wenn i net da Mann für dei Leben sein sollt, i möcht immer in deim Leben sein.«

Peppi bemühte sich, so liebevoll wie möglich zu klingen, doch Maria weinte nur noch mehr. Er umfasste sie mit beiden Armen, drückte sie ganz nah an sich, bis er die kleinen Butzerl gegen seinen Nabel treten spürte.

»Hey, Maria, außerdem du brauchst ja wen, der was Profis aus deine zwa Fuaßballerbabys macht. Wirst scho sehn, i werd den anen zu Barca, den andern zu Bayern bringen.«

Maria lächelte zwischen all dem Weinen kurz, drückte ihren Kopf fester gegen seine Brust. Peppi hielt sie, streichelte sie und wartete, bis sie sich ausgeweint hatte. Und das sollte dauern. Ungebremst stürzte eine tiefe Traurigkeit aus Maria heraus.

»Psst«, flüsterte er in die Stille der Nacht, und wie auf Kommando gingen die letzten Lichter des Fußballgeländes aus. Lange Zeit streichelte Peppi Marias Rücken und sah dem Mond beim Kurvenbiegen zu. Er blickte nicht auf die Uhr, beobachtete nur den Himmel, an dem der Mond seinen Weg zurücklegte, während sie beieinandersaßen. Noch nie hatte Peppi verstanden, warum es hieß, *die Welt rase durch das All.* Doch heute Abend begriff er.

»Soll i di langsam heimbringen?«, fragte er, als Maria sich beruhigt hatte.

»I mag net hoam. I bin's leid. De nutzn mi immer aus. Denen is des wurscht, ob i glückli bin. De wissen oafach, dass ma mit mir ollas machn kann, dass i zu ollem Ja und Amen sog, nur um meinen Leut a Freud zum Machen.«

Peppi setzte sich aufrecht hin:

»Maria, du hast halt a guates Herzal.«

Maria seufzte.

»Jo, owa des is mei Leben. Und Peppi, i woaß ja net amoi, ob da Günther da Vater is.«

Peppi erstarrte und rückte von ihr weg.

»Maria, du musst mi net anlügen. I hab di gern, a wenn des de Kinder vo an anderm sand.«

Maria begann wieder zu schluchzen. Sie zog sich den Kapuzenpulli von den Schultern und vergrub ihren Kopf darin.

»Schau, Peppi. I kann mi an nix erinnern. I woaß, des klingt deppert, owa i wollt nie mit dir Schluss machn. Mei Familie hat de ganze Zeit g'sagt, i soll do mal a Pause machn, mi auf de Kellnerinnenlehr konzentriern, meine Schwestern ham erzählt, du hätt'st wos mit andere, und da Opa hat so tan, wie wenn er krank werat, und wenn ollas, wos er si vorm Tod wünschn tät, wär, dass i mi vo dir trenn. I hab dacht, wir sollten vielleicht amoi schaun, ob wir uns immer nu lieb ham, wenn wir mal net zam sand, wir warn jo immer zam! Owa dann hat da Opa si einbildt, er muss wallfahrten mit da ganzen Familie. Und dann warns olle weg, und da Opa hat dem Günther befohln, dass er auf mi aufpasst, weil i net frei g'kriegt hab. Na jo, und da Günther hat ma de ganze Zeit Schnaps eing'schenkt, und du woaßt jo, wie's ma dann geht, und am nächsten Tag bin i aufg'wacht, und da Günther woar nu immer da. Und i woaß owa nix mehr.«

Peppi hielt es nicht mehr im Sitzen aus. Er sprang auf und rannte über die Tribünen auf den Platz. Er trat gegen zwei kaputte Bälle, stieß Wutschreie aus, die die Bälle so hoch fliegen ließen, dass sie gar nicht mehr zurückkamen. Am liebsten hätte er sich ins Gras gelegt, die Zeit zurückgedreht, mit Maria Sauerampfer zerkaut und sie mit zitronigem Geschmack im Mund und grüner Zunge stundenlang geküsst. Und wenn sie dann mit ihm hätte Schluss machen wollen, hätte er sie einfach nicht gehen lassen. Er hatte doch immer gewusst, dass sie füreinander bestimmt waren.

Peppi ließ sich auf den Rasen fallen und blickte in den Himmel, egal wie sehnlich er sich einen stillen Moment wie früher wünschte, die Welt würde weiter durch das All rasen, und in diesem Augenblick, mitten auf dem finsteren Fußballplatz von St. Peter am Anger, verstand der Stürmerstar Peppi Gippel, wie die Welt funktionierte. Egal wie heftig man auf die Bremse trat, sie raste trotzdem weiter. Alles, was man tun konnte, war, sich eine gute Position zu verschaffen, die Sicherheitsgurte anzulegen, das Steuerrad fest zu umschließen und so gut wie möglich zu versuchen, diesen Wagen namens *Leben* zu lenken, um zumindest nicht gegen einen Strommast zu donnern – so verstand es der Stürmer Peppi Gippel. Maria konnte aus ihren verquollenen Augen kaum noch schauen, und schließlich reichte Peppi ihr die Hand, um ihr hochzuhelfen:

»Komm, geh ma heim.«

»Owa wos wird da Trainer sagn, wenn i zu dir mitgeh?«

»Was a immer sagt, wennst da bist: Wir solln de Handtücher net am Boden schmeißn, und um halb acht is Morgensport. Du bist wahrscheinli freig'stellt!«

Dunkel war es, und während der Mond eilig an den Sternen vorbeiraste, wurde er Zeuge, wie sich Maria Rettenstein und Peppi Gippel küssten.

*Liebe zivilisierte Freunde! Ich beneide Euch darum, daß Ihr Gefährtinnen gefunden habt, die Eure Auffassung teilen, der mit der Hand geschriebene Brief sei das einzige, neben dem von Auge zu Auge gesprochenen Wort, akzeptable Kommunikationsmittel zwischen zwei Menschen. Meine schöne Nymphe Simona hat sich der Göttin Techne verschrieben und versucht mich zu überzeugen, wie einfach die Handhabung von Textnachrichten ist. Nun schwanke ich zwischen meiner Liebe zu ihr und meiner Liebe zur hellenischen Kommunikation, denn einerseits will ich sie glücklich machen, und das kann ich nur, wenn ich ihrem ausgeprägten Kommunikationsdrang entgegenkomme, andererseits: wie kann ein Mensch einen vernünftigen Gedanken fassen, wenn ein kleines Metallding ständig Lärm macht? Wie kann man sich konzentrieren, wenn man pausenlos auf Botschaften antworten muß? Ich muß sagen, ich empfinde es als Erfüllung, nicht mehr als einsamer Wolf durch die Prärie zu streifen, doch muß ich forschen, und das geht nicht, wenn jenes kleine Metallding ständig etwas von mir will. Und immer diese mediale Brechung – wieso kann man sich stattdessen nicht einfach sehen? Liebe zivilisierte Freunde, was soll ich tun?*

Während Peppi Gippel das Glück seines Lebens wiederfand, betrieb Johannes A. Irrwein im Wirtshaus Spurensuche: Er wollte herausfinden, mit welchen Substanzen der Wirt handelte und Robert Rossbrand vor der Fußballhauptversammlung beliefert hatte. Johannes hatte lange geübt, wie er sich benehmen wollte. Er hatte an Alois studiert, wie man möglichst männlich auf einem Bierhocker saß, wie man unauffällig schmallippig grüßte, und nachdem er dies stundenlang vor dem Spiegel seines Zimmers unter Petzis wachsamen Augen geübt hatte, fühlte er sich bereit, ins Wirtshaus zu ziehen.

Als sich die Augen aller Anwesenden auf ihn richteten, kaum dass er die ungeölte Tür öffnete, ließ er sich nicht aus der Ruhe bringen, sondern grüßte mit einem Nicken rundum, woraufhin sich die Männer wieder ihren Biergläsern zuwandten. Johannes nahm an der Bar Platz.

»Servas Schriftführer«, begrüßte ihn der Wirt.

»Grüß Gott«, antwortete Johannes und bemühte sich, jenen getriebenen Gesichtsausdruck aufzusetzen, den er bei Robert beobachtet hatte.

Er bestellte sogar ein Bier und flüsterte:

»Ja, also, ich, Sie, du, hast ja mal gesagt, wenn ich was brauch, dann –«, Johannes begann zu schwitzen, tat sich schwer, zu formulieren, denn er wusste ja gar nicht, was er genau verlangen sollte, doch der Wirt schien zu verstehen.

»Ah so, klane Party?«, fragte er, und Johannes dankte seinen Schutzgöttern, dass der Wirt seine Nervosität falsch gedeutet hatte.

»Hab eh scho so wos g'hört, du und de rotschädlade Zuag'reiste, gelt?«, fragte der Wirt weiter, und Johannes schoss die Röte ins Gesicht.

Er wollte Simona aus seinen Forschungstätigkeiten raushalten und nicht den Verdacht aufkommen lassen, sie nähme Drogen, aber gleichzeitig schien das im Moment eine wirksame Deckung zu sein, und so nickte er, woraufhin der Wirt verstohlen zwinkerte und genau so ein Plastiksackerl mit rot-silber glänzendem Inhalt hervorfingerte, wie er es Robert gegeben hatte. Johannes strahlte, und kaum dass er dem Wirt die überraschend niedrige Summe von fünf Euro bezahlt hatte, stand er auf und bemühte sich, nicht allzu gehetzt auf die Toilette zu laufen, um herauszufinden, was sich in dem Säckchen verbarg. Als er sich im ranzigen WC eingeschlossen und sich vergewissert hatte, allein zu sein, stieß er auf einen Inhalt, mit dem er nicht gerechnet hatte.

*Liebe zivilisierte Freunde! Verzeiht, daß ich Euch einst auf die falsche Spur lockte, ich vermutete Dinge, die sich als falsch herausstellten: und zwar verkauft der Dorfwirt von St. Peter keine Drogen, sondern Kondome. Ich vermute, daß dem so ist, da aufgrund der repressiven Macht der Kirche und der strikten konservativen Werturteile, die nach außen hin von allen gepflegt werden, der Verkauf dieser Waren in der lokalen Greißlerei nicht möglich ist. Auf diese Art also handeln die Bergbarbaren unter der Hand mit Anti-Konzeptiva, doch bedenket, daß durch solch undurchsichtigen Verkauf der Manipulation Tür und Tor geöffnet sind. Um zurückzukommen zu jener schändlichen Verkuppelung von Maria Rettenstein und Günther Pflicker: Haltet Ihr es nicht auch für möglich, daß die im Wirtshaus von Günther vermutlich erworbenen Kondome mit Löchern versehen worden waren? Zum Beispiel von denjenigen Menschen, die das meiste Interesse an einer von Günther verursachten Schwangerschaft der Maria Rettenstein haben, den vier alten Männern Rettenstein, Hochschwab, Rossbrand und Ebersberger, die durch ihre Interventionen in die Pärchenfindung wohl hoffen, ihre machtpolitischen Vorstellungen durchzusetzen. Aber glaubt mir, meine lieben zivilisierten Freunde, ich werde dies alles aufdecken und solche manipulativen Praktiken beenden!*

Es kostete Johannes große Anstrengung, auf dem Weg zurück von der Toilette seine Aufgebrachtheit zu überspielen. Er wollte sich nur noch kurz verabschieden und dann schnurstracks zu Peppi gehen, um ihm von seinem Verdacht zu berichten, doch kaum war er in der Stube angekommen, strahlte ihm feuerrotes Licht entgegen. Simona Nowak saß an der Bar, genau da, wo er zuvor gesessen hatte. Johannes setzte sich zu ihr und war hin- und hergerissen, ob er sie küssen sollte. Würde er sie küssen, bedeutete dies Spiritus ins Feuer des Dorftratsches, täte er es allerdings nicht, wäre Simona, so wie er sie bisher kennengelernt hatte, wiederum enttäuscht, und das wollte er noch weniger. Also beugte er sich vor und schenkte ihr einen langen Kuss, bis aus Richtung des Stammtisches, wo heute Alois' Freunde saßen, ein Pfeifkonzert ertönte.

»Simona, hey, schön dich zu sehen, aber unerwartet!«, stammelte Johannes und gab sich Mühe, möglichst selbstbewusst zu wirken.

»Tja, ich wollte dich anrufen, aber tote Leitung, also hab ich bei dir zu Hause angerufen, und deine Mutter sagte, du bist im Wirtshaus, und ich wollte eh schon immer wissen, wie es hier aussieht.« Johannes dachte kurz nach, er war sich zu hundert Prozent sicher, seiner Mutter kein Wort darüber gesagt zu haben, dass er heute ins Wirtshaus ging.

»Entschuldige, Simona, in dieser Höhle gibt's keinen Empfang«, sagte Johannes und streichelte ihren Arm, dabei fiel ihm ein, dass er ja Peppi über seine Erkenntnisse informieren wollte. »Apropos, danke, du erinnerst mich, ich muss schnell einen ganz wichtigen Anruf erledigen, magst du dir was bestellen, ich mach das kurz, und dann komm ich wieder?«, fragte er sie, und Simona hielt ihm die Wange hin, woraufhin Johannes ihr einen Kuss aufdrückte, das Handy aus der Brusttasche seines Jacketts zog, selbiges über den Barhocker hängte und nach oben ging.

Simona genoss indessen die Blicke, die ihr all die Dorfbewohner zuwarfen. Sie wusste, dass es niemand wagen würde, sie unangenehm zu belästigen, solange sie mit Johannes zusammen war, dem Schriftführer des Fußballvereins. Und von dieser archaischen Welt vergnügt, bestellte sie einen weißen G'spritzten und machte es sich auf dem Barhocker bequem. Sie schlug ein Bein über das andere und hängte ihre Handtasche auf einen der Haken unterhalb der Schank. Als sie sich bückte, fiel ihr Blick auf silber-rot glänzendes Verpackungsmaterial in Johannes' Jacketttasche. Sie zögerte einen Moment, dann griff sie danach und erfühlte tatsächlich, was sie vermutet hatte. Simona schrak zurück und setzte sich aufrecht. Sie hatte nicht gedacht, dass Johannes bereits so weit war und an derlei dachte – doch dieser Sachverhalt bewies eine völlig andere Situation, und Simona überlegte, was dies für Johannes und sie bedeutete.

Peppi saß mit Maria in seinen Armen auf der Hollywoodschaukel im Gippel'schen Garten und sprach über die Zukunft, als Johannes ihn anrief. Johannes hatte vorher noch nie bei ihm angerufen, und Peppi fürchtete deshalb, Johannes hätte ihm etwas Schreckliches mitzuteilen. Er atmete auf, als Johannes nur meinte, er hätte das Günther-und-Maria-Rätsel gelöst. Peppi unterbrach ihn, bevor er von seiner Theorie berichten konnte.
»Johannes, is net so wichtig, mach da kan Kopf mehr!«
Stille am anderen Ende der Leitung. Damit hatte Johannes nicht gerechnet.
»Es is olles o. k., de Maria is bei mir, und hiazn geb i sie nimmer her. Wir ham über olles g'redt, pfiat di, Johannes!« Und schon hatte Peppi wieder aufgelegt.

Johannes ahnte nicht, dass Simona während seines Telefonats mit Peppi einen Blick in seine Jacketttasche geworfen hatte, dennoch meinte er, sie bei seiner Rückkehr in einer ganz anderen Laune anzutreffen als zuvor. Sie ließ seine Hand nicht mehr los, streichelte seinen Oberschenkel, und Johannes rätselte schließlich, ob ihre Bluse bereits vorher so weit aufgeknöpft gewesen war.
»Was ich dich eigentlich fragen wollte, wieso ich versucht hab, dich zu erreichen«, sagte sie, und Johannes bemühte sich,

ihr in die Augen zu schauen und bloß seinen Blick nicht zu weit nach unten rutschen zu lassen.

»Jedenfalls«, fuhr sie zögerlich fort, »ich wollt dir sagen, dass ich gern mal mit dir DVD schauen würd. Hast du Lust? Morgen, bei mir? Ich hab auch sturmfrei!«, woraufhin sie zwinkerte und Johannes ahnungslos zustimmte.

[*Ein Krieg erschüttert die Welt, Notizbuch III*]

[*11.5.*] *Es wird weiter berichtet, daß, als nach dem Tod des kaiserlichen Thronfolgers der Krieg ausbrach, die Bergbarbaren ihre Köpfe schüttelten und in Deckung gingen, indem sie beschlossen, den Angerberg erst wieder zu verlassen, wenn das Bomben- und Salvenleuchten am weit entfernten, aber von St. Peter aus noch sichtbaren Alpenhauptkamm für immer verloschen war. Die Frontlinien und Kampfeszonen, so habe ich in Recherchen herausgefunden, verliefen nördlich, östlich, westlich und südlich der Sporzer Alpen.* [*11.6.*] *St. Peter am Anger blieb vom Geschehen rundum verschont, da der Große Sporzer Gletscher eine Barriere bot, der sogar der Krieg auswich. Ebenso wurden die jungen Männer vom Kriegsdienst ausgespart, da man behauptete, sie für die Adlitzbeerenwirtschaft zu benötigen, die dazu beitrug, daß Medikamente hergestellt wurden, die im Krieg dringend vonnöten waren.* [*11.7.*] *Nun gab es im Dorfe aber sieben junge Männer, die in der Blüte ihres Lebens standen und hungrig auf Abenteuer freiwillig in den Kampf ausrückten. Obwohl man jeden Tag für sie betete, wurden bald zwei in Särgen nach St. Peter zurückgebracht. Einer fand die letzte Ruhe in einem Soldatengrab fünf Täler nördlich, zwei blieben verschollen – es heißt, daß sie an der Südfront im Gebirgskrieg zum Einsatz gekommen seien. Zwei überlebten.* [*11.8.*] *Der eine, so wird gesagt, flüchtete, als er merkte, daß man diesen Krieg nicht gewinnen konnte. In St. Peter blieb seine Fahnenflucht ungeahndet, denn nachdem der Kaiser mitten im Krieg gestorben war, meinten die Bergbarbaren, es gäbe ohnehin nichts, wofür es sich zu kämpfen lohnte.* [*11.9.*] *Der zweite blieb lange verschollen. Als man nach Ende des Krieges begann, ihm ein Grabdenkmal zu errichten, kehrte er zurück, ausgemergelt, verletzt und entstellt von einer langen Gefangenschaft in einem Land, das so weit weg lag, daß die St. Petrianer glaubten, er wäre bis ans Ende der Welt verschleppt worden.* [*12.0.*] *Der Name dieses Rückkehrers, der später, wie ich noch berichten werde, eine wichtige Stellung im Dorf einnehmen sollte, war Alfred Gerlitzen – von seiner weiteren Lebensgeschichte ist mir nötig, einiges zu künden.*

# Als Sterne und Kleider fielen

Für die Großväter Rettenstein, Ebersberger, Hochschwab und Rossbrand begann der nächste Tag sehr früh, sogar noch um einiges früher als sonst, denn Großvater Rettenstein, der einen sehr leichten Schlaf hatte, hatte die Nacht über keine Tür gehört und wusste somit vor Anbruch der Dämmerung, dass Maria nicht nach Hause gekommen war. Zuerst warf er Günther mit seinem Gehstock aus dem Bett, doch der murmelte nur:

»De wird scho wiederkumma«, und schlief auf dem Boden weiter.

»A depperter Sautrottel, a Nichtsnutziger bist du«, brüllte Opa Rettenstein und merkte, dass er sich selbst um diese Situation kümmern musste. Es gab Tage, da hatte Opa Rettenstein das ungeliebte Gefühl, seine Familie wäre das größte Hindernis auf dem Weg zur absoluten Dorfherrschaft. Was Günther betraf, hatte er diesbezüglich sicher recht – denn Günther war heilfroh, dass Maria wieder bei Peppi war. Anfangs hatte ihm die Idee gut gefallen, der Freund des schönsten Mädchens des Dorfes zu sein, und er hatte auch mit allen Mitteln versucht, sie an sich zu binden, aber nachdem Günther gemerkt hatte, welche Verpflichtungen es mit sich brachte, mit einer Rettenstein zusammen zu sein, war ihm der Spaß vergangen, und er hatte beschlossen, dass ihm Maria diesen Aufwand nicht wert war. Günther hatte in der Fleischerei der Eltern Fleischhacker gelernt. Zusätzlich zu seinem normalen Beruf wurde jedoch von ihm, als Erben des Hofes, erwartet, um fünf Uhr aufzustehen und bei der Stallarbeit zu helfen. Daneben musste er Heuarbeiten erledigen, ständig irgendetwas reparieren, für den Traktorführerschein lernen und, was ihm als Fleischhacker am schwersten fiel, nett zu den Tieren sein. Opa Rettenstein stand an Günthers Bett und wurde blau vor Ärger. Auch auf Marias Eltern, seinen Sohn Toni und seine Schwiegertochter Marianne, war kein Verlass – die beiden hatten ihm nämlich bereits am Vorabend ihre Hilfe verwehrt und gemeint, sie wollten, dass Maria glücklich wäre. Also telefonierte Opa Rettenstein die andern alten Herren aus dem Bett, holte einen nach dem andern in seinem weißen Jeep ab, der ihr bevorzugtes Fortbewegungsmittel war, da man aufgrund seiner Höhe selbst mit lädierten Hüften bequem ein- und aussteigen konnte, und so fuhr die Quadriga zum Haus der Gippels, um zu überprüfen, was dort vor sich ging.

*Liebe zivilisierte Freunde! Wie ich mitbekommen habe, ist ein weiterer Grund für die archaische Weltsicht der Bergbarbaren ihre Form der Regierung, und zwar herrscht über sie eine γερουσία – wie im alten Sparta. Ein Ältestenrat, der die überkommenen Wertvorstellungen durchzusetzen versucht. Alle Zügel der Macht laufen in den Händen der vier zusammen; Opa Hochschwab kontrolliert den Handel und die Finanzen, Opa Ebersberger die Politik und den Sport, Opa Rossbrand das Schulwesen wie alle kulturellen Belange und Opa Rettenstein alle ruralen Angelegenheiten. Vor ihnen waren ihre Väter in dieser Verantwortung, vor diesen die Großväter und vor diesen deren Urgroßväter. Bedenket, zivilisierte Freunde, es endet immer im Unheil, wenn ein Rat aus ausschließlich alten Männern Verantwortung in die Hand bekommt: Aus der Antike lernten wir, Sparta war ein schreckliches Projekt! In der neueren Geschichte zeigt uns der Vatikan, wie weltfremd eine Gerousia ist, und in der Gegenwart ist das beste Beispiel jene paramilitärische Regierung namens Fédération Internationale de Football Association, kurz FIFA, die Zeugnis für die Korruption und Senili-*

tät alter Männer ist, die den Anschluß an die Realität aufgrund des Fehlens von weitsichtigen jungen Männern und Frauen in ihren Reihen verloren haben.

»Und mir is wurscht, vo wem de Butzerl sand!«, fluchte Opa Rettenstein, während sie auf der gegenüberliegenden Straße im Auto saßen, das Haus der beiden Gippel-Männer beobachteten und die letzten Rehe die Gärten querten, um in den Wald zurückzulaufen.
»Hauptsach da Günther überschreibt da Maria seine Adlitzbeerenhänge, owa da Gippel, der hat jo kan Hektar Bodn!«
Für den Abend war die Treibjagd anberaumt. Die vier Großväter hatten sich bereits ihre Jagdkleidung angezogen, die Gewehre im Kofferraum verstaut und sechs Proviantkörbe dabei, da sie bereit waren, den ganzen Tag zu warten. Doch Maria und Peppi ließen sich nicht blicken. Peppi schlich durch den Hinterausgang und die Nachbarsgärten zum Training, Maria versteckte sich im gekühlten Fitnessraum der Gippels vor der Hitze und ihrer Familie. Dort gab es nicht nur St. Peters einzigen Flachbildschirm, sondern auch einen Sitzball, der ihren Rücken entlastete. Abwechselnd hielten die vier Alten kurze Schläfchen, während mindestens ein Feldstecher beständig auf das Gippel'sche Haus gerichtet blieb. Irgendwann ließ Sepp Gippel kopfschüttelnd die Jalousien herunter, und als es dämmerte, fuhr der Ältestenrat zur Treibjagd.

Vor der Haustür der Nowaks staunte währenddessen Johannes. Simona duftete nach betörend-schweren Parfumnoten, gar nicht fruchtig mandarin-orchideenhaft wie sonst. Die leichten Wellen, die ihre Haare so hatten aussehen lassen, als wären sie frisch gewaschen und vom Wind geformt worden, waren verschwunden. Johannes kannte kein Glätteisen und war überrascht, dass ihre Haare plötzlich schnurgerade herunterhingen. Ihre Augen waren mit topasblauem Lidschatten, zwei Schichten Wimperntusche und etwas Perlmuttpuder betont. Simona ahnte nicht, dass ihre Versuche zu gefallen, Johannes im ersten Moment überforderten, und so war sie irritiert, als er zögerte einzutreten, griff ihn dann jedoch am Handgelenk, zog ihn hinein und ließ keinen Moment mehr vergehen, ihn zu küssen. Und die Küsse beruhigten Johannes. Obwohl sie plötzlich um zehn Jahre älter und reifer aussah, schmeckte sie, wie er sie kannte, nach stechend-süßem Erdbeerkaugummi. Sie ließen erst voneinander ab, als das Surren der Insekten, die durch die offen stehende Eingangstür an die grelle Halogenlampe des Entrees schwirrten, unüberhörbar wurde.

Johannes kniete nieder und begann, seine Schnürsenkel aufzubinden.

»Ach, lass die ruhig an«, sagte Simona, bevor er die Masche gelöst hatte.

»Bist du sicher?«, fragte Johannes ungläubig. Im Hinterkopf hörte er Ilses Stimme, die zeternd darauf bestand, Schuhe würden vor Eintritt ins Haus ausgezogen.

»Klar, ich mein, wieso willst du die ausziehen?«

»Na ja, damit der Dreck von draußen nicht ins Haus kommt«, wiederholte Johannes, was ihm die Ilse-Stimme ins Ohr flüsterte.

»Was für ein Dreck? Du kommst ja nicht aus'm Kuhstall, oder?«

Bis auf das Entree, das dem Haus nordseitig als kleiner Vorsprung angebaut war, war das Untergeschoss ein einziger quadratischer Raum, dessen Mitte eine an Drahtseilen hängende Wendeltreppe entsprang. Kleine Halogenspots waren wie Sterne in die Decke eingelassen, und Simona zeigte Johannes stolz, wie man über einen Touchscreen deren Helligkeit steuern konnte. Die Einrichtung war angeordnet wie die Exponate eines Museums, dafür da, angesehen zu werden. Anders als bei den Irrweins, wo es nur um Gemütlichkeit ging. Vor einem

L-förmigen, in die Wand eingelassenen Bücherregal verlangsamte Johannes seinen Schritt. Wie immer, wenn er Bücher entdeckte, unterlag er dem Drang, sie zu berühren. Er streckte die Hand aus, ließ die Finger über die harten Karton- und Leinenbände gleiten. Er kannte keinen der Titel, es handelte sich um Kunstdrucke in verschiedenen Formaten, Schriftzügen, Farben und Formen, die er noch nie zuvor gesehen hatte. An einem Bildband, dessen Rücken mit ionischen Säulen geschmückt war, blieb sein Blick hängen. Die schneckenförmigen Voluten und Eierstäbe seiner Griechen weckten ein heimeliges Gefühl in dieser sterilen Welt, doch als er das Buch herausziehen wollte, flitzte plötzlich etwas Weißes hinter den Büchern hervor, unter seinem Unterarm vorbei, woraufhin Johannes zurücksprang und seine Hand zurückzog, als hätte er sich verbrannt.

Simona prustete los. »Entschuldige vielmals, das war die Bambi, eine meiner Mäuse. Wir haben hier fünf ehemalige Zirkusmäuse aus dem Tierheim, auf dem Land braucht man ja Haustiere. Putzis!«

Johannes traute seinen Augen kaum, als drei weiße Mäuse aus diversen Winkeln angelaufen kamen. Simona kniete sich auf den Boden, ließ eine Maus auf ihre Handfläche hüpfen und streichelte ihr über den Kopf. Johannes schauderte bei dem Gedanken, eines dieser rosafarbenen, fleischigen Beinchen auf seiner Haut zu spüren, und hatte große Mühe, seinem Gesicht ein Lächeln abzuringen, als Simona mit der Zunge schnalzte und die Maus über ihren Arm via die Schulterblätter unter ihren Haaren hindurch den anderen Arm hinablief und sich auf die Handfläche setzte.

Über die schwankende Wendeltreppe, die Johannes langsam erklomm, ging es schließlich ins Obergeschoss. Genau so farbenprächtig wie Simona war auch ihr Zimmer. Johannes war etwas gehemmt, mit seinen Schuhen den Teppichboden zu betreten, aber als er sie in ihren roten Lackballerinas durch das Zimmer tänzeln sah, schlussfolgerte er, dass die Nowaks eine Putzfrau haben mussten. Sie wies ihn an, sich auf ein dunkellila Sofa zu setzen, während sie orange-pinkfarbene Lavalampen anknipste. Johannes erschrak, als er zentimetertief einsackte, wie in einem Moor wurde er von der watteweichen Füllung aufgesogen.

»Ich hol schnell was zu trinken und mach die DVD an, dann bin ich bei dir«, sagte Simona, schon wieder halb aus dem Zimmer. Johannes merkte, dass sie heute viel hektischer und unruhiger war als sonst, als hätte sie fünf Liter Espresso getrunken. Simonas Zimmer war aufgeräumt, aber nicht ordentlich. Man sah ihre Bemühungen, es sauber aussehen zu lassen, doch in einer Polsterritze entdeckte Johannes eine Kolonie zerknüllter Taschentücher, die zusammen mit Haargummis ein Paralleluniversum gegründet hatten, ernährt von undefinierbaren Krümeln. Unter dem Schreibtisch lugten die in sich gekehrten Hosenbeine einer Jeans hervor, und vom Kleiderkasten herab schlang sich eine zu drei Viertel gewendete Strumpfhose. Simona kehrte mit einem Tablett zurück, auf dem zwei Gläser und eine selbst gemachte Sangria standen. Johannes merkte beim Kosten, dass sie es mit dem Rum etwas zu gut gemeint und die Gewürze wohl nach Farben ausgewählt hatte.

Auf den flachen Bildschirm des Fernsehers schob sich das Logo der Produktionsfirma, während sie sich küssten. Als der Werbeblock und die Warnung vor der Kriminalität des Raubkopierens beendet waren, machte Johannes Anstalten, das Küssen zu unterbrechen, um dem Film Aufmerksamkeit zu schenken. Simona rückte näher an ihn heran. Wenngleich Johannes nicht genug von ihrer Nähe bekommen konnte, wurde ihm bald schrecklich heiß. Es war ein sengender Tag gewesen, und die Bruthitze schob sich noch durch St. Peter am Anger. Die Balkontür stand zwar sperrangelweit offen, doch der schwache Luftzug konnte nicht verhindern, dass sich auf Johannes' Brust, Hals und Stirn ein Schweißfilm bildete, der ihm unangenehmer wurde, je näher Simona ihm kam. Der Film begann, Johannes hatte keine Ahnung, worum es ging, da Simona ihn so eindringlich küsste, ihn auf sich zerrte, sich auf ihn wälzte. Johannes konnte sich auch nicht auf ihre Leidenschaft konzentrieren, da ihn die bewegten Bilder im Hintergrund, Dialogfetzen, Musik und ab und an das Rattern eines Maschinengewehrs ablenkten. Als sie kurz von seinen Lippen abließ, um seinen Hals zu küssen, fragte er sie, ob sie den Film ausmachen wollten, doch Simona hauchte, er solle sich nicht so anstellen.

Nach etwa einem Drittel des Filmes merkte Simona, dass Johannes einer überaus stillen Welt entsprang. Im Gegensatz zu ihr hatte er keine einzige Hausübung neben einem Fernseh- oder Radiogerät geschrieben, ihm fiel es schwer, sich trotz der Beschallung auf ihre Zweisamkeit zu konzentrieren. Sie seufzte und beschloss, die Taktik zu ändern.

»Hey«, flüsterte sie ihm ins Ohr, während sie sich rittlings auf ihn schwang und ihre Arme hinter seinem Nacken verschränkte. Johannes konnte sie gar nicht umarmen, er musste sich erst die Haare aus den Augen streichen und die Brille auf der Nase zurechtrücken.

»Ich muss mal kurz was bei Facebook nachschauen, aber komm doch nach und überprüf meinen Status.«

Mit diesem Wort biss sie ihn etwas zu fest ins Ohrläppchen, Johannes verzog die Nase, während Simona durch eine Schiebetür in den zweiten Teil des Zimmers verschwand, wo ihr Schlafbereich untergebracht war. Johannes streckte sich und massierte sein Kreuz, das vom Herumgewälze auf der hübschen, aber schrecklich unbequemen Couch schmerzte.

Im Schlafbereich knöpfte sich Simona das Kleid auf. Ihre Hände zitterten, und sie überlegte, wo sie eine Stoffschere hatte. Aus Angst, Johannes könnte zu früh hereinkommen, während sie ungraziös damit kämpfte, aus dem Kleid zu schlüpfen, bekam sie ganz nasse Finger, mit denen sie immer wieder von den Knöpfen abrutschte. Schließlich riss sie sich zwar den Nagel des linken Zeigefingers ein, bekam jedoch endlich das Kleid auf. Als sie mit ihrem BH ähnliche Schwierigkeiten hatte, schlüpfte sie mit den Armen unter den Trägern hindurch, drehte ihn um hundertachtzig Grad, sodass er bequem geöffnet werden konnte. Sie legte ihre Hand an den Bund ihres Tangas, überlegte kurz, ihn anzulassen, zog ihn dann aber mit einer eiligen Handbewegung bis über die Knie und ließ ihn zu Boden gleiten.

»Wenn schon, denn schon«, flüsterte Simona, legte sich aufs Bett und brachte sich in jene Pose, die sie im großen Spiegel des Elternschlafzimmers einstudiert hatte. Auf der Seite, leicht nach hinten gelehnt, sodass der Bauch gespannt war. Sie zupfte sich die Haare zurecht, bis ihre kleinen Brüste bedeckt waren, und legte einen Fuß über den anderen, um nicht vulgär auszusehen.

Johannes schüttelte indessen seine Arme und ging eine Runde durchs Zimmer. Neugierig, womit Simona zurzeit ihren Geist fütterte, warf er einen Blick auf ihren Schreibtisch. Sofort stach ihm ein schmales, hellblau aufblitzendes Licht ins Auge. Er schob eine schräg darüberliegende Frauenzeitschrift zur Seite und war mehr als erstaunt zu sehen, dass das Licht von ihrem Computer kam. Johannes fragte sich, wie sie im Schlafzimmer etwas im Internet erledigen wollte, wenn ihr Computer hier war. Sollte er ihn ihr hineinbringen? Immerhin hatte sie ihn aufgefordert. Es kam ihm unverschämt vor, ihr einfach so ins Schlafzimmer zu folgen. Johannes wollte nicht, dass sie ihn für einen dieser aufdringlichen Kerle hielt, die einem Mädchen keine Privatsphäre gaben.

Johannes beschloss, nun doch hineinzugehen. Er legte die Hand an die Schiebevorrichtung, wandte den Kopf nochmals um, blickte durch die geöffnete Balkontür ins Freie, und da, mitten am Nachthimmel, unbewegt, als wäre er mit Kleber ins Schwarze geheftet, entdeckte Johannes einen roten Stern. Johannes blinzelte. Vier Augenaufschläge lang bewegte sich der rote Stern keinen Millimeter, bevor er in einem verlangsamten Sinkflug stürzte und kurz über den Wipfeln des Westhangwaldes erlosch. Johannes trat auf den Balkon. Die Quellwolken des Nachmittags bedeckten das Sternenfirmament. Johannes hielt Ausschau nach einem zweiten roten Licht, er konnte sich nicht erklären, was er gesehen hatte. Er lehnte sich an die Wand, die bald darauf seine Körperwärme annahm, und erinnerte sich, wie Simona erzählt hatte, dass das Haus aus Isolationsgründen aus Styropor gebaut worden sei. Weiße Quader, die man wie Legosteine aufeinanderstecken konnte und die schließlich mit Beton ausgegossen worden waren, was alle St. Petrianer Männer von der Lichtung aus mit Feldstechern beobachtet hatten. Auch beim ersten Sturm waren die St. Petrianer auf der Lichtung gestanden, sie hatten fest damit gerechnet, wenn nicht sogar gehofft, das Haus würde mitsamt der zugereisten Familie davonfliegen.

Der Westhang von St. Peter am Anger, der den Sporzer Alpen zugewandt in den Talschluss blickte, war bis auf das Haus der Familie Nowak unbebaut. Johannes A. Irrwein und Simona Nowak glaubten zwar, an diesem Abend die einzigen Menschen am Westhang zu sein, doch sie lagen falsch. Unweit des Hauses der Nowaks stand auf einer Waldlichtung ein weißer Jeep, in dem vier alte Jäger saßen.

»Es oiden Säck habts olle miteinand Alzheimer!«, schrie Opa Rettenstein vom Fahrersitz seine Jagdgefährten an.

»Geh, du redst immer so groß vo de vülen Eber, was'd g'schossen hast, und hiazn tuast so, wia wenn du net genauso auf de G'wehr vergessn hätt'st!«, brüllte Opa Ebersberger zurück.

»Geh, wos wüllstn du Depperter vo mir? Lass da liaber dei

Knie machn, des quietscht wia des Spülzeug vo meim Hund!«
Vom Rücksitz aus warf Opa Rossbrand zum Fahrersitz:

»Herst, du hast do kan Hund, du hast a Hausschwein!«, woraufhin Opa Rettenstein murmelte:

»Und dei Frau is so fett wia drei Hausschwein!« Opa Rossbrand schlug mit dem Stock gegen die Autotür.

»Oida, entschuldig di auf da Stell, sonst schlag i da deine Dritten aus!« Opa Hochschwab drehte sich vom Beifahrersitz um.

»Geh, du treffast jo net amoi, wenn i da meine Dritten im Glasl servieren tät!«

»Oida, i reiß da glei dei künstliche Hüften aus, wennst so deppert bist!«

Opa Rettenstein war im Gesicht noch roter angelaufen als Maria, nachdem er ihr von der Treibjagd erzählt hatte. Opa Hochschwab, der auf dem Beifahrersitz saß, zitterte vor Wut, Opa Ebersberger dahinter keuchte, und Opa Rossbrand war dermaßen erzürnt, dass sich sein weißer Bart kräuselte. Den alten Herren war nicht nur mitten im unbewohnten Westwald das Benzin ausgegangen, auch die Treibjagd war komplett schiefgegangen. Dabei hatte alles so gut begonnen. Pünktlich zur Dämmerung waren alle zum Waidmannsschluck im Wirtshaus zusammengekommen, die Treiber waren in den Südwald ausgerückt, um die Wildschweine nach Westen zu jagen, die vier alten Herren, denen die Würde zukam, das heranlaufende Wild zu erschießen, waren rechtzeitig auf jener Lichtung gewesen, wo die Wildschweine auf dem Weg in die Sporzer Wälder vorbeimussten, da der Wald auf dieser Höhe sonst zu steil und zu dicht war. Nur hatten sie, als die Wildschweine vorbeikamen, festgestellt, dass die Gewehre noch immer im Kofferraum lagen, wo sie sie während der Beschattung des Gippel'schen Hauses deponiert hatten. Während ihrer Mission hatten sie intensiv über Peppi Gippel diskutiert und an nichts anderes gedacht, da die Situation mit Peppi unglaublich kompliziert war. Einerseits war er ihnen ein Dorn im Auge, denn wenn er mit Maria zusammenbliebe, würde das den Macht- und Grundverteilungsplan der alten Herren auf Jahrzehnte durcheinanderbringen. Andererseits war er der Fußballstar von St. Peter am Anger, bei den Bewohnern unendlich beliebt, und auch wenn Opa Rettenstein ihn verfluchte, musste er zugeben, dass Peppi ein wirklich anständiger Kerl war, auf den man sich verlassen konnte. So hatten sie also diskutiert, Pläne geschmiedet, Pläne verworfen und zwischen all ihren Verschwörungen war kein Schwein getötet worden – nur Opa Ebersberger hatte sich vor Wut seine Zehe blau gehauen. Opa Rossbrand hatte sich zehn Minuten danach noch die Hand verstaucht, als er, da ihnen zu allem Überfluss auch das Benzin ausgegangen war, gegen die Fensterscheibe des Jeeps geboxt hatte. Eine Signalpistole hatten sie zwar in Opa Rettensteins Auto gefunden, doch die hatte nur eine einzige Leuchtkugel, und diese war am Süd- und Osthang nicht zu sehen gewesen. Nur Johannes, am Westhang auf Simonas Balkon stehend, entdeckte den roten Stern, allerdings wusste er dieses Zeichen genauso wenig zu deuten wie jenes, das ihm Simona gegeben hatte.

*Liebe zivilisierte Freunde! Bei meinen vergleichenden Recherchen in den Domizilen der Barbaren und Zivilisierten habe ich herausgefunden: Einer der größten Unterschiede zwischen ihren Heimlebensweisen betrifft ihre Schuhe. Der Barbare legt, sobald er das Haus betritt, seine Schuhe ab. Wogegen der Zivilisierte seine Schuhe am Fuß behält. Das mag dem Betrachter vielleicht auf den ersten Blick unlogisch erscheinen, ist aber ganz leicht zu verstehen. Erstens hängt es damit zusammen, wo sich diese Völker bewegen; Barbaren waten durch Unrat und Schlamm. Zivilisierte hingegen wandeln auf Asphalt und hinterlassen dahingehend auch keine allzu schlimmen Spuren in ihren Wohnungen, wenn sie die Schuhe nicht ablegen. Der Barbare trägt in dem steten Bewußtsein über die Unwegbarkeiten, durch die er sich bewegt, zweckdienli-*

*ches Schuhwerk, das auf seinen täglichen Wegen seiner Fußgesundheit dient. Die Zivilisierten jedoch, mehr gleitend als gehend, haben den Anspruch an ihre Fußbekleidungen, neben der zierlich-zivilisierten Fortbewegung vor allem einem ästhetischen Ideal zu genügen. Daher wäre es für Zivilisierte natürlich schade, im Haus auf den ästhetischen Genuß des schönen Schuhs verzichten zu müssen, wohingegen die Barbaren einen solchen ästhetischen Genuß gar nicht kennen und getrost, ohne je Mangel zu verspüren, wie ich mich durch eigenes Nachforschen versicherte, barbefußt durch ihre Behausungen laufen.*

*Anmerkung: Ein Kuriosum zu ihren unterschiedlichen Lebensformen muß ich noch anfügen. Und zwar fiel mir bei Recherchen mit meinen eigenen Augen auf, daß sich die Tiere unterscheiden, die sie in ihren Häusern halten. Ich wurde nämlich Zeuge, wie Getier, welches bei Barbaren als Ungeziefer gilt (mus musculus domesticus), bei den Zivilisierten als treues Spiel- und Haustier geschätzt wird (mus musculus sapiens).*

Johannes erschrak, als sich der zweite Fensterflügel zum Balkon öffnete und Simona heraustrat. Er hatte sie gar nicht zurückkommen hören. »Hey«, flüsterte er ihr zu und streckte seinen Arm nach ihr aus. Simona wich einen Schritt zurück und stellte sich in die andere Ecke des Balkons. Sie hatte sich umgezogen. Statt des glänzenden Kleides trug sie eine Jogginghose und ein weites weißes T-Shirt mit Rundausschnitt. Ihre Haare hatte sie zu einem Pferdeschwanz gebunden. Sie sah an Johannes vorbei auf den Wald hinunter. In der Dunkelheit war es schwer zu sagen, wo die Bäume aufhörten und der Himmel begann. Johannes fühlte sich seltsam. Die Stimmung zwischen ihnen hatte sich plötzlich verändert, als wäre etwas passiert, obwohl ja nichts passiert war.

»Johannes, sei mir nicht bös, aber ich bin voll müde und würd gern schlafen.«

»O. k.«, gab Johannes zurück, »aber der Film ist ja noch gar nicht zu Ende.«

»Ist mir egal. Um den Film geht's nicht. Ich hab Kopfweh, o. k.?«

»Klar, entschuldige.«

Johannes verzichtete darauf, ihr einen Kuss zu geben. Er hatte doch nichts gemacht, und nun war sie so ruppig, dachte er und beeilte sich hinauszukommen. Vor der Haustür blieb er kurz stehen, aber Simona kam nicht hinterher. Und so schloss er die Tür.

*[Rundfunk in St. Peter, Notizbuch III]*

[12.1.] Wie ich schon berichtet habe, verhielt es sich so, daß jener Alfred Gerlitzen lange nach Kriegsende und vielfach ausgezehrt vom anderen Ende der Welt zurückkehrte. Die St. Petrianer wollten, so wird erzählt, ein Fest zum Dank seiner Rückkehr feiern, doch der junge Mann war dem abgeneigt und überhaupt, so sagt man, sei er ein anderer Mensch geworden; wenig Freude besaß er am Leben, und Sorgen begleiteten ihn zuverlässiger als sein Schatten. [12.2.] Vor allem aber, und es wird berichtet, dies hätten die Bergbarbaren besonders seltsam gefunden, machte er sich, sobald seine Wunden geheilt waren, mindestens einmal in der Woche auf den langen Fußweg ins Tal, informierte sich dort in Zeitungen und im Gespräch über die Vorgänge im Rest der Welt. [12.3.] In den dreißiger Jahren nun, wird überliefert, sei er für sehr lange Zeit auf Wanderschaft gegangen, so daß seine Ehefrau schon befürchtete, er käme gar nicht mehr zurück. Diese Angst, kann ich künden, war jedoch unberechtigt, denn eines Tages, als sie vom Dorfplatz zurückkam, entdeckte sie ihn in der Küche sitzend, vor einem kniehohen braunen Kasten, den er auf den Tisch gestellt hatte – an drei Knöpfen drehte er herum, und aus einem hellbraunen Kreis in der Mitte kamen Geräusche. [12.4.] Die Erzählungen berichten weiter – denn zu diesem Teil der Geschichte der Bergbarbaren gibt es keine schriftlichen Aufzeichnungen –, daß die Frau daraufhin erschrocken auf den Dorfplatz gelaufen sei und allen von dem Gerät erzählt habe. Sofort seien die Bergbarbaren im Haus der Gerlitzens zusammengekommen und hätten diese seltsame Maschinerie bewundert, vollends staunend, als Alfred Gerlitzen es durch das Drehen der Knöpfe geschafft hätte, eine Stimme aus dem braunen Kasten sprechen zu lassen. [12.5.] So also kam das Radio nach St. Peter am Anger, und interessant ist, daß es die einzige Errungenschaft der Zivilisierten ist, die ohne allzu große Verspätung ihren Weg ins Leben der Bergbarbaren fand. Als Grund hierfür will ich das Engagement Alfred Gerlitzens angeben, der nämlich seit seiner Kriegsgefangenschaft in ständiger Angst vor neuer Unruhe lebte und überwachen wollte, welch Sturm sich fernab zusammenbraute.

# Stille Post

Am Morgen nach der missglückten Treibjagd, während die vier wichtigsten Männer St. Peters immer noch in einem weißen Jeep am Westhang festsaßen, wackelte Wenzel Rossbrand, der einzige Ministrant der Messe, um kurz nach sechs schlaftrunken zum Gabentisch auf der linken Seite der Apsis, machte einen halbherzigen Knicks vor der Evangeliumskerze und packte sie an jener Wölbung des Ständers, wo sich die wenigsten Lilien und Cherubini in die Handfläche bohrten. Die Kutte war dem kleinen Wenzel zu lang, er wischte den Boden auf, während er über die Marmorfliesen schritt und sich vor dem Pfarrer postierte.

»Lobpreiset den Herrn!«, schallte des Pfarrers Stimme durch die Kirche.

»Und in Ewigkeit, Amen«, antwortete das Dutzend Morgenmessbesucher. Wenzel biss sich auf die Lippe, um nicht zu gähnen. Immer wenn den Betenden die Augen zufielen, schrie der Pfarrer sein *Lobpreiset den Herrn!* in die Kirche, woraufhin die Messbesucher aufrecht schossen und ihre Augen wieder aufrissen. Nur Wenzel blieb davon unbeeindruckt. Er hatte im letzten halben Jahr so oft ministrieren müssen, dass die Tricks des Pfarrers bei ihm keine Wirkung mehr zeigten. Doch plötzlich gab es einen Rums, der sogar Wenzel erschreckte. Etwas Schweres knallte zu Boden, und im ersten Moment dachte er, der wurmstichige Marienaltar sei zusammengekracht, aber dann drehte er sich zu den Gläubigen und sah: Grete, die treue Pfarrersköchin, war in der ersten Reihe umgekippt und lag wie ein buntes Stück Vorhangstoff ohnmächtig auf dem Boden. Wenzel riss die Augen auf und dachte an die Haushenne Berta, die einst beim Scharren auf dem Misthaufen umgekippt war – woraufhin es paniertes Bertabrust gegeben hatte. Wenzel stellte die Evangeliumskerze auf den Boden, der Pfarrer blickte aus seiner Großdruckbibel auf, Wenzel raffte seine Kutte und lief los. So schnell ihn seine kurzen Beine trugen, rannte er aus der Kirche, nicht jedoch, ohne vor dem Hochaltar einen hastigen Knicks zu machen. Die Messbesucher hielten die Luft an, ein erschrockenes Flüstern fuhr durch die drei besetzten Bänke, und das Echo der Tür, die hinter Wenzel ins Schloss fiel, hallte durch das in Bögen angeordnete Gebälk.

Der Pfarrer legte das goldene, siebenreihig gewebte Lesebändchen ein, verneigte sich vor dem Evangelium, bekreuzigte sich, trat hinter dem Altar hervor und kniete sich vor Grete nieder. Er legte seine papierene Hand zuerst auf Gretes Hals, dann auf ihre Stirn und hob sie schließlich auf seine Arme. Die Betenden staunten, welche Kraft der alte Herr Pfarrer unter seinem Messgewand verbarg. Zwischen den Fresken der Sakristei bettete der Pfarrer seine Köchin auf jene Holzbank, auf der er vor der Messe sein Vaterunser betete, nahm zwei Stapel Gebetbücher aus dem Schrank, schob diese unter ihre Beine, tauchte seinen Daumen in den Weihwassernachfülltank, malte ihr ein Kreuz auf den Kopf und ging zurück in den Altarraum, um die Messe an jener Stelle wieder aufzunehmen, an der er unterbrochen hatte.

»Lobpreiset den Herrn!«, schrie er laut, und nach der Replik: »Und in Ewigkeit, Amen«, wurde das Evangelium fortgesetzt.

»Frau Doktor! Frau Doktor! Die Grete hat's zamdraht!«, schrie indessen der kleine Wenzel, sobald er ins Freie gekommen war und lange bevor er das Haus der Ärztin erreicht hatte. Es war kurz vor sieben, die Stille des Morgens lag wie eine Bettdecke über dem erwachenden St. Peter am Anger, und Wenzel Rossbrand, der trotz seiner geringen Körpergröße laut und unüberhörbar schreien konnte, sprengte die Ruhe mit seinem Rufen.

»Frau Doktor! Frau Doktor! Die Grete hat's zamdraht!«

Dem Springbrunnen inmitten des Dorfplatzes stockte das Wasser, und der Schall der Hilferufe drang bis an die Waldzungen. Rehe, die in der Dämmerung ein paar Rosenknospen in den Vorgärten nahe des Waldes abknabberten, stellten ihre Ohren auf, die Kühe auf den Weiden erwachten aus dem stehenden Schlaf, und nach und nach klappten die Fensterläden der St. Petrianer auf.

»Frau Doktor, Frau Doktor! Die Grete hat's zamdraht!«

Die Schreie des kleinen Rossbrandbuben drangen in die Häuser und erreichten die St. Petrianer an ihren Frühstückstischen. Alle sprangen sie auf, liefen mit Buttersemmeln und Kaffeehäferln aus ihren Häusern und versammelten sich auf der Kirchenstiege. Schon wenige Minuten nach Wenzels lautem Lauf durchs Dorf hatte sich eine Traube St. Petrianer in Morgenmänteln und Unterhemden auf der Kirchenstiege zusammengefunden und tuschelte eifrig, was denn passiert sei. Wenig später düste auch die von irgendjemandem vorsorglich gerufene Rettung die Hauptstraße mit Blaulicht hoch, und alle, die Wenzels Schreie nicht gehört hatten, liefen nun dem Alarmhorn hinterher. Als der Pfarrer, unbeirrt von der Tatsache, dass seine Köchin in der Sakristei von drei Zivildienern und einem Notarzt verkabelt und auf eine Trage gehievt wurde, den Schlusssegen sprach, war ganz St. Peter auf der Kirchenstiege versammelt.

»Aus der Bahn! Bitte Platz machen! Gehn Sie weg!«, mussten die Sanitäter rufen, als sie, vom Schlusslied der Orgel begleitet, Grete aus der Kirche trugen. Der Rettungswagen wartete mit der Abfahrt auf den Herrn Pfarrer, der insistierte mitzufahren, aber noch seine Albe ablegen musste.

»Schämts euch alle zam! Die Messe hat scho vor einer Stund ang'fangen!«, brüllte er beim Gang über die Kirchenstiege den umstehenden Gemeindemitgliedern zu und brauste schließlich mit Blaulicht davon. Anstatt wieder nach Hause zu gehen und das Tagwerk aufzunehmen, blieben die St. Petrianer auf der Kirchenstiege stehen und diskutierten – wie immer, wenn etwas passierte, das nicht jeden Tag passierte. Der Stolz ließ an diesem Morgen den kleinen Wenzel Rossbrand um zwei Zentimeter in die Höhe schnellen, denn alle tätschelten seinen Kopf, klopften ihm auf die Schulter, lobten ihn, so brav reagiert zu haben, und ließen sich berichten, was passiert war:

»Der Herr Pfarrer hat s'Evangelium g'lesen, dann hat's an Rums g'macht und de Grete hat's zamdraht.«

Wenzel wurde nicht müde, diese Geschichte jedem zu erzählen, der fragte, bis plötzlich Sandra Schafreuter in seinen Weg sprang.

»Servas Wenzel«, sagte sie, woraufhin Wenzel erschrak und zu Boden blickte. Auf der Bubentoilette ging das Gerücht um, wer mit Sandra Schafreuter eine Gänseblümchenkette bastelte, würde einen Kuss von ihr bekommen, sogar auf den Mund.

»Des is voi cool, dass du da dabei woarst«, sagte Sandra nach einiger Zeit des Anschweigens und lächelte Wenzel mit ihrem fehlenden Eckzahn an.

Wenzel grinste zurück: »Des woar voi laut, wia de Grete aufn Bodn g'fallen is.« Er war einen halben Kopf kleiner als die früh entwickelte Sandra. Sandra bohrte ihre Fußspitze in den Boden.

»Geh ma auf'd Wiesn? Gänseblümerl pflückn? Dann mach i da a Kettn, und du dazählst ma, wia des mit da Grete woar?«

Wenzel nickte, woraufhin Sandra ihn am Arm packte, er seine Kutte raffte und mit ihr davonlief.

Auf dem Weg zu seiner ersten Gänseblümchenkette kam Wenzel in den Sinn, dass ihn sein Opa gar nicht befragt hatte – worüber er sich sofort wunderte. Großvater Rossbrand und seine drei Freunde waren normalerweise immer die Ersten, die in solchen Situationen das Ruder übernahmen, doch heute Morgen hatte er keinen der vier alten Herren gesehen. Wenzel überlegte, ob er jemanden nach ihrem Verbleib fragen sollte, dann sah er Sandra an, die vor ihm lief und kleine Luftsprünge machte. Und schon waren die Großväter wieder vergessen.

Peppi Gippel hatte nie geglaubt, dass Denken so anstrengend sein konnte, und ärgerte sich, dieses Nachdenken nicht abstellen zu können. Als Maria vor zwei Tagen zu ihm zurückkehrte, war bis auf ihren großen Bauch sofort wieder alles wie früher. Maria kochte für Sepp und Peppi, kümmerte sich um den Junggesellenhaushalt, während die beiden auf dem Fußballplatz waren, und abends schauten Peppi und Maria Arm in Arm DVDs. Peppi hatte einen festen Schlaf, aber bei Marias Vier-Uhr-Toilettengang war er aufgewacht und danach unfähig gewesen, nochmals ein Auge zuzubekommen. Bis sechs Uhr war er neben ihr gelegen und hatte gegrübelt. Er war ratlos, was er gegen diese vielen Gedanken über die Zukunft tun sollte, und so beschloss er um kurz vor sieben, Johannes um Rat zu fragen. Peppi war sich sicher, dass er ihm helfen könnte, da Johannes in Peppis Augen nichts anderes tat, als nachzudenken.

Peppi schlenderte also durch das morgendliche St. Peter. Er ließ sich Zeit, wechselte einige Worte mit den St. Petrianern, die auf der Kirchenstiege Gretes Ohnmacht diskutierten, und als er in die Einfahrt zu den Irrweins bog, kam zeitgleich Manfred Rossbrand an, Roberts älterer Bruder. Manfred hielt den Rekord im Lehrberufswechsel. In den letzten Jahren hatte er alle Berufe zu erlernen versucht, die man in St. Peter ausüben konnte, doch vor drei Monaten hatte er kapituliert und sich seinem Schicksal gebeugt, als ältester Rossbrand-Sohn Briefträger zu werden.

»Servas!«, sagte Peppi, der ihn zuerst bemerkte, und Manfred fiel vor Schreck ein Packen auszutragende Post zu Boden.

»Kruzifixn sacra!«, fluchte der Briefträgerlehrling.

Peppi kniete nieder und half, die Briefe zusammenzusammeln, die der Wind in alle Himmelsrichtungen zerstreute. Es war ein trüber Tag, dichte Wolken hingen über dem Himmel, alle warteten auf ein Gewitter.

»Dank da, Peppi!« Manfred zupfte Postwurfsendungen aus dem Rhododendronstrauch neben dem Gartenzaun. »Hast des mit da Grete g'hört?«

»Ja, i bin an da Kirchenstiegn vorbei'gangen, bevor i herkommen bin«, sagte Peppi, wischte einige Briefe vom Kiesstaub sauber und reichte Manfred, was er zusammengeklaubt hatte. Plötzlich entdeckte er den Brief, den Manfred zuoberst in der Hand hielt. »Is der Briaf für'n Johannes?«

Manfred klopfte sich die Knie sauber und begutachtete das Schriftstück. Peppi durchfuhr ein Zucken. Er hatte erspäht, dass Johannes mit *Herr Schriftführer Johannes A. Irrwein* tituliert wurde.

»Weißt was, Manfred, du kannst ma den Brief gebn. I muss sowieso zum Johannes«, sagte Peppi und streckte den Arm wie eine Speerspitze aus. Der Briefträgerlehrling erschrak und wich einen Schritt zurück.

»Tät i jo gern, Peppi, owa woaßt eh, Briefgeheimnis.«

»Scho guat, ka Problem«, sagte Peppi schließlich und ließ den Arm sinken. Freundschaftlich lächelte er Manfred an und klopfte ihm auf die Schulter, Manfred lächelte entspannt zurück, doch in diesem Moment riss Peppi ihm den Brief aus der Hand, und noch bevor der angehende Briefträger realisiert hatte, was vor sich ging, war Peppi im Haus der Irrweins und sperrte die Tür hinter sich zu.

»So a Schaß«, schimpfte Manfred und trat gegen seine Umhängetasche, woraufhin diese umkippte und ihren Inhalt auf die Einfahrt ergoss. »Geh na«, flüsterte er weinerlich und kniete sich auf den Kies, um abermals Papierstück für Papierstück einzusammeln und in die richtigen Fächer zu stecken.

»Johaaaannes!«, brüllte Peppi, bog im Obergeschoss um die Ecke, riss die Tür zu Johannes' Zimmer auf und stürmte hinein. »Pfau, da schlafmuffelts!« Peppi zog Johannes die rot-weiß karierte Decke weg: »Johannes, aufstehn!«

»Peppi, raus«, seufzte Johannes in sein Polster. Bevor Peppi hereingestürmt war, hatte er davon geträumt, mit Simona durch das griechische Arkadien zu spazieren, Oliven zu pflücken und sie damit zu füttern: Simona auf einer Tempelruine sitzend, in einem weißen Sommerkleid, an dem mykenische Schneckenornamente hochkletterten, die Haare noch etwas nass vom gemeinsamen Meeresbad, und während sie sich auf Steinen in der Sonne rekelte, übersetzte ihr Johannes die Inschriften diverser Gräber und Heiligtümer. Doch Peppi zog ihm den Polster weg.

»Aufstehn! Du hast Post!«

Behäbig rappelte sich Johannes auf und lehnte sich an die Wand. Er ließ die Beine vom Bett baumeln und setzte sich die Brille auf die Nase. Seine Locken standen in alle Himmelsrichtungen, und auf seiner rechten Körperhälfte zeichneten sich die Falten der Bettwäsche ab.

»Ich kann die blöden MMS nicht lesen. SMS gehen, aber das kann ich nicht«, murmelte Johannes schlaftrunken.

»Kein MMS! Du hast an Brief«, grinste Peppi, warf sich auf Johannes' Schreibtischsessel und rotierte im Kreis.

»Simona schreibt keine Briefe, nur Facebook, MMS, SMS und so Käse.«

»Herst, Johannes, net vo da Simona. A Brief aus Hamburg war in da Post, vo St. Pauli!«

»St. Pauli? Hamburg?«, wiederholte Johannes, schlagartig wach, und wollte Peppi um den Brief bitten, aber der hatte diesen bereits aufgerissen und begann vorzulesen.

FC St. Pauli
Heiligengeistfeld 1
20359 Hamburg

An: FC St. Peter
c/o Schriftführer Johannes A. Irrwein
Hauptstraße 7
3072 St. Peter am Anger

**Betreff: Freundschaftsspiel Einweihung
Flutlichtanlage**

Sehr geehrter Herr Schriftführer
Johannes A. Irrwein,

Wir bedanken uns herzlich für die Einladung Ihres Vereins zu einem Testspiel am 4.9.2010. Der FC St. Pauli feiert in diesem Jahr sein 100-jähriges Bestehen, und da der Verein in 100 Jahren noch nie ein Spiel gegen einen alpinen Fußballverein ausgetragen hat, haben wir beschlossen, Ihre unorthodoxe Einladung anzunehmen. In Ermangelung einer E-Mail-Adresse übersenden wir Ihnen hiermit eine postalische Bestätigung und bitten Ihre Sekretärin, sich bald bei unserer Sekretärin zu melden, da etliche Organisation in kurzer Zeit vollbracht werden muss.

¡Hasta la victoria siempre!
Der Testspielorganisator des FC St. Pauli

»Johannes, i glaub, i spinn.« Peppi starrte das Stück Papier mit offenem Mund an, als wäre es aus Gold.

Johannes riss Peppi den Brief aus der Hand. Seine Augen sprangen von Wort zu Wort. Ihm wurde unter dem Pyjama ganz heiß, während ihm gleichzeitig die Gänsehaut ins Genick schlich. Peppi sprang im Schweinsgalopp im Zimmer herum.

»Des wird sooo geil! St. Pauli spült in da obersten piefkischen Liga und is ur da Kultverein!«

Johannes dachte an die Dinge, die er im Zuge seiner Recherche gelesen hatte, und unterbrach ihn mit einem lauten, strengen: »Nein! Das Spiel wird nicht stattfinden.« Peppi hörte auf zu tanzen.

»Ich meine, wie stellst du dir das vor? St. Pauli sind doch die, die einen Totenkopf als Maskottchen haben und aus lauter Altlinken, Kommunisten, Punks und Prostituierten bestehen. Was glaubst du, was das für einen Skandal gäbe, kämen die nach St. Peter am Anger!« In Peppis Augen sammelte sich die Enttäuschung. »Abgesehen von der Tatsache, dass das einen riesigen Zusammenprall geben würde, der in einem Krieg der Kulturen endet, ist das logistisch nicht möglich. Der St.-Petri-Fußballplatz ist total schief! Ich werd da nachher gleich absagen. Wir verraten niemandem was, und dann ist die Sache gegessen!«

Peppi war den Tränen nahe, und Johannes erklärte ihm, dass er St. Pauli nur geschrieben habe, weil der Trainer angeordnet hätte, fünfzehn Vereine zu kontaktieren. Und nachdem er die acht Kleinvereine aus der näheren Umgebung, die einen Webauftritt hatten, angeschrieben hatte, hatte er noch sieben Briefe an die ersten sieben Ergebnisse seiner Webrecherche mit dem Stichwort *Freundschaftsspiel* geschickt, weil er keine Lust mehr gehabt hatte, mühsam weitere Kleinvereine zu recherchieren. Peppi schluckte, Johannes knüllte den Brief zusammen und warf ihn in den Mistkübel.

»So, und jetzt geh bitte, Peppi, ich muss duschen, mich anziehen und ein Absageschreiben formulieren. Und bitte erzähl bloß niemandem davon!«

Manfred saß immer noch in der Einfahrt, damit beschäftigt, die Briefe, Zeitungen, Werbeprospekte und Postwurfsendungen zu ordnen. Er zuckte zusammen, als sich Peppi zu ihm auf den Boden setzte und ihm wortlos beim Einordnen half.

»Geht's da guat?«, fragte der Briefträgerlehrling nach einiger Zeit.

»Na ja. Na.« Peppi hielt einen Moment inne, doch dann sprudelte die Enttäuschung aus ihm heraus: »So deppert! Wir könnten gegen den FC St. Pauli spülen, a Verein in der oberstn Spielklass in Piefkinesien, owa der Johannes wüll net. Der mag's net amoi probiern, owa i denk mir, ma muss ollas probiern.« Peppi erhob sich aus der Hocke und trat gegen einen von Ilses Blumenstöcken. »Es is olles a Schaß. I muss zum Training. Pfiat di!«

Peppi machte sich im Laufschritt auf den Weg, blieb vor der Hauptstraße jedoch kurz stehen, und rief: »Owa dazähl des bitte niemandem!«

Manfred nickte, winkte ihm hinterher, und auch als Peppi nicht mehr zu sehen war, winkte er noch.

*Meine zivilisierten Freunde! Ihr hattet immer recht, der Intellektuelle, der mit seinem Leben viel vorhat, muß sich vom weiblichen Geschlecht fernhalten. Unberechenbar sind sie, manipulativ und lenken einen von der Arbeit ab. Simona N., dies Geschöpf der Aphrodite, benimmt sich, als würden die kosmischen Gesetze der Ratio für sie nicht gelten. Einen schönen Abend hatten wir, doch plötzlich war sie zickig und abweisend, ohne daß ich irgendwas getan hätte! Nun reagiert sie weder auf meine Nachrichten, beantwortet meine Anrufe nicht und schrieb lediglich eine kurz angebundene Botschaft; sie fände es schade, daß ich so wenig Interesse an ihr hätte. Dies zeigt, wie sie mich manipulierte: Obwohl wir im Digamma-Klub schworen, niemals von dem Verfallsobjekt eines Mobiltelefons Gebrauch zu machen, da dies nichts ist als die moderne Sklavenfessel, unterwarf ich mich und ließ mich mit einem Klapphandy in Ketten legen. Und während all dieses Geplänkels lenkte sie mich von der Arbeit ab, und so unterlief mir der Fehler, daß ich, der ich als Geschichtsschreiber außenstehen und mich aus den Be-*

langen meines zu studierenden Volkes raushalten sollte, das Leben der Bergbarbaren beeinflußte, dadurch, daß ich beinah ein Ereignis verursacht hätte, das nicht stattfinden darf, um meine Forschungsergebnisse nicht zu beeinflussen. Meine zivilisierten Freunde: Aphrodite ist ein Luder!

*PS: Verzeiht mir meine Aufgebrachtheit, aber der heutige Tag begann so schlecht, daß ich voll der Rage bin.*

Der Briefträgerlehrling Manfred behielt natürlich nicht für sich, was ihm Peppi anvertraut hatte. Obwohl sich Manfred fest vorgenommen hatte, zu schweigen – als er seiner Mutter gegenüberstand, der er in jene Wolke aus Parfum und Haarspray ihres Friseursalons Kataloge bringen musste, konnte er nicht anders, als ihr von seinem Geheimnis zu erzählen. Angelika Rossbrand wiederum entrutschte die Kunde zum ersten Mal beim Stirnfransenschneiden, zum zweiten Mal beim Dauerwellendrehen, zum dritten Mal beim Augenbrauenfärben, und bei all dem Gemurmel über große Vereine und ungeheuerliche Angebote, das aus den Fenstern des Friseursalons drang, wurde schließlich ein Wölkchen aus jener dicken Wolkendecke neugierig, die über St. Peter am Anger hing. Klein war es, vielfach ausgebeult, als ob ihm tausend Ohren und Augen entwachsen wären, und sein ganzer Wolkenbauch schuppte sich wie von Federn überzogen. Die Wolke rückte sich über St. Peter zurecht und schwoll an, sich an der geheimen Nachricht satt fressend. Sie dehnte sich aus, formte sich zu einer Posaune und fütterte den Wind, der sich Fetzen dieser ungeheuerlichen Nachricht schnappte, um sie durch das Tal zu tragen. So sickerte die geheime Botschaft, *ein Skandalverein vom Nordmeer wolle gegen den FC St. Peter am Anger spielen*, von der neugierigen Tiefdruckfront getrieben, durch alle Ritzen der Fußböden und Hausmauern. Und während der ahnungslose Johannes an seinem Absageschreiben feilte, war aus der neugierigen Wolke ein Sturm geworden – und von den Windhosen mit der Kunde beschallt, sprach ganz St. Peter von dieser Ungeheuerlichkeit.

»Oida, Johannes!«

Johannes klappte sein Notizbuch zusammen und schob es eilig unter die Schreibtischunterlage, als Peppi zum zweiten Mal an diesem Tag uneingeladen sein Zimmer stürmte. Johannes sprang zornig von seinem Schreibtisch auf, wollte Peppi anherrschen, dieser solle seine Privatsphäre respektieren, doch dann sah er, dass Peppi im Trainingsgewand und ungeduscht vom Sport direkt zu ihm gelaufen war. Peppi stemmte sich gegen die Zimmertür, drehte den Schlüssel um und kippte den Sessel, auf dem Johannes abends seine Kleidung ablegte, unter die Türklinke.

»Se wissen's!«

Johannes ließ sich auf den Schreibtischsessel fallen und schloss die Augen. Er wollte noch fragen, wie das hatte passieren können, da erinnerte er sich, dass dies hier ja St. Peter am Anger war. In St. Peter am Anger gab es keine Geheimnisse, nichts blieb den Dorfbewohnern verborgen.

»Es tut ma leid«, sagte Peppi, und Johannes seufzte. »Johannes, i bin sofort, wia i des g'merkt hab, her zu dir. Du musst wissen, se sand auf'm Weg. Weißt eh, s'halbe Dorf steht nu auf da Kirchenstiegn und wartet auf a Nachricht vo da Grete. Jedenfalls, hiazn ham's beschlossn, se wolln genau wissn, was los is.«

Johannes wurde kreidebleich. Nach all seinen Studien zum Kriegsverhalten der Bergbarbaren fürchtete er, dass sie es ihm als Hochverrat ankreiden würden, dass er einen fremden Fußballverein aus einer Millionenstadt ins Dorf gelockt hatte, der noch dazu alles repräsentierte, gegen das die St. Petrianer kämpften. Am meisten fürchtete er die vier alten Dorfpatrone Rettenstein, Rossbrand, Ebersberger und Hochschwab. Diese würden ihm keine Chance lassen, sich zu erklären, sondern das Dorf gegen ihn aufhetzen. Und selbst wenn sie ihn nur aus dem Dorf jagten, würde das bedeuten, seine Forschungen wären zunichtegemacht und er hätte keine Chance mehr, sich als Geschichtsschreiber zu etablieren und zu beweisen, dass er die Matura zu Unrecht nicht bestanden hatte.

Johannes lugte zwischen den zugezogenen Vorhängen hindurch. Draußen war es schwül und stickig. Die Wolken trübten den Tag, Böen brachten die stehende, nach unten gedrückte Luft in Bewegung, wirbelten Staub von der Hauptstraße auf und ließen die ineinander verrenkten Äste des Nussbaumes erzittern. Er starrte ins Blattwerk, zwischen dem die tiefgrünen Nüsse wuchsen. Die Wasserflasche auf dem Nachttisch erzitterte, etwas war in Bewegung, etwas kam auf sie zu. Peppi hielt seine Nase in die Höhe, auch er spürte, wie der Boden bebte.

»Sie kommen«, sagte Johannes, Peppi stellte sich neben ihn, sah auf der anderen Seite am Vorhang vorbei und klopfte seinem Freund auf die Schulter. Am Ende der Hauptstraße zeichneten sich Vorstürmer der herannahenden Armada ab, Johannes kniff die Augen zusammen: Kinder eilten der Masse voraus, angestrengt laufend, um einander zu überholen, jeder wollte als Erster dort ankommen, wo bald alle zusammentreffen würden. Kurz darauf fanden sich die Jugendlichen ein. Die meisten waren mit Gatschhupfern direkt über die Felder gefahren, keiner trug einen Helm. Sie parkten ihre Zweiräder in der Einfahrt der Irrweins, während die Kinder über den Gartenzaun kletterten und die besten Plätze im Vorgarten einnahmen. Wenig später trudelten traubenweise die erwachsenen St. Petrianer ein. Die Zufahrtsstraße und die Hauptstraße entlang des Grundstücks füllten sich mit Menschen wie ein von einer Welle geflutetes Sammelbecken. Johannes erschrak, als die Klingel des Hauses ertönte. Kurz darauf rüttelte es an der Zimmertür. Jemand versuchte hineinzukommen – eine massige Person schien sich gegen die Tür zu werfen. Die

Scharniere quietschten bedrohlich, doch diese Tür war von Alois Irrwein gezimmert worden. Ohne Flammenwerfer, Rammbock oder Schlüssel kam man nicht hinein. Kurz wieder Stille, dann begann das Klopfen. Johannes erkannte die breiten, liebevollen Fingerknöchel, die fünf Mal gegen das Holz pochten. Es war Ilse, und als er nicht öffnete, sagte sie: »Johannes, kannst du bitte de Tür aufmachn?«

Ilses Stimme klang gedrungen. Peppi legte sich den Finger auf den Mund.

»Johannes, mach bitte auf. A paar Herrn vom G'meinderat sand da und da Herr Burgermaster«, vom Stiegenhaus her unterbrach plötzliches Raunen Ilse, »i mein, oiso, olle G'meinderät vo olle Fraktionen sand da und wolln nur mit dir redn, bitte mach auf.«

Auf der anderen Seite der Tür wurde geflüstert und leise diskutiert. Alois' Tür schirmte die Wörter ab, nur unverständliches Gemurmel drang ins Zimmer. Kurz darauf wurde wieder an der Tür geklopft, dieses Mal war es eine Faust, die an die immer gleiche Stelle hämmerte.

»Johannes A. Irrwein, do is dei Burgermaster. Mach de Tür auf! Der G'meinderat steht im Stiegenhaus. Wir wolln uns mit dir versammln und vo dir wissn, wos do mit dera Fuaßballmannschaft is, de wos gegen uns spülen wüll. Oiso, mach auf!«

Peppi schüttelte den Kopf. Johannes sah sich in seinem Zimmer um. Das Leben wäre so leicht, dachte er, hätte man wie der Subprior einen Universalschlüsselbund, mit dem man in jeder Wand und in jedem Bücherregal geheime Türen öffnen könnte.

Der Bürgermeister und jene Gemeinderäte, die sich in die erste Reihe gedrängelt hatten, hämmerten an Johannes' Tür:

»Johannes A. Irrwein, ois Burgermaster befehl i dir: Mach auf und versammel di mit uns!«

Plötzlich ein Knall von der anderen Seite des Zimmers.

Unten hatten ungeduldige Lausbuben begonnen, das Balkonfenster mit den unreifen, zu Boden gefallenen Nüssen zu bewerfen.

»Johannes, wir stehn unter Beschuss!«, stellte Peppi fest, sein Gesicht war ganz bleich. Obwohl er noch am Morgen unbedingt gegen St. Pauli hatte spielen wollen, bekam er nun Angst vor seinen Arbeitgebern und vor allem vor den Dorfältesten. Immerhin war er nicht nur für sich selbst verantwortlich, sondern auch für Maria und die Babys. Was, wenn Johannes recht hatte und die St. Petrianer wütend waren, dass ein fremder Verein ins Dorf kommen wollte? Peppi wusste immerhin, wie gerne die St. Petrianer unter sich waren.

Johannes blickte indessen auf ein Poster der herodoteischen Welt und seufzte. Im alten Athen war die Welt noch in Ordnung, dachte er. Anliegen waren stets vor und mit versammeltem Volk besprochen worden, nichts wurde über die Köpfe der Bürger hinweg von den Mächtigen durchgesetzt. Johannes war wütend auf sein Schicksal – warum hatte er nicht zweitausendvierhundertdreiundvierzig Jahre früher geboren werden können!

Ein koordinierter Mehrfachbeschuss des Fensters riss ihn aus seiner Trance.

»Peppi«, flüsterte er seinem Freund zu, der die Tür im Auge behielt, »unsere Fluchtwege sind abgeschnitten, wir können uns jetzt entweder unterwerfen oder wir versuchen, die Situation auf die demokratisch-altgriechische Art zu bewältigen!«

Johannes wartete auf Peppis Reaktion, merkte aber schnell, dass der Stürmerstar nicht verstand, was er meinte.

»Peppi, wir reden mit dem Volk und vertrauen uns der Gnade des Kollektivs an, anstatt uns den vier alten Rudelführern auszuliefern!«

»Bahöl! Des is sicher des Beste.«

Mit einem kräftigen Zug rissen sie die Vorhänge auf, Peppi schüttelte sich, als machte er sich für den Anpfiff fertig, und auf drei öffnete jeder einen Flügel der Balkontür.

»Schauts, da oben tuat si wos!«, rief der Gemeindearbeiter Schuarl, der von der Ladefläche seines Pick-ups den Balkon mit einem Fernglas observierte.

Als Johannes und Peppi hinaustraten, verstummte die Menge. Alle, die noch verstreut standen, rotteten sich auf der Hauptstraße, im Vorgarten der Irrweins und auf der anderen Seite der Hauptstraße zusammen, um Johannes gut im Blick zu haben. Dieser war im ersten Moment überrascht, keine geschwungenen Mistgabeln und brennenden Fackeln zu sehen, im zweiten Moment jedoch überwältigt. Bis auf den Gemeinderat, der energisch hämmernd und um Zuständigkeiten streitend vor seiner Zimmertür stand, waren alle St. Petrianer unter Johannes A. Irrweins Balkon versammelt. Das braune Gesicht der Kaffeehausbesitzerin Frau Moni war im Schatten des Nussbaumes fast schwarz, der Wirt Mandling lehnte neben ihr, sein Geschirrtuch auf der Schulter und die Wechselgeldrolle an seiner Schürze befestigt. Der Messdiener Egmont stützte sich am Gartenzaun ab, Schuarl hatte das Observieren der Lage seinem Lehrbuben überantwortet, sich seine Warnweste übergestreift und riegelte hektisch die Hauptstraße ab, damit die spontane Versammlung nicht durch vorbeifahrende Autos gestört würde. Die Mütterrunde stand breithüftig mitten auf der Hauptstraße, angeführt von der Friseurin Angelika, die an ihren Haaren zwirbelte, und der Mütterrundenvorsitzenden Marianne Rettenstein, die eine befleckte Kochschürze trug, als wäre sie vor einer wild spritzenden Tomatensauce davongelaufen. Die Rabauken waren in den Nussbaum geklettert, die kleineren Kinder saßen in Ilses Salatbeeten, einige hatten bereits das Interesse verloren und spielten mit dem Gemüse, andere sahen Johannes aus großen Augen und mit offenen Mündern an. In ihrer

Mitte thronte Wenzel Rossbrand, er grinste breit, ein großer Gänseblümchenkranz hing über der Kutte der Morgenmesse, die ihrerseits voller Grasflecken war. Günther Pflicker saß im Abseits und schien ganz glücklich, sich nur um eine Wurstsemmel und nicht um Maria kümmern zu müssen, Maria war von Dorfmädchen umringt. Hinter den Dorfmädchen standen Robert Rossbrand und der Rest der Dorfburschengang, die ihre Blicke auf die Hinterteile der Dorfmädchen gerichtet hatten, da es ein heißer Tag war und die Mädchen kurze Kleider trugen. Die Pensionisten stritten um provisorische Sitzgelegenheiten, und die Männer des Dorfes flankierten die Versammlung mit strengen Blicken von den letzten Reihen aus, als ob sie die Frauen, Kinder und Alten beschützen müssten, falls während der Versammlung ein feindliches Heer aus dem Hinterhalt anrückte. Nur die Gerousia aus dem weißen Jeep konnte er nicht entdecken, Johannes vermutete, sie stünden mit geladenen Gewehren beim Rest der Dorfleitung im Stiegenhaus. Johannes räusperte sich. Ein Knäuel Nervosität steckte in seinem Hals, spreizte sich in seiner Speiseröhre wie ein versehentlich verschluckter Hühnerknochen. Er hob beide Hände, wie um zu beweisen, dass er unbewaffnet war, und begann vorsichtig zu sprechen.

»Bürgerinnen und Bürger von St. Peter!«

Kaum verließ die erste Silbe seinen Mund, verstummten auch jene Pensionisten, die sich um die Sitzgelegenheiten im Schatten zankten. Irgendjemand schnäuzte sich und hielt mitten im Pusten inne. Johannes wurde von der plötzlichen Stille beinahe erschlagen.

»Höret, ich habe aus Faulheit Flutlichtanlagenbenefizspieleinladungen an sieben Topvereine unseres Kontinents geschickt.«

Im Hintergrund polterte der Gemeinderat im Stiegenhaus. Er hatte mitbekommen, dass draußen etwas passierte, und nun stritt er, wer als Erstes die Stiegen hinuntergehen dürfe, um den Zug der politischen Würdenträger ins Freie zu führen. Der Stiegenaufgang im Hause Irrwein war sehr schmal und die Gemeinderäte so beleibt, dass ein geordneter Abzug nur im Gänsemarsch möglich war.

»Nun passierte jedoch Unglaubliches, der FC St. Pauli aus Hamburg an der Nordsee hat zugesagt. Der FC St. Pauli 1910 zählt zu den bedeutendsten Vereinen Europas. Ich nehme an, dies ist ein Missverständnis, und ihnen ist gar nicht klar, was für ein kleiner, unbedeutender Verein wir eigentlich sind.«

Noch ein Raunen. Johannes nahm nicht genügend Rücksicht darauf, dass sich die St. Petrianer als Nabel der Welt verstanden und es nie gerne hörten, wenn der Rest der Welt das nicht so sah.

»Beruhigt euch, bitte. Ich habe bereits ein Absageschreiben aufgesetzt, um ihnen zu erklären, warum dies alles ein Versehen meinerseits war. Morgen werde ich das Schreiben versenden, Reinhard Rossbrand, der zuverlässige Poststellenleiter, wird dies höchstpersönlich überwachen.«

Murmeln folgte. Johannes hatte einen trockenen Hals und Schwierigkeiten zu schlucken. Der Gemeinderat war inzwischen draußen angelangt, und wie Moses teilte der Bürgermeister das Menschenmeer, um sich vor Johannes' Balkon aufzubauen. Die Gemeinderäte hatten zerzaustes Haar, verrutschte Hemden und hochrote Köpfe.

Johannes' Atmung beruhigte sich ein bisschen, denn es machte den Anschein, als hätten die Dorfbewohner seine Entschuldigung akzeptiert. Dann jedoch geschah etwas, womit Johannes nicht gerechnet hatte.

»Owa wieso?«, fragte eine glockenhelle Stimme. Die Leute verstummten und reckten ihre Köpfe, wer da sprach. »Wieso müss ma des Spiel absagn und können net denan Piefke so richtig in den Oarsch tretn?«, sagte Wenzel Rossbrand und grinste Johannes mit drei Zahnlücken an. Johannes wollte ihm am liebsten die verbliebenen Zähne ziehen, denn plötzlich kippte die Stimmung. Wenzel hatte der Masse einen Floh ins Ohr gesetzt. *Ja wieso eigentli net?*, flüsterten sich die Leute zu. *Könnt scho a Gaudi werdn*, sagte irgendwer zu irgendwem. *Denan Piefke wollt i immer scho zeigen, wo da Herrgott z'haus is*, murmelte ein Fußballer. Aus der Reihe der Dorfburschen schrie schließlich Engelbert Parseier, Sohn des streitbaren Peter Parseier und zentraler Mittelfeldspieler:

»Jo wieso eigentli net? I glaub, des könnt lustig werdn. Unserer Mannschaft tät des sicherli guat, si amoi mit richtige Spieler zum Messen, net immer nur mit de Holzhacker vo St. Michael!«

Johannes hatte noch nie mit Engelbert zu tun gehabt, er kannte ihn nur aus Peppis Erzählungen als denjenigen, der ihm die meisten Flanken für seine Tore auflegte. Zudem hatte er ihn am Sonnwendfeuer Tuba spielen gehört. Doch nun verfluchte er ihn. Johannes wusste nicht, was er sagen sollte. Hilfesuchend wandte er sich an Peppi, aber in dessen Gesicht stand ebenso die Frage *Ja wieso eigentlich nicht?*. Johannes' Herz klopfte wie verrückt. Er hatte mit allem gerechnet, nur nicht damit, dass die St. Petrianer Gefallen daran finden könnten, gegen einen Verein aus der Zivilisation zu spielen. Johannes fürchtete sofort, eine große Katastrophe würde eintreten, wenn dieses Spiel tatsächlich stattfände, und so mühte er sich ab, ihnen diese Idee wieder auszureden:

»St. Petrianerinnen und St. Petrianer! Ihr habt recht, die Fußballmannschaft ist auf einem guten Weg, und ja, wäre St. Pauli ein normaler Fußballverein, könnte man das wagen. Aber der FC St. Pauli ist anders! Das ist kein Verein wie die anderen Vereine aus der ersten nördlichen Liga. Denn inmitten der Hafenstadt Hamburg, am nördlichen Meer, gibt es ein kleines Nest, das alle Regeln bricht. Nichts ist dort, wie es andernorts ist. Dieser Ort besteht nur aus Punks, Prostituierten und Anhängern diverser linksorientierter Gruppierungen! Kommunisten! Anarchisten! Die Menschen haben rote und grüne Haare! Das heißt, wenn sie überhaupt Haare haben und ihre Glatzen nicht mit brutalen, sexuellen Mustern tätowiert sind!«

Ein Raunen ertönte. Ilse Irrwein bahnte sich einen Weg durch die Menge, um zu sehen, ob da wirklich ihr leiblicher Sohn stand, an dessen Lippen das ganze Dorf hing, während er zu allen sprach. Ilse stellte sich neben Alois, der konzentriert den Balkon fixierte, und ohne einander anzuschauen, nahmen sich Ilse und Alois an den Händen.

Dann räusperte sich Peppi:

»Wenn wir uns ehrli sand, des hat ollas nix mit Fuaßball zum Tun. St. Pauli is vielleicht a wengerl anderst als wia St. Peter, owa wir spüln ja nur gegen de Mannschaft!«

»Verräter!«, flüsterte ihm Johannes zähneknirschend zu.

»Fairplay«, antwortete Peppi leise.

Johannes startete einen neuen Versuch: »St. Pauli ist ein Fußballverein voller treuer Anhänger! Der Verein, ein jeder einzelner Spieler, zelebriert diese St.-Pauli-Philosophie! Ihre eigene Flagge zeigt einen Totenschädel, und ohne Tätowierung darf man nicht in den Fanblock. Die meisten Fans sind noch dazu Kreative! Die hätten Zeit, nach St. Peter zu fahren, und würden unser Dorf mit Liedern voll obszöner Inhalte beschallen! Und apropos obszön, wisst ihr, wie der Präsident, der Verantwortliche für dieses Chaos, sein Verhältnis zum Verein beschreibt?«

Schnell lief Johannes ins Zimmer und holte das Notizbuch, in dem er am Morgen Recherchen zum St. Pauli festgehalten hatte.

»Also, *der* Präsident vom FC St. Pauli, der höchste Würdenträger, der sagt: *So untreu wie ich meinem Ehemann bin, so treu bin ich meinem Verein!*«

Johannes räusperte sich und las den Satz noch drei Mal vor, bis alle die Botschaft verstanden hatten, wie er an den geschockten, verwirrten Gesichtern bemerkte. Die St. Petrianer waren peinlich berührt. Hie und da flüsterte einer, doch die meisten starrten Löcher in den Boden.

»Hoaßt des, da Präsident, der wos a Mann is, is mit am andern Mann verheirat und schnackselt trotzdem nu mit andre Männer?«

Wenzel Rossbrand sprach aus, was alle dachten. Johannes wartete darauf, Schützenhilfe vom Pfarrer zu bekommen, doch der segnete Gretes Infusionen im Spital. Die Stille wurde von Peppi unterbrochen:

»Ja mei, Leutln, des schreckt uns hiazn vielleicht, owa dass aner fremdgeht, passiert in de besten Familien, und jo, der Präsident vo St. Pauli is vielleicht vo an andern Fakultät, owa wir sand jo tolerant! Wir sand vielleicht auf da Weiberl-und-Manderl-Fakultät, owa wir könnan trotzdem guate Gastgeber sein. I mein, des is a Jahrhundertchance! Und i sag euch, dass des passiert is, obwohl – wie da Johannes g'sagt hat – des gar net hätt passiern dürfn, i sag's euch, des war a Zeichen vom Fuaßballheiligen! Des wird a Jahrhundertspiel, vo dem was wir nu unsere Urenkerl dazähln werdn!«

Darüber musste man nachdenken, und so steckten die Versammelten abermals die Köpfe zusammen. Johannes zog Peppi am Arm beiseite.

»Peppi, was soll das? Das sind Leute, wie du sie noch nie gesehen hast. Mit so einem Spektakel werden einfache Bergbauern wie die St. Petrianer nicht fertig. Das wird eine Katastrophe!«

»Johannes, denk net immer so schlecht vo St. Peter. Niemand hat dir was tan, und du weißt jo gar net, wia des wird. Lass de Leut selber entscheiden! Sand ja net alle deppert.«

Der Bürgermeister scheuchte einen Pensionisten von einer zur Sitzfläche umfunktionierten umgestülpten Getränkekiste, um sie als Podest zu verwenden. Der Bürgermeister war dank seines mächtigen Körperbaus unmöglich zu übersehen, aber da Johannes und Peppi von einer Erhöhung aus sprachen, musste auch er irgendwo hinaufklettern.

»Liabe Freund! Es bringt nix, wenn wir da hiazn ewig

streitn. Am besten wir stimman afoch ab, oiso überlegts enk, wer dafür und wer dagegen is.«

Mit diesen Worten berief der Bürgermeister die schnellste Abstimmung in der Geschichte von St. Peter ein. Er konnte es nicht zulassen, dass die beiden da oben, nachdem sie diese Volksversammlung verursacht und geleitet hatten, nun noch die Obergewalt über die Abstimmung erhielten. Doch St. Peter zögerte. Nach Wenzel Rossbrand wurde jetzt auch dem Rest des Dorfes bewusst, dass die vier Eminenzen fehlten. Noch nie in der Geschichte von St. Peter am Anger hatte es eine Abstimmung gegeben, zu der sie sich nicht geäußert hatten. Einen jeden Bürgermeister hatten sie vorgeschlagen, jeden Zu-, An-, Abbau abgesegnet, bei der Jahreshauptversammlung hatten sie Peppis Vorstandswahlvorschlag mit einem Nicken goutiert. Allen kam es seltsam vor, über so ein wichtiges Thema wie die Fußballflutlichtanlageneinweihung ohne den Ältestenrat abzustimmen. Doch egal wie lang die St. Petrianer auf den Boden blickten und warteten, niemand hustete, um zu einer mahnenden Rede anzusetzen. Niemand schlug mit seinem Gehstock auf den Beton, um sich Gehör zu verschaffen, niemand schnäuzte sich als Auftakt zu einer Schimpftirade in ein Stofftaschentuch.

St. Peter hielt die Luft an, und in der schlagartigen Totenstille brach die Getränkekiste unter des Bürgermeisters Füßen ein. Annähernd 0,15 Tonnen plus ein paar Zerquetschte waren zu viel für eine vormals dunkelgrüne, mittlerweile von Regen und Witterung ausgeblichene Mineralwasserkiste. Das bedrohliche Knacken von hartem Plastik schreckte die Versammelten aus ihrer wartenden Trance, und schulterzuckend nickte man sich zu. Die Mittagsglocken hatten bereits geläutet, und die St. Petrianer, die es gewohnt waren, pünktlich um zwölf zu essen, hatten Hunger.

»Oiso, dann frag i enk ois euer Burgermaster, wer is dafür, dass da FC St. Pauli 1914 —«

»1910«, verbesserte Johannes und erntete einen wütenden Blick des Dorfhäuptlings.

»Is ja wurscht, der Verein aus'm Norden mit dem komischen Präsidenten. Wer is dafür, dass wir gegn de spüln?«

Murmeln ertönte. Die St. Petrianer besprachen sich noch kurz mit ihren Nebenmännern, und bald schnellten die ersten Hände empor. Engelbert Parseier und ein paar andere Fußballer hatten Blut geleckt, sich mit Profis zu messen. Johannes hoffte anfangs, die jungen, übermütigen Fußballer würden als Einzige aufzeigen und die restlichen Dorfbewohner wären besonnener, doch solidarisch und um zu gefallen, streckten auch die Mädchen ihre Arme in die Luft. Einige flüsterten sich zu, dass sie hofften, diese Typen aus dem Norden sähen vielleicht so aus wie David Beckham, England sei ja in der Nähe. Auch die St.-Petri-Eltern erhoben ihre Hände, den Kindern zuliebe und weil einige dachten, das könnte eine interessante Abwechslung werden. Johannes A. Irrwein hatte auf dem Balkon von solch unvorstellbar exotischen, fremden und verruchten Dingen gesprochen, dass man höchst neugierig war. Angelika Rossbrand, die Dorffriseurin, zeigte auf, weil sie in natura sehen wollte, wie das so aussah, wenn ein Mensch statt Haaren nur Tätowierungen hatte. Und nachdem Angelika aufgezeigt hatte, hielt Marianne Rettenstein ihre Hand in die Höhe, woraufhin die ganze Mütterrunde dafür votierte, und schneller als Johannes zählen konnte, schossen sämtliche Hände in die Höhe.

»Na, des is do einstimmig!«, kommentierte der Bürgermeister, während Johannes die Hoffnung aufgab. Er musste sich gar nicht umdrehen, um zu wissen, dass auch Peppi die Hand in der Luft hatte.

»Oiso, dann is des hiermit b'schlossn! Dann spüln wir am viertn September gegen den FC St. Pauli aus vo da oben! Wir sand zwoar vielleicht nur a klans Alpendorf, owa wir sand g'sellige, g'schickte Leut, wir brauchn kane Helfer vo draußn, mir allanig werdn des größte Fuaßballfestl ausrichtn, des wos de ganze Alpenrepublik jemals g'sehen hat!«

Kaum hatte der Bürgermeister fertig gesprochen, setzte Jubel ein. Peppi tanzte auf dem kleinen Balkon seinen Siegestanz, machte Gesten wie ein DJ, und Johannes war totenbleich.

»Owa wartets!«, sagte der Bürgermeister und beruhigte die Menge. »Z'erst möcht i nu an Dank aussprechn an den Johannes A. Irrwein, der wos des ollas eing'fädelt hat. Und weil da Johannes jo a Schul außerhalb g'macht hat und se mit da Welt außerhalb vo St. Peter guat auskennt, würd i sagn, da Johannes wird unser Chef- Koordinator vo dem Spiel!«

»Was?«, schrie Johannes, doch sein Einwand kam zu spät. Tosender Applaus bestätigte ihn in seinem neuen Amt. Peppi tätschelte Johannes Oberarm, und die Kinder skandierten *Johannes! Johannes!* Der Bürgermeister rieb sich die Hände und hoffte, Johannes auf diese Weise genug Arbeit aufzuhalsen, dass dieser nicht noch einmal eine Volksversammlung ohne seine Genehmigung anzettelte oder gar einen Putschversuch unternahm. Johannes lehnte sich an die Brüstung und legte den Kopf auf seine Unterarme. Peppi hüpfte die Treppe hinunter zu Maria – plötzlich waren seine Sorgen und die schweren Gedanken des Morgens wie weggeblasen, und er war zuversichtlich, alles würde einen guten Ausgang nehmen. Nichts baut ein Fußballerherz so auf wie die Aussicht auf ein gutes Spiel.

Unten war indessen Volksfestatmosphäre ausgebrochen. Die St. Petrianer schrien wild durcheinander, und aus den wenigen Fetzen, die Johannes aufschnappte, schloss er, dass die Organisation in dieser Minute begonnen hatte. Die Mütterrundenmitglieder besprachen, welche Kuchen zu backen und Aufstriche anzurühren waren, der Wirt und Frau Moni stritten über die Logistik der kalten und warmen Getränke. Der Fußballtrainer rief seine Spieler zusammen, um den Trainingsplan zu intensivieren, und selbstverständlich gaben alle Chefs den Fußballern bis zum großen Spiel frei, damit diese einen Monat lang jeden Tag von früh bis spät trainieren konnten. Auf einer Papierserviette zeichneten Herr Rettenstein, Alois Irrwein und Karli Ötsch die ersten Skizzen für die Tribünen, und wäre Johannes nicht dermaßen schockiert gewesen, hätte er über die Selbstverständlichkeit gestaunt, mit der sich jeder Dorfbewohner seine Aufgaben suchte.

Als sich die Versammlung lichtete und die ersten St. Petrianer ins Wirtshaus abzogen, entdeckte Johannes Simona am Ende der Straße. Sie hatte die Arme verschränkt, und trotz der Entfernung bemerkte er ihren vorwurfsvollen Blick. Simona stand schon länger dort. Sie war aus Frust über den gestrigen Abend, aus Ärger über Johannes' Zurückweisung und aus Sorge darum, dass die Kondome in Johannes' Tasche für eine andere bestimmt waren, zum Shoppen ins Tal gefahren, konnte nun aber wegen Schuarls Straßenblockade nicht weiter und hatte sich die Hälfte der Versammlung angehört. Alle St. Petrianer, auch Johannes, waren so von der Diskussion über St. Pauli abgelenkt gewesen, dass niemand sie bemerkt hatte. Johannes deutete ihr, er würde schnell zu ihr kommen, Simona zuckte mit den Schultern und drehte sich um. Sie hatte gesehen, wie einige Dorfmädchen Johannes verführerische Blicke zugeworfen hatten, die jedoch in Wahrheit Peppi gegolten hatten, was wiederum Simona nicht wusste und auch nicht hätte verstehen können, da sie Peppi für absolut unattraktiv hielt. Sie mochte keine Männer, die sich die Augenbrauen zupften. Johannes hatte keine Ahnung, was alles in ihrem Kopf vorging, er dachte, sie hielte ihn für einen fußballwahnsinnigen Dorfidioten, und lief eilig die Stiegen hinab.

»Simona! Simona!«, schrie er, kaum dass er das Haus verlassen hatte, doch Simona war bereits in ihr Auto gestiegen, hatte den Motor aufheulen lassen und fuhr davon, nachdem Schuarl seine Straßenblockade für sie geöffnet hatte. Johannes lief auf die Straße, den Bremslichtern hinterher, bis er sie nicht mehr sah. Als er völlig außer Atem zurückkam, stand Peppi in der Einfahrt und sah ihn fragend an. Johannes schüttelte den Kopf.

»Simona spinnt total.«

»War's DVD-Schauen net guat?« Peppi zwinkerte und räusperte sich.

»Wie kann DVD-Schauen gut oder nicht gut sein? Da läuft halt ein Film.« Johannes atmete schwer, während Peppi erklärte:

»S'geht ja net um den Film, was war mit'm Rahmenprogramm?«

»Rahmenprogramm? Ich weiß nicht, was du meinst. Sie hat mir das Haus gezeigt, dann haben wir uns ein Drittel von einem komischen Film angeschaut, und dann ist sie in ihr Schlafzimmer, weil sie ins Facebook wollte, ich soll ihren Status überprüfen, hat sie gesagt, und dann war sie ewig weg, und als sie wiedergekommen ist, war sie irgendwie ganz anders, total abweisend und komisch.«

»Und du hast net ihrn Status überprüft?«

»Ja spinnst du? Ich hab auf Facebook wirklich nichts verloren.« Peppi schüttelte seinen Kopf wie ein Lehrer, dessen Schüler den Stoff auch nach Hunderten Einzelnachhilfestunden nicht verstand. Er seufzte, legte ihm die Hände auf die Schultern und sah ihm tief in die Augen: »Johannes, de Simona wollt mit dir pudern.«

»Was?«

»Na pudern halt.«

»Was?«

»Pudern, pempern, schnacksln, vögln, petschieren, nenn's, wie'st willst.«

»Peppi, du spinnst.« Johannes stieß ihn von sich und wurde

rot wie eine Amarenakirsche. »Die Simona ist ein integres Mädchen, die würde niemals so, so ...«

Er drehte Peppi den Rücken zu und dachte hektisch atmend nach.

»Diese Welt ist schrecklich!«, schrie er schließlich so laut, dass sich der Bürgermeister umdrehte, der an der Grundstücksgrenze zum Haus der Ötschs stand und mit Georg Ötsch über die unterschiedliche Handhabung von Biergläsern mit und ohne Henkel fachsimpelte.

»Wird scho guat gehn, Cheforganisator!«, rief der Bürgermeister und deutete Johannes den erhobenen Daumen. Johannes sah hilfesuchend zu Peppi, aber Peppi beobachtete Schuarl, der die Straßensperre wegräumte und mit seinen Leitkegeln zu diskutieren schien. Johannes wollte sich zurückziehen, doch Peppi hielt ihn am Oberarm fest.

»Schuarl?«, rief Peppi zum Gemeindeamtsarbeiter, der sich sofort umdrehte und grinste, denn Peppi war der Held seiner Welt. »Schuarl, wir ham an Notfall, der Johannes muaß sei Mädl gnädig stimmen, tätest du uns zum Westhang bringen?«

Schuarl salutierte, sprang sofort in die Fahrerkabine und schrie:

»Mänätschertschecker Schuarl is für jeden Notfall vom Fluchtlichtanlagenfußballeröffnungsspieloberorganisator Johannes A. Irrwein und dem Stürmerstar Peppi Gippel bereit!«

»Peppi, was soll das?«, fragte Johannes, während Peppi ihn zum Pick-up zerrte und ihm half, auf die Ladefläche zu klettern.

»Red mit da Simona, und alles wird guat! Glaub ma, mit mir und da Maria war's net anderst, ma muss miteinander redn, gelt?« Peppi lächelte Johannes an, und Johannes verstand, dass Peppi es in jeder Hinsicht nur gut mit ihm meinte. Er nickte, woraufhin Peppi euphorisch kommandierte:

»Ab zum Skilifthaus, Schuarl!«

Schuarl drückte das Gaspedal durch und schaltete seine

Sirene an. Johannes fiel sofort zu Boden und beschloss, besser liegen zu bleiben, um nicht vom Pick-up zu fallen. Unter den Reifen schlitterte der Rollsplitt davon, und kaum bog Schuarl vom Dorfplatz auf die unasphaltierte Westhangstraße, wurde der Pick-up zu einem galoppierenden Pferd, das über Hubbel und Schlaglöcher sprang, als würde es von einem Hornissenvolk gejagt. Johannes hielt sich an den Wänden fest, panisch blickte er nach oben, da bei der Geschwindigkeit die auf die Straße ragenden Zweige des Waldstückes zu wilden Peitschen wurden. Peppi hingegen stand aufrecht, hielt sich an der Fahrerkabine fest und streckte die Nase in den Wind, als würde er die Fahrt genießen. Johannes fragte sich, ob Schuarl in seinem früheren Leben Rennfahrer gewesen war, als er die Einfahrtskurve zu Simonas Haus mit der Handbremse nahm und das Heck querdriften ließ. Abrupt bremste Schuarl vor der Garage der Nowaks ab, sodass sieben Zentimeter Abstand zwischen Nummernschild und Garagentor blieben. Johannes wurde gegen die Seitenplanke geschleudert und wagte erst, seinen Kopf zu heben, als Schuarl den Motor abgestellt hatte.

»Skilifthaus erreicht!«, schrie Schuarl und sprang aus dem Wagen.

Peppi half Johannes auf die Beine, dem schwindelte, als wäre er von einem Seesturm umhergetrieben worden. Mit Müh und Not hievte er sich aus dem Truck. Schuarl und Peppi stützten ihn links und rechts und schleppten ihn zu Simonas Haustür. Er bekam gar nicht mit, ob Peppi oder Schuarl die Klingel drückten, und erst als Simona im Türrahmen stand, kam Johannes wieder zu sich. Kritisch ließ Simona ihre Blicke an den drei Männern auf und ab fahren, Peppi unterbrach ihre Musterung, indem er ihr die Hand reichte.

»Servas Simone, i bin da Peppi, des is da Schuarl, und den Johannes kennst jo, der wollt mit dir redn.«

»Servas Simone, wie der Peppi scho gsagt hat, i bin da Schuarl, Mänätschertschecker vom FC St. Peter und da persönliche

Assistent vom Obermänätschertschecker vom FC St. Peter Johannes A. Irrwein.« Schuarl griff nach ihrer Hand und schüttelte sie kräftig, Simona beobachtete erschrocken, wie ihre weißen Finger in Schuarls erdiger Pratze versanken.

»Hallo«, stotterte sie.

Mit einer Entschiedenheit, dass Simona nur ausweichen konnte, schubste Peppi Johannes über die Schwelle und folgte mit Schuarl ins Haus. Johannes hatte ihre Augenbrauen noch nie so weit hochgezogen gesehen.

»Johannes, was machst du hier?«, sagte Simona schließlich streng.

Peppi wollte antworten, Simona hob jedoch ihre Hand, als hätte er Redeverbot.

»Kann ich mit dir allein reden?«, flüsterte Johannes verlegen, und Simona winkte ihn weiter.

»Ihr wartet so lange hier, ja?«, sagte sie drohend und schloss die Tür zum Entree hinter sich.

»Johannes, wenn du das Bedürfnis hast, zum Anführer der Dorfidioten zu werden, dann bitte, aber lass mich da raus.«

»Simona, du verstehst das alles falsch. Das war alles ein blödes Missverständnis.«

»Ich fand das sehr eindeutig. Johannes, ich versteh dich nicht! Ich dachte, du interessierst dich für die Welt und willst raus aus diesem komischen Kaff, und dann komm ich mit dem Auto an deinem Haus vorbei, und das komplette Dorf huldigt dir. Ganz zu schweigen von den ganzen Dorfschlampen, die kurz davor waren, ihren BH für dich auszuziehen! Ich mein, was soll das?«

»Simona, du übertreibst, das war alles ein blöder Zufall. Simona, du bist die wunderbarste Frau der Welt, und ich will mich nicht wegen so einem blöden Missverständnis mit dir streiten. Komm, ich schick schnell Schuarl und Peppi weg, und dann erzähl ich dir, was da vorhin los war, o.k.? Und bitte lass uns über gestern reden. Ich, du musst verstehen, ich kenn mich mit Facebook-Kryptographie nicht so aus, wenn ich Facebook höre, hab ich keine Ahnung, wovon du sprichst. Gib mir noch eine Chance! Bitte, du bist zu toll, als dass ich dich wegen Missverständnissen verlieren dürfte.«

Simona hielt einen Augenblick inne, warf Johannes prüfende Blicke zu und ließ den Anflug eines Lächelns über ihr Gesicht huschen.

»O.k. Ich hör dir zu. Johannes, ich mag auch nicht wegen so einem Blödsinn mit dir streiten. Außerdem, kommt wirklich dieser Megaverein St. Pauli aus Hamburg? Den mocht ich immer, du weißt ja, da hab ich vier Jahre gelebt, voll nice!«

Johannes nickte, Simona legte ihre Arme um seinen Hals. Er spürte einen Stein der Erleichterung von sich abfallen, bis ein lauter Knall aus dem Entree ertönte. Augenblicklich riss sich Simona los:

»Was war das?«

Johannes ahnte Schlimmes. Simona öffnete die Tür und stieß einen schrillen Schrei aus.

Johannes lief ihr nach – im Entree stand ein grinsender Schuarl und sagte:

»Scho o.k., ollas in Ordnung, ka Sorg, i hab des Viech dawischt. Brauchst di net fürchtn. Is scho hinig!«

Peppi zuckte mit den Schultern, Simona presste sich die Handflächen vor den Mund, Johannes folgte ihrem Blick und sah zu Boden: Da lag eine der Mäuse. Platt und quadratisch, auf ihrem weißen Fell der Abdruck von Schuarls Stiefeln. Sie hatte die Pfoten von sich gestreckt, als würde sie zum Abschied ein letztes Mal salutieren.

*[Die Besteigung des Großen Sporzer Gletschers II, Notizbuch IV]*

*[12.6.]* Und abermals waren es die Bergsteiger, die das Übel brachten, oder besser: die als erste Botschafter, Verkünder und Anzeichen eines gewaltigen Unheils fungierten. In welchem der Jahre es sich genau zugetragen hat, darüber widersprechen sich die Zeitzeugen, doch es muß irgendwann zwischen dem dreiunddreißigsten und dem achtunddreißigsten Jahr des zwanzigsten Jahrhunderts gewesen sein, daß Bergsteiger nach St. Peter am Anger kamen, die gerüstet mit moderner Technik den Plan verfolgten, den Großen Sporzer über die Nordwand (bergbarbarisch: Mordwand) zu besteigen. *[12.7.]* Diese Bergsteiger hatten Zelte, die komfortabler aussahen als so manches Wohnhaus des Dorfes, und für den Acker, auf dem sie lagerten, zahlten sie jenem Bauern, von dem ich glaube, daß es der Kaunergrat war, eine hohe Summe. *[12.8.]* Da zu jener Zeit eine Sturmfront in das Angertal zog, mußten diese Bergsteiger, die, wie berichtet wird, aus dem im Norden angrenzenden Reich stammten, auf besseres Wetter harren, denn jener Sturm war so gewaltig, daß der Gletscher, auf den sie gelangen wollten, gar nicht zu sehen war. Und während sie warteten, haben sie angeblich viel im Wirtshaus gesessen, jedoch niemals von des Wirten selbstgebrautem Gerstensaft oder den dort verkauften Weinen gekostet, sondern es wird gesagt, daß sie ständig stramm gesessen seien und Apfelsaft getrunken hätten. *[12.9.]* Viel hätten jene Bergsteiger zudem das Dorf gelobt, wie traditionsbewußt alle lebten und welch guter Erde die Erzeugnisse entspringen würden. Von derlei Lob geehrt, hätten die Bergbarbaren begonnen, Zutrauen zu fassen, und die Bergsteiger gefragt, woher sie kämen und wieso in aller Herrgottsnamen sie so unbesonnen seien, die Mordwand ersteigen zu wollen.*[13.0.]* Es heißt, den Bergsteigern seien die Brüste angeschwollen und sie hätten gemeint, sie wollten die Nordwand um ihres Volkes willen besteigen, um zu demonstrieren, daß dieses Volk imstande sei, das Unmögliche zu bewerkstelligen. Nun, so meinen die Erzählungen, sei das Herz des Alfred Gerlitzen in sorgenvolle Bewegung geraten, denn er fürchtete schon seit einiger Zeit, daß aus den Vorgängen, die er über sein Radiogerät jeden Tag verfolgte, ein

*Krieg entstehen könnte, und nun schien es ihm noch mehr danach, denn Alfred Gerlitzen sei der Meinung gewesen, daß kein Volk besser als ein anderes wäre. [13.1.] Daraufhin, so heißt es, habe sich Alfred Gerlitzen mit seinem Freund, dem jungen Bürgermeister Ebersberger, zu einer langen Beratung zurückgezogen, bei dem jener Alfred dem Bürgermeister erklärt habe, wie gefährlich die Situation sei, welche sich rund um St. Peter am Anger zusammenbraue. Und in jener Nacht hätten sie eine List gefaßt, wie sie es bewerkstelligen würden, nicht in jenen Schlamassel hineingezogen zu werden. [13.2.] Doch von dieser List ist später zu künden. Hierauf will ich zurückkommen zu jenem Schicksal der Bergsteiger, das, um es kurz zu fassen, ein unglückliches war. Nachdem sich die Schlechtwetterfront verzogen hatte, versuchten sie den Aufstieg und kehrten nie mehr zurück. Erst im nächsten Sommer, als der Schnee geschmolzen war, entdeckte ein Hirtenbub ihre Überreste, da ihm ein Schaf entwischt und in höhere Lagen davongeflüchtet war. [13.3.] Den Wunsch der Bergsteiger auf ein Begräbnis inmitten ihres Volkes erfüllten ihnen die Bergbarbaren nicht. Sie machten ihnen, wie all den anderen auch, ein Grabmal auf dem Friedhof hinter der Dorfkirche und gedachten ihrer nicht mehr. Das Grabmal verwitterte und wurde zu Sand.*

# Blasmusikpop

Nachdem das kleine Bergdorf St. Peter am Anger beschlossen hatte, sich mit dem Hamburger Skandalverein St. Pauli im Fußballspielen zu messen, verging kaum eine Stunde, in der die Dorfbewohner Johannes nicht aufsuchten, um ihm ihre Ideen vorzustellen. Für die Grundorganisation des Spektakels hatte er sich am Modell der athenischen Heeresordnung orientiert, die Herodot ab dem siebten Buch der Historien beschrieb. Nicht ein Feldherr befahl allen Soldaten, sondern kleinere Heeresabordnungen agierten autonom, damit der Feldherr sich nicht um alles kümmern musste. Dementsprechend hatte Johannes also Arbeitsgruppen eingerichtet, diesen jeweils einen Leiter vorgestellt und sie mit einzelnen Aspekten der Organisation betraut. So leitete zum Beispiel sein Vater Alois gemeinsam mit Herrn Rettenstein die Arbeitsgruppe Tribünenbau, um den Fußballplatz zu einem um zwei Drittel größeren Stadion umzubauen. Obwohl August war, hatte Johannes' Mutter den Kindergarten wieder geöffnet und bot mit einigen Dorfmädchen als Helferinnen neuerdings Nachmittagsbetreuung an, damit alle Kinder des Dorfes beschäftigt waren und sich die Älteren vollständig den Vorbereitungen für das große Spiel widmen konnten. Edeltraud Parseier und Angelika Rossbrand waren verantwortlich für die Dorfdekoration, und Marianne Rettenstein kümmerte sich mit der Mütterrunde um das Catering. Vorgestern hatten sie Johannes bereits um neun Uhr früh aufgelauert, um ihn den Höhepunkt der kulinarischen Angebote kosten zu lassen: den McPeter. Es handelte sich dabei um ein Fleischlaberl (Faschiertes, Zwiebel, Ei, Petersilie), das mit der bei Tupperwarepartys beliebten Cocktailsauce und einem Salatblatt garniert zwischen Boden und Deckel einer Semmel serviert wurde. Eine der schwierigsten Aufgaben für Johannes war es, um neun Uhr morgens der Mütterrunde Lob und Ermutigung auszusprechen, ohne sich zu übergeben. Robert Rossbrand kümmerte sich mit einigen Dorfjugendlichen um PR und Marketing, was Johannes ein Dorn im Auge war, da er fürchtete, Robert mit seiner brachialen Art verstünde darunter, sich wie ein mittelalterlicher Nachrichtenkolporteur auf den Dorfplatz zu stellen, einen Kochlöffel gegen einen Topf zu schlagen und laut zu schreien. Alle waren mehrfach in die Organisation eingebunden, doch Einzelne kamen ständig mit *Spezialideen* auf ihn zu. Das meiste konnte er absegnen: So wollte zum Beispiel die Dorfvolksschullehrerin ein Begrüßungslied mit den Volksschulkindern singen, der Bauer Kaunergrat seine weißen Kühe mit Sprüchen wie Vereinslogos besprühen – wozu ihn sein Sohn Bastl überredet hatte, der als eifrigster Schmierfink in die Geschichte der St.-Petri-Volksschultoilette eingegangen war, noch bevor er die Volksschule beendet hatte –, und Schuarl hatte sich von Johannes die Genehmigung für einen speziellen *Notfall-Müllentsorgungsplan* geholt, der so kompliziert und verschroben war, dass Johannes ihn zwar nicht verstanden, aber bestätigt hatte, weil Schuarl ihn sonst nicht in Ruhe gelassen hätte. Johannes war nach dem Vorfall mit der Maus nicht gut auf Schuarl zu sprechen, wenngleich er wusste, dass den Gemeindearbeiter keine Schuld traf. Er war nur seinen natürlichen Impulsen gefolgt. Simona und er hatten seither nicht mehr miteinander gesprochen. Johannes hatte sich nicht getraut, sich bei ihr zu melden, und auch Simona hatte keinen Ton von sich hören lassen. Obwohl Johannes anfangs gegen das Spiel gewesen war und in seinem Herzen am liebsten noch immer alles abgesagt hätte, war er froh, von frühmorgens bis spätabends eingespannt zu sein, denn so war er wenigstens die meiste Zeit abgelenkt und musste nicht ständig an Simona denken. Johannes hätte es zwar nie zugegeben, doch er fühlte sich plötzlich wohl im Dorf. Es war ein seltsames Gefühl, geschätzt, gebraucht und um Rat gefragt zu werden – selbst wenn ihn die Dorfmädchen fragten, ob die Männer in St. Pauli genauso flirteten wie die Männer in St. Peter.

*Liebe zivilisierte Freunde! Ja, es ist mir anzukreiden, daß ich in der letzten Zeit kaum Fortschritte mache, was die Erforschung der Bergbarbaren angeht, und glaubet mir, das Schuldgefühl raubt mir den Schlaf!*, schrieb Johannes in einem der nun seltener werdenden Einträge im Moleskine, obwohl das erlogen war, denn von der Organisation streng eingespannt, schlief er jede Nacht, kaum dass er ins Bett sank, wie ein Stein. *Meine zivilisierten Freunde, Ihr könnt Euch gar nicht vorstellen, wie arbeitsintensiv es ist, solch ein Ereignis in nur einem Monat auf die Beine zu stellen. Fußball ist ein komplexes Phänomen, man braucht abseits des Platzes die zehnfache Anzahl an Helfern wie Spieler auf dem Platz. Doch Gott sei Dank erweisen sich die Bergbarbaren als kooperativ, und ich hoffe, bald wieder Fortschritte in meinen Studien zu machen. Wobei ich Euch versichern kann, ich halte meine Augen ständig offen, nur scheint der Kriegszug stillzustehen, da die vier alten Männer der Gerousia anstatt gegen die Zivilisierten nun gegen ihr eigenes Volk Krieg führen. Jener Ältestenrat war nämlich eine Nacht lang im Wald gefangen, nachdem ihnen das Benzin ausgegangen war, und erst nach 13 h wurden sie gerettet, was zur Folge hatte, daß sie sich in ihre Jagdhütte zurückzogen und dort schmollten. Ich befürchte, sie werden sich üble Bestrafungen überlegen, weil sie nicht eher gesucht wurden, doch zurzeit scheint ein seltsamer Friede über dem Dorf zu liegen und eine Harmonie, wie ich es noch nie erlebt habe.*

Zwei Wochen vor dem großen Tag stellte Johannes zufrieden fest, dass endlich der Behindertenparkplatz vor der Einfahrt zum Sportplatz markiert worden war, für den er sich starkgemacht hatte. Es war schwer gewesen, die St. Petrianer von dessen Notwendigkeit zu überzeugen, da es im Dorf keine Rollstuhlfahrer gab. Er hatte den Verantwortlichen eine lange Rede über Gleichberechtigung und Diskriminierung gehalten und sie zwar nicht überzeugt, aber immerhin so gelangweilt, dass sie den Behindertenparkplatz genehmigt hatten, um Johannes' Ausführungen zu entgehen.

Auf der Nordseite hämmerten einige Zimmerleute und Tischler an den Tribünen herum – noch sah das Grundgerüst wie ein Teil eines Dinosaurierskeletts aus, doch Johannes staunte, um wie viel weiter es im Vergleich zum Vortag gediehen war. Das Sägen und Nageln war so laut, dass man die Stimme des Trainers nicht verstand. Die Gesichter der Spieler leuchteten rot, und Johannes meinte, an manchen Fußballerbäuchen erste Erfolge des Intensivtrainings zu erkennen. Als der Trainer Johannes' Anwesenheit auf dem Balkon des Fußballhauses bemerkte, pfiff er ab und schickte die Burschen zum Auslaufen und Duschen, um sich mit ihm zu besprechen. Johannes war es unangenehm, dass seinetwegen ein Fußballtraining beendet wurde. Es war nicht das erste Mal, dass die Leute für ihn ihr Werk niederlegten, um ihn etwas zu fragen oder ihm zu zeigen, welche Fortschritte man machte.

Nachdem er mit dem Trainer das Gehalt für den Schiedsrichter aus dem Nachbarbundesland abgesprochen hatte, den man holen wollte, um die eigene sportliche Integrität zu beweisen, ging Johannes in die Umkleidekabinen und suchte nach Peppi. Er kannte das Fußballhaus mittlerweile wie sein Elternhaus, wusste, wo was aufbewahrt wurde, und behielt den Überblick darüber, was noch verändert werden musste.

Er hatte sogar einen Grundriss über seinen Schreibtisch gehängt, den ihm Schuarl beim Organisatorenabendessen im Wirtshaus mit Ketchup auf eine Serviette gemalt hatte.

Johannes fand Peppi in der Umkleidekabine, er war noch ohne T-Shirt.

»Servas!« Peppis Haargel- und Duschgelgeruch überlagerte den Schweißgeruch der Kabine. »Dazähl, wie geht's da, was gibt's Neues?«, fragte Peppi und zog sich weiter an, Johannes nahm währenddessen auf einer Stelle der Umkleidebänke Platz, die ihm einigermaßen sauber erschien.

»Nicht viel. Eine Menge zu tun, alles läuft, kleinere Probleme, aber nichts Tragisches. Der Pfarrer ist stinkwütend, er hat gedroht, mich zu exkommunizieren, aber ich hab ihm erklärt, dass er das gar nicht kann, weil er kein Bischof ist. Und dann mach ich mir Sorgen wegen den vier Alten. Findest du's nicht auch seltsam, dass es auf einmal mucksmäuschenstill rund um den alten Ebersberger, Rettenstein, Hochschwab und Rossbrand ist? Ich trau dieser Ruhe nicht, ich hab so das Gefühl, die führen was im Schilde.«

Johannes ließ seine Daumen umeinander kreisen. Peppi zuckte mit den Schultern und widmete sich dem Rest seiner Körperpflege, Deodorant, Rasierwasser, und zog sich ein T-Shirt über.

»I weiß net, vielleicht ham de vier Alten endli auf'gebn und lassn uns z'friedn?«, fragte Peppi, aber Johannes hatte immer noch Sorgenfalten im Gesicht.

»Ich glaub nicht. Die regieren seit Jahrzehnten das Dorf, die sind gerissen. Irgendwas planen die.«

Wortlos marschierten die beiden schließlich nach Hause. Johannes überlegte, wie die vier Alten alles sabotieren könnten, bis Peppi kurz vor dem Ausgang vom Fußballplatz das Thema wechselte: »I glaub übrigens, dass de Kinder vo mir sand.«

Johannes pustete Luft aus, doch Peppi fuhr ungestört fort:

»Überleg amoi. De Maria kann si gar net dran erinnern, dass sie mit'm Günther g'schlafen hätt. Owa zweiadhalb Wochn vorher ham wir nu Liebe g'macht. Wir ham zwar auf'passt, owa weißt eh, des is jo a net sicha.«

Peppi stand kurz davor, eine Karriere als Fußballprofi zu beginnen. Er war in den letzten Wochen des Öfteren zu Probetrainings eingeladen worden, und sein Trainervater Sepp Gippel meinte, es gebe gute Chancen, Peppi in der Profiliga unterzubringen, vor allem, wenn das Spiel gegen den FC St. Pauli gut liefe, zu dem einige Talentscouts ihr Kommen angemeldet hatten.

»Hey, Peppi, lass es bitte langsam angehen«, sagte Johannes schließlich, »ihr könnt ja dann einen Vaterschaftstest machen, aber stürz dich da jetzt nicht so rein. Konzentrier dich auf das Spiel, das ist grad das Wichtigste. Ich muss jetzt los. So eine Journalistin vom *Angertaler Anzeiger* will ein Interview mit mir führen«, woraufhin sie sich umarmten und sich vor dem Dorfplatz trennten.

»Erzählen Sie doch mehr!«

Frau Moni hatte Johannes und die Reporterin am Stammtisch platziert, zufälligerweise waren, kaum dass Johannes dort Platz genommen hatte, drei Dutzend St. Petrianer in das Café gekommen und hatten versucht, sich unauffällig im Raum zu postieren. Da alle Augen auf den Stammtisch gerichtet waren und kaum jemand etwas bestellte, war die Tarnung nicht sonderlich effektiv. Seit dem Jahrhunderthochwasser des Mitternfeldbaches vor zwanzig Jahren war es das erste Mal, dass ein Reporter vom *Angertaler Anzeiger* leibhaftig nach St. Peter gekommen war. St. Peter war zwar mit den aktuellsten Meldungen wöchentlich im Lokalteil vertreten, doch wurden solche Anzeigen von der Gemeindesekretärin verfasst und nach Lenk geschickt, sodass sich die Journalisten nicht die Mühe machen mussten, den Berg hochzufahren.

Die Reporterin selbst war eine viel zu stark geschminkte Frau in Ilses Alter, deren halbe Mascara auf ihren Lidern klebte, und immer wenn sie ihren Mund öffnete, um am Strohhalm ihres Eistees zu saugen, entdeckte Johannes weitere Zähne, an denen der grell-rote Lippenstift klebte. Zuerst saß sie ihm gegenüber, rückte aber bald zu ihm auf die Bank, um ihn besser verstehen zu können. Als sie ihn nach seinem Privatleben fragte, ob er denn eine Freundin habe, die ihn bei den anstrengenden Organisationsarbeiten unterstütze und ihm abends, wie sie sagte, die Schultern massiere, stand Johannes auf und sagte:

»Tut mir leid, aber ich hab dringende Dinge zu erledigen«, und beeilte sich, an den herumstehenden St. Petrianern vorbei ins Freie zu flüchten.

Lange sah ihm die Reporterin hinterher und kaute an ihrem Bleistift. Die Reporterin war angetan von dem hübschen jungen Mann, der partout nicht mit ihr reden wollte, als ob er eine wichtige Persönlichkeit wäre. Sie machte sich noch einige Notizen, schickte die Fotografen in ganz St. Peter herum und setzte sich abends in der Redaktion ans Werk, ihre persönliche Heldengeschichte zu schreiben.

# SENSATION
## SKANDALVEREIN KOMMT NACH ST. PETER

*Unglaubliche Nachrichten: Als Gegner zum Einweihungsspiel der neuen Flutlichtanlage kommt der FC St. Pauli aus Hamburg am Nordmeer in die alpine 497-Seelen-Gemeinde. Unsere Reporterin traf den verantwortlichen Organisator J. A. Irrwein im örtlichen Café Moni und sprach bei einem Apfelsaft gespritzt mit dem zurzeit wichtigsten Bürger St. Peters. (Von Louise Gruber)*

Johannes A. Irrwein (17) ist ein ruhiger junger Mann. An seiner runden Brille sieht man, dass er klug ist. Seine kupferblonden Locken sind ungebürstet, Johannes A. Irrwein hat wenig Zeit für Körperpflege: Er muss das Spiel des Jahrhunderts organisieren. »Es gibt viel zu tun«, sagt Johannes A. Irrwein nachdenklich und nippt langsam an seinem Glas. Er blickt gehetzt um sich, atmet schnell. Ich merke, dass tausend Gedanken durch seinen wohlgeformten Kopf laufen. Mit mir an diesem Tisch zu sitzen, ist für ihn nicht selbstverständlich. Es bedeutet für ihn einen Augenblick Ruhe, denn zu viel gibt es noch zu tun, und zu wenig Zeit. Johannes A. Irrwein gelang es durch kluge Verhandlungstechnik, dieses Spiel einzufädeln. Nun ist er Generalbeauftragter für die Durchführung und als solcher verantwortlich, dass alles klappt. »Es war Glück und ein Wink des Fußballheiligen«, antwortet Irrwein bescheiden, wenn man versucht zu erfahren, wie er dieses Spiel in die Wege geleitet hat. Er ist ein charmanter, zurückhaltender junger Mann, aber man merkt, er hat seine Geheimnisse und speziellen Tricks. Johannes A. Irrwein ist für sein Alter überaus seriös, vermittelt das Gefühl von großen Fähigkeiten, und dennoch blitzt zwischen seinen vagen Angaben ein verschmitztes Lächeln auf, das beweist, dieser Junge kann auch Herzen brechen. Diskret ist er auch. Auf die Frage nach seinem Privatleben hüllt er sich in Schweigen. Er will wohl all den alleinstehenden Fußballfaninnen Hoffnung schenken, beim großen Spiel am 04.09.2010 nicht nur Fußballspieler kennenlernen zu dürfen, sondern auch die geheimnisvollen Hintermänner. Wie man hört, ist der beliebte Stürmerstar Peppi Gippel in festen Händen, doch es scheint, St. Peter am Anger hat einen neuen aufregenden Traummann mit schönen grünen Augen: Johannes A. Irrwein.

Die Teller von Ilse und Alois waren bereits seit Minuten leer, da hatte Johannes seine Abendjause noch immer nicht angerührt. Alois blätterte in der Zeitung. Aufgrund des Artikels über Johannes, der in Klarsichtfolie verpackt an den Kühlschrank geheftet war, hatten die Irrweins den *Angertaler Anzeiger* abonniert. Ilse sah ihren Sohn an und legte die Stirn in Falten. Sie seufzte vier Mal laut auf, um seine Aufmerksamkeit zu erregen, doch Johannes war über einen Berg Zettel gebeugt und beachtete weder seine Mutter noch seine Abendjause: Gemüseschnitzel mit Sauerrahmsauce und Buttererdäpfeln. Ilse bemühte sich seit einiger Zeit, gesund zu kochen. Johannes hatte tiefe schwarze Ringe unter den Augen und merkbar Gewicht verloren.

»Johannes, magst net a bisserl wos essn?«

Als er nicht reagierte, legte Ilse ihre Hand auf Johannes' Zettelberg, um ihm die Sicht zu versperren. Johannes funkelte sie böse an.

»Keine Zeit. Irgendwas stimmt mit den Abrechnungen nicht.«

»Johannes, i versteh scho, dass'd grad wahnsinnig vül um d'Ohren hast. Owa s'tuat kanem ka Guat net, wenn's di irgendwann zamdraht, weilst so fertig bist. Denk an de Grete, de woar wochenlang im Spital, nachdem sie's in der Mess zamdraht hat.«

Johannes blickte auf die Uhr, es war kurz nach halb acht. Um sieben hatte die Versammlung der Arbeitsgruppe *Öffentlichkeitsarbeit & Werbung* begonnen. Er wollte dort unbedingt vorbeischauen, um zu kontrollieren, ob Robert Rossbrand jugendfreundliche Pressetexte schrieb. Johannes blickte einige Momente in die Augen seiner Mutter. Dann nahm er sich eine Semmel aus dem Brotkorb in der Tischmitte, schnitt sie auf, schmierte Sauerrahm auf die Deckel, legte ein Gemüseschnitzerl dazwischen, stopfte seine Unterlagen in die Umhängetasche, schulterte sie, biss in das Gemüseschnitzerl und machte sich kauend auf den Weg ins Wirtshaus.

»Und de Erdäpfel?«, schrie ihm Ilse hinterher, aber Johannes war bereits aus dem Haus.

Kurz vor dem Dorfplatz warf er drei Viertel seiner Abendjause ins Gebüsch und ärgerte sich über die Sitzung, noch bevor er sie erreicht hatte. Im Gegensatz zu fast allen Arbeitsgruppen lief in dieser nämlich nichts von allein, sondern Johannes wurde bezüglich jeder Kleinigkeit um Hilfe und Rat gefragt. Einerseits hatte er dafür Verständnis, war nämlich das Arbeitsgebiet der Gruppe Werbung und Öffentlichkeit, im Gegensatz zu Dingen wie Buffetorganisation oder Tribünenbau, niemandem im Dorf vertraut. Man wusste, Feste auf die Beine zu stellen, doch bis dato hatte man nie versucht, jemanden, der nicht aus St. Peter kam, dazuzuholen. Er hatte zwar gehofft, es würde helfen, Peppi abzustellen, aber Peppi war, so gern er ihn hatte, nicht die hellste Glühbirne auf der Erde. Die Tür war immer noch nicht geölt worden, alle blickten auf, als Johannes die Stufen herunterkam, grüßten ihn freundlich und lächelten ihn an. Der kleine Wenzel Rossbrand stand an der Schank und ließ sich vom Wirt einen Meter G'spritzte anfüllen. Wahrscheinlich für die Arbeitsgruppe, dachte Johannes, da der Meter G'spritzte – ein hölzerner Tragestab in der Länge eines Meters, in dessen Oberseite Löcher für Weingläser gesägt worden waren – bei der Dorfjugend besonders beliebt war.

»Wir ham scho auf di g'wartet!«, sagte er süffisant.

Johannes erwiderte: »Bei den Arbeitsgruppensitzungen soll nicht getrunken werden. Ihr sollt arbeiten! Den Wein kannst du gleich stehen lassen!«

Johannes wartete, dass der Kleine vor Angst davonlief, doch Wenzel blieb, wo er war, und grinste noch frecher.

»Wir sand scho fertig mit ollem!«

»Was heißt fertig mit allem? In einer Dreiviertelstunde? Das letzte Mal habt ihr fünf Stunden gebraucht, um eine Pressemeldung zu schreiben, und der fehlten Einleitung und Schluss.«

Wenzel drückte seine Zunge in eine der Lücken, sodass sie zwischen zwei Zähnen hervorblinzelte: »Wir ham halt a spezielle Hilfe g'habt.«

Er wollte gerade den Meter in die Hände nehmen, da stieß Johannes den Rossbrand'schen Nachzügler beiseite und eilte im Stechschritt in das Versammlungszimmer. Und da saß Simona.

Schräg auf dem Sessel, mit der linken Achsel auf der Lehne abgestützt und weit zurückgebeugt, den Kopf im Nacken, eine Zigarette in der Hand, obwohl sie immer behauptet hatte, Nichtraucherin zu sein. Johannes stockte im Türrahmen, konnte keinen Schritt vor oder zurück machen. Er hörte nur, wie Robert Rossbrand Witze riss und Simona nach jeder Pointe hell auflachte. Johannes blieb stehen, bis Simona ihre Zigarette in dem überquellenden Aschenbecher auf der Tischmitte ausdämpfte, über Robert Rossbrands Arm streichelte und sich eine neue aus der Packung vor ihm zog. Als Robert Rossbrand ihr Feuer gab, wand sich Johannes der Magen. Ihm wurde schwindelig, und er machte auf dem Absatz kehrt. Die Augen auf den Boden gerichtet lief er durch den Schankraum – doch kurz bevor er die Stiegen hinauf ins Freie nehmen konnte, packte ihn Peppi am Arm. Er kam gerade von der Toilette zurück und schob sich zwischen Johannes und die Stiegen.

»Hey, Johannes, wo rennst'n hin?«, fragte er verblüfft. Johannes keuchte.

»Nach Hause.«

»Warst überhaupt scho drin?«

»Ich hab genug gesehen.«

Johannes versuchte, sich an Peppi vorbeizuschlängeln, der ihm den Weg versperrte.

»Herst, Johannes, geht's da net guat? Was is'n los?«

Johannes' Brustkorb spannte sich, und schließlich sah er Peppi wutentbrannt in die Augen.

»Was macht die Simona da drin?«

»I hab si im Tal troffen, als i mit da Maria an Kreissaal besichtigt hab. Sie is grad aus am Geschäft in da Fußgängerzone kommen. Und sie war voi aufg'regt wegen dem Artikel über di, und da hat sie helfen wolln.«

»Red nicht so einen Schwachsinn, ich hab selbst gesehen, was sie da drin mit wem gemacht hat, also geh mir aus dem Weg.«

Peppi blieb stehen.

»Peppi, lass mich raus.«

»Erst wennst di beruhigt hast!«, sagte Peppi trocken, doch Johannes wollte sich nicht beruhigen, und so stieß er Peppi an der Schulter beiseite. Peppi hatte nicht damit gerechnet, dass Johannes handgreiflich werden könnte. Er taumelte, fing sich am Geländer ab, und Johannes schmetterte die Tür so fest ins Schloss, dass ihm alle mit offenen Mündern nachblickten.

Draußen trat Johannes wütend gegen einen Blumenkübel. Hinter ihm schwang die Wirtshaustür auf, er drehte sich nicht um.

»Johannes!«, schrie Simona. Ihre Stöckel klackerten in der aufziehenden Dunkelheit auf dem Asphalt. Am Dorfplatz holte sie ihn ein und packte ihn an der Schulter, Johannes entwand sich ihrem Griff. »Was ist los mir dir?«

Johannes wandte den Blick von ihr ab und verschränkte die Arme.

»Geh zurück zu deinem Rossbrand und lass mich in Ruhe.«

Simonas Stimme schlug von Ungläubigkeit in Wut um: »Sag mal, wie viele Schritte soll ich noch in deine Richtung machen, bis du mal einen zurück machst?«

»Einen zu mir vielleicht, nicht zu Robert Rossbrand!«

»Sag mal, spinnst du total? Komm runter und lass den Robert da raus. Ich bin wegen dir hier. Ich hab mir nach dem Artikel im *Angertaler Anzeiger* gedacht, ich helf dir bei der Arbeit, damit du wieder Zeit für mich hast! Dein Freund Peppi hat gesagt, die Pressearbeitsgruppe braucht Hilfe. Checkst du's nicht?«

»Ja, aber wieso streichelst du dann dem Robert Rossbrand den Arm?«

»Johannes, hörst du mir überhaupt zu?«

»Ich hör und seh dich sehr gut sogar!«

»Okay, dann hör dir mal das an: Vergiss es! Vergiss es einfach! Vergiss alles, was ich gesagt hab, vergiss alles, was war, vergiss es einfach!«

Einer ihrer Stöckel brach ab, als sie zornig auf das Pflaster trat. Simona warf ihn gegen einen Oleanderbusch an der Hauswand und ließ laut fluchend den zweiten Schuh auf dem Wirtshausvorplatz zurück.

»Na dann geh zurück zu Robert und den ganzen Idioten«, schrie Johannes ihr hinterher. Ohne sich umzudrehen, brüllte Simona nur:

»Fick doch deinen Herodot.«

*Liebe zivilisierte Freunde! Wenig Gemeinsamkeiten gibt es zwischen den Bergbarbaren und uns Zivilisierten, aber unter einer Sache leiden beide Volksstämme in gleichen Maßen: den Frauen. Wie auch Herodot erzählt, bringt das schöne Geschlecht, so anmutig und friedfertig es auch scheinen mag, stets den Krieg in die Welt. Nicht zu Unrecht beginnt Herodot seine Historien genau mit diesem Thema: »Wäre nicht die Io mit den Phöniziern abgehauen, und hätten daraufhin nicht die Kreter die Europa fortgebracht und die Hellenen die Medea mitgenommen, dann hätte Paris, der Prinz von Troja, jene berühmte Helena nicht aus Sparta mit sich genommen und der erste große Krieg der Menschheit, der Trojanische Krieg, wäre niemals ausgebrochen.« Natürlich, es gibt da welche, die sagen: Sowohl Io als auch Europa als auch Medea sowie Helena seien aus ihren Heimatorten geraubt worden. Herodot aber kommentiert das mit folgendem, wie ich finde sehr treffenden Satz: Denn es sei doch offensichtlich, daß diese Frauen, wenn sie nicht gewollt hätten, gar nicht geraubt worden wären. So sehen wir, sowohl bei den Bergbarbaren als auch bei den Zivilisierten werden die jungen Männer von derselben kriegerischen Streitmacht am allermeisten verwundet. Dieses Heer, das der jungen Liebenden Herz durchbohrt, ihre Glieder verstümmelt, ihnen das Augenlicht raubt und sie Nacht für Nacht grausam aus dem Schlaf schrecken läßt, ist niemand geringerer als Aphrodites Armee. Ihre Soldatinnen zücken keine Gewehre, sondern flüstern liebe Botschaften. Anstatt zuzuschlagen, betören sie, verführen sie, wiegen den gegnerischen Jüngling in Sicherheit, lassen ihn an die ewige Liebe glauben, und in dem Moment, als er seinen Schild senkt, zücken sie den Dolch und rammen ihn in des Liebenden Herz. Denn Frauen kennen alles, nur Gnade ist ihnen fremd. Ach, liebe Freunde, Ihr hattet immer recht. Frauen lenken nur von der Arbeit ab und bringen nichts als Kummer.*

Nach ihrer Auseinandersetzung im Wirtshaus sprachen Peppi und Johannes neun Tage nicht mehr miteinander. Peppi war sauer, und Johannes ging ihm aus dem Weg. Er dachte, wenn er alle freundschaftlichen Kontakte eliminierte, würde das Arbeiten leichter fallen. Nicht mehr an Simona denken, sich nicht mehr von Peppi ablenken lassen. Mit Peppi hatte das Unheil schließlich begonnen, der hatte ihn hineingezogen in diesen Schlamassel und war an allem schuld. Johannes hatte heute auf dem Dorfplatz ein kleines Kind gehört, das zu seiner Mutter sagte: *Nur zwei Mal noch schlafen, dann kommen die Fußballspieler vom Meer.* Mittlerweile stand für Johannes fest, dass das Spiel stattfinden würde, und wenn alles glattging, standen die Chancen gar nicht schlecht, dass es nicht zur vollendeten Katastrophe werden würde. Doch er schwor sich, sobald dies alles vorbei wäre, würde er für immer verschwinden und nie wieder einen Fuß nach St. Peter am Anger setzen.

Als Johannes von seinen Vormittagserledigungen nach Hause kam, hörte er Ilse in der Küche von ihren neuen Vorhängen schwärmen, die sie gekauft hatte, da der Spielerbus der Paulianer am Haus der Irrweins vorbeifahren würde. Johannes war jedoch überrascht, wer da am Jogltisch saß und sich bereitwillig erzählen ließ, wie schwierig es gewesen sei, die Nähte zu säumen: Peppi. Ilse unterbrach sich, als sie Johannes bemerkte, schaltete den Ofen, auf dem eine Suppe köchelte, zurück und verließ den Raum.

»Ihr habts sicha wos Wichtigs zum Besprechn«, flüsterte sie und schloss die Tür hinter sich.

Eine Minute lang blickten sich Johannes und Peppi an, ohne etwas zu sagen. Johannes setzte sich ans andere Ende des Küchentisches, Peppi wackelte mit seinem Fuß.

»De Maria hat gestern Vorwehen g'habt.«

»Geht's ihr gut?«

»Bahöl, de Frau Doktor hat g'sagt, s'wird nu dauern.« Johannes nickte. Wortlos blickten beide auf die Tischplatte. »Du kannst da gar net vorstelln, wie nervös i g'wesen bin. I hab auf amoi gar nimmer g'wusst, was i tun sollt. I wollt di anrufen, owa dann is mir eing'fallen, dass wir nimmer miteinander redn, oiso hab i de Frau Doktor ang'rufn.«

»Das war wahrscheinlich auch besser so.«

»Owa Johannes, drum geht's net. Schau. Nachdem gestern de ganze Wehen-Sach ausg'standn war, hab i nach'dacht, und da bin i draufkommen, wie sehr mir unser Reden abgeht. Wir zwa sand voi verschieden, owa i find, mit dir kann ma wirkli gut redn. Oiso, samma wieder gut?«

»Mir tut es ja auch leid, Peppi. Ich bin total überarbeitet, mache mir Sorgen wegen des Spiels, und du weißt, wie viel mir die Simona bedeutet. Und sie dann beim Robert Rossbrand sehen, das war mir zu viel.«

»Johannes, zum hundertsten Mal, du verstehst des falsch. Der Robert war scheckerant wia immer, owa der is mit da Verena Kaunergrat zam. De Simona is do nur wegen dir kommen, des hat sie sofurt g'sagt, wia se einikommen is. Und hey, ohne ihr wär ma, wer weiß wo! I mein, oder glaubst, wir Naderanten hättn de Arbeit ohne ihr so schnell so guat g'schafft?«

Peppi lehnte sich zurück und begann von Simonas Auftritt bei dem Arbeitsgruppentreffen zu erzählen und wie sie in zehn Minuten alle Werbetexte verfasst hatte. Johannes biss auf seinen Lippen herum. Er hatte gar nicht daran gedacht, dass der Fortschritt in der Arbeitsgruppe nur dank Simona hatte zustandekommen können. Diese Gruppe bestand ja aus lauter Trödlern, aber in seiner Wut hatte er alles ignoriert, und nun tat es ihm so leid, dass er seinen Kopf am liebsten auf der Tischplatte zerschlagen hätte.

»Wo gehst'n hin?«, fragte Peppi, als Johannes wortlos aufstand und die Küche verließ.

»Ins Bett, schlafen, nie wieder aufstehen. Ich bin ein Vollidiot, Peppi.« Peppi hastete Johannes nach, der geknickt die Stiegen hochtrottete. Er packte ihn am Unterarm:

»Johannes, i weiß, wia wir sie wieder z'ruckkriegn! Ohne Schuarl!«

Der Mond war noch nicht zur Gänze aufgegangen, doch einige Sterne leuchteten eifrig über dem Fußballplatz, als gefiele ihnen, was in St. Peter vor sich ging. Johannes stand auf dem Spielfeld und blinzelte, während Peppi mit der neuen Flutlichtanlage herumexperimentierte. Damit das Unternehmen gelang, war das richtige Licht notwendig, daher hatte er Maria mitgebracht, die in der Mitte des Platzes stand und durch die Kamera blickte, vor deren Objektiv Johannes stand. Hinter Johannes, auf den Tribünen des Fußballplatzes, war die Blasmusik postiert und wartete, dass es losging. Johannes versuchte, nicht allzu viel zu denken, die ganze Situation war ihm so peinlich, dass er am liebsten im Boden versunken wäre, und vor allem ärgerte er sich, in der Schule nie beim Bühnenspiel mitgemacht zu haben.

»Wia is'n s'Licht hiazn?«, brüllte Peppi vom Fußballklubhaus, an dessen Außenwand das Board für die Flutlichtregler angebracht war, zu Maria, die durch die Kamera Johannes mit Blasmusik im Hintergrund beobachtete.

»Kannst du rechts nu a bisserl dunkler machn?«

Auch wenn Johannes von Peppis Vaterschaftsanspruch noch immer nicht überzeugt war, musste er sich eingestehen, dass die beiden ein gutes Team waren.

Das Besondere an der Flutlichtanlage von St. Peter am Anger war auch der Grund, warum sie so viel mehr gekostet hatte als veranschlagt: Man konnte ihre Helligkeit steuern. Einzelne Lampen konnten vom Steuerungsboard aus ein- und abgeschaltet werden, die unterste Reihe Scheinwerfer konnte man sogar dimmen. Niemand hatte Johannes bisher erklären können, wozu ein kleines Bergdorf in den Alpen so eine Anlage benötigte, aber nun war sie von Nutzen. Je zufriedener Maria mit dem Resultat wurde, desto nervöser wurde Johannes. Er hatte seinen Part heute den ganzen Nachmittag lang mit Peppi trainiert, dennoch war sein Lampenfieber übermächtig. Peppi hatte recherchiert. Anders als Johannes war die St.-Petri-Jugend fast vollständig bei Facebook vertreten, nur dass sie dieses Medium nicht nutzten, um neue Leute kennenzulernen, sondern sich untereinander zu organisieren, an Regentagen die Zeit zu vertreiben, *Farmville* zu spielen und die Bilder von Stadlpartys zu teilen. Peppi hatte sich auf dieser Plattform mit Simona angefreundet und so herausgefunden, dass eines von Simonas Lieblingsliedern zufälligerweise ein Liebeslied namens *Ein Kompliment* von den sogenannten *Sportfreunden Stiller* war, und zufälligerweise von der Blasmusikkapelle gespielt werden konnte, seit diese Popmusik einstudierte. Die St.-Petri-Blasmusik hatte gedacht, wer *Sportfreunde* hieß, der schriebe sicherlich die richtige Musik. Peppi hatte zuerst gemeint, Johannes solle den Text des Liedes singen, doch kaum hatte Johannes begonnen vorzusingen, war Peppi von seinem Plan abgerückt. Stattdessen hatten sie mit Hilfe von Maria und einigen Dorfmädchen, die diese Idee allesamt *ur süß!!!* gefunden hatten, den Text auf Kartonschilder geschrieben. Johannes sollte zur Musik passend die Schilder hochhalten, und als er so auf dem Fußballplatz stand, die Blasmusik sich hinter ihm warmspielte und Maria und Peppi die Lichtadjustation mit einem Kuss beendeten, brach ihm der Schweiß aus.

»Johannes, geht's?«, fragte Peppi, der Maria vor der Kamera

ablöste. Maria wackelte zu den nächstgelegenen Sitzgelegenheiten und ließ sich mit einem Seufzer der Erleichterung nieder.

»Kapellmeister, kann's losgehn?«, schrie Peppi in Richtung der Tribünen, Kapellmeister Patscherkofel hob den Daumen, ließ seinen Taktstock auf und nieder sinken, Johannes wollte *Stopp, noch nicht* schreien, doch Peppi war schneller und zählte ein:

»Drei, zwei, eins, Ätschken!«

Es begannen die Querflöten mit dem Auftakt, bevor die Trompeten einsetzten, die den Part der elektrischen Gitarren übernahmen. Die Posaunen mimten die Bassgitarre, und die Querflöten spielten gemeinsam mit den Klarinetten den Melodiepart. Johannes hinkte mit seinen Schildern etwas hinterher. Peppi hatte sich aus dem Schiedsrichterkammerl eine gelbe Karte entwendet und hielt sie in die Höhe, wann immer Johannes das Schild wechseln musste. Beim Refrain bekam Johannes einen Schreck, da nun laut und kräftig das gesamte Orchester einsetzte. Er zuckte zusammen, ließ jedoch nicht davon ab, die Kartonschilder zu wechseln, so als hinge sein Leben davon ab, keinen Fehler zu machen. Da das Schlagzeug einer Rockband um einiges besser bestückt war als die Percussion eines Blasmusikorchesters, trommelten sogar alle Aushilfsrhythmiker mit. Auch der kleine Wenzel schlug wild auf seiner Triangel herum. Als die Posaunen den Schlussakkord ausklingen ließen und Wenzel noch einen Schlag Triangel als Schlagobershäufchen zum Schluss draufsetzte, hob Peppi seinen Arm, senkte einen Finger nach dem anderen, fünf, vier, drei, zwei, eins:

»Und aus!«

Johannes' Locken klebten nass geschwitzt an seiner Stirn. Er ließ den letzten Karton fallen und sah sich um. Die Blasmusiker gratulierten sich gegenseitig, verpackten ihre Instrumente, winkten ihm zu und gingen davon. Peppi grinste: »Bahöl!«

Peppi baute die Kamera ab, die er sich von der Laienspielgruppe ausgeborgt hatte. Maria deutete ihm von der Trainerbank am Spielfeldrand zwei erhobene Daumen.

»Des kommt hiazn auf YouTube«, erklärte Peppi freudestrahlend.

»Und wie soll das die Simona sehen?«

»I post's auf ihre Pinnwand.«

»Welche Pinnwand?«

»Johannes, du solltast echt amoi Facebook retschertschieren!«, sagte Peppi vorwurfsvoll, klemmte sich das Stativ unter den einen, die Schilder unter den anderen Arm und machte sich mit Maria auf den Heimweg.

Johannes blieb noch eine Weile auf dem Fußballplatz. Er betrachtete die Sterne und kam sich lächerlich vor. Vor allem aber fragte er sich, wie das alles in den letzten Wochen hatte passieren können. Stets hatte er sich vom Dorf ferngehalten, weil es ihm langweilig und stumpf erschienen war, und nun, da er am Dorfleben teilnahm, war sein Leben plötzlich aufregend geworden. Johannes schüttelte den Kopf und wunderte sich über die Welt. Er blickte nach oben, der Mond stand breit am Himmel, es war spät geworden. Er musste nach Hause gehen und die Begrüßungsrede des Bürgermeisters überarbeiten, die Speisekarte auf Fehler hin durchsehen und versuchen, vor dem großen Tag noch etwas zu schlafen. Johannes ging nach Hause, als stünde er auf einem Rollband. Als triebe ihn die Welt vor sich her.

Maria schlief fest, während Peppi am Computer saß und über das Passwort für seinen YouTube-Account grübelte. Eine Zeit lang hatte er seine mit der Handykamera gefilmten Balltricks darauf hochgeladen, oder wenn er mit Robert und den anderen Dorfburschen irgendwelche Mutproben gemacht hatte. Er kratzte sich an der Augenbraue, bis ihm die Losung wieder einfiel. Peppi lud das Video hoch, versah es mit der Unterschrift *verzweifled countryboy want very much geloved citygirl beck* und postete den Link auf Simonas Pinnwand. Er drückte den Button *gefällt mir* und kommentierte sein Werk mit den Worten: *I glaub, kein zweites Stadtmäderl auf der Welt hat jemals so a Liebeserklärung gekriegt.*

Dann lachte er sich ins Fäustchen, sah sich das Video nochmals an und kuschelte sich an seine Maria.

[Ein Dorf versteckt sich vor einem Krieg, Notizbuch IV]

[13.4.] Hierauf ist es an der Zeit, von jener Maßnahme zu erzählen, die die Bergbarbaren vor dem Krieg in Sicherheit brachte und die von Alfred Gerlitzen eingeleitet wurde. [13.5.] Zuerst muß ich für ein besseres Verständnis noch etwas über den Zustand der Verwaltung der Alpenrepublik sagen: In den abgeschiedenen Winkeln der Alpenrepublik, wo die Bergbarbaren ihr einsames Leben führten, wurden die Erwähnungen davon, wie viele der Menschen starben und geboren wurden, wer wen heiratete und wie sich deren Leben entwickelte, bis in die zweite Hälfte des 20. Jahrhunderts von den schreibkundigen Pfarrern erledigt. [13.6.] Nun hatten also der Bürgermeister Ebersberger und jener Alfred Gerlitzen den Plan gefaßt, St. Peter am Anger vor allem Kommenden zu schützen, also brachten sie den Pfarrer mit ihrer Überredungskunst dazu, all seine Aufzeichnungen über das Dorf zu ändern, was dieser tat, da auch er in seinem Herzen ein Bergbarbare war, der am liebsten nichts mit der Welt zu tun hatte. [13.7.] Als einige Zeit später der Krieg ausbrach, den Alfred Gerlitzen vorausgesehen hatte, und man in der gesamten Alpenrepublik nach Männern suchte, die bereit waren zu kämpfen, war jener Verwalter aus der Behörde von Lenk, der den Pfarrer um dessen Personenstandsaufzeichnungen gebeten hatte, ganz überrascht, dort zu lesen, wie schlimm verschiedenste Seuchen dieses Dorf zugerichtet hatten. [13.8.] So habe er also gelesen, wird nun berichtet, daß viele der jungen Männer unbrauchbar aus dem Krieg zurückgekehrt seien, Kinder von der Tuberkulose dahingerafft oder übel entstellt worden seien, des weiteren sei die Spanische Grippe über den Ort hinweggezogen, und überhaupt habe dieses Dorf wohl an allem gelitten, was es in der Alpenrepublik je gegeben hätte und wovon Alfred Gerlitzen in seinem Radio gehört hatte. [13.9.] So wurde keiner der jungen Männer aus St. Peter ins Heer geholt, und die Bergbarbaren rühmen sich dafür. Ich meine jedoch, ganz ohne die Übergabe größerer und kleinerer Summen an jenen Verwaltungsbeamten hätte dieser so etwas nicht geglaubt. [14.0.] Was also genau geschah, kann nicht abschließend geklärt werden, fest steht nur, daß der Krieg, der tatsächlich ausbrach, *einen großen Bogen um St. Peter am Anger machte. Die Bergbarbaren bestellten ihre Felder, gingen nicht mehr ins Tal und wunderten sich abends furchtvoll, wenn sie in weiter Ferne das Bombenleuchten sahen, das vom Angerberg aus wie kurioses Wetterleuchten anmutete. [14.1.] Dies war, so scheint mir, der Moment, der die endgültige Abwendung der Bergbarbaren vom Rest der Alpenrepublik bedeutete, denn erstmals teilten sie bewusst nicht die Geschichte des Landes, dem sie angeblich zugehörten. Ich persönlich glaube, die Zugehörigkeit zu einer Nation wird nicht durch Ethnie, Sprache oder Geographie, sondern durch die gemeinsame Geschichte markiert, die zu gemeinsamen Werten, Vorstellungen und Erinnerungen führt und die Menschen zu einem Volk formt. [14.2.] Ich nämlich meine, daß sich die Bergbarbaren mit diesem eigenverursachten Messerschnitt vom Rest der Welt abgetrennt und zu einem eigenen Volk gemacht haben, mit eigener Geschichte, eigenen Vorstellungen, Erinnerungen und Werten, die sich dadurch definieren, nicht zum Rest der Alpenrepublik zu gehören.*

## Von der andren Fakultät

In der Nacht vom dritten auf den vierten September 2010 wälzte sich das ganze Dorf unruhig in den Betten. Man konnte beobachten, wie immer wieder Lichter angingen: Manche tapsten auf die Toilette, andere bekamen Nachthunger, einige holten sich ein Glas Wasser. Fast alle Einwohner waren in die Organisation eingebunden, und in der Nacht vor der Anreise der Gäste merkten die St. Petrianer, dass es einen Unterschied machte, ob man für Nachbarn, Freunde und Verwandte etwas organisierte oder für Fremde, die von weither anreisten. Marianne Rettenstein zum Beispiel sorgte sich um ihre Kuchen. Wenn diese bisher der Nachbarin nicht geschmeckt hatten, hatte sie sich einreden können, die Nachbarin sei neidisch auf ihre Backkünste – doch wenn sie den Gästen nicht schmeckten, bedeutete dies, dass ihre Kuchen tatsächlich nicht gut waren. Die Dorfmädchen telefonierten bis spät in die Nacht miteinander, überlegten, welche Outfits sie anziehen sollten. Um die Dorfburschen zu beeindrucken, hatten sie sich noch nie so viel Mühe gegeben, denn die liefen ihnen nicht davon, fremde, hübsche Männer jedoch musste man mit dem ersten Wimpernaufschlag vereinnahmen, sonst wären sie wieder weg. Auch die vier alten Herren hielten die Nacht nicht in ihren Betten aus, wenngleich sie nicht involviert waren. Opa Ebersberger ging zwischen eins und zwei eine nächtliche Runde mit seinen Hunden auf dem Dorfplatz, ließ sie in Reih und Glied antreten, obwohl die Hunde, müde und verschlafen, wie sie waren, kaum geradeaus marschieren konnten. Opa Ebersberger fuhr sie scharf an und versuchte, wenigstens die Kontrolle über seine Tiere zu bewahren, wenn es schon schien, als schwände die Kontrolle der Eminenzen im Dorf. Auch der Pfarrer, der ebenso wenig in das Spektakel involviert war, konnte nicht schlafen. Düstere Untergangsvisionen spielten sich vor seinem inneren Auge ab, und er hatte Albträume von in St. Peter einfallenden Dämonen und Teufeln mit Totenkopfschädeln. Als in seinen Träumen sogar die apokalyptischen Reiter den Angerberg hinaufgaloppierten, weckte er um kurz nach drei Uhr Grete und Egmont auf, um in der Kirche eine Messe für die dem Untergang geweihten Seelen seiner Gemeinde zu lesen. Während dieser Messe beschloss er, Johannes A. Irrweins Bitte nachzukommen, eine Spielersegnung abzuhalten. Er würde einen vollen Bottich Weihwasser mitnehmen, und sollten die gegnerischen Spieler mit dunklen Mächten in Verbindung stehen, würde ihre Haut bei der Berührung mit Weihwasser verätzen. Der Einzige, der in dieser Nacht nicht an St. Pauli dachte, war Peppi Gippel. Er lag neben Maria, hatte die Hand auf ihrem Bauch und spürte die aufgeregten Tritte der kleinen Fußballer. Peppi dachte nicht an morgen oder übermorgen, sondern an die Zukunft. Er bemühte sich, keine Angst zu haben, und dennoch wurde ihm mehr und mehr bewusst, dass das, was ihm bevorstand, kein Spiel mehr war.

Johannes las in dieser Nacht endlose Male seine Aufzeichnungen durch. Er kontrollierte, ob er auch nichts vergessen hatte, ob alles vorbereitet war, und als er damit fertig war und nicht mehr wusste, was er noch tun sollte außer schlafen und hoffen, fiel ihm ein, woran er in den letzten Monaten nicht mehr gedacht hatte, was er bei all der Aufregung vollkommen vergessen hatte: seine Matura. Er warf vor Schreck einen Blick in den Kalender, doch da stand es schwarz auf weiß: Am Montag nach dem Spiel war der Termin für seine Nachprüfung, und er hatte in drei Monaten nicht eine Sekunde lang die Nase in seine Unterlagen gehalten. Natürlich war er nach wie vor der Meinung, dass er das im Prinzip auch nicht nötig hatte und den Stoff gut genug beherrschte, dennoch bekam er Schuldgefühle, nicht zumindest einen Nachmittag für das Durchlesen seiner Aufzeichnungen aufgewendet zu haben. Johannes gähnte. Er suchte im Schrank seine Mappe, setzte sich auf das Bett, schlug sie auf und begann zu lesen. Kaum hatte er den dritten Absatz erreicht, überkam ihn die Müdigkeit. Johannes verlor ständig die Zeile, bis er über seiner Maturavorbereitung einschlief, den Kopf auf einer Zeittabelle zum Persischen Krieg gebettet.

Noch bevor der erste Hahn krähte, sprang Schuarl in seinen Geländewagen und donnerte die Talstraße bis zum *Wetterblick* hinab. Der Wetterblick war ein Felsvorsprung auf der Hälfte des Weges zwischen Tal und Dorf, von dem aus man das gesamte Tal überblicken konnte. Früher hatten die Bauern von diesem Platz aus Wetterprognosen getätigt. Als Schuarl seinen Geländewagen dort parkte, interessierte er sich jedoch nicht für das Wetter, sondern kramte einen Feldstecher aus dem überquellenden Handschuhfach und observierte damit die Talstraße, deren Verlauf man von hier aus bis nach Lenk hinunter im Blick hatte. Schuarl würde, sobald er den Bus erblickte, mit Warnlicht und Sirene zurück ins Dorf düsen, um die Fremden noch vor ihrem Eintreffen anzukündigen. Er hatte im Fernsehen gesehen, dass wichtige Busse wie Autos stets von blinkenden Lichtern eskortiert oder angemeldet wurden. Außerdem wollte er an dieser Stelle auch als Streckenposten zur Verfügung stehen, falls die von weither kommenden Besucher Fragen zum Weg hätten, und vor allem meinte er, die Autos zählen zu müssen, sodass er seinem Lehrbub Franzl über das neu angeschaffte Walkie-Talkie durchgeben konnte, wann er die Autos auf die anderen Parkflächen weisen sollte.

St. Peter am Anger war an diesem Tag zur autofreien Zone erklärt worden, um mehr Platz für die Festtische zu haben, auch weil die Mütterrunde sich gesorgt hatte, dass die Leute von außerhalb schlechte Autofahrer seien und die umherlaufenden Kinder verletzen könnten.

Schuarl erachtete seine Aufgabe der Verkehrsleitung als so wichtig, dass er sogar mit Sirene und Warnlicht zum Wetterblick gedüst war und damit ganz St. Peter aus den Betten gerissen hatte. Natürlich hätten sich die meisten noch mal auf die Seite kugeln und zumindest bis sieben schlafen können, aber dazu war der Tag zu ereignisreich, und so fanden sich bereits um sechs Uhr morgens die ersten Grüppchen frisch geduschter St. Petrianer auf der Kirchenstiege ein und beratschlagten, was man bis zum Beginn des Spektakels noch alles tun sollte und herrichten könnte. Edeltraud Parseier hatte die Idee, das Dorf noch extensiver mit den Farben der Vereine zu verzieren. Man schaffte also gelbes und blaues sowie weißes und braunes Krepppapier herbei, schnitt Schlangen aus und fädelte diese wie Girlanden durch die Zweige aller Sträucher und Bäume, die entlang der Hauptstraße standen. Auch der Nussbaum der Irrweins sowie die Himbeerhecke wurden dekoriert. Johannes A. Irrwein beobachtete vom Balkon aus, wie Engelbert Parseier den Nussbaum erklomm und ihm seine Mutter und deren Freundinnen von der Straße aus zuriefen, wo er die Schlaufen hinhängen sollte.

»Weita rechts!«

»Links!«

»Engelbert, des is owa ka schene Schlaufn!«

»Engelbert, da drübn is des Ende owi g'falln!«

»Da rechts g'hört nu ane hin!«

Engelbert hing im Nussbaum wie ein Affe mit Höhenangst. Er hatte Mühe, nicht zu Boden zu stürzen, während ihn die Mütterrundenmitglieder unbarmherzig durch die Zweige schickten, so als wäre sein gesundheitliches Wohl bei Weitem nicht so wichtig wie eine schöne Dekoration des Irrwein'schen Nussbaumes, der immerhin einer der größten und schönsten Bäume entlang der Hauptstraße war. Sepp Gippel, der zufällig vorbeikam, rettete schließlich seinen drittbesten Spieler, bevor ihn die Mütterrunde in die Krone schicken konnte.

»Seids es deppert? Den brauch i nu!«

Um zehn versammelte sich die Blasmusik in Uniform zur Generalprobe, und zwischen dem Instrumentestimmen hörte man Mütter oder Ehefrauen, die ihre Söhne oder Männer ermahnten, bloß nicht die Uniform schmutzig zu machen.

Auch nach vier Stunden des Wartens verließ der dienstbewusste Schuarl seinen Posten nicht. Johannes hatte am Vortag versucht, ihm einzubläuen, dass es reichte, wenn er kurz vor Mittag losfahren würde. Der Reiseplaner von St. Pauli hatte mit der Gemeindesekretärin vereinbart, die Mannschaft werde um zehn Uhr ein Flugzeug von Hamburg nach Süden nehmen und vom nächstgrößeren Flughafen mit einem Bus durch die Alpen fahren. Schuarl jedoch ließ sich nicht davon überzeugen, dass das Flugzeug nicht früher als zum gebuchten Zeitpunkt kommen würde und dass wahrscheinlich kaum Zuschauer vor zehn Uhr im Dorf erscheinen würden.

Schuarl hatte unterschätzt, wie ermüdend es sein konnte, vom Wetterblick auf die leere Talstraße zu schauen, wo sich nichts veränderte. Er bemühte sich, nicht einzuschlafen, nickte aber immer wieder ein und träumte von wichtigen Aufgaben, die ihn zum Helden werden ließen. Sobald er wieder hochschreckte, fürchtete er, etwas Wichtiges verpasst zu haben, also funkte er seinen Lehrbuben an, ob schon Autos in St. Peter seien, ob er jemanden übersehen habe, doch der Lehrbub beruhigte ihn. Da Franzl als Einziger im Dorf nichts weiter zu tun hatte, als zu warten, hatten sich die Dorfmädchen um ihn gruppiert und zeigten ihm ihre Outfits. Einige trugen Röcke, die sie knapp unter den Pobacken abgeschnitten hatten. Am Morgen hatte es noch einen heftigen Zickenkrieg gegeben, da sich alle beschuldigten, einander die Idee geklaut zu haben, doch schließlich versöhnten sie sich wieder und hofften, es würden genug hübsche Männer für alle kommen. Als Franzl Entwarnung funkte, atmete Schuarl zuerst erleichtert auf, aber dann schlug sein Alarmsinn an. Er selbst wäre mindestens um vier Uhr früh weggefahren, um sich den besten Platz bei solch einem Spiel zu sichern – und Schuarl konnte sich nicht vorstellen, dass die ganze Welt so viel unbeschwerter war als er selbst. Der Gemeindearbeiter sprang also in seinen Wagen und fuhr bergab. Und wie er es befürchtet hatte: Als wollte St. Peter am Anger nicht gefunden werden, waren alle Schilder und Wegweiser, die an jeder Kreuzung, Weggabelung und freien Fläche angebracht worden waren, vom Erdboden verschluckt worden. Schuarl schaltete das Walkie-Talkie ein und funkte auf allen Kanälen:

»NOOOOOOOTFALLLLLLLL!«

Es war natürlich nicht der Erdboden gewesen, der die Schilder zum Verschwinden gebracht hatte, sondern der weiße Jeep von Opa Rettenstein, an dem der Holzanhänger von Opa Ebersberger angehängt worden war, um in ihn alle Wegweiser, mit Farbe besprühten Leintücher und Plakate, die die alten Herren auf ihrer Fahrt um halb fünf Uhr morgens zwischen St. Peter und der Autobahnausfahrt Lenk im Angertal entdeckten, einzuladen. Den Holzanhänger hatten sie schließlich auf eine Wiese am entlegensten Teil des Westhanges gebracht und dort ein Feuerchen angezündet. Nun saßen sie nebeneinander auf der Kirchenstiege, strichen sich wohlgefällig über die Bäuche, massierten ihre künstlichen Hüften und rieben die Hände aneinander, während plötzlich Panik am Dorfplatz ausbrach, als der Gemeindearbeiterlehrling, der gelernt hatte, in Notsituationen ähnlich nervös zu werden wie Schuarl, laut brüllend angelaufen kam:

»De Wegweiser! De Wegweiser sand weg!«

Johannes stand gerade am Mehlspeisenbuffet der Mütterrunde und besserte die Preislisten aus. Die Damen hatten versucht, die von ihnen nur im Dialekt gebrauchten Namen der eigenkreierten Torten, Kuchen und Kekse in Hochsprache zu übersetzen, was so schlimm danebengegangen war, dass Johannes alle Mehlspeisen in ihren originalen dialektalen Namen ausschrieb: Er erhoffte sich von dem schmackhaftalpinen Originalklang einen verkaufsfördernden Effekt. Als er die Schreie hörte, wurde er kreidebleich, Marianne Rettenstein drehte sich zu ihm und sagte mit zusammengekniffenen Augen:

»Des woar mei Schwiegervater.« Johannes ahnte, dass sie recht hatte, antwortete jedoch:

»Wir wollen niemanden zu Unrecht verurteilen«, wobei er mit einer Aktion in diesem Stil gerechnet hatte. In den letzten Wochen war es viel zu still um die alten Füchse gewesen, und da sie ihn noch immer nicht angeschossen hatten, hatte er befürchtet, dass noch etwas geschehen würde. Womit er allerdings nicht gerechnet hatte, war Marianne Rettensteins Reaktion. Wütend nahm sie ihre Kochschürze ab, zückte ihr Handy und aktivierte die Telefonkette der Mütterrunde:

»Servas Angelika, Notfall Kategorie KBM, beim Mehlspeisbuffet.«

Alle Gutmütigkeit war aus dem Gesicht der vierfachen Mutter gewichen, und Johannes bekam beinahe Angst, als sie zornig erklärte:

»Johannes, wir ham seit acht Tag sechzehn Stund tägli Kuchn bockn. Wir lassn uns des scheene Buffet sicha net vo vier senile Trotteln zerstörn! Ka Sorg, wir kümmern uns um de Tattergreis.« Und mit diesen Worten zog die Mütterrunde gegen die vier wichtigsten Männer des Dorfes in den Krieg.

Wie Johannes später herausfinden sollte, stand das Kürzel KBM für Kinderberuhigungsmittel, die die alte Frau Hohenzoller für die St.-Petri-Mütter in Tropfen-, Pulver- und Teeform herstellte, damit sie wenigstens einige Abende im Monat Gelegenheit zur Ehepflege hatten. Johannes verstand schlagartig, warum die Mütter in diesem Dorf so glücklich schienen und alle Ehen hielten. Ehrfurchtsvoll beobachtete er, mit welcher Kunstfertigkeit Kekse bestäubt und Tortenboden beträufelt wurden, und mit welcher aufgesetzten Freundlichkeit diese schließlich den vier alten Herren auf der Kirchenstiege serviert wurden, die sich gierig freuten.

Und während Johannes sein Bild der St.-Petri-Frauen überdachte und die vier größten Gefahren für das Gelingen des Tages in ein weit entferntes Traumland wegdämmerten, lief Robert Rossbrand aus dem Gemeindeamt, wo er sein Standup-Comedy-Programm eingeübt hatte, das er am Abend aufführen wollte. Robert plärrte seine Freunde zusammen und schickte Christoph Ötsch nach dessen großem Geländewagen mit Kuhanhänger.

»Wir kümmern uns um de Wegweiser!«, schrie Robert und sprang mit anderen Dorfburschen, von denen einige bereits ihre Fußballschuhe und Dresse anhatten, auf den Anhänger.

Aus der Ferne hörte Johannes noch, wie sie die von Schuarl bereits errichtete Straßensperre niederfuhren und dabei laut grölten. Er verspürte den Impuls, ein Kreuzzeichen zu schlagen, ließ es aber mit Blick auf die Kirche bleiben. Der Pfarrer musterte ihn grimmig vom Kirchturm aus und hatte seine Exorzismus-Stola umgelegt.

Niemand wusste, was die Dorfburschen im Tal angestellt hatten, und sie wollten es auch niemandem verraten, als sie zwei Stunden später grinsend zurückkamen. Kurz darauf waren jedoch fremde Autokennzeichen im Dorf zu sehen, zwei Busse mit Kennzeichen HH, und Schuarls Lehrbub hatte sofort allerhand zu tun, diese so einzuweisen, dass es auf der Wiese, die natürlich über keinerlei Parkflächenmarkierung verfügte, nicht zum Chaos kam. Etwas unschlüssig kamen die Dorfbewohner auf dem Dorfplatz zusammen und beobachteten die Neuankömmlinge, unsicher, ob man diese nun einzeln begrüßen oder am besten gar nicht beachten solle. Anders als man erwartet hatte, sahen die Männer, Frauen und Kinder, die aus den Autos stiegen, sich umblickten und dann den Pfeilen *Zum Fußballplatz* folgten, kaum anders aus als die eigenen Nachbarn. Nur die Varianten ihrer Sprache unterschieden sich sehr von der eigenen. Johannes wuselte durch die planlos herumstehenden St. Petrianer und flüsterte ihnen zu, sie sollten nicht so skeptisch, sondern freundlich blicken und vor allem die Neuankömmlinge nicht wie Zootiere betrachten.

*Liebe zivilisierte Freunde! Laßt Euch eine Kuriosität erzählen, die mich selbst sehr verwunderte: So sehr ich die Bergbarbaren auch für ein etwas rückständiges Volk erachte, gelegentlich kann ich doch nicht umhin, meinen Hut vor ihrem Einfallsreichtum zu ziehen. Es trug sich nämlich zu, daß jegliche Beschilderung nach St. Peter verschwunden war. Die Dorfjugend wirkte dem entgegen, indem sie alle McDonald's-Schilder, die entlang der Ausfahrt auf jenen Fastfoodbetrieb in Matrein, der nächstgrößeren Stadt nach Lenk, wiesen, entwendeten und diese Schilder so neu aufstellten, daß sie den Weg nach St. Peter am Anger wiesen. Bei der Autobahnabfahrt brachten sie zudem ein großes Banner an: »Nach St. Peter: McDonald's-Schildern folgen«. Wie ich mit eigenen Augen gesehen habe, kamen die Fremden in Scharen. Nebst den ohnehin erwarteten Fußballbegeisterten aus allen Himmelsrichtungen kamen viele Hungrige, die dann, als sie bemerkt hatten, daß es gar keinen McDonald's gab, mit dem McPeter, einer Erfindung der Mütterrunde, Vorlieb nahmen, die dazu servierten selbst gemachten Pommes frites genossen und dem Geschmackserlebnis selbstgemachter Mayonnaise huldigten. Bisher dachte ich, St. Peter am Anger läge so versteckt inmitten der 4000er Sporzer Alpen, daß dieser Ort unmöglich zu finden sei – doch vielleicht fehlte den Bergbarbaren bislang just der zündende Anreiz, sich finden zu lassen.*

Und so füllte sich also das frisch umgebaute und vom Pfarrer in der Vorwoche getaufte Angerbergstadion mit Besuchern, so wurden die McPeters konsumiert, und auch der Wirt erhielt viel Lob für sein selbst gebrautes Bier, wenngleich er nicht alle Menschen verstand, die mit ihm sprachen, und umgekehrt. Frau Moni hatte allerhand zu tun, ihre verängstigte Malteserhündin vor fremden Händen zu beschützen, die sie streicheln wollten. Die St. Petrianer hatten Puppi II nie viel Beachtung geschenkt, sondern höchstens gewitzelt, sie sei wohl eher eine Ratte als ein richtiger Hund. Ein junges Pärchen zückte seine Kamera und fotografierte die nach traditioneller Bauweise errichteten Adlerhorste des Dorfes, um sich im Flachland ein ähnliches Haus zu bauen. Es dauerte fünf Blicke, bis sich die Kinder der Besucher von außerhalb mit den St.-Petri-Kindern angefreundet hatten und das Klettergerüst des Volksschulspielplatzes miteinander erklommen. Es war plötzlich so voll mit kreischenden Kindern, dass die Volksschullehrerin aufgeregt loslief, um in ihren Unterlagen zu überprüfen, für wie viel Kilo Belastung es geeicht war. Als schließlich sechs junge Burschen aus einem VW-Bus stiegen und neben ihrem Parkplatz ein Zelt aufbauten, merkten die St. Petrianer, dass einige Besucher gekommen waren, um länger zu bleiben. Die Dorfmädchen gerieten in große Verzückung, denn die sechs jungen Männer, Pfadfinderführer aus der benachbarten Alpenrepublik im Westen, waren braun gebrannt, von strammem Körperbau und hatten strahlend weiße Zähne.

Schuarl begriff diesen Tag als solch ernst zu nehmende organisatorische Herausforderung, dass er der Meinung gewesen war, seine Sirene und die Warnblinkanlage reichten nicht aus, weswegen er sich im Gemeindearbeiterbedarfsversand ein Megafon bestellt hatte. Kaum dass er den schwarzen 1.-Klasse-Reisebus erspäht hatte, düste Schuarl zurück nach St. Peter, hielt das Megafon aus dem Fenster und schrie:

»Se kumman! Se kumman!«

Nicht nur die St. Petrianer wurden von seinen Rufen aufgescheucht, sondern auch einige der Angereisten, die Stehplatzkarten gelöst hatten – die Tribünenplätze waren schon seit zwei Wochen ausverkauft –, kamen auf dem Dorfplatz zusammen, um die Ankunft der berühmten Fußballer zu beobachten. Johannes schlich sich still und leise in die hinterste Reihe. Die geballte Aufregung war ihm zu viel, und da er wusste, dass er jetzt eh nichts mehr ausrichten konnte, beschloss er abzuwarten, was nun geschah.

Alle versuchten, sich in Position zu bringen, die Volksschulkinder hopsten vor Aufregung auf ihren Plätzen, ein letztes Mal wurde an den braun-weißen und gelb-blauen Schleifchen der Bäume und Büsche gezupft, bis der Bus um die letzte Kurve bog. Schwarz lackiert, perfekt poliert, von außen uneinsehbare Fenster, die das Sonnenlicht als funkelnde Blitze zurücksandten, und das Rauschen seiner Klimaanlage übertönte sogar den leistungsstarken Motor.

Im Inneren des Busses stieß der Busfahrer einen lauten Seufzer aus. Die Fahrt bergauf hatte ihn alle Nerven gekostet. Die engen Straßen, steilen Serpentinen und nah an das Fenster tretenden Gesteinswände hatten den routinierten Busfahrer, der flache, breite Straßen gewohnt war, vor die größte Herausforderung seines Lebens gestellt. Aber auch einige der Spieler hatten während der Fahrt nach Luft gerungen, als sie das gewaltige Bergmassiv der Zentralalpen gesehen hatten. Sie hatten zuvor zwar schon im Süden ihres Landes Spiele gegen die Bajuwaren ausgetragen und dort den einen oder anderen Berg gesehen, doch waren diese Hügel gewesen im Vergleich zur Naturgewalt der Alpenrepublik. Der Busfahrer war irritiert, von Schuarls Lehrbub mitten auf dem Dorfplatz angehalten zu werden. Der Bus war von Menschen umringt, sodass auch Zurücksetzen unmöglich war. Die Spieler blickten aus dem Fenster und wunderten sich.

»Kuckt ma, da ham se dahinten auf'em großen Kuhstall Totenkopfahnen gehisst!«, stellte der Linksaußenverteidiger überrascht fest, und viele sprangen an seine Seite, um das selbst zu überprüfen. Es war für alle ein Kontrast, so ein kleines Bergdörfchen voller Totenkopfflaggen zu sehen, auch wenn sie das eigene Logo zeigten.

Bürgermeister Ebersberger wurde schließlich ungeduldig, da er befürchtete, seine Rede zu vergessen, und so trat er an die Tür des Busses, um die die restlichen St. Petrianer einen Abstand in Kreisform hielten, klopfte und deutete den Insassen mit Händen, Füßen und seinem dicken Bauch, endlich hinauszukommen.

Das ganze Dorf hielt die Luft an, als die Hydraulik der Bustür zu brummen begann, sich diese öffnete und der FC St. Pauli nach Trikotnummern geordnet ins Freie trat.

»Scheiße, de ham jo a richtige Disziplin«, murmelte Sepp Gippel und freundete sich geistig mit einer Differenz von vierzig Toren an.

Die St. Petrianer vergaßen all ihre Begrüßungsvorbereitungen und wunderten sich, dass keiner der St.-Pauli-Spieler grüne Haare hatte. Ebenso suchten sie vergeblich nach Piercings oder obszönen Tattoos und waren überrascht, dass der Betreuerstab aus seriösen Männern und nicht aus Prostituierten bestand.

Die St. Paulianer hingegen waren verblüfft, da sie sich ein idyllisches Alpendörfchen ganz anders vorgestellt hatten. Sie fragten sich, wo die Kühe mit läutenden Glocken, gutmütigen Alm-Öhis mit weißem Bart und blonden Sennerinnen mit langen Zöpfen geblieben waren. Einige Spieler blickten verwirrt zu Boden, da einige Dorfmädchen ihre Dirndln im Stil von Hamburger Prostituierten und Punk-Girls umgeschneidert hatten. Sogar der Kater Petzi hatte eine Totenkopfflagge an sein Flohband gebunden bekommen. Ein Mittelfeldspieler entdeckte zumindest vier traditionell gekleidete Alm-Öhis, doch die saßen regungslos auf zwei Bänken vor der Kirche. Auf die Distanz konnte man nicht sagen, ob sie Puppen waren oder tot.

Schließlich zitterte der kleine Wenzel Rossbrand vor Aufregung und Anspannung so sehr, dass ihm der Stab seiner Triangel aus der Hand fiel und ein lautes Klirren verursachte. Dieser wohlbekannte Klang weckte zumindest die Blasmusik aus ihrer Schockstarre, und sie besann sich darauf, wie geplant zur Begrüßung zu spielen. Der Taktmeister schwang seinen Taktstock und der Percussionist eine Kuhglocke, die man der Kuh Enzi abmontiert hatte, um die Glocken aus dem Intro der Hymne von St. Pauli nachmachen zu können: *Hells Bells*. Es war ein Zeugnis für das hohe Niveau der St.-Petri-Blasmusik, dass sie es geschafft hatte, ein AC/DC-Lied für Blasmusik zu adaptieren, dennoch schreckten die Spieler im ersten Moment zusammen, als sie realisierten, dass das ihre Stadionhymne war, die da aus Trompeten, Klarinetten und anderen Blasinstrumenten tönte. Als die Blasmusik zu spielen aufgehört hatte, blickten sich die Spieler kurz ratlos an, dann begann der Trainer zu applaudieren und laut »Bravo!« zu rufen, woraufhin die Spieler mitmachten. Der Trainer war seit siebzehn Jahren beim FC St. Pauli, hatte 260 Spiele bestritten, war danach Vizepräsident, Manager und dann Trainer geworden – doch in diesen zwei Dekaden hatte er niemals etwas Vergleichbares gesehen. Nach seiner langen Karriere im Herzen Hamburgs hatte er eigentlich gedacht, alle Kuriositäten der Welt kennengelernt zu haben. Laut bedankte er sich im Namen der Mannschaft für diesen Empfang und scherzte:

»Na, ich hab ümmer gedacht, bei uns auf St. Pauli gib's die schrächsten Ideen, nich! Aber ich würd ma sagen, da machen'se uns hier inne Alpen große Konkurrenz mit!«

Die St. Petrianer freuten sich über das Lob, und während der Volksschulchor in die erste Reihe trat, um sein Begrüßungslied zu singen, flüsterte Sabine Arber in Angelika Rossbrands Ohr:

»Na, de sand do eh ganz nette Leut.«

Doch Angelika hörte sie nicht, weil sie zu beschäftigt war, sich die Frisuren der Fußballspieler einzuprägen. In St. Peter am Anger gab es bis dato fünf Standardhaarschnitte, aber die Dorffriseurin nahm sich vor, das von nun an zu ändern, und überlegte, welchem ihrer Kunden sie die Frisur des linken Mittelfeldspielers schneiden sollte und wem sie ein Styling à la Stürmer verpassen würde.

Etwas abseits standen die älteren Damen zusammen und hatten nur Augen für den gebürtigen Ghanesen, der Mittelfeld spielte. Frau Hohenzoller hatte Johannes einige Tage vor dem Spiel gefragt, ob denn die Leute dort oben an denselben Gott glauben würden wie die St. Petrianer, und da sich Johannes auf keine Diskussionen hatte einlassen wollen, hatte er recherchiert, dass der Mittelfeldspieler einen sehr starken Glauben hatte und der alten Hohenzoller einen Auszug der Website in die Hand gedrückt, auf der der Fußballer seine liebsten Bibelstellen aufgelistet hatte, was den streng katholischen alten Damen sehr imponiert und die Pfarrersköchin Grete sogar in Verzückung versetzt hatte. Nun jedoch, als sie ihn in natura sahen, vergaßen sie die Gebete, die sie mit ihm hatten sprechen wollen. Es flüsterten die alten Frauen Hohenzoller, Rettenstein und Trogkofel zueinander, die das erste Mal in ihrem Leben mit eigenen Augen einen Menschen afrikanischen Hauttyps sahen:

»Glaubst, der is überall so dunkel?«

»Sicha, bist jo a überall so kaasfarbn.«

»Scho a fescher junger Bursch.«

»Jo, fesch is a.«

»Schlank und kräfti, ohne dass a so zaudürr is wia der neben eam.«

»Jo, owa, glaubst, wennst neben dem in da Nacht munter wirst, glaubst siecht ma den dann überhaupt?«

»Geh, woranst du scho wieder denkst!«

Nach einer kurzen Begrüßungsansprache des Bürgermeisters, für die sich Johannes, der sich in die letzte Reihe geflüchtet hatte, in Grund und Boden schämte, wurde die Mannschaft von den Ordnern zu den Kabinen eskortiert. Spieler der U-12-Mannschaft begleiteten diesen Zug mit Fahnen, und an den Wegrändern standen Dorfbewohner und fremde Besucher Spalier, die Dorfmädchen kreischten, wie sie es tagelang einstudiert hatten.

Das Empfangskomitee, bestehend aus Bürgermeister Ebersberger, einigen Gemeinderäten und Johannes, der bis dahin in Deckung gegangen war, jetzt aber seines Amtes walten musste, begleitete den Präsidenten und weitere Funktionäre aus St. Pauli auf die VIP-Tribüne.

»Schön ham Se's hier. Muss man schon sagen«, bemerkte St. Paulis Präsident, als er kurz stehen blieb und seinen Blick über das alpine Panorama schweifen ließ. Johannes setzte schon an, ihm zu erklären, welche Namen die Berge hatten und wie hoch diese waren, welche geologischen Besonderheiten die Sporzer Alpen hatten und wie Flora und Fauna im Allgemeinen beschaffen waren, doch der Bürgermeister drängte Johannes mit seinem dicken Bauch beiseite, warf sich an die Flanke des St.-Pauli-Präsidenten und sagte:

»Ja und oiso, dass Se beruhigt sand, wir ham a in unsrer letzten Gemeinderatsversammlung so a Gesetz aufg'hoben, so a depperts Gesetz aus'm Mittelalter, wegen so Lebensmenschen. Wenn Sie wolln, Sie können hiazn ungeneriert mit ihrm Lebensmensch umadum tuan. Wir sand tolerant.« Johannes' Augen weiteten sich vor Panik, und er beruhigte sich erst, als der Präsident von St. Pauli zu lachen begann.

»Sie sünd mir ja lustich, sagen Se blouß, Se hatten da früher 'n Gesetz füa, dass man sich nich in der Öffentlichkeit mitenander zeigen darf?«

»Jo, oiso de Vorfahren, de warn net so offen. Bei uns gibt's kane Lebensmenschen, wir sand jo a katholisches Volk!«

Johannes schüttelte den Kopf und versuchte abzulenken: »In den Sporzer Alpen gibt es übrigens die größte Schneehuhnpopulation Mitteleuropas!«, doch der Präsident hörte ihm nicht zu.

»Sagen Se, Ebersberger, was tun Se mit Lebensmenschen meinen?«

Johannes ging hinter den beiden her und überlegte, wie er dieses Gespräch aufhalten sollte, aber der Bürgermeister war in Fahrt gekommen.

»Bei uns in da Alpenrepublik, da is Lebensmensch da Ausdruck für zwoa, de wos vo daselben Fakultät sand!«

»Aba wieso können denn Studierte von'nerselben Fakultät keine Kinder bekomm'?«

»Na, i mein do net de Studierten, sondern de, na Sie wissen scho, de vom Ufer da.«

»Nee, ich weiß würklich nich, was Se mir erzählen wollen, Mensch.«

»Na i mein, wir ham halt g'lesen, dass bei Ihnen im Verein, dass's da holt Männer gibt, de, de, denen Manderl liaber sand ois Weiberl.«

»Meinen Se Homosexuelle?«

»Pst, net so laut!«, flüsterte der Bürgermeister Ebersberger, und Johannes, der vor Panik schwitzte, drängte sich auf der Höhe der Mehrzweckhalle zwischen die beiden und deutete wild auf das große, dem Gemeindeamt angeschlossene Gebäude:

»Herr Bürgermeister, wollen Sie dem Präsidenten nicht von unserer multifunktionalen Mehrzweckhalle erzählen? Wissen Sie, Herr Präsident, hier gibt es nicht nur Sportveranstaltungen, auch die Erstkommunionen werden hier abgehalten, wenn es am Erstkommuniontag regnet!« Der Präsident beachtete ihn immer noch nicht, sondern blieb vor dem Bürgermeister stehen:

»Sagen Se, glauben Se ich bin schwul, oder was?«

»Na glauben net, owa ma hört heutzutag halt so vül!«

»Mensch, mein Vorgänger wah – wie ham Se gesacht? – von dieser Fakultät! Ich bin verhoiratet.«

»A mit aner Frau?«

»Glauben Se, ich heirate meinen Hund?« Bürgermeister Ebersberger atmete auf und flüsterte vor sich hin:

»Jessasmaria, bin i froh.« Johannes war erleichtert, dass dieses Thema nun abgehakt war, und hoffte, der Bürgermeister würde nicht noch damit prahlen, dass der Gemeinderat über das Wochenende die Prostitution legalisiert hatte.

[Die Besteigung des Großen Sporzer Gletschers III, Notizbuch IV]

[14.3.] Ein Vierteljahrhundert vor der Jahrtausendwende, die in den Leben der Bergbarbaren wenig wendete, geschah es endlich, daß der Große Sporzer Gletscher über die Nordroute, die durch St. Peter am Anger führt, bezwungen wurde. [14.4.] Durch Befragung von solchen, die jene Besteigung mit eigenen Augen miterlebten, habe ich erfahren, daß dieses Ereignis den Bergbarbaren bloß ein müdes Schulterzucken wert war, denn sie meinten, für ihre Herzen würde es keinen Unterschied machen, ob der Berg bestiegen sei oder nicht. [14.5.] Wie ich weiter erfahren habe, sollen jene Fremden, die in die Besteigung des Großen Sporzer Gletschers involviert gewesen waren, sehr überrascht gewesen sein, daß die Bergbarbaren von jener Errungenschaft so unbeeindruckt blieben. Die Bergbarbaren zeigten nämlich kein Interesse daran, auf den Hängen des Sporzer Gletschers Skipisten zu errichten, einen Lift zu bauen oder im Dorf einfache Unterkünfte für Wanderer einzurichten, so wie es damals in der Alpenrepublik überall dort in Mode war, wo sich die Geographie dazu eignete. Und dies wäre, wie ich mit eigenen Augen gesehen habe, in St. Peter am Anger zweifelsohne der Fall. [14.6.] Aber die Bergbarbaren waren nun mal in ihren Wesen dem Fremden abgeneigt, sie blieben gerne unter sich und schätzten ihre Stille. Zumindest so lange, bis sich ihnen offenbarte, daß das Fremde auch seine Vorzüge haben kann – denn meist ist es so, wie ich schlußfolgern möchte, daß gerade die Begegnung mit dem Fremden viel über das Eigene klarwerden läßt.

# Bahöl

Man sagt, der liebe Gott sei am glücklichsten, wenn seine Kinder spielen. Und tatsächlich, kurz vor dem Anpfiff leuchtete der Himmel über St. Peter in allen Blaufacetten. Schmackhafter Fettduft und der Geruch frischen Biers hingen über den erweiterten Tribünen des erst kürzlich getauften Angerbergstadions, und gespannt warteten rund 800 Zuschauer, die, wie Schuarls Lehrbub ungläubig anhand der Autokennzeichen festgestellt hatte, von überall her angereist waren. Die Mütterrunde und einige der jungen Mädchen kümmerten sich um das Anrichten und den Verkauf der Speisen, an den Grills standen Feuerwehrmänner, die ihre Uniformen gegen weiße Schürzen getauscht und Johannes am Vortag noch verteufelt hatten, weil er sie zwang, aus hygienischen Gründen Kochhauben über den Haaren zu tragen. Die meisten Männer, die nicht im Kader der Fußballmannschaft waren, hatten Ordner-Ämter übertragen bekommen, mussten Karten kontrollieren und auf die Sicherheit aufpassen. Die hübschesten der Dorfmädchen hatte Johannes auf der VIP-Tribüne postiert und ließ sie dort Getränke und Speisen servieren, was diesen wiederum gut gefiel, da die VIP-Tribüne hinter den Spielerbänken lag. Seit dem Aufwärmen vor dem Spiel hatten sie jedoch nur Augen für einen einzigen Spieler: den rechten Verteidiger des FC St. Pauli, den sie alle sofort heiraten wollten. Er sah nämlich Peppi Gippel zum Verwechseln ähnlich, hatte auch eine strohblonde Stachelfrisur, nur mit dem Unterschied, dass die

Variante des Verteidigers etwas moderner war, dem flachländischen Zeitgeist entsprechend der Unterschied zwischen vorne kurz hinten lang umgedreht war in vorne lang und hinten kurz. Zudem war er ein richtiger Profi und hatte zwar eine Freundin, doch die war nicht schwanger und Heiratsabsichten schienen nicht existent. Auf dem Platz wärmten sich unterdessen die Fußballspieler unter den gespannten und gut gelaunten Blicken einer umwerfenden Fankulisse auf. Auch Peppi Gippel und St. Paulis rechtem Verteidiger fiel ihre Ähnlichkeit auf.

»Leiwande Frisur«, sagte Peppi zum Abwehrspieler, der mit einem Lächeln antwortete:

»Danke, Alter, wollt ich auch grad sagen, hast derbst-geile Haare.«

Und daraufhin vereinbarten sie, nach dem Spiel die Trikots zu tauschen.

Schließlich kam der Pfarrer unter strengen Blicken aufs Spielfeld und nahm eine Spielersegnung vor, die bis auf den gläubigen Mittelfeldspieler ghanesischer Herkunft alle St.-Pauli-Spieler verwirrte. Der Mittelfeldspieler hingegen senkte wie die St.-Petri-Spieler demutsvoll die Augen und nahm sich vor, seine Karriere in den Alpen ausklingen zu lassen, denn er empfand es als schönes Ritual, ein Fußballspiel mit einem Gebet anstatt einer Hymne zu eröffnen. Sepp Gippel betete sein eigenes Gebet zum Fußballgott, die Blamage möge nicht allzu groß werden, die St. Petrianer beteten kollektiv um ein Wunder, Peppi betete um ein gutes Spiel, und Johannes, der im Schatten der VIP-Tribüne ein ruhiges Plätzchen gefunden hatte, betete nicht, dachte nicht, sondern beobachtete. Was er vor seinen Augen sah, kam ihm unmöglich vor. In St. Peter am Anger waren mehr fremde Menschen zu Besuch, als das Dorf Einwohner hatte. Die Jugendmannschaft des FC St. Peter durfte die Mannschaften als Ballkinder auf den Platz begleiten, und Johannes sah, wie die Kinder lächelten, als die St.-Pauli-Spieler die Hände auf ihre Schultern gebettet hatten. Wenzel

Rossbrand schloss in diesem Moment Frieden mit seiner Kleinwüchsigkeit – denn als Auswahlkriterium, um die Spieler auf den Platz zu begleiten, hatte einzig die Körpergröße gegolten. Sogar Mädchen durften an diesem Tag Fußballdresse anziehen und die Spieler begleiten. Johannes holte sich einen Radler, legte sein Moleskine, das ihn schon den ganzen Tag in die Rippen drückte, auf den Fenstervorsprung des Klubhauses, stand auf und stellte sich zu den anderen, um dem Spiel als Fan beizuwohnen, nicht als Geschichtsschreiber.

Es folgte der Anpfiff. Die Stimmung kochte schon in der zweiten Minute, und die St. Paulianer gaben den Ball bis zur achten Minute nicht ab, sodass Sepp Gippel, der schreiend auf und ab sprang, in einer Atempause seinem Co-Trainer zuflüsterte, St. Pauli spiele *Fang den Ball* mit St. Peter. Dann gab es jedoch einen Fehlpass, ein Pauli-Spieler hatte sich von einem vorüberfliegenden Steinadler ablenken lassen, und die St.-Petri-Fans jubelten über den ersten Ballkontakt ihrer Mannschaft wie über den Gewinn der Meisterschaft. Kurz darauf gab es nichts mehr zu lachen, denn nachdem der FC St. Peter elf Minuten hinten dichtgehalten hatte, sorgte der kleinste Spieler von St. Pauli für die Eröffnung des Schützenfests.

»Wenigstens hat er's schön g'macht«, kommentierte der Gemeinderat Arber, doch als hätte er's damit verschrien, sah die St.-Petri-Abwehr bei den Toren zwei und drei aus, als spielte sie zum ersten Mal in ihrem Leben Fußball. Dann wurde Peppi Gippel aktiv. Er hatte die erste Viertelstunde benötigt, um seine Aufregung über die atemberaubende Kulisse unter Kontrolle zu bringen, aber nun übernahm er den Ball sofort nach der Mittelauflage, dribbelte sich frei, spielte den Ball kurz an Engelbert Parseier ab, ließ St. Paulis zweiten Verteidiger stehen und dem Tormann keine Abwehrchance. Jetzt kannte der Jubel auf dem mit fünf Zusatztribünen erweiterten alpinen Sportplatz keine Grenzen mehr, und sogar die St.-Pauli-Stars jubelten und warfen sich auf den St.-Petri-Spieler, der sich auf

Peppi gelegt hatte. Davon, echte Bundesligaspieler auf seinem Körper liegen zu haben, wurde Peppi nochmals beflügelt, und so ließ auch der Anschlusstreffer nicht lange auf sich warten. St. Peter brodelte, plötzlich stand es 2:3, und Sepp Gippel war außer sich, da bereits die dreißigste Minute angebrochen war und St. Peter tatsächlich eine Chance hatte, mit den Profis aus dem Norden mitzuhalten. Einer der Verteidiger markierte zwar inzwischen ein viertes Tor für St. Pauli, doch kurz darauf spielten die St.-Petri-Burschen in einer schönen Aktion Peppi im Strafraum frei, und aus der Drehung verwertete dieser den ihm zugespielten Pass zum 3:4 – das Dorf tobte. Die Freudenschreie steckten sogar die Kühe auf den Osthangweiden an, sodass diese auf ihrer Koppel herumsprangen und ihre Glocken ertönen ließen, und auch Egmont, der diese Wendung mit dem Feldstecher vom Kirchturm aus beobachtete, weil der Pfarrer angeordnet hatte, dass er um seines Seelenheils willen lieber nicht zum Fußballplatz gehen sollte, konnte nicht widerstehen, vor Freude die Glockenanlage einzuschalten. Und dann: St. Peters Tormann Andi Patscherkofel parierte zwei Mal in Folge, alle St. Petrianer Kicker beteiligten sich am schnellen Konter, Robert Rossbrand lief sich im Strafraum frei, bekam den Ball, der St.-Pauli-Libero hastete ihm nach, wollte sich nicht nochmals die Blamage geben, einen Dorfkicker nicht ordentlich zu decken, aber der Libero hatte nicht mit den Unebenheiten eines Dorffußballplatzes gerechnet, der zwar in mühsamer Gartenarbeit kosmetisch korrigiert worden war, jedoch böse Überraschungen unterm Gras barg. Der Libero stürzte auf Robert, der mit seinem großen theatralischen Talent sofort mit zu Boden ging, seine ausdrucksstarke Mimik zu einem leidenden Gesicht verzog und mit seinem lauten Rossbrand'schen Organ den dazugehörigen Schmerzensschrei produzierte, der das gesamte Angerbergstadion zum Zusammenzucken brachte. Der Schiedsrichter beugte sich über Robert, der sich Mühe gab, dem Tod nah zu scheinen. Dementsprechend pfiff der Schiedsrichter einen Elfmeter. Robert blieb noch liegen und wartete, um seine Vorstellung abzurunden, auf medizinische Betreuung. Währenddessen machte sich Peppi bereit, den Elfmeter zu schießen. Er beruhigte seine Atmung, blickte nicht in den Zuschauerraum, sondern konzentrierte sich. Peppi wusste genau, dass sie dieses Spiel nicht gewinnen würden. Es war die sechsunddreißigste Minute, St. Pauli war noch nicht einmal richtig warm gespielt, während einige seiner Mitspieler bereits kurz vor der Lungenembolie standen. Dennoch, nun hatten sie die Jahrtausendchance, wenngleich nur für kurze Zeit, mit einem Profifußballverein auszugleichen. In diesem Moment liefen alle Bewohner des Dorfes an den Spielfeldrand. Das Buffet, die Kassa und die brutzelnden Grillhenderln wurden allein gelassen, und selbst Johannes war ergriffen von der Anspannung, die solche historischen Momente im Fußball auch bei denen auslösen, die gar keinen Sinn für diesen Sport haben.

Die Lenker Rettung kam herbeigelaufen und kniete sich samt Trage neben Robert nieder. Peppi beobachtete, wie sie ihn versorgten, und plötzlich durchfuhr ihn ein Rappel: Wieso kam die Rettung und nicht die Gemeindeärztin, die als Teamärztin eigentlich Erstversorgungspflicht hatte? Peppi wandte sich zur Betreuerbank des FC St. Peter: Der Platz der Gemeindeärztin war leer. Er blickte zu den Tribünen, wo Maria an jener Stelle mit der geringsten Entfernung zur Toilette gesessen war, doch da saß nur ein Ordner mit zittrigen Knien. Peppi streckte seine Nase in den Wind und wusste, dass es so weit war. Nicht eine Sekunde zögernd drehte er sich um und lief los. Gemeinsam schrien alle Fans von St. Peter und St. Pauli auf, Wenzel Rossbrand kletterte eilig über die Feuerleiter auf das Dach des Fußballhauses, um zu sehen, wohin Peppi lief. Peppi rannte wie vom Blitz getroffen über das Spielfeld, vorbei an den eigenen und gegnerischen Spielern, vorbei am eigenen Tor, stieß einen Ordner zur Seite, der ihn daran hindern wollte, das Spielfeld zu verlassen, sprang über die Absperrung, trat den Notausgang ein und rannte quer über die Äcker zur Dorfstraße. Schuarl, der seine Straßensperre bewachte und sich über das Walkie-Talkie von seinem Lehrbub durchgeben ließ, was im Stadion geschah, blickte auf, als ihm dieser durchfunkte, Peppi sei davongelaufen. Im selben Augenblick kam der Stürmerstar bei Schuarl an, setzte sich auf den Beifahrersitz und gab das Kommando, die Verfolgung des Rettungswagens aufzunehmen. Schuarl spürte, dass er gebraucht wurde wie noch nie zuvor, stellte das Warnlicht und die Sirene an und raste ins Tal.

Im Stadion hatte sich indessen verwirrtes Flüstern ausgebreitet. Johannes ging zum Stadionsprecher und nahm ihm das Mikrofon aus der Hand. Er schluckte und rang sich schließlich durch, das zu sagen, was er niemals hatte sagen wollen, bevor es einen eindeutigen Beweis dafür gab. Doch in diesem Moment verstand er, manchmal musste man Dinge akzeptieren, selbst wenn der wissenschaftliche Beweis fehlte.

»Liebe Besucherinnen und Besucher, der FC St. Peter entschuldigt sich für diese Spielunterbrechung, der Stürmer mit der Nummer 8, Peppi Gippel, musste den Platz verlassen, da er Zwillingsvater wird.«

Jubel brach aus, Sepp Gippel wechselte kopfschüttelnd, aber grinsend Peppi in absentia gegen Christoph Ötsch aus, Engelbert Parseier vergab den Elfmeter, und obwohl sich ganz St. Peter ärgerte, war niemand Peppi böse. Irgendwie spürten sie in diesem Moment, dass Peppi tatsächlich der Vater war, wenn er mitten im Spiel, vor der Chance seines Lebens, den Drang verspürte, zur Geburt zu laufen.

Bis zur Pause legten die St. Paulianer den St. Petrianern drei weitere Eier ins Nest. Nach der Pause folgten sechs starke Minuten der Gastgeber, dann schoss der linke Mittelfeldspieler die Pauli-Tore acht und neun, und obwohl mit Peppi die Offensivkraft und spielerische Schönheit des Ortsvereines verschwunden waren, kamen die Zuschauer in der zweiten Spielhälfte voll auf ihre Kosten. Während die Kräfte nun eindeutig verteilt waren, schienen die Spieler beider Mannschaften den Spaß ihres Lebens zu haben, der sich auf das ganze Stadion übertrug. In der Schlussphase tauschten ein Pauli-Akteur und Robert Rossbrand die Trikots, und Robert Rossbrand erzielte sogar in der 84. Minute ein Tor für die Gäste, worüber er sich erst freuen konnte, als, nachdem auch die Torhüter Trikots getauscht hatten, der St.-Petri-Keeper Andi Patscherkofel im Pauli-Dress ins Pauli-Tor schoss, und das Endergebnis letztendlich zum 4:28 aufbesserte, bevor der gläubige Mittelfeldspieler kurz vor dem Abpfiff den 4:29-Endstand fixierte. Der Einzige, der an diesem Tag etwas traurig vom Feld ging, war St. Paulis rechter Verteidiger, da er nun nicht mit Peppi Leiberl tauschen konnte und nie erfahren würde, welches Haargel er verwendete. Ansonsten waren alle gut drauf – denn der Wirt hatte angekündigt, für jedes Tor der Petrianer 100 Liter Freibier auf der anschließenden Party auszuschenken, und 400 Liter bedeuteten eine großartige After-Show-Party. Johannes schüttelte auf der VIP-Tribüne Hände, ließ sich von allen Gemeinderäten umarmen und konnte nicht mehr aufhören zu grinsen. Am Horizont senkte sich währenddessen die Sonne und färbte den Himmel über den umliegenden Bergkämmen in orangefarbenen Tönen, die das ganze Dorf zum Strahlen brachten.

Über dem Dorfplatz, der zum Freiluftfestgelände umgebaut worden war, hing der wärmend fette Duft von gegrillten Hühnerhälften, und aus den Äpfeln in den Mündern der Spanferkel tropfte der Saft auf den Rost. Nachdem die Spieler etliche Autogramme gegeben hatten und der Trainer des FC St. Pauli auf die Frage nach den vier Gegentoren geantwortet hatte: *Da müssen wir eine Video-Analyse machen*, war der Spielerbus von den Klängen der Blasmusik begleitet Richtung Tal gefahren, um die Spieler mit dem letzten Flugzeug des Tages wieder zurück in die flachen Gefilde des Nordens zu bringen.

Johannes stand mit einem Bier in der Hand etwas abseits und klappte das Telefon zu. Er hatte ein paarmal versucht, Peppi zu erreichen, doch außer Peppis Mailboxansage, die aus *BAHÖÖÖÖÖÖL! HIER PEPPI* bestand, hatte er nichts erfahren. Nun wurde es im Hintergrund zu laut, um das Freizeichen zu hören, also begab sich Johannes zurück auf das Festgelände, wo der Trommler der Blasmusik wirbelnd das Unterhaltungsprogramm eröffnete. Johannes war während der Vorbereitungen dagegen gewesen, nach Ende des Spiels und vor der Eröffnung der neuen Wirtshausdisco ein Unterhaltungsprogramm anzubieten, aber die Dorfbewohner hatten ihn überredet – es gab immerhin viele Vereine, die etwas aufzuführen hatten, und Johannes hatte zugestimmt in der Ahnung, dass die St. Petrianer es reizvoll fanden, zur Abwechslung Publikum zu haben, mit dem man nicht verwandt war. Er hatte sich jedoch strikt aus der Organisation rausgehalten, und so war er selbst gespannt, was kam, und dann doch überrascht, als die Blasmusik zu spielen begann und ein ihm unbekannter Moderator auf die Bühne lief, sich das Mikrofon schnappte und zu singen begann.

Johannes traute seinen Augen nicht, vor der Bühne sprangen einige der älteren Frauen auf und ab wie Teenager vor einem Popstar, und als der Refrain gesungen wurde, sangen plötzlich alle St. Petrianer mit, und auch einige angereiste Zuschauer schienen dieses seltsame Lied zu kennen. Als wilder Jubel ausbrach, hörte er eine Frau, die neben ihm stand, ihrem Mann zuflüstern:

»Sag mal, ist das nicht der Andy Borg?«

»Also das Dorf muss wahnsinnig viel Kohle haben, wenn die sich einen echten Fernsehmoderator leisten können.«

Johannes dachte nach, wie hoch das Budget der Arbeitsgruppe Unterhaltungsprogramm war, und veranschlagte, dass, wenn dies tatsächlich genannter Fernsehmoderator war, er für sehr wenig Geld zu haben war. Johannes beobachtete ihn: ein kleiner Mann mit auftoupiertem, schlecht gefärbtem Haar und Dauerlächeln. Er hüpfte grinsend über die Bühne, sang mit aufgerissenen Augen, als schwebte er in vollkommener Ekstase, schien sich in kompletter Verzückung zu befinden, und Johannes befürchtete, die St. Petrianer hätten ihn gekidnappt und die Mütterrunde hätte ihn mit diversen Zaubermitteln gefügig gemacht. Johannes blieb die Luft weg.

»Was hab ich nur angerichtet!«, sagte er drei Mal vor sich hin, aber niemand hörte ihn, denn das Publikum klatschte hellauf begeistert. Wieso, war ihm nicht klar. Die Frage, *Was hab ich nur angerichtet?*, stellte sich Johannes an diesem Abend noch gefühlte weitere dreihundertfünfzig Mal: Als Robert Rossbrand in einem mit Enzian verzierten Kilt sein Comedy-Programm abzog, als der Pfarrer mit der gut erholten Grete Hand in Hand das Fest besuchte – sein Hörgerät hatte er allerdings ausgeschaltet –, als die Gemeindesekretärin mit der Dorfärztin schmuste, als die Feuerwehrmänner den Wet-Underwear-Contest eröffneten, als ihm die Kaffeehausbesitzerin Moni mit den Worten:

»Warum glaubst'n, bin i immer so ruhig«, einen Joint anbot, als er die alten Männer, die man in seltsame, überzogene Trachten gesteckt hatte, nach wie vor auf der Kirchenstiege schlummern sah, währenddessen sich die Gäste zum Andenken mit ihnen fotografieren ließen, und vor allem als der Bürgermeister um elf Uhr die neue Großraumdisco im Keller des Wirtshauses eröffnete, indem er lauthals verkündete:

»Na dann lassts uns tanzn, bis den Mädls de Duttln aus den Dirndln hupfn!«

In St. Petris erste Großraumdisco wollte Johannes auf keinen Fall, doch auf der Flucht kamen ihm die Fußballer entgegen, die sich beim Organisator des größten Tages ihres Lebens bedanken wollten und das nun taten, indem sie Johannes hochhoben und wie eine Trophäe ins Wirtshaus trugen.

Kaum hatten sie ihn mitten auf der Tanzfläche hinuntergelassen, wurde er mit Sekt bespritzt, und plötzlich verstummte die Musik. Johannes rang nach Atem.

»Bürgerinnen und Bürger, erhebts eure Glasln!« Der Bürgermeister sprach abermals: »Am heutigen Tag, dem 4. 9. 2010, hat da FC St. Peter net nur vier Tor gegen den FC St. Pauli g'schossen, sondern ist hiazn ka Kleindorf mehr, sondern a Großdorf! De Maria Rettenstein hat um 23:07 den 498sten, um 23:21 den 499sten und um 23:48 den 500sten St.-Petri-Bürger auf'd Welt bracht, und ollen geht's guat!«

Johannes würde sein Leben lang nie wissen, wie er die Ereignisse dieser Nacht beschreiben sollte. Und schließlich musste er verstehen, dass es auf dieser Welt Dinge gibt, die nicht beschrieben werden wollen. Dinge, die man miteinander erlebt und erinnert, die passieren und etwas verändern. In dieser Nacht war es ein Gefühl, das von allen geteilt wurde. Hände wirbelten herum, Sektkorken knallten, Musik trug die Menschen fort, Kleidungsstücke wurden verschenkt, Brillen wechselten die Besitzer, Hüte wanderten durch die Räume, die Kinder tanzten im Kreis, die Älteren schlugen mit ihren Gehstöcken den Takt, weiße Taschentücher regneten wie Schneeflocken von der Decke, plötzlich waren manche kostümiert, dicke Männer wurden zu Superhelden, die Volksschullehrerin zur Prinzessin, Frau Moni tanzte mit ihrem Hündchen, Wasserpistolen waren mit Wein geladen, Blumenbestäuber mit Schnaps, Konfetti überall, Sternspritzer, manche Männer hatten so viele Lippenstiftküsse im Gesicht, dass man sie nicht mehr erkannte, manche Frauen auch, Schuarl hatte sich einen Lebenstraum erfüllt und sich mit Bodypaintingfarbe am ganzen Körper orange anmalen lassen, und Robert Rossbrand tat spätnachts etwas, von dem er sein Leben lang geträumt hatte; er flitzte nackt durch die feiernde Menge.

Auch Johannes atmete die Luft der Wirtshausdisco ein, wurde von der Euphorie erfasst und fand sich endlich dort, wo er sich sein Leben lang hingewünscht hatte: mitten in der Antike, auf einem Fest des Dionysos, wo im ausgelassenen Rausch der Kult des Weingottes gefeiert wurde. Johannes trank, nachdem er die Nachricht von der wundersamen Geburt erfahren hatte, eine Flasche Sekt, die man ihm reichte, in vier Zügen leer und schrie, so laut er konnte:

»Selig, wer im hohen Glück um der Götter Weihen weiß, wer sich – das Haupt mit Eppich bekränzt – ganz dem Dienst des Dionysos weiht!«

Johannes schloss die Augen, drehte sich einmal um die eigene Achse, und als er die Augen wieder öffnete, tauchte aus den Schwaden der Nebelmaschine Simona auf. Sie hatte ihr Haar zu dicken roten Zöpfen geflochten und trug eines jener modernen Dirndl, die es nur in der Stadt zu kaufen gab, wo niemand Dirndl trug. Zielsicher steuerte sie auf Johannes zu, legte ihre Hände um seinen Hals und hauchte ihm zärtlich ins Ohr:

»Dieses Spiel heut war echt verdammt cool. Und das Youtube-Video ist das süßeste, was je ein Mann für mich gemacht hat. Also feiern wir für deinen Weingott!« Johannes lächelte und schüttelte den Kopf.

»Wir zwei feiern heut nicht nur für Dionysos, wir feiern die Liebesgöttin.«

Und daraufhin küssten sie sich so lange, bis um sie herum alle tanzten und sie keine Wahl mehr hatten, als mitzutanzen.

Montag, der 6. September 2010, war in jenem Jahr der erste Herbsttag in Lenk am Angertal. Nach einem verregneten Sonntag, an dem ganz St. Peter seinen Rausch ausgeschlafen hatte, hatte sich der Himmel am Montag zwar aufgeklärt, doch die frische Luft ließ keinen Zweifel mehr daran, dass es von nun an stetig kühler würde. Die Kastanienallee zwischen Kloster und Stadt hüllte sich bereits in ihr gelbes Kleid, und am Vortag vom Regen abgetrennte Kastanien säumten den Kies neben dem Weg. Auch Johannes spürte den Herbst und verschränkte die Arme vor seiner Brust, während er im Prälatenhof vor der Nike von Samothrake stand und gedankenlos ihre Schönheit bewunderte. Es war das letzte Mal, dass er die Siegesgöttin bewundern würde, und obwohl er ihr Geheimnis kannte, staunte er noch immer, dass sie trotz ihrer gewaltigen Schwingen stehen konnte. Johannes war so sehr in Gedanken versunken, dass er gar nicht merkte, wie Pater Jeremias herankam und sich neben ihn stellte. Der Pater räusperte sich, seit dem Kälteeinbruch war seine Lunge wieder belegt, und Johannes sah zu ihm hinüber.

»Na, ist doch alles noch gut ausgegangen, mein Junge«, sagte der alte Pater, klopfte mit seinem Stock gegen den Sockel der Statue und drehte sich um. Johannes lächelte und streichelte mit den Fingern über das in Klarsichtfolie verpackte, vorsichtig zusammengerollte Maturazeugnis, das er in der Innentasche seines Sakkos verstaut hatte.

Mitzi Ammermann und der Subprior sahen von der Terrasse über der Pforte aus Johannes nach, bis er am Ende der Kastanienallee angekommen war und in den Straßen der Kleinstadt Lenk verschwand. Mitzi Ammermann ärgerte sich grün und blau. Sie hatte emsig die Berichterstattung zu den Vorgängen oben im kleinen Bergdorf verfolgt und betrachtete es als die größte Ungerechtigkeit ihrer Klosterputzfrauenlaufbahn, dass der Schüler, den sie acht Jahre lang für den uninteressantesten gehalten hatte, ausgerechnet in jenem Moment, als er sich als der außergewöhnlichste von allen entpuppte, die Klosterschule verließ.

»Wieso haben Sie mir nie früher von dem Bub erzählt?«,

klagte sie den Subprior an, doch der beachtete sie nicht, kämpfte mit den Tränen, zückte seinen Universalschlüsselbund und winkte Johannes damit hinterher.

In einem kleinen Blumenladen auf dem Weg zum Krankenhaus kaufte Johannes weiße Lilien, aber in Marias Zimmer waren so viele Blumen, Geschenkkörbe und Luftballons, dass Peppi und er den Strauß in die verschiedenen Vasen verteilen mussten. Das ganze Dorf hatte Geschenke geschickt. Peppi erzählte schließlich von der Geburt, die ein solches Wunder gewesen sein musste, dass der Gynäkologe beim ersten Schrei des dritten Kindes die Schwester nach einem doppelten Schnaps geschickt und angekündigt hatte, der Kirche wieder beizutreten. Noch nie hatte er eine Drillingsgeburt erlebt, und auch nicht damit gerechnet, nachdem die Gemeindeärztin in Marias Krankenakte nur von Zwillingen gesprochen hatte. Insgeheim musste Johannes über diese Wendung lachen, denn nun hatte er endlich den Beweis dafür, dass sie tatsächlich eine schlechte Ärztin war und Doktor Opa der einzige richtige Doktor, den das Dorf je gehabt hatte.

»Und wie wollt ihr das jetzt machen?«, fragte er schließlich und hatte Angst, diese Frage sei ungehörig. Wider Erwarten antworteten die beiden ziemlich gelassen und zuversichtlich.

»Weißt, Johannes, da Vorteil vo so am klanen Dorf wie St. Peter is, olle halten zam. Wir sand jo net alleinig mit den Butzerln, wir ham 494 Leut rund um uns, de alle g'sagt ham, sie werdn uns helfn. Was kann da nu schiefgehn!«, sagte Peppi optimistisch, und Johannes ahnte, dass er recht hatte.

»Und wos wir di nu fragn wolltn, Johannes«, sagte Maria schließlich vorsichtig, »wir wissn, in der nächsten Zeit kummt vül auf di zu, und du wirst ja in'd Stadt gehn, owa tätst du uns trotzdem Taufpate werdn?«

Johannes schluckte.

»Es is halt so«, setzte Peppi hinzu, »du bist da g'scheiteste

Mensch, den wir kennen. Und wir waradn froh, wenn du di a bisserl um de Butzerln umschaun könntest, sodass de a was vo da Welt seh'n und was lernen und so.« Johannes war zu Tränen gerührt, dass ihm jemand die geisteswissenschaftliche Fürsorge für andere Menschen anvertrauen wollte.

Bevor Johannes zurück nach St. Peter fuhr, besuchte er noch das Säuglingszimmer, um einen Blick auf seine Patenkinder zu werfen. Es fiel ihm nicht schwer, sie unter den vielen Säuglingen zu erkennen: In der vorletzten Reihe schlummerten zwei Buben und ein Mädchen in FC-St.-Pauli-Strampelanzügen. Johannes beugte sich über die Wiegenkörbe und sah wunderschöne Kinder, mit kleinen zierlichen Stupsnasen und feinen Zügen. Er konnte sich nicht vorstellen, dass diese Pflicker-Gene in sich hatten. Im Übrigen, so erinnerte er sich gehört zu haben, war Pflicker verschwunden. Es gab Gerüchte, er sei mit den FC-St.-Pauli-Fans nach Hamburg gefahren, und Johannes stellte fest, dass er sich auf der ganzen Welt keinen besseren Job für Günther Pflicker vorstellen konnte, denn als Türsteher vor einem Klub oder Bordell auf der Reeperbahn, im schwarzen Muskelshirt mit verschränkten Armen, Goldketterl und grimmigem Blick.

Da der alte Gelenkbus, mit dem er acht Jahre lang zwischen Schule und Dorf gependelt war, am Tag seiner Matura ein für alle Mal den Geist aufgegeben hatte, fuhr Johannes zum ersten Mal im modernen, wendigen, leisen Bergbus zurück, der sogar über eine Klimaanlage verfügte und dessen Sitze nach frischer Farbe rochen. Er staunte, als er den geänderten Busfahrplan las. Die Fahrtzeit hatte sich durch den leistungsstarken Motor halbiert, und dementsprechend wurden nun statt drei täglich sechs Fahrten zwischen Lenk und St. Peter angeboten.

Vom Bus aus winkte Johannes den St. Petrianern zu, die

mit den Aufräumarbeiten beschäftigt waren. Einige winkten zurück, andere waren so beschäftigt, dass sie ihn nicht wahrnahmen. Drei Bauern jagten mit Eimern und Schwämmen in der Hand ihre Kühe, die sich die aufgesprühten Graffiti nicht abwaschen lassen wollten. Schuarl beseitigte am Straßenrand einige Scherbenteppiche, er war noch ganz orange im Gesicht, und Johannes überlegte, ob die Farbe so schwer abwaschbar war – doch dann vermutete er, dass Schuarl seine neue Hautfarbe gefiel und er auf das Waschen absichtlich verzichtet hatte. Am Dorfplatz stieg Johannes aus und beobachtete, wie Egmont versuchte, auf das Dach des Kirchturmes zu klettern. Er hatte sich mit bunten Bändern, die aussahen wie Ministrantengürtel, festgebunden und versuchte, einen Büstenhalter vom Kirchturm zu entfernen. Auf dem Weg nach Hause überlegte Johannes lange, wie bloß der Büstenhalter dorthin gekommen war.

*Liebe zivilisierte Freunde! Ich danke Euch für Euren Brief, der mich sensationellerweise nur vier Tage nach seinem Poststempeldatum erreichte, was einen neuen Geschwindigkeitsrekord für den Postweg nach St. Peter bedeuten dürfte. Leider muß ich Eure Einladung, mit Euch den altgriechischen Eröffnungsabend am Institut für Klassische Philologie anzuhören, ablehnen. Es hätte mich zwar sehr interessiert, jene Wissenschaftler kennenzulernen, die die Epen Homers auswendig und sogar mit aus Schildkrötenpanzer nachgebauten Instrumenten singen können, doch ich hoffe, daß sich in einem halben Jahr dafür noch Gelegenheit bieten wird. Wisset, meine lieben Freunde, ich habe beschlossen, noch eine Weile hier im Dorf zu bleiben, da ich entdeckt habe, hier gebraucht zu werden. Ich möchte meine Freunde Peppi Gippel und Maria Rettenstein in den ersten Monaten ihrer Triplex-Elternschaft unterstützen, zudem wird es noch diesen Monat eine Volksversammlung geben, bei der über die Weiterentwicklung des Dorfes entschieden wird. Peter Parseier, mein ehemaliger Fußballtrainer, hat seine negativen ehrgeizigen Energien umwandeln können und* will Pläne zur touristischen Nutzung des Ortes präsentieren. Zur Diskussion stehen Rafting im Mitternfeldbach, ein Skigebiet am Sporzer Gletscher, Ökotouren, Urlaub auf dem Bauernhof und ein Wellnesszentrum. Offenbar fand sich sogar ein Hamburger Investor, der von jenem Fest nach dem Spiel mehr als nur beeindruckt war. Wie auch schon Herodot sagte:

Τὰ γὰρ τὸ πάλαι μεγάλα ἦν, τὰ πολλὰ αὐτῶν σμικρὰ γέγονε· τὰ δὲ ἐπ' ἐμέο ἦν μεγάλα, πρότερον ἦν σμικρά. Τὴν ἀνθρωπηίην ὦν ἐπιστάμενος εὐδαιμονίην οὐδαμὰ ἐν τὠυτῷ μένουσαν – »Denn viele [Orte] waren früher groß, von denen viele klein wurden. Die aber, die zu meiner Zeit groß waren, waren früher klein. Denn das menschliche Glück verbleibt, wie ich weiß, niemals im selben Zustand.« Und dem habe ich als Geschichtsschreiber Rechnung zu tragen.

Versteht, daß ich mich in den letzten Monaten nur darauf konzentriert habe, die Eigenheiten und Sitten meiner Bergbarbaren zu erforschen. Nun aber bin ich bereit und vor allem auch reif, mich an die eigentliche Arbeit des Historiographen zu machen, und zwar: die Vergangenheit zu erforschen.

Seid mir gegrüßt, Euer Johannes, qui modo Herodoti, patris historiae, barbaros montes inhabitantes explorabit, St. Peter am Anger, a.d. VIII Id. Sept. an. p. Chr. n. MMX.

Nachdem er den Brief fertiggestellt hatte, unterzeichnete Johannes ihn feierlich, steckte ihn in ein Kuvert und nahm sein Notizbuch zur Hand. Alles, was er bisher geschrieben hatte, setzte er mit einem Edding-Stift in große Klammern. Schließlich schlug er das Buch auf der letzten Seite auf, drehte es und begann mit seiner Aufzeichnung von Neuem. Doch diesmal nahm er sich vor, als ehrlicher Beobachter die Dinge, wie sie waren, ohne vorgefertigte Meinung zu dokumentieren und, wie es sich für einen guten Geschichtsschreiber gehörte, bei der Geschichte beginnend bis zur Gegenwart und nicht in der Gegenwart ansetzend rückwärts zu forschen.

*[o.o.] Dies hier sind die Darlegungen der laufenden Forschungen des Johannes A. Irrwein. Er forscht, damit die großen und bewundernswerten Taten der Menschen nicht in Vergessenheit geraten, die einerseits auf seiten der Zivilisierten und andererseits auf seiten der Bergbarbaren vollbracht worden sind. Dies will er hier darlegen und vor allem: warum sich diese bekriegten und wie sie zu einem Frieden kamen.*

Und aus.

*[Auszug aus der Volkszählung der Bewohner von St. Peter am Anger]*

**Johannes Gerlitzen** // Berufsschnitzer und Arzt, wird von einem Bandwurm für Welt und Wissenschaft begeistert.

∞

**Elisabeth Gerlitzen** (geb. Kaunergrat) // mutigstes Mädchen von St. Peter am Anger, lässt sich auch als Alleinerziehende vom Leben nicht unterkriegen.

**Aloisia Irrwein** (geb. Millstädt) // Alois' Mutter, verhärmte Frau mit Kontrollzwang und Auge-um-Auge-Zahn-um-Zahn-Mentalität.

∞

**Zimmermann Irrwein** // Alois' Vater, gutmütiger ruhiger Mann, hält seine Frau im Zaum, bis ihn das Alter dieses vergessen lässt.

**Ilse Irrwein** (geb. Gerlitzen) // Sauberkeitsfanatikerin, strebt danach, immer ihren Kopf durchzusetzen.

∞

**Alois Irrwein** // Zimmermann, kann weder einem gepflegten Bier noch einer gepflegten Prügelei aus dem Weg gehen.

**Johannes A. Irrwein** // Sprössling von Alois und Ilse, wissensdurstigstes Kind in der Geschichte von St. Peter, mit einer übermenschlichen Liebe zur Geschichtsschreibung.

**Karl Ötsch** // Nachbar der Gerlitzens auf der linken talwärtigen Seite, Tischler, mit dem Talent gesegnet, den normalerweise besonnenen Johannes Gerlitzen zum Ausrasten zu bringen.

∞

**Irmgard Ötsch** (geb. Millstädt) // Einzige St. Petrianerin mit dem Bedürfnis nach Gleichberechtigung, welche sie mit ihrem Nudelwalker durchzusetzen versucht.

**Karli Ötsch** // Sohn des Nachbarn Ötsch von links, führt die Tischlerei des Vaters weiter, guter Freund von Alois Irrwein, mit dem er die Liebe zu Streichen, Alkohol und Holz teilt.

**Irmi Ötsch** // Schwester von Karli Ötsch, deren Haare am meisten unter den Streichen ihres Bruders leiden müssen.

**Georg Ötsch** // weiterer Sohn des Nachbarn von links, Scherge für alle von Alois Irrweins Unternehmungen, den er bewundert, da ihm selbst nie etwas Gutes einfällt.

**Christoph Ötsch** // jüngster Sohn von Karli Ötsch, Karl Ötschs Enkel, Mitglied in der Gatschhupfer-Gang der Dorfburschen.

**Gerhard** (Opa) **Rossbrand** // pensionierter Briefträger mit flauschig fülligem Bart, Ehrenmitglied des Kirchenchores, der Laienspielgruppe und der Feuerwehr, Mitglied des Ältestenrates.
∞
**Annemarie Rossbrand** (geb. Sonnblick) // seine Ehefrau, berühmt für ihre Maronischnitten.

**Angelika Rossbrand** (geb. Ötsch) // wird nach den vielen Streichen, die den Haaren ihrer Schwester gespielt wurden, Friseuse, sehr engagiert in der Mütterrunde und interessiert an den Modetrends der Welt, die sie jedoch immer mit Verspätung und alpiner Abwandlung im Dorf einführt.
∞
**Reinhard Rossbrand** // humorvoller, immer zu Scherzen aufgelegter Briefträger, Sonnyboy, von ernsten Situationen und Problemen maßlos überfordert.

**Manfred Rossbrand** // ältester Sohn von Angelika und Reinhard, steht immer neben sich, versucht sich in allen Lehrberufen des Dorfes, um letztendlich doch der Familientradition entsprechend Briefträger zu werden.

**Robert Rossbrand** // mittlerer Sohn, Volksschulkollege von Johannes A. Irrwein, Anführer der Gatschhupfer-Gang, gesegnet mit dem Talent, alle Dinge der Welt mit etwas Unanständigem zu assoziieren und Witze darüber zu machen.

**Wenzel Rossbrand** // Nachzügler, für sein Alter sehr klein und pummelig, wird ständig zum Ministrieren gezwungen.

**Anton** (Opa) **Rettenstein** // vermögendster Bauer von St. Peter, Vorstand des Ältestenrates, träumt davon, die Herrschaft über St. Peter durch gezielte Verheiratung seiner Nachkommen zu erlangen.
∞
**Frau Rettenstein** // Altbäuerin, hat keine Skrupel, ihre Blumen mit aggressiven Düngern auf Buschgröße zu züchten.

**Toni Rettenstein** // Erbe des Rettenstein'schen Bauernhofes, ständig darum besorgt, ein guter Sohn, Vater und Ehemann zu sein.
∞
**Marianne Rettenstein** (geb. Ebersberger) // Bürgermeistertochter mit politischem Verantwortungsbewusstsein, das sie als Mütterrundenvorsitzende auslebt, Super-Hausfrau, beste Freundin von Ilse Irrwein.

**Maria Rettenstein** // beliebtestes und hübschestes Mädchen des Dorfes, jüngste Tochter der wichtigen Rettenstein-Familie, erwartet mit 16 Zwillinge und muss herausfinden, wem ihr Herz gehört.

**Günther Pflicker** // hünenhafter Sohn der Metzgersfamilie, irgendwie mit der Rettenstein-Dynastie verwandt, Hauptinteressen: Schlafen, Essen und Schwächere verprügeln.

**Sepp Gippel** // ehemaliger Nationalteamspieler, hat sich nach Karriereende mit einer Leibrente ins Dorf locken lassen, Trainer des FC St. Peter, lässt sich von seinem Sohn Peppi der Disziplin halber siezen.

**Peppi Gippel** // einziger vom Gemeinderat besoldeter Profi-Fußballer des FC St. Peter am Anger, unsterblich in Maria Rettenstein verliebt, zwar nicht die hellste Glühbirne im Dorf, aber das Herz auf dem rechten Fleck.

**Friedrich** (Opa) **Ebersberger** // Altbürgermeister mit atemberaubender Leibesfülle, Mitglied des Ältestenrates.

**Fritz Ebersberger** // Bürgermeistersohn, folgt seinem Vater in dessen Amt nach – und in der Leibesfülle, polygam und lüstern.

**Wilhelm** (Opa) **Hochschwab** // reichster Mann des Dorfes, Besitzer der Lebensmittelgreißlerei, trotzdem überaus geizig, Mitglied des Ältestenrates.
∞
**Frau Hochschwab** // Greißlerin, beste Kopfrechnerin des Dorfes.

**Edeltraud Parseier** (geb. Hochschwab) // Greißlertochter, hält sich aufgrund des Reichtums der Familie für etwas Besseres, wenngleich sie ihre knausrigen Eltern sehr kurzhalten.
∞
**Peter Parseier** // ursprünglich nicht aus St. Peter, deshalb großer Minderwertigkeitskomplex, möchte durch Vereinsmeierei Macht und Einfluss im Dorf erlangen, was die Dorfbewohner nach Kräften zu verhindern versuchen – obwohl er eigentlich gute Ideen hätte.

**Engelbert Parseier** // Sprössling von Edeltraud und Peter, die meiste Zeit damit beschäftigt, seinen meinungsstarken Eltern und Großeltern zu gehorchen, ansonsten leidenschaftlicher Blasmusikant und Stürmer der Fußballmannschaft.

**Ludmillus Nowak** // renommierter Architekt mit einer großen Faszination für die Alpen, erfüllt sich mit dem Wochenendhaus in der unberührten Natur einen Kindheitstraum.

**Simona Nowak** // Ludmillus' Tochter, aufregendes Mädchen aus der Hauptstadt, wirkt etwas oberflächlich und arrogant, doch für Johannes A. Irrwein eine Göttin von exotischer Schönheit und Anmut.

**Pfarrer Cochlea** // streng und humorlos, hat oft Schwierigkeiten, sein Hörgerät den verschiedenen Aufgaben seines Priesteramtes anzupassen.

(∞ ?)

**Pfarrersköchin Grete** // gutmütige ältere Dame, ohne ihre Hilfe wäre Pfarrer Cochlea verloren, seit ihrer Jugend an seiner Seite.

**Messdiener Egmont** // Sohn von Grete, faul, etwas pervers und begriffsstutzig, Vater offiziell unbekannt.

**Der alte Pfarrer** // wirrer Vorgänger von P. Cochlea, lebte irgendwo zwischen Himmel und Hölle, setzte den St. Petrianern allerhand Flausen von Engeln und Dämonen in den Kopf.

**Wirt Mandling** // verantwortlich für die häufigen Lebererkrankungen der Dorfbewohner, sehr stolz auf seinen weit über die Hose hängenden »Glückspanzer«.

**Frau Moni** // Besitzerin des Kaffeehauses und kluge Geschäftsfrau, ihre Karamellsaucen und Schokoladenstreuer sind verantwortlich dafür, dass viele Diätversuche der Dorfbewohnerinnen ohne Erfolg bleiben.

**Hebamme Trogkofel** // liegt mit Johannes Gerlitzen im Streit darüber, an welchem Platz in der medizinischen Nahrungskette die Hebammenzunft steht.

**Schuarl Trogkofel** // Hebammensohn und Gemeindearbeiter, liebt die Warnlampe auf dem Dach seines Autos, erachtet es als Notfall, wenn ein Dorfplatzbaum ein Blatt verliert.

**Die Gemeindeärztin** // Nachfolgerin von Dr. Johannes Gerlitzen, hat einen Großteil ihres Studiums mit dem Schauen von Arztserien verbracht, daher vieles nicht solide gelernt, wie z. B. Gynäkologie.

**Erna Hohenzoller** (geb. Schafreuter) // Käsebäuerin vom Osthang, pflegt das seit Generationen in der Familie weitergegebene Wissen um Heilkräuter, sehr zum Missfallen von Dr. Johannes Gerlitzen.

**Fräulein Heiterwand** // Johannes A. Irrweins Volksschullehrerin, die das Hauptaugenmerk ihres Unterrichts auf alles legte, was Johannes hasste (Turnen, Singen, Werken).

**Gemeinderat Arber** // Schweinebauer vom Osthang, lange in Elisabeth Gerlitzen verliebt.

**Sabine Arber** (geb. Hohenzoller) // Schwiegertochter des Gemeinderats, jüngstes Mitglied in der Mütterrunde, stotterte bis zu ihrer Entjungferung.

**Susi Arber** // Arber'sche Tochter, Mitschülerin von Johannes A. Irrwein, die ihm in der Volksschule mit ihrer Bastelschere ein schweres Trauma zufügte.

**Hilde Wildstrubel** (geb. Arber) // Kirchenchorsopranistin und nervösestes Mitglied der Mütterrunde.
∞
**Erich Wildstrubel** // Schafbauer, der sich oft nur mit Ohrenstöpseln in seinem Haus bewegt.

**Ingrid Wildstrubel** // Erichs Tante, Gehilfin in der Arztordination und eine Hauptaktivistin des St.-Petri-Klatschvereins.

**Sandra Schafreuter** // frühreifes Früchtchen, deren Ruf sehr detailliert in der Bubentoilette der Schule verewigt wurde.

**Franzl Schafreuter** // Sandras Bruder, Lehrbub des Gemeindearbeiters Schuarl, wird vom ganzen Dorf ob dieser Position bemitleidet.

**Leopold Kaunergrat** // Großbauer vom Osthang, großer Adlitzbeerenbaumbestand, einst bester Freund von Johannes Gerlitzen.

**Markus Kaunergrat** // gemeinsam mit seinem Zwillingsbruder Maximilian verantwortlich für den ersten Nervenzusammenbruch der Vorgängerin von Frau Heiterwand, bevor Alois ihre Frühpensionierung verursachte.

∞

**Martha Kaunergrat** (geb. Rettenstein) // Mütterrundenmitglied, hat einen gewaltigen Busen.

**Verena Kaunergrat** // Tochter von Martha und Markus, Cousine und beste Freundin von Maria Rettenstein, würde für Robert Rossbrand alles tun.

**Bastl Kaunergrat** // Verenas Bruder, Schabernacktreiber und Schmierfink, den es auch nicht bessert, oft zum Ministrieren zwangsverpflichtet zu werden.

**Frau Millstädt** // Bäuerin und Tante von Alois Irrwein, wäre einst beinahe wahnsinnig geworden, nachdem sich eine Fliege in ihrem Ohrenschmalz verfangen hatte.

**Ludwig Millstädt** // kleiner Cousin von Alois Irrwein, dessen nervöses Gemüt sich auf seine Blase auswirkt.

**Franz Patscherkofel** // Elektriker, Automechaniker und für alles, was im Dorf mit Strom zu tun hat, verantwortlich.

**Richard Patscherkofel** // Automechaniker wie sein Vater, hortet im Garten der Familie die kaputten Maschinen des Dorfes und versichert seiner Gattin ständig, er würde alles eines Tages reparieren.

∞

**Gertrude Patscherkofel** (geb. Millstädt) // besonders ehrgeiziges Mitglied der Mütterrunde, schummelt bei den Back- und Kochwettbewerben.

**Andi Patscherkofel** // zukünftiger Automechaniker, träumt davon, einen Roboter zu bauen, Mitglied in der Gatschhupfer-Gang, Tormann der Fußballmannschaft.

# Dank

*Von Herzen bedanke ich mich bei:*
*Felix Grisebach*, dem tollsten Agenten der Welt, ohne dessen Unterstützung, Aufmunterung und Vertrauen ich dieses Buch nie geschrieben hätte.
*Sandra Heinrici*, meiner großartigen Power-Lektorin mit dem emsigsten Auge der Welt und einem Haufen toller Ideen – sowie bei all den guten Seelen von *Kiepenheuer & Witsch*, die den Roman mit so viel Liebe adoptiert haben.
*Kevin Kuhn*, meinem Mitstreiter, Weggefährten und Herzensmenschen, der die ganze Schlacht hindurch keinen Moment von meiner Seite wich.
*Tobias Roth*, der mein philologisches Herz rührt wie niemand sonst.
*Jule D. Körber*, die von Anfang an an mich geglaubt hat und, egal über welche Distanz, immer da war, wenn man sie brauchte.
*Clemens Berger*, für Wein und weise Worte.
*Jutta, Ernst und Timi Kaiser*, die immer hinter mir standen und nur ganz selten die Nerven verloren haben.
*Traudi & Hermann Skorsch, Fini & Ernst Kaiser*, den wunderbarsten Großeltern der Welt.
*Florian Plappert*, der Gott sei Dank immer alles weiß, was ich nicht weiß.
*Mia Fehrmann*, die heller als die Sonne strahlt, und *Stefan Vouk*, der in der härtesten Zeit bei mir war.
*Michi, Raffi, Sami, Till und Paolo*, meiner WG in Gottfried Kellers Dachboden, für das Versüßen des fiesen Endes.
Der *Prosawerkstatt 2010*, die mir half, ein ganz anderes [viel schöneres] Buch zu schreiben, als ich es vorhatte.
*Prof. Doktor Manfred Glauninger*, der mir eine große Hilfe bei den wörtlichen Reden im Kunstdialekt war, aber in keinem Fall dafür verantwortlich ist, wenn ich gepatzt habe.

*Meinen Dozenten an der Universität Wien*, die viel Verständnis dafür zeigten, dass dieser Roman gegen Ende hin all meine Energie, Zeit und Aufmerksamkeit fraß.

Ich danke zudem dem Literarischen Colloquium Berlin, der Literaturabteilung des Landes Niederösterreich, dem BMUKK und dem Theodor-Körner-Fonds, die die Arbeit an diesem Buch ermöglicht haben.

Auszüge aus den Historien von Herodot wurden gestaltet nach der Übersetzung von J. Chr. F. Bähr, 1855. [Neu gesetzte, korrigierte und überarbeitete Ausgabe für Marix, Wiesbaden 2007.]

# Inhalt

*[Prolog, Notizbuch I]* 9

Der Wurm und das Schneehuhn 10

*[Die Völkerwanderung, Notizbuch I]* 29

Etwas passiert, ohne dass was passiert 30

*[Die Ordensbrüder, Notizbuch I]* 44

Alois' Weltraummission 45

*[Der Frauenraub, Notizbuch I]* 62

Im Mai 63

*[Das Kolomaniwunder, Notizbuch I]* 83

Blanker Wahnsinn in Weiß 84

*[Ordnung eines Dorfes, Notizbuch I]* 96

Ein neuer Bürger für St. Peter 97

*[Pilger und Reliquien, Notizbuch I]* 113

Der Geschmack des Kugelschreibers 114

*[Die Entdeckung der Heiratspolitik, Notizbuch I]* 124

Die Schlammzeit 125

*[Der Wallfahrts-Kampf, Notizbuch II]* 146

Die große Schlacht 147

*[Die Mischung von Tag und Nacht, Notizbuch II]* 166

Der schöne Mönch im Jaguar 167

*[Der Händlerzug aus fernen Ländern, Notizbuch II]* 192

Lauter wundersame Orte 193

*[Die andere Art, zu glauben, Notizbuch II]* 204

Eine Box voller Krankheiten 205

*[Ein Krieg, der dreißig Jahre dauert, Notizbuch II]* 215

Der Digamma-Klub 216

*[Vom Vergessensein, Notizbuch II]* 229

Kriegsvorbereitungen 230

*[Die Lossagung vom Kloster, Notizbuch II]* 249

Der fallende Engel 250

*[Eine Frau als Kaiser, Notizbuch II]* 261

Solon! Solon! Solon! 262

*[Der sparsame Kaiser, Notizbuch II]* 275

Auf Glühwürmchen reiten 276

*[Der kleine Mann mit dem großen Trieb, Notizbuch III]* 286

Fährten und Fronleichnam 287

*[Die Exploration der Adlitzbeere, Notizbuch III]* 312

Mit Herodot im Wald 313

*[Das sympathische Herrscherpaar, Notizbuch III]* 321

Das Sonnwendfeuer 322

*[Die Besteigung des Großen Sporzer Gletschers I, Notizbuch III]* 335

Der Schriftführer 336

*[Doktor linguistikus, Notizbuch III]* 359

Peppi versteht die Welt 360

*[Ein Krieg erschüttert die Welt, Notizbuch III]* 376

Als Sterne und Kleider fielen 377

*[Rundfunk in St. Peter, Notizbuch III]* 390

Stille Post 391

*[Die Besteigung des Großen Sporzer Gletschers II, Notizbuch IV]* 421

Blasmusikpop 423

*[Ein Dorf versteckt sich vor einem Krieg, Notizbuch IV]* 443

Von der andren Fakultät 445

*[Die Besteigung des Großen Sporzer Gletschers III, Notizbuch IV]* 462

Bahöl 463

*[Auszug aus der Volkszählung der Bewohner von St. Peter am Anger]* 481

Dank 488

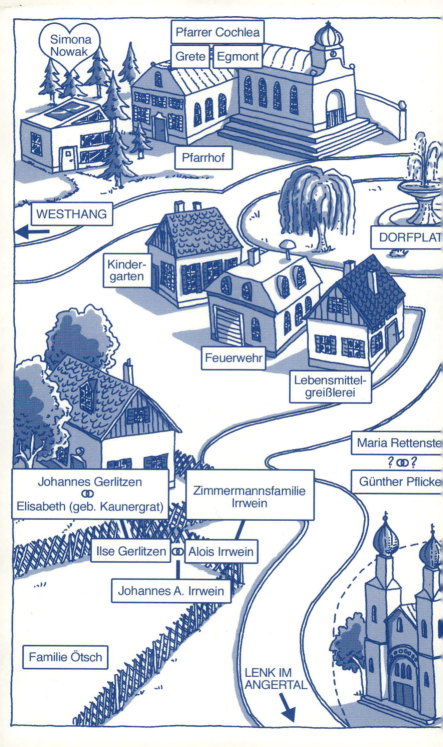